THE CHILDREN OF
SÁNCHEZ

OSCAR LEWIS

上海译文出版社

桑切斯的孩子们

一个墨西哥家庭的自传

50周年版

[美] 奥斯卡·刘易斯 著

李雪顺 译

谨以深厚的感情和感谢将本书
献给必须匿名的桑切斯一家人

目　录

玛格丽特·米德评《桑切斯的孩子们》

当兰登书屋邀请著名的人类学家玛格丽特·米德就奥斯卡·刘易斯的新书进行评介时，她谦逊地给当时的编辑部主任杰森·爱普斯坦和作者本人进行了如下回复。

亲爱的爱普斯坦先生，

我非常乐意将我对刘易斯博士所著的《桑切斯的孩子们》的评论邮寄给您。我之前未敢妄加评论，唯一的原因是，当书送来办公室的时候，我正好身在欧洲；等我返回的时候，报章上已经充满了溢美之词，因而我觉得再做任何评论都只会徒增累赘。最近，我有机会在一次研讨会上用到了这本书，参加者全是各学科领域的顶尖人物，这让我对其中某些问题又有了新的想法。

我认为《桑切斯的孩子们》是对人类学的一次杰出贡献——并将永远如此。奥斯卡·刘易斯以其多年来在墨西哥所进行的细致而负责的田野考察和他对墨西哥人民的深切同情为基础写出这本著作，独具匠心地符合了科学和人文的要求。以保留受访者原话的方式，他保持了原材料的真实性，并确保了呈现方式的全面性，这一点对所有优秀的人类学田野工作而言都是至关重要的。他的那些受访者精于表达，而且他们的语言受学校正规教育的影响不大。但这并非偶然，因为那全都是从他所认识的千家万户中精心挑选出来的。本书堪称鸿篇巨制，但微篇恐又难以平衡怜悯和恐惧、暴力以及未被记下的小善。他对贫穷以及贫穷的赘生物兴趣浓厚，凸显了本书和现代城市生活诸问题之间的相关性。本书栩栩如生、感情强烈、经历可感，针对"大萧条"时期的"社会现实主义"正在逐渐形成，但往往只是基于同情和信条而缺乏科学和经验实质，从而显得苍白和无足轻重。在这个问题上，奥斯卡·刘易斯成功地做到了。他精心挑选叙事者，从而表达了在艰难时世里对人性的一种怜悯。这样的怜悯伴随着墨西哥人对自我的愿望、幸运者对不幸者的愿望——无论他们身在何处——而优雅地不断回响。

玛格丽特·米德

1962 年 2 月 28 日

亲爱的奥斯卡，

我本意如此，完全如此。我想，露丝·本尼迪克特也会感到同样的欣喜吧。

玛格丽特·米德

1962 年 2 月 28 日

前　言

　　从 1961 年首印以来，广大读者始终认为《桑切斯的孩子们》在深情而直白地讲述贫穷所带来的极大不公。玛格丽特·米德说它"是对人类学的一次杰出贡献——并将永远如此"，路易斯·布努埃尔说，制作出如此忠实于这部原著的电影将是他职业的"顶峰"；菲德尔·卡斯特罗说它"具有革命性"，"价值超过五万份政治传单"。伊丽莎白·哈德威克在《纽约时报》的书评中写道，奥斯卡·刘易斯"做了一件精彩而意义独特的事情，该书主题集中，充满同情心，以至于大家竟不知道该如何将它归类。"《时代周刊》把它列入"十年最佳图书榜单"。它被译成了多种文字，被搬上了舞台和银幕，而且一直在不断重印。

　　《桑切斯的孩子们》发端于 1956 年一项传统的人类学田野考察项目，即农村移民流向墨西哥城的后续研究。在调查其居民区的几个月中，奥斯卡跟桑切斯一家人不断地见面，他因而明白自己遇见的这些人不光有勇气，也有观察和描述能力，能以他人少有的方式讲述自己的生活经历。桑切斯一家首次出场是在《五个家庭》（1959 年）中，这是根据对卡萨－格兰德和帕纳德罗斯两个居民区的研究结果写成的三本著作中的第一本。当时，奥斯卡·刘易斯以及兼具他妻子和主要合作者身份的露丝·马斯洛·刘易斯，对数个家庭进行了十多年的考察和研究，正在写一本"介于小说和人类学报告之间"的著作，以呈现来自大规模田野考察的一系列数据。《五个家庭》将家庭观察中得到的对话录音进行杂合，勾勒了各自家庭一天的生活场景。而他们的用意是在《五个家庭》之后，通过每一个家庭各自的讲述，开展一系列全面的研究工作。

《桑切斯的孩子们》是其中的第一项，也是刘易斯第一次尝试直接交替采用家庭成员对自己故事的叙述，而不加任何评论。刘易斯称之为"民族志现实主义"（ethnographic realism），甚至考虑过直接呈现第一人称的叙述，一个字的介绍也不使用。不过他也非常清楚，如果社会科学的作品读起来像文学的话，读者可能会满足于其中的故事，因此忽略更重要的东西。于是，他就背景材料写了一个导言，阐述了他在《五个家庭》中首次提出的"贫穷文化"的概念。

《桑切斯的孩子们》出版后，大多数读者关注的是这个家庭里的成员，以及他们的生活状况——这正是刘易斯所期待的——而不是其中诸多的社会学概念。迈克尔·哈灵顿在1962年出版畅销书《另一个美国》之后，一场关于贫穷文化的争论方才开始。在书中，哈灵顿在缺乏归因说明的情况下，将刘易斯的贫穷文化理论用来解释美国的贫困现象，这样的事情刘易斯是无论如何也做不出来的。但哈灵顿跟刘易斯同属左派，他看到了其中对于自己的事业，即民主社会主义的种种好处。民主社会主义也正是刘易斯极力推崇的，他认为阶层分化严重的资本主义制度产生并维持了贫穷社区的边缘化状态。正是因为哈灵顿的这本著作，以及他在肯尼迪和约翰逊政府"反贫困战争"中的顾问身份，"贫穷文化"这一概念才得以成为政策辩论的话题。但这个词也具有简洁明了的效用，使之很快就脱离了刘易斯那过于简单的诠释，即把贫穷文化和贫困的经济状况区分开来。作为一个研究文化的人类学家，刘易斯使用了人类学家而不是经济学家的词汇，因而很容易把有关贫穷的各种原因和结果的争论简化为从文化这个从属的角度来阐释边缘化社区的贫困状态。很快，这个词所具有的伸缩性无论对于左派还是右派都大有裨益。关于这个概念的争论长期持续，直到现在。

尽管《桑切斯的孩子们》甫一出版就引起了有关贫穷文化的种种争

议，但早期的评论文章却集中在这本书有多少应该归功于刘易斯，又有多少应该归功于桑切斯这个问题上。这源于大多数评论家共有的一种错误观念，即认为全书仅仅是用录音机记录下来的一次次采访，刘易斯不过是根据他认为的叙事流进行了一些编辑而已。哈德威克是这一观点的极端版本，把刘易斯的角色描述成"一个电影导演，用一些形象和场景，赋予现实流以形式和意义，从而制作成一部连贯的戏剧"。有些读者因此把本书当成虚构作品来阅读。这也由此成为另外两种批评声音的源头，一种认为刘易斯根据个人需要对受访者的话语进行了剪辑，另一种认为他未加评判地接受了他们的每一个句子。

　　出版《桑切斯的孩子们》的时候，刘易斯已经是一位实至名归的田野考察工作者，专事社区研究。在他有生的最后十年间，在他开始就毕生精力著书立说的时候，他总是寻求在家庭的背景下展示个体，在社区的背景下展示家庭，在国家的背景下展示社区。因此，在本书编辑和成型的过程中，除了录音采访之外，还有大量的数据资料可用。在讲述桑切斯家庭成员故事的过程中，可以用作背景材料的有他们的性格和心理评估报告、对邻居、配偶和孩子的采访、社区调查数据，当然还有刘易斯本人经过多年的亲历接触和信件来往对这个家庭建立起来的深度了解。

　　刘易斯是个声名卓著，而又充满同情心的采访者。跟他在特坡兹特兰、波多黎各和古巴所做的大型研究项目不同，他在桑切斯研究项目中所需要的采访大都由他本人亲自完成。不过，他很少编辑采访录音文字材料或白天的研究数据。这都是露丝·刘易斯的事儿（刘易斯在致谢中就是这么说的），他们夫妇俩会就每一个故事的最终版本共同商定，这样基础性的分工一直持续到刘易斯离开人世。

　　《桑切斯的孩子们》的确给有些读者留下了这样的印象，那就是谁都可以用一部卡式录音机做出一部有着相似分量和可读性的作品来。然而，卡式录音机仅仅是制作出本书最微不足道的一件工具。除了通过经年累月的研究来确定故事的场景和背景，以及露丝·刘易斯那样高度的编辑技巧，你还得有桑切斯一家那样善于言辞的受访者，兼具个性和魅力。

　　这家人以第一人称所做的活灵活现的表白，也使有些评论家认为，在讲述贫穷和家庭生活的过程中过于直白和细节化。这在墨西哥不过是实话实说而已，保守的评论家受了民族情绪（或者是卡洛斯·富恩特斯以及本书的其他捍卫者所认为的排外情绪）的驱使，对外国人"揭露"墨西哥的贫穷状态感到十分震怒，仿佛那是一件精心守护的国家机密。1964 年，由政府资助的文化经济基金会首次出版了西班牙语版本，墨西哥地理和统计协会要求墨西哥总检察长就刘易斯侮辱和诽谤墨西哥人民和墨西哥政府提起刑事诉讼。刘易斯被说成是美国联邦调查局的特工，赫苏斯·桑切斯关于由各大党派操控的联合会一无是处的描述，以及关于政府官员是拿工资的毒品贩子的描述，通通被看成是外国人"硬灌进他嘴里"的一些言论。

　　本书的支持者和反对者进行了整整五个月的辩论，《伦敦时报》称之为"墨西哥史上曾发生过的公共知识分子间最激烈的辩论之一"。无论圆桌辩论会上、电视节目上，还是报刊文章上，评论家和支持者就本书的优点和政府的审查制度进行了辩论。其中一个反对审查制度的人问道，研究贫穷问题是否已经成为了"颠覆学科"。另一些则想搞清楚，如果一个外国人因为描述墨西哥的贫穷而惹恼整个国家，为什么早些年在基金会出版《五个家庭》的时候并没有听到谁去吱过一声。由于总检察长悬而未决，本书被暂时停止销售，黑市上的售价达到了原价的三四倍。与此同时，桑切斯一家成了"墨西哥最有名气的家庭"，这本书也成了畅销书。

　　1965 年 4 月，墨西哥总检察长做出决议，本书冒犯公共伦理或威胁公共秩序的可能性"十分细微"，强加诉讼会比允许发行给"自由和法律"造成更大的危害。这一决议同时为出生于阿根廷并担任基金会长达十七年且备受尊敬的主任一职的阿纳尔多·奥菲拉·莱纳尔作出了澄清，但即便如此，他仍然被迫离职，基金会被迫放弃出版权（最近，基金会重新获得《桑切斯的孩子们》一书的西班牙语出版权，可以再度出版刘易斯的著作。）。

　　几无疑问，穷苦人家所具有的能力和愿望，使他们可以向外国人描述自己的生活状况，向政府和政客们表达他们的愤懑，这才是令那些力图压制本书的墨西哥人感到郁闷的地方。我们不能单纯地承认讲这些话的不是刘易斯本人。1963 年，在接受墨西哥《永远》杂志采访时，刘易斯将本书的文学性完全归功于桑切斯一家人的好口才。"要是能写出《桑切斯的孩子们》这样好的书，我就不会做人类学家了……不过，首先，其次，再其次，我都是个人类学家。我只是一个人类学家。"这是实话。然而，要不是他从桑切斯一家的谈话中发现潜在价值的能力，收集和编辑资料的艰辛付出，以及他充满悲悯却永不退缩的敏锐令本书最终成型的话，我们可能永远也不知道还有桑切斯这样一家人。

　　在众多的副标题中，刘易斯夫妇最终选择的"一个墨西哥家庭的自传"也许是最精确的。因为归根结底，这本书既由一个不平凡的家庭讲述，也完全讲述了一个不平凡的家庭——既讲述它的历史、每个家庭成员的责任，也讲述他们充满活力的相互关系。在阅读本书的过程中，我希望大家既看到他们的人性和复杂，同时也不要错失被哈德威克称之为本书"主角"的东西，即笼罩着这个家庭每一个阶段的"贫穷"二字。

苏珊·M·芮格登

致　谢

在写作本书的过程中，我让好几个朋友和同事读过手稿，并作出评论。我尤其要感谢哥伦比亚大学的康拉德·阿伦斯伯格教授和弗兰克·坦南鲍姆教授、康奈尔大学的威廉·F·怀特教授和伊利诺伊大学的谢尔曼·保罗教授阅读本书的终稿。我也要感谢玛格丽特·谢德、凯·巴灵顿、泽里格·斯科尼克博士、泽拉·鲁利亚教授、查尔斯·夏塔克教授和乔治·盖博内教授阅读康素爱萝故事部分的初稿，感谢理查德·埃尔斯教授阅读曼努埃尔故事部分，感谢拉尔夫·W·英格兰教授阅读罗伯托故事部分。我要感谢埃文·戈德曼教授、约瑟夫·B·卡萨格兰德教授、路易斯·施耐德教授、约瑟夫·D·菲利普斯教授，和我的儿子基恩·L·刘易斯阅读"导言"这一部分并给出评判意见。

我要感谢墨西哥城的马克·莱特森博士和卡洛琳·露吉安夫人所进行的罗夏墨迹测验和主题统觉测验，以及关于桑切斯这个家庭每一个成员的角色结构方面卓有帮助的种种想法。实验报告、实验分析，以及我自己的试验评价将会稍晚一些予以出版。我要感谢阿萨·萨茨对本书以之为基础的田野考察数据进行了出色的翻译。我要感谢吉哈德·马克里协助翻译了玛塔故事中的某些材料。至于露丝·M·刘易斯，也就是我的伴侣和墨西哥研究方面的合作者，我尤其要感谢她无价的协助，以及对我的田野考察资料进行的整理和编辑。

　　我要感谢古根海姆基金会于 1956 年向我提供的经费资助、文纳－格伦基金会提供的人类学研究资助、社会科学研究院 1958 年提供的补助拨款，以及国家科学基金会在 1959 年提供的研究资金。最后，身为伊利诺伊大学的一员，我要感谢学校的研究理事会提供的财政支持、高级研究中心安排我前往墨西哥完成为期十四个月的研究项目，以及人类学系同意我请假完成了项目研究。

导　言

　　本书讲述了墨西哥城一个贫困家庭的故事。父亲赫苏斯·桑切斯五十岁，他的四个孩子分别是三十二岁的曼努埃尔、二十九岁的罗伯托、二十七岁的康素爱萝和二十五岁的玛塔。我的目的是向读者们呈现一个家庭内部的生活场景，在经历社会和经济巨变的拉美大城市中心区的贫民窟，住在一居室的出租屋里长大成人到底是怎样一番景象。

　　我在墨西哥的研究工作始于 1943 年，我曾经尝试过以多种方法开展家庭研究。在《五个家庭》一书中，我试图让读者窥见五个普通的墨西哥家庭在五个平凡日子里的日常生活。在本书中，我用新的方法让读者对其中的一个家庭进行更深层次的察看，每一个家庭成员会用他们自己的语言讲述他们自己的生活经历。这种方法提供了一种累加的、多面的、全景式的场景，每个个体是一个整体，整个家庭是一个整体，墨西哥下层人日常生活的方方面面都是一个整体。同一件事会由不同的家庭成员描述成各自独立的版本，这提供了一种内在的查验机制，许多数据的可靠性和合法性得以确保，从而部分地剔除了个人自传中所存在的主观性。同时，每一个家庭成员回忆某些事情上的矛盾性也显露了出来。

　　这种多人自传体的方法也易于减少调查者的偏见，因为其中的描述没有经过我这个北美中产者的筛选，而是受访对象他们自己的描述。这样一来，我就避免了贫穷研究中两个最为常见的灾难：过于悲情、过于冷酷。所以，我希望这样的方法能同时带给读者们情感上的满足和理解。人类学家在直接和受访对象打交道时能够体会到这样的满足和理解，可在充斥了专业术语的人类学专著中却很少传达出来。

无论是针对欠发达国家的贫穷状态，还是我国①的贫穷状态，都很少有深度的心理方面的研究。本书中所描绘的底层穷人，尽管绝不是最底层的穷人，但心理学家或者精神病学家都未对其进行过密切的观察研究。也没有哪个小说家对当代穷人的内心生活状态进行过足够的展现。从贫民区走出的大作家本就不多，等他们稍具名气时，常常会透过中产阶级人士的视野回顾自己的早年生活，并在传统文学的框架内进行创作，早年经历的即时性早已在这样的回顾性作品中荡然无存。

用来记录本书各日常生活往事的录音机使得反映社会现实的文学作品这种新的开端变成了现实。有了录音机这个帮手，不会说话的人、读书不多的人，甚至文盲都能够无拘无束地、自然而然地、不加做作地讲述自己的故事，把自己的观察和经历串联起来。曼努埃尔、罗伯托、康素爱萝、玛塔等人的故事充满了朴素、真诚和直白，相较于书面文字，这都是口头叙述和口述文学的特征。尽管这些年轻人从没受过正式的训练，他们却能够出色地表达自己的思想，尤其是康素爱萝有时候的讲述水平甚至达到了诗一般的高度。尽管身陷种种未决的烦恼和困惑，他们能够充分地言说出来，从而让我们瞥见他们的生活状态，也让我们意识到他们所具有的潜能和被埋没的才华。

诚然，穷人的生活一点都不乏味。本书的一个个故事所展现的世界充满了暴力和死亡、苦难与遗弃、夫妻不忠、家庭破裂、少年犯罪、贪污腐败、警察专横，甚至穷人对穷人的残忍相向。这些故事也展示了深深的感情和人性的温暖，强烈地表现了个性张扬、寻求欢欲，以及对美好生活的向往，同时也充满着对于被理解和关爱的期待，乐于和他人分享他们本就不多的东西，以及在种种未决的烦恼面前敢于坚持的勇气。

这些故事的发生地卡萨-格兰德居民区，位于墨西哥城的中心地带，是一个规模庞大的一层楼贫民租户区。1951年，我前去考察阿兹特克村的农民们向墨西哥城迁移这一农民城市化问题，卡萨-格兰德居民区便是

①　此处指美国。——译者

我所考察的几百个居民区之一。我关于阿兹特克的考察始于数年之前的1943年。其后，在村民们的帮助下，我在墨西哥城内找到了几处阿兹特克人的定居点，其中两家正好位于卡萨-格兰德。在做完村民迁徙的研究工作之后，我拓宽了自己的研究设计，开始着手研究起整个居民区，其中涵盖了所有的居民，而不考虑他们来自什么地方。

1956年10月，在研究卡萨-格兰德的过程中，我遇到了赫苏斯·桑切斯和他的孩子们。赫苏斯这个租户在那里已经居住了二十多年，期间，他的孩子们在这里进进出出，但位于卡萨-格兰德的这套一居室房子一直是他们生活中一个比较稳定的据点。赫苏斯的首任妻子和孩子们的母亲伦诺死于1936年，几年后，他们搬进了卡萨-格兰德。伦诺的大姐瓜达卢佩六十岁，所居住的帕纳德罗斯居民区位于几个街区之外的贝克大街。瓜达卢佩姨妈差不多成了孩子们的母亲，他们也会时常前去看望她，在需要的时候甚至把她的家当成避难所。因此，日常生活的发生就在卡萨-格兰德和帕纳德罗斯居民区之间来回交替。

这两个居民区都靠近城市的中心区，步行只需十分钟即可抵达主广场，以及矗立着大天主教堂和总统府的宪法广场。只需走上半小时，就可以到达供奉墨西哥的守护神圣女瓜达卢佩的国家神庙，各地的朝觐者络绎不绝地来此朝拜。卡萨-格兰德和帕纳德罗斯居民区所在的特皮托区是一个贫民区，区内只有为数不多的小工厂、小货栈、公共浴室、破败不堪的三等电影院、人满为患的小学校、酒吧、龙舌兰小酒馆（专售当地特产龙舌兰酒），以及琳琅满目的小商店。墨西哥城有名的二手货市场特皮托——也被人叫做小偷市场，就隔着几个街区。其他的大型市场，如最近刚刚被改装得具有现代气息的默塞德和拉古尼拉市场也可轻松地步行到达。这一地区频频发生命案、酗酒和少年犯罪。其人口十分密集，无论白天或是深夜，大街上、门廊里、商场入口处总是挤满了熙来攘往的人群。妇女们在背街小巷支起厨具，售卖玉米面豆卷或是汤羹。大街小巷都很宽敞，也铺了地砖，但看不见几棵树木和小草，也看不见花园的影子。人们大都居住在封闭庭院里的一居室，隔着大街的要么是一排排商店，要么是一道长长的围墙。

卡萨-格兰德夹在理发店街和铁匠铺街之间，覆盖了整个四方形的街区，居住着七百多人。卡萨-格兰德自成一体，南北两边围绕着高高的水泥挡墙，东西两头是鳞次栉比的小商店。这其中有小食店、干洗店、玻璃店、木匠铺、美发厅，它们跟居民区的市场、公共浴室一起，为整个小区提供最基础的各种需求。因此，很多租户从未远离过自己的居民区，对墨西哥城的其他地方几乎一无所知。这一地区原来是黑社会的天下，即便到了今天，人们在深夜出门还有些害怕。不过，犯罪因素多已不复存在，居住的居民主要是贫穷的商贩、手艺人和苦力汉。

居民区东西两头那两个狭小的入口并不惹人注目，装着高高的大门，白天一直敞开着，夜间十点就有人上了锁。只要过了时间点，任何人进出都需要摁门铃招呼看门人，给了钱，他才会开门放行。这个居民区有自己的守护神：圣女瓜达卢佩和圣女扎婆潘，她们的塑像摆放在玻璃箱内，各镇守一个出入口。塑像四周满是供奉的花朵和蜡烛，裙边上拴着小小的亮牌，每一个亮牌都在昭示着她们在居民区内的某一个居民身上所发生的神迹。走过这两尊圣女塑像时，很少有哪个居民不关注一下，或是匆匆一瞥，或是边走边画个十字。

居民区里面有四个狭长的天井，或者说是庭院吧，铺着混凝土，大约十五英尺宽。朝向天井的是一百五十七间没有窗户的一居室房子，彼此间隔十二英尺，家家户户的大门都漆成了黄色。大白天，在一扇扇大门边上，斜靠着一架架粗糙的木楼梯，直通厨房正对的屋顶。厨房正对的屋顶用处多多，密密麻麻地满是晾衣绳、鸡笼子或者鸽子窝、栽种着花草或药材的盆盆罐罐、用来煮饭的燃气罐，偶尔也能看见电视天线。

白天，天井里挤满了人、牲畜、狗、火鸡、小鸡、猪仔等。孩子们也会在这里玩耍，因为这里比大街上安全。妇女们排队等着取水，或是一边晾晒衣物一边高声交谈，街头小贩也会走进来不停地叫卖货物。每天清晨，总有一位清洁工推着一辆大大的推车穿行在天井里，收走每家每户的垃圾和废物。到了下午，一群群年龄稍大的孩子总会占据着某一个天井，疯狂地玩起足球来。星期天的晚上，一般会有露天舞会。靠近西边入口的地方有一个公共浴室，那里有一个小花园，稀稀拉拉的大树和草丛成了年轻人会面的地点，因为相对比较安静，老年人也会坐在这里，跟人说说话，或者看看报。这里还有一间独房子，上面标着"管理处"的字样，边上的告示牌列着一家家租金拖欠户的姓名。

卡萨-格兰德的租户来自全墨西哥三十二个州中的二十四个。有些来自南边的瓦哈卡州和尤卡坦州，有些来自北边的奇瓦瓦州和锡那罗亚州。大多数家庭在此居住了十五至二十年，有些已经长达三十多年。居民区内，超过三分之一的家庭具有血缘关系，大约四分之一的家庭具有姻亲关系或者干亲关系（即父母、教父母关系、教子女关系等）。这样的关系纽带，跟固定而且低廉的租金和全城房屋供不应求的因素结合在一起，形成了一种稳定状态。有的家庭收入较高，小房子里摆不下高档的家具和电器，会等着有机会搬到更好一点的地方居住，但绝大多数居民对于居住在卡萨-格兰德感到心满意足，甚至有些洋洋自得。

居民区内的社区意识极强，尤其是同属一伙的年轻人结成终身的友谊，一同上学，一同参加天井坝里的舞会，而且常常会在居民区内完成嫁娶。成年人也遍交朋友，一同出行，互借有无。挨邻的几家人会组织抽奖和轮流集资活动，一同参加宗教朝觐，一同庆祝居民区守护神的节日、圣诞节，以及其他活动。

不过，这样的集体活动只是偶尔为之，因为成年人大多数"只管自己的咸菜稀饭"，并竭力守护家庭隐私。多数大门总是关得严严实实，如需上门拜访，先要敲门，等着允许入内是基本的习惯。有的人只会拜访亲戚朋友，很少进别家的大门。除了正式的日子，如生日或者宗教节日，人们很少邀请亲戚或者邻居来家里吃饭。尽管有邻里互帮的现象，在遇到危难时尤其如此，但这样的情形少之又少。在卡萨-格兰德，家庭间因为孩子的顽皮而吵嘴、不同帮派间的街头争霸、男孩之间的世代仇也并不罕见。

卡萨-格兰德的人们谋生的手段可算是大杂烩，有些人不出居民区也能养家糊口。妇女可以从事洗衣和缝纫，男人可以制帽、擦鞋，甚或摆个水果糖果摊。也有人出外去工厂做工，看守店铺、当司机，或者做小买卖。生活水平固然低，但绝不是全墨西哥城最低的，周围的人甚至高看卡萨-格兰德，觉得那是一个非常体面的地方。

就贫穷文化而言，卡萨-格兰德和帕纳德罗斯两个居民区可以说形成了鲜明的对照。帕纳德罗斯居民区很小，只有十二间未开窗户的一居室房屋连成一排，没有围墙，没有大门，只有一个脏兮兮的小园子，过路人一眼就能看个对穿。不像卡萨-格兰德，这里没有室内卫生间，也没有自来水。能够为八十六个居民所使用的，是只有几片破麻布遮挡的两个公共盥洗间和用破砖砌成的两个公共卫生间。

如果有人从帕纳德罗斯居民区搬进卡萨-格兰德居住，他会发现这里的人均床位数多，睡地板的人少，用燃气烹饪的家庭多过用煤油或木炭烹饪的家庭，一天吃三顿的人多；除了玉米饼和汤匙，用刀叉吃饭的人多；人们喝的是啤酒而不是龙舌兰酒；人们买的是新家具、新衣服，而不是二手货；人们为了庆祝万圣节是去教堂做弥撒，而不是像传统做法那样在家里摆上香烛、酒馔。总体的变化趋势是从土坯房到混凝土房、从陶罐到铝壶、从草药到抗生素、从本地求医到医院问诊。

1956 年，卡萨-格兰德79%的租户用上了收音机，55%用上了燃气炉，54%用上了手表，49%用上了刀叉，46%用上了缝纫机，41%用上了铝壶，22%用上了电搅拌机，21%用上了电视机。在帕纳德罗斯居民区，这样的奢侈品还难觅踪影。只有一家人用上了电视机，两家人用上了手表。

卡萨-格兰德的人均月收入在二十三比索至五百比索之间（照目前的汇率，也就是三美元至四十美元之间）。人均月收入等于或低于两百比索（十六美元）的占68%，两百零一比索至三百比索（二十四美元）的占22%，在三百零一比索至五百比索的占10%。而在帕纳德罗斯居民区，超过85%的家庭月均收入不足二百比索或十六美元，超过二百比索的一家也没有，不足一百比索的占到了41%。

在卡萨-格兰德，一居室公寓房的月租金在三十至五十比索之间（二点四美元至四美元），在帕纳德罗斯是十五至三十比索（一点二至二点四美元）。许多家庭都由一对夫妻和四个小孩子构成，每一天的食物只能靠八至十比索（六十四至八十美分）勉强维持。他们的食谱上有清咖啡、玉米饼、豆子和辣椒。

卡萨-格兰德居民的教育水平各不相同，十二个成年人从未踏进过学堂大门，一位妇女读了十一年书。接受学校教育的平均年限是四点七年，文盲比例仅为8%，20%的婚姻通过自由恋爱结成。

在帕纳德罗斯居民区，人们的在学时间仅有二点一年，初中毕业生一个也没有，文盲比例为40%，46%的婚姻通过自由恋爱结成。在卡萨-格兰德，只有大约三分之一的家庭具有血缘关系，四分之一的家庭具有姻亲或干亲关系。而在帕纳德罗斯，一半的家庭具有血缘关系，几乎所有家庭之间都存在这样那样的干亲关系。

在选作卡萨-格兰德研究对象的七十一个家庭中，桑切斯的家庭只是随机选择的样本之一。在整个居民区，赫苏斯·桑切斯属于中等收入人群。作为餐馆的食品采购员，他的日工资水平约为十二点五比索，相当于一美元。如果仅靠这点钱，他连自己都养不活，因此他通过卖彩票、养猪、养鸽、养鸡、养鸟，甚至在各大市场获取所谓的"佣金"来贴补家用。对于这些额外的收入来源，赫苏斯守口如瓶。不过，他靠这些钱要勉力支撑分散在这个城市中的三个家庭，因此生活水平非常一般。我做调查期间，他和他年轻的宠妻德利拉一起住在丢孩大街上的一间房子里。他要供养这位妻子以及和这位妻子共同生养的两个孩子、她和前夫共同的儿子、她的母亲，以及他自己的儿子曼努埃尔的四个孩子。赫苏斯年龄稍大的妻子卢裴塔和他们的两个女儿、两个外孙居住在城郊埃尔多拉多居民点的一所小房子里，房子是他自建的，这一家人的开支也由他提供。赫苏斯在卡萨-格兰德的房子留给他的两个女儿康素爱萝、玛塔和她的孩子们，以及他的儿子罗伯托一起居住。

除了一台旧收音机，桑切斯位于卡萨-格兰德的家里就没有别的奢侈物件了。不过，这家人的吃喝没有问题，而且孩子们受教育的程度都比邻家要好。赫苏斯本人只上过一年学，但他的大儿子曼努埃尔一直读完了小学六年级。康素爱萝也小学毕业，甚至还读了两年商贸学校。罗伯托读到三年级就辍学了，玛塔也只读完了四年级。

跟众多的邻居不同，桑切斯家请了一个用人，白天来家里做做清洁、洗洗衣服，还负责一家人的饭菜。这是赫苏斯第一任妻子伦诺去世后的事情，因为留下的几个孩子都还太小。用人要么是邻居，要么是亲戚，有时也可能是一个寡妇或是被丈夫抛弃的女子，为了一小点收入便可以从事这样的活计。尽管请用人这事让一家人觉得脸上有光，但这算不上什么有钱的标志，在居民区也不是稀罕事。

介绍我认识桑切斯一家的是我在这个居民区早就认识的一个朋友。第一次登门拜访的时候，我发现他家的门半开着。就在等着有人开门的过程中，我发现屋子里十分阴沉破败。用作厨房和卫生间的门廊显得十分促狭，早就到了该好好粉刷一下的地步，全部的家什也只有一架两眼煤油炉、一张餐桌和两把未经粉刷的椅子。不只是厨房，还有里间稍大一点的卧室，都丝毫没有我在卡萨-格兰德的其他有钱人家里所看到的那种不太张扬的富足。

替我开门的是康素爱萝。她外形单薄，脸色苍白，一个劲地解释说她刚大病初愈。她的妹妹玛塔跟在她的身后，怀抱一个用披肩包住的婴儿，一句话也没说。我跟他们做了介绍，说我是来自美国的教授和人类学家，在墨西哥的小村子里做民俗研究已经好几个年头了。我正在对城市居民区的生活和村里人的生活进行比较研究，因此正在卡萨-格兰德寻找愿意协助我做研究的人。

为了打开话题，我问他们觉得乡下人和城里人谁更富裕一些。我在之前的采访工作中常常以此开启话题，因此，问了几个类似的问题之后，我就直奔调查问卷中的一些问题了。这些问题涉及他们每一个家庭成员的性别、年龄、出生地、受教育情况、职业和就业史等。

就在我快要问完这些问题的时候，这家人的父亲赫苏斯·桑切斯肩挎一袋食物急匆匆地走了进来。赫苏斯个头不高，身板结实，一副印第安人的身材，穿着蓝布工装裤，头戴一顶草帽，既像农民，又像工人。他把袋子交给玛塔，跟玛塔和康素爱萝简单地寒暄了两句，然后疑惑地转头问我在干什么。他简要地回答了我的提问，说乡下人的生活比城里人的生活好得多，因为城里的年轻人很容易学坏，他们尤其不懂得该怎样利用城市里应有的各种东西。说完这些，他又急匆匆地出门走了，一如他急匆匆地夺门而入。

我到桑切斯家做第二次采访的时候遇到了这家人的二儿子罗伯托。他的个子稍高一些，皮肤也比其他人更黝黑一些，那架势颇像训练有素的运动员。他是个乐呵呵的人，说起话来轻言细语，给我的印象是谦逊有加，彬彬有礼。他一直对我以礼相待，哪怕喝得醉醺醺的时候也是如此。我遇到这家人的大儿子曼努埃尔是在几个月之后，因为那段时间他刚好出国了。

在其后的数个星期乃至数月时间里，我继续在这个居民区的其他样本家庭里做着研究工作。经过四次采访，我完成了针对桑切斯一家人的数据收集工作。不过，我还是经常造访桑切斯一家，跟康素爱萝、玛塔或者罗伯托闲聊一番，他们全都十分友善，为我了解居民区的生活提供了大量有用的信息。就在我对这个家庭每一个成员的了解有所加深的过程中，我开始意识到，单这一个家庭似乎就足以印证墨西哥下层社会中所存在的很多社会问题和心理问题。至此，我决定进行一次深入的研究。先是康素爱萝，接着是罗伯托和玛塔都同意跟我讲述他们各自的成长经历。在他们知情和同意的前提下，讲述用录音机录了下来。曼努埃尔回来之后，他也很合作。在我对孩子们的研究持续了六个月之后，赫苏斯也同意了。要获得他的信任很不容易，可他一旦决定让我用录音机记录他的生活经历，这又反过来促进了我和他的孩子之间的友谊。

在独立讲述各自生活经历的过程中，需要考虑隐私性，因此大多数讲述和录制都在我的办公室和家里完成。绝大部分都独立录制，但我在1957年、1958年和1959年回访墨西哥的时候，设法让二至三个家庭成员同时做了几次小组讨论。偶尔，我也在卡萨-格兰德他们的家里录过音，但他们在居民区以外的地方讲述起来更加游刃有余。我还发现，如果把录音机放在他们看不见的地方——比如系在衣服上——也很有用，因为这样他们就可以当它不存在一般进行自己的讲述。

在获取这些翔实而私密的生活故事的过程中，我没有采用任何秘密的技术，没有使用药物让他们吐露真相，也没有使用过催眠床之类的东西。人类学家最有效的研究工具是他对研究对象的同情和恻隐之心。一开始是出于职业对他们产生兴趣，后来往往会转化成温暖而长久的友情。我常常会卷进他们的烦恼之中，让自己觉得好像有两个家庭需要我去照顾，一个是桑切斯的家庭，一个是我自己的家庭。我和这家人相处的时间总共有几百个小时，在他们的家里吃饭，参加他们的舞会和节庆活动，陪着他们上班，跟着他们拜访亲友，随他们一起朝圣、上教堂、看电影、开运动会。

桑切斯一家也逐渐对我充满了信任。每有需求、或是遭遇危机，他们都会叫上我和我的妻子。我们帮着他们应对疾病、酗酒，处理跟警察惹下的麻烦，帮着他们找工作，解决家庭纠纷。我没有因循一般的人类学研究套路，即花钱请他们做我的受访对象（不是线人！）。令我感到诧异的是，我们之间的友谊完全没有金钱这样的动机。他们基本上是出于友情而向我讲述生活经历。读者朋友可不要小视他们的勇气，因为他们讲述的多是自己感到十分痛苦的生活经历和记忆。在一定程度上，这是一种宣泄，可以舒缓他们的焦虑感。我对他们持续的兴趣打动了他们，年复一年的重返墨西哥则是不断地赢得他们信任的关键因素。我身为美国这个"上等"国家公民的良好形象无疑提升了我在他们心目中的地位，他们视我为乐善好施的权威人士，而不是他们所熟知的父亲身上那种惩罚者的角色。跟我的研究工作沾了边，他们就觉得是参与了一件非常有科学价值的研究工作——无论他们对于这件事的终极目的的认识是多么含糊，他们就会感到非常满足，非常重要，因而愿意走得比讲讲自己的生活经历这个程度更远一些。他们总是对我说，如果他们的故事对其他地方的人有用，那就是一番成就。

　　在采访过程中，我向曼努埃尔、罗伯托、康素爱萝、玛塔和赫苏斯本人提出了几百个问题。当然，我接受的人类学研究的训练、经年累月对墨西哥文化的熟知程度，以及我自身的价值观和性格特征都会影响研究的最终结果。在直接进行采访的时候，我总是鼓励他们进行自由联想，自己则尽量做一个合格的听众。我力图系统性地涵盖多个主题：他们最早的记忆，他们的梦想、希望、害怕、欢乐和苦难，他们的工作、友情、亲人、雇主，他们的性生活，他们对司法、宗教和政治的看法，他们对地理和历史的了解，总而言之，就是他们对于整个世界的看法。我提出的问题总是激发起他们换作别的场合想不起来或者不愿意主动说起的种种话题。总之，这些答案都是他们自己给出的。

　　在把采访录音用于出版的过程中，我删去了自己的提问部分，根据生活经历对原始素材进行了筛选、分类和整理。只要大家认可亨利·詹姆斯①所说的生活是包容是迷惑，而艺术是偏见是删减，那么这些依据生活经历写成的故事就同时兼具了艺术性和生活性。我坚信，这绝不会降低原始材料的可信度，以及它们在科学上的有用性。如果我的同行们对于原始材料抱有兴趣，我随时可以提供录音。

　　剪辑的量依情形而存在差异。就目前来看，曼努埃尔口齿最为伶俐，是一家人中的讲故事能手，他的讲述相对就不需要太多的编辑。他的讲述部分反映了最初的故事结构。然而，在整理成文字材料和翻译的过程中，曼努埃尔的讲述所失去的东西也比其他人的讲述要多，因为他实在算是个天生的演员，在表现细微的差异、把握火候和语调方面具有了不起的天赋。一个小小的问题就能激发他连续不断地说上四十分钟。罗伯托讲起自己的冒险经历时，戏剧性稍差一些，也更简短一些，但也

---

　　①　亨利·詹姆斯（Henry James，1843年4月15日—1916年2月28日），英国和美国作家。他开创了心理分析小说的先河，著作有长篇小说《一个美国人》、《贵妇的画像》，中短篇小说有《黛西·米勒》等。——译者

还讲得非常顺当，不过谈到自己的内心世界和性生活时显得更加拘谨和谨慎一些。至于康素爱萝，因为存在大量的冗余材料，所需的剪辑更多一些。除了口头录音，她还根据我提出的问题就有些事情写了很多东西。玛塔在独白和思维整理方面表现出的技巧最为欠缺。有很长一段时间，她大多只用一个句子，甚至一个词组来回答我提出的问题。在这一点上，她很像她的父亲。不过，随着时间的推移和勇气的增加，他们俩都逐渐变得口齿伶俐起来，可以进行长篇大论了。

在使用贫民区俚语表达渎神和性话题方面，曼努埃尔显得最口无遮拦。罗伯托说起来也十分顺当，不过他一般会在之前加上一句"博士，请允许我……。"玛塔也有自己的说话风格。康素爱萝和她的父亲显得最为中规中矩和"恰如其分"，在录音的过程中很少使用脏话。

要把墨西哥中下层人讲的西班牙语翻译过来十分艰辛，在某些方面，例如要找到对应的俚语、习语和黄色段子，看上去甚至根本无法完成。我努力做到的便是抓住其中的精髓和要义，而非逐字翻译。无法避免的是，原始材料中所具有的某些特性和魅力，以及讲述者的个人风格丢失较多。对于识字不多的人而言，英译本可能使用了大量的高级语言和词汇。不管是农民还是贫民窟的居民，墨西哥人说话的流畅性和遣词造句令我印象深刻。总的来说，曼努埃尔和康素爱萝的语言比罗伯托和玛塔要丰富一些，也许因为前者受过更多年的教育。曼努埃尔会用到诸如"潜意识""发光体""富得流油"等高级词汇，这或许令人吃惊，但他实际上能读懂西班牙语版的《读者文摘》，具有一定的知性眼光。再说，在今天这个时代，即便是身居贫民窟的文盲也能从电视机、收音机和电影中学到几个先进的概念和高级的词汇。

读者一眼就能看出，赫苏斯·桑切斯和他的孩子们有着明显的差异。这种差异不仅反映了出生于城乡的区别，也反映了墨西哥革命前和革命后的区别。赫苏斯于 1910 年出生于韦拉克鲁斯的一个小村庄，那一年正是墨西哥革命的开启之年。他的孩子们先后于 1928 年至 1935 年间出生于墨西哥城的各个贫民窟。赫苏斯成长的年代没有汽车，没有电影院，也没有收音机和电视机，没有免费的全民教育，没有自由选举，没有向上的机会，也没有一夜致富的可能。他成长在传统的独裁统治之下，所强调的是认命、努力工作和自我克制。他的孩子们一方面受制于他的独断专行和刚愎自用，一方面也接受了革命后的各种价值观，更强调个人主义和社会流动性。因此，令人深感惊诧的是，这位父亲尽管从未立志不做工人这样的简单行当，却靠着自己的努力摆脱了一贫如洗的境地，而他的孩子们只能一直维持在那个水平线上。

19世纪，当社会科学尚处于襁褓中的时候，记录工业化和城镇化过程对个人和家庭所产生的影响这项工作是由小说家、剧作家、记者和社会改革家来完成的。到了今天，同样的文化变革正在欠发达国家不断上演着，我们却看不到与之匹配的普世文学作品的涌现，以帮助我们更好地理解这样的变化过程和身处其中的人们。既然欠发达国家已然成为世界舞台的重要力量，这样的理解当然显得前所未有的紧迫。

以非洲为例，大量新兴国家是从部落制的、未有文字记录的文化中逐渐崛起的，缺乏关于底层民众的原创文学作品并不出人意料。在墨西哥和其他拉美国家，一直存在着诞生作家的中产阶级，而这样的阶层并不庞大。再说，墨西哥的社会分层特征也局限了跨越社会阶层的深度交流。还有一个因素，那就是墨西哥的作家和人类学家专注于印第安人的问题，对城市里的穷人们视而不见。

这样的情形为社会科学，尤其是人类学创造了绝好的机会，使之能够踏入这样的空白领地，创作出他们自己的文学作品。曾经开拓性地研究城市贫民窟的社会学家们，现在又把注意力从城郊转向了相对被忽视的穷人们。目前，就连小说家也大都忙于探究中产人士的心灵，早就跟穷人的烦恼和不断变化的社会现实断绝了联系。正如C·P·斯诺①最近

① 查尔斯·珀西·斯诺（Charles Percy Snow，1905年10月15日—1980年7月1日），英国科学家，小说家。——译者

所说，"我有时候很是担心，富裕国家的人们完全不知道贫穷是什么滋味，我们甚至没法或不想去和那些运气欠佳的人说话了。我们务必要学会这一点。"

就传统而言，人类学家一直是位居各个偏远角落的落后民众的代言人，现在正逐渐把他们的精力转向欠发达国家数量庞大的农民和城市民众身上。尽管过去一百年间全世界的社会和经济不断取得进步，但这样的民众仍旧极度贫困。亚洲、非洲、拉丁美洲和近东地区七十五个国家超过十亿人口的年人均收入不足两百美元，而美国的数字是两千美元。所以，研究上述地区的人类学家实际上成了我称之为"贫穷文化"的学生和代言人。

对那些认为贫穷就没有文化的人来说，"贫穷文化"这个概念仿佛是个自相矛盾的词语。这似乎也会给贫穷以某种自豪和显要。但我的初衷并非如此。在人类学中，"文化"实际上是一种生活结构，可以代代传承。在用"文化"这个概念来理解贫穷的时候，我希望引起大家注意的是，现代国家的贫穷不仅是经济上一贫如洗、无组织状态，或者是一无所有的状态。它也意味着某些积极的成分，它存在着某种结构和理据，甚至是使穷人得以生存下去的某些防卫机制。简而言之，那就是一种生活方式，相当稳固恒久，在家族内部世代传承。对家族成员来说，贫穷文化具有自身的模式，以及明显的社会和心理后果。它是影响其融入更高层次的全国性文化的重要动因，是自成一体的亚文化。

此处定义的贫穷文化并不包括因为隔离于世、技术落后、未有社会分层而形成的落后状态。这样的人们有着相对和谐、自给和自足的文化形式。它也不等同于工人阶级、无产阶级或者农民，这三者在世界范围内的经济状况相差悬殊。例如，相对于欠发达国家的中下层人士而言，美国的工人阶级生活得如同精英阶层。"贫穷文化"这个概念仅用于指称社会经济尺度上最底层的那些人、最贫困的工人、最贫困的农民、种植园劳工，以及通常被称作破落无产者的边缘小手工业者和小生意人。

各种历史背景都可能形成贫穷文化或贫穷亚文化。最常见的，是某种分层的社会经济制度处于崩溃或被另一种社会制度取代的过程，如封建主义制度向资本主义制度转变或者处于工业革命的时候。有时候，也可能是因为帝制之下的被统治者长期处于过分从属的地位，甚至长达几代人之久。它也可能出现在部落体制解体的过程中，例如，现今的非洲即是如此。在他们的部落游民移居城市的过程中，"庭院文化"逐渐形成，且与墨西哥城的居民区文化极其相似。我们倾向于把类似的贫民窟看作是一种过渡、或者临时性的用语，用以表示文化的巨变。不过，这并非绝对如此，因为即便是在非常稳定的社会体制下，贫穷文化也总会形成一种非常持久的状态。实际上，当西班牙人于1519年占领统治墨西哥，随之出现部落体制解体和农民向城市迁移的现象之后，其贫穷文化基本上就形成了一种持久现象。只不过在贫民窟的规模、地点和构成方式上不断变化而已。我猜想，类似的进程肯定存在于世界上许多别的国家和地区。

我认为，贫穷文化具有某些共性，这样的共性超越宗教、城乡，甚至国家的界限。在前一本书《五个家庭》中我提出，在伦敦、格拉斯哥、巴黎、哈莱姆和墨西哥城的底层居民聚居区，人们在家庭结构、人际关系、时间取向、价值观念、消费模式和社区意识方面存在极大的相似性。尽管在此不宜就贫穷文化进行长篇的比较分析，我还是要对某些特征详加阐释，以便向大家展示我基于在墨西哥收集到的原始材料就文化这一现象尝试性地提出的概念性模型。

在墨西哥，贫穷文化至少涵盖了城市和农村三分之一的底层民众。这部分人群的特征是死亡率相对较高、寿命偏短、低龄人口中独自生活的比例较高，由于存在童工和妇女参加劳动的现象，因此通过雇佣劳动获取报酬的人群比例较高。总体而言，墨西哥城的贫困地区在前述指数的诸方面均高于农村地区。

贫穷文化在墨西哥表现为一种州省文化和地域文化。其成员即使生活在大城市的中心区域，也只是部分地参与国家事务，是纯粹的边缘人群。例如，墨西哥城绝大多数贫困人口的受教育程度和文化程度极低，无人参加劳工组织，不隶属于任何政党，未能享受全国性福利机构如"全国社会保险"提供的医疗保健、母婴保健和老年福利，很少使用银行、医院、商场、博物馆、艺术馆和机场。

贫穷文化的经济特征包括长时期为温饱而操劳、失业或不充分就业、劳动报酬偏低、从事低技术含量的职业、童工、无存款、经常性现金短缺、家中无食品储存、一日之中依需求而多次少量购买食品、抵押个人物品、借高利贷、邻里间自发组织非正式信贷体系（轮流贷款），以及购买使用二手服装和家具。

社会和心理特征包括生活区域拥挤、缺乏隐私、集群性高、酗酒频率高、解决纠纷经常诉诸暴力、经常用身体暴力教育孩子、向妻子施暴、涉性过早、自由恋爱结成婚姻、抛妻弃子比例相对较高、以母亲为中心的家庭模式、对母系亲戚更为熟知、核心家庭占优势地位、专断倾向强烈、和极度强调家庭团结——只是这样的理想很难实现。其他的特征还包括极强的现时观念——不愿推迟享受欢悦和谋划未来、基于艰难生活环境的顺天应命思想、相信男权（甚至将其升华为男权迷信或男权迷恋），以及与之对应的女性殉道观念、对各类精神异常状况的高度容忍等等。

上述特征不止局限于墨西哥的贫穷文化，也出现在中上阶层。但是，决定贫穷文化的正是上述特征特有的组合模式。例如，就中层社会而言，大男子主义主要表现为性利用和"唐璜情结"，在下层社会则表现为英雄主义和肉体的无所畏惧。同理，饮酒在中层社会被视为一种礼仪，而在下层社会具有多种不同的功能——忘掉烦恼、证明有喝酒的本领、陷入困境时树立足够的信心等。

贫穷亚文化的诸多特征可以视为人们在解决现存制度或机构未曾遇到过的问题时的应对之道，因为其中的人们对于后者要么感觉不到称心如意，要么享受不起，或者充满种种疑虑。例如，由于无法从银行获取贷款，人们被迫依赖自有资源，组织无需利息的非正式信贷体系。由于看不起医生，或仅在极端紧急情况下才看医生，或者怀疑医院是"去了就不可能活着出来的地方”，人们只能依靠草药或者家庭疗法，以及挨邻的祛病者或接生婆。他们责怪牧师“同为凡人，与我等皆为罪人”，因而从不忏悔，也不参加弥撒，仅对着家中供奉的神像进行祈祷，或去大家熟知的圣地参拜。

由于对现存的价值观和统治阶级持批评态度、对警察充满怨恨、对政府和身居高位者失去信赖、甚至将愤世嫉俗思想扩大至教堂，贫穷文化常带有对立性，在推翻现存社会秩序的政治运动中被视为可资利用的潜在力量。最后，贫穷亚文化也具有残余性，其成员总是试图将不同来源的残余观念和习俗融入到实际的生活之中。

我想强调的是，桑切斯的家庭绝不在墨西哥的最低贫困线上。整个墨西哥城约四百万总人口中，大约有一百五十万人的生活环境与之类似或更糟糕。在伟大的墨西哥革命结束五十年之后，其第一大城市依然存在如此持续的贫困状态，说明了许多严肃的问题：这一场革命究竟在多大程度上实现了它的社会目标。从桑切斯自己的家庭，他的朋友、邻居和亲戚的家庭来看，这场革命最基本的承诺都还没有兑现。

做出这样的论断，是基于对墨西哥革命所产生的各种引人注目和影响深远的社会变革的充分了解，这样的变革包括改造半封建经济、向农民分配土地、解放印第安人、提高劳动者地位、推广公共教育、实现燃油和铁路国有化，以及培育新兴的中产阶级。从 1940 年开始，其经济不断发展，全国都形成了很强的生产意识。大报上每天都充斥着工农业方面破纪录式成就的大标题，自豪地鼓吹国库的黄金储量如何之巨大，已经形成了一种鼓吹的精神，让人不禁联想到美利坚合众国在世纪之初的大发展和大扩张。其人口自 1940 年来增加了一千三百万，在 1960 年已高达三千四万。墨西哥城也突飞猛进地发展着，人口由 1940 年的一百五十万发展到了 1960 年的四百余万。目前，墨西哥城是拉美第一大城市，也是整个美洲大陆的第三或第四大城市。

1940 年以来，墨西哥最显著的倾向是人们的生活受美国的影响越来越大。在长期的历史中，美—墨两国的关系从未出现过如此多样和紧密的交往状态。二战中的紧密合作、快速增加的美国投资——截至 1960 年差不多达到了十亿美元、美国游客进入墨西哥的数量和墨西哥游客进入美国的数量均为数众多、每年均有几十万墨西哥农业劳工涌入美国、交换学生、交流教授和技术人员、越来越多的墨西哥人成为美国公民等等，都有利于两国新型关系的形成和建立。

主要的电视节目全由雀巢、通用汽车、福特、宝洁和高露洁等外国公司把持着。使之与美国的商业节目形成区别的，仅是其中的西班牙语和墨西哥的艺术家们。伍尔沃斯和西尔斯罗巴克两大公司已经助推美国的百货公司零售模式在绝大多数大城市日渐盛行，自助式超市已经为正在成长中的中产阶级捆好了一堆堆的美国品牌食品。英语已经取代法语，成为学校的第二语言。使用法国产药品的习俗正在缓慢而决然地被美国产药品所替代。

尽管生产不断地增加，表面上越来越富裕，但对不断增加的国家财富不公平的分配制度使得贫富之间的差距达到了前所未有的程度。虽然普通民众的总体生活水平有所提高，但 1956 年仍有 60% 的人口食不果腹、衣不蔽体、居住条件恶劣，40% 的人口为文盲，全国 46% 的儿童上不了学。自 1940 年持续至今的通货膨胀榨干了穷人的实际所得，墨西哥城工人们的生活开支比 1939 年上升了五倍多。根据 1950 年的统计资料（1955 年发表），89% 的墨西哥家庭上报其月收入低于六百比索。如按 1950 年的汇率计算，相当于六十九美元，如按 1960 年的汇率计算，只相当于四十八美元。（目前的比率是一美元兑换十二点五比索。）墨西哥著名经济学家艾菲根尼亚·M·德-纳瓦瑞特于 1960 年发表的研究报告显示，在 1950 年至 1957 年间，全国大约三分之一的底层人口实际收入处于下降状态。

人所共知，墨西哥的经济无法向所有人提供就业机会。在 1942 年至 1955 年间，大约有一百五十万墨西哥人进入美国充当临时性农业劳工，这一数字还不包括"非法进入者"以及其他非法移民。假如美国突然关闭其边境上的临时性劳工通道，墨西哥很可能会出现严重的危机。在稳定经济方面，墨西哥还越来越依赖来自美国的游客经济。1957 年，来自美国的七十万游客在墨西哥花费了大约六亿美元，使旅游业成为了全国最大的产业形式。旅游经济所带来的收入跟墨西哥的联邦预算大体相当。

1940 年以来，住房是生活水平改善甚少的一个方面。由于人口急剧增加，城市化不断推进，各大城市的拥挤状态和贫民窟状态越来越糟糕。根据墨西哥 1950 年所做的统计，在五百二十万个居民区中，60% 为一居室，25% 为两居室，70% 的房屋用土坯、木头、立柱、拉杆或瓦砾建成，仅 18% 的房屋用砖石建成。使用独立自来水的比例仅为 17%。

墨西哥城的情况也好不到哪里去。城市越建越漂亮是因为每年都有大批美国游客拥入，于是新建了喷泉，主大街两旁种上了漂亮的花朵，新修了洁净的市场，把乞丐和摊贩都赶出了大街。然而，全城超过三分之一的人口居住在贫民窟一样的地方，时时遭受基础卫生设施和供水的短缺。一般而言，居民区由一排或多排一层楼居所组成，居所仅有一至二个房间，全都朝向一个天井。居所用水泥、砖头或土坯建成，自成一体，具有小型社区的某些特征。居民区的规模和类型差异较大。有的只有几间居所，有的多达几百间。有的建在城市的商业中心区，有的点缀在十六七世纪西班牙殖民者遗留的二层或三层破败楼房之间，有的则修建在城市的郊区，全是木棚，一眼看去仿佛是亚热带的胡佛村庄。

我认为，本书所涉及的材料对于我们考虑在世界上欠发达国家，尤其是拉美国家的政策时具有很重要的启迪意义。它凸显了我们在着力改变和消除全世界的贫穷文化时，在社会、经济和心理方面所必须面对的种种复杂性。它提示我们，在从根本上改变穷人的态度和价值观的过程中，必须同步提高他们的物质生活水平。

由于穷人所遭遇的种种贫困，欠发达国家哪怕最有心的政府也会遇到各种各样的障碍。诚然，本书中的人物大都受过严重的伤害。然而，尽管他们身上存在着种种不光彩的瑕疵和缺陷，这些身处贫困的人却是当代墨西哥真正的英雄，因为他们为整个国家工业的进步付出了代价。实际上，墨西哥的政治稳定已经残忍地证明，普通墨西哥人对于穷困和苦难有着巨大的承受力。不过，即便是墨西哥人对于苦难的承受力也自有它的限度，除非找到更公正的途径来分配不断增长的国家财富，在为艰难的工业化过程做出牺牲的同时实现更大程度的公平，否则我们迟早会看到社会变革。

开　篇

赫苏斯·桑切斯

我敢说,我没有童年。我出生在韦拉克鲁斯州的一个小村子。所有的就是非常孤独、悲伤。州里的孩子跟首都的孩子可不会有同样的机会。父亲不允许我跟其他孩子一起玩,也从不给我买玩具,我们都是独自玩耍。我只在八岁,还是九岁的时候上过一年学。

我们住的地方总是只有一个房间,就像我现在住的这样,只有一个房间。我们就睡在里面,每个人都有一张用木板和箱子搭成的小床。每天早上,我都会爬起来先划一个十字,然后洗洗脸,漱漱口,接着去拉水。吃过早饭,如果没有人让我去拾柴,我会找个阴凉处坐下来。通常,我会带一把大砍刀和绳子去野外拾干柴。往回走的时候,我的背上会背一大捆干柴。住在家里的时候,那就是我要干的活。我从小就干这样的活儿。我不知道什么是游戏。

我父亲年轻的时候是个赶驴车的。他会买进商品,拉到偏远的小镇出售。他完全是个文盲。他后来在我们出生的村子里的一条路边摆了个小摊。不久,我们搬到了另一个村子,我父亲在那里开了个小杂货店。我们搬到那里的时候,他兜里只有二十五个比索,可他就用那点钱干起了买卖。他有个朋友以二十比索的价格卖给他一头大母猪,那头大母猪每窝都给他生了十一个小猪仔。当时,一只两个月大的猪仔可以卖十比索。靠着这十个比索,他就有了身份!比索还真是个玩意啊!我父亲就这样从头再来,凭着坚韧和节省,再一次抬起了头。他开始学着判断,学着算账,甚至全凭自学还会认几个字了。再后来,他在瓦清朗格村开了一间真正的大商店,里面摆了很多商品。

我学父亲的样,对于开销都要记账。孩子们的生日、彩票号码、买猪花了多少钱、卖猪赚了多少钱，我都会记下来。

父亲很少跟我讲他自己和家族的情况。对于他，我只知道他的母亲，也就是我的祖母，以及跟他有一半血缘关系的一个兄弟。我们都不了解他的父亲。我对我母亲这一边的亲戚也不太清楚，因为我父亲跟他们关系不太好。

我父亲一个帮手也没有。你知道的，有些家里的人就是相处不来，就像我的女儿康素爱萝和她的几个哥哥一样。只要稍有分歧，就会各分东西。我父亲和他的亲人就是这样，各住一方。

我自己的家呢，团结得多，但我自己的哥哥们长大之后还是各自离了家。因为我最小，就留在了家里。我大哥参了军，死于一次事故。他的枪走火，把自己给弄死了。然后是我的二哥毛里西奥，他在瓦清朗格开了家商店，也就是我们开的第二家商店，因为革命一来，第一家店就关门了。我哥哥毛里西奥正在店里的时候，来了四个抢劫的。他抓住其中一个，夺了他手里的家伙。可另外一个抢劫犯从背后袭击，把他捅了。他很快就死了，因为那一刀捅破了他的肚子。这就两个了。我还有个姐姐欧塔基娅，她很小就死了，大概二十来岁吧，就死在瓦清朗格。我还有个哥哥，名叫莱奥波尔多，是在墨西哥城的总医院死去的。所以，我的五个哥哥姐姐——应该是六个，还有一个很早就夭折了，我是个双胞胎——也就是我们五个吧，五个中间我是目前唯一在世的。

我父亲不大疼人，或者说不大有感情。当然，跟大多数家庭的家长一样，他非常节俭。他从来没有注意过我需要什么，反正在州里生活，花钱的地方也不多。我们那里不看戏，不看电影，不看球赛，什么都不看。现在的生活丰富多了，但那个时候什么都没有。所以，每到星期天，父亲只给我几分钱零花。这世上的父亲多种多样，不是每个父亲都会宠爱孩子。我父亲认为，给孩子太多的关注只会害了他。我也这样认为。如果溺爱孩子，孩子就长不大，发展不好，学不会独立。他会怕这怕那。

我母亲出生在一个小镇，我只勉强记得那个小镇的名字。她这人不太爱说话，因为我最小，她有什么事儿都从不跟我说。我母亲很文静，但心胸开阔，给了我很多关爱。我父亲更坚韧、更严厉，也更有活力。我母亲是个体面而正直的人，做什么事都讲良心，连自己的婚姻大事也都如此。不过，我的父母也吵架，因为我父亲还有一个女人，我母亲很是嫉妒。

我大概七岁的时候，父母分了手。革命者已经榨干了商店……生意完蛋了，家庭也完蛋了。我们这个家散了，我自然跟了母亲，跟着母亲的还有我在蔗糖种植园打短工的一个哥哥。我也在种植园做工。两年后，我母亲生了病，父亲骑了一头毛驴来看我们。我们住的是一间很小很小的破房子。房顶只有一半，另一半完全敞开。我们借了点玉米，因为实在没有东西可吃了。我们很穷很穷！我母亲吃不起药，看不起医生，一点办法也没有，她去了我父亲的家，就死在那里了。你看，他们走到尽头才总算和解了。

唉，母亲死了，我的苦日子也开始了。我十岁的时候，又跟父亲住在了一起。我在他那里住了两年，然后就出去工作了。我们有继母是很后来的事情，差不多都要到头了。娶继母的时候，我已经离家了。我父亲在那里找了个女的，这个女的榨干了他的钱，弄走了所有东西，然后和她的几个哥哥一起把他赶到了大街上。有一天晚上，他们为了钱还想杀他，只不过被几个邻居给拦住，这个女的才走了。他们的婚姻倒是合法。这个女的，跟那儿的一伙人合在一起，不光弄走了房子，还把我父亲的其他东西都搞走了。

后来，他又在镇上的另一头买了一间小房子，重新做起了生意。可他在那儿差点病死了。是的，我们男人都想很强大很有气魄，但实际上并非如此。一说起道德，或是家事的时候，总会触动我们心中的神经。孤独的时候，男人会觉得受伤，也会放声大哭。你肯定注意到，有些人喝药自尽，有些人开枪自杀，因为他们的内心实在承受不了。他们没办法宣泄，也没有人倾听他们的烦恼，他们只有拿一把枪，就这样一了百了。那些以为自己很强大的人，良心独处的时候就不是这么回事了。那只是一时的自大罢了。

我父亲去世的时候，只留下一间小房子，里面有些货物，我接了过来。我是他唯一健在的孩子。我已经来了墨西哥城，在那家餐馆做工。是那边的人给我发的电报。

我回去的时候，父亲还有一口气，我是看着他死的。他跟我说："我没有什么东西留给你，只有一条忠告：别乱交朋友。最好自己走自己的路。"我一辈子就是这样做的。

他留给我的东西少得可怜。算得是他半个兄弟的那个人跟一伙当地人把我告进了监狱。我按父亲的书面遗嘱把该给他的东西都给了他。我应该分给他一半。但他是个懒家伙，一事无成，好逸恶劳。唉，我遵照了遗嘱，也遵守了法律。怎么说呢，我甚至把屋子里的一架辛格牌旧缝纫机都给了他。我跟他说："叔叔，你把这个拿走吧。"我还好心好意、真心实意地对他说："你看，把这缝纫机拿去，你老婆还用得着呢。"嗨，他得了这么多东西，还把我告进了大牢。就为了一百比索！我告诉他："你真卑鄙。"我给他一百比索，可其他人给分了，他只拿到十比索。你看这叫怎么回事？说到钱，就连自己的亲人都信不过。人们抓到什么就是什么。

打从小起，我就喜欢劳动。我满心想挣钱买衣服穿。我看父亲做小生意赚了钱，自己也想做点事，不一定要多少，只要凭自己的双手赚到钱就行，只要不用父亲的钱就行。我根本没想过要从父亲那里继承到什么遗产，压根就没想过。我一直这样认为："如果有一天我的口袋里有了钱，我希望那是凭自己的劳动挣来的，而不是别人给我的，不是邻居、亲戚、叔叔，或自己的父亲给我的。就是这样的，先生。我想用我自己的双手去挣钱。"还有一件事，离家出门的时候我就想过，如果不劳动，就没有饭吃。

我离开父亲的时候只有十二岁。我任何人都没告诉就跑了。我最开始在一家碾米厂做工，后来又到一家蔗糖种植园的田地里劳动，接着干过砍收工。田里的活儿很累，我得拿着锄头在太阳底下整天整天地干。

每砍一千根甘蔗，他们付我一个半比索，但我一半都砍不到，所以我一天只能挣到七毛五，还不够吃饭。我饿得不行，一连数天没吃过东西，或一天只能吃一顿饭。所以我说，我没有童年。就这样，我干了四年。

后来，我碰到一个西班牙人，他开了一家玉米碾坊。他知道我用过秤，会称东西，于是有一天对我说："我要去墨西哥城，如果你愿意跟我走，我可以给你活儿干。"

"好的，先生，我随时准备跟你走。"我所有的行李只有一个装着几件衣服的小箱子。我想去墨西哥城看看，因为我还哪里都没去过。第二天一早，我们就坐上了火车，到了塔库瓦我们就下了。跟着他没干多久，他就把我开除了。我们有一次用秤的时候发生了争执。他一直都在找借口想赶我走。你知道，当一个人觉得某个人比他还要无知、还要白痴的时候，他会怎么样。他完全是想干什么就干什么，不是吗？我离开种植园没多久，什么都不懂！我两眼一抹黑，连街道都不熟悉！身上那点钱也用光了。我身上没有钱，也没有认识的人。

嗨，俗话说，天无绝人之路。有个人在附近的一家加工厂做工。他每天都从那附近路过。有一天，他看见了我，然后跟我说他的老板想让我去他的加工厂做工。那天晚上，我站在街角，手里夹着装衣服的小箱子，一文不名，一时不知道究竟该何去何从。如果有钱，我可能回老家了。那一刻，那个人仿佛从天而降。他对我说："你在这里干什么？"我跟他说了。他又说："别担心，去我家吧，我替你找活儿干。"不过，那是一家工会企业。第二天，我们一起去见了他的老板。他说，我得加入工会，才能在他的厂里干活儿。我身上一分钱都没有。我们从拉特拉斯巴拉一直走过来，差不多走到了特皮铎。厂主的工会就在那儿。他们问我身上一共有多少钱。得知我一分钱都没有，他们说那就没办法了。于是，我又空着肚子步行走了回来。回来还是同样的情形，饿呀。所以我老是骂我那几个孩子，他们不但能吃上饱饭，头上总还盖着一片瓦。

于是，我又去了杂货铺，看有没有人雇佣杂工或帮手。我对日杂生意略知一二，招呼顾客也很麻利。我挨家挨户地碰运气。面包到处都是，我却饿得肚子咕咕叫，你不知道那是种什么滋味。几天后，我在拉特拉斯巴拉碰到一个人，地点离我住的地方不远。这个人开了家杂货铺。他问我："你在找活儿吗？"

"是的，先生。"

"你有证明吗？"

"没有，先生。我刚从韦拉克鲁斯过来。"我简直是在祈求上天，盼着他给我活儿干，或者给我点什么东西也行。我告诉他，我只认得在附近开加工厂的一个人。他于是过去问了那个人，然后说愿意让我试做两个星期。报酬是每天五毛钱，外加管饭。第二天，我就拿着装衣服的行李包过来了，因为我找不到地方放那玩意。我马上就干起活儿来。我手脚麻利，不停地四处走动，仿佛脚下生风。我需要干活，我需要吃饭。两个星期过去了，一个月过去了，三个月过去了。我真是高兴死了。我从早晨六点钟开始，不停不休地干到晚上九点钟。早餐呢，我就在店里吃了点凉的，因为没有时间热呀。顾客太多了。我要送货，拉箱子，啤酒箱啊，盐袋子啊，重得根本拉不动。

一天早上，我的老板领了一个邻村来的小伙子，对我说："啊，赫苏斯，过来。这个小伙子来顶你的位置。你没用了，走吧。"凭着那两句甜言蜜语，他就把我炒了。就这样吧，我还能怎么说呢。第二天一早，我又上街了。

不过，这些困难把一个人变成了男子汉，让他懂得珍惜。一个人只有流了汗，才知道怎样求生存。远离父母身边，对你长大成人是有帮助的。

我在杂货铺干活儿的时候，认识一个小伙子，他有个亲戚在镇上的一栋楼房看门。我要了张字条，就去找他了。我给他看了字条。"行啊，怎么不行？整栋楼都是空的。"他说。"自己找个喜欢的地方，把行李箱放下来吧。"我一文不名，只好住了下来，然后又去街上找工作。

就这样，我在拉-格罗里亚餐馆找到了活儿。他们给的报酬是每个月十二比索，外加一日三餐。我拿着行李过去了，他们让做什么我就做什么。我急于干活儿，在搬一个大件的时候，得了疝气。我跑进厕所，看到腹股沟这里鼓了一个大包。我一按，很疼。我去看医生，他说我得了疝气。我很走运，因为那个医生是综合医院的，收治了我。可我的工作咋办呢？于是我跟老板讲了，他是个西班牙人，是个很体面的人，也真是个好人。我跟他请了假去做手术。他们很快就给我做了手术，可我自己干了件傻事。手术后，缝线的地方很痒，我于是解开绷带挠了起来，就给感染了。这一来，我在医院待的不是两个星期，而是五个星期。

出了院，我回到那家餐馆，发现我的活儿另有人干了。不过，老板还是让我回去了。是的，我在他那里干了三十年，几乎一天都没落下。头十五年，我在里间做勤杂，学着烤面包，做冰激凌。我每天干十四到十五个小时。后来，我开始替餐馆买东西，成了他们的食品采购员。刚开始，我每天拿八毛钱。工作了三十年，我现在的最低工资是每天十一比索。但单靠这一笔薪水我根本活不下来。

三十年的时间，我一天也没缺过工。哪怕生了病，我都要去上班。工作就好比我的解药。它让我忘记烦恼。我喜欢我的工作。我喜欢走路，喜欢跟市场里的摊贩说话。我在他们那里买了这么多年的水果、蔬菜、奶酪、黄油和肉，非常了解他们。我挑最好的东西买，就那么简单。大家应该会买东西，因为每种水果都有自己的季节，对不对？你就说西瓜吧。这个季节成熟，我就会买。早上市的瓜都不好。那是从不同的地方运过来的，莫雷洛斯、米却肯、科塔萨都有。瓜纳华托的瓜非常好，杜兰戈那种黄色的瓜也很好。橘子也是，可能来自全国各地。蔬菜同样如此。阿特里斯克和锡捞出产的鳄梨最好吃，可大都运到了美国。西红柿也一样。这些水果啊，只有多看才会认会买。

我每天要给餐馆买六百比索的菜品。他们一早就把钱给我，我每买一样都付现钱。没有账单，也没有收据。我自己计数，每天都要上交清单。

我每天七点钟去餐馆打开大铁门。然后在里间干一会儿活，吃点早餐，在九点半的时候去市场。有两个小伙子做我的帮手，把买到的东西搬回餐馆。我在一点半的样子回来，总有忘记了要买的东西，于是我又要往市场跑。我在三点钟的时候回到餐馆，吃过午饭，在四点钟的时候回去照看我的猪仔，卖我自己的彩票，然后去看我的女儿玛塔和她的几个孩子。

餐馆的同事觉得我很好，很欣赏我，因为我是那里最老的员工。我们会开开玩笑，揶揄几句，这当然纯属好玩儿。我一向规规矩矩，跟老板相处融洽。很多工人不喜欢老板，忠诚度不够。就这一点来说，我很幸运，因为我知道我的老板很敬重我。为了表示对我的赏识，他同意我每周干七天，节假日不休，这样挣的钱才多嘛。几十年如一日，我星期三都要做工，那本该我休假的啊。我尊重我的老板，总替他把事情做到最好。对我，他就像一位慈父。

我要做的，就是工作，照顾好自己的家庭。我从没参加过舞会。只有一次，那是我们住在古巴大街的时候，居民区的人搞了个舞会，我也只跳了一小会儿。我不怎么喝酒，回到家就睡觉。对我来说，没有外出游玩，没有聚会，什么都没有……只有工作和家庭。

我工作的地方也没有朋友。我指的是那种正儿八经、相互尊重的朋友。如果我需要朋友，我会找那种老一点的人，不是年轻人，也不是我的工友。互相都还不认识，年轻人就可以请你跟他们一起去喝酒做事情。有的人甚至相互捅刀子，这很不好。不管请我去哪里，我都不会去。

正是在拉-格罗里亚餐馆，我遇到了孩子们的母亲伦诺。我爱上了她。她个子不高，但肩膀很宽，肤色黝黑。我十六岁，她肯定比我还大两三岁。她来墨西哥城的时间比我长，通过自由恋爱嫁过一个男人。我接受了她和她十个月大的孩子。这样做我很高兴。我觉得那很自然，可那孩子生了病，很快就夭折了。我每天只有八毛钱的收入，每个月哪里拿得出十到十五比索来单独租房子呢，我只好跟她的家人住在一起。那个时候，我年纪小，很穷，很傻，傻得像块木头。可我才十六岁，哪来的经验？我只知道要跟她睡觉。

不过，我在这里才说，只过了二十四小时，我这个房客就遭人嫌了。她的几个哥哥喝了酒，跑回家来毒打各自的老婆，我们觉得很难为情。我到处找，终于以十比索的租金找到了一间房子。我连一张床都没有。我老婆卖面包屑和剩蛋糕，赚得比我多。她有时候一天能赚到八个比索。是呀，她的买卖不错，我则像颗土豆一样陷在了餐馆里。

伦诺个性很强，因此我没法跟她和睦相处。她想让我娶她，但那让我非常生气。我觉得她想要一辈子把我拴住！那是我的错，但也就那样了。

伦诺是我的第一个女人。我们的第一个孩子夭折了，那是个女孩，名叫玛利亚。她出生没几天就死了，死于肺炎。有人说她的小腹胀破了。后来生了大儿子曼努埃尔，我很高兴。做了父亲，我更感到自豪了。我看着他，觉得那真是个奇怪的人儿。年轻嘛，我根本没有经验。一个人不是马上就能感受到爱的，但我那几个孩子带给我的总是乐趣。不过，我们仍旧过得很苦。我每天只有八毛钱的收入，根本维持不了什么。伦诺刚生完孩子，自然没法干活儿，没了她每天那十个或者十二个比索，我们什么都买不来。家里的开支一向都是她在负责。

曼努埃尔之后，我们又生了个男孩，几个月后也死了。他之所以夭折，一是没钱，二是粗心。我们没经验，也没努力救他。伦诺是个好人，但她脾气暴躁，有严重的心脏病，时常发怒。她的奶老是出问题。她不是那种善于呵护孩子、充满感情的母亲。我记得很清楚，她在这方面跟大家一样，哪怕她非常生气，甚至对孩子们恶言相向，但绝不会动手打人。她没吻过他们，也没抱过他们，但也没虐待过他们。她整天就是卖蛋糕。

我跟孩子们也不怎么有感情。我不知道是不是因为我自己小的时候没得到过感情，或是因为只有我一个人照料他们，或是因为我总在为钱的事情发愁。我得拼命工作，他们才有饭吃。我没有时间理会他们。我觉得大多数家庭，争吵和悲剧有它的经济原因。如果你每天需要五十比索的零花，可你找不到这笔钱，那就会让你心烦，你就会跟老婆吵架。

我觉得大多数贫困家庭发生的就是这么回事。

伦诺怀上曼努埃尔的时候，我开始偷偷去见卢裴塔。卢裴塔也在拉-格罗里亚餐馆做工。我和伦诺经常吵架，每次吵架，她都想把房子推倒。她很喜欢吃醋，总是当众吵闹。我下了班回到家，总会看到她怒气冲冲的样子，一丁点小事都会让她感到不舒服。她会勃然大怒，接着就病了。她的脉搏几乎停止，好像整个人就要死了似的。医生也不知道她得了什么病。我真受不了。我要的是感情。干了一天的活儿，我需要有人听我说话，有人理解我，可以让我倾诉烦恼。你看，各种各样的人都有，穷人在家里得不到感情，只有去外面找。医生对我说过："要知足，女人需要丈夫给她买衣服，买食品，陪她睡觉。因此，男人一定要强壮，要时时记得她。这样做吧，你会明白的。"

伦诺在那方面倒是很行，我相信这是原因之一……唉，她本可以活……可是，唉，如果女人老是吵架，她的丈夫会忘了她的。我知道，那样做不对，可我在餐馆跟卢裴塔寻欢作乐就是这么一回事儿。我不怎么强壮，但有时候也有一点热血。我的本性如此。在认识卢裴塔之前，我去过罗萨里奥大街的窑子，可是被感染了。全是因为我自己不小心，没有经验，也不是别的。从那以后，我再没去过那样的地方。现在啊，免费我都不去。

不过，虽然不检点，但我的运气不错，没听说跟我睡过的哪个女人对我不忠。她们全都长得很黑，性欲旺盛……在墨西哥，我们觉得金发碧眼的人性欲不太强……不过，即便我一次都不用她们，她们也不会出去找别的男人。一个正直的女人，尤其是如果有了孩子，一定要克制自己，善于等待。我有过五个老婆……有一个跟我生过一个儿子，后来改嫁了。我那个儿子现在应该二十二岁，我觉得是去跟他相认的时候了。是的，我有过五个女人，还有几个偷偷的。运气还行，就这样吧。像我这样一无是处的人，没有读过书，没有存款，没有个头，老大不小，什么都没有，却在女人这个问题上左右逢源，你不要跟我说那不算运气哦。

　　要是换个人，早蹲大牢了！但我珍惜自由，从不打未婚女孩的主意。从不！我那几个女人在跟我生活之前都结过婚。要不然，麻烦就大了。如果某一个是处女，我要么去教堂迎娶她，要么按世俗法律迎娶她，要么我自己去蹲二十年的大牢！

　　当我跟卢裴塔有那层关系的时候，我根本没想过要跟她组成家庭。可她很快就怀了孕。我只好去她位于罗萨里奥的家里跟她见面。她跟她的两个小女儿住在那里，小得根本不知道发生了什么事情。不过，她们后来很尊敬我，还时不时喊我爸爸。我那时候挣的钱很少，根本养不起卢裴塔，她只好继续在餐馆做工。不过十五年来，我一直替她付房租。

　　在墨西哥，如果某个女人带着孩子还有男人接受的话，就像我接受伦诺那样，她是不会觉得自己有反对丈夫出去的权利的。她知道自己的缺点。如果是个处女，又是在教堂或者根据世俗法律结的婚，情况就不同了。她会有充分的理由表达不满。但是伦诺很难。嗯，我跟她吃够了苦头，但一直没抛弃她。我有自己的信条，每次争吵过后，我只离家几天。我总会回家，因为我爱我的孩子们。

　　有一天晚上，她死了，那真是一次打击啊。那是晚上七点钟的事情，我们正在喝玉米汁，吃玉米卷，她突然幽幽地对我说道："啊，赫苏斯，我就要死了。"她一直在说头疼。可到了一点钟，她开始念叨："啊，啊，我要走了，带好我的孩子。"紧接着，她的喉咙咕咕作响。我哪有时间做什么啊？医生过来给她打了一针，但无济于事。她怀着身孕，可医生说她死于头部的一根血管破裂。那几天我真是受不了了！我走在街上如同行尸走肉。还好有他们的外祖母在家看管着几个孩子。

第一部

曼努埃尔

母亲去世的时候，我八岁。我跟弟弟罗伯托一起正睡在地上的一张席子上。我的两个妹妹，康素爱萝和玛塔跟爸爸妈妈一起睡在床上。我好像正在做梦，突然之间听到爸爸在大喊大叫。他发现我的母亲从他身旁滑到一边去，觉得她就要死了，于是赶紧叫我们。我一般睡得比较沉，所以父亲只得提高嗓门。这下子他完全是在高声咆哮："起来，王八蛋！起来，蠢猪们！一群废物！你们的妈妈就要见阎王了，你们却在睡大觉。起来，你这龟孙子。"紧接着，我战战兢兢地爬了起来。

我还记得妈妈的眼睛，和她看我的眼神。她口吐白沫，说不出话来。他们已经派了人手去叫医生，医生就住在一个街区之外，可我的母亲还是没能挺过来。她的脸色越来越暗，当天晚上就死了。母亲死的时候还怀着一个弟弟，可能就要生了，因为我记得妈妈的肚子已经很大很大。别的女人照看着我的妹妹，所以玛塔一直长不大。

究竟是因为怀孕，还是因为他们跟我说的"心脏和肝脏感染"，我不知道。但当我的母亲瘫软下去时，她肚子里的东西，也就是我的弟弟，还在起伏乱动。他还在乱动，我父亲却神色绝望。他不知道究竟该怎么办，让人剖开她的肚子把他取出来，还是就让他那样子算了。我父亲哭得很厉害，他哭着去跟他的亲戚朋友们报告了消息。

她的过世让所有人都很震惊。她只有二十八岁，噢，对了，很健康，很健康。人们当天还看见她在清扫院子，侍弄家务。唉，那天下午她都还在替我父亲捉虱子。当时我母亲坐在门廊里，父亲就躺在她的脚边。

那段时间，我们住在特诺奇蒂特兰街上的一个居民区。傍晚，妈妈会对我说："出去买点玉米饼和玉米粥回来。"我于是走到街角，在一个妇女摆的摊子上把那些东西买了回来。我记得很清楚，那是星期一，因为头一天是星期天，我们跟着爸爸和妈妈去巴西利卡郊游了一趟。

那个星期天，我们全都吃了鳄梨、猪肠和荔枝，发火前后吃这些东西对胆很不好。对了，星期一早上，我母亲因为弟弟罗伯托的事儿发了很大的火，她还跟隔壁一个女的狠狠吵了一架。

那一天就这样过去了。我父亲下班回家后，他们俩的心情都很好。我们几个孩子上床睡觉的时候，他们还在吃饭。那天晚上，我母亲病情发作的时候，父亲甚至来不及找个牧师，赶在她死之前为他们做个婚礼。

参加葬礼的人很多，有租户，也有市场里的人。我不知道尸体在家里能放多久，可父亲就是不让大家把她的尸体抬出去。人们甚至有些微词了，因为尸体已经开始腐烂变质。到了墓地，人们把我母亲的棺材放到坑里的时候，我爸爸还想跟她一起跳进去。他仿佛心碎了一般号啕大哭。一想起她，我父亲就没日没夜地哭。

安葬了母亲，爸爸对我们说，他只有我们了，我们一定要做好孩子，因为他既要当爹又要当妈。他说到做到。他很爱我的母亲，过了六年才再娶了艾莱娜。

我相信，我的父亲很爱我的母亲，尽管他们经常吵架。我父亲很犟，是一个用行动说话的人。他经常跟我母亲吵架，是因为他是个很爱整洁的人。如果他发现什么东西位置不对，或者有什么地方不对劲，就会跟她吵。看到他们大吵大闹，我总是怕得要命。有一次，他们吵得非常厉害，父亲很激动，想用刀子捅我的母亲。我不知道他这么做是不是为了吓唬她，反正我是站到了他们中间。我的身高还不到他们的腰部。我一站进去，父亲马上就平静了下来。我哭了起来，他于是说道："好，儿子，别哭了，我们不打了。别害怕。"

我爸爸十分反感喝酒——甚至连闻一闻都讨厌。一次，我妈妈去参加瓜达卢佩姨妈的圣徒纪念日，他们灌她喝了很多酒。于是，他们大吵了一架，我依稀记得他们还分开了一段时间。我应该只有三四岁。我们那时候住在贝克大街十四号的居民区，只有一个房间，一间厨房。我母亲去了住在同一条大街上的瓜达卢佩姨妈家。人们问我是想跟爸爸，还是跟妈妈。我想，我那个时候更喜欢妈妈，因为我说要跟她。他们分开了两个星期的样子。

我母亲的性格跟父亲截然相反。她性情开朗，喜欢跟大家交谈。我还记得，每天早晨，她一边唱歌一边生炭火给我们做早餐。她会一直唱个不停。她喜欢各种动物，那也是我们唯一一次养过狗。"悠悠"曾经悉心看管过我和罗伯托。我妈妈想在家里养上许多植物和会唱歌的鸟，但那个时候我爸爸坚决反对花钱做这样的事儿。

妈妈喜欢聚会，做事很讲排场。不管是替我父亲的圣徒节办舞会，还是给我们的生日小小庆祝一下，她都会准备几大盘菜，把所有的亲戚朋友请到一起。她甚至喜欢喝上一两杯，不过只有聚会的时候才这样子。她是可以把自己的饭菜分给有需要的人的那一种人，而且经常让那些无家可归的夫妻睡在我家厨房的地板上。

她活着的时候，我们家真是快乐无比。她死后，我们的房子里再也没有举办过聚会，也没有人来看望过我们。我从来不知道父亲是否有朋友，他可能有朋友，但我们从来没有见过。说到串门，我父亲进过的房门只有他自己的家。

母亲大多数时候都要做工来帮衬我的父亲。房租是他付，他也会给她买菜的钱，但姨妈告诉我，他从来没给过钱让我母亲去买衣服穿，或者做其他事情。整整五年的时间，她就在周围一带卖面包屑。她从艾尔格兰雷诺面包店买来卖剩下的面包屑，然后以五分至一毛钱一小堆的价格卖出去。后来，她又认识了几个做二手服装买卖的人。她在市场上摆了个摊子，常常会带我一起去罗马区购进服装，拿到摊子上出售。

可就是在那个地方，有一些很悲伤的事情，只有我一个人知道。我母亲的生活中还有一个男人。我并不知道，但我相信母亲是出于爱才嫁给我父亲的。他们是在一起做工的拉-格罗里亚餐馆相识的。可还有一个名叫卢裴塔的女人，也在那家餐馆做工，我母亲对她嫉恨不已。她有一次对我说，那个女人就是我父亲的情人。也许就因为这个，我妈妈才偷偷去见那个做二手服装买卖的人。她经常带着我一起去，也许既是为了保护自己，也是不想跟他走得太近。我不知道他们有没有单独见过面。

我很生气，但那个人像所有的男人对付小孩一样，会给我一点零花钱，带我们去看电影，或者给我买点小东西。不过，即便如此，我还是没放开过母亲。我会拉着她的手，不让她和他说话。有一次，我威胁说要跟父亲讲。她说："去吧，去跟他说吧。他如果杀了我，看你没有了我怎么办。"唉，从那以后，我再也没有那个胆了。我的父亲为此嫉恨得要命。

我不记得跟那个男人的事情持续了多长时间，但我们总共只看过三场电影，然后我母亲就死了。他一定很爱她，因为他甚至来为她守了夜。看见他走进我家，站在那里的时候，我真是恨死他了。我父亲也在场，他怎么有胆量还敢来？后来，那个人开始酗酒，潦倒不堪，不到一年也死了。现在，我可以原谅他，因为他诚心实意地爱过我的母亲。我那个时候不太懂事。

我妈妈非常喜欢朝圣。有一次，她带着我和罗伯托去查尔玛神殿参拜。查尔玛是穷人最爱去的神殿，穷人们满怀虔诚和热爱，要在崇山峻岭间行走六十多公里。背着毯子、食物和衣物，那真是一段艰难的路程，也是一种牺牲。我们去的时候，一路上有很多人。我们走了四天才到达那个地方，一路上就睡在山林里，或者小镇上，就在屋外，睡自己带去的草席。我和罗伯托一到晚上就很害怕，因为我们听那些女人说过，女巫会吸小孩子的血。一个女人对我母亲说："看好小孩子啊，因为女巫在这个时候特别活跃。知道吗，昨天他们发现了三个小孩子，身上的血被吸得一滴不剩。"

罗伯托问："哥哥，你听见了吗？"他这么一说，我们都害怕得要命。我说："你懂什么？我们晚上用毯子盖住脑袋，他们就不知道我们是小孩了。"

一路上，到处都是十字架，那是曾经死过人的标志，于是所有的妇女都认为，死人的灵魂在等着吃掉路过的小孩子。带着孩子的妇女每经过一个十字架，都要大声喊出自己孩子的名字，这样一来，孩子的灵魂就不会被留在那里了。

到了山间，人们会看见一团团火球从这个山顶飞到那个山顶，于是齐声喊道："女巫！女巫来了！"接着，人们会跪下祈祷，母亲们则会把孩子给藏起来。妈妈先用毯子把我们盖起来，然后紧紧地抱住我们，这样女巫就找不着我们了。人们说，抓女巫最好的办法是跪在一把打开呈十字的剪刀跟前，并向上帝祷告。每念一句"我的主啊"，你就用围巾盖着打一个结。打完最后一个结，女巫就会掉到你的脚边，然后你就可以用生木头点一把火把她给烧掉。

穿过一个个山口的路上，妈妈会给我们讲查尔玛的传说。她会指给我们看"牵兽人"，那是一块长得像人的岩石，穿着印第安人的服饰，牵着一头驴和一条狗。有人说，那个牵兽人在上山的途中杀死同伙，自己也被变成了岩石。接着，我们又经过了"干亲石"，也就是位于河流中央的几块大石头。那原本是几个互为对方孩子教父母的干亲家，但因为走到此处的河中央发生私通行为而犯了原罪，结果也被变成了大石头。还有一块我很好奇的大石头，活像一个牧师，戴着帽子，披着斗篷，一只手撑着腮帮子似在沉思。谁知道他犯了什么原罪呢，反正他也被上天惩罚了。老人们相信，这些岩石每一年都会往神殿的方向滚动一下，等他们哪天滚到了神殿，也就醒了，又会恢复各自本来的面目。

我们也遇到了悔罪者，这些人立誓以跪姿沿岩石小路爬到神殿去，有些人还把自己的脚踝严严实实地捆了起来。他们走得很慢，大家相互搀扶着，走到神殿的时候往往血流不止，不光磨破了皮，有些甚至露出了森森白骨。那样的场景给我的印象最为深刻。

我妈妈和她的家人定期要去查尔玛。他们对于拉各斯的圣胡安圣女也很虔诚，去那里朝觐需要的时间更长；妈妈每年都会带我们去一趟。爸爸只陪她去过一次，但没有陪她去过查尔玛。他不喜欢朝觐，那也是他们争吵的另一个原因。我爸爸总是这样评价我妈妈的家人："那么虔诚，可去神殿的路上还是照样喝酒。"

那倒是真的，因为我母亲的几个兄弟，何塞、阿尔弗雷多和卢西奥都很会喝酒。实际上，他们几个都是喝死的。瓜达卢佩姨妈每天也喜欢喝点雪利酒。但我想不起我母亲的母亲，也就是我外祖母喝酒的事情了。她是个活泼的老太太，走起路来腰板挺直，总是穿得非常干净。不干净的东西她从来不穿，鞋子总是擦得铮亮，她的着装很严谨，黑丝袍，黑长裙。

我外祖母原来跟瓜达卢佩姨妈住在漆匠大街。每天早晨，爸爸上班之后，外祖母会在早饭时间来我们家里。她来帮我妈妈，把我们的脸、脖子和小手擦洗一遍。她用捣碎的茅草团给我使劲擦洗，我忍不住要大叫一通。她总会说："你们这些淘气鬼，怎么会弄得那么脏？"

外祖母对宗教十分着迷，比我母亲更着迷。她也像我们的教母，教我们画十字、做祈祷。她虔信天使长圣米盖尔，教会了我们怎样对他祈祷。她还笃信上帝，说那是医治百病的良药。每逢重大节日她都要祈祷上一个小时，如复活节、圣灵降临节、亡灵节……。亡灵节那天，她会点起蜡烛，拿出玻璃杯，摆上供品面包，鲜花和水果。她和我母亲死后，家里就再没有人做过那些事儿。外祖母是唯一懂得传统，并尽量想传给我们的人。

我父亲的家人生活在韦拉克鲁斯的一个小镇上，我们对他们几乎一无所知。我和罗伯托很小的时候，我爸爸的爸爸派人来找过我们。爷爷很孤单，因为奶奶死了，几个叔伯也死了，当然我不知道是怎么死的。爷爷在瓦清朗格开了一间很大的杂货铺，村里很多人都欠他钱。他说那间铺子归我们，我父亲后来把它给卖了。但我的一个叔叔，以及跟我爷爷算得上半个兄弟的一个人为了夺走我父亲的钱，把他告进了监狱。我猜他们是想把他杀掉，还是想别的怎么样，可我母亲趁着黑夜溜了出来，还跑到监狱。那只是个乡间监狱，她用棍子打昏了守卫。我不清楚她到底做了什么，反正就是把爸爸救出了监狱，于是我们连夜赶回了墨西哥城。后来呢，我父亲从爷爷的店铺中一分钱也没有拿到。

康素爱萝出生的时候，我六岁。我和罗伯托看着接生婆来到家里，在那里不断地忙活着，但我们根本不懂是怎么回事儿。我们被赶出了房间，接着就听到婴儿的啼哭声。我一直喜欢听婴儿的啼哭声，而且觉得有个妹妹是一件好事。可当她在床上挨着父母睡觉，当我母亲走到哪儿都抱着她，抚慰她，还叫她"我可爱的小女儿"的时候，我产生了龌龊的想法。母亲发现我很嫉妒，于是告诉我："别这样，儿子，你知道我最喜欢你。什么都不要相信。"的确，当她外出卖东西的时候，经常都会带上我。我们把罗伯托留给外祖母看管，我就跟着妈妈走了。因为知道她很爱我，所以我看见什么东西都要她买给我，她不买我就大发脾气。她总是说："唉，儿子，我很爱你，可你也太难伺候了。真不知道你长大了会变成什么样。"

一天，我跟妈妈去格兰雷诺面包房买面包屑。她正在跟她的姐妹，也就是康素爱萝的教母说话，我发现有血顺着她的腿流了下来。我问她是不是哪里伤着了，她低头看了看，然后对我说："我想应该是伤着了。"她回到家就躺在床上，然后叫人去找我的父亲。

稍后，替康素爱萝接生的那个女人又来了，我又听到了婴儿的啼哭声。我和弟弟一定像两只受惊的兔子，因为我爸爸走出来安慰我们，叫我们不要害怕，说那位女士用箱子又给我们带来了一个新的妹妹。我第一眼看到玛塔的时候，觉得她真是难看死了。我说："嗨，妈妈，你应该让那位女士送一个更白更漂亮的才对。"

生了这两个女儿，我父亲真是高兴极了。他巴不得生的全是女孩。他对我的两个妹妹感情更深些，但那个时候我还看不太出来，因为母亲在的时候，爸爸还是很爱我们的。至于罗伯托呢，我就记不太清楚了。我爸爸一直不喜欢黑皮肤的人，可能就因为罗伯托肤色较黑，所以他一直不喜欢罗伯托。不过，我们小的时候，他对我们并不严厉。他跟我们讲话的声调有点不一样。我猜想，我和弟弟最大的不幸是长成了大人，因为我长到八岁之前都还觉得无忧无虑。

也就从那个时候开始，我逐渐明白了性交是怎么回事儿。当时我妈妈正在生炭火，于是叫我到隔壁去借把扇子来。我跑到邻居的房子跟前，没敲门就走了进去。床上躺着佩佩塔和她的丈夫，佩佩塔跷着双腿，她的丈夫脱掉了裤子，一丝不挂。我觉得很难为情，但又不清楚到底哪儿不对劲。不过，我觉得应该是我惊扰了他们两个正在干的一件什么坏事儿。佩佩塔脸色不悦，停止了动作，但两个人谁也没有改变姿势。她说道：“啊，拿去吧，就在那边的火盆上。”然后我就回了家，给我母亲讲了这件事儿。唉！她竟然狠狠地扇了我一个耳光！

那以后，我就想亲自体验一把，于是想方设法找来居民区的女孩跟我一起做“爸爸妈妈”的游戏。我母亲请了一个女孩来家里帮忙，只要我们单独在一起，我就会跟她做那样的游戏。有一天，她上房顶去晾衣服，我跟了上去。“来吧，”我说。“就在这里做。”我强行掀起她的衣服，以便褪下她的裤子。就在她快要让步的时候，我听到有人在拍打窗户。那个时候，我们的房子对面是一家织袜厂。我转头去看是谁在拍打窗户，才发现工厂里所有的工人，无论男男女女全都跑到了窗子跟前，指着我们俩哈哈大笑。有人大声说道：“他妈的，看看这个小杂种。”我迅速跑下了房顶。

母亲送我上学的第一天，我害怕得哇哇大哭。趁老师不注意，我转身跑回了家。我的第一位老师卢佩小姐非常严厉，谁只要不听话，她就会拿黑板擦扔谁。有一次，她朝我扔过来一把直尺，尺打在我的手腕上断成好几截。

那一年，我认识了桑提亚哥这个朋友。在学校，他是我的守护天使，总会保护我。有大孩子想打我的时候，我马上会对他讲，他就会去追讨他们。可他从不帮我欺负比我还小的孩子。他会说：“好意思哭，羞不羞？既然他比你小，你直接揍他不就行了吗！”桑提亚哥教我怎样保护自己，教我学说脏话，还把有关女人的事儿全都告诉了我。

我在那所学校读到了四年级。就是在那所学校，有人给我取了奇诺①这个绰号，因为我的眼睛有些斜视。我上到三年级的时候，罗伯托开始上一年级，从那以后，我为他打了好多次架。他小子真是可怜！从小他的日子就不好过！他总是惹麻烦。一下课，我就看见他被人拖着哭哭啼啼地往校长办公室走，去为他做错的事而受罚。我很气愤，总是会掺和进去。

我弟弟有一次流着鼻血，哭着跑进我的教室。他说："弗朗西斯科简直是头猪，他竟敢揍我，莫名其妙。"我什么也没说，径直来到那头猪的教室对他说："弗朗西斯科，为什么打我弟弟？"

"因为我想打他，怎么啦？"

"好，来打我，"我这么说着，他还真打了我。我抓住他好好揍了一顿。他拿出刀子向我扑过来，要不是我立刻弯腰闪开的话，他肯定刺到我的脸上了。

有人跑去告诉了我的父亲。不巧，那天星期三，是他的休息日，他刚好在家。那天下午，我害怕得不敢进屋，站在那儿从门上的缝隙往里看，看父亲的心情如何。不过，那次他没有教训我，只是跟我说要尽量少打架。

有一次正逢母亲节，我哼唱着在学校排练过的一首歌回到了家里。"原谅我，亲爱的妈妈，因为我能给你的只有爱。"我父亲正好在家，他好像很自豪很幸福的样子。

"不，儿子，我们还可以给点别的东西，你看我买了什么。"我看见衣柜上摆着一部小收音机。

"爸爸，真漂亮。"我问道。"是给妈妈的吗？"

"是的，儿子，是给妈妈的，也是给你的。"

当时我父亲就是这么说的。他卖彩票赚了钱，就用来买了收音机。

_____

① 原文 Chino，意为斜纹棉布。——译者

后来，我开始慢慢地讨厌那部收音机，因为它惹得家里人不时发生争吵。我母亲老听收音机，惹得父亲非常生气。他说事情完全乱了套，"为家里这这那那付钱的人是我！"他觉得只有他在家里的时候才能听收音机。

母亲死后，外祖母照顾了我们一段时间。我很喜欢她，母亲死后，只有她真正疼爱我。我只向她一个人讨教过主意，我不吃饭的时候，只有她才会掉眼泪。她曾经说过："曼努埃尔，你太固执，我担心得很啊。有一天我死了，你看还有谁哭着要你吃饭。"

外祖母从没打过我，哪怕有时候我不愿意跟她跑腿，她也只会扯我的头发，揪我的耳朵。妈妈经常打我们，尤其是罗伯托，因为他太淘气。哦，有一次，我弟弟躲在床底下不肯出来，妈妈抓起一根铁棍朝他捅了过去。刚好捅到他的头上，立马起了一个大包。跟母亲相比，外祖母简直就是温柔的代名词。

父亲跟我外祖母很合得来，也就是说，他们不存在任何分歧。她教我们要懂得尊重他，因为是他给我们挣来了饭钱，什么都是他给的。她常说，我们有那样的父亲，应该感到珍惜才对，因为世上像他那样的父亲并不多见。不管什么事，她都会给我们提建议，她还教我们要记得自己的母亲。

瓜达卢佩姨妈有时候也会照看我们。一天傍晚，爸爸让我们出去买糖。我猜想他巴不得我们去的时间长一点，可我偏偏提前回来了，刚好看见父亲想凭力气把姨妈搂进怀里，知道吗？我觉得他想跟她求欢，而我惊扰了他们。我可不喜欢看到这样的事情，不过，唉，他毕竟是我的父亲，不是吗？我不想对他妄加评判。

后来，父亲又雇了个女的来照看我们。第一个仆人的名字我已经记不得了，她抽烟很厉害，牙齿全给熏黄了。有一次，她正在洗衣服，我走过去把手伸进她的衣服里。"嘿，规矩点，放手，把手拿开，要不我让你好看，小杂种。"那老娘们不让我碰她，不过我还是掀开她的衣服，看到了她的下身。嗨，她的毛真多，真难看！

我们从漆匠大街搬到了古巴街。我们家的房子又小又黑，十分破败，住在里面可真糟糕。我的父亲就是在这里遇到了艾莱娜。

我不记得我们两家人的房号了，不过假设我家住一号，艾莱娜和她丈夫住的是二号吧。我爸爸干的事情就是把她从二号搬到一号，让她变成了他的老婆。在此之前，我差不多当她是我的玩伴。她长得年轻漂亮，经常要我读笑话给她听，因为她自己不识字。她是我们的朋友，对吧？所以，当她爱上我父亲的时候，我们都有种上当的感觉。为了掩饰那些事儿，她来到我家当仆人，结果却成了我家的主人。

一天晚上，她丈夫带话说要见见我的父亲。我的父亲个子很小，可他还是去了。他走的时候，我看见他抓了一把刀子藏在皮带下面。他们两个人把自己关在屋子里，我真是担心死了。我对罗伯托说："我们去楼顶吧，那家伙要是动手的话，我们两个一起给他扑过去。"我们不过是两个小孩子，可还是爬上了楼顶。但是，我们没法看见他们，因为他们把里间的门也给关上了。我真是害怕极了。我担心那个人可能会杀了我的父亲。终于，爸爸走了出来。从那以后，艾莱娜就留在我们家了。

租户们对这件事情说三道四——说艾莱娜从这家走到了那家。我父亲是何等的了得啊！然而人言可畏，爸爸只得搬家，于是我们住进了奥兰多大街。

我们搬家那天，父亲早早就下了班，下午一点整吧。因为他一贯喜欢速战速决，于是他喊道："好吧，把床拆了，把席子卷起来。"

于是我们卷起席子，他用一块床罩给包了起来，以遮掩上面的斑斑污点。紧接着，爸爸要我们搬家具，收拾好所有的锅瓢碗盏。艾莱娜把锅瓢碗盏从挂钩上取下来，放进浴盆里，以便搬运。我们用来储水的浴盆有好几个，因为我们那种居民区经常缺水。我们没有雇车，全都自己搬运。爸爸请了个搬运工搬运大衣柜，因为我们的新家在一个半街区之外。

那个居民区更大更漂亮，我们第一次住进了两居室的房子，这让我觉得我们已经成了有钱人，我为此高兴不已。我们的房子位于三楼，朝向天井的楼梯平台只有一个小小的扶手，于是我父亲做了一个正儿八经的护栏，以防我们不小心跌落下去。

可父亲对奥兰多大街的房子并不称心，于是我们又搬回了古巴大街。这里有他认识的两个女人，都在餐馆做工。其中一家有个女儿名叫茉莉亚，我非常喜欢。我想让她做我的未婚妻，可她家比我家要好，我有点自愧不如。我发现她家的房子装修得十分漂亮，也就决定不要她做我的女朋友了。

起初，艾莱娜也想对我们好。她自己没生过孩子，对我们几个充满了慈爱。不知为什么，当我们搬回古巴大街之后，她对我们就没有那么好了。那时我父亲对我们的态度也开始变了。她会为一点点小矛盾跟罗伯托大打出手，然后父亲会一反常态地把可怜的弟弟揍上一顿。我记得父亲唯一关心罗伯托的那次，是他的手臂被居民区的一条狗咬了一口。我父亲很生气，气得脸都白了。他的脑子一片混乱，完全不知所措——还是一个邻居帮了大忙。

不过，罗伯托一直很难对付，我敢说没办法对付。他很倔强，为了一丁点小事就可能跟人干上一架。艾莱娜说："把地擦了。"罗伯托会说："为什么要我们来擦？你才是家庭主妇。"就这样，一场争吵发生了，等到父亲回家的时候，艾莱娜会假惺惺地号啕大哭。于是他抽出皮带，给我们俩一顿好打。他还会让我们擦地板，洗碗碟，而艾莱娜坐在床上哈哈大笑，惹得我们愈发生气。

有一次，我们一家人正围着餐桌吃饭，有我的后妈，我的两个妹妹，罗伯托，父亲和我。我喝咖啡的时候，偶尔转过头看了父亲一眼。他当时正瞪着我和罗伯托，好像很讨厌我们的样子，只听他说："看你们的吃相就让老子恶心，看看你们狼吞虎咽的样子，兔崽子。"我们什么也没干，可他竟然那样说我们。从那以后，我再也没有跟父亲同桌吃过饭。

没了母亲，我们几个小孩子本应该更加团结，互相支持。可我们一直做不到这一点，因为父亲总要在我们两个男孩子和两个妹妹之间横插一脚。他横在那里，不让我履行一个大哥应尽的义务。要是母亲健在，肯定是另外的情形。她深信传统，年幼的应该尊敬年长的。要是她还活着，我的两个妹妹也许会尊敬我和罗伯托，我们也不会滥耍威风。

在墨西哥有这样的思想，老大应该照管下面的弟弟妹妹，也就是让他们懂得规矩。可父亲从不允许我这么做，我从来没觉得自己有两个妹妹，因为我没法纠正她们。他会说："你是谁，王八蛋？你有资格打她们？老子才有资格。你们两个龟孙子谁敢碰她们一下。"

我的两个妹妹，尤其是康素爱萝，总想在我们和父亲之间制造恶心。她知道怎样才能惹他来揍我们，或是揪我们的耳朵。从一开始，父亲就不让我们跟她玩儿，也不让她乱跑，因为她个子太小，因此，嗯，我没太把她当一回事儿。康素爱萝是个很令人心烦的孩子，真的，没有谁比她更烦人。我轻轻拍她一下，她就会哇哇大哭。父亲回到家的时候，她就开始揉眼睛，把眼睛揉得红红的，他就会问："怎么回事，孩子？怎么了，乖女儿？"接着她就开始添油加醋。不过就是轻轻扇了她一下，她却会说得像着了火似的。"爸爸，你看，他打我的胸部！"她总说我们打她的胸部，因为她知道我们打她那儿准让爸爸发火。他有点惯她，因为她骨瘦如柴。接着呢，当然了，他会给我们一顿好揍。

"骨瘦如柴"——我们就是这样称呼康素爱萝的——总是在我父亲面前装出一副可怜巴巴的样子，就像她是受苦受难的修女诗人胡安娜·伊内斯·德拉克卢斯。虽然吃尽苦头，忍辱负重，她依旧非常小气，铁石心肠，你明白我的意思吧？她老是以自我为中心，唉，我那个妹妹让我和罗伯托十分抓狂。

我不明白，为什么父亲对我们男孩子如此苛刻，对女孩子如此偏爱，对她们说话是一个腔调，对我和罗伯托说话又是另一个腔调，也许是因为他从小就生活在旧体制下的缘故吧。有两三次，他回忆起自己过去的日子，对我们说，我的爷爷对他很严格，经常打骂他。因此，他觉得要我们尊重他，必须首先得像个男人的样子，然后才是我们的父亲。

我们从没跟他顶过嘴，一直非常尊重他，事实上我们还很崇拜他，可他为什么对我们是那样的态度呢？

父亲打骂我们倒不是因为他性格残暴，而是另有深层次的原因，那就是为了他跟艾莱娜的爱情。对他而言，老婆比孩子重要，这是很自然的事情，他打骂我们就是为了替她出气，哄她开心。从内心来说，他是爱我们的，希望我们多少有点出息，一旦发现我们做了坏事，他就觉得我们在骗他，让他觉得很失望。他曾经说艾莱娜是圣人，而我们是一群混蛋，居心不良，不愿意了解她，不想让她过好日子。不过，依我看，他和艾莱娜的婚姻既有感情也有感激，而我父亲呢，唉，太过专情。我觉得他对艾莱娜的爱不如他对我母亲的爱，母亲是他的初恋，也是他的真爱。

说到我的后妈呀，我还是不说为妙吧，因为我知道那对我也不会有任何好处。我总是叫罗伯托不要乱说，可他觉得没有理由不说，反正那个女人不是他的亲妈。艾莱娜对两个妹妹要好些，因为她们是女的，而且太小，根本不知道跟她对着干。可我们两个男孩子已经长大了，分得清。

有一次，我们正在聊家事，我无意中告诉艾莱娜，我母亲有时候会深情地称我父亲为"老公猫"。艾莱娜一听就说了我母亲的坏话，差点把我惹急了。我母亲爱我父亲有她的方式，也就是有个昵称，艾莱娜没有资格侮辱她。我跟她大吵了一架，父亲回家后把我揍了一顿。不过，她平时说话伤我的时候，我总是默不作声。我呢，唉，总是小心谨慎，而罗伯托就像是个火山口，只要一碰，他就爆发了。

只要有什么不对劲，把什么东西弄丢了，不问青红皂白，受责骂的总是罗伯托。有一次，他因为一件我做的事情被训了一顿，自此以后，我觉得十分愧疚。我也就做过那么一次。还有一次，我的朋友桑提亚哥对我说："从你家里偷点什么东西出来，我们去看一场电影吧。"我一下子就发现了爷爷传给父亲的那尊耶稣受难像，于是从家里拿出来跟他一起卖掉了。

那天晚上，他们到处找，到处找，怎么也找不到那尊塑像。然后，他们以为是罗伯托偷了，就把他揍了一顿。我很想坦白，但看见父亲非常震怒的样子，也就害怕得闭住了嘴。这件事儿我跟谁都没说过。反正就那样，只要有什么地方不对劲，受责骂的总是罗伯托。

妈妈过世以后，罗伯托就开始偷拿家里的东西。家里如果丢了东西，多半是他干的。耶稣受难像之后，我再也没有偷拿过家里的东西。罗伯托继续偷，他还小，是个小贼，有些东西是他那帮朋友让他拿出去的。比方说，爸爸拿回家一打鸡蛋，罗伯托会拿上一两个到外面去卖了。他用这种方式来搞零用钱。我可怜的爸爸入不敷出，日子很难啊。只要有需要，他总会给我们买鞋子买衣服，给我们买最好的学习用品，但有时候一连几天，我和罗伯托的零用还不到五毛钱。我常羡慕我的同学，他们总有棒棒糖或其他零食可吃。唉，那个时候我们经常感觉不爽。可爸爸挣不来那么多钱，满足我们几个的要求。现在我终于理解了。

上到五年级，我交了第一个女朋友。她叫艾丽莎，是我朋友阿丹的姐姐。我经常去阿丹家唱歌，因为他会弹吉他。艾丽莎的父母把她看得很紧，不过他们认可我跟她的弟弟交朋友。我抓住机会，开门见山地要她做我的女朋友。她比我大，比我高，我只有十三岁，得站在什么东西上才能吻到她。我带她一起看电影，又吻又抱。但跟女朋友也只能那样，如果上了床，差不多就算结婚了。

为了那帮朋友，我顾不上学习。不过我的老师，也就是埃弗拉多先生是个相当不错的人，你我都是男人，完全可以那么说，我也算是他的朋友。我刚进学堂的时候，发生了一件让我后来回忆起总觉得心满意足的事情。我们班上有个男生名叫布斯托斯，算是学校的霸王，因为他跟小不点们比拳头总能轻易取胜。入学的第一天，老师们有会要开，布斯托斯就来看管我们班。他要我保持安静，可语气很不友善，我于是回敬道："嗨，虾爬，别冲我吼叫。"

"叫我别吼叫？"他回答道。"那你有种喽，好好好。"

我说道："我不一定有种，可你要以为你个头大，就跟我一样够胆，那伙计你就错了。我住在特皮托，从不跟别人说废话。"

对，就在教室里，我重重一拳打在他的鼻子上，他的鼻子和嘴巴立即鲜血直流。男生们立马起哄："哇，布斯托斯，一个小孩子就把你揍扁了。"从那以后，他们就给我起了绰号"二十号"，因为那是我的点名顺序号。因为我把全校最大的块头给收拾了，立马在学校里声名大振，大家纷纷议论，说什么二十号打架很有一套。从此，再也没有男生敢惹我的麻烦，我个头虽小，但长得结实，出拳有力。

何赛法·里奥斯是我真正爱上的第一个女孩，她长着黄头发，白皮肤，十分漂亮。有个男生名叫潘乔，他的父母比较有钱，他也长得很帅。是的，我爱何赛法爱得发疯，可她却喜欢潘乔，而潘乔对她一点意思也没有。我很嫉妒，一直想找潘乔打一架，这样何赛法就知道我比他强了。可潘乔根本不想跟我打，因为他知道布斯托斯就是我搞定的。

有一次，校长的圣徒节到了，全校各班都要表演节目以示庆贺。我们班什么都还没准备。一天，我很早就来到了学校，学校里一个人都没有。一如往常，每当感到开心或者不开心的时候，我就会唱唱歌。我没发现埃弗拉多正在听我唱歌。他走进教室说道："曼努埃尔，你看你的声音多好，我们就用这个来庆祝校长的圣徒节吧。"我当时不明就里，可没过几天事情就来了。一年级表演了跳舞，二年级表演的是朗诵，三年级做了别的表演，依次终于轮到了五年级，只听他们报幕说道："五年级，第一个节目，一支献给校长的歌，由曼努埃尔·桑切斯·威雷兹同学演唱。"哦，老天！我一无所知，吓得要死，何赛法就站在第一排。

我躲到桌子底下，不愿意出来。每个人都在看着我，还是布斯托斯把我拽了出来。我被同学们像个囚犯似的拽了出来。我登上台，唱起了那时候非常流行的一首歌曲："爱、爱、爱……你的爱，我的爱，希望的爱……"一时间，我的嗓音更加清脆，实话实说，我还能唱得更高一

些。我一边唱，一边紧张害怕，一边不住地偷看何赛法。接着，犹如大
梦初醒，我听到掌声响了起来，响亮极了。哦，我觉得骄傲极了，何赛
法也在鼓掌，而且鼓得比任何人都起劲儿。我在心里想着："啊，上帝
呀，莫非她今后会对我刮目相看了？"嗯，从此我巴不得他们让我
唱歌。

那天下午，我问何赛法："我有事跟你说，你愿意跟我见面吗？"
我记得很清楚，当她这样回答我的时候，我真是高兴极了："六点钟在
我家旁边的街角等你。"我当然开心极了，于是准时在六点钟过去了，
可她没有现身。就在当天，潘乔也找她说话了，所以，她自然而然地跟
他走了，按这儿的人们的说法，就是让我"苦等山顶吹残笛"。

嗯，学校的日子日复一日，我每个星期至少逃学一次，还跟同伴们
学起了抽烟。我们走在一起，其中一个家伙一边说"怎么样，来两
口？"一边把烟递到了我的手里。我深吸三口，然后递给另一个人。

我得背着父亲抽烟。如果他毫无征兆地进了家门，我甚至只好把点
着的香烟吞进嘴里。他抓过我一次，那时我十二岁，跟一帮朋友正在天
井里抽烟。当着大伙儿的面，他说道："好哇，小杂种，竟然学会抽烟
了？你就抽吧，等你回屋来，小王八蛋，看我不……"从此，当我讨要
香烟的时候，他们就会揶揄我："别，小子，你爸爸要揍你，我们可不
给你烟抽。"

我到二十九岁才第一次敢当着父亲的面抽烟。那也算是一种小小的
反叛，是吧？我这么做还是有点不自在，但我就是想让他看看，我已经
是个男子汉了。

回首往事，我好像不太有家事。我跟家人的关系不太明显，在家里
的时间很少，我甚至都记不起我们做了些什么。再说，我也不是什么事
情都记得清。我不大喜欢中规中矩的事情，只有那些最好、最坏，或者
激动人心的事情长留在我的记忆中。

不是我忘恩负义，可说起我父亲……唉，事实是，他经常虐待弟弟
和我。我的意思是说，他要我们为睡觉的那块地方付出代价，为我们吃

的面包付出代价，以此来羞辱我们。的确，他很负责也很尽责，可老把他自己的倔强强加给我们，从不让我们说出内心的看法，也不让我们跟他亲近。要是我们问他什么，他会说："小子！你懂个屁！闭嘴！"他每次都不让我们说话。

在一定程度上，我不回家他有过错。我从没觉得那是我真正的家，因为我连朋友都不敢带回去。到了下午和晚上，喜欢阅读的父亲会把我们赶到天井里来。"滚出去，驴蛋儿们。老子累了一天，还没法安安静静看会儿报纸。滚出去！"如果非要待在屋内，我们得保持绝对安静。

也许我有点过于敏感，可我父亲不近人情的做法让我们觉得，我们是他的累赘。如果没有我们几个，他和艾莱娜的日子会过得更好，我们就像一群拖油瓶，他只是不得不带着而已。我永远也不会忘记那天吃饭的时候，他满怀仇恨地瞪着罗伯托和我的眼神。我跑到厨房里哭了起来，心中的郁结让我吃不下饭。

有好多次我都想说："爸爸，我们到底把你怎样了？为什么你总觉得我们一无是处？为什么你拿我们当犯人一样对待？你难道不知道有的孩子沾染恶习，对家人恶言相向，甚至于谋害爹妈吗？"当然，等到哪天，如果我有胆量的话，我会好好跟他说这番话。

然而，无论何时，当我想对父亲说说话的时候，总觉得如鲠在喉。面对其他人，我的话多得多，对吧？可面对他的时候，我总觉得喉咙里有东西，说不出口。不知道是因为我对他有一种根深蒂固的尊敬，还是一种害怕。也许就因为这样，我宁愿躲开父亲，甚至家里的其他人。我们之间有一道鸿沟，有一种不和睦，尽管我很敬重他们，可每当看见他们遇到的那些事儿我都觉得非常难受，于是就把自己封闭了起来。对，这当然是一种自私的态度，可这样对我自己和他们的伤害都会小一些。

我原来经常跟朋友们一起出去。实际上，大街才是我的生活场所。我一般下午才去学校，上午我要跟朋友们一起去鞣皮厂做工，也就是在皮革上雕花。只在拿课本的时候，我才会回家。我还是在家里吃饭，可一吃完饭我就溜出去了。我这样做真是不想跟后妈惹麻烦，也不想挨打。我父亲也懒得说，我猜这样对他也比较好。

我从小就喜欢劳动。我肯定从很小的时候就开始劳动了，因为自从我做了头一份事情，父亲就经常安排我做事儿，而我一拿到钱就立马交到他的手里。记得父亲第一次一边拥抱我，一边说"我终于有个帮手"的时候，我的心里真是乐开了花。我在离家几个街区之外的一家鞋厂打杂，一直干到深夜，有好几次甚至干通宵。那时候我可能还不到九岁吧。

我的第二份工作是做腰带，后来又到大街上兜售过彩票，还跟艾莱娜的弟弟一起干过一段时间，替外祖母的堂弟的一位石匠儿子打下手。上学期间，我还到一家面包店当过守夜人。我舅舅阿尔弗雷多也在那儿做工，他教我做各式各样的饼干。回顾过去，我的一生似乎都在劳动——只不过那些工作都不怎么有创造性，那么，他们为什么老说我是个懒家伙，这也不是人，那也不是人呢？

读到最后一年，他们给我发来了退学通知书。埃弗拉多先生很欣赏我，但他也教不好我。父亲令我纠结不已，我觉得老师对我也不公平。从此，我对学习完全没了兴趣。说到语法，说到动词变位，我都是白痴一个，只有数学还算马马虎虎。不过我在世界历史和世界地理方面可以说是出类拔萃，这两门课令我十分着迷。

说到运动和体力，我在班上数一数二。我一直是短跑好手，六年级时的一百和两百米短跑都得了第一名。我也喜欢跟汽车有关的东西，甚至曾经梦想成为一名机械工程师。不过，这全都落了空。

我们仍旧住在古巴大街，跟外祖母离得很近。她依然会来看望我们，给我们送些小点心、小糖果，或是衣物之类的东西，也会打听继母对我们怎么样。有一次，因为父亲打了我，我就跑去了她那里。我想跟她一起生活，可父亲当天晚上就把我弄了回去。

我对日期记不大清，但我记得我们搬到卡萨-格兰德的日子，因为那天是我父亲的圣徒节，也是在那一天，我的外祖母去世了。当舅舅派人带来死讯的时候，我父亲说："真是给了我一份很好的大礼啊！"

　　头一天，她就派人来叫我们，我有一种印象，她早已知道自己将不久于人世。她过世的时候，耳聪目明，给每个人都留了遗言。她对我说道："跪下，孩子，我要睡觉了。照顾好你的弟弟妹妹。你一定要学好，生活才会善待你。孩子，别淘气，否则你妈妈和我的灵魂都得不到安宁。"她要我们随时替她念天父经，否则会觉得食不甘味。然后，她又替我们祈了福。我的喉咙里一阵哽咽，可那个时候我觉得自己是个男子汉，便强忍着没有哭出来。何塞舅舅照旧喝他的酒，在她的屋外手舞足蹈。

　　瓜达卢佩姨妈和几个舅舅替外祖母做了清洗，穿好了下葬的衣服。那天，他们在床上铺了张干净的床单把她放在上面，然后再去买棺材。他们四个人合力把她抬进棺材，在上面摆放了醋盘子和洋葱，以吸附死人身上散发出来的浊气。我们赶过去替她守夜的时候，她的头部和脚边各点燃了两根蜡烛。一整夜，人们坐在那里喝着浓咖啡，吃着面包，讲着荤笑话，令我感到非常气愤。我父亲坐在一边，跟几个舅舅说着话。我听见他说："阿尔弗雷多，你看看我们这种情况。忤逆、不和有什么用？这就是结局，这就是现实。"他们一直有矛盾，可父亲好歹帮着解决了葬礼所需的开支。

　　啊，我们就开始了在卡萨-格兰德的生活。那儿的孩子被称作卡萨-格兰德帮，老想惹我打架。我在学校里打架从来没输过，因此当那一帮人把我团团围住，派出最强的一个来挑衅我的时候，我对他说道："来吧，小子，你完蛋了。"

　　我们干了起来。双方都流了血，但他更惨。之后，只有一个人敢跟我打架，那小子的诨名叫做蠢驴，因为他的阴茎很大。有一天，他把我弟弟的牙齿整掉了一颗，我因此找上了他。我和蠢驴狠狠地干了一架。我一拳打得他哇哇大叫，等他发现用拳头占不了我便宜的时候，竟然动起了口。我肩膀上还有印子，就是他用牙齿咬的。从此，他成了我的好朋友，甚至比我自己的弟弟还亲，因为我们根本不分彼此。蠢驴是我现在的哥们儿，也是我最好的朋友，名叫阿尔维托·埃尔南德斯。

从那一架开始，我跟上了阿尔维托。我有点喜欢他，尽管我的观点时常跟他相左。不知为何，他的想法还没说出口，我就已经开始反对了。可在大事情上，比如有人想跟我们其中一个干上一架的时候，我们总是团结一致。我们每天都见面，阿尔维托去哪儿，我就去哪儿。一句话，我们穿了连裆裤。我们彼此信任，患难与共，互守秘密。他经常请我的客，因为他在做工，钱比较多。

阿尔维托比我大一两岁，可他在各方面，尤其是对女人很有经验。他有波浪一样的卷发，眼睛很大。即便他是个乡下孩子，说话像个印第安人，但女孩子们都喜欢他。他懂的事情多，这让我吃惊不已。我还是个学生娃的时候，他已经在帕丘卡一家矿上做工，擦汽车、端盘子，沿公路线边流浪边干活。他从未上过学，因为他从小就得自己养活自己。他的日子比我还要艰难，因为他母亲去世的时候，他才是个婴儿，而他的父亲根本不管他。一开始是他的外祖母照看他，后来又交给他妈妈的一个妹妹看管。他就跟这位姨妈和她的丈夫一起住在卡萨-格兰德。

尽管我比他小，阿尔维托还是跟我说起了床事，比如各种姿势、女人的舐舐等等。说起女人啊，他这个龟儿子！即便到现在，我敢说，他也是弄小妞的好手。我们都叫他“一天三次”，因为他骚劲十足。嗨，我们有一次出去卖报纸，他站在汽车边上，看见女司机的衣服翻起来露出了膝盖，他竟然把手伸进裤袋打起了飞机。

我们一帮小孩经常去浴室，透过墙上的小洞偷看女孩子洗浴。有一次，阿尔维托跑来告诉我们，漂亮的克洛蒂尔正在洗浴，于是我们四个人租下了紧挨她的那间浴室，看她洗澡。她全身赤裸，让我们看了个遍。我们一边偷看，一边把手伸进裤袋，上下摩擦，比赛看谁最先射出来。

阿尔维托和我都是卡萨-格兰德帮派的成员，总共有四十人的样子，我们常在一起玩诸如驴子之类的游戏，或者讲下流故事，并且对于自己维护着卡萨-格兰德的声威时常感到自豪不已。理发匠大街、漆匠大街，或者铁匠铺大街那几帮家伙根本占不到我们的便宜。在舞场上，我们睁大眼睛，确保他们不会打卡萨-格兰德各位女孩子的主意。

每逢9月16日，总有一帮人拿着棍棒前来挑衅我们。我们一般会让他们从一个门进来，然后让看门人的儿子——他也是我们这一边的人——把另一道门上了锁。等他们全都进来之后，他又会跑过去把第一扇门同样锁上。然后呢，我们就在天井里教训他们，石头啦，水桶啦，棍子啦等等全让他们挨个够。

我们从不让任何人占半点便宜，我和阿尔维托总是迎头而上……大家都知道我们是打架的好手，总是担任前锋率先冲向其他帮派。那时我们经常打架，现在都还时时梦到。我梦到自己和阿尔维托被五六个人围在中间，我跳起身来躲过他们，向上一跃抓住电线，谁都抓不到我。然后我高喊着："嘿，我飞起来了！"接着，我竖直双腿，落回到地面，对阿尔维托说道："哥们儿，上来。"他爬到我的背上，我又飞了起来。"看见没，他们拿我们没办法了！"我一直飞呀飞，直到越过了电线。突然，我一下子重心不稳，掉了下来。这样的梦我一做就是好多年。

事实上，生活在这样的环境中，我们近距离地看惯了生活的实质，一定要学会自我控制。有时候，我很想大哭，就为了父亲对我说的那些话，可不行，因为生活，因为愤世嫉俗都教会我们，带着面具生活吧，于是我又笑了出来。因为他，我说不上受苦，我什么也感觉不到，我纯粹是无耻的玩世不恭，没有灵魂……因为我给别人看的都是面具。但在内心，他说的每一个字我都深有感触。

我已经学会掩藏自己的害怕，只能以胆量示人，因为从我的观察来看，你给别人留下怎样的印象，别人也就怎样对你。因此，当我内心极度害怕的时候，我总是装得若无其事。那当然有一定的作用，看着自己的朋友被警察逮住时吓得瑟瑟发抖的样子，我就觉得那点苦算不上什么。如果一个小伙子表现得畏畏缩缩、眼含泪花、祈求怜悯，别人也就敢欺负他了。在我们那一带，你要么天不怕地不怕，要么当个大傻瓜。

不光墨西哥人，我相信全世界的每一个人都崇拜"有蛋"的人，我们就这么说的。那些动辄挥拳踢腿，丝毫没脑子的人到头来会出人头地。有胆挑战比他岁数大的、比他强壮的人，会更受人尊敬。如果有人冲你吼叫，你要吼得比他更大声。如果有哪个杂种敢对我说"操你妈"，我会对他说"操你妈的平方"。如果他上前一步，而我退后一步，那我就没面子了。可如果我也上前一步，欺凌他，戏弄他，别人对我就尊敬了。打架的过程中，我从不认输，也不会说"够了"，哪怕对方杀了我我也不会。我宁愿去死，笑着去死。我们说一个人要有点男人样，就是这个意思。

跟有钱人相比，我们这里的生活很落后，也更真实。在我们这里，十岁的男孩子如果看见女人的性器官，绝不会大惊小怪。如果看见某个人正在扒别人的钱包，或者拿刀子抵着别人，也丝毫不会感到惊讶。近距离地见过那么多罪恶，人只能面对现实。再过一阵，恐怕就连死亡也吓不倒我们了。我们小小年纪就已经跟生活碰得鼻青脸肿，对不对？痂都结上了，就像一颗痣，不会消失，只会永远留在我们的心里。然后，又挨上一拳，又结一层痂，直到形成盔甲一样的东西，最后就无所谓了。

有钱人可以让自己的孩子生活在幻想的世界里，只看到生活中美好的一面，免遭损友和秽语的侵蚀，躲过暴力造成的情感伤害，一切开销全都可以买单。他们闭上了眼睛，说起话来也幼稚不堪。

整个童年，直至之后一段时间，我都经常跟那一帮人在一起。我们没有什么头儿……他得什么都在行……可一个人只能在某个方面略胜一筹。我们不像有些帮派那样有坏孩子。我们社区就有一帮人，大家都知道他们从酒鬼身上偷钱，还吸大麻。我们这个帮派只有一个人扎过针，变成了坏人。我们那时候干的坏事也就仅限于偷偷从后面掀女孩子的裙子……仅此而已……

那个时候，我顶顶崇拜我的大表哥萨尔瓦多，他是我姨妈瓜达卢佩的独子。他令贝克大街那伙真正厉害的小子也闻风丧胆，在整个帮派的成员中，大家最怕的就是他。我崇拜他，只因为他是打架的好手。其他方面嘛，我觉得他不怎么样，因为他跟我姨妈说话的腔调十分恶心，喝醉后尤其如此。他老爱喝酒，又爱上一个女人，所以很快就潦倒不堪。他跟这个女人生了个孩子，而这个女人却跟另一个男人跑了，这个男人后来用冰刨杀死了我的表哥。

我十三岁的时候，帮派中的几个大孩子想带我去墨槽大街逛窑子。"算了，兄弟，别带我去墨槽大街。我父亲会宰了我的。不去！"可他们说："怎么啦？同性恋还是咋的？你也该去去了。我们出钱，让她陪你好好玩玩儿。"我不想去，因为我怕得病。

过去我害怕染上性病，现在还怕。我很小就有这种害怕的心理。有一次在浴室，我看见一个人的阴茎烂掉了半截，还流着脓水，那场面让我怕极了。后来，有人带我去博物馆，我又看了些孩子患梅毒的图片……卡萨-格兰德有个孩子患上淋病，复发过四五次。他拉尿的时候痛得嗷嗷直叫，医生给他治疗的时候，我也听见他号声震天。

父亲也吓唬过我一次。我十二岁的时候，脚踝关节有些疼痛，疼得我只能踮着脚尖走路。结果让他看见了，他以为是别的什么事情，于是有一天把我堵在卧室里。"把裤子脱下来，我看看。小混蛋，你去墨槽大街搞过几个女人？我可不想自己的孙子变成独眼龙或跛脚的傻子！把裤子脱了让我看看！"

"不，爸爸，我没事儿！"要脱了让爸爸看，真是难为情得很……我那儿已经开始长毛了……唉，我羞得把脸别了过去。可他光看看还不满意。他带我去看医生，那个庸医给我开了些药，尽管我什么事儿也没有。

所以，我不想跟那帮小子去墨槽大街。可他们告诉我，如果事后在那玩意儿上挤点柠檬汁，就不会染病了，于是我们还是去了。我、阿尔维托，还有另一个家伙找了一个小姐。我很紧张，根本是有心无力，双腿不住地发抖。另一个人趴到她身上直接干了起来，完了之后，他说道："该你了。"

"好吧，"我说。"可如果我得了病，你他妈的要拿钱给我治病吗？"

"你那熊样还是个男人吗？"遭到如此奚落，我只好硬着头皮挺了上去。我趴到那位小姐的身上，她的动作非常夸张，我却没感觉到一点乐趣。我当时就想，这骚婆娘经验十足，一定跟谁都可以睡觉。我一点都喜欢不起来。可同去的那帮小子对我的表现十分满意，于是事情就了结了。

从那之后，对性的热衷攫住了我，我无论做什么事情都会想到它。晚上，我的梦里全是女人和性，看到女人就想扑上去。找不到女人的时候，我只能自己满足自己。

现在回想起来，大约就在那个时候，恩诺开始来我家做工。她跟我们同住一个院子，每天来我家煮饭打扫卫生。她儿子也是我的朋友。我之所以打她的主意，是因为我知道雷蒙多，也就是艾莱娜的弟弟搞上了她。我当时想："大马车啊，为什么只有雷蒙多骑得？别人也想骑啊，对吧？"可她说："嘿，小坏蛋……你去问问你爸爸答不答应吧。"父亲好像也为她伤透了脑筋！

我跟我家的用人总是没戏，因为我爸爸老是捷足先登。拉查塔也不例外。她很胖，我并不喜欢。她想让我放了学再吃饭，这令我感到非常不爽。要是我回答说不，她就会说："不想吃，是吧？好，那我多吃点。"说着说着，她那两瓣肥屁股就坐了下来，把我那份饭菜一扫而光。

不过，她毕竟是个女人，我有一次跟她说起了……嗯……这个事儿。"算了，"她说道。"你那么小，会做吗？"可我不放手。"唉，"我对她说。"可能你不会有什么感觉，可我会啊。来吧，让我试试！"

"行啊，怎么不行？"她终于同意了。"去我家吧。"于是，我跟着去了她家，可她又改变了主意。"不行！你还是个孩子，这些事儿你在哪儿学的？回家去吧。"说着说着，她就扯到了我爸爸身上。

在那之前，我已经在居民区泡过几个女孩儿了，学校也有……胡莉塔，我的表妹，住在院子中部的那三姐妹，玛利亚……大概有八个吧。可那都只是玩……爸爸妈妈的游戏，因为我还小，根本没法跟她们做点什么。

后来，我在舞会上遇到了帕琪塔，她跟她们完全不一样。她是个舞蹈皇后，我们都很喜欢对方。跳舞的时候，她紧紧地贴着我，跳得满脸通红。一天晚上，我带着她去了旅馆。

嘿，一进入房间，我就对着她的脖子和双臂吻了起来，她也爱抚着我。我脱了她的鞋子，还有袜子……当时最令我激动的是……她轻轻地挣扎着，有点害羞，那更刺激了我。她就是那种类型的人。我想把手放在什么地方，可她偏不让。嗯，我一点一点地得寸进尺，终于体会到了一种全新的激情，因为她算得上是我们称之为骚的那种女人。你只觉得被她吸着，吮着……哦，只要我跟她出去，总要来个十次八次。实际上，她算是个老手，我学到了很多……不同的体位啊，忍住啊之类的。我因此也才知道，女人也喜欢干这事儿。可她并不是为我而生，因为不止我一个人上过她。被别人上过的女人我都不太喜欢。

有一个小伙子名叫老鼠……后来被人杀死了……嗯，他曾经想教我拉皮条。他对我说："哥们，急不得，先找个马子跟她跳舞，然后让她爱上你。接下来，你就把她给睡了，再把她卖到夜总会去。"他是个跳舞高手，所以迷住了很多女孩。我一个劲地说不，因为我根本不喜欢他那样的主意。后来，他把我和阿尔维托介绍给他的一个女孩儿认识，想安排我们一个一个地陪她跳舞，招待她喝啤酒，等她喝醉之后，我们每个人都可以把她作践一番。

于是我们上阵了，先是灌她啤酒，她喝三杯，我们才喝一杯，直到我们几个都受不了为止。我们给她下了两颗安眠药，可她竟把我们三个灌醉了！她抛下我们三个，独自出门扬长而去。老鼠简直不敢相信，他说："我他妈真是操蛋！竟然让那娘们给要了？"那个女孩算是让我们跌了跟头。

我和阿尔维托沮丧极了，我俩真是一对活宝。他搞过一个女孩，还是个处女，所以，现在在某个地方，他还有个儿子呢。可他不拿这当一回事儿，想把她给甩了。"哥们儿，"他跟我说。"没办法，只有你把她接收了。你可以跟她上床，跟她睡觉，这样我才可以说'你和我最好的朋友一起背叛了我'。"出于对朋友的义气，我无视其中的龌龊，帮了他。

当时，阿尔维托负责替他叔叔照看一个露天的二手服装摊。那一带的摊子沿街道两旁一溜烟摆过去，位于一个大市场的外面。他那个摊子专营"白衣服"，也就是内衣，我不上课的时候就帮阿尔维托卖货。他在账目上做手脚，营业额根本不上报，于是我们每天都可以去看电影。一年多的时间里，我们每天都出去看电影。

我们有时候会把同一部电影看上三四遍，于是，我们买来几张面皮，用这张裹上豆子，用那张装上米饭，再用另一张裹上冰淇淋或者鳄梨，总之是带了一大堆零食。每个人都会喝上两三瓶苏打水，吃几个橘子，再来点瓜子、糖果、坚果……嗨，反正每次都要留下一大堆垃圾。全部都由阿尔维托付钱。他每天的开销大概有二十五比索，不过都是他叔叔的钱。

眼见生意不断下滑，阿尔维托的叔叔卖了服装摊，我们来钱就没有这么容易了。接手服装摊的是个女孩儿，名叫莫德斯塔，我们经常跟她聊天。她有点喜欢我们，经常请我们打台球吃玉米饼。她并不迷人……脸上全是粉刺，一只眼睛有白内障……不过她的身材很惹火，屁股很小，胸脯很丰满。每当我和阿尔维托没钱看电影的时候，我们就会过去看她。

有一次，我们去的时候提前设计了一下。服装摊有一个柜台，后面是墙壁，她就坐在两者之间。我跳进柜台，对她说道："嗨，莫德斯塔，生意还好吧？亲爱的，你一天比一天水灵啊。"

"哈哈，死鬼，又来了。"她回答道。

"不，是真的，你什么都好。明摆着呢。"你看，我这么说就是要点她的火，是吧？

她终于说道："听着，曼努埃尔，谁知道你做起来究竟怎么样呢？"她还是个处女呢，对吧？

"唉，以为我傻呀。我才不会告诉你，你要想知道，就得跟我做呀。"她坐在一张凳子上，双腿叉开。"看吧，我会让你知道的，或多或少……"我把手放到了她的大腿上……"然后你就知道了，明白没？"

阿尔维托示意我把她放到地板上。当时正值中午，周围有很多人。还没等她反应过来，我已经把她放到柜台下了，阿尔维托扯了一张床单盖住我们。我解了她的上衣，抓住她的乳房，又吻又咬。

周围人来人往，床单上下起伏。阿尔维托后来对我讲，路人都看见了上下起伏的床单，他于是不住地掐我，要我停下来，但我根本没察觉，也没听见什么。就在我跟她享乐的过程中，阿尔维托从她的摊子里打开了几个童装抽屉，我们后来就又有钱看电影了。

之后，我又去看过莫德斯塔几次。有一次，我脱了她的裤子，突然看见流血了，于是一下就停住。我害怕了，因为我以为她得了坏病，或者是哪个地方溃烂了。那是我第一次知道女人有月经。

我觉得月经很脏，也许是因为我搞过的很多女人没有讲卫生的习惯吧。多原始啊！要是说有什么东西让我受不了的话，那就是女人的气味。不止一次，我在床上东吻西摸，一切都做得好好的，等到分开大腿的时候……哎呀，那味道实在难闻，我的兴趣一下就没了，只好叫她去洗一洗。我对不干净的女人一直很过敏。

家中艾莱娜的病情每况愈下，她脸色苍白，行为古怪，爸爸带她去看了医生，结果患了肺结核。只要我们惹她生气，爸爸揍我们就更凶了。有一次，他怪罗伯托推了她一把，让她加重了病情。她倒地的时候磕在水槽边上，位置倒是在肺部上面一点，但我觉得那不是她生病的根源。事情的起因是她和罗伯托吵了一架，她感觉头晕，然后就倒了。后来，父亲说是因为我们的过失，才导致了艾莱娜死亡。

我父亲的嫉妒心总是非常强。有一次，我觉得艾莱娜想抛下我父亲，去跟一个个头非常矮小的屠户过日子。我父亲察觉之后，有一天比平时提前下班回到了家。他抓起一把刀子，直奔肉摊而去。我和罗伯托拿着石头和棍子跟在后边，以防他需要帮忙什么的。我们看着他走进肉铺，跟那个屠户说了起来，可并没有发生什么事情。他回到家，把艾莱娜痛骂了一顿，但并不像当初骂我母亲那么大声，那么醍醐。

还有一次，因为他的一个侄子，他差点就对艾莱娜失去了信任。我父亲跟家族失去了联系，很偶然地找到了这位侄子。我父亲碰巧在《漫画》杂志上看到一则启事说："戴维·桑切斯先生寻找于 1922 年离开瓦清朗格种植园的赫苏斯·桑切斯先生。"我父亲给他去了信，戴维于是从韦拉克鲁斯搬来跟我们住在了一起。他是我父亲的哥哥的儿子。我连叔伯们的名字都说不上来！戴维和他母亲是唯一健在的两个人，他们以为我父亲肯定也一早过世了。每逢亡灵节，他们都要为我父亲的灵位敬献蜡烛和食物。

于是，我父亲在拉-格罗里亚餐馆替戴维找了份活儿，我们一家人相处得还很不错。可有一天，我爸爸回家的时候，碰到艾莱娜正坐在戴维的大腿上。我对戴维的印象一向是没有丝毫恶意的一个人。在我所有的亲戚中，我最喜欢的就是他，他依旧保留着乡村的淳朴，丝毫没有城里人那种腐朽劲儿。他的心灵很纯洁。所以我说，他对艾莱娜别无所求。应该是她在追求他，可结果呢，他只好回到了韦拉克鲁斯。

万望老天原谅我，我甚至觉得父亲怀疑过我和艾莱娜。我确信无疑，因为当一个人发怒的时候，他看人的眼神会很特别，而父亲当时就是以那样的眼神看我的。我当时想不明白，现在总算看出来了，他怀疑我和艾莱娜的关系。

为了避免罗伯托和艾莱娜无休止的争吵，父亲在卡萨-格兰德又租了一间房子。我们几个孩子住六十四号，艾莱娜和她的母亲桑迪托斯则住在一百零三号。艾莱娜的两个弟弟和一个妹妹索利达德也在六十四号住过一段时间。我们几个人跟他们都相处得很好。桑迪托斯为人很好，也非常讲道理。她一直对我们很好，时至今日都还如此。奇怪的是，跟父亲不同，她从来没有因为艾莱娜的死而责怪过我们。

我现在根本不生艾莱娜的气，对她，我甚至开始感到有些感情和怜悯了。我陪她去过肺结核医务室，看他们给她治疗气胸，把一种注满空气的管子推进她的肋骨里去。我那可怜的父亲非常担心，尽其所能给她找了最好的医生。他送她住进了综合医院，并经常让我给她送水果和饭菜。

我觉得，是在艾莱娜住院期间，父亲开始往家里拿鸟笼的。我当时想："好奇怪啊，父亲竟然买了几只鸟。"我记得他跟母亲吵过几次架，因为母亲想让他买几只鸟儿放在家里。第二天，他又买回来几只鸟。他一直买一直买，直到我家的墙上到处挂的都是鸟笼子。当那些鸟儿突然一起鸣唱的时候，那是一种什么样的声音啊，好听极了，让我觉得好像身处乡间或者森林。

父亲要我和罗伯托早晨六点钟起床给鸟儿们喂食，为此我恨透了那些鸟。我一向懒得早起，每当听到父亲朝我喊叫："曼努埃尔，罗伯托，起床了！"我简直难受死了。

头几天听到父亲这样叫我的时候，我会答应："唉，爸爸，我腿不舒服。让罗伯托去喂它们吧。"可罗伯托很快就看穿了，我只好跟着起了床。我们得用大砍刀把好几公斤重的香蕉剁碎，再拌上面粉和其他青饲料。接着，我们要把饲料放进一个个鸟笼里，给它们换水，还要清扫它们的排泄物。

一天，我父亲吩咐道："曼努埃尔，你把鸟儿拿去市场上卖了。"想到我可以帮帮父亲，想到他觉得我还有用，我就高兴不已。可从内心来说，我对干这样的活儿还有些害羞。我拿着鸟笼子——一个一个地摆在一起，穿行在市场里，想方设法把那些鸟儿卖出去。

有一天是星期三，父亲跟着来了，他想看我卖得怎样了。我们在那儿站着的时候，森林部门的一个人出现了，要我父亲出示动物销售许可证。我爸爸根本没有什么许可证，而且是第一次经历这样的事情，因此非常紧张。我猜想他当时给警察的贿赂比罚款还多。

那之后，他只向邻居和工友出售鸟儿。自从跟居住在陶罐大街的一个禽鸟大经销商成为朋友之后，他结交了很多客户。我父亲先是卖鸟儿，后来又卖鸽子、火鸡、小鸡和小猪，因为在当了这么多年的工人之后，他突然发现了自己的商业天赋。他醒悟得有点晚，可他总归明白，做那样的营生来钱更多。

我十四岁大的时候，隐隐地知道我还有两个同父异母的妹妹，安东尼娅和玛丽莲娜。那之前，我根本不知道父亲还有一个老婆，而且还有好几个孩子。不过我记得，在我十岁大的那一年，父亲有一次带我去拉-格罗里亚餐馆替他打下手。在回家的路上，当我们走到罗萨里奥大街的时候，爸爸对我说："你在这个街角等我一下。"然后他就走进了一家租户。我心想："爸爸进去干什么？他要去看望谁呢？"我当时有点嫉妒。我甚至在想，妈妈觉得爸爸还有一个女人的想法到底对不对。

现在我终于弄清楚，他当时去看望的是卢裴塔，也就是我那几个同父异母妹妹们的妈妈。小的时候，我对她知之甚少，即便到了后来，我也很少跟她说话。

有一次，我半夜回到家里，发现妹妹的床上躺着另外一个人。罗伯托依旧睡在地板上他自己的老位置，父亲睡在床上。我蹑手蹑脚走到妹妹的床边，俯身查看那个人到底是谁。我父亲一定在黑暗中注意着我的动静，突然说了一句："是你妹妹。"

"我妹妹？"

"是的，你妹妹安东尼娅。"

唉，就这样，我一声不吭地上床睡了。之前，从来没有人跟我说起过她。我禁不住想："这个妹妹是从哪里冒出来的？"我急切地盼望着天亮，好让我看看这位新妹妹。

作为一个女孩子，尽管她聊起天来十分可爱，十分快活，但并不引人注目。相反，她对我们几个兄妹时常有一种不太友善的心理，或者说是有点怨恨吧。从一开始，她就讨厌我父亲，不断地找他的麻烦。她会讲脏话，也会跟他顶嘴，我真想抽她一嘴巴。咋说呢，有一次我父亲跟她说，有些事情她不应该做，而她竟说："只要我高兴，我就可以做，关你屁事……是谁不公平？到底是谁啊？"她就那样对我的父亲大吼大叫。

那之后，我完全不喜欢安东尼娅了，尽量地跟她保持一段距离，原因之一是我怕自己会把她当成女人，而不是当成妹妹来对待。尽管同住在一个屋檐下，我们却几乎不大说话。

可我弟弟罗伯托很喜欢她。不知道父亲怎么听到了这件事儿，反正他是察觉了。搞不清罗伯托是把她当女人来喜欢，还是当妹妹来喜欢，总之他对她喜欢得不得了。

就在这时，住院治疗的艾莱娜没有什么好转，接着就回家了。当她的情形变得非常严重的时候，父亲让我们去叫瓜达卢佩姨妈找来了牧师。牧师问我们，父亲之前是否结过婚，我们都说没有。接着，他就主持仪式，让我父亲和艾莱娜结了婚，这样她的灵魂才能够升天安息。我相信，我爸爸现在还戴着结婚戒指。

一天下午，我回到家的时候，玛塔说道："快进去看看艾莱娜。"我进去才发现，她已经死了。几天前，我父亲还充满了信心，因为她的体重一直在增加。他以为这样的信号足以说明她的情况有所好转，可谁想到她还是死了。那一幕我记得很清楚。棺材就摆在屋子的中间，几个角上都点了蜡烛。屋里有几个人，我父亲站在门廊里。他看到我之后，说道："看看你们这些龟孙子做的好事！害死她的就是你们这几个小杂种！"

我明白，他那是出于悲伤，出于绝望，可我父亲长期以来都是那样。我不知道究竟为了什么，反正只要有事情，他就会说："这对你们没好处，你们走到哪儿，人家都不会给你们好脸色。"他总是希望我交不到好运。那天，父亲让我感到无地自容，我躲在门后面，在心里对自己说："原谅我，艾莱娜，如果我曾经伤害过你的话，请一定原谅我，一定原谅我曾经对你做过的错事儿。"我只能这么说。

罗伯托在那里为她的逝去而痛哭，康素爱萝也在那儿，而我的父亲由于受了悲伤的打击，为她的过世不断地怪罪我们。她停放了两天——跟我母亲不一样，然后，我们把她埋在了同一个墓地里。我父亲买了一小块"永久性"用地，并用砖头围了起来。他还用钱请了一个人看管墓地。

唉，把她埋葬之后，父亲对我们的态度更加刻薄更加生硬了。他对我们的怨恨与日俱增，老是责怪我们，说是因为我们他跟她才过得很不幸福。家里的时间越来越不好过，我在外打发的时间也越来越多。

就在我们常去打发时间的那家服装摊子对面，有一家餐馆名叫林氏咖啡屋，是一个中国人开的。有一个漂亮女孩儿在那儿做服务员，名叫格瑞塞拉。她那一头卷发很黑，但皮肤很白。我一看到她就喜欢不已。"嗨，你看她那眼睛！哥们儿，"我对阿尔维托说。"多完美呀！天生尤物！你看她长得多美呀。如果我把她钓到手，你愿意赌多少？"我就那样说说，并没太当真。

"真的吗？你说要钓她，是真的么？她看都不看你。别做梦了！只有衣着光鲜，兜里有钱的人才带得走那个女人。"

那天晚上，我们就在那家餐馆吃饭，看着格瑞塞拉从身边走过，我感到有点不自在，因为我还不太会使用刀子和叉子……在家里，我们从不使用那玩意儿，因为我们吃的是玉米饼……不过，我很快就学会了，因为从那以后，我天天都去那儿用餐。我已经养成了习惯……实际上，在那样的地方，在其他餐馆，我浪费了十四五年的时间。

我问林先生能否给我一份活儿干，可那儿没有适合我干的事情。他教我烤面包，后来，我有时就在他的店里替他烤面包，以此冲抵我的饭钱。

不管怎么说，我已经跟阿尔维托打了赌，我要把格瑞塞拉弄到手让她做我的女朋友，于是我就动了起来。那需要钱，于是我对父亲说："爸爸，我想挣点钱。我虽然在上学，但可以同时找点活儿干。"我把这事儿跟姨妈的丈夫伊格纳西奥说了，他说："行，怎么不行，跟我一起卖报纸吧？那没什么不好的。"

第二天，我就跟伊格纳西奥卖起了报纸。我们去布卡雷利街等着批发"晚报"和"画报"。报刊的售价是一毛或一毛五，每卖出一份，我们能赚到四分半。我拿到报纸之后，姨夫说："快跑吧。"

我问道："往哪儿跑？"

"嗨，想往哪儿跑就往哪儿跑，你得一边跑一边喊：画报，晚报！"于是，我就跑了起来，从卡巴利多特罗亚跑到了弗朗西斯科马德罗，接着跑上巴西大街径直来到了佩拉维洛，我在这里掉头又往回走，从我的家门前跑了过去。卖完报纸之后，我回到了中心广场。一到那里，我就把钱交给了伊格纳西奥。"很好，你看你赚了两毛钱呢。"我回到家，洗了洗脸，梳了梳头，就去上学了。

一开始，格瑞塞拉根本不喜欢我——甚至一点都不喜欢我。我之所以明白，是因为我有一次在里间的位置上吃晚饭，她竟对我视而不见。她一直都在跟阿尔维托聊天，还对他说："要是我们一起去看电影的话，千万别带曼努埃尔那个电灯泡，因为我根本不喜欢他。"

那番话对我的打击确实很大，"她怎么可以那样说话？我又没对她怎么样。"于是，我这样安慰自己："可能就因为我想让她做我女朋友吧。"她还对其他服务员说："他人倒是不错，可他不做事儿。什么事儿都不干，就像个傻子一样拿着几本破书浪费时间。我敢打赌，他连学都没去上。他既不上学，又不做事情，那我跟他有什么好处呢？"好吧，我很高兴听到了这样的说法，于是决定找点活儿干。

六年级的期末考试即将来临，我很担心考不及格。老师们对我的评价不好，想把我赶出学校，可父亲向他们求情，希望再给我一次机会，他们也就答应了。我通过了考试，终于毕业了。我多少有点失望，因为家里没有人来参加我的毕业典礼。我指望着父亲会祝贺我一下，或者给我一个拥抱，可他并没有这样做。就连我十五岁生日，二十一岁生日的时候——那可是男孩子真正成为男子汉的时刻，他都没有这样做。就连跟我说话的腔调他都没有改变一下！

　　毕业之后，我对父亲说，我不想再学习，想去找事情做了。那是我一生中最大的错误，可那时候我根本没有意识到。我一心想让格瑞塞拉做我的女朋友，所以只想着要找一份工作，挣点钱。父亲觉得很恼火，因为我连学个技能的想法都没有。我在想，如果他能够跟我像朋友那样谈一谈，我也许就继续学下去了。可他说："那么说，你是想找事情做了？你以为一辈子有人把你支过来支过去是那么好的吗？我还想给你个机会，可你自己把它抛在一边。好吧，当你的白痴去。如果你想这么做，尽管去做好了。"

　　阿尔维托早已在一家生产玻璃灯具固定装置的厂里做工。他既不会看书也不会写字，但他头脑聪明，挣的钱也不算少。因为我们俩想要在一块，于是我就到他的厂里去找活儿干。我跟厂长说我会操作机器和钻头，他就收留了我。

　　但是，我老是打碎玻璃制品，金刚砂让我的手指尖脱皮出了血，我感到一阵阵钻心的疼痛，只好坦白说我之前根本没摸过那些机器。于是，他们又安排我去打磨玻璃。打磨这活儿倒是很轻松，可是很脏，因为打磨用的材料是煤灰。接着，他们又教我用机器给挂件定形。你得用三个手指夹着一片玻璃，然后把它紧贴在飞轮上进行切割。我很快就上了手，他们也就让我留下了。艾莱娜的弟弟雷蒙多那时跟我住在一起，我还把他也弄进了厂里面。我跟他共用一台机器，我们俩一个星期就能做出两三千个挂件。

　　老板对我们很好，每到星期五，他会买票让我们去看拳击比赛，需要做到很晚的那几天，他会催着我们去吃晚饭。不过，那个死老板也懂得怎样刺激我们。他会对我说："嘿，奇诺，雷蒙多说他干活儿的速度比你快。"

　　"啥？蛮牛一头！"我反驳道。"我是他的师傅，他怎么会干得比我快呢？"

　　然后，老板又会跑去跟雷蒙多说上一番，当然不会让我听到啦。"喂，奇诺干活儿的速度比你快两倍吗？他说他试都不试就可以超过你。"于是，我们两个傻蛋就展开一场比拼，加快进度，给老板做出更多的产品来。老板以这种方式让我们替他做了双倍的活儿。

薪水给得很少，而且因为我跟那帮小子一起在食堂吃午饭，所以到了星期六，我拿到手的就只有七个比索。那天晚上，我回到家里，对爸爸说："爸爸，你看，我的薪水还剩了五个比索，给你吧。"那段时间，父亲因为艾莱娜的去世对我相当刻薄。他正坐在餐桌旁，我于是把那五个比索放在了那里。他在那里站立着，狠狠地瞪着我，抓起那张五个比索的纸币朝我扔了过来。

"我不需要你这个小杂种的施舍。那点小钱自己拿去跟你那帮狐朋狗友花吧。我不需要你给我什么东西。我还壮实，还能够劳动。"那番话让我很受伤，因为天知道，我只有那么点钱。第二次，我还想把钱交给他，可他仍旧是同样的做法。从那之后，我就一分钱都没给过他！

后来，另一个老板给了我一份工作，在玻璃上钻孔。他开的价是计件支付，我每完成一件，他付给我三毛五分钱。其他地方给的报酬比较低，我考虑到可以多赚钱，也就接受了这份工作。整整一个星期，我干得又快又辛苦，竟然钻出了几千个孔！到了星期六，也就是那个星期快要结束的时候，老板说："来，小伙子，让我们算算你能拿到多少钱。"那老头既不会认也不会写，于是请另一个小伙子给我把工资加了加。"让我看看，奇诺一共做了多少件。"他的眼睛睁得大大的，眼珠似乎都要鼓出来了，我的工资加起来一共是三百八十五比索。

"不行，年轻人，绝对不行！你才这么点年纪，我怎么可以付给你三百八十五比索呢！我还不如把整个工厂给你得了！我辛辛苦苦白干不说，还要供养你们这帮家伙。我是老板，就算老天爷高兴，我一个星期也不过挣五十来个比索。不行！我不可能给你那么多钱。问题是你干活的速度太快了。"

"可是，老板，既然你按件向我支付报酬，我当然得加快速度啊，对吧？你当初答应的也是每件三毛五分钱，不是吗？"

"是倒是，可我没想到你竟然要拿那么多钱！我只能给你一百比索，要就要，不要拉倒！"唉，我只好收下那点钱，可从此我也就不喜欢替老板干活儿了。

哦，对了，就在我刚刚开始做工的时候，格瑞塞拉做了我的女朋友。每天晚上，下了班之后，我都要去咖啡屋看她，直到深夜十二点才回到家里。我们一起去看过好几次电影，我开始感觉到自己爱上了她，那是一种真正的感情。

也就在那个时候，我学会了玩扑克和赌博。我第一次玩扑克是在一个星期六，我下了班回到位于卡萨-格兰德的家里的事情。就在附近的一个储水罐边上，有我的几个朋友跟其他几个人在一起，其中多明戈和桑提亚哥是我的朋友，桑提亚哥这小子因为杀了人，目前还在蹲大牢。桑提亚哥说："嘿，看啦，劳动模范来了，王八蛋竟然变成了劳动模范。"

"对呀，你这蠢蛋整天只知道压马路，你以为每个人都跟你一样不干正事吗？"我们经常这样子相互说说玩笑话。多明戈知道我口袋里装着那一个星期的薪水，于是对我说道："哥们儿，来吧，我们玩一小会儿扑克。"

"大哥，那玩意儿我玩不来呀。算了吧，我才不当傻瓜呢。"

"我教你呀，我来教你怎样赢钱！来吧，我们只玩五分钱的，来，坐下。"

唉，他们知道我从来不会说个不字，于是，我们几个在储水罐后面可以照得见天井灯光的地方蹲了下来，围成一个圆圈。我自然输了，可也学会了规则。我学得很认真，整个星期不断地找人东问西问。我学得快，一个星期过后我就成了好手，可这既是长处，也是短处。说到玩扑克，我总是手气非凡。这样的手气似乎没有尽头，甚至超乎想象。

不经意间，我已经深深地陷入了玩扑克的旋风之中。如果哪天不玩上一两把，我就会觉得很不自在，于是总要找人玩上一阵子。我一开始只玩五分钱那么大，可很快就拿一个星期的薪水来做赌注了。我总是踌躇满志，以为自己要赢。即便不停地输钱，输到哪怕只剩五个比索的时候，我仍旧在心里想："试试吧，也许老天爷都希望我靠这五个比索来翻本呢！"好吧，不出所料，十之八九，我把最后的五个比索都输出去了！

那帮小子会说："小子，咋回事？莫非有人给你发牌的时候使诈吗，拿上来……别玩傻把戏……别把小牌藏起来……他妈的，不出老千，别人就不会怀疑了！"

事情就是这个样子。有一次，我输了七十比索，不过那是因为那个名叫德尔芬诺的赢家提前走了，没给我们留下翻本的机会。他经营着好几辆大卡车，有很多钱，可他眼见赢了钱，就起身说道："我得走了，我要去参加一个……老天，我差点忘了还有这么个鬼约会。"

眼见他起身要走，我的怒火陡然升了起来，因为我一把都没有赢过。"狗杂种，"我说道。"他当我们是傻子呀。"

第二天是星期天，我们通常在这一天聚在天井里踢足球。我去浴室洗了个澡，就在我抓起衣服往外走的时候，一头撞见了德尔芬诺。

"怎么了，奇诺？"他问道。"你小子想报仇吗？报仇是需要金钱和胆量的哟。"

"好吧，别以为老子是好惹的，走着瞧。"

他去叫来了多明戈和鸟儿，这两个人都是他老家恰帕斯的同乡，于是我们坐下开始玩了起来。一开始，我们玩的是"碰对"，看到我赢了钱，德尔芬诺就想改玩纸牌。

"好吧，"我说道。"啥玩意儿我都在行，不管你玩什么，这次你恐怕要点本事才能从我手里拿走这些钱。"

于是，我们玩起了扑克。呵，那可是应该记住的一场比赛啊！我一开始下了两比索的注，下到三十比索的时候，鸟儿认输了。接着，德尔芬诺下到了五十比索……他拿到的应该是一手好牌……他每拿一张牌，就要往上面吹一口气，然后放到胯下去擦一擦，为了来点好手气呗。

"你他妈应该弄热了再射出来，"他说道。"射出来才是一团一团的……我已经摸了三个七点，你可要想好了啊！"他说归说，却不让看牌，看见没？不过，我已经可以毙了他，因为我摸到了三张王，还有一张 K。我很平静地下了超过五十的注。

"操你妈！"他说道。"你还真的全押上了。他妈的，你这混蛋那么有把握！"

"当然，老子全押了，但我有防身武器。老子我也不是吃素的。好你个王八羔子，别抖啊。把烟拿稳了，你的爪子在发抖！"

他又拿着牌在胯下擦了擦，但我已经吃定了他，因为我又摸到了一张王牌。

"你对着那玩意儿又吹又摸，老子就只有啃奶头的份儿了！"

他发现我的手里有四张王牌，于是说道："操你妈！打死老子都不信。你那不是手气，肯定是老千！"

"喂，发牌的是你，又不是我。我那小宝贝今天很争气。要是没有傻瓜，我的大哥……"

那一场赌博下来，我赢了一千比索。然后，我站起身来。"伙计们，我得去……我都忘了还有个他妈的约会……他妈的，我差点给忘了。"

我跟你讲，我在卡萨-格兰德大名鼎鼎，算得上玩扑克的小小奇才。我发牌的时候，每个人都会盯着我的双手，可我发誓，我从不作假。只怪我运气好，好得出奇！我经常赢钱，有些小子发下毒誓，再也不跟我玩牌了。有人建议我去高级一点的赌场，可赌场的牌都做了记号。他们带我去过赌场。我对朋友们说："我来这里只是想试试手气。我有点小钱花就很满足了，对不对？"

因为手气好，我在赌博上越陷越深。可糟糕的是，我在赌博上没捞到任何好处，因为每次赌完之后，我都会带上各位朋友和他们的女人，一起把赢来的钱花个精光。我赢了钱，可没做过一件正事儿。

父亲得知我赌博的事情之后，自然非常生气。可家里没有人知道我究竟靠赌博赢了多少，又花了多少。

每天晚上，我都会去咖啡屋看望格瑞塞拉。她围着几张餐桌忙得团团转，我多数时间只得在厨房里跟她同在那里做工的朋友保拉闲聊一通。好玩的是，我虽然疯狂地喜欢着格瑞塞拉，却宁愿跟"矮妹"，也就是保拉说话。我发现她很善解人意，于是便让她替我说两句好话，以便哄格瑞塞拉开心。当她看出我在吃某个小伙子的醋，或者因为跟格瑞塞拉吵架而不开心的时候，她就会说："别担心，曼努埃尔。别在意她那么做，因为我知道，她打心眼里是喜欢你的。她这样跟我说过。"她经常跟我说这样的话，让我感到舒坦了许多。

事实上，我跟格瑞塞拉的关系很不稳固，我总在担心会不会失去她。我经常做梦，梦见她无耻地背叛了我，因此弄得自己很紧张。她长得很漂亮，追求她的男人可不少——那样子，她倒觉得很幸运。有些顾客会给她五十比索的小费。可她爱的是我，不止一次，她也很吃我的醋。后来我们终于崩了，因为我执意要跟矮妹一起去查尔玛朝圣。

保拉之前告诉过我，她要跟她的妈妈和妹妹德利拉一起去查尔玛。我也想跟着去，于是对她说："就你们三个女人呀？那不行，我得跟你们一块去。"当我把这事儿跟格瑞塞拉说了之后，她说："哦，你真要去吗？我看，你还是不要去。"

每当我们出现分歧的时候，我总会拿那件事儿把她训斥一番。我有自己的行事原则，我也向她表明过，尽管我真的很爱她，但我不会赖着她。我跟她这样说："我不明白，为什么有些男人会为了女人而大打出手。不过你要是欺骗了我，我绝不会为你跟别人打架。"

大约在我动身前往查尔玛之前两个月的时候，咖啡屋来了个普埃布拉的小伙子，名字叫做安德烈斯，我发现他在关注格瑞塞拉，而她也在饶有兴趣地留意着他。就在我动身前往查尔玛的那一天，我把这事挑明了。

"安德烈斯你听着，你跟格瑞塞拉之间那些事我都看出来了，如果你还算是我朋友的话，你得跟我坦白。跟我说实话，我保证不会动你一个手指头。"

"别，曼努埃尔，格瑞塞拉既然是你的女朋友，她怎么会跟我好呢？"他说道。"她喜欢的是你，我可不是跟你玩阴招的那种人。"

同一时刻，矮妹和她的妈妈正在为朝圣旅途准备玉米饼和煮鸡蛋，按我们的话说，就是准备路上的盘缠。我们扛着几个大包，坐公共汽车来到了桑提亚哥-特米斯腾格。那一年跟我们同去的有阿尔维托。我们几个人——我、阿尔维托，还有矮妹——一路上十分开心，一边祈祷，一边唱歌。我们趁着黎明的美景，穿过了一片片树林。松树的香味，乡野的味道十分美妙，行走在山峦之巅，我们时不时可以看到远处的小村庄，个子矮小的印第安妇女们正在做玉米饼。

离神庙还有一个小时的时候，我们来到了一棵高大的蒙特苏玛丝柏树跟前，朝觐者一般都要在此稍事停留。在通往查尔玛的路上，这棵大树真是个宝贝疙瘩，上面挂满了女人的发辫，小孩子的鞋子，以及其他足以表明朝觐者信念的种种物品。树干极其粗大，我猜要十个人才能合抱。那棵大树生长在两座山峦之间，一条小河从它边上流过。嗨，我们这些朝觐者走到这里已是疲倦之至，于是满怀虔诚地把双脚浸泡在似有疗效的河水里，身上的疲乏和不适顿时一扫而光。进了查尔玛，一条道路蜿蜒曲折直通神庙。进入教堂，跪在清凉的暗影里，看着查尔玛这尊至高无上的救世主的塑像，我的心灵总能得到巨大的满足。他好像只为迎接我一个人的到来，这令我产生了一种奇妙的感觉，因为我当时对他充满了极大的虔诚。我祈求救世主赐予我力量，向我展示一条挣钱的路子，好让我娶得起格瑞塞拉，祈求她不要抛弃我。

一路上，我和矮妹绝对没有发生什么事情。相反，我希望阿尔维托和保拉能够成为情人，这样我们四个人就可以经常出去玩了。一路上，整整七天的时间，我跟保拉讲了我和格瑞塞拉之间的麻烦。可后来，我发现她看我的眼神很有些不一样。有一次，我装着被一只毒蝎子咬了一口。我晕了过去，然后人事不省。她被吓呆了，可怜的人啊，仅仅为一个普通朋友，你不可能吓到那个分上。于是，我问自己："老天！这是真的吗？她可能爱上我了。"可我根本没想过要跟她有任何瓜葛。

我对着查尔玛之神的祈祷失灵了，因为我一回来，安德烈斯就告诉我，格瑞塞拉已经是他的女朋友了。我很生气，很想敲碎他的骨头，可我得遵守不动他一个手指头的诺言。"好哇，安德烈斯，除非她亲自来跟我说。"

"哦，"他回答道。"那是不可能的事儿，因为从现在起，我不许你跟她还有任何牵连。"

"哦，是吗？"我说道。"那么，现在你跟我之间就不再是朋友之间的事儿，而是两个男人之间的事儿了，我就让你看看，我比你更像个男人。"接着，砰！我狠狠地一拳揍过去，把他打了个仰八叉。我把他一把提起来，靠在墙壁上，对着他的肚子，砰！砰！砰！

我找到了格瑞塞拉。"你好，"我对她说道。"我给你带了件礼物，是我在查尔玛买的一个小镜盒……可安德烈斯跟我说了你们两个的事儿，我就把它踩碎了。"我凑过去问道："格瑞塞拉，安德烈斯真是你男朋友吗？回答我，别害怕。"

她站在那里，十分忧伤地看着我。她一句话也不说，只是点了点头。我的第一反应就是想抽她两个耳光，可我从来不对女人动手，那会让她明白，我有多么爱她。我克制住自己。"好哇，真好！恭喜你啦，格瑞塞拉！你看我只知道赌钱，无论输赢，都只会老老实实地赌。这次我输了，是不是？没事儿，格瑞塞拉，跟我握握手，我们还是朋友，别难过。"

她非常愤怒地站在那里，放声大哭。"滚蛋吧，"我这么说了一句，就转身离开了。

对，这件事儿让我很不开心。我换了工作，转而为几个西班牙人做起事儿来。刚开始的薪水是每天八个比索。星期天他们照常支付我工资，所以我每个星期能够挣到五十六比索。我现在能够挣到更多的钱，也无须上交给我的父亲。

说到格瑞塞拉这事儿，我心里是这样想的："她这么对我，我一定要报复她，我要找一个跟她很亲近的人，让她真正地难受一下。我要让她也尝尝这种滋味。"我立马就想到了矮妹，于是便对她展开了追求。从那之后，我每天都去咖啡屋看望保拉，我要她做我的女朋友。

"可这样做不对呀，因为你还爱着格瑞塞拉。你怎么能跟我这样说话呢？"

"不，我跟你这样说了，你才去对她那样说，让她觉得我是真的爱过她。可实际上我不再爱她了。再说，我每次来的时候，不都是在跟你说话吗？"

我不知怎么会跟她发生争执，可追起矮妹来总归是难度非常大。

持续了一个月的样子，其间她老是说："让我想想，让我想想。"后来，她终于说了句："嗯，好吧。"到此，她终于答应做我女朋友了。

为此，保拉和格瑞塞拉狠狠地吵了一架。保拉说："你有什么好抱怨的，安德烈斯是他的朋友，你们不也跟他玩了损招吗？再说，你跟他又没结婚，他只不过是你的情人而已。现在，他是我的情人，我很爱他。"

接着，格瑞塞拉说道："可问题是，安德烈斯真的不是我男朋友。我之所以这么说，只是想看看曼努埃尔是否爱我，因为安德烈斯跟我说过，曼努埃尔一直都在耍我。"

安德烈斯做通了格瑞塞拉的工作，要她来试试我，于是他们上演了一出戏，让我掉进了陷阱。这样一来，我才感到自己根本不爱保拉，可出于永恒的虚荣心，也就是墨西哥人那愚蠢的大男子主义，我不可能自取其辱去跟格瑞塞拉重修旧好。我全身心地爱她，我真想对她说："回来吧……让我们认认真真地……"但我把尊严和虚荣看得高于一切。我在心中告诉自己要跟她讲实话，可又害怕她会取笑我的恋恋不舍。我们之间就这样耍着手腕，一点一点地，谁都没有了意愿，各走各的路了。

于是，我继续去看望保拉，并约她出去。我让她辞了咖啡屋的工，她后来另找了一份工作，编织小孩衣物。

有一次，我察觉保拉对我撒了谎，于是我认为她在欺骗我。她跟我说她要去克雷塔罗看望她生病的妹妹，可就在她走了之后，德利拉说漏了嘴，说保拉实际上跟着一个男人和一个女性朋友一起去了韦拉克鲁斯。保拉回来之后，我问她："保拉，克雷塔罗的事情办得怎么样？"

"嗯，还行。"

"你妹妹呢？"

"唉，她病得很厉害，可你知道，有些人说话总是喜欢夸大其词。"

说到这里，我扇了她一个耳光。"少跟老子废话，你根本没去克雷塔罗，少来骗我，你不是去韦拉克鲁斯逛了一趟么。"

"谁跟你说的？"

"总有人啊，"我说道。"这么说，你真是去了韦拉克鲁斯喽？"啪！我又扇了她一个耳光。我当时真是气极了，于是打了她。

她哭了起来。"是的，曼努埃尔，可我以我母亲的名义发誓，要是我做了什么坏事，我最亲爱的母亲将不得好死。实际上，是我的女朋友要跟她的男朋友一起出去，于是她让我一起去，好对她有个照应。"

我很肯定地认为，保拉一直在骗我。"算了，小姐，"我对她说道。"我在你身上什么东西都没捞到，如果你那么容易让人捞到手，那你就跟我来，我们马上去找旅馆。"

"别这样，曼努埃尔。"

"别什么？"我说道。"你不是跟别的男人出去了吗？如果你想做站街女郎，那你就跟我走，你告诉我要多少钱。你不过值个五六毛钱吧，我可不想给那么多钱。"

她在那儿哭个不停。"曼努埃尔，跟我走一趟，求求你跟我走一趟。"唉，我的内心期盼着她没有做任何坏事儿，于是来到了她朋友的家里，那女孩证实了保拉的说法。

我仍旧不完全相信，所以管她愿不愿意，那天晚上我带着保拉去了一家小旅馆。

我要说明一下，在墨西哥，至少从我这个例子看来是这样，即便我相信我的女朋友真的爱我，可我依然充满了怀疑，仍然会吃醋，对不对？于是，到了某一天，男的会说："既然爱我，就要证明给我看。如果你爱我，那你就要跟我走。"我根本没想过要举行世俗的，或者是教堂婚礼，根本没想过，我所认识的男男女女大多如此。我一直是这样想的，如果某个女人爱我，而我也爱她，我们又愿意在一起过日子的话，那一纸法律文书完全无关紧要。如果我女朋友提出要求，要我跟她履行结婚手续，给她修一栋房子，我马上就会有一种受伤的感觉，我会对她说："这么说，你并不是真的爱我！如果我们的爱情需要设定一些条件的话，那算什么爱情呢？"

贫困也是一个因素。如果一开始就要看婚姻的归途，那么穷人就会觉得自己没有足够的钱来举办婚礼。这样一来，他就会不举行婚礼而照样过日子。他会跟一个女人过日子就行了，就像我跟保拉那样。再者，穷人没有钱留给他的孩子，也就不需要向他们提供法律保障。要是我有一百万比索、一栋房子、银行存款，或者是某种实物的话，我会立马公证结婚，以保障我的孩子们具有法定继承权。可我这个阶层的人一无所有啊，所以我说过："只要我认自己的孩子就行了，别人怎么看我根本不在乎。"

世俗婚姻不像宗教婚姻那样需要花费很多钱财，但也排除了法律责任。我们有种说法："婚姻的幻想止于床上。"我可不愿意为了今后可能成为败局的婚姻而给自己套上法律的枷锁。如果我们现在对彼此的了解不够深入，又怎么知道生活在一起会是什么样子呢？我们这里的女人也大都不指望婚礼这回事儿，她们甚至觉得做情人比做老婆好。现实情况是，女人可以跟男人走，可不等五六个月的蜜月期过完，她就会强烈要求那个男人跟她结婚。不过，这只是传统女人的做法，她们所需要的是用链子把男人们拴住。

我们坚信，做情人是一回事儿，做男人和女人又是一回事儿。如果我要某个女人做我的老婆，我会觉得对她要承担诸多责任，那跟我们结了婚没什么两样。婚姻改变不了什么！我和保拉就是这样。

一连数月，我们继续偷偷摸摸地去旅馆开房，可我并不感到满足。我觉得自己从内心里想摆脱我的父亲，想干干净净、彻彻底底地离开那个家，成为一个真正的男人。于是，我在一天晚上对她说："拿个主意吧，保拉。你看啊，我要走这边，可你的家在另一边。从现在起，我不想让你回那个家了，你看怎么样？"

"不行，曼努埃尔，"她回答道。"我的妈妈，还有那几个弟弟妹妹怎么办？"

"算了，你并不爱我。两条路随你挑，如果你还要回你那个家，我们今后就再也不要见面了。如果跟我走，你就是我老婆了，需要跟我生活在一起。"

哦，她终于打定了主意，没有回家，跟了我。我们就这样结了婚：我刚满十五岁，她十九岁。

罗伯托

我很小的时候就从家里往外偷东西了。只要我看见喜欢的东西，都会偷偷拿走，根本不经他人同意。就是这么样子。我一开始是偷鸡蛋。并不是因为饿，明白吗？因为我母亲都让我们吃得饱饱的。就是觉得小偷小摸好玩儿，把那些东西跟一个院子里的朋友们分享，觉得自己很了不起。

我小的时候，大概也就五六岁吧，偷了母亲两毛钱。那个时候的两毛钱跟现在的十比索差不多。我父亲每天只给我们五分钱，可我这辈子都还想多要点，所以当我看见衣柜上放着两毛钱，而周围又没有别人的时候，我觉得完全可以拿去用了再说。我买了点糖果，运气不太好啊，找给我的尽是零钱，而且是分币。

所以，我兜里就装满了钱，对不对？晚上我回到家里的时候，他们就问那个硬币跑哪去了。我想："糟了！要是他们搜身的话，不就发现我口袋里的钱了吗？那我不得挨一顿好揍，永生难忘？干脆去一趟厕所吧。"

靠房间最里面的厕所只有半扇门，所以当我把那些分币扔进便盆的时候，发出的响声简直震天，他们也就知道了我的鬼把戏。即便如此，我还是放水把那些硬币冲走了，这他们当然知道啦。到此为止，这还不算什么事儿吗？正如我自己说的，我一生下来就是个坏蛋。所以，那天我被教训够了，我的母亲、父亲、外婆——愿她的在天之灵得以安息——都教训了我，我今后再也不敢了。

母亲把我们照料得很好。她对我十分喜爱，但她最爱的还是曼努埃尔。她很少打我。我知道她爱我，是因为她不管去哪里都会带上我，带我的情况多于其他几个。她经常对我说："罗伯托，走，我们去买蛋糕配料。"

"好的，妈妈，走吧。"

我的父亲和母亲一向相处和睦，只有一次争得不可开交，让我好久都不能忘怀。父亲对着母亲——愿她的在天之灵得以安息——大吼大叫，呵呵，他吼得越来越声嘶力竭。我的外婆，还有瓜达卢佩姨妈都拉着他不让他动手。拉扯的过程中，他的钥匙链掉到地上，我一把抓起来就跑了出去。钥匙链上有一个剃须刀片，因为父亲脾气暴躁，我当时以为他想用它来收拾母亲。

我的姨妈、外婆帕契塔和用人索菲娅都连忙跑进来拉住了他。等我回到屋子里，架已经打完了。父亲带着我来到神殿向圣母祈祷，看见他哭了，我也跟着哭了起来。冷静下来之后，他给我买了些点心。

1月6日是一年一度的三王节，在栽种着母亲最喜爱的植物的花瓶架子上，我们总能找到几样玩具。可有一年的1月6日，三王没能造访我们的寒舍，我由此觉得自己是世界上运气最不好的人。跟所有的孩子一样，我们几个小孩那天很早就起了床，然后到处找玩具。我们先去花瓶架子上找了一阵，接着又去火盆里看了看，万一三王们把玩具放在了木炭和灰烬里呢。不幸的是，他们没有这么做。于是，我们只好跑到院子里，看着其他小孩玩玩具。当有人问"三王给你们送了什么玩具"的时候，我和曼努埃尔都只能这样回答："什么也没有。"

那是母亲去世前跟我们一起度过的最后一个1月6日。那之后，我一连几年都要大哭一场。

我们当时住在特诺奇蒂特兰大街上的一套一居室房子里。我的父亲和母亲睡一张床，曼努埃尔、康素爱萝和我睡另一张床。玛塔大了一点之后，也跟我们睡一张床。我们几个并排而卧，曼努埃尔挨着康素爱萝，康素爱萝过来是玛塔，然后是我，这样的顺序一成不变。

我有个现实问题，经常尿床，一直持续到九岁或十岁的样子，他们说我是全家的尿床冠军。尿床的不止我一个，曼努埃尔和康素爱萝有时也会尿床。就因为这个坏毛病，不知道父亲母亲把我揍了多少次，而且威胁说起床后要把我泡在冷水里。母亲还真这么做过一次。当然了，我不能怪她，她这么做也是为了改掉我的毛病，不过我确实很长一段时间都忘不掉这件事情。

我六岁时的一天凌晨，母亲死在了父亲的怀抱里。她的去世对我震动很大，对我一辈子都是个折磨，因为我觉得她的死应该是我的错。她去世的头一天，我们一大家人还去了大教堂。同去的有姨妈、阿尔弗雷多舅舅和何塞舅舅，我们一大家子玩得非常开心。亲爱的母亲总会庆贺我们的圣徒节，我们因而能吃到猪肉之类的东西，当然，你也知道，这样的东西对人没什么好处，会传染疾病，我母亲就因为我而染上了疾病。

实际上，那天稍晚些的时候，她还叫我去把屋顶上的鸟笼子拿下来。我母亲很喜欢鸟儿，知道吧？她在几面墙上都挂满了鸟笼子，就因为她喜欢那些小生命啊。我于是爬上房顶，可弄了些灰尘到邻居那边去了，那个女人就用水来泼我。

"小兔崽子，你也不看看你干了什么好事儿？"

我母亲跑出来维护我，就跟邻居吵了起来。如果不吵这一架，我妈妈也就不会死。反正，不管我有没有错，那就是事情的原委。

他们在凌晨两点钟叫醒了我。我不想起来，因为我又尿床了，很担心他们会责罚我。可我们看见父亲在那里哭，也就战战兢兢地爬了起来。我感觉到事情不妙，因为我看见父亲把母亲抱在了怀里。医生进来的时候，我们全都站在床头哇哇大哭，亲戚朋友们想把我们拉到外面来，可我就是不走。

我不相信母亲已经死了。他们把她停放起来，那天晚上我还偷偷地爬上去挨着她睡了一觉。他们到处找我，可我就挨在母亲身边睡着，盖的也是她身上那张床单。在那个年纪，我已经知道死亡就意味着永远地离开这个世界，不过，我还是这样安慰哥哥和妹妹："别哭，妈妈只是睡着了。"我凑过去对着妈妈说："妈妈，妈妈，你睡着了，对不对？"

我摸了摸她的脸，可我知道，她再也不会醒来了。

我不止那个时候思念母亲，现在仍然十分想念她。从她去世那一天我就知道，我永远也快乐不起来了。别人把这样的烦恼倾诉一遍就会有所缓解，可我跟很多人都说过这件事儿，仍旧于事无补。只有离家出走，游手好闲，一个人跑到乡下，或者跑到山上的时候，我才会觉得平静一些。我相信，如果母亲还在，我的日子会大不一样。我或许会变得更坏。

母亲去世后，外婆差不多成了我的第二个母亲。我随时随地都跟着她。我叫她小妈妈，其中的感情跟我喊自己的妈妈时一模一样。她对我们很好，但有点严厉。她毕竟是个老人，又在旧环境下长大，无论做什么事情都比较正统。

她跟我们生活在一起，负责照看我们。她在广场上卖蛋糕渣，我时常去看她。我愿意跟她在一起，因为她了解我，经常提醒我。家里的其他人，就连跟我们最亲近的瓜达卢佩姨妈都经常叫我"黑娃儿"、"鬼脸"。我原来不知道"黑娃儿"是什么意思，但那同样让我感到不舒服。所以，我总是黏在外婆身边。

曼努埃尔从来不愿意跟她去卖面包或蛋糕渣。愿意陪她去的人是我。我不知道是因为什么，因为我毕竟只是个孩子嘛，不过我觉得如果她一大清早出门有我陪伴的话，她就什么事儿也不会遇到。多亏了老天，我们真没遇到过什么坏事儿。有一次，曼努埃尔跟我们走了一趟，他把外婆惹得非常生气。一个小贩扛着木桩正在售卖糖葫芦，边走边喊："山楂，山楂，一分钱一串。"曼努埃尔经常喜欢揶揄外婆，此刻也跟着喊起来："外婆，外婆，一分钱一位……一分钱一位咯……"嗨，她骂了他几句，接着就要去抓他，当然抓不住呀，他跑得可快了。他只是想取取乐，可那一次他把外婆惹哭了，让我也跟着难受。

我们那时居住在古巴大街，对，就是古巴大街，因为我爸爸刚结识了艾莱娜，外婆于是离开我家，搬去跟瓜达卢佩姨妈同住了。我因此更觉得孤单，非常思念母亲。外婆在的时候，我还没觉得母亲已经离我而去。

艾莱娜做了我的后妈之后，我常常去外婆帕契塔那里告状，说艾莱娜这也不好那也不好。那些日子，外婆就是我的擦泪巾，是她让我感到轻松了许多。我还偷过树苗，呵呵，这也不算偷，因为那本来就是母亲的东西，我不想艾莱娜碰它们，于是就把它们搬到了外婆或姨妈的家里。然而，可怜的外婆很快就没有了，因为没过多久，她也去世了。

从一开始，后妈就不喜欢我，我也不喜欢她。我和年轻的后妈相处得一点都不愉快。在我看来，世界上只有一个真正的妈妈，即便有一百个一千个人想要成为你的妈妈，那也完全是两码事儿。再说，朋友们经常提醒我，后妈都不是好人。

我猜想，艾莱娜大概有十八岁。不管怎么说，她就是太年轻，对于照料带着四个孩子的鳏夫完全没有经验。她根本不知道我们要怎样才听她的话，尤其是我，因为我最野。如果她跟我好好说，我也许会任凭她摆布，可她老想着控制我、命令我、左右我。从小开始，我就不喜欢除了爸爸妈妈之外的人指使我做这做那。只要艾莱娜敢碰我，我肯定会跟她干架。身体上的防卫我一直都知道，只是言辞上的防卫我从来不懂。

我经常跟艾莱娜打架，原因之一是有了她之后我和曼努埃尔就得睡地板。有一次，我听见爸爸和艾莱娜在说话，她说我们睡床上的时间够长了，两个女孩子也在一天天长大。于是，父亲就要求我们去睡地板——也不是真的睡在地板上，因为父亲给我们买了草席。我猜，父亲那个时候连床都买不起。

我哭过好几回，但从没跟父亲说过。我的心里既感到痛苦，又觉得烦闷。我得像狗一样睡地上，这让我觉得很伤心。那个时候，我十分想念妈妈。要是她还活着，我们会睡在床上，会好得多。即便她去世了……在艾莱娜没来之前……我们也是和爸爸一起睡床上，位置被艾莱娜占了。

挨着父亲睡，我感到非常开心。因为曼努埃尔占了紧挨父亲的位置，我不知跟他打过多少次架。我们会一直争得不可开交，直到父亲说："大家都闭嘴,赶紧睡觉。"啪!灯关了,父亲脱了鞋、脱了裤子放在凳子上,一切才开始平静下来。

一开始,还有一件事我很不喜欢,艾莱娜曾经有过一个男人。我很替父亲担心,因为她的前夫可能会报复或者什么的。

父亲经常骂我打我,因为后妈往他的脑子里灌输了很多东西。她并没有完全胡言乱语,但总是要添油加醋,抹杀真相。有好多次,她都差点惹恼了我。要是我上床的时候把灰尘带了上去,她会说:"下来,黑娃儿!"那样的话让我觉得很不舒服,我就会顶上一句:"你个丑八怪,怎么也敢叫我黑娃儿?就算我黑,也是老天的原因。"这么一来,她就会打我,我也会还击,而且把她弄哭。

父亲一走进家门,她不是先打招呼说"哈啰",而是先数落我的不是。劳累了一天的父亲早已怒不可遏,根本不听我的辩解。他只知道打我。第二天,我照样会跟艾莱娜拧着干。

父亲真可怜!就因为我跟那个女人之间的矛盾,他花了不知多少钱。他拿了不知多少个五十比索、一百比索、三百比索,买了不知多少件衣服、多少双鞋子,只为了满足那位小姐。这让我十分抓狂!她把那些钱全都存了起来,有时候我也会偷偷地拿走一些,因为那钱反正是从我爸爸那里得来的。

虽然我不知道该怎么表达出来,但我不仅仅深爱我的父亲,甚至视他为偶像。我小的时候,曾经令他引以为傲,引以为乐。他对我的爱,甚于我的哥哥,因为他不管去哪里,总会首先带上我。有很多次,只有我们两个人一起去大教堂、看电影,或是在夜里散散步。他现在依然同样深爱着我,只是没有表现出来,因为我已经不值得他那样爱我了。

父亲对我们几个一向寡言少语,他不说话,我们遇到麻烦也不跟他商量。我曾经尝试过亲近他。我想让他像别人家的父亲那样对我们特殊一点,跟我说说话,跟我们大惊小怪一下。他回到家里的时候,我很喜欢亲亲他的手,或者抱抱他。我觉得,父亲那个时候更了解我们,虽然那个时候我也渴望他表示一下爱,或者说上一两句鼓励的话。

　　我的一生中，父亲只有两次跟我亲密无间地说过话。他问我："儿子，遇到什么麻烦了？怎么回事？跟我说说你的困难吧。"听到他如此深情地说出"儿子"这两个字，我顿觉自己就是世界上最幸福最重要的人了。他一般叫我的名字罗伯托，或者是"你"，骂我的时候则会用脏话。

　　我一直很反感儿子跟父亲高声说话。父亲无论什么时候批评我们，或者只是跟我们说说话，我们根本不敢看他，因为他的表情太过严肃。就算我想辩解，或者把事实讲清，他都不会让我开口。"你不要说了，""你只会这个那个。"当他大声呵斥我们的时候，我从来不跟他顶嘴，相反我会责怪自己。我会对哥哥和妹妹们说，如果父亲对我们不好，那是因为我们有错。父亲是神圣的，我的父亲尤其如此。他是个好人，像他这样的人找不到第二个。

　　父亲不会无缘无故地揍我们。他总是用他现在都还拴着的那条宽皮带抽我们。那条皮带属于加厚型，他会用力抽打我们，对我更是如此。他老是狠揍我们，我们差不多都皮了，根本没感觉，即便他生气的时候对我们狠敲狠打。不幸得很，我还有个烂习惯，每当挨了打，我会用头撞击墙壁、衣橱或别的什么东西。我不停地用头去撞，也不知是什么原因。

　　等我后来长到十来岁的时候，父亲用起了电线。那一根电线很粗，有两米多长，他折成四折，还打了个结。喔！这一下我们感受得到了。他每抽打一下，立马会冒出一道鞭痕。我父亲不是那种只教训犯事儿之徒的人，他会把我们两个都收拾一番。在这一点上，他是不偏不倚的。

　　父亲总是逼着我去学校。我竟然不听他的话，真是愚蠢至极！我也说不清为什么不喜欢上学。当同班同学被抽到黑板上做题的时候，他们三下两下就做完了，而且把握十足。抽到我的时候，我总觉得有如芒刺在背，因为我知道每个人都在注视着我。我认为他们在议论我，我想比他们做得更好，可正因为如此，我没法集中注意力，需要的时间也就更长。

　　我母亲、姨妈或者外婆会领着我去上学，有时候她们甚至是拖着我去上学。她们走了，留下我一个人孤孤单单地跟那些男生女生待在一起，心里觉得绝望极了。跟那么多人待在一起，我在心里感到自卑。

　　我上了四个一年级，不是因为笨，而是因为逃学。二年级我倒是只上了一次，可升到三年级之后，我只读了两三个月，然后就一去不复返了。因为那帮朋友，或许也因为自己在家里感受到的自由太少，我以逃学为乐，经常去查普尔特佩克公园闲逛。只要我逃学，就会有人通知父亲，等我回家的时候，他早已为我准备好了皮鞭。

　　还是个孩子的时候，我跟我哥哥很亲密。他一直在保护我，好几年的时间里，曼努埃尔充当着我的保护伞。我原来很胆小，很爱哭，用墨西哥人的话来说，我就是个"哭泣儿"，因为只要有人稍微说话声音大一点，我就会哭个不停。大孩子令我感到害怕，他们一吓我，我就会哭。如果有人碰我一下，我会大声尖叫，立马跑去哥哥那里。他也真够可怜，为了我跟别人打了不少的架。

　　我上到三年级的时候，曼努埃尔毕业了。没了他，我根本没胆量去面对那么多大孩子，于是我辍学了。

　　不知为何，我总觉得自己矮人一等。我一生中从来没有感受到别人对我的关注。别人总是瞧不起我……对我嗤之以鼻。我时常想的就是做点自己喜欢的事情，而不必听命于任何人。我想把自己变成一只风筝，想飞到哪里就飞到哪里。

　　我想过做一名运动员，做一个了不起的汽车司机或者摩托车手，去赛场上跟别人一比高下。我一直都想做飞行员。有一天，爸爸带着我去拉古尼拉市场买了一顶帽子，他问："你想买哪一顶？"我毫不犹豫地买了一顶带护目镜的，也就是飞行员使用的那一种。

　　当我跟朋友们一起玩耍的时候，所玩的游戏常常是飞行。为了更有真实感，我会跑到楼顶上，戴上护目镜，像一架大飞机那样在那里不停地跑。或者干脆在天井里奔跑。我会在水管上系上绳子，假装那就是机翼。我把它当成飞机，感觉到自己真的飞了起来。那是我的梦想。只要有飞机飞过，即便是在今天，我也会抬头看上一阵，好想自己有一天也能开上一架大飞机。

就因为想飞，我撞破了头。我的表兄萨尔瓦多，也就是我姨妈瓜达卢佩的儿子——愿他的在天之灵安息吧——很贪玩，并且喜欢捉弄我们。有一次，我让他给我坐飞机，也就是提着我转圈子。我们一向让他做什么他就做什么，于是他抓住我的手腕和脚踝开始转圈。突然，他一下子失了控，砰！我被甩到墙上，头部开了一个口子。等我醒过来的时候，爸爸和妈妈，还有其他人都给吓了一大跳。我浑身是血，但一点也没觉得害怕。实际上，我觉得流点血这事儿挺好的。我头上的这个部位还有个疤。

我身上到处都是伤疤，不撞这里就撞那里。我的头上还开过几道口子，要么是从屋顶上栽了下来，要么是拿石头跟朋友打架留下的。有一次，我差点弄瞎一只眼睛，流了很多血，以为自己就快死了。我当时手里拿着一把很小很尖的玩具铲子不停地奔跑，一下摔倒在地，铲子直接插进了左眼。其他人立刻把我送到了医生那里，所以这只眼睛至今用起来也没任何问题。伤得最厉害、最吓人那一次是我被一条狗咬了胳膊。

我学会游泳的时间在我哥哥前面，尽管他经常跟他那一帮朋友出去游泳。我经常缠着他们，巴不得他们把我也带上。我原来经常在逃学的时候去离家不远的一个泳池游泳，那里有一个服务员名叫霍苏埃令我憧憬不已，因为他不光游得好，为人也很不错。他很高大，很强壮，也很魁梧。不瞒你说，我觉得他的体格也很好。我很想像他一样，不光做好人，而且长得高高大大、壮壮实实的，让每个人都能记得我。他跟我们说过，他是怎么走遍全共和国的。

有一次，也就是我八岁的时候，我没钱买票进入游泳池。我和曼努埃尔，还有他的朋友阿尔维托，也就是蠢驴站在大门外的时候，突然来了个醉汉，于是我们想从他兜里弄点钱用。曼努埃尔和蠢驴要多少，这个家伙就给多少。于是，我也跟他说："还有我呢？你难道不给我一点吗？"可他已经开步走了，我又说："听着，先生，我只要一张票钱，难道你都不给我吗？"

"你是谁？"他问道。

"我是你刚刚给钱那两个人的弟弟。"我接着又告诉他，一张票需要多少钱。

"不给，你这小王八蛋！滚开。你长得太黑了。"

那句话深深地刺痛了我。哥哥和阿尔维托进去了，留下我一个人感觉非常沮丧和渺小。

每当我逃学，或者是应父亲的要求去拉古尼拉市场帮着把他买的东西扛回家的时候，我习惯带上小妹妹玛塔。我对她的喜欢一向超过其他两兄妹，不知道是不是因为她从来没见过我的母亲，或者我走到哪里都带着她的缘故。

我教会了她搭顺风车，怎样跳到电车的保险杠上，然后怎样抓牢等等。我原来还经常带着一只白色的小狗从卡萨-格兰德大街出发，因为无论我走到哪里，它都喜欢跟着我。我们像两只苍蝇一样，舒舒服服、高高兴兴地紧贴在电车的后面，小狗则在后面追着我们跑。每个人都会停下脚步盯着我们看，不管是公共汽车，还是小轿车里的人都会把脑袋伸出来打量这样的场景。我以为他们是在欣赏我们，因此感觉高兴极了。

我喜欢在电车高速行驶的时候跳上去。玛塔十分勇敢，也学会了这一手。我不止在拿自己的生命冒险，也是在拿她的生命开玩笑，可她乐此不疲，给我的印象十分深刻。我觉得，就因为这个原因，我对她的喜欢胜过了康素爱萝和曼努埃尔。

我经常带她去查普尔特佩克公园，或者去神殿攀爬那些极陡峭的山坡。我把三根绳子拧成一股，一头套在我的腰间，另一头系在她的身上。我挑选最危险的悬崖先爬上去，然后再把她拉上去。她非常喜欢这项活动，从没说过什么。

我要说清楚，我一直视玛塔为妹妹。跟女性打交道自然会激起我的本能反应，知道吗？但跟我的两个妹妹完全是另一码事儿。令我苦恼的是，父亲发现我们一起出去玩耍之后，有时会表现得疑神疑鬼。他会这么问："为什么要出去？去干什么了？"他还会问玛塔，看我们有没有干什么坏事。我曾经在军队医院的面包房做过一段时间，他们给我的报酬是面包卷随便吃。后来，我想到把玛塔也带上，兴许人家也会让她吃点面包卷。那家医院离得很远，父亲得知我带着她去了那么远的地方，把我狠狠地揍了一顿。

玛塔和康素爱萝的差别很大。康素爱萝爱学习，懂的东西多，也很有恒心，她只要决定做什么事情就一定会坚持到底。她从不像玛塔那样跟男孩子玩耍，就连跟女孩子在一起都非常矜持。她为人很好，又很文静，身体有些单薄，脸上总是一副担惊受怕的样子。

我小的时候，跟康素爱萝很处得来。后来，看着她发生了那么大的变化，我都感到很惊讶。她会无缘无故大发脾气，一杯水都可能让她感到局促不安。她的脾气难以琢磨，我还觉得她不善交际、遮遮掩掩、容易动怒。她这人索然寡味，处处一副与人毫不相干的样子。不过，除了这些，她是个好人，一个很好的人。

后妈进门之后，我和康素爱萝之间就产生了矛盾。我早餐吃得很晚，人人都吃完了我才开始，我也不知道是怎么回事儿。但从很小的时候开始，我跟人同坐一张餐桌就觉得很不自在。我总是会在屋子里找点事情来做，比如生炭火、冲咖啡、洗鸟笼、喂鸟儿等。没有人叫我这么做，可如果在饭前我不做点什么，心里会觉得很不舒服。

一家人都吃完了，我才进厨房去找饭吃。有好多次，眼看我马上就要吃饭了，可康素爱萝或者艾莱娜要么把喝剩下的咖啡倒进水槽里，要么把我的面包压得个稀巴烂。我跟她们说"哈哈，真让我好笑！我根本不饿！"然后抓起一根喂鸟的香蕉就出了门。我巴不得她们见鬼去，不是因为我生气，而是因为觉得她们伤害了我。实际上，当她那样毁了我的早餐的时候，我的内心非常惶惑，非常郁闷。我会哭，只不过不当着她们的面，而是跑到天井里某个小小的盥洗室偷偷地哭。遇到这样的情况，我尽可能默不作声，因为我知道，一旦父亲知道了，他会骂她们，甚至用皮带抽她们。他多次惩罚过康素爱萝，可她没怎么改变。

我得在她们面前担当起哥哥的角色。我从没无缘无故地惩罚过她们，比如她们不听我的话，或者跟爸爸顶嘴，或者叫我"讨厌的黑娃儿"等等。每想到打过她们那么多次，我的心都要碎了。我想祈求她们的原谅，可只要看到她们，我就没了勇气。我觉得这是一种罪过，因为男人是不该打女人的。可我只是用手掌或者手背扇了她们几下。还有，我只打她们的手臂，背或者头部。

不过，父亲回家后，康素爱萝会跟他讲，说我踢了她，或者打了她的胸部。唉，我的老天！就冲着那些谎言，父亲肯定不会跟我拥抱。我敢保证，我敢摸着良心说，我根本没有打过那些部位。她是个小小的撒谎天才，再加上艾莱娜也有过错——哦，福分不浅的她跟着上帝去了天堂，得到了安息——爸爸就要用折起来的电线，里边是铜丝、末端还打了个结的电线把我臭打一顿。

就因为康素爱萝和艾莱娜这两个人，我的日子过得好艰难啊！我觉得她们是在联合起来对付我，我只有不停地做好招架之势。我父亲偏偏又宠爱这两个女人。他对她们两个人的照顾总是更加尽心，因此我觉得他更爱我那两个妹妹。其实，他对我们每一个人的爱都是均等的，只不过她们有这样的荣幸，让他把爱表露了出来。他一直偏爱女性。我倒没注意到这一点，这跟我也没有什么关系。相反，我觉得那挺好的，因为我敢说，这样一来，依我所见，我那两个妹妹就完全没有借口说她们没有得到过父爱……

我告诉你，我为什么讨厌我那两个妹妹。这倒不是因为我恨她们，或者酸葡萄心理。是因为我一直讨厌她们俩跟别的男孩子一起玩耍。可她们根本不在乎我，所以也就顺理成章了，对不对？好吧，因为小女孩天生就得跟小男孩一起玩耍。

我之所以有这种想法，是因为从小我就对小女孩非常刻薄小气，小气得就像小女孩细小的身体那样。我的心里面总是充满着各种各样的龌龊。遇到家里没人的时候，我会领着小女孩一起去厕所。我总有自己的法子，所以从来没被人发现过。进去之后，我会在她们身上东摸西摸，当然要她同意才行。我当时只有五六岁，即使母亲去世之后我也不过八九岁，可我还是要那样做。所以我不希望我的两个妹妹跟别的男孩子一起玩，因为我认为那些男孩子也会在她们身上做同样的事情。就像我说过的，在她们身上东摸西摸。我在小女孩身上做的事情也就这些。

长大一点之后，我和曼努埃尔、马蒂尔德表妹、胡莉娅表妹开始一起玩耍。哥哥跟胡莉娅走一边，我跟马蒂尔德走另一边。她是我舅舅阿尔弗雷多的继女，所以实际上和我没有什么关系。然而不幸的是，从很小的时候开始，即便我现在已经长大成人，只要跟女性稍有接触，比如只是身体有所触碰，或者跟女性握个手，都会激起我的自然反应，甚至无法自控。所有的男人都这样吧，我是这样认为的。

于是，我就有了带着马蒂尔德一起去厕所的想法。在她居住的那一带，家里没有厕所，厕所都在天井里，所以要实现我的想法很方便。

我说动了她，我们就去了。让她在一个角落里躺下来之后，我掀起她的衣服，脱了她的裤子。那个时候，我还不知道那玩意儿该叫什么名字，也就是稀稀拉拉长了几根毛，可我还是给她插了进去。我根本不懂得该怎么做，甚至不知道该从何入手。但她欣然同意了，那里就只有我们两个人，于是我们就在那里做着"爸爸妈妈"的游戏，这样试一下，那样试一下。

我跟表妹做过这样的龌龊事儿，所以总是想方设法紧盯着两个妹妹。

搬到卡萨-格兰德的时候，我还很小。我们的第一套房子非常狭小非常糟糕。地上尽是洞，时不时有大老鼠跑出来。我们往那些洞里掉了很多东西进去，硬币、玻璃珠子、梳子之类的。那时候没有电，是我爸爸花了钱才接上的电。我喜欢黑暗，或者只有烛光都行，可父亲总是坚持说要享受现代化的舒适条件。他说房间要敞亮要干净，所以我们又搬了一套更大的房子。

艾莱娜喜欢把房间收拾得整整齐齐的。老天，她总是说家里差这个缺那个，而且经常到处搬动家具。我一直很讨厌成天搬来搬去，不过我也要说一句艾莱娜的好话，她把我们家收拾得非常干净非常整洁，令我们引以自豪，也成了邻居们学习的榜样。她死后，房子变了样，也没有人再对我们刮目相看了。可在从前，大家对我们的评价很高，即便从门前走过都要脱帽致敬。跟我生活在一起的日子里，父亲从来没有拖欠过租金。相反，他总是提前一个月付房租，作为奖励，房东给了他免费的澡票。

卡萨-格兰德的规则是……新佃户搬来……马上就打架。为了加帮入伙，我经过了重重测试。他们会让最强的打架高手跟新人过招，判断其是否可被接纳为新朋友。从前，不是这家搬进，就是那家搬出，大大小小的混战也就在所难免。谁在天井里遇到我，都可以推我一把，搡我一下，或者拿石子儿扔我。要是我手里拎着从商店买回来的东西，他们会打落在地，我回到家里又得再受一遍责罚。所以，人的身体承受痛苦是有限度的，忍耐也是有限度的，不打架不行。

有一天，我正在走路，在天井里等着我的有我的哥哥，以及另外四个属于拉米雷斯帮派的家伙。他们正在盼着决定性的一架。曼努埃尔觉得他有责任推我加入那一伙。但我不想因为刚搬来就要成为他们的跟屁虫。我哥哥喊了一句："来，打架开始。"检验我的小伙子名叫丹尼尔。我大叫曼努埃尔的名字，可这令他非常恼火，因为他觉得我竟然如此懦弱。"别软蛋，准备接招。我不可能一辈子替你打架。"

接着，他们安排豪尔赫·拉米雷斯对付我，还对我说："把他搞定，否则我们就揍扁你。"于是，不管我想不想打架——因为我太他妈害怕那帮家伙了——豪尔赫在挨了我两三拳之后哭着跑开了。我也流了血。接着，我跟埃米利奥和丹尼尔也干了一架……大家都是好朋友……所以打的都是友谊架，尽管看上去像是在真打。我跟每个人都过了招，最后轮到了头儿，我把他也揍了一顿。我琢磨那就差不多了，但不断有邻居搬进来居住，我只得在他们身上不断试手，以便接纳他们加入我们的帮派。否则，他们的日子会很难过。

我开始爱上了打架。当有人揍我的时候，我不会跑去告状，而是马上随便找个什么人纠缠一番。这样一来，我的哥哥获得解放，不必再承担因为我而打架的义务了。我从来就不想跟任何人打架，但总有人伺机找我打架。我只能防卫，而且一辈子都得这样。

打架的头儿，也就是架打得最好的那几个家伙，纷纷当上了帮派的头目。他们像军队那样定了级别：威尔弗雷多是上尉队长，伊格纳西奥是中尉，埃米利奥是少尉，曼努埃尔是中士，我罗伯托是下士，等等。我们以上尉队长为标准衡量我们的能力，也以此来决定我们玩耍的时候各自应该干什么。我们会轮流发挥统领作用。

有一种游戏叫做"跟着头儿走"，同属一帮的十到十五个人聚在一起，跟随"首长"，也就是头领一起行动。如果头领跳过了阴沟，其他人也要跟着跳过这条阴沟。如果有人没跳过去，我们会合起来对付他。轮到我做"首长"的时候，常常有人去爸爸那里告状。之所以惹下麻烦，是因为我带着他们去跳我们居民区那个小园子的篱笆。那道篱笆我可以轻易跳过去，但总有人跳不过去，于是就把篱笆往坏处整。我也会用水和下水管搞恶作剧。那些下水管直通屋顶，我能够顺着爬上去。结果呢，我不是把下水管拉松了，就是连根拉了下来。

我还喜欢绕着房顶行走，不止一次掉下来过。多数时间，我掉到地上都能自行爬起来，所以那帮小子把我叫做"大猩猩"。我们玩足球的时候，球总会飞上屋顶，为了显露身手，"大猩猩"就会爬上屋顶去找球。邻居会跟艾莱娜说，或者直接找我父亲告状，他又会叫曼努埃尔出来找我。他对邻居们的告状总是非常敏感。回到家里休息够了之后，总有一顿好揍在等着我。

当艾莱娜向父亲请示，说她要去看望她那居住在哈利斯科村的母亲时，我央求她带我一起去。最受艾莱娜宠爱的康素爱萝觉得同去的人应该是她，但爸爸派了我跟着去，既为了对艾莱娜有个照应，恐怕也是为了监视。就这样，我们俩坐上了火车，那是我第一次出远门，留下的记忆非常不错。

对我来说，回忆就是重新过一遍！我喜欢那个地方的生活。那个村子风景如画，街道是土路，房屋用土坯垒成。我最喜欢的是他们村那个教堂。我知道了艾莱娜的家庭情况，有她的母亲桑迪托斯，她的两个哥哥雷蒙多和阿图罗，还有两个姐姐索利达德和孔查，孔查已经过世了。桑迪托斯夫人是个很不错的人，也是个体面人。跟艾莱娜一样，她没有上过学，不会认不会写，但我很喜欢他们一家人。

他们教我挤牛奶，我还直接对着乳头喝到了新鲜的奶。那得先把牛犊子或者小羊羔推到一边，然后趴下去才能喝到奶。我们在那里住了一个月，那一个月对我来说真是快乐极了。

还有一次，也就是我生了病的时候，我跟艾莱娜相处得也很融洽。按她的话说，我是受了惊吓，一直沉沉昏睡，吃不下饭，脸色苍白，身体虚弱，还长出了黑眼圈。我一直弄不明白自己得的是什么病。只有艾莱娜和她的母亲才知道……她们说我是受了惊吓，不停地用各种调配好的草药给我治病。父亲一向比较关心我们，派人去请了医生。那一次照顾我的人是艾莱娜，由于我生病，我们之间总算休了战。如果她一直像那段时间那样对我，她可能现在还活着，或者我们至少会相处得更融洽些。

我十一岁的时候，还在上一年级，第一次跑出了家门。只带着几件换洗衣服，根本没带钱，我出门去了韦拉克鲁斯。当时，我口袋里装的钱从来没超过一个比索。父亲每天出门上班之前，会在我们的枕头底下放点钱，我的仅有五分钱。星期天，我们每人可以拿到两毛钱，可我总是一下就花个精光，口袋里根本没有余钱剩米。这一路上的钱，都是一个驾驶员给的。

我离家出走的借口是父亲责骂了我，可事实上他经常都在责骂我。主要的原因是听了别的孩子说过他们的冒险经历之后，我也想亲自体验一番，于是就去了韦拉克鲁斯。之所以挑选韦拉克鲁斯，是因为之前我和爸爸妈妈，还有曼努埃尔，以及当时还在吃奶的康素爱萝一起去过那里。爷爷已经去世，几个叔伯把我父亲告进大牢，并弄走了他所有的遗产。只要想到这件事，我就会热血沸腾！想想吧，我的叔伯竟然对我父亲做出了这种事情！竟有如此无耻、如此现实的家伙！在他们看来，钱就是一切！不过，我的叔伯已经死去，认识其他亲人还是后来的事情。

一离开家，我就沿着墨西哥-普埃布拉公路行走了二十三公里。我很喜欢走路，走路就是我的生命。我沿着铁路线从马尔特拉塔最远一直走到过奥里萨巴（大约七十公里），就为了欣赏沿途的植物和绝美的风景。有火车从身旁开过，我本可以跳上车的（我可没有买票这种老掉牙的习惯），可我宁愿一边走路一边欣赏风景。我喜欢不分白日昼夜地行走，直到累得精疲力竭躺倒在地。然后，我会在铁路边上找个地方睡一下，哪儿都可以找到草，随便割一堆就成了床。

到了公路上，我无忧无虑，感到非常开心。吃饭这个问题难不倒我，我可以随便走到哪个棚屋跟前，帮他们做点什么事儿，求点东西填饱肚子。大家都会给我很简单的事情做，比如打水、劈柴等，然后给我点东西吃。有很多人一开始就叫我坐下来吃东西，后来也不让我做什么事情。我走的时候，他们还会给我包一包玉米饼和盐。

我之前计划过，所以会照着路线走。过了罗斯莱耶斯，我径直走到了一个很大的十字路口，通往特斯科科、普埃布拉和韦拉克鲁斯的公路都在此交汇。没有一辆他妈的轿车停下来搭理我，尽管他们都看见了我还只是个小孩。一辆公共汽车搭上了我，他们问我来自什么地方。要是知道他们在听了我来自墨西哥城后会将我拒之门外的话，我宁愿随便说个别的什么地方。首都的人名声很不好。不管是狂欢节还是舞会上，只要发现有人偷东西，或者干别的什么坏事，这个人总是来自墨西哥城。复活节那个星期，还有7月24日那天的狂欢节上，墨西哥城有很多瘾君子和同性恋者去了韦拉克鲁斯。有些人我见过，穿得像女人。谁知道他们为什么这么做呢？真是恶心。

一路上就我一个人。我从没想过要带上朋友，因为我总是喜欢一个人独自出门。一个人出门很简单。我可以找人问路。脚是江湖嘴是路，一路问着走到罗马都没问题。

我离开家的时候，感觉到身上卸掉了一块大石头。跟其他人一起过日子真是麻烦。我再也不想受家庭的束缚。有时候，我会随便在哪里住一宿，也可以在哪一户人家待上好几天。可我总觉得不自在，因为我要寻找的是自由。于是，我就这样走啊走，像风一样，没有阻力，没有方向……有人会问："你为什么离家出走呀？"

"因为爸爸打我，因为我有个后妈。"我竟把艾莱娜当做了借口！我觉得，那是我常常把她气得发疯的原因，所以我完全可以用她来为我的谎话进行开脱。我有着贱民一般的运气，因为我随时都能随心所愿。我说自己是个贱民，因为我在用别人的名字来遮掩自己的谎言。跟我应该得到的东西相比，我的所作所为都不算什么。

跟所有冒险者一样，我一到韦拉克鲁斯就打听了去海边的路线。来到海边，我在一个军港面对着空旷的大海坐了一整天。美丽的大海极为壮观。我在那儿待了一整天，观看着来来往往的游客和看门人，看门人负责看管码头和货物，除了钓鱼便无所事事。夜幕降临，我才想起该去什么地方睡觉。这样的问题根本就不是问题，因为当时的天气非常炎热，我打算找个很舒适很柔软的海滩待上一晚。到了夜晚，海潮上涨，于是我往后退了一段距离。

到第二天，我觉得应该吃点东西了，因为前一天我就没吃什么东西。眺望着大海，观看着垂钓人，我完全入了迷。码头上停靠着货船，我便走了过去。来来往往的人真多，三五成群，皮肤黝黑。那帮混蛋可真强壮。我走到厨房去打听，看能不能通过帮他们做事情来换点玉米卷。厨师表示没办法，我因此生平第一次当了一回码头装卸工。我帮他们搬运一些小玩意儿，他们就管了我几顿饭。我们早晨 8 点钟上班，一直干到 12 点，下午从 2 点半干到 4 点半。我就以这种方式解决了吃住问题，至于住嘛，他们允许我睡在船上。

没过多久，这样的好光景似乎就到头了。只要有船开进来，我就像水蛭一样粘着他们。可到了明天，等船一开走，我的吃和住又没了着落。因此，我得不停地寻找可以吃饭睡觉的地方。不过，我明白，如果有人饿死，那只能怪他自己太懒。如果你愿意帮着公共海滩上的渔夫收拾渔网，虽然他们不会给你钱，但肯定会给你几条鱼。一网撒下去，他们能够打捞到各种各样的东西，大到鲨鱼，小到乌龟。除了留下一两条让渔夫的妻子帮我煮一煮，其余的我都卖了钱。

我遇到什么就做什么，所以不会饿肚子。我干活一个铜板也没挣到，因为他们给我的报酬大都是吃的。我甚至吃过野草，有时候一连两个星期都尝不到一块面包。没有东西可吃的时候，我会向看守人求情，让他允许我采摘一两个椰子。遇到有轮船来自塔巴斯科或者水果产地，我那天就相当于开了一顿洋荤。

听说警车将要对来自韦拉克鲁斯的小混混的聚居地——也就是海滩进行巡查，我不禁为睡觉的地方发起愁来，因为只要海滩上有人睡觉，一经发现就会被关进监狱。我倒没遇到什么事情，但睡得不那么踏实了，于是我往山那一边，也就是往远离海滩的方向挪了挪。白天，我不敢离开码头。对我来说，那可是生命之源啊。

就这样过了三个月，我突然觉得想回家了。其间我只是偶尔才想起家人来，可一旦想起来，我就巴不得尽快回到家。曾经有几次，我觉得自己鼓足了勇气，可随后又泄了气。我没跟家里写过信，因为我不会写信，也不想让他们知道我去了哪里。我还想，要是被爸爸知道了，他不把我往死里揍才怪。想归想，我还是踏上了回家的路。

回家的路很艰辛，因为我得从韦拉克鲁斯一直步行到普埃布拉，这花了八九天的时间。我不分白日昼夜地走，因为那些该死的卡车都不让我搭车。我走的是科多巴那一条路，在进入普埃布拉的时候遇到了一个警察站。爸爸一直给我买的是身强力壮的矿工脚上穿的那一种鞋，此时已经完全磨破了。我求卡车司机捎我一段，可他们都拒绝了，有人甚至还取笑我。我对此毫不在意，可第一次感到了孤独，感觉自己就像随风飘舞的一根鸿毛，于是坐在路边哭了起来。

终于，警察拦下一辆卡车，并吩咐道："看好这个小冒险家，送他回墨西哥城。"我于是上了车，深夜时分来到了中心广场边上的默塞德市场。你想一下吧，我竟然是头一次到那个地方。我去过韦拉克鲁斯，可从没去过中心广场！穿过国家宫的时候，我看了一眼天主教堂的大钟，它刚好敲响了三点。我一个人孤零零地在广场上站了一会儿，然后快步跑回居民区，看门人给我开了大门。

回到家门口，我坐了下来，一时不知道是进去还是不进去。我料想到会有一顿好揍。我敲了门，敲完又坐了下来。接着，怪事出现了。我一点都不迷信，可你要是看见过我看见的那些东西，你就不会觉得我是什么超人了。就在那一刻，我坐在那里，看见了像骑手的一个人，也就是个牛仔，从靠近水槽那一边的屋顶走了下来。他点燃了什么东西，我想应该是香烟吧，因为那火光很亮。我紧盯着，想看看那人在寻找什么东西。接着，香烟掉到地上，那个人也消失了……仅此而已。我分析，他一定是在闲逛，可他又去了哪里呢？

每遇到不熟悉的东西，我总会产生强烈的感情，总想冒险，总想弄个究竟。我于是顺着水槽一点点地爬了上去。我来到了一个小园子，看到了一间厕所。一直有传闻，说我们的居民区闹鬼。呵呵，要是我迷信的话，我早就死了，因为就在我进到厕所的时候，听到了很大的响声，一种什么东西被打碎的哗啦声。我害怕极了，赶紧跑回了自家的房门前。我敲了敲门，里面的人问了一句："谁？"我回答道："爸爸，是我。"

父亲立马开了大门。"你终于回来了，儿子。好，快进来吧。"他很亲切。我以为他开门迎接我的时候会拿着皮带，给我一顿好揍。可他只是问了我："晚饭吃了吗？"我们那个时候没有煤油炉，只有一个烧木炭的火盆，他赶忙点燃了炭火。他给我热了些豆子，煮了杯咖啡，对我说道："吃吧，吃完之后把灯灭了。"接着，他就去睡觉了。因为我知道他一早要去上班，加上他睡觉容易惊醒，我便关上灯，在黑暗中吃了起来。然后，我也去睡了……他既没责备我，也没打骂我。

　　第二天，父亲在出门之前把我狠狠地训了一通，那完全是我应得的惩罚。我后来在衣橱里发现了倒放着的圣安东尼奥的塑像，用我的衬衫包裹着。艾莱娜把他取出来说道："神圣的圣安东尼奥，既然您把他给我们送回来了，那请您也归位吧。"然后把他竖着放了起来。我真不知道自己算不算是个虔诚的天主教徒……我不喜欢谈论宗教，可看见她这么做，实在想笑。当时，我也不知道那是不是真有什么深意。

　　那天下午，风暴终于来了，我头一天晚上的预料应验了……不过，还好。从那以后，平平常常的日子日复一日，我在居民区里就这么过着。那帮朋友缠着我，要我给他们讲我的冒险经历，我觉得自己成了大牌，因为他们只知道什么查普尔特佩克公园。我给他们洋洋自得地讲述了我的所作所为，没有钱用，没有饭吃，没有地方睡觉等等。

　　我还编了一大段谎话，说我在韦拉克鲁斯有多少个女人。我之所以这么做，是因为那帮小子比我年纪小，可经常在一起神侃哪个女人怎么怎么地好，谁谁谁又被他们怎么样了。他们在我面前装大，为了不被说成落后分子，于是我撒谎说自己在韦拉克鲁斯也有几个很不错的"贱内"——这当然是我们的说法。

　　我在浴室做工的时候，那里来了个我认识的女人——她丈夫是个裁缝，她一进来就要了个单间。跟她同来的是个男人，一个在大街上骗吃骗喝的男人。就在那里，他就叫她……呵呵，叫她什么呀。她回答说："不行！亏你想得出来，要是我丈夫知道了，还不杀了我。"他怎么说呢："那倒是，你不跟他说不就行了吗？"

　　跟我同在浴室做工的那帮混小子也都听见了这一番对话。呵呵，他说服了她，于是一同进了一号洗浴间。有个服务员是个老头，他爬上了房顶。过了一阵，他跑下来说道："嗨，哥们儿！他跟她把所有的花样都玩尽了。"于是，我也爬了上去。看着他们在那里干得热火朝天，对我的刺激可真不小。那天剩下的时间里，我老是在想："你做得怎么样？感觉如何？"

　　我跟其他男孩子说了这事儿，大家于是相约那天晚上去一趟墨槽大街。我想尝试一下，可又不想跟女人，尤其不想跟可能传染疾病的女人做。可那几个小子说："上，黑娃儿，找个小点的干了再说。那能要几个钱呢？你终归要尝尝做男人的滋味吧。"我在心里想："噢，那样就算是个男人了，好，我一定要做。"于是，我就去了。

我挑中的那个女人对我说："来吧，小伙子，别怕。"我真想夺门而逃，可她又说："来呀，上来。别怕。你是第一次吗？"

"是的，女士。我该走了。"

"别怕。你会觉得很舒服的。"她抓住我的手，不知怎么地，我就上了床，我们就做了起来……你看我们都做了些什么啊。我觉得很舒服，后来就经常单独去……也就几次而已……不过也算经常去。

这段时间我一直在浴室做工，看管储物柜，给客人分发毛巾和香皂，为了挣点额外的小费，甚至还替客人按摩。不过，同在那儿做工的另一个小伙子开始不住地抱怨，说我们的报酬太低……每个星期只有两比索五毛钱。于是，出于平衡的心理，我们从钱箱里偷拿了五十比索，可老板那个龟孙子竟然向我父亲告状，说我们偷拿了更多的钱，我父亲都做了赔偿。结果呢，我丢了工作不说，还挨了一顿揍。

后来，我的一个朋友米格尔问我想不想去玻璃店做工。我只能以学徒的身份进店工作，每个星期两比索五毛钱，不过，我在那家店铺对这个行当有了一定的认识。大约两个月之后，我进入了何塞·品托的玻璃店。当时那只是一家小店，不过，那家伙现在把地盘搞大了，自己建了房子，有了银行存款，还买了车。在我认识的人中间，他就是能够有所成就的那一类。他按件付报酬，我一个星期能挣三十到三十五比索。

那一段时间，我挣的每一分钱都交给了父亲，我觉得很高兴很自豪。父亲经常跟我哥哥说："曼努埃尔，你应该学一学罗伯托，他比你小，但他是你学习的好榜样。他把挣来的每一分钱都上交了，你呢？"

听他这么一说，我自然感觉好极了。对于父亲所给我的，包括车费和每天一个比索的零花钱，我感到非常满足。当时，我既不喝酒又不抽烟，只喜欢干活儿。我一辈子都喜欢干活儿，只要干起活儿来，我可以做到既不说话也不闲逛。我可以把自己封闭起来，对其他一切都视而不见。

过了六个月，我厌倦了划玻璃这个活计，于是阿尔弗雷多舅舅带我到一家面包房学习烤面包。烤面包我并不感兴趣，之所以跟他一起学习，是因为我喜欢吃刚出炉的热腾腾的面包。我姨婆卡塔琳娜有个儿子名叫托马斯，他是个泥瓦匠，愿意教我学他那门手艺。我倒很喜欢那个手艺活儿，因为借着工作机会可以爬上高大的建筑物。我一直喜欢爬高……所以我喜欢爬树、爬电线杆、上屋顶玩耍……可我自己把那份工作弄丢了，因为我把一栋楼外墙壁上镶嵌的钢制铭牌偷走了。那玩意儿很小很亮，我就给它抠了下来。不幸得很，我被人发现了。于是，我只得又到一家玻璃店找了份活儿干。那家店的情况很不好，一到星期六，也就是发工资的时候，老板总发不出钱来。平时，他把钱拿来打酒喝，一到星期六就躲了起来。

我满十三岁的时候，已经干过了搬运、储物柜看守、玻璃切削、烤面包和泥瓦匠，接下来我又干起了家具粉刷。我干这份工作的时候，大家都警告我，说老板很狡猾，尤其到了发薪日更是如此。果不其然。就为了每星期那可怜巴巴的十八个比索，我真在星期六的街上追过他，或者在家具背后、衣橱里面寻找过他。我在后面追，他在前面跑得像个贼。我追到他家，看着他进了屋，可他那老婆竟有脸说他没进家门。我把他揪了出来，他还是凑不齐我那点钱。几周之后，我实在厌倦了这样的把戏，也就辞了职。我不再找活儿干，而是到处游荡。

有一次，我在院子里跟那帮小子神吹我的冒险经历。说到韦拉克鲁斯的时候，我把自己吹得天花乱坠，说公路沿线的野果子是如此的丰富。我吹得天花乱坠，竟然产生了再去走一遭的念头。我没有多想，立马回了家，抓起几条裤子、一件T恤、一个纸袋子，就出了门。我完全没想过，口袋里只有两毛钱。就这样，我把那条路重走了一遍。

我对韦拉克鲁斯的了解真的很透彻。由于有第一次的经验，我或多或少掌握了一些窍门，因此要找到吃的就更加容易了。关于第二次旅途，我不记得什么特别有印象的东西，只有那次飓风是个例外。大风推着我走的感觉很好，不过我同时也觉得有点害怕，尤其当我看见长满果子的棕榈树砸到地面上时更加害怕。大海上波涛汹涌……峡湾入口处的一道围墙被巨浪冲毁了一大段，像一片纸那样被卷走了。

那时候我还不认识父亲的亲戚。他们就住在科多巴，但我是回家后读了戴维刊登在《漫画》杂志上的启事才知道了这一点。

我父亲一直给艾莱娜和我们几个孩子买这份漫画杂志。为了等他把《漫画》拿回家，我们不知发生过多少次争吵和较劲。康素爱萝和玛塔享有优先权，所以她们总是最先翻看。我不清楚是谁看见了那则启事，反正有人让爸爸看了一下。我父亲从来没有说起过他的家庭情况……这一次他倒是坐下来写了一封信。这样的事情很罕见，看着他坐在那里写信，我们觉得很新鲜。

戴维来我家那天我记得很清楚，因为是我领着父亲去了车站迎接他。那是个早晨，一大清早，大概5点钟的时候，我父亲叫道："罗伯托。"

"爸爸，有什么事儿吗？"我回答道。

"你经常到处游荡，这下看你能不能找到科多巴来的公共汽车应该停在什么地方。"于是，我就领着他出门了，我们知道，堂哥要在他的领子上插一朵花。他个子很高，很魁梧，跟他握手的时候，那力道真大！我们坐出租车回家之后，跟他聊了一整天。他给我们讲了他所居住的小村子，以及他母亲的情况。他母亲名叫奥利维娅，早年嫁给我的一位伯伯。这位伯伯已经过世，现在跟她生活在一起的第二任丈夫是个农民。

戴维跟我们住在一起，我爸爸在拉-格罗里亚餐馆给他找了份晚间看门的活儿。戴维一向中规中矩，我们都很喜欢他。多年之后，也就是艾莱娜死了之后，他给我讲了一件小事儿。他讲得有鼻子有眼，我不知道曼努埃尔和两个妹妹是否知道这件事儿。有一天，戴维正好躺在床上，艾莱娜走过来坐到了他的腿上。他像弹簧一样一跃而起，然后说道："不行，艾莱娜。我很穷，是个本分的印第安人，要我做这样的事情，千万不行。你是我的姊姊，我们应该彼此尊重，所以，请不要这样做。"那之后，艾莱娜对他很是生气。哦，简直令我愤怒极了！如果她在世的时候他跟我讲了这件事儿，天知道艾莱娜会有怎样的下场。唉，女人绝对是骗人的高手！

因为其他原因，戴维回了科多巴，可他随后又把他妈妈带了过来。他们回科多巴的时候带上了我，我很喜欢那个地方。我跟他们一起住了几个月，根本不想走。我在那里虽然享受不到父亲提供的种种舒适条件，但过得很健康很开心。我喜欢乡下生活。很平和，很宁静，每个人都过得很平静。近在咫尺就能感到真诚！他们那里的人完全是另外一个样，彬彬有礼，诚恳老实，完全是另外一种人。回到城里，我得时时防备着别人的所作所为。

我想当一个农民，所以我住在那里的时候学了一些活计。奥利维娅的丈夫什么都教我，犁田、育种、锄草、插秧、拔草、收割，什么都教我。他在田间地头给我上小课，我学会了栽种甘蔗、玉米、豆子和水稻。我后来体会到了它的作用，因为在出外游玩的过程中，我能干田里的活儿了。在我国的有一些地方，这就是人们的生活方式。因为我非常喜欢，所以只要哪里生长的作物跟科多巴或韦拉克鲁斯差不多，我都可以参加劳动。我第三次、第四次离家出走的时候，径直去了科多巴。

第五次离家出走之后，我又出了门，不过不是因为我想出走，而是被父亲赶出了家门。他那么做的理由很充分。我根本不帮他的忙，表现甚至恶劣到了不配住在家里，于是他一直都想把我扫地出门。因为有艾莱娜的煽风点火，他要么揍我要么骂我。对我而言，骂一顿比揍一顿更伤人，我宁愿被好好揍一顿，也不想被小骂几句。挨打只是皮肉受痛，可听到他称我懒鬼、一事无成、笨猪的时候，我的神经实在受不了。他说我没有点人样，唯一拿手的就是令他头痛，令他感到羞耻。真的，我宁愿他揍我一顿。

罗伯托做什么都是错的，曼努埃尔和两个妹妹也有这样的感觉，因为我们几个都要挨父亲的骂，但他对我一直都是这样子。每当他心情不好的时候，我们大气都不敢出一口，谁也不敢靠近他。艾莱娜去世之后，没了她的挑拨，父亲对我的打骂总算收了头。

艾莱娜过世的时候，我就站在床头，依然看见了她的那种眼神。不知道她是在诅咒我还是在原谅我，我永远都没法知道。她的眼光暗淡无神，可她仍旧那么看着我。我在心里祈求她，祈求她原谅我曾经对她的所作所为，原谅我对她的每一次冒犯。我祈求上帝，要么早点带她走，要么让她早点好起来。每当有人病得厉害的时候，我都会祈祷。她就那样盯着我，我永远也忘不掉她的眼神。接着，她的手臂动了一下，她就走了。

她死了，我父亲仿佛也跟着死了一般。大家受到的震动很大，当时举行了很多仪式。我记得他们让我把她用的床单和枕头拿到六十四号去，以便腾出地方把她停起来。走到水槽那儿，我差点晕了过去，幸亏几个小伙子扶住我，我才没有倒下去。

我不知道到底是怎么回事，但那次发生的有些事情确实把我吓着了。我爸爸不停地看我……我觉得他是在用眼神责备我，仿佛在对我说，我有过错。他经常说，艾莱娜生病，我们几个小孩子有错，我尤其有错，因为我比另外几个更惹她生气。

艾莱娜还活着，但已经病得很严重的时候，我认识了跟我同父异母的妹妹安东尼娅。有一天，父亲早早就回了家，这让我们觉得很诧异，因为他从没这样早回家过。他把我和曼努埃尔叫过去，然后拿出一张照片。

"这是你们的妹妹。"

"老天，她怎么可能是我的妹妹？"我在心里想。她长得很漂亮，扎着两根小辫子。"她都长这么大了，怎么可能是我的妹妹呢？"

接着，他又说道："我们要找到她。"

"好的，爸爸。"

"不管你们在哪儿见到她，一定要给我带回来。"那是父亲给我们下达的命令。后来，他求助于私家侦探找到了安东尼娅，但我不知道他们在哪里找到她的。

她跟她妈妈住一起，可她跑了出来，这个安东尼娅倒跟我像是同一个模子刻出来似的。一天晚上，我父亲说道："罗伯托，去睡觉吧。不，等等，我去把你妹妹带过来。"一想到马上要见到她，我就有点坐立不安。康素爱萝和玛塔已经睡了，曼努埃尔不在家，只有我一个人在家看着房子和两个妹妹。

他们回来的时候大约是半夜时分，从走进院子那一刻起，那女孩就在哭泣。她哭个不停，我都没看清她的脸。整整一个晚上，我都很想走过去看看她长什么模样，听听她说话是什么声音，到底甜还是不甜。一个晚上，跟另外两个妹妹同睡一床的安东尼娅都在哭泣。

第二天，父亲出门上班去了，我和曼努埃尔立即跟她说起话来，问了她各种各样的问题。原来，她和她母亲卢裴塔居住在罗萨里奥大街，离我们读书的学校只隔着一个街区。我记得在街上看见过安东尼娅，因为不知道她是我的妹妹，我甚至还喜欢过她。

我父亲和卢裴塔还有一个女儿，名叫玛丽莲娜，跟我也是同父异母关系。我对她一直不太了解，也没喜欢过她，可她的性格很倔强很高傲，我对她总是充满着一种特别的敬重。卢裴塔还有两个女儿，分别叫做艾莉达和伊莎贝尔，跟安东尼娅是同母异父关系，我对她们俩也满怀敬重，可他们对我很冷淡，一直不太客气。

从安东尼娅跟我们同住一屋的那一刻起，我就喜欢上了她……实话实说，她是我一生的最爱。那之前，我交过三个女朋友，但真正喜欢的只有跟我们同住一个院子的鲁菲莉娅。不过，鲁菲莉娅皮肤比较白皙，条件比我优越，我一直没向她表白过。我只是远远地喜欢着她。我第一个女朋友个头矮小，长得很漂亮，可她不学好，把我当傻瓜耍弄。我很喜欢她，但一直不好意思和她亲吻。我有一次吻了她一下，立马跑回了家，因为我觉得很囧。我们保持了几个月的情人关系，可不知道哪个混蛋把她肚子弄大了，我们的爱情到此结束。

我还有一个女朋友在邻居家做人，她很喜欢我，经常通过我的两个妹妹跟我约会。她要我做她男朋友，可又不算正式的求爱，有点像儿戏。我一生最爱的、最受折磨的、最感到绝望的，是我的同父异母妹妹安东尼娅。

我们年龄相当，也就十三四岁吧。我没有告诉过安东尼娅我对她的感觉。我只是一直静静地观察着她，看着她铺床叠被、扫地抹桌、磨制咖啡、烹煮早餐。当然，我和哥哥对于新添一个妹妹感觉太好了。康素爱萝和玛塔也莫不如此。安东尼娅这样好，那样也好，就连她坐下来吃饭的时候，我都觉得应该挨着她坐。如果康素爱萝或者玛塔取代我坐到了她身边，我会跟她们吵个没完。

随着时间推移，我越发喜欢她。我说的不是兄妹之情，因为我对她还有别的感情，但我们居住在一起那么多年，我从来没有告诉过她，或者暗示过她我对她的感情。因为不想让她知道，我这种感情反而与日俱增。

我曾经在一家玻璃配件厂做过工，每天早晨9点上班，下午6点下班，下了班坐车回家要一个小时，所以我回到家里已经是晚上7点钟。除了安东尼娅，大家都在吃晚饭。她总要等我，还知道我喜欢吃回锅炒的豆沫，所以我回到家的时候，她总会问我："罗伯托，要不要吃汤汁炒豆啊？"于是，我们俩会坐在一起单独享用晚餐。

安东尼娅跟康素爱萝和玛塔同睡一张床，我父亲睡另一张床，我和曼努埃尔一般睡在小厨房的地板上，不过有时也能到卧室里睡觉。早晨，爸爸起床的时候我就跟着起了床，接着，我会沏上热腾腾的橘叶茶，连同一个小面包递给他。他吃完就上班去了。然后，我会走进卧室给圣母点上许愿烛。安东尼娅此时也醒了，她会说道："嘿，你可真是个讨厌鬼。"

"哦，懒猪，起床了……要迟到了。"我会对她说道。

"不，人家还不想起床嘛。"

康素爱萝懒得搭理我，曼努埃尔一如既往地沉沉深睡，对外界充耳不闻。说话的只有我和安东尼娅两个人。多数时间她会说："别走，你在这儿躺下来，让我也再睡一会儿。"说着，她就在床上给我挪出地方来。她往里移了移，我就在床沿躺了下来。我们各盖一张床单。她会往我这边靠过来，枕着我的胸膛或者背继续睡觉。

说这样的事情很烦心……不过，我对她从没安过坏心……从来没有！她让我躺下睡觉，我很开心。我也可以睡其他地方，可她给我腾出位置来，我感觉到天堂般的幸福……跟一个你不能爱的人挨得那么近。反正就是这样，所以，我有时想过去死。

就因为她对我有如妹妹一般的感情和关心，我的爱一天强似一天。我不仅爱她，而且崇拜她。这么多年来，我为她受尽了煎熬，这样的煎熬从她踏进我们家门的那一刻就开始了。我知道这不合规矩，我对她不应该有那样的感情，可我没办法控制自己。我不能对她说我爱她——当然，根本不会是兄长一般的爱，因为她跟我有着相同的血缘。我知道，父亲完全没注意到我受的这种煎熬，哥哥和妹妹们也没有注意到。

呵呵，接着就到了我想方设法不让她交男朋友的阶段，我这么做的理由当然有很多。我决不允许她的眼里有其他任何人，她的眼里只能有我。因为她喜欢上了别的小伙子，我会备受煎熬。

因此，就为了安东尼娅，我开始频频离家出走。我到处闲荡，四处惹祸，这是一个主要原因。每当我觉得无法忍受的时候，我就会收拾几件衣服和一点零钱出门而去。好几次，我的口袋里只有寥寥五分钱。

在墨西哥，没有我不曾涉足的州市。我曾经两次越过边境线——十四岁就当上了偷渡客！我觉得自己是在周游世界。出门的时候想着再也不回来了，或者至少在外多待一段时间，好把一切都忘掉算了。我这么做就是因为什么都不能对她说，可又不想如此近距离地受到诱惑。

安东尼娅呕吐了，我从一开始就知道她犯事儿了，但我一直不知道是哪个混蛋让她怀了孕。我一直没查出来，因此总感到很困惑。有个名叫约兰达的邻居告诉我说，那个混蛋是我最好的朋友鲁佩尔托，我们俩因此打了一架。我把他打翻在地，他却矢口否认做过她男朋友。自从他们在我心头埋下这根肉中刺，我的疑虑一直无法释怀。

我知道，替安东尼娅堕胎的人是卢斯，她是警察富尔亨西奥的老婆。我当时跟着进到屋子里，有人用纸盒端出来一团血淋淋的东西。那之后，安东尼娅就生病了，受了严重的感染，变得有点神经质。她会撕扯床单和自己的头发，用牙咬自己。我们拉住她，因为她是真咬，而且咬得很厉害，好像是有意为之。她会乱踢人，谁去拉她都会被踢得生疼，因为她会连挖带抓。她的病情恶化得很快，对我的父亲打击很大。她也踢过我一两次，我被踢翻倒地之后，她对着我的胸部一阵猛踢。不过，她当时已经完全疯了，根本不认识任何人。

之后，他们把她送进了疗养院进行治疗，我一直没去看过她。不止那段时间我很受煎熬，后来仍然如此，因为我眼睁睁看着其他小伙带着女朋友出双入对，又吻又抱，喃喃细语，而我……我有时问自己，为什么爱上的是自己的妹妹。

后来，我参了军，首先是因为我想当一名军人，不过最重要的，是因为我在家里待不下去了。

康素爱萝

　　我的童年只有辛酸和孤独。母亲去世的时候，我们都还很小：曼努埃尔不到八岁，罗伯托只有六岁，我四岁，妹妹玛塔只有两岁。那时候的事情我差不多都忘光了。母亲去世的时候，我看见她躺在床上，下半身盖着床单。她的神情很肃穆。有人把我们抱起来凑过去吻了吻她，然后就有人盖上了她的脸。仅此而已。

　　我之所以感到孤独，一方面是因为没了妈妈，另一方面是因为我的两个哥哥和妹妹都那样对待我。我跟他们的关系，一直不如他们之间那么亲近。他们可以分食糖果，共享玩具，而我只有求他们，他们才会给我。在学校，曼努埃尔一直维护着罗伯托免受其他孩子的伤害。即便曼努埃尔会拍打他的脑袋，可他也会帮罗伯托完成家庭作业。

　　我只要对玛塔说话大声一点儿，两个哥哥就会揍我，罗伯托揍得尤其厉害。他们那么狠狠地揍我，我当然会觉得疼，可跟他们那种强烈而犀利地恨我的眼神相比，身体上的疼痛根本不值一提。后妈艾莱娜在世的时候，她会护着我，哪怕他们甚至会把她惹哭。要么是她，要么是我，我们俩总有一个向父亲告状，父亲会把两个哥哥狠揍一顿。可等到第二天，两个哥哥又会反过来惩罚我。

　　两个哥哥让我感到烦心不已。我倒不是真的怕他们，而是那种沉重的感受只有躲在床脚和衣橱的狭缝里偷偷哭泣才能得到缓解。我会一直哭个不停，直到哭累，直到在我家做工的用人拉查塔从市场上回来。她会安慰我，称我为"女儿"，我虽然不太喜欢这样的称谓，可也不敢公开违拗。

　　我偶尔也会感到很开心，因为哥哥们会讲故事给我听，或者给我描述基督故事里的场景，或者给我一个小礼物。那样做的也主要是罗伯托，因为曼努埃尔从来没给过我任何东西。我们一起吃饭的时候，他偶尔会给我买一瓶特帕奇果汁。我们一起吃饭的过程中，曼努埃尔负责纠正我们的餐桌行为。他总想端起一副老大的架子，因而把我们几个折腾得够呛。

他会在开饭的时候跑进来，以中士一般的嗓门把我们支得团团转："瘦猴，去叫胖墩！"可玛塔老是不愿来……我们要么拽着她的头发进来，要么拉着她的胳膊进来。进来之后，她会把那个充当座位的箱子重重地摔在地上，以发泄怨气。我会对她说："去洗手，胖猪。"

"关你屁事。瘦猴你真讨厌！老打断人家做事儿。"

"闭上你那臭嘴，去把手洗了。"曼努埃尔发令了。

"好吧，我算怕了你们！有本事你就让我闭嘴啊，该死的奇诺。"

曼努埃尔抽出皮带给了她一下，玛塔立马站起身来，把手放进了白色的珐琅瓷脸盆里。接着，她在衣服上擦了擦手，一边对他做怪相，一边坐了下来。

曼努埃尔让我去买特帕奇果汁。我不想去。"我不去！为什么老是我跑腿？你说了不算，你总不能不让人吃饭吧。"说归说，我还是去了。

罗伯托总是在我们吃饭的时候才急匆匆跑回家。如果看门人或其他什么人在后面追他，他会从屋顶爬进屋来。不论是谁追他，他都会叫骂一通。进屋之后，他问道："你们都吃过了呀，有没有给我留饭呀？"拉查塔或者桑迪托斯，或者在我家做工的其他什么人，会把饭端给他。他抓起一罐特帕奇果汁狂喝一气，连玻璃杯都懒得用，这就惹恼了曼努埃尔。

"你个龟儿子，怎么像猪一样？你就不能像别人那样喝饮料吗？邋里邋遢，不像个样子。"

罗伯托笑了笑。"各人有各人的喝法，对不对？"接着，他又吃起了烤玉米饼。他才咬下第一口，刚开始吧唧吧唧咀嚼，曼努埃尔就将一把勺子或者一块玉米饼对着他扔了过去，于是一场战争开始了。我们吃饭的时候总是这样的……先是曼努埃尔骂骂咧咧，动手动脚，被惹着的人会奋起还击。吃到最后，罗伯托总是端着碗到厨房去吃，玛塔饭都没吃完就哭着跑了出去，我不声不响地坐着吃饭，生怕被谁揍上一顿，只有我们的大哥吃得津津有味。

只有我们几个小孩子在家的时候，才会发生这样的事情，因为星期三是父亲的休假日，大家在饭桌上谁也不敢吱声。只要谁说话被他听见了，一定会被他撵到厨房去吃饭。不过，多半是两个男孩子，我和玛塔最多被他责骂一通："不要说话。""好好吃饭。""怎么回事儿？吃得像个畜生似的。"接着，他会转过头冷冷地看着我，那样的眼神让我感到害怕不已。

两个哥哥在一星期之内针对我的所作所为，我会在星期三这天找到出气的机会。令两个哥哥感到最闹心的，莫过于父亲安排他们一会儿做这，一会儿做那。我对父亲说，去上学的时候，我想带上几块巧克力、一个煎蛋，或者是一个饼子。父亲会立马差遣曼努埃尔，或者罗伯托去商店买原料回来做巧克力。如果我要的是煎蛋，他们还得给我把蛋煎好。即使晚上也是如此，我会问他们要这要那。看着两个哥哥的怒容，我的心里乐开了花，我就是要利用这样的机会找他们的麻烦。"爸爸，你看，他说他不去。他在你背后耸肩，还对我做怪相。"这些都是我撒的谎，我就是要让两个哥哥挨罚。

第二天，他们对我的打击报复开始了。我会反击，但打到最后，鼻青脸肿，不是鼻子流血就是嘴巴流血的人总是我。罗伯托一定是把我当成另一个男孩子那样来教训，有一次扭打的过程中我们摔倒在地，他竟对着我猛踢一通，我只好钻到了床底下。我差不多要向邻居求援，比如约兰达太太。我还哭着跑去富尔亨西奥先生那里求过援，他是个警察，跟他老婆一起住在六十八号，我经常让他惩罚我的哥哥。

我是家里的病秧子，他们给我取的绰号就是"瘦猴"，这一点我非常反感。父亲对我的身体颇为担心，因为我总是患上感冒或者肠炎这样

115

的疾病。我曾经因为生病辍过一年的学。父亲带我去看了一个惯于顺势疗法的医生，医生给我开了些很小的药片，每半小时服用一次。那位医生的拿手药方是用水煎过的番泻叶做灌肠处理，具体操作的则是我父亲。我在床上躺了很长一段时间。父亲不允许任何人进屋探视，哥哥和妹妹只能整天在屋外玩耍。

我爸爸总是教导我们要少说话。如果有人批评我们的不良行为，我们一个字都不能反驳。反正，反正，不管说什么，大人总归是正确的。"尊重大人，"每当我想跟拉查塔顶顶嘴，或者想跟人诉诉学校的苦，听到的总是这几个字。

对自己的父亲，我既感到尊敬，也觉得害怕和热爱。当我还是个小女孩的时候，他们总是这么对我说："你爸爸来了。"仅这一句话就能让我吓得发抖，或者心跳加快。住在卡萨-格兰德的时候，他几乎从不让我们到外面的院子里玩耍，这也是给拉查塔下达的命令。所以，和妹妹到外面玩耍的时候，我总感到提心吊胆，生怕他回来的时候发现我们没待在家里。伙伴们知道我父亲的规定，所以当他们看见他出现在租屋区大门口的时候，总会大声提醒我们："你们的爸爸回来了。"我玩耍的地点和我家大门那段距离，有时候让我觉得简直遥不可及。

如果父亲逮着我们在院子里玩耍，他会揪着我们的颈子，大声教训："我叫你们待哪儿啦？切！滚回屋去！不要出来，有什么事就在家里做！"受斥责的不只是我们，负责看管我们的人同样会连带着受他的斥责。他会这样责骂人家："小姐，孩子们怎么跑到屋外去了？我要你在这里还有什么用？"拉查塔只会反驳说："先生，他们自己要出去，他们不听我的话。"这么一来，父亲又会找我们几个算账。

我不记得父亲打过我们几个女孩子，两个哥哥他是打过的，因为经常有人告他们的状。他打他们打得很厉害，这让我非常害怕。他拿电线，或者是末端可以弯折的皮带打他们。第二天，我看见他们的身上要么肿了起来，要么一片青紫。感谢老天，我从没真正挨过两个哥哥那样的皮肉之苦。

父亲从餐馆下班回家之后，他要洗脚换袜子，然后坐下来看报纸。我会凑过去看他在读什么，但不敢问他，因为他从不喜欢我们去打搅他。敢在这时候插嘴打搅他的只有玛塔一个人。他会抱着她，让她坐在他的腿上，或者让她坐在桌子上，这样她就能够把玩他叼在嘴里还没来得及点燃的香烟。接着，他会给她五分钱，打发她到外面去玩耍。

父亲如果回家的时候心情好，会进到厨房里找张小凳子坐下，替我们捉虱子、梳头发、系鞋带。每当他那样子关心我们的时候，我就感到莫大的高兴，因为我注意到他的脸上总是一副非常严肃的表情，嘴里叼着烟，手撑着额头，双脚在饭桌下死劲跺地。这让我根本不指望他会抱我，或者对我表现出温情。尤其当我想跟他说话的时候，"爸爸"这两个字还没喊出口，自己就已经不敢做声了。"去，去别处玩儿，别来打搅我。真烦人，小屁孩，你就不能让人安安心心看一会儿报纸吗。"

我很少跟父亲亲近，总是宁愿做自己的针线活、家庭作业，或者在厨房门边上的地上玩我那些炊具。我对妹妹说："去找父亲要点钱买糖吃。""叫他给你找点牛奶。"父亲有时候听我妹妹的，可有时候也会让她闭嘴。这样一来，我就让艾莱娜或者拉查塔去找他替我讨要一点糖果或者零食。

小时候的一件事情我记得很清楚，那就是我们经常搬家。这件事让我很烦心，因为父亲总是不提前告诉我们。他一下班回到家就让两个男孩子马上卷席子，也不管床上有什么东西，把衣服和厨具塞进几个大箱子，把家具卸成几大块，然后就往新家里搬。如果炉子上还煮着什么东西，不管当时是谁在照料我们，都需要连锅带炭火一同端走。我当时是这样想的："真烦心，来来回回，搬过来搬过去。"但我从来不敢大声表达自己的不满。

我们第一次搬家是母亲去世后的事情，搬到了古巴大街的居民区，也就是在这里遇上的艾莱娜，她后来成了我们的后妈。艾莱娜当时跟她的丈夫住在一起，我们中间只隔着几家人。她没生孩子，经常让我和玛塔去她家逗弄她饲养的黄色小鸭。有一天，父亲请艾莱娜到我家去吃饭。这有点反常，因为父亲一向不喜欢陌生人进我家的门。我们几个小孩子不敢多问，只是安安静静地一边吃饭，一边悄悄观察着。爸爸对她很好。那之后，她就留在了我家，跟我们一起生活。

后来，我们又搬到了巴拉圭大街的一个居民区，我记得那栋房子里有很多老鼠。每天早晨，罗伯托和曼努埃尔拿着扫帚满屋追赶，杀灭老鼠。我们在那里住的时间不长，因为艾莱娜经常感到眩晕，一有时间就要坐下来让背部对着阳光晒一晒。我父亲觉得房子太暗太潮湿，对她很不利，我们于是又搬到了位于奥兰多大街的一栋二层出租屋。在我所住过的房子里，我只喜欢那一栋。

我很开心的是，那栋房子有窗户。我觉得很漂亮。我们种了很多植物。我们吃饭的地方不大，栽了两株卡罗来纳植物，父亲时常精心打理它们。每当他回到家里看完报纸之后，他都会用手绢擦拭树叶子，还吩咐艾莱娜一定要用肥皂水清洗树叶。我喜欢潮湿的泥土散发出来的气息，每当父亲把那几个大花盆的泥土全部倒在报纸上清理虫子的时候，我总想把手插进泥土里。可爸爸总会把我赶开："走开，别弄脏了自己，快走开。"

艾莱娜尽心尽力照顾着我们，可还是出了事，令父亲又萌生了搬家的想法。有一次，罗伯托差一点撞上一辆大卡车，没过多久我也遇到了同样的事情。接着，玛塔从楼顶摔下来，幸好被晾衣绳和电线挡了一下。父亲很烦这事，把艾莱娜和两个哥哥都揍了一番，怪他们没照顾好玛塔。第二天，我们就搬到了卡萨-格兰德。

我刚开始一点也不喜欢这个居民区。既没有楼梯，也没有窗户，院子又长又窄。我们住的房子只有一个房间，差不多随时都得开电灯。我们在卡萨-格兰德搬了三次家，一直搬到我父亲找到令他满意的房子为止。他很在意清洁卫生。我们每搬一次新家，他都要让我的两个哥哥把墙壁刮擦一番，把地板清洗一通。位于六十四号的这栋房子，也就是我们现在住着的这栋房子脏到了极点，父亲让人把墙壁刷成粉红色，把大门漆成了天蓝色。他一时兴起，在洗衣槽和盥洗室之间那么狭小的地方做了一个搁物架，用来摆放艾莱娜喜欢的绿色植物。

艾莱娜跟我们住一起的时候，我从来没觉得我们家很穷，因为我们家看起来总比邻居的家更整洁。我对自家的房子感到非常自豪，因为里面既干净，门廊上还挂着帘子。两张铁床上铺着黄色床单，衣橱被擦拭得光亮可鉴。我们吃饭的大餐桌铺着格子纹桌布，摆放着与之相配的餐巾。当然，小孩子除了用餐巾擦手，其他的根本不用。我们吃饭用的是土碗和木勺，不过艾莱娜还买了一套精致的白色茶杯，与之成套的茶托、椭圆浅盘一应俱全。

床头摆放着我们四个孩子的凳子。还有一张小一点的凳子，用彩色的麦秸做成，父亲喜欢坐在上面看报纸。我依稀记得，我家还有一台小巧的收音机，是 VCA 的牌子，专门为它做了一个架子。其他杂物，如工具、看过的杂志、鞋子、盒子、脸盆、两个哥哥睡觉的麻布睡袋等，一般都放在床底下或者衣柜里，从外面根本看不出来。

爸爸付清了买餐桌和衣橱的钱之后，又买了个五斗橱。五斗橱很光亮，有三个大抽屉，两个小抽屉。东西送到家的时候，父亲很开心，拿一块破布不住地擦拭，光亮又增加了不少。他让艾莱娜拿主意，应该摆在什么地方。第二天，他又买了一个花瓶回来摆在五斗橱顶上。接着，他每隔几天就让市场上的人送花过来，有剑兰、天竺牡丹，还有非常非常漂亮的玫瑰花。后来，他又做了一个摆放许愿灯的小架子，安放在瓜达卢佩圣女像的下面。稍后，他给艾莱娜买了一张梳妆台。至此，家里摆满了各式各样的家具。

厨房位于一个狭小的封闭天井内部，上面没有屋顶。雨季一来，煮饭很不方便。父亲不想把光线和空气阻隔在外，于是他想法做了半个屋顶。不过，等他开始养鸟之后，为了让鸟儿们不被淋雨，他全都搭上了屋顶。为了改善房屋的状况，父亲做的最后一件事情是买了一堆金属勺子，还给卧室和厨房的灯泡装上了玻璃罩。从那以后，艾莱娜一病不起，他再也没有打理过那套房子。

父亲请了拉查塔做艾莱娜的帮手，因为我后妈的身体不太好，没法干重活儿。整整五年，我家的重活儿都是拉查塔在干。她早上 7 点钟来我家，那个时候父亲刚好出门上班，她正好前来取奶生炉火。等着牛奶和冲咖啡的水烧开的间歇，她洗完了头一天晚饭用过的碗碟。曼努埃尔和罗伯托喝过咖啡就去上学了。我和玛塔一直在床上捱到屋内的温度升上来。如果要上厕所，我们会赤着脚、穿内衣打着哆嗦跑进位于厨房的厕所去。吃过早餐，艾莱娜会提着篮子上菜市场，拉查塔趁机把小家具摞到床上清洗地板。如果心情好，她会让我待在床上，透过椅子腿看着她干活儿。不过，她在干活儿的时候一般要把每个人赶到屋外。

3 点钟的时候，我们大家围着厨房那张小餐桌挤在一起吃午饭。吃过午饭，不管我们愿不愿意，都得跟着艾莱娜一起去看电影。她喜欢看电影，差不多每天都要看。她会给父亲留一张字条，告诉他在哪家电影院可以找到我们，他有时候也会跟我们一起去。回到家的时候，天已经黑了，我们几个孩子喝点咖啡吃点面包，马上就得上床。我和玛塔、父亲和艾莱娜各睡一张床，两个哥哥裹着麻布睡袋睡地板。9 点钟一到，前门上了锁，灯也熄了。

星期六和星期天，我们起床的时间各不相同，但父亲都已早就上班去了。曼努埃尔是全家最懒的一个人，总是捱到最后才起床。他晚起的毛病妨碍了房间清洁，因为他在地板上裹着毯子蒙头大睡的时候，谁也没法做清洁卫生。他简直就是一条瞌睡虫！他好不容易醒过来，大力地伸伸懒腰，揉揉眼睛，舒舒服服地打上一个呵欠。他的头发垂下来遮住了整个面庞，他不愿意理发，也不愿意洗澡。

一天早上，艾莱娜和罗伯托点了一个鞭炮塞进他的被窝。我们都在门廊里等着看到底会怎样。鞭炮一炸响，曼努埃尔立马跳了起来，在房间里四处乱跑，头上还顶着睡觉盖的毯子。我们一起大笑着，看他究竟会怎样地害怕，怎样地生气。

有时候，艾莱娜会在星期天带我们去查普尔特佩克公园、索奇米尔科或者别的什么地方游玩。有时候，她也会带我们去看望外祖母和瓜达卢佩姨妈。罗伯托和曼努埃尔会分别扛着玛塔和我一路走到那里。外祖母做糖果摆在大街上出售，总会分给我们一些。她去世之后，我们照旧去看望姨妈。

不过，我们去看望母亲的娘家人必须得保守秘密，因为不管谁带我们去都会受到父亲的惩罚。他不喜欢我母亲的娘家人，因为他们一家人都喝酒，还谴责他又娶了艾莱娜。在这一点上，我的后妈很不错，因为她从来不告诉父亲我们去过那里。她随时都得提防着，不让我们有事儿。

我一直喜欢跟年长的女人待在一起，但我不知道是什么原因。两个哥哥和妹妹在外面跟他们那帮朋友一起玩耍的时候，我却喜欢坐在门廊里，一边做针线，一边跟拉查塔闲聊。她告诉我，在她的丈夫离开她之前，她是多么的幸福；把她丈夫抢走的人是丘查太太，就住在卡萨-格兰德二十七号。我很少有朋友，但拉查塔怂恿我跟坎德拉利娅，也就是丘查的女儿交朋友，以便让她了解丘查家的情况。坎德拉利娅长得很丑，但她有一张蓝色的小床，我喜欢假装是她的孩子那样躺在上面。我每次从坎德拉利娅那里回来，拉查塔都要向我过问她家的情况。她憎恨丘查太太，经常向我父亲告状，说丘查非常小气，尤其在喝醉了酒的时候会羞辱她。

一天，拉查塔去买了牛奶，急匆匆地回到家里马上又出了门。一般来说，她要通过那扇窄小的门很有些难度，因为她长得太胖了，可这一次她来来去去都很轻松。父亲正在给艾莱娜念报纸，我正在玩艾莱娜给我买的玩具家具，玛塔蹲在地上玩着玻璃珠子。我们听到吼叫声后跑到了院子里，父亲不让我和艾莱娜去看正在上演的好戏，可艾莱娜顺着梯子爬上了楼顶，清清楚楚地看见拉查塔和丘查扭打在一起。很快，父亲带着拉查塔回到了屋里，她的头发凌乱不堪，非常激动，向我父亲诉说着刚刚发生的事情。

她回家之后，父亲和艾莱娜想起那一架就哈哈大笑，说两个女人在地上滚成一团简直太好笑了。第二天，拉查塔像什么事情也没发生过一样继续来我家做工。不过，坎德拉利娅再不跟我说话，我也再没有去过她家。

我还有一个所谓的朋友是安德烈娅太太，她住在二十八号，是一个满脸慈祥的女人，胸部很丰满。她是个收拾家务的好手，教会了我做针线活儿，我也帮着她照看小孩子。我在她家一待就是一整天，玛塔或罗伯托常去她家找我。她责怪罗伯托偷了她家的剃须刀，我们的友情也就终结了。我父亲揍了他一顿，还给安德烈娅的丈夫买了一副崭新的剃须刀。

罗伯托很倔强很反叛，家人无法容忍他。他和艾莱娜一直相处不来，看着我成天围着她转更令他抓狂。他对我说过："笨蛋，她不是我们的亲妈。离她远点。"他当面羞辱艾莱娜，艾莱娜反过来会打他的屁股，或者揪他的头发，回头还会受到父亲的责罚。他几乎天天都会被父亲打一顿。他也跟曼努埃尔打架，几乎输个一塌糊涂。

罗伯托经常一两天不归家，我们也不在意，可有一次他消失了五天，令父亲非常担心。有人出主意，让他用哥哥的衣服包上圣安东尼奥的塑像倒放在衣橱里，并且用锁把衣橱锁起来。他说，这样子罗伯托就会在一周之内回到家里。他这么做了，罗伯托在第七天的时候回到了家里。他去了韦拉克鲁斯拜访我父亲的家人。他出门的时候没带钱，也没带多的衣物，只知道那家人住在一所庄园附近。从那之后，离家出走成了他的家常便饭。

第一次上学是后妈带着我去的。她对我说："你在这里待一小会儿，我去给你买杯咖啡。"于是我等着她，以为她很快就会回来。当我感觉到她根本不会回来时，我的整个脸一定都气歪了，老师摸了摸我的面颊安慰道："小姑娘，别哭了。你看，你有这么多朋友。你妈妈很快就会回来的。"

我升入小学二年级那天早晨，天气非常寒冷，我们还得排队登记。差不多所有同学的妈妈都在一同等待着，可艾莱娜没到，于是我变得有点紧张。我看着一个个女孩儿依次登记，各自的妈妈走上前去写下他们的名字。就在他们问我的母姓时，艾莱娜及时赶到了。艾莱娜看出来我没法回答，于是附在我耳边说："嗯，我可以让你跟我姓，你不会生气吧？"我说我不生气，于是就被登记成了康素爱萝·桑切斯·马丁内。两个哥哥和姨妈知道这事儿后，都说艾莱娜不是我的亲妈，我就是个傻子，既然我那么喜欢她就应该跟她走。

就在读二年级的时候，第一次有人抢我的东西。这事儿说起来很不舒服，两个哥哥常取笑我。一个女人把我哄住，让我把新买的披肩和一大盒学习用具交给她拿着，接着她就消失得无影无踪。从那一天起，因为害怕挨打，其中一个哥哥得领着我走到学校大门口。到了那儿，他会不停地吩咐："如果哪个女人跟你说话……"我只能对父亲说，曼努埃尔或者罗伯托根本没把我送到学校去，这样他就会把他们揍上一顿。

那一年上到一半的时候，我觉得很有意义，因为老师说我们要学习使用墨水。我还记得自己穿过门厅的时候，只能用手臂夹着书籍，空举着两只手掌，让大家都看见我那沾满墨水的十个手指。老师每次跟我们说又要用到墨水的时候，我都得要父亲给我买一个新笔盒。我一般要什么就能得什么，我只需要向父亲出示一下学习用具的单子，那些东西第二天就会递到我的手上。衣服也一样，只要是上学要用的，几乎随要随到。

第一个教我们祈祷的人是艾莱娜。晚上，她让我们四个跪下来，跟着她念一些话语。最不听招呼的是罗伯托和曼努埃尔，他俩用胳膊肘你碰我一下我碰你一下，同时还偷偷发笑，直到被赶进厨房方才罢休。我呢，一开始不喜欢下跪，不喜欢十指相扣，眼睛也一眨不眨。我还记得四五岁的时候，父亲在晚上把我的手和妹妹的手拉在一起让我们十指相扣。每天早上出门上班之前，父亲和罗伯托俩人都要十指相扣拉拉手，这些东西他们一向比我们做得认真。

我六七岁的时候，艾莱娜给我们讲起了她从他们村里牧师那里听来的神迹故事。她讲的故事总会包含着一个奇迹，而我们的天主总以好人的面目出现。有个神迹故事说，一个女儿不听妈妈的话，对妈妈不孝，终于受到了主的惩罚。她于是跑去忏悔，牧师告诉她，如果指甲盖里能长花，她就会得到原谅。

听了这个故事，我在心里想："要是我也有这一天就好了。"借着房间里黑暗的掩护，我常常会哭泣，就因为我白天过得很不开心。一想到我就要受到的种种惩罚，我甚至感到有些开心。我会祈求谅解，会信誓旦旦地承诺不生气，不对哥哥大呼小叫。艾莱娜给我们讲的神迹故事是我第一次真正意义上的宗教课。她跟我们住一起的那些年，我们经常去听弥撒（父亲从不带我们去），学会了如何庆祝各式各样的宗教节日，如亡灵节、圣周节等。

我第一次听教义课是在我们搬到卡萨-格兰德之后的事情。一天下午，我和艾莱娜正在边喝咖啡边看漫画书，突然听到了一阵铃声。我朝外面看了一眼，一帮小孩儿手里提着凳子正在往前跑。我并没有发问，可我的眼前突然出现了一个穿黑衣的庞然身影，这个人挽着发髻，胸前挂着一串念珠。她一边摇着铃铛，一边贴着我走了过去。"你不一起去听教义课吗？"我微笑着点了点头。

我问父亲同不同意，他不但同意，而且让我们四个都去。我别提有多开心了！我拎着小凳子，一溜烟地跑过了庭院。我的妹妹和两个哥哥也提着小凳子。孩子们坐好之后，老师就开始说话了。她所讲的那些东西，我之前完全没有听到过。除了向圣母祷告，艾莱娜还给我们讲过天父和万福马利亚的故事，可他们跟这完全是两码事儿。

我们去听课的时候，总能得到糖果。第一次，我们全都剥了糖纸跑到父亲跟前，要他看看我们得到的是什么东西。我真是开心极了。我自觉地履行起了前去参加教义课的责任，但让我感到非常气愤的，是罗伯托和曼努埃尔不跟我去，于是我在爸爸面前告了状。

有一次，我看见老师身边围了一圈年龄比我大的女孩子，她们在齐声唱和。等老师唱完之后，我问其中一个女孩子："你们唱的是什么？"她反问我："你不知道吗，我们唱的是上帝的戒律。"我感到很尴尬，就再也没说什么。再说，我也生怕那个女孩子打我。

教义课上完之后，我告诉老师，我想学戒律歌。"可那是为第一次恳谈会排练的呀。"她说道。听了这话，我一言不发，仿佛一道曙光照亮着我的头顶。从此以后，我一心想着的就是参加一次恳谈会，然后让我去死都可以。我不知道自己怎么会怀揣如此强烈的愿望，我那时连第一次恳谈会的意思都搞不懂，不过我也没问。

后来，那位老师再也没跟我们上过课。我们搬着小凳子坐在那里等啊等，可白等了，我怒气冲冲地回了家。爸爸问我："女儿，怎么啦？"

"没事儿，没事儿。"可我在心里面觉得，再也不会有人记得我了。我们的教义课停了好长一段时间，可学过的那些东西我一直记得清清楚楚。

艾莱娜的母亲桑迪托斯带着她年幼的三个孩子搬来跟我们住在一起。他们全都睡在地板上。桑迪托斯对宗教很虔诚，她总是穿着黑衣服，每晚都要祈祷，这令我感到很奇怪。我看见桑迪托斯祈祷的时候手里拿着念珠，神色也很肃穆，心想其中的原因一定是她就要死了。一天下午，桑迪托斯又用那一串念珠进行祈祷，我就问她，我主耶稣基督到底长什么模样。怀揣着满世界的善意，她竟然给我讲了起来。讲起来很难，我对桑迪托斯佩服极了。她给我讲了耶稣基督是谁，什么是我们的罪过。我让爸爸给我买一本书，为参加第一次恳谈会做准备，他答应了。读过那本书，我才知道在牧师面前应该怎么做。

我对于艾莱娜唯一不好的记忆，是她打破了我对三王所抱有的幻想。我长到八岁的时候，依旧相信三位圣灵会在1月6日这一天前来给孩子们分发礼物。有一段时间，我拒绝相信任何真实情况的说法。就连我的两个哥哥都给我讲了很多有关三王的故事。圣诞节外出旅行期间，每当夜幕降临，曼努埃尔或者罗伯托都会跟我和玛塔坐在门廊里，然后指给我们看，大熊星座那三颗最明亮的星星在什么位置。"你看，小妹，你们看见那三颗星星没有？那三颗星星就是三王。"我记得每一年的临睡前，我都要看一眼天空，仿佛那三颗星星正在一点一点地向我走来。

我梦见自己用耀眼的光芒环绕着那三颗小星星，即便在梦中，那光芒也晃得我头晕目眩。第二天，我找到了玩具。

那一年，我决定偷偷地监视爸爸，我要看艾莱娜跟我说的话是不是对的。晚上，我和玛塔假装睡着了。父亲确信我们睡着之后，我看见他把几样玩具放进了我们的鞋子里。原来如此！随着梦想破灭，我感到伤心极了。第二天，父亲起床去上班的时候，照例把每年说过的话又说了一遍："女儿，快起床，快去看看三王给你送什么来了！快去呀！"我看着那一堆礼物，再也感受不到围绕着它的光环了。这是我唯一一次讨厌艾莱娜。

那段时间给我留下最深刻印象的，是一天晚上我们看完电影之后回到家里发生的事情。一般情况下，爸爸背着玛塔，艾莱娜牵着我的手。那天晚上一片漆黑，大人们突然全都不说话了。父亲打开门锁的时候，特意让艾莱娜把我牵好，我把头紧紧地贴在她的裙子上。他们要我闭上眼睛，艾莱娜把我抱了起来。我一点声音都听不见，听不见爸爸说话的声音，听不见钥匙在锁孔里转动的声音——什么声音都听不见。再次睁开眼睛的时候，我已经躺在了床上。我问他们为什么要我闭上眼睛，父亲只说了一句："赶快睡，天不早了。"我满怀好奇地睡下了。第二天，罗伯托告诉我，他们头天看见了鬼怪，一群修女顺着墙壁正在追逐一个牧师。我不辨真假。父亲什么都不跟我说。

我好像一直比两个哥哥和妹妹更怕事儿。有一次，也就是我八岁、还是九岁的时候，罗伯托把一大袋子老鼠朝我扔过来，着实把我吓了一大跳。那一次吓得不轻，我都晕过去了。从那以后，我最怕的就是老鼠，比什么都怕。每次看到老鼠，不管是死是活，我都会被吓得连跑带叫。

住在卡萨-格兰德的一天早上，我记得一只奇丑无比的老老鼠从洞里钻了出来。我当时正在睡觉，可一下就醒了过来，因为我听见床底下有什么东西在啃咬。我双眼圆睁，大气都不敢出，生怕那畜生爬到床上来。随着声音越来越近，我只好叫醒父亲，一开始喊得很小声，过了一阵，叫喊的声音才大了一点。真真切切地听见老鼠已经爬上我的床头之后，我尖声惊叫起来。父亲触电一般坐起来，紧接着打开了电灯。那家伙撒腿就跑，我还在尖叫着："老鼠！老鼠！"睡在地上的两个哥哥一下子翻起身来，拿着棍子追赶那只老鼠。可那畜生真难逮，它一心想逃命，几个人都拿它没办法。大家好不容易逮住了它（我现在想起来还直冒鸡皮疙瘩），那畜生吱吱乱叫，我也跟着高声尖叫。我听见它在那里不停地发出锥心的惨叫，他们每打它一下，我就被吓得一个激灵。那以后，我父亲把地板重铺了一遍。

我根本想象不到，第一次对卡萨-格兰德产生反感之后，会多么讨厌那个地方，会有什么样的遭遇。我原以为艾莱娜会永远陪着我，可事实不是那样的。她在卡萨-格兰德离我们而去之后，家里完全乱了套，父亲变得日渐刻薄，两个哥哥对我越来越充满敌意。总之，我受了一连串的苦，我吃这些苦也许是因为自己太缺乏个性吧。

艾莱娜去世之前，我没有受过那么大的麻烦。我觉得自己什么都有，既有父亲的爱，也有艾莱娜的爱。尽管两个哥哥要打我，但也不是天天都打，而且他们打我的时候下手也不是很重。虽然自己的生母不在了，但我并没有真正地在意过。比如，我上到小学三年级的时候，老师教了我们一首颂扬母亲的歌谣，为取悦大家的母亲进行了精心的准备，有舞蹈、朗诵、绘画等节目。我感到很难受。当时，我认为没有谁比父亲更高尚。我在心里这样想："母亲，母亲，……父亲重要得多，可为什么人们偏要搞那么多活动来颂扬母亲呢？爸爸什么都给我们买，从没不管我们。人们应该替父亲庆祝庆祝，如果真是那样，我一定会穿得像个印第安人那样，或者打扮成别的什么。"

当时，艾莱娜已经生病。我们后来才知道，她患上了肺结核。她会在阳光里一连坐上数个小时，把背部好好晒一晒。她的头发在阳光下呈现出黄褐色，略显消瘦。尽管看了一个又一个医生，各种药物吃了一大把，她还是时不时感到眩晕。

父亲很担心，愈发无微不至地照顾她，经常给她买好看的衣服，高跟鞋，甚至还买过一件皮大衣。她只要想去哪里，父亲都会陪着，甚至每天给她买礼物。

艾莱娜的病情越来越严重，于是听了几个医生的建议，去医院住了很长一段时间。父亲感到很伤心，每天下午回家的时间也晚了一些，因为他要去医院看望她。他摸着我的头说："小妹，想不想艾莱娜小姐呀？唉，她病了呀。"然后，我就看见他流下了眼泪。每逢星期三，也就是拉查塔休假的日子，父亲会给我们洗澡，给我们做早餐、洗袜子，带着两个男孩子做家务。

但那个家已经不是原来的样子，一点一点地衰败了。尤其令我感到遗憾的是，我家种的植物都死了，父亲为此嘀咕过很多次。有时候，我听到他在那里大声说话："唉，我们守不住这些东西咯！真丢脸！没有人来料理怎么行呢。"拉查塔不吱声，桑迪托斯也不吱声。

拉查塔竭力把房子收拾干净，可我们几个孩子一会跳到床上，一会跳到桌上，到处添乱。不管是吵架，还是仅仅为了好玩，我们会从水槽下面的纸板箱里抓起一把把木炭互相乱扔，把墙壁和地板弄得白一块黑一块。拉查塔对着我们一阵咕哝一阵臭骂，然后把我们赶到外面的院子里。我们轮番向父亲告状，说她给我们吃的全是馊臭变味的面包和番茄炒鸡蛋。跟艾莱娜住一起的时候，我们吃得很好，但拉查塔把牛奶和水果全都藏了起来，只给她自己和我父亲做好吃的。她对我们一点都不好，可当我们向父亲告状的时候，他总会让我们闭嘴。

或许他急于找钱来治疗艾莱娜，也或许因为他喜欢经商，父亲开始贩卖起了动物。一开始，他弄来了五十只小鸟，装在各种大小的木笼子里。两个哥哥每天把笼子清洗两次，可房子依旧开始散发出臭味，看上去肮脏不堪。墙壁和地板上到处是鸟食或鸟粪留下的印子。父亲一开始只养小鸟，如长尾鹦鹉和画眉等，可他后来竟买了鹦鹉、鸽子、雉鸡等。他有一次甚至买了一只又大又丑的鸟，除了鲜肉什么也不吃。我们养过一只火鸡，甚至在五斗橱的腿上套养过一只獾。卧室和厨房的墙壁上几乎全挂着鸟笼子。为给鸡笼腾地方，父亲甚至拔了那些树。他后来又搭了个架子养过很好看的大公鸡。我们几个小孩子负责捡蛋，并把它们放进碗橱里。

艾莱娜即将出院回家，我父亲把房间刷白，又买回了几株植物。可她的病情依旧严重，于是住进了卡萨-格兰德尽头处的一百零三号。随她一起搬进去的有梳妆台、床和床罩、窗帘、花瓶、没用过的灯罩，以及家里所有的好东西。我们不让进艾莱娜的房间，但桑迪托斯偶尔会把门打开，让我们站在外面的院子里看她一眼。病情好点之后，她会爬上房顶，我站在下面跟她说说话，给她看我做好的针线活儿。

艾莱娜搬去那边之后，跟我同父异母的姐姐安东尼娅来到了我家。父亲带她回来的那个晚上，我正在睡觉。第二天，我才发现家里多了一张新面孔，她跟我睡同一张床，就躺在我的身边。"怎么不跟姐姐打个招呼呢？"父亲说道。两个哥哥跟她说了话，可我没有。我跟她一句话都没说，只是远远地观察着她，心里充满了很强的嫉妒心。我之前从没看见父亲跟别人在一起过，怎么就钻了个安东尼娅出来？但我不敢问父亲，他也不会向我解释什么。

领她回家之前的好几天，父亲跟我们草草地这样说过："我要去把你们的姐妹领回来。她是个姑娘，六年级都上完了。"那个时候，我对"姑娘"这个词的理解是年轻女人，满头卷发，穿着黑色套装，令人肃然起敬，所以我在心里猴急地想见到这位姐姐。见过面之后，我觉得她根本不是那么回事儿。安东尼娅脸颊很瘦，眼睛有点鼓，头发很直，用丝带扎着，穿的衣服十分普通。我感到半是失望半是庆幸，因为看了她那张脸，我就不那么觉得自己一无是处。

安东尼娅一开始很友善，慢慢地赢得了我们的信任。她打理了屋子，门廊里挂了帘子，神龛里摆了鲜花，看起来又顺眼了。可她后来让我们几个吃够了苦头。让我开始对她产生恨意的，是父亲拿她和我们几个区别对待。他好像完全变了个样。

第一个征兆是有一天下午回到家里的时候，他非常生气。他进屋的时候，看见厨房中间放着一张凳子，便一脚把它踢到一边，然后对着我大声吼道："傻瓜，弱智！看见有东西也不拿开一下。让那凳子滚远点，赶快！"一时间，我不知道该怎么办，不知道该把凳子放到什么地方去。过了一阵，我把凳子塞进了水槽底下。我怕得要命。父亲之前从没那样对我说过话。他对两个哥哥倒是说过那样的话，但对我从来没有。

那天晚上我没有吃晚饭，以前多次遇到事情总归有个结果。只要我不吃饭，父亲会慈祥地跟我说说话，问我想吃什么，然后让人去给我把美味佳肴买回来。可那一次完全不同。我什么都没吃就上了床，父亲对我视而不见。他给安东尼娅念起了报纸。强忍着眼泪，我钻进了被子。在这个新人面前，在自己的姐姐面前，我怎么好意思哭出来。

无数次，我流下的眼泪和着咖啡一起吞进了肚子。父亲对我只会说一句话："别出丑了，吃饭吧。"我哭不哭对他来说已经无所谓。我第一次听见安东尼娅跟他顶嘴的时候简直不敢相信，面对她的不良行为，他的反应竟然是一言不发。遇到他批评我们的时候，我们头都不敢抬，就连老大曼努埃尔都不敢，可她竟然肆无忌惮地跟他大吵大闹。只要他给安东尼娅买衣服，质地总是比我们的要好。父亲有什么东西总会让她来分发，这一切让我觉得自己在家里就是个多余的人。

有一件事情父亲绝不会让我们做，就是摸那台收音机。收音机随时都设好了台，也就是父亲头一天晚上听的那个电台。还有，家具不能挪动位置，除非得到他的许可，要不然他就会大吼大叫："是谁搬动的？在家里我说了不算吗？搬回去。"一天早晨，当我发现安东尼娅正在摆弄收音机的时候，我叫她别弄了，否则父亲会生气。她毫不在意，调到了另一个频率。这可把我们四个吓坏了，可父亲回家知道这事儿后，一句话也没说。

一天，父亲给安东尼娅买了一盒蜜丝佛陀扑面粉，因为她在收音机的广告上听到过。她让父亲给我们每人买一盒，可当我看见他回家之后只给了她一盒，我觉得非常难受。安东尼娅接过来说道："康素爱萝，你在我这儿用就是了。"我马上接口说道:"算了吧,我要那个有什么用?你自己用吧。"安东尼娅觉得我没给她面子,就走了出去。

我正在喝咖啡,门突然砰的一声被踢开了,父亲一下子出现在我的面前,脸上的表情让我从头到脚不寒而栗。"你把安东尼娅怎么了?"他问道。

"没怎么呀,爸爸。"我回答道。"我只不过跟她说,我用不着扑面粉。"

"笨蛋!蠢猪!下次你再敢这样做,看我不抽你的嘴巴,看我不抽得你满地找牙。"他握着拳头,恶狠狠地说道。我只有低着头,把饭端到门廊里去吃。那天晚上,我没吃晚饭就上了床。黑暗中,我不停地哭泣,痛惜艾莱娜早已离我们而去。

我们开始不断地听到谎言。每天下午,父亲回家之后,安东尼娅就打扮一新,他们俩接着就出门了。他们说是去看医生,实际上去了电影院。我看见她挽着父亲的手臂,肩并肩地穿过院子。爸爸带我们出门的时候,总是把我们的手拉得紧紧的,我们回到家的时候手臂都还生疼。我那两个哥哥,他从来没让他们近过身,他们要么走前要么走后,反正从来没跟他并肩走过。

我对安东尼娅还有其他方面的意见。在她的化妆台上,那块玻璃四周贴满了半裸女人和愚蠢舞娘的照片。我们对此全都有些提心吊胆,就是曼努埃尔那段时间都整天在外游荡,对家里发生的事情没有任何心思。我终于向父亲告了状,要求她把那些图片取下来。他什么也没说,不过两天后,那些女人照片还是换成了佩德罗·因方特和其他演员的照片,安东尼娅之前把这些照片向她的朋友们展示过。

在这件事情上,我们四个人的遭遇也不公平。父亲一直不让任何人进我们的家门,假如他回家的时候发现有人在家,他会把他们一边往外赶,一边说道:"出去,小姑娘!找你自己的妈妈玩去。太晚了,别在我家玩了。"可他对安东尼娅的朋友从不这样,还跟他们一边说话一边哈哈大笑。

　　我们从来没关注过自己的生日或者圣徒节，还是安东尼娅坚持要为父亲庆祝一下圣徒节。那是他的第一个生日晚会，也是我们家第一次为了喝古巴酒而特意买了几只玻璃杯。安东尼娅过生日的时候，父亲给她买了很多东西，有衣服、鞋子、袜子，甚至还买了一个蛋糕。我们只有看看那只蛋糕的福，因为父亲和安东尼娅拿着蛋糕去她妈妈卢裴塔的家，开了个生日派对，分食了生日蛋糕。

　　也许是出于自尊，不想被责骂，或者强忍泪水，我们从没让父亲给我们买过蛋糕，可这次的情况令我们感到非常不安。睡在床上的玛塔看着那只蛋糕，低声对我说道："只给她买蛋糕，烂蛋糕，臭蛋糕，肯定一点也不好吃。"我曾经斗胆问过父亲，安东尼娅那只蛋糕是谁买的，他回答说是她的妈妈替她买的。我一点都不信，因为卢裴塔在餐厅做工的时候伤了手，那段时间根本没上班。

　　从那以后，我们每个人过生日都想有蛋糕，可父亲说："你们以为我是干什么的？用扫帚扫钱的吗？我要付房租、水电、饭菜等，这点钱怎么够？"只要不是问他要学习用品，他每次都是那几句话。

　　每当我的要求遭到拒绝，尤其看到对同父异母的姐姐却又如此迁就，心里就会怒吼，就会哭泣。我对自己说："你怎么忍心让可怜的爸爸给你那么多钱花？蠢蛋，他上班已经够累的了！你一点都不心疼他吗？"接着，我就会到约兰达的家里，把我的心里话讲给她听。她会安慰我一番，要我忍着，什么也不要说，还说我父亲早晚会认识到安东尼娅的偏心眼。可我等来等去，父亲也没感觉到什么。相反，我感觉到父亲跟我们几个之间越来越生疏了。

　　一开始，玛塔好像并不在意父亲的这一变化。可随后，她变得有些恣意妄为，不愿再去学校，父亲也开始用皮带教训她。这样一来，她也开始怪罪起安东尼娅，甚至还诅咒过她。玛塔的那些话我听起来顺风顺耳，我也就时时怂恿她一番。不过，每当父亲对着我们一顿咆哮，还骂我们是懒虫的时候，我的心里总会感到沉甸甸的，脸上会羞得无地自容。

当然，我也问过自己很多问题。到了晚上，我的大脑会不停地想东想西，有时竟会茫然不知所措。我有时候想哭，安东尼娅会尽量地安慰我，但我总是对她很反感，听不进她说的话，也受不了她的怜爱。"怎么了，康素爱萝？你怎么哭了，是因为爸爸骂了你吗？"最后这个问题听起来尤其刺耳，要是敢的话，我早就抽她个大嘴巴了。晚上，姐姐想给我们讲故事，或者读报纸，我非常讨厌，因为我觉得她那样做无非是想赢得父亲更多的宠爱，所以只要她一开口，我就会转过背去假装睡觉。

我无法理解，就因为安东尼娅年长，所以父亲对她另眼相待。我只知道，父亲更爱她。我甚至开始怀疑自己是不是他的亲生女儿。当我发现他的冷漠不光针对我一个人，同时还对他曾经的掌上明珠玛塔的时候，我萌生了这样的想法。现在，只要安东尼娅告状，他就会揍玛塔。他倒从没打过我，可他说的那些话比鞭打还恶毒。我也从没顶过嘴。我不敢，我说不出那样的话。那些话语全装进了我的脑子，令我想要逃离那个地方，不想看见任何人。

大概就在这一段时间，我开始做噩梦。梦中醒来，我大汗淋漓，泪流满面。在梦中，我看见父亲穿着褪色的汗衫和裤子，戴着宽边帽，心狠手辣地追打着一家大小。还没轮到我挨打，可我不停地招呼其他人："快跑！快跑！爸爸疯了！他要杀我们！"于是，每个人都往外跑，踢翻了椅子，打碎了碗碟。我在厨房的门廊里看到，父亲用一根绳子把玛塔捆在床腿上，正在死劲地揍她，丝毫不管皮带打到了什么部位。他低头看着她脸上哀求的表情，就连看见她身上的伤口往外流血也不停手。突然，他的皮带打翻了铜制的痰盂，溅湿了他的双脚。我对着他大喊道："爸爸，爸爸，你疯了吗？你饶了她吧！你会打死她的！"可他对我的话充耳不闻，继续揍她。就在我大喊大叫的时候，我醒了过来。我翻身继续睡觉，却又做起了同样的噩梦。

不过，父亲在这一次的梦中把床移了个位置，把放置圣像的架子挪到了另一面墙壁上。曼努埃尔和罗伯托在卧室，我和玛塔在厨房。卧室的一扇门半掩着，我看得见里面的情形。我看见父亲斜靠在床上，手里捧着一颗心脏。心脏是从年轻的漆匠奥顿身上摘取下来的，他跟我们同住一个租户区。奥顿躺在床上，脸部朝上，我看见他的胸部被掏了一个洞。我看见父亲高举着那颗心脏，正要把它敬献给什么人。我非常惊惧，大叫一声醒了过来。我做梦的时候，总会这样大叫一声。我一直忘不了那颗心脏在父亲的手里往下滴血的场景。

艾莱娜去世那天，玛塔、安东尼娅和我都在家。父亲走进屋来，满眼泪花地叫我们进去跟她道别。于是我们三个朝她的住处跑了过去。我一边跑一边对自己说："哦，亲爱的上帝，这不是真的，这不是真的。"我们进了屋，发现桑迪托斯手里握着一串念珠。艾莱娜脸色苍白，双唇发紫，头发披散在枕头上。罗伯托站在那里一个劲地哭，玛塔和安东尼娅也跟着哭了起来。我觉得如鲠在喉。桑迪托斯拉着艾莱娜的手，我们都接受了她的赐福。接着，父亲让我和玛塔回了家。一回到家，我们像两只孤狼似的号啕大哭。

第二天举行的葬礼上，我们全都哭了，父亲哭得尤其厉害。他把我抱在怀里说道："女儿，她离开我们了，永远地离开我们了。"艾莱娜被安葬在多罗雷斯墓地的一株漆树下面。我们一回到家里，父亲立马到她的住处处理她的物品。她的物品大多给了她母亲，有的被卖掉了。安东尼娅跟着父亲一起去的，希望得到艾莱娜的梳妆台和那件很不错的大衣，父亲便给了她。后来，我问父亲要点东西作为对艾莱娜的留念，他给了我一个很小的瓷娃娃。

从那以后，我对自己的家开始产生恐惧。一吃过晚饭，父亲就关了灯，要我们上床睡觉。他和安东尼娅要么待在屋外，要么在厨房里坐到深更半夜。我和罗伯托越来越仇视。如果他在院子里玩，我会跑进屋子里来；如果他在屋子里玩，我会跑到院子里去。早上醒来，我会在心里向所有的圣灵祈祷，他还在呼呼大睡，这样我才不会挨他的揍。有时候，我为了避开他，连饭都不吃就往学校走，可到了回家的时候，我还是怕得要命。

实话实说，我自己也不是什么完人。明知房门大开会烦着罗伯托，可我偏要让房门大开着。要是他把门关上，我会一次次地打开，直到我们俩大打出手。罗伯托恨我到滴血的地步，要是敢的话，他早就把我剁了。有一次，他想勒死我，抓住我的头就往床头板上狠命地撞。

还有一次，我一辈子也忘不掉，我在门廊里背对他站着，突然感觉到一股凉风从我左侧掠过。就在我转头察看的一刹那，突然觉得眼前一晃，嘴里五味杂陈，因为就在离我几厘米远的墙壁上，插着一把非常锋利的刀子。我能做的就是转过身去，看了看自己的哥哥，然后继续寻找我所需要的东西。

罗伯托站在门边上一直看着我。我既没表现出害怕，也没表现出愤怒。他冲过来，将我一把推倒在地，然后掏出了刀子。那一刻，我感觉到自己纤弱的心肌正在一点点撕裂，渗出的酸液点点滴落，我就要死了。然而，我一下子爬了起来，因为我知道如果把他惹恼了，他会把想做的事情来个彻底的了结。于是，我往约兰达的家里跑了过去。

即便如此，我也承认，就在我们打过架之后，罗伯托会走过来对我说："小妹妹，痛吗？原谅我，好吗？求求你原谅我吧，小妹妹。"我对着他大声说道："滚开，黑娃儿。我巴不得你去死！打我……那你就等着爸爸回来吧。"接着，我一边揉着双眼，一边哇哇大哭，既因为疼痛，也因为愤怒。

父亲回家之后，罗伯托被揍了一顿。他哭着跑进漆黑的厨房，在火盆和碗橱之间坐了下来，额头上的头发耷拉着，鼻涕横流，背带裤的一根吊带从肩膀上滑了下来。他哭了好一阵子，谁也劝不动。他什么时候出的门我们都没有注意到，但没过几分钟，就有人前来告状，说罗伯托打了某个小孩儿，或者干了别的什么龌龊事儿。

不过，罗伯托依旧以他自己的方式博取着每一个家庭成员的关爱。我记得他有一次回到家的时候，风衣和裤子的口袋里装满了坚果。两天前，父亲对他的所作所为算总账，把他狠揍了一番。家里的每一个人都很讨厌他。他走进家门的样子我现在还回想得起来……穿着灰色套头衫，脚上的矿工鞋磨了个大洞，衬衫的一只衣袖撕破了，头上满是尘土。当时，他对我似乎也充满了仇恨，可现在想起来，他当时走进屋子的样子帅呆了，只见他用夹克衫兜着坚果，一一递到玛塔、安东尼娅和我的面前。他把坚果分成几堆，我们每人一份，他甚至还把我那一堆去了壳。不过，我没有领他的情……我知道，因为这样那样的事情，他早晚还会揍我。

有一个晚上我记得特别清楚，罗伯托当时大约十四岁。房间里一片漆黑，供桌上的灯都没点着，我躺在床上，双手托颈，正在思考……父亲对我们的态度竟会有那么大的变化。罗伯托走进屋来，在父亲的床边打开睡袋铺在地上，睡了下来。

院子里有舞会，正在播放一首流行歌曲，歌词大致是这样的："我的手鼓有灵魂，它说它的宁静不再有，因为它的颜色是黑。即使你不喜欢黑皮肤的人，他们的灵魂依旧雪白，他们的心灵依旧雪白。"

我不知道罗伯托当时睡着了，还是喝醉了，可那几句歌词唤醒了他的情感，他不禁抽泣起来，抽泣声越来越大。他幽怨地说道："是的，爸爸，你不喜欢我，因为我长得黑。因为我的肤色很黑，所以你们大家都不喜欢我……可我的心灵是雪白的！"

听他这么一说，我感到心痛起来。实际上，我从来就没有关注过哥哥的肤色。我恨他，是因为他打我，而不是因为他的肤色黝黑。我相信，罗伯托当时很想父亲安慰他几句，或者拥抱他一下。父亲听了那一席话也有所触动，只听他轻声说道："嘘……小声点，睡觉了……睡觉吧，听见了吗？"

一天晚上，父亲正坐在饭桌边看报。当时已过了 8 点，他脱下了穿在衬衫和裤子外面的长外套。他的裤兜里总是装着一大把钱，因为他负责替拉-格罗里亚餐馆采购食品，在外面穿件外套是为了防止市场里到处乱窜的小偷扒窃。玛塔正坐在床上玩耍，我和安东尼娅正在收听收音机里的一出戏剧。我们听见有人敲门，安东尼娅跑去打开了门。

　　门口站着我的哥哥曼努埃尔，正挽着一个胖女孩儿的手臂，胖女孩儿穿紫色衣服，套着一件蓝色汗衫。她长得一点都不好看，因为她的皮肤很黑，身材也不匀称，可她那一头黑发卷得很好看。哥哥在身后推着她，想要把她请进屋里来。等他们走进屋里来的时候，我父亲起身迎了上去。曼努埃尔介绍说她叫保拉，父亲便叫她坐了下来。她有点紧张，屁股下坐着的仿佛是"审判席"。曼努埃尔仍旧站立着，父亲拿眼睛把他上下打量了一番。

　　"爸爸，我想跟你说说保拉……"

　　父亲说道："好呀。"他接着对保拉说道："你是怎么想的，姑娘？你以为这个叫花子能够帮你摆脱困境？"她没说话。"是的，姑娘，他就是个混混，只知道跟朋友一起捅捅台球。"

　　接下来，父亲叫我和玛塔到院子里去一下。我们像两只小绵羊一样顺从了。实际上，父亲的古板让我感到无地自容，他根本不该那样责怪她。往外走的时候，我听见他说："姑娘，你一定会后悔的，因为这小子根本就不配做人。"

　　我来到院子里，斜靠在墙壁上，为保拉感到非常抱歉。我去到约兰达夫人的屋子里，给她讲了这件事儿。"想想吧，曼努埃尔把女朋友都带到家里来了。"她说道。"那他就算结婚了，对吧？"我坐了下来。"结婚？"我早先有些不明白，现在终于觉得有些自豪了，我有嫂子了。我的哥哥就这样"结婚了"。

　　在学校，我一直喜欢独来独往。我总觉得我那些同学要么自命不凡，要么喜欢吵架。我喜欢待在教室里，画画呀、做针线活呀，或者呆呆地看着坐在黑板跟前的老师呀。如果出去玩耍，我会找个人少的地方坐下来，拿出面包卷咬上一口，或者爬上房顶，看看自己在水槽里的倒影。

　　我并不觉得自己长得好看。我觉得低人一等，因为我长得又小又瘦。我的皮肤也很黑，眼睛有点斜视，嘴巴过大，牙齿过密。我想了想自己的长处。我的鼻子很周正，但长得大了一点，头发倒是长得又多又黑，可又不那么卷曲。我多么希望自己长得白一点，像玛塔那样丰满一点，还有两个小酒窝。我梦想过长出金发。我看着水中的倒影，这样想着："康素爱萝啊康素爱萝，你的名字真奇怪，根本就不像个人名，听着挺单调，仿佛就要破掉似的。"

看门人总来打断我的遐思，他拍着我的肩膀说道："你来这里做什么？不能上屋顶来玩，你不知道吗？快下去，要不我就带你去见校长了。"我满脸羞愧地走下屋顶，坐在小花园里晒太阳。上课的第一遍铃声响过，我会等着其他人鱼贯而入，因为他们总要对我推推攘攘。我总是听任他们对我推操，不敢反抗，因为我怕他们。

不管是男孩子还是女孩子，我妹妹玛塔谁都不怕，她跟谁都玩得来。一看到她跟男孩子玩在一起我就很生气，只见她又开腿蹲在地上，一只手撑着地，另一只手拿着玻璃珠测算着距离。她跟她那帮朋友一起玩耍的时候，我经常前去搅场大闹，弄得她非常难堪。我也不喜欢她跟罗伯托一起闲逛，他们俩经常逃学，回家的时候要么衣服弄得很脏，要么撕了个大洞。我有时候要出门去找他们，总是看见他们站在公共汽车的后保险杠上搭顺风车。

我和玛塔经常闹别扭，每当我替她捉虱子、安排她洗碗碟、要她用湿布擦脸的时候更是矛盾百出。我想让她学做针线活儿，可说来说去都弄不成。就为这事儿，我们大吵了一架，她用熨斗扔我，还把我的手乱抓一气。后来，她竟告状说是我打了她，说我揪了她的头发。她可能说对了一些，但我不记得自己拽着她"满屋子、满院子乱跑"，可她跟父亲说有这样的事情。

只要我稍微动她一个手指头，玛塔就会尽其所能地向我还击，又踢又咬，又抓又掐。眼见她那副样子，我就忍不住想笑，就没了力气。我觉得自己的肚子像皮筋一样松开，因此只能抓住她的双手，不让自己被她抓到。每当她伤不着我，或者被我关起来的时候，她会自己倒地，或者用头部撞击门板、墙壁。她哭得很厉害，一直哭到脸色发青。如果哪个哥哥看见她那副样子，总会不问青红皂白地怪罪于我。

拉查塔也许是厌倦了这样的情景，根本不愿掺和，要么唱她的歌，要么做她的玉米饼。我除了向父亲告状，拿玛塔没有任何办法，但告状的结果总不如我所愿。他不会批评她搭顺风车，或者专跟男孩子玩耍，而只会这样批评我："你是谁呀，敢打她？""她想跟谁玩就跟谁玩吧。""哪天我再看见你打她，看我不扇破你的脸。"尽管如此，我却时时都想着替妹妹纠偏，即便她长大了一点之后，我依然如此。

说实话，我真不知道该怎样对待玛塔。在我看来，她的外表像个套着蓝布、插在白色蛋糕上的甜玩偶，但里边其实一点都不含糖。她不但不甜，因为受宠的缘故，反而非常自私。她四五岁大的时候，时时耍点小性子，我以为那是率性而为，以为她长大了自然会改掉。我当时想："她现在不愿意拿玩具给我玩，也许等她长大一点，她就会给我玩了……她现在不愿意把糖果分给我吃，也许等她长大一点，她就会分给我吃了。"

我记得有一段时间，父亲每天会给我们五分钱或者一毛钱买糖吃，只要玛塔去一趟商店回来，她的口袋总是装满了糖果。我站在门廊里看其他孩子玩耍，她径直进了屋。等我转过身来，屋子里哪还有人。我一眼瞥见她躲在床底下，正津津有味地吃着糖果。

"嗨，你看你，太自私了！你宁愿躲起来吃，都不分给我一点，真抠门！"

她的嘴里含满了糖果，话都说不明白："关你屁事，我吃的糖果又不是你的，我吃的是我自己的糖果！"

我是笑着看她吃完糖果的，可她老做这样的事情。我帮她做过家庭作业……有一次，我甚至花了一下午的时间，帮她画了一幅画交给老师……还有一次，她需要上交针线作品，我把我的借给了她。"嗯，算了吧，没事儿。"那事儿就这样过去了。

一天下午，我可能十三岁的样子，我觉得肚子疼便躺到了床上。当时，家里没有用人。罗伯托和玛塔刚好一路打闹着有说有笑地进了屋，我便叫妹妹给我泡杯茶。她不屑地看了看我："不泡！凭什么？自己起来泡。你只会躺着，要别人来服侍你。"

"混小子，"我心想。"好吧，我让罗伯托替我泡。"

"二哥，你能帮我泡杯茶吗？我肚子疼得很。"

"我泡？没门儿。你在说什么？"接着，他们又出了门，留下我一个人躺在床上捧腹大哭。我等啊等啊，等着妹妹长过"耍性子的年龄"，可随着时间的推移，事情反而越来越糟。

像玛塔一样，跟我同父异母的姐姐安东尼娅也经常烦我，因为她也喜欢玩假小子的把戏。她跟其他人玩耍的时候，我的手里要么拿着针线，要么拿着笔记本，要么在约兰达的家里，要么站在自家的门廊里看着他们，因为我不想把父亲一个人留在家里。每当他们从我身边跑过，我就说他们要么像一群脱缰野马，要么像一群大男人。安东尼娅只是一笑置之，这令我火冒三丈，我于是跑去向父亲告状："爸爸，你看，安东尼娅满院子乱跑，衣服都翻起来了。你去说说她。"父亲有时候会把她叫进屋，有时候甚至眼皮都懒得从报纸上抬起来，反而对我说："好，你们接着玩。我马上跟她说。"

安东尼娅和她的朋友会邀请我跟他们一起玩耍，但我从不跟他们玩。约兰达也会鼓励我跟他们一起玩："去吧，康素爱萝，去玩一会。你简直像个八十岁的老太太，一点不像个十三岁的青少年。这样老得快，小伙子！"一想到他们跑起来的时候，身体会跟着运动，再想想自己的身体会是个什么样子，加上害怕衣服会翻起来，我就觉得羞愧不已。只在偶尔感到高兴的时候，看见每个人都在哈哈大笑的时候，我才会出门去跟他们玩"美少女游戏"。可我一跑起来，身体顿时僵硬无比，几乎总是被人抓住。

我跟罗伯托打架是因为我不喜欢做家务。"小家伙，去把碗洗了，"他这样命令我，而我又给他顶了回去："你自己洗吧，笨蛋。你是谁呀，敢这样命令我！"可到了邻居家，我什么家务事都做，还帮着他们照看孩子。我玩到中午时分，也就是父亲进家门之前，才回到自己的屋子里。这样一来，拉查塔就会说我"家里懒，外边勤"。因为我总帮着别人做事情。

当时，我已经上到小学六年级，家庭作业很多。每当我想学习的时候，两个哥哥和妹妹总会把收音机的音量开大，还跟着大吼大叫。有时候，我只好跑到楼顶坐在一只箱子上，举着一块破布遮着太阳光看书。可仍旧无济于事，因为拉查塔或者安东尼娅会上楼去晾衣服，罗伯托会拎一只老鼠跑上楼来，追着它满屋顶乱跑。这样一来，我又只好下了屋顶。

那一年的晚些时候，罗伯托离家参了军，我才得以享受到一点点安宁。其时，我已经征得一个朋友多罗雷斯太太的同意，让我在她家里看书。有时候，我会去卡萨-格兰德大街对面的图书馆，或者租户区的某个商店里看书。身处陌生的屋子里，没有人打搅，我方能静心看书，那也成了我最喜欢做的事情。看完书，我回到家，任谁叫我做事我都置之不理，这样一来，又有人要说"家里懒，外边勤"。

跟回家相比，我更喜欢上学。我经常获得优良行为奖章，每个年级差不多都是第一名（第一排，第一列）。偶尔，我会丢掉这样的位置，往后掉个三五名，但很快我又会再登宝座。每当老师提问，我都能把手高高举起，心中感到自豪极了！

对于老师，我非常崇拜他们，但从没想过要像他们那样。对于那个时候的我，一切皆无可能。我怎么可能像他们那样，既长得漂亮，书也读得多呢。我怎么可能像他们那样令人称许，面对一大帮小女孩，命令他们或坐或站呢。不可能！想都别想。

有一位老师名叫格洛丽娅，她曾经跟我们说过一段话，我永远也不会忘记。在一次上针线课的时候，一个女生问她有没有想过结婚的事。老师羞红了脸，这样回答道："当然想过。所有的人早晚都要结婚。"胆子最大的菲利帕·洛佩斯又问她："你谈过恋爱吗？"格洛丽娅小姐笑了笑回答道："恋爱是一件美妙的事情，但我绝不轻易相信什么。爱情就像一颗星星，刚出来时璀璨耀眼，但总有陨落的时候。如果有男孩子说'我爱你'，请你们千万别信以为真。你们一定要小心，千万别涉入未知的事情。男人都会说谎，大家不要相信他们。"她说的这一段话我一直记得。我想，这就是我不会上男朋友当的原因吧。每当他们说"我爱你"的时候，我会暗暗发笑，反复告诫自己："千万别相信，千万别相信。"

我十三岁那一年开始来月经。我当时正在学校，既感到害怕，又觉得尴尬。我的头有些疼，难受了一整个上午。挨我坐的女孩儿名叫玛利亚，她向老师打了报告，我们俩得到许可便去了卫生间。到了卫生间，我发现自己的外套和内裤都沾上了血。玛利亚安慰我不要担心，因为所有的女人都有这么一回事儿，还说那标志着我长成大姑娘了。我感到有点失望，因为我一直觉得长成大姑娘的时候，我应该是穿着高跟鞋，穿着漂亮的衣服，戴一副眼镜，还涂着口红。可我穿的还是短袜、校服啊！后来我才注意到，大家对我还像原来那样，丝毫没注意到我有什么变化。

老师让我回了家。回家之后，我偷偷地把衣服上的血渍洗掉了。肚子疼得我直想哭，我便告诉了安东尼娅。她很和气，给我泡了甘菊茶，还给我讲了一些注意事项。我很担心被两个哥哥看出来，不过安东尼娅教了我怎样防备。拉查塔从市场上回来之后，安东尼娅把我的事儿告诉了她，她显得很开心的样子，说："嘿，我们家终于有了个大姑娘。"她把这事儿跟父亲讲了，可他什么也没跟我说。每当我说肚子疼的时候，他就叫人给我泡一杯茶，或者去叫医生来给我打上一针。

我敢肯定，我上小学那几年，父亲一次也没有去过学校。他对学校发生的事情不闻不问。他只需在成绩单上签字即可。如果要开家长会，他会说自己的工作很忙，抽不开身。但他会给我钱，叫我该怎么用就怎么用。六年级快要上完的时候，我让他给我买一身白衣服，好穿着参加毕业典礼。一开始，他不答应，可我后来还是拿到手了。跟往常一样，他买衣服的时候没带上我，这一点我很不喜欢。那件衣服的领子是圆的，还缀了几朵玫瑰花。同学们都说好看，可我觉得在如此重要的日子穿那件衣服，反而被衬得无足轻重。

我之前求过父亲去参加我的毕业典礼，可他根本没去。我时不时从阳台上探头往外看他到底会不会来。就连六年级所有的毕业生和各自的家长在食堂落座之后，我还不住地回头想看到他的身影。看着每一个同学都有家长陪同，我感到难过极了。有的父亲穿着工装，可他们好歹在那儿陪着自己的女儿。我多希望有一种魔力，让我的父亲立即现身，让他陪在我的身边啊！

把毕业证书收拾好之前，我先给父亲看了看。一如往常，他只是斜了一眼，连只言片语都没有。整个居民区的人都会问："康素爱萝，你毕业了吗？""你接下来要做什么？"我只能这样回答他们："谁知道呢？不知道父亲想让我学什么科目。"然而，我在学业上的自豪感早已叫父亲糟蹋得一塌糊涂。

那就是我这个小女孩的日子——在学校表现虽好，却无人理睬；在家里想要发问，要么同样无人理睬，要么招来一顿抢白。这样的情形让我觉得自己很笨，也让我感觉到他们一点都不爱我。可我不知道原因。

整整一年之后，我才重进学校的大门。这一年我在做工，先是干缝纫，后来进了城区的一家制鞋厂。玛塔的一个朋友告诉我，说制衣老板费德丽卡太太正在招工。"我不知道她会给你多少报酬，不过她是个很好的人。"这一点对我已经足够，于是我就干起了这份工作。夫人说她每个月都给我存一点钱，可那笔钱她一直没有给过我。

实际上，薪水对我来说无关紧要。我最关心的，是没有人打我，也没有人骂我，我再也不用防着父亲的一举一动。我是这样想的："我待在家里有什么好处吗？要是我来服侍他，却讨不到他的喜欢，不如让安东尼娅服侍他好了。"我和安东尼娅轮流替父亲做晚饭。非常不幸——不知道算不算是我的过错——父亲从来都不喜欢吃我做的晚饭。饭如果冷了点，他会说那还不如狗食；可要是烫了点，他会说我对什么东西都不在意。要是咖啡里有没搅散的牛奶，或者没有奶块导致咖啡太清，他会这样说我："你就是个没用的东西！等有一天你上了别人家，看他们不赶你出门。你什么事都做不好。"

　　我想，安东尼娅也觉得有些不近情理，于是她对我说："等等，康素爱萝，我来替他弄饭。"可父亲并不就此罢休，一定得是我做一天，她做一天。他还会这样说："蠢猪！跟你姐姐学着点，她爱干净，又会做事儿。可你呢？你会做什么？"所以，我宁愿外出做工，哪怕没有薪水也行。

　　费德丽卡太太先是教我翻转布片。后来，我还干过包边、压制和钉纽扣等工种。她教我用机器缝纫，甚至在她外出送货的时候还给了我使用缝纫机的机会，也许她觉得我可以干缝纫了。可我从来不敢。如果她不在场，那台缝纫机我碰都不碰一下。我对缝纫机有些犯怵，我觉得一旦踩动踏板，很可能把自己的手指一起缝了进去，而且可能无法让它停下来。

　　她有个年龄不大的侄子。从我进厂的第一天起，他一看见我就躲起来。他很害羞，我觉得那多少有点不寻常，因为卡萨-格兰德的年轻人全都是厚脸皮。不管看见什么样的女孩子，他们都说那是他们的"花儿"。我觉得自己的长相非常平庸，而这个男孩子一见我就跑，我就更觉得自己平庸了。

　　晚上八九点，我才下班回家。如果遇到灯火管制，老板娘的弟弟加夫列尔，或者她的妹妹连同他们的几个侄女会护送我回家，我偶尔会请他们进屋去坐一坐。我第一次请他们进屋的时候，我一边走进门廊一边祈祷父亲对他们不要太粗鲁。我觉得那还真的管用，正在看报的父亲只是抬了抬眼皮，算是邀请他们进了屋。我给他们煮了咖啡，一起吃了晚饭。那是我第一次带客人来家里。

　　就在那一年（我当时十四岁），我往姨妈家跑得勤了些，但她给我的帮助不如约兰达太太那么多，因为后者知道我的烦恼，我也了解她的苦处。她教我使用钩针和棒针，教我做小馒头和圆面包，甚至教我把玉米饼废物利用。那一段时间，我是她最信任的人。然而，这样的友谊很快就破裂了，留给我的只有满腹怨恨，因为约兰达成了安东尼娅的好朋友，对我的态度一点点地随之改变。安东尼娅会给她糖果、咖啡，或者用死蚊子、香蕉之类的东西喂她的鸟儿。平时，父亲从不允许我们四兄妹分享他给她买的水果。如果我们胆敢违抗，家里会掀起轩然大波。可安东尼娅想把什么东西拿出去都行。

父亲的这种变化约兰达不是没有注意到，她多次告诫过我："别傻了。对你们的父亲要多留个心眼，不然的话，安东尼娅会把他从你们手里边彻底抢走。"我听从了她的建议，可我怎样才能让父亲关注到我们呢？只要是我跟他说话，哪怕安东尼娅跟他说的是一样的事情，他给我的回答不外乎就是："我对别人的事情没有兴趣，我只关心自己的事情，就这样吧。"

无论是拥抱他，还是帮他做事，我和玛塔都沾不上边。他下班回家后，安东尼娅已经养成习惯，替他洗脚磨老茧。就算她把他弄疼了，他也只是笑笑而已。他每三天去一趟浴室，每次洗浴回来，她都坚持给他梳头打发油。她间或拔下一根白头发，父亲会笑着打趣："才一根白头发？我有那么小吗？"说完，他们一齐哈哈大笑。可不管他问我们要什么东西，我们都得跑着去拿，拿来之后，他几乎总是怒气冲冲地接过手去。

后来，父亲发话，我和玛塔的衣服再也不用送到外面去洗。在我看来，他仿佛已拿我们当陌生人看待。拉查塔教我洗衣服。没过多久，我又替他洗起了笨重的工作服。我愈发感到了艰辛，因为爸爸之前从来没要求我做过任何家务。他原来老是说："别擦地，这对你们的肺不好。""别做针线活儿，这对你们的肺不好。""别打她的背。"爸爸一直担心我会患上艾莱娜那种病。

我第一次给他洗衣服的时候不住地哭，既因为腰酸背痛，手指发麻，也因为担心衣服洗不干净。好不容易把衣服挤干晾好之后，我全身上下浸透了汗水，觉得自己好像一点力气都没有了。

擦地呀！第一次擦完地之后，父亲带我去看了医生。我的双腿从脚踝肿到膝盖，拿刷子的那只手被磨出了血。血流得不多，但终归是出了血。我算完蛋了，觉得自己真成了个外人。父亲责骂我的时候，我会在他的背后做鬼脸。对于我的遭遇，我只跟他说过一次，可他毫不在意。从此以后，我再也没跟他说过。

一天晚上，我正在替费德丽卡太太做事，父亲对我说："安东尼娅的姐姐艾莉达要带你去找一位女士，这位女士将会教你怎样做工。她明天早上7点钟来接你，你准备一下。"安东尼娅的两个同母异父姐姐名叫艾莉达和伊莎贝尔，经常来我家玩，我跟她们已经非常熟悉。我很喜欢艾莉达，第二天早晨高高兴兴地跟她走了。

我们在市中心坐上公共汽车，到阿拉梅达这一站下了车。那是我第一次去市中心，从公园边上经过的时候，我几乎没听到艾莉达在说些什么。我的眼里满是树木、纪念碑、川流不息的车辆、穿着西装（不是工装）的行人熙来攘往。我仿佛进入了另一个世界。尽管穿得干净整齐，但我仍旧觉得自惭形秽，穿戴破旧，想象每一个人都在盯着我看。我步履踉跄，内心沮丧。

到了那个地方，艾莉达说："看见没，上到顶楼去找索菲娅老师，就说是我送你过来的。"上到顶楼，那位太太很热情地招呼了我。我一开始做的是给鞋边上色。她教我怎样拿鞋才不弄脏衣服。她对做鞋很在行，曾经教过艾莉达和伊莎贝尔，所以她们称她老师。以前，我以为只有在学校教书的人才能称为老师。

1点钟一到，每个人都放下工具走了出去。太太告诉我，我们吃饭的地方在楼顶，楼顶有个女的专为"小伙子们"做饭。"小伙子？"我问道。"可他们都是大男人，哪还是小伙子啊？"我们往楼顶走去。那是我第一次爬那么多级台阶，觉得像在荡秋千。我不敢走快，不敢往下看，抬腿上跨的时候又不敢抬头上看，不然我会掉下去。上了楼顶，我如释重负，长长地舒了口气。

楼顶有一条规则，男人不能骚扰女人，男人和女人各在一边吃饭。我和太太一进门，所有的小伙子都看着我，窘得我只能低头看地，表情僵硬。自然，有人开始起哄："索菲娅，别那么凶，给我们介绍一下这位小妹妹呀。”太太微笑着回答道：“小伙子们，有什么不行的？全都站起来，我给大家介绍一下这位小姑娘。”

可他们并不当我是小姑娘，全都称我为小姐。我真想骂他们白痴，用那样的词语就是在冒犯我。他们称我为小姐的时候，我觉得他们好像话里有话。后来我就习惯了。除了一个名叫何塞的小伙子，大家都很尊重我。他时不时找索菲娅说事儿，每次看见我站在边上垂着眼皮，他都会噘起嘴巴，给我来个飞吻。我忍着不笑出声来，尽量不拿正眼看他。我不相信这么个帅小伙儿会对我有什么意思。

有一次，我早早地就去上了班，何塞抓住我的胳膊，向我表白他对我的喜欢。我就那么听着，但一个字也不相信。我任由他说，等他说完了，我才告诉他，我还太小，根本不适合他。听到他说想跟我结婚，我差点要笑出声来，因为我连结婚这个词的意思都没细想过。何塞是第一个问我有没有亲过嘴的人。“亲嘴？”我怎么可能做那种事？我告诉他，我觉得那是丑事。

不过，有一天晚上，家里关了灯，大家睡着了的时候，我还睁着眼睛胡思乱想。我幻想自己穿上漂亮的晚礼服，来到一个富丽堂皇的房间，跟何塞一起随着绵绵的音乐翩翩起舞。又或者是何塞穿着黑西装，在大街上一边抽烟，一边紧张地等我。我心想：“好吧，让院子里那些女孩们看看，这就叫男朋友。”

何塞不停地试探我。有一次，我去楼下给索菲娅拿水，藏在楼梯上的何塞一把抓住我的胳膊。“康素爱萝，我想跟你谈一谈。”于是我们低声说了起来。“何塞，我没什么要跟你谈的。”看着他那紧绷着的脸，我颤抖着声音说道。我很怕他。一连几天，我都躲着他，不想见到他。他终于明白了我的意思，再也没有纠缠过我。他每次见了我都直摇头。

我十五岁之前的六七个月，费尔明搬到了我们的居民区。他跟我后妈艾莱娜是亲戚，是个制鞋工，但模样很英俊，哪怕他的脸上和头发上经常覆盖着制鞋厂那种粉尘，哪怕他经常穿的是旧工作服，里面连衬衫都没套。他只要一看见我上街，就喊道："康素爱萝，康素爱萝，不要那么高傲嘛，你转过头来看我一眼嘛。别那么小气，好不好。你看我一眼嘛，要不我去撞公共汽车了——咦，车还停着呢。"我一言不发，但暗自好笑。他在后边追着我，我愈发加快了脚步，生怕被罗伯托撞见。要是被哥哥看见，他不揍我几拳才怪。

看我不理睬他，费尔明便转头去讨安东尼娅的信任。一天晚上，父亲让我和安东尼娅去买面包。我不知道他们是不是早就合谋过，反正我看见费尔明站在居民区的大门口，头发梳得溜光，从头到脚穿戴一新。安东尼娅对我说："你就在这里等着，我去把面包买回来就是了。"她说完就走了。我感觉如同一瓢冷水兜头淋了下来。我很担心，因为我曾经一次次地羞辱过他："先去洗个澡。""脸皮真厚！""土包子！"我也担心，要是这时候有人看见我跟一个大男人站在街头，会有怎样的流言蜚语。

可他只顾着说："康素爱萝，我爱你，以上帝的名义，我要娶你。但请你不要因为我是个做工的，就叫我厚脸皮。"他站在那里带着忧伤的神情，又跟我说那样的话，显得非常滑稽，我忍不住想笑。他接着说："每当你从我身边走过，我就想大喊，你真漂亮。请你告诉我，我什么时候才能来看你，你什么时候才让我做全世界最幸福的人。请你告诉我，我该怎么做。哪怕最不可能的事情，我也愿意为你去做，请你告诉我。"我这才注意到，他的面容长得很好。他说的那一番话似乎很蠢，可看到他的眼神竟是如此温柔，我也就笑不出来了。安东尼娅拎着面包正往回走，我便赶紧催促他："好吧，好吧，你就在院子的角落里等我一会儿。"

回家的路上，安东尼娅问他说了些什么。我内心非常激动，但还是装着漫不经心的样子回答道："没啥，他就是想让我做他女朋友。"安东尼娅说："那你就听他的吧。他人长得帅，追你又那么紧。"不过，那天晚上我并没有出门赴约。吃晚饭时，父亲正好坐在我对面。我突然听到有人好像在用口哨声嘘叫我的名字，呛得差点把咖啡吐了出来。安东尼娅不停地用眼神给我打暗号，于是我几口喝完咖啡，向父亲请假说要去把我做的针线活儿拿给约兰达看看，可他没有同意。

几天之后，我在下班回家的途中遇到了费尔明，向他解释说父亲管得很严，不让我们在晚间单独外出。他认可了我的解释，不过要我答应今天晚上出来见他，要是我胆敢不来，他就敲我家的房门。我的老天！敲门！那整栋房子不得都垮下来压到我的头上！"好吧，我来。费尔明，我是说真的，你要等我啊。"

8点钟一到，第一声口哨响起，着实把我吓了一跳。"怎么了，小丑？"父亲立即吼了我一句。"爸爸，没事儿，我有点瞌睡。"谎撒得很好，因为那样一来，他反而不会立即让我们上床睡觉。我趁机对他说，我想出去散散步，他同意了。

我去了玛塔的朋友伊雷拉的家。我现在都还记得她劝我的话："别傻了，去吧。既然他们同意你出来，万一你挨揍，也算有所值吧。"

"行，如果有人过来，跟我说一声，好吗，伊雷拉？"

我像火箭一样飞速穿过院子，喘着粗气走到他跟前。费尔明跟我打了招呼："亲爱的，晚上好，我一直在这里等你，你终于来了。"接着，他就开始吻我。我屏住呼吸，感觉透不过气来。我紧闭着双唇，睁大眼睛想要细看他，才发现他的眼睛是闭着的。这个过程只持续了一小会儿。费尔明感觉到我对他的亲吻没有反应，便放开了我，说他就知道我不喜欢他，还说我终究会喜欢上他。同时，他说谢谢我吻了他。"吻了他！"我如释重负，终于知道亲嘴是怎么一回事儿了。

可后来我又想起他工作时邋里邋遢的样子，顿觉十分恶心。我跟他道别之后，便回到了伊雷拉的家里。见我一边不停地用手擦拭嘴唇，一边做苦相，她便笑着说道："你好惨哦。"我觉得直想吐。她又问我："你不喜欢吗？"我一边跟她说自己根本不喜欢，一边还以为我的经历可以给她敲敲警钟，可她不停地跟我东说西说，我才弄明白，需要学习的人是我。

第二天晚上8点整，费尔明又吹响了口哨，我想法溜了出来。他一见面就吻起我来。分手的时候，他又吻了我一次。他一边吻我一边说道："小可爱，等有了钱，我就来娶你。你只管等着，我会给你买一套多么漂亮的房子。要不我就带你回我老家，我的老家就在哈利斯科。"我靠着他的肩头，一边听他说那些话，一边看着他的眼睛，他全身上下我最喜欢的就是眼睛。不过，我能够想方设法跑出来陪他就算是赢了一步，因为我要取得父亲的同意几乎没门儿。费尔明很信任我，常常一等就是数小时，但运气时好时坏。哪怕遇到下雨，他也会在那里等着我。父亲一直没怀疑过我。

不过，我还是只有在上班的时候才觉得快乐些。一回到家，我就几乎无法忍受，因为父亲要么一动不动地坐着看报，要么因为我们弄出声响而大发雷霆。每当他用皮带抽打玛塔或者罗伯托的时候，你不知道我有多么生气，可我一个字都不能说，甚至连动都不能动一下。每当此时，我真希望自己是一缕青烟，这样就可以轻轻地飘走。

做家务活儿的过程中，安东尼娅会把收音机打开，听上一整天的古巴音乐，她喜欢听丹松舞曲、华拉查舞曲和摇摆舞曲。两个哥哥不在场的话，她会跟着舞曲跳起来。我得承认，第一次看见她跳舞的时候，我觉得尴尬极了。我当时十二岁的样子，之前从没见过把舞跳成那个样子。我觉得自己太刻板了点。她只要一听见华拉查舞曲，就会全身左右扭动。我的妈呀，难看死了！她需要时不时地拍拍手，以更好地跟上音乐的节奏。即便如此，我还是很喜欢那样的节奏，只是不敢承认罢了。我对姐姐多苛刻啊！我认为她跳那样的舞蹈有点流里流气，每当她的肚皮一收一挺，我好想转过脸去，可还是目不转睛地看着她跳个不停。

渐渐地，我丝毫没有注意到，自己也跟着跳了起来。无论扫地还是洗碗的时候，我们都会随着收音机的音乐翩翩起舞。哥哥陪着安东尼娅跳舞，我则呆在厨房里，要么坐在凳子上，要么坐在床头看着他们。一天，我看见安东尼娅一边跳一边抖动肩膀，便立马从凳子上站起身来大声问道："这是怎么做到的？教教我，教教我！"她态度和蔼地给我做了说明，可无论我怎样努力，做出来的动作总是十分滑稽，逗得她哈哈大笑。经过几天的练习，我终于学会了那个动作。

居民区的院子里，几乎随时都在举办舞会，当然啦，爸爸是不让我们参加的，我只有趁着安东尼娅做家务的时候，躲在屋子里跳跳舞。不过，当时我并不知道跳舞的真实乐趣为何，依旧沉迷于做白日梦，想象自己穿着蓝色衣服，梳洗妥帖地走上舞场，引得每个人都转过头来看着我。我成了众人关注的焦点。一个表情正经、长相英俊的年轻小伙子走上前来做我的舞伴。周围的人谁也不敢胡言乱语，全都表现得尊敬有加！我跳舞的姿势虽略显矜持，但不失高贵，我可不像安东尼娅那样一会儿对着张三挤眉，一会儿对着李四弄眼。老天，那可不好！她是在调情，一点都不害臊。

有一次，父亲给我和安东尼娅买了新衣服。我那件是黄色的，上面印着伸展开的树枝，树枝上缀着细小的玻璃珠子。那是我穿过的最神气的衣服，所以我迫不及待地穿上了它。屋子外面正在举办舞会，舞曲的声音很大，我的双脚情不自禁地跟着移动起来。我示意安东尼娅，她应该问问父亲，看是否能得到许可。她只是耸了耸肩，没敢开口。我顿时觉得焦躁不安，看来我得亲自向他开口！紧张情绪缓和下来之后，我问父亲："爸爸，请允许我们出去跳一会儿舞，可以吗？"我并没有因为父亲唐突的神色而止步，于是继续说道："爸爸，让两个哥哥跟着我一起去，行吗？就让曼努埃尔和罗伯托陪着我，行吗？"这一次还真管用，他同意了。

舞会在八号院子举行，跟我同去的是两个哥哥，一边一个。我没有穿毛衣，所以新买的衣服看得很清楚。院子里挤满了人，我和两个哥哥站在一个角落里。曼努埃尔找到了自己的舞伴，就抛下我们走了。罗伯托挨我更近些。我紧紧地抱着双手，既为了遮住肚皮，也为了掩饰内心的激动。

一曲播完，还是没有人请我跳舞。我站在那里脚底直痒痒，想跳舞想到了极点！我心里想着，反正都跳不成舞，干脆把双手抱得更紧些吧。可我一下子又正经起来，因为有个小伙子走上前来，请求哥哥同意让我跟他跳上一曲。挽着我跳舞的小伙子名叫塞尔西奥，住在卡萨-格兰德大街中段的一个院子里。身体一接触到小伙子的双臂，我顿觉十分不安，完全没办法跟上他的步子。我全身都在发抖，浑身上下僵硬得像一块砖头。他使劲地带着我，可我的脚步就是不听使唤。

一曲跳完，我在心里这样想："我真笨，竟然挪不动步子！这下子恐怕没有人愿意请我跳舞了。"我挽住了哥哥的胳膊。音乐声又响起来了，节奏很快，歌词在那个时候很有些时髦："中国人，中国人，披着马六甲头巾的中国人。"又是那个小伙子前来邀我跳舞，我心里高兴极了。他这一次的步子有所不同，不过我只需一小会儿就适应了。我紧张的肌肉松了下来，于是全神贯注地跟着他跳了起来。小伙子们全都注视着我，因为我是舞场上的生面孔。我看见有人走到哥哥的身边，然后转过头来表情严肃地朝我这边看。第三支丹松舞曲《海中仙女》响起，哥哥曼努埃尔走过来，带着我跳了起来。我放松身体，让脚步随着音乐自信地移动。我跟着哥哥，还有那个男孩一共跳了八九曲。

那之后，院子里仍旧举办舞会，我奋力争取父亲的同意，但每次总不能如愿。父亲横竖就是不同意："不行，小姐！又想去跳舞？没门儿！"我因此很生气，拒绝上床睡觉。他们关了灯，把我一个人留在黑暗的厨房里，我靠着门框哭泣，直至双腿发麻。每当听到喜欢的乐曲，我简直窝火极了。那样的舞曲令我头皮发麻，但又无可奈何。

不过，父亲每个星期都要陪安东尼娅去看望她母亲，这下事情好办多了。尽管罗伯托一般都待在家里，但我总有办法溜出去参加舞会。曼努埃尔基本上不回家，我一点都不用担心他。不过，我真讨厌死了罗伯托，我正在跳得起劲的时候，他走过来对着我说："回家去，小崽子。"我只得服从，因为我怕他。再说，我不想在院子里丢人现眼。我也害怕他向父亲告状。

有时候，父亲整晚都待在家里不出门，那样一来，我就得耍点小花招。我先是要求，接着恳求、哭泣，继而大发脾气，可他就是不松口。

一天晚上，我正在黑灯瞎火的厨房门廊里坐着，双手支着膝盖，以手掩面，感到非常无助。我想跳舞，想得疯了一般，于是决定溜出门去。墙上有个挂水桶的桩子，以此作为梯子，可以轻轻松松地攀到天花板上的开口处，从那里爬到屋顶只有一步之遥。

听见父亲鼾声四起，我小心翼翼搬来一把椅子，然后脱下鞋拿在手里，踩上了桩子。爬上去之后，我穿上了鞋子。现在的问题是，谁来搭梯子，让我下到地面呢？非常幸运，约兰达在此时此刻出现了。我示意她不要说话，并且给我搬架梯子来。我下到了地面，她笑着问道："小姑娘，你这是干啥？"

"嘘……小声点，要不会让我父亲听见的。"她领着我去了她的住处，我洗了把脸，梳了梳头。我要去参加舞会，我现在什么都不怕了，罗伯托和父亲早已入睡。

我来到舞场，那里照例挤满了小伙子。女孩子有的坐着，有的靠墙站着，双手交叉抱在胸前。只需看面容，大老远你就能判断他们跳舞的心情有多迫切。一帮年龄稍大的小伙子围着圈站在一起，有的在移动脚步，有的在拍打节奏，有的在搜寻下一位舞伴。一群年龄稍小的小伙子正在自顾自地练习着舞步。留声机的上方，悬挂着一只一百瓦的大灯泡。

我们这里有个习惯，大家围着跳舞的好手，不断地拍掌鼓励他们一直跳下去。每当此时，小伙子们的眼睛到处乱瞟，心里怀着满肚子坏水。如果跳舞好手是个女孩子，围观的人会挑出个小伙子跟她一起炫耀一番。那样的氛围真好，每个人都想出出风头。

来到舞场之后，为了不被跟着出来转悠的哥哥看见，我站在了远离灯光的一个角落里，以保证有充裕的时间溜之大吉。再说，我也不想跑到跳舞好手献技的场子中央。请我跳舞的全是罗伯托的朋友：被称作大猩猩的埃米利奥，被称作臭狗屎的古斯塔沃，被称作幽光的安赫尔，以及绰号鸭子的托马斯。

跟出来时一样，我小心翼翼地顺着屋顶回到了家，根本没吵醒父亲。只要父亲不同意，或待在家里不出门，我就会这么干。可有一天晚上，我正像往常那样把脚搭上桩子的时候，突然感觉腿上被拍了一下。紧接着，又拍了两下。我转过身来，才发现爸爸在那里站着，我顿时被吓得毛骨悚然。"滚下来，快点！"我退了下来，心想肯定会挨一顿好揍。不过，算我运气好，没挨揍。

接着，我度过了十五岁生日。我和我的朋友安赫利卡梦想拥有的东西太多了。有时候，我们坐在院子里相互倾诉着，生日那天我们到底应该有些什么东西。跟我一样，她想象院子应该装饰一新，干干净净，为了防雨支起一顶大遮篷，门口的守卫只准宾客进入，四周全摆着椅子。我仿佛看见父亲和两个哥哥穿着黑西装，而众星捧月一般的我穿着长长的蓝色衣裙，上面的金属饰片闪闪发亮。小妹妹也穿着长长的衣裙。终于，小型管乐队演奏了起来。在费尔明的眼里，我漂亮极了。我和他跳着华尔兹，真是天生的一对，把小伙子们的目光全吸引了过来——父亲坐在餐桌旁看着我，心想他的女儿终于长成大姑娘了。我和安赫利卡老做这样的白日梦，她经常对我说："但愿老天保佑。"我说老天一定得保佑，希望那一天不要在父亲的视若无睹中一闪而过。

然而不幸得很，那一天跟我的梦想完全是两码事。满十五岁那天，就连我自己一开始都忘记了。我去上了班，可随后总觉得应该做点什么事情才对。现在回想起来真是心酸，我的十五岁生日啊，一个女孩子一生中最重要的日子啊！我坐在板凳上，围着围裙，双手沾满鞋子的上色剂，用来打磨鞋底的机器散发出一阵阵粉尘。我当时正在擦拭一批白色缎子鞋，手里拿着鞋子，真的很想哭，但我忍住了。"总有一天，等我有了钱，我想买什么就买什么。总有一天，父亲会明白，我没有他说的那么糟糕。总有一天……"我终于擦完了那一批鞋子，可一看见缎子的白色亮光，以及出色的工艺水平，我再也控制不住，跑到卫生间里哭了起来。一想到没有人在乎我，心里就觉得阵阵发痛。

我做到很晚才下班，差点没有心情回家。我一个人坐上了公共汽车，一路上都在想，我的命怎么就那么不好，我甚至可能根本就不是父亲的亲生女儿，所以他才对我不闻不问。我一进居民区就碰上了罗伯托，他说道："快来，我们都在等着你切蛋糕呢。"

我顿时来了精神，为先前的种种想法追悔不已。我急匆匆地往家里走去。果不其然，桌子上摆着一只蛋糕，蛋糕上面有一颗用奶油做成的玉米棒子。可跟安东尼娅的蛋糕相比，我觉得那只蛋糕太小气，顿时觉得那是对我的一种藐视。安东尼娅笑着说道："快看，这是给你的蛋糕。"

我没吱声，父亲要我去把它切开。"我现在没心情，累了，先放一边吧。"罗伯托先是狠狠地瞪了我一眼，接着又和玛塔一起让我去把蛋糕切开。罗伯托递给我一把刀子，然后又在蛋糕上插了几支小蜡烛，一一点燃。看见罗伯托那副高兴劲，我的心一下子软下来，吹灭了蜡烛。我许了个愿，希望自己还能继续读书。第二天，我照旧去上班，谁还愿意去想头天晚上的事情呢？

我成了大姑娘，再也不想在院子里玩耍了。成天在外乱跑，让人看见了不好。我也不想抛下父亲一个人。还有，安东尼娅和她那帮朋友差不多成天都在院子里喋喋不休，谈论的事情让我觉得非常难堪。她喜欢玩粗野的跳马游戏，有天晚上我也跟着玩了起来。安东尼娅充当马的角色，我跳了上去，可随即遭遇了一辈子最尴尬的事情。她突然站起身来，我一只脚挂在她的肩上被悬了起来。我本想发火，可我一言不发地认了，盘算着怎样才能跟她扯平。几天之后，安东尼娅跟我发生了争执，她一脚朝我踢来，我一把抓住并高高抬起，她一下子倒了下去。她摔倒在地，双手捂住脸，哭了起来，那一下着实把她给摔疼了。她也认了，没在父亲面前提起过。就这样，我们打了个平手。

还有一次，我们正准备吃饭。就在我坐下来的时候，不知道是有意还是无意，安东尼娅突然抽走了板凳，我一下子摔倒在地。汤洒出来，烫着了我的肚皮。安东尼娅哈哈大笑，但马上又诚心实意地请我原谅她。我一句话也没说，只是转过头来表情严肃地看着她，这下子把每个人都逗笑了。后来我又跟她扯平了，就在她端着杯子准备喝水的时候，我对着杯子使劲地推了一下。就那一下，我弄碎了她一颗牙，她的鼻子也让杯口瘀伤了。学着她之前的样子，我顿时哈哈大笑。然而，安东尼娅被气疯了，她说道："嘿，你简直太不像话了！"

也就在这一段时间，安东尼娅开始离家出走。我不知道她之前是否已经有所准备，但罗伯托早就有令在身，不管她去哪里，他都得盯着点。那天早上，安东尼娅跟我说，我们要去澡堂，票由她来买。我注意到她往一个袋子里塞进很多衣服，便问了她几句，她说要把那些衣服拿去补一补。弗洛伦西亚浴室离得很远，我们往那边走的路上，安东尼娅说补衣服的太太就住在那附近。

浴室很挤，因为那天刚好遇上每周一天的折扣价。我们先是排队等候，然后我进到一个小隔间里脱下衣服。我找了个挂钩把衣服挂好，然后来到走廊上寻找安东尼娅。她没在走廊，供妇女和小孩子排队等候的淋浴室也不见她的身影。淋浴室的气味很难闻，时不时有小孩子哇哇大哭，于是我又找到了蒸汽室。蒸汽室的地板很滑，走在上面得非常小心，可我还是摔了几个跟头。蒸汽室只有几个胖女人，有一位小姐想开热一些，另一位小姐想开冷一些，于是吵了起来。游泳池也不见安东尼娅的影子，我只好草草洗了洗，穿戴妥帖之后来到入口处等她。

过了好久，还是不见安东尼娅来找我们。我等得实在不耐烦，便向负责人打听有没有见过她，他说她早就走了。心想着她在耍我，于是我怒气冲冲地回了家。当我问及安东尼娅的下落时，罗伯托完全吓蒙了，一下子从椅子上跳了起来。"没有，她没有回来过。"他立即推开早餐，出门去找她。她没在她妈妈家，也没在大街上。罗伯托到处都找遍了。我猜有人已经通知了我父亲，因为他早早就回到了家。罗伯托为他的粗心大意付出了代价，被父亲狠狠地揍了一通。

到了夜里，大家才在火车站找到她，跟她在一起的还有几名妇女。父亲拽着她回到了家，她似乎一点也不害怕，我倒是怕极了，害怕父亲会狠命地揍她揍出人命来。后来的事实证明，果不如此。揍了她不说，父亲还把她锁在了艾莱娜去世的那间屋子里。我们之前就不被允许进入那间屋子，现在管得更严了。父亲命令她的饭菜由我们端送，不许她走出屋子半步。有时，趁着两个哥哥和拉查塔不注意，我会跑去看看她。我对她怀有一丝愧疚。她能做到的，就是把头从门上方的一个小口子伸出来。她跟我讲了到底是怎么回事儿。"我离开澡堂之后，遇到了两个女人。我跟她们说我需要找事做，就跟着他们走了。"我们过了很久才知道，这两个女人开了一家妓院。

那天晚上，父亲以为每个人都睡着之后，大哭了一场。听到他哭成那个样子，我觉得很心疼，不管他今后怎么吼我，我都不会再让他承受那样的痛苦。不管怎么说，只要有人惹他生了气，他就应该发泄出来。如果他需要冲着我发火，我不会在意，只要不把他憋出病来就行。再说，父亲怎么说怎么做都是对的，是我自己愚蠢不开窍。我总是对他持观望态度，但总是什么事情都做不好。我总是懵头懵脑，颠来倒去。安东尼娅做得不对，她不应该出走，那样的话，别人会看不起她。我从来不会让别人对自己说三道四！在我看来，跟数年之后的事情相比，我那时的差距太大了。

安东尼娅终于得到许可，可以回来跟我们同住。尽管我会找她说话，偶尔还会相互开开玩笑，但我没法喜欢她。她陪伴约兰达太太的时间太多，而约兰达太太会把她说了哪些话一字不差地转告我。有一次，约兰达说："好好照顾你们的父亲，安东尼娅说了，她恨你们的父亲，恨你们所有人。她从小到大所受过的苦，通通要你们补偿。"她想要报复，正计划让父亲搬过去跟她母亲一起居住，这样子就从我们手里夺走了父亲。

约兰达还对我讲，我们一家大小都不在家的时候（罗伯托和曼努埃尔在玻璃厂做工，我和玛塔在上学），安东尼娅跟着邻居卢斯太太施行巫术。安东尼娅先是赤着双脚把所有的椅子放到床上，再用扫帚把地板仔仔细细地清扫一番。然后，她去了卢斯的家里。卢斯属于另一个教派，应该是福音传教派或者通灵派吧。接着，她俩用围裙遮掩着装了些水、草药和花朵的瓶瓶罐罐回到我家，关上房门，一待就是半个小时的样子。

约兰达住我家对门，她先是透过门上的一个小孔偷看着她们，接着又以晾晒衣服为名爬上楼顶，然后从楼顶上俯瞰着我家的厨房。她说，安东尼娅在火盆里生了火，卢斯一边念念有词，一边把瓶子里的水洒到墙壁和地板上。等火盆里的火烧旺之后，卢斯点燃了带来的草药和花朵。卢斯和安东尼娅站在火边，一边观看，一边交谈。灰烬变冷之后，卢斯把它抓起来满屋抛洒，安东尼娅则在一边许着恶愿。

约兰达还说，做完这一切，卢斯会同样遮掩着她那一套行头立刻走出屋子，安东尼娅锁上房门，好等着烟雾散尽，水汽蒸发。过了一阵，她会打开房门做家务，假装什么事情也没有发生过。我不知道这一切是否属实，但约兰达就是这么跟我讲的。后来，罗伯托也跟我讲，安东尼娅会巫术，我才信了，因为她真的对我们怀恨在心，一直在想办法害我们。

我拿不准这件事儿是不是跟安东尼娅的所作所为有关，可不久之后，一连三四个月的时间，父亲每个星期都要去一趟帕丘卡，回来的时候带了些用发黄的液体浸泡着草药的瓶子。药水有时呈绿色，有时又呈白色或者无色。他把那些瓶子放在厨房左边的一个角落里，非常严肃地警告我们，谁也不许去碰。我从来没见他喝过那些药水，或者拿那些药水来喷洒房间什么的。尽管我待在家里的时间不少，但一直不知道那些药水到底有什么用。也许他在用那些药水来跟安东尼娅的巫术抗衡，但只有天知道，反正我弄不明白。

从那以后，父亲总有哪儿不对劲。他跟我们说话的语气越来越苛刻："我把你们这群饭桶喂大了！我一天到晚累死累活地做，你们却像猪一样躺在家里，只知道吃，只知道睡！"这样的话听起来简直就是一记记耳光，我真想立刻逃离，但我做不到，只有低着头哭泣。这样的情形每天如此。罗伯托一连几天都不回家，待在家里的只有我、玛塔和安东尼娅。

一天下午，父亲指责我把家里的小鸡拿去送了"那个老巫婆"——也就是我的姨妈，我第一次跟他顶了起来（没说任何粗话，只是否认而已）。我是这样回答的："不，爸爸，我从来没有拿过家里的任何东西送人。"我脸上挨了重重的一记耳光，于是在火盆和碗柜之间的一个角落里蹲了下来。安东尼娅当时在场，令我深感羞愧的是，他竟然那样对待自己的家人。而父亲对待她的家人会大不一样！只要艾莉达和伊莎贝尔来我家，他都会说："安东尼娅，去给你姐姐冲咖啡。艾莉达，来，你坐这里，我来问问你。这是零钱，你们拿去坐车吧。"

没过多久，安东尼娅开始感到有些不舒服，给她惹下麻烦的是她的未婚夫，也就是住在卡萨-格兰德的一个小伙子，她对他痴迷不已。他先前已经离她而去，追起了另一个女孩子，我猜是因为安东尼娅跟他讲了她怀孕的事情。我之所以这样说，是因为她的下身一直在流血，而后来别人才告诉我，说她服用了几种药性很强的草药，想把孩子打下来。因为未婚夫的离去，安东尼娅差一点疯掉。医生对我父亲说，她属于离不了男人，离了男人就会生病的那种女人。又过了些时间，她得了更严重的病。

一天，我下班回到家里，发现地上一片狼藉。我已经习惯了家里乱成鸡窝的样子，可那天的情形真是惨不忍睹！饭桌上，水槽里，全是结了一层灰尘的碗碟，地板没清扫，炉子布满污物。卧室门紧闭着，父亲和两个哥哥耷拉着脑袋坐在漆黑的厨房里，从卧室里搬出来的椅子和其他杂物堆了满满一地。我一开口，父亲就喝住了我："嘘——白痴！你要把她吵醒吗？"安东尼娅的第一轮发作已经结束，她把各种物品砸的砸，摔的摔，一边上蹿下跳，一边抓扯着自己的头发，一边发出恐怖的叫声。她醒过来之后，又干起了同样的事情，直到一位护士赶到给她注射了什么东西，她才睡了过去。这样的情形持续了好几天。后来，她被送到疗养院住了好几个月。

此后，约兰达跟我讲的事情应验了。安东尼娅从疗养院出来之后，带着我父亲住进了卢裴塔的家里，留下我们几兄妹独自居住在卡萨-格兰德。一天下午，父亲突然说道："我要搬到罗萨里奥大街去住，今后一直会住在那里，但我每天都会回来看望你们。你们想跟我走，还是留在这里？"我告诉他我不想走，我的自尊不允许我对他说，他搬到哪里我就会跟到哪里，他住哪里我就住哪里。我看着他把那个蓝色的箱子扛到肩上，要求罗伯托给他"把门打开"，我觉得自己仿佛就要瘫倒在地，赶紧找把椅子坐了下来。他走之后，我和哥哥对看了一眼，不知道该说什么才好。罗伯托跑到卫生间放声大哭，我觉得嗓子眼和眼睛里都有一种酸酸的东西想要往外冒，但我强忍着，一个字没有说，一滴泪没有掉。

第二天，父亲带着安东尼娅，还有她的姐妹们回到家里，搬走了穿衣台、床罩、床单、枕套、桌布、花瓶、窗帘，就连我们新买的煤油炉也拿走了。屋子里又变得家徒四壁，空无一物了。我们再没购买过窗帘、枕套和插花。每次我和玛塔想要收拾一下屋子，父亲总会把我们摆好的东西一顿倒腾，命令我们什么东西也不要搬动。

不过，他说到做到，每天下午都会赶过来给我们留下零用钱。不过，我们要他留下吃晚饭的话，他会说："我什么都不想吃。"语气非常尖刻，我也不好坚持。

父亲搬走之后，我非常想念母亲。我无法自已，禁不住心碎一般哭了起来，一直哭到眼睛发疼，我才转过身来看着圣母的画像问道，父亲对我们为什么竟是那样的态度。

他之前一直没离开过我们，我们过惯了跟他在一起的日子，每天看着他坐在椅子上读报、洗脚、观察小鸟、安排我们给小鸟换洗鸟笼。父亲在什么都在，屋子里什么都有。只要他在那里坐着，我就觉得家里什么都不缺。此时此刻，我无法抑制地问自己："难道我不是父亲的亲生女儿？我的主啊，就算我是孤儿，这有错吗？"我不停地问，不停地哭喊着妈妈，好想知道答案在哪里。我只想那么做，我之前从来没有如此绝望地哭喊过她，现在只能一遍又一遍地哭喊着她。我好想冥冥之中有人给我一个答案，不管什么都行。

可响彻寂静的只有我的哭喊声。

玛 塔

作为一个女孩子，我的童年是非常幸福的，我可以自由自在地……我没有什么束缚，完全没有。我可以想干啥就干啥，几乎不会有人打骂我。只要我一哭，爸爸就会哄我，就会给我钱。就算他把我锁在屋子里，我还可以从屋顶上爬出去。我有点野，跟谁都可以顶嘴，因为我自认为是爸爸的宠儿。我给后妈，以及来我家做工的女佣们找了不少的麻烦，所以她们在我家做工的时间大都不长，只有恩诺和拉查塔做工的时间超过四五年，但我还是把她们弄哭了。至于第一任后妈艾莱娜，她也哭了。

朋友们对我非常崇拜，仿佛我就是他们的头领。踢足球的时候，谁站什么位置由我来定，不管做什么，他们都得首先征求我的意见，因为他们清楚，父亲给我的都是好东西，他们可以从我这里弄到钱和水果，所以他们经常来找我，要我跟他们一起玩。我从来没缺过朋友，在我的圈子里，我就是"老大"。

我一开始就不喜欢上学，只是为了让爸爸开心才去上的学。关在教室里令我无法忍受，读呀、写呀、算呀，我更是一点都不感兴趣。我读了三个一年级，两个二年级。读完五年级，我已经十四岁，干脆辍学不读了。我从来没想过要做什么，比如护士啦、裁缝啦，我最推崇人猿泰山，只想跟他做伴儿。

我是个假小子，经常玩男孩子才玩的游戏……随季节而定，可以玩跳马、打弹珠、掷骰子比大小。床底下有个盒子，康素爱萝在里面整整齐齐地摆放着玩具碗碟和家具，我只玩这样的玩具，而且全都玩坏了。我从不跟女孩子玩耍，但我喜欢给布娃娃穿衣服脱衣服。

爸爸待我们几个女孩子像女皇一样，不光供养我们，还给我们买衣服，送我们上学，不让两个哥哥欺负我们。他对两个哥哥几乎视而不见，除非遇到我们告状，他才会抓住他们，给他们一顿好揍。

不过，我不像康素爱萝，她过的日子平淡无奇，也没有几个朋友。她不能像我那样可以出去玩，因为父亲随时都看管着她。我们经常吵架，我从烤面包店回来只要身上带着蛋卷，她总会挑她最喜欢的抢。爸爸买了水果回家，我则把她最想吃的先抢到手里。我把自己的私人物品装在一个个盒子里，她却给我藏了起来，我只要知道哪件是她最喜欢的玩具，一定会给她砸个稀巴烂。我经常不怀好意地跟踪她，只要她出过门，我就要向父亲告状，让她挨一顿揍。同样的事她也会干，因为她不喜欢我像个野小子那样到处乱跑。

康素爱萝有些忧郁，不喜欢到外面玩，因为她老是待在家里，情况越来越糟。罗伯托一回家，准会揪她的辫子，曼努埃尔回家之后，经常指使她做这做那，她只有服从，否则就要挨揍。

说来好笑，跟康素爱萝相比，我更信赖同父异母的姐姐安东尼娅和嫂子保拉。原因嘛，是她自己老那么一副高高在上的样子，而且老用恶意的眼光看事情。她不懂得怎样给出积极的意见，我一直觉得她很吝啬很自私。

我小的时候最喜欢罗伯托，因为他什么东西都分给我，去哪里都带着我，但他这个人心眼小，喜欢颐气指使，还经常撒谎。曼努埃尔生活的天地跟我大不相同，也许因为他年龄最大，他跟我们总有一段距离，显得非常矜持。我觉得跟我们几个相比，他更虚伪，常常口是心非。不管走到那里，他随时都准备着说一些言不由衷的话。不过，我小的时候，两个哥哥都不打我，我长大之后有了未婚夫，他们才开始对我发脾气。

曼努埃尔和康素爱萝的童年时光都是在学校度过的，他们算是一对……认真、顺从、文静。不过，我更喜欢罗伯托这个无赖的家伙，我们都算是野孩子，我跟他都不喜欢上学，一贯翻窗逃学。他教我把书本藏在厕所里，怂恿我不去上学，带我去查普尔特佩克公园玩耍。我们会爬上一处处禁入之地，被总统卫队追得四处乱跑。如果兜里有钱，哥哥会租来小船，带着我一起划。他给我一大堆糖果和香口胶，所以我根本不觉得饿。放学时间一到，我们就跳上公交车，取回书本，回到家里。

罗伯托教我学会了追扒公交车和电车，我们以这样的方式游遍了全城。他把公园里的小孩子拦住，并恐吓他们交出东西来——铅笔、钢笔、硬币等，有什么给什么，他就以这种方式去弄零花钱。后来，他参了军，穿上了军装，做那样的事情更是易如反掌，因为他威胁那些小孩子，说要把他们抓起来。罗伯托也会抢夺女士们的挎包，这一来，我们不光有了零花钱，我还积攒了一大堆唇膏、镜盒、钱包。

我小时候过的日子真开心！有一次，罗伯托和他的伙伴们带着我去公园玩耍，一共有十个男孩子，我是唯一的女孩子。我们来到游乐园边上的一个露天餐馆，要了玉米饼和橙汁。接下来我注意到，他们一个接一个起身走开了，有的去抽烟，有的上厕所，到最后只剩下我、罗伯托和另外两个男孩子。其中一个男孩子对我哥哥说："黑娃儿，快，带着你妹妹赶快走。"我们爬上其中一只旋转木马，他们则上了另外一只旋转木马。我们坐在旋转木马上转了三四圈，其间有服务员四处寻找我们的踪迹。我们脱身之后，坐公共汽车回了家。我们就这样白吃白喝。

父亲安排罗伯托到拉古尼拉市场去买水果、奶酪和肉的时候，他常常会带我一起去。他会把车费拿来买糖果（我们的肚子总觉得饿，总想吃东西），然后我们就只好扒公共汽车回家。一条名叫老鼠的小狗会一直跟着我们，罗伯托早就教会它衔水果和肉块了。罗伯托去哪里，老鼠就跟到哪里，哥哥也会像照料我一样照料小狗。可后来不知是谁毒死了小狗，令哥哥伤心不已。

我大约八岁的时候，父亲干起了畜禽买卖的行当。一天，他买回来一只很大的鸟笼，上面盖着一块纸板，栏杆全是木条做的。他先前已经买过一批嘲鸫幼鸟，罗伯托和曼努埃尔的任务就是对着它们吹口哨，教它们学唱歌。可那些鸟儿在木栅栏上啄出一个洞，飞走了八九只。艾莱娜对此忧心忡忡，因为她担心父亲会火冒三丈。

父亲回家之后，艾莱娜跟他说鸟儿都死了，但她说话时的表情非常害怕，父亲禁不住笑了起来。他早就知道鸟儿都飞走了，因为看门人的老婆是居民区里有名的长舌妇，早就跟他说了这件事儿。那一次，父亲没有发火。

三个后妈之中，我觉得艾莱娜是最好的一个。在我的记忆中，除了姨妈，她是第一个把我抱在怀里，给我梳头，逗我玩耍的女人。但我从没像康素爱萝那样叫过她一声妈妈。艾莱娜最让我喜欢的，是她总为我做的错事打掩护，而且从不打我。即便我在她面前十分顽劣，她也不向父亲告状。

姨妈告诉我，艾莱娜跟我父亲结婚时只有十七岁。我还记得，她没搬来我家之前，常来我们的院子里玩跳绳。她之前嫁过一个男人，那个男人老打她，伤到了她的肺。她来我家之前已经生病，所以爸爸给她请了个用人，他从不希望自己的女人做太多的家务事。

康素爱萝最喜欢艾莱娜，总是黏着她。我跟后妈还有些生疏，康素爱萝经常打我，可艾莱娜会说："瘦猴，别管她，她毕竟还小，不懂得自己在说什么。"

院子的一角是我家的厨房，艾莱娜在那里给我做了一个秋千。那个地方没有屋顶，能够挡雨的只有几块木板。她先把一根绳子拴在木板上，再在绳子的另一端套上一截木头，这样我就坐了上去。一天，我正在荡秋千，康素爱萝想让我下来。我拼死大叫，艾莱娜这才说道："过来，胖妹儿。"他们总那样叫我，从不喊我的名字。可我又踢又吼，她碰我一下都不行。康素爱萝扇了我一耳光，艾莱娜护住了我。她对我真的很好，只是我当时太小，现在能够回想起来的东西不多。

艾莱娜死的时候，我十岁，爸爸说害死她的人是曼努埃尔和罗伯托。他的说法可能没错，但我一直觉得害死她的是那次手术，因为那次手术给她拿掉了几根肋骨，从此她的体重开始下降，直到死去。有人说她死于肺结核，但我不信，因为父亲一向对传染性疾病非常在意。我猜她患的是癌症，或是别的什么疾病。

艾莱娜躺在那里，看上去依然非常漂亮。我爸爸——也或许是她自己的母亲——给她买了一身白衣裳和蓝纱巾，把她打扮得像圣母一样。守夜那个晚上，爸爸发了火，因为院子里有人在跳舞，音乐开得震天响。他们连音乐开小声点都不行。

艾莱娜没死之前，我就已经见过后妈卢裴塔。我的同父异母姐姐安东尼娅已经搬来与我们同住，她把我悄悄带到罗萨里奥大街去见了她的母亲和妹妹。卢裴塔对我很好，可跟我同父异母的妹妹玛丽莲娜对我不冷不热，我每次去她家她都会大发脾气。我觉得她既是在嫉妒我们，也是在生我爸爸的气。不过，卢裴塔对我一直都很不错，除了给我车费，还经常给我小礼物。

爸爸每周星期三都要带着安东尼娅去看她的妈妈，他一直不知道我和安东尼娅每个星期都已经单独去过一次。有一个星期三，我很想跟他们一起去，于是就哭了起来。就这样，爸爸又带上了我，还叫我对夫人要有礼貌，要守规矩。他跟我就是这么说的，他从来没说过，所谓的夫人实际上是他的老婆，我们也没告诉他，我实际上早就认识她。

安东尼娅来我家之前，爸爸和我，还有康素爱萝睡一张床。另一张床早搬到了艾莱娜的住处，她死了之后，那张床就送给了她的母亲桑迪托斯。这样一来，安东尼娅取代了父亲的位置，跟我们一起睡床上，他睡到了地板上。后来，安东尼娅越长越野，经常跟着一帮男孩子不着家，爸爸把她锁在艾莱娜死去的那套空房子，他才又跟我们睡一起了。他专门给安东尼娅买了一张床，所以他仍旧挨我们睡一起，直到我们长到很大。

父亲对安东尼娅很好，居民区的人不禁说起了闲话，他们说安东尼娅不只是他的女儿，还是他的情人……或者，他们之间的关系看起来像是那么回事儿。大家都注意到，父亲的精力全都放在安东尼娅身上，什么好东西都给她买。他经常让我们早早上床睡觉，然后，他们俩穿戴整齐，一起到外面吃宵夜，或者看电影。

我的朋友安赫利卡跟我住同一个院子，就在我家的对面，她向我转述了邻居们的闲言碎语，但我无可奈何。至于父亲的事情，我从来不掺和，我只是个旁观者，只听只看，一个字都不会说。要我对父亲说"想想吧，某人某人又在说……"这样的话，我会感到不自在，我害怕他一气之下揍我一顿。在他面前，我一向谨小慎微，说话总是小心翼翼。

罗伯托和康素爱萝十分嫉妒安东尼娅，时不时冲她发上一通脾气。罗伯托和安东尼娅打起架来像猫狗一样水火不容，我站在安东尼娅这一边，康素爱萝则会帮着罗伯托。爸爸傍晚回家之后，解决我们之间的纷争时总会站在她那一边。

有一次，恰好碰上三王节，就因为安东尼娅得到的礼物更好一些，康素爱萝和她狠狠地打了一架。她们俩之前都要的是布娃娃，结果安东尼娅得到的是一只漂亮的金色布娃娃，而康素爱萝得到的是一只灰不溜秋、脸上有些死人样的布娃娃。此外，安东尼娅还得到了一块手表。康素爱萝非常生气，哇哇大哭，坚决不要那只布娃娃。让她感觉不爽的，是她由此认识到，爸爸更宠爱安东尼娅。她们俩各自都处在紧急关头。后来，她们交换了玩具，关系才得以缓和下来。

我上学之后才开始真正想念自己的母亲。母亲节那天，所有的孩子都制作礼物送给了自己的妈妈，我制作的礼物却送不出去。那一年的母亲节是我感到最忧伤的一天。随着年龄的增长，我愈发想念自己的母亲。

我对于母亲的了解全来自别人。他们一直骗我，让我以为母亲死于暴饮暴食引起的脑梗塞，但我的一个舅妈，也就是阿尔弗雷多舅舅的第二任老婆彼达最近告诉我，医生早就警告过母亲，如果不把肚子里的孩子打掉，她根本不可能活着把他生下来。她每次怀孕都要大病一场，因为她的心脏、肝脏和肾脏都不好，但她不听医生的劝告，还是死了。医生当时想救婴儿，但爸爸说："让她带走算了。"

瓜达卢佩姨妈坚持认为，母亲死于一种重病，这种重病是爸爸传给她的……因为他在外面跟其他女人乱来。不过，据在我家做工那位太太拉查塔说，妈妈是被我哥哥气死的。据她说，我外婆也因为我们的事情而死，但姨妈不同意，说她死于癌症。拉查塔认为，我们是坏孩子，谁都可以克死。她还说来我家后，她的身体也受到了损害，因为我们伤到了她的胆，还说要不是为了我父亲，她决不会在我家做工。我们不喜欢她，经常把她赶出屋门外，爸爸总要为此揍我那两个哥哥，然后去她家求她回来。他还会给她钱让她去看电影，以平息她的怒火。

拉查塔原来帮我母亲洗衣服，因此了解我家的情况。她跟瓜达卢佩姨妈是干亲家，但关系并不融洽。拉查塔说我长得像妈妈……有点矮，有点胖，像一只水桶，所以在兄妹中间，爸爸最宠爱我。据拉查塔说，我爸爸和妈妈经常吵架，因为他们都是嫉妒心强的人。我妈妈在巴拉迪洛市场跟她的三个兄弟一起做工的时候，肯定要跟很多男人说话，尽管她对那些男人非常正经非常严肃，父亲还是担心不已。罗伯托生下来就很黑，爸爸一点都不喜欢他，因为他觉得我哥哥不是他的儿子。至于父亲本人，他有很多相好的女人，拉查塔说他准是把丘比特的爱神之箭留在当铺里，忘了取出来。

拉查塔认为，妈妈很爱我们，经常把我们打扮得像小布娃娃。我妈妈成天不在家，早上要卖面包屑，下午要卖二手服装，给我喂奶的是我的舅妈彼达，因为妈妈的奶水不够我吃。她生我的时候得了产褥热。不过，妈妈没有置我们于不顾，她把我们托付给了她的母亲和她的妹妹。

关于我的妈妈和她的家庭，抚养我长大的瓜达卢佩姨妈给我讲了很多。我老拿各种各样的问题烦她，她一般这样回答我：

"我的姑奶奶！那都是当小女孩的事情，我怎么记得？我猜你还会问我出生在什么地方吧？好吧，我出生在瓜纳华托州一张长满虱子的草席上，是家里的长女……我爸爸和妈妈去街上买蜜饯的时候，我像一棵独苗……照顾着一群弟弟和妹妹。

"我猜你一定在想，他们会让我们跟其他孩子一起玩耍，就像你们现在这样？噢，根本不行！我从小就跟弟弟们打架，我妈妈生了好多孩子……一共有十八个，不过有些流产了，有些死去了，活下来的只有七个，巴勃罗、我、贝尔纳多、卢西奥、阿尔弗雷多、你的妈妈伦诺，还有何塞。此外，还有一个同父异母妹妹，因为我爸爸老在外面打野食。"

瓜达卢佩姨妈一直很嫉妒我的妈妈，因为妈妈的运气好，很受外婆帕契塔的宠爱。外婆一直不喜欢瓜达卢佩的儿子，但当我的妈妈酿成大错，跟一个铁路工人生下女儿之后，她不但照顾了她，还照顾了她那个女儿。孩子的父亲狠心抛弃了我的妈妈，没过几个月，那个孩子也死于肺炎。就在那时，我母亲在拉-格罗里亚餐馆找了份洗碗工的活儿，接着就遇见了我的爸爸。

我的父亲和母亲先是在墨槽大街弄了套房子，那个地方的坏女人可真多，我爸爸很不喜欢，于是搬回了外祖母所住的一居室。后来，他们又单独找了一套房子。他们一开始没有床，只能睡地板。生下曼努埃尔和罗伯托之后，我爸爸买彩票中了奖，就买了一张大铁床，我们一直用到现在。再后来，他又中了奖，于是又买了收音机。姨妈说，那台收音机闹得家里很不安宁。有一天，爸爸回家正好看到妈妈在听收音机，于是问道："谁让你开收音机的？你可真是老土、白痴，什么都不管，赶快关掉！"

我母亲很生气，也说道："赫苏斯，你给我听着，我再也不会动你的破玩意儿！"她说到做到，到死都没再碰过那台收音机，姨妈为此一直生我父亲的气。她说他只知道吃饭付房租，根本没想过一个人还应该有别的需求。他动不动就吼人，其实他的内心很懦弱，连捏死臭虫的勇气都没有……他的心肠是纸板做的。姨妈跟爸爸的关系一直不好，所以她才那样说。

姨妈的居民区里我还有一个舅妈，名叫胡莉娅，她是我舅舅卢西奥的老婆，对我妈妈也非常了解。她跟我舅舅卢西奥，还有她的两个女儿约兰达和马可罗维奥在我母亲的房子里居住了三年时间。胡莉娅在家里帮我妈妈做家务，约兰达带着我到处玩，还替我擦屁股。她们一直睡在我家厨房的地板上，直到卢西奥舅舅去世才搬了出去。

我舅舅容不了继子女，经常打他们。他自己常常喝醉，却不给他们东西吃。吃饭的时候，他让几个孩子蹲在桌子底下，一边吃饭一边踢他们。我妈妈可怜那几个孩子，时常给他们东西吃，要不那几个孩子不知会饿成什么样子。那几个孩子一直被当成用人使唤，一件玩具也没有。

约兰达告诉我，她童年时期最大的快乐莫过于跟我妈妈一起生活过。每天早晨，爸爸都要在我们的枕头底下放五分钱，约兰达拿在手里如获至宝，她还会从我妈妈那里偷偷掰下一点面包屑，溜到厕所里偷偷地吃。如果让我们逮住，我们会向卢西奥舅舅告状，卢西奥舅舅会照着她的脑袋一顿好揍。不过，约兰达那个时候也没有那么倒霉……她有饭吃，有地方住……我妈妈什么都给。

据胡莉娅说，我爸爸对我妈妈非常满意，从没打过她，他自己不喜欢跳舞，但只要她想，他还是会带着她去。家里的开支他都给了她，但她还是要找活儿干，因为她想有点余钱剩米。她喜欢漂亮的衣服和耳环，每次出门都要坐公共汽车或者出租车，从来不走路。哪怕上个市场，她也要坐公共汽车。她拿钱周济自己的母亲和妹妹，但不想让父亲觉得那是他在拿钱扶持她的家人。

卢西奥舅舅和胡莉娅之间的矛盾始于她外出卖东西。她遇到一个铁路工人，便跟他生活在了一起，不过同时仍然跟我的舅舅一起过日子。姨妈说，胡莉娅对舅舅施了巫术，因为他突然变了个样，不再打她不说，反而问她要东西。

她一定是给他喝了"椰子水"，因为只要看见哪个老婆对自己的丈夫颐气指使，跟别的男人眉来眼去，我们就知道那准是女人控制了丈夫。这样的女人会用椰子水擦洗屁股，然后再让自己的丈夫喝下去。有时候，女人也会用一种叫做曼陀罗的草药熬成茶，只要丈夫喝了这种茶水，他的脑子必定变差。

胡莉娅一定祈求过黑暗圣徒，并用黑丝带在舅舅身上比划过，因为舅舅在一天晚上突然死于水肿。我妈妈怪罪于胡莉娅，并把她赶了出去。

有人知道，胡莉娅给她的第一任丈夫，也就是那几个孩子的爸爸施过魔法，导致他突然死去。她却怪他喝酒太多、作孽太多，说他随时都想弄死她。实际上，那个女人谁都可以打，她嫁过三个男人……因为就在我舅舅去世之后，她抛下几个孩子，跟着那个铁路工人跑了。她嫁过的三个男人都会喝酒，也都死在她手上。不过，她目前跟着吉列尔莫·古铁雷斯过的日子不错，尽管现在这个男人不给她零用钱，但从不打她。

人们对我说，我母亲从一开始就知道爸爸和卢裴塔之间的事情。在我们这儿，只要有流言蜚语，肯定会传到老婆那里去，男人还没来得及下床，他老婆可能已经知道了。有一次，我妈妈和瓜达卢佩姨妈一起去罗萨里奥大街跳舞，发现了卢裴塔的住所。妈妈手里拿着一把剪刀，站在她的房门外高声叫骂，想把她激出来。但卢裴塔始终不露面，于是我姨妈拽着妈妈的头发把她拖走了，这样才没有发生什么。

据姨妈讲，我爸爸还与卢裴塔那位同在餐馆做工的侄女有染。姨妈说，我爸爸通吃了那家餐馆，老板要是个女人的话，说不定也落入了我父亲的手掌心。卢裴塔的侄女替爸爸生了个儿子，但我爸爸一直没帮过她，因为有个男人接纳那个孩子，她便嫁给了他。我从来没见过这个同父异母的弟弟，只有卢裴塔知道这个孩子的继父叫什么名字。我的外祖母一直想知道他是谁，因为她担心我们长大之后，这个同父异母的弟弟可能爱上我或者康素爱萝。我们只知道他名叫佩德罗，而且跟父亲长得很像。

很长一段时间，卢裴塔在餐馆上晚班，而我父亲上白班，一直到他们结识为止。她有两个女儿，名叫艾莉达和伊莎贝尔。她曾经对我说过，她其他的孩子都是跟我父亲一起生的。介于安东尼娅和玛丽莲娜之间出生的那个女孩夭折了。她说，每次只要她一怀孕，我父亲就不见人影，完全忘记了自己的责任，等到孩子出生，他才又出现在她的面前。

有一次，他从她身边消失了两年。她说我爸爸从不帮她……对了，偶尔他也会给她个一毛两毛，可至于日常开支或者房租，根本没有。他一丁点东西都没给过她，可为了几个孩子，她不得不找个能够收留她的人。

在卢裴塔自己看来，她受了很多苦，对吧？为了养活自己和那几个女儿，她得努力工作。后来，她弄伤了自己的手，再也无法做工。但让我很生气的是，以我对父亲的了解，根本不相信他不给她钱，而且像她说的那样对她不管不问。我从来没跟她讨论过这个问题，只有她自己才知道，可她说我父亲怎样怎样，叫我怎么相信她？就让她自己说去吧！

直到今天，我也无法原谅卢裴塔，我妈妈在世的时候她竟然敢勾引我爸爸。不过，我父亲的事情轮不到我去过问，我要考虑的是怎样和后妈相处。她对我们不能说小气，但也不算有什么感情。如果她一直爱我，想吻我抱我，我会觉得那是一种冒犯，对她我没有什么好责怪的，我们之间反正就存在着那么一点隔阂。

人们说，我母亲去世之后，爸爸几乎崩溃了，他跳进她的墓穴，想陪着她一起去死。从那天起，他一直非常刻板，我既没见他笑过，也没见他开心过，他总是一副伤心欲绝、心事重重的样子，一个人想他的问题，一个人负责全家的开销。

我辍学的时候，母亲那一边的人已经死得差不多了，还只剩下瓜达卢佩姨妈和她的丈夫伊格纳西奥、彼达舅舅和阿尔弗雷多舅舅和他们的两个儿子、卡塔琳娜姨婆和她的一儿一女及其子女、几个表亲等。父亲这一边我只认识堂兄戴维和他的妈妈奥利维娅。

我的阿尔弗雷多舅舅不久前也死了，他死于肺炎，因为他那次喝得醉醺醺回到家，几个儿子为此十分生气，让他在潮湿的地板上睡了一夜。第二天，他去瓜达卢佩姨妈家借水桶和肥皂洗澡的时候，说他胸部疼痛，需要去一趟蒸汽房，没过几天他就死了。我可怜的姨妈简直悲伤透顶，因为她的一家人都经她的手埋到了地底下，先后包括她自己的父母、五个弟兄、一个女儿、两个儿子。除了伊格纳西奥舅舅和我们，就剩她一个人。

大概十二岁时，我开始懂事，不再和男孩子玩耍。我喜欢每天换一套衣服，每天都收拾打扮一番。那时是康素爱萝替我洗衣服熨衣服，她对我很有些反感，我只好半路出家，自己学着洗东西。我的每一分钱都拿来买了头绳和饰品，总要在脸上涂抹点什么。好长一段时间，我头上一直插着一朵假的康乃馨，以为那样好看，哪怕那件饰品已经破损起洞，连花柄里的钢丝都能看得见。父亲好像对我不停地收拾打扮很有些欣赏的样子。

有一次，我跟一个女孩打了一架，她抹掉了我脸上的脂粉，我当时非常愤怒，把她的衣服撕了个稀巴烂，仿佛用剪刀剪过一般。我经常打架，因为有些女孩子天生狡诈，嫉妒心强，到处撒谎，尽惹麻烦。

我也跟男孩子打架。有个男孩子个头比我大，趁我在院子里疯跑的时候下绊子，我摔倒在地磕破了脑袋。我一点都不害怕，只是气得不行，等脑袋稍微缓过神来，便去找他报仇。我把他狠揍了一番，于是他的妈妈跑去我爸爸那里告状，但我父亲没理会她。

恩诺的两个女儿伊雷拉和埃玛跟我是最好的朋友。琪塔也是我的朋友，但我跟她的关系不如其他人，我们从小一起长大，什么事情都会拼死相帮。不管谁遭到家人的虐待，另一个都会请她住到自己的家里。哪怕碗里只有几颗青豆，两个人也要一起吃。我对这几个女孩子百分百地信赖，做什么事情都会在一起。

拉查塔每天都要支我去酒馆，给她的晚饭买龙舌兰酒。她做这件事情很隐蔽，因为爸爸不允许我们去那种地方。有一天，我冒出个主意，给自己和我那帮朋友也买了一瓶。我们爬到没有人看得见的屋顶上，喝了那瓶酒。那之后，我们每个星期天都要买一小瓶龙舌兰酒，悄悄爬到屋顶上去喝。我们有好几次都喝醉了，没法顺着梯子爬下来。要不是自控力强的话，我可能早就像伊雷拉和埃玛那样酗酒成瘾了。

我们还在屋顶上抽烟讲黄色笑话。然后，我们会去买一点口香糖，以盖住尼古丁的味道。伊雷拉和埃玛还会去偷东西——她们有一次偷了学校的储蓄所——但我从不入伙，因为我根本没有要在口袋里装很多钱或者很多东西的欲望。我有足够的零花钱，学校放假期间，父亲会让我去离家不远的冰淇淋店做工。那家店给我的日薪是二至三比索，我的钱自己一个人花，父亲一分钱都没向我要过。我想怎么花就怎么花，买袜子啦、糖果啦、衣服啦……不过多数拿去租车了，要不就是请朋友一起去游泳。

我喜欢自己挣钱，觉得做工比上学好玩得多。上三年级的时候，我干过一份装饰鞋子的活儿，从早上10点干到晚上8点，挣的钱更多。我有个朋友名叫莉莉娅，住在陶罐大街，她向我透露了一个更好的工作机会，用木头雕刻小塑像。我只干了两天的样子，因为我跟老板发生了一点小插曲。

我和莉莉娅，还有另外两个女孩子做工的是一家小店，小店后面的房间就是老板睡觉的地方。那个老板长得又丑又胖，一看到他我就反胃。他虽然年纪大，却照旧打女孩子的主意。我猜从我进门那一刻起，那个老不死就起了歹心。他看人的样子，坏笑的样子都让我无法忍受。

第二天，老板让我去给他整理床铺。我前脚刚踏进房间，他后脚就跟了进来，一进来就开始搂我亲我。接着，他掏出"小雀雀"，要我用手去摸。我大声喊莉莉娅，可她根本听不见。我被吓坏了，知道吗？但我没让他得逞，他非常恼火，对我说道："等你结婚的时候，看我不来纠缠你，我要让大家知道，你结不成婚，因为我已经把你睡了。"

当时是傍晚6点钟的样子，我和莉莉娅7点钟就走了。我一边哭，一边跟她讲了发生的事情。那天晚上，我们俩都喝醉了。我们再也没回去那里做工，我又回到了冰淇淋店，因为老板是个女人。

我和伊雷拉、埃玛、琪塔一起加入了野鸽子帮，这个帮有十二个女孩子，全住在卡萨·格兰德。加入帮派的时候，如果你没办法保护自己，那就只有哭鼻子的份儿。无论哪个帮派，至少有一个女孩子要么抠门，要么好斗，其他人都会怕她，替她让路。可你只要找准她的死穴，跟她来个硬碰硬，她的怒火立马原形毕露，不过虚张声势、一面镜子而已，折射的是其他人的懦弱或勇气。我从来看不惯别人欺负弱小的女孩子，因此老是跟她们对着干。

我们女孩子为争夺男朋友打过不少的架，闲谈也多跟男孩子有关。一个人说："知道吗，某某某跟她男朋友闹翻了，你有机会追他了。"或者"她又笨又爱讲闲话，完全配不上他。"哪个女孩子有了男朋友，一定会跟其他人讲，他把她约到黑灯瞎火的地方，如何对她又搂又亲。我们做过总结，男孩子最喜欢说的话是这样的："如果你真喜欢我，就应该跟我到床上来证明。"我们还知道，只要哪个女孩子不跟他上床，他肯定会弃而远之。只要跟男朋友真心相爱，女孩子一般都会跟他上床。除了这种力所能及的证明方式，女孩子别无选择。

我加入帮派那一年，女孩子中间涌起一股热潮，一个个都像苞米一样被剥了个精光。这股热潮从年龄大的女孩子身上开始，在年龄小的女孩子身上结束。蒂娜首当其冲，其他女孩子谁都不想居于人后。完事之后，我们相互打听："喂，你在哪儿弄没的，在床上还是草席上？"大多数男孩子带着自己的女朋友去了小旅馆，待上一个小时，或者——如果干劲足的话——待上一整夜。有的人就在自己的姨妈家或者已婚的姐姐家，或者找到哪儿算哪儿。

我十二岁时交了第一个男朋友多纳托，他母亲是在我家做工的恩诺，他们家住在卡萨-格兰德大街三十二号。他是个好小伙子，但长得很难看，我有点看不起他，因为他妈妈是我家的用人，我自觉是她的主人！爸爸和两个哥哥很严，随时都提防着姐姐和我，所以我根本没机会跟他出去。要是我年纪稍大一点，也许还能想个法子，但我那个时候6点半就得回家，8点钟就得上床睡觉。10点一到，院子里所有的灯都关了，外面基本就没有人了。现在不同了，因为有电视了嘛，为了看晚间节目，邻居们不是这家进就是那家出，院子里的灯一直亮到深夜时分。

早在几个星期之前，人们在晚上就不敢出门，因为这一带的犯罪、扒窃、瘾君子人人皆知。当时人口不算多，到处有深沟，里面常常发现死尸，要么是淹死的，要么是勒死的。这一带可以说是劫匪的安乐窝。时常有男男女女平白无故地失踪，大家认为被弄死后再埋进地里的占了大多数，所以家家都在地上浇筑了混凝土。

每一天，总有人遭抢、被杀或被强奸。传言说特皮托有个女孩子交了个男朋友，可这个男友是人渣中的人渣。有一次，他带她去电影院，但他预先早约好了别的男孩子，他们想掳着她从市场那里回家去。可走到市场，他们就把她拖到一个摊位上实施了轮奸。人们说，她受尽奸污，肛门都脱了出来，却还是让他们给杀了。

有时候，会出现真正的恐怖气氛，没有人敢外出，也没有人敢投诉。处理人身袭击案件的法律不严格，人们甚至懒得理会。随着上层人一点点地搬来居住，情况有所好转。

不过，人们在晚上还是感到害怕，因为他们说有鬼怪和游魂在附近转悠。年纪大一点的住户说，水槽附近的地下埋着钱，时不时可以看见人或母鸡打扮成骑手显出原形。罗伯托曾经撞见过一次，他在房顶睡觉的时候就有了几次奇怪的遭遇。有一次，他明明是爬到房顶上睡觉，醒来时却躺在了地上。还有一次，他感觉到有人在拉他的脚。

康素爱萝上厕所的时候，遇到一个鬼魂喊她的名字，还对着她一阵吓唬。曼努埃尔也遇到过一次，他那天晚上很晚才回家，看见一个老太太拉了满满一车家具。他看着老太太走进了院子里的一个淋浴室，随即听见所有的家具都散落了下来。他跑过去帮她……可淋浴室里什么也没有。走进家门的时候，他的脸色一片惨白。

我和爸爸有一次从正在举行的葬礼边上走过，听见人们一路上不停地诅咒死者。爸爸告诉我，为了让好人的灵魂得以安息，人们只有不停地诅咒他，不然他会赖着不走。我后妈卢裴塔就被死人纠缠过，那些死人老来纠缠她，她只好不停地诅咒他们，他们才不会上她的身。

我们这里还有些居民区非常糟糕，人们称之为"失落之城"，几乎全是木棚子，地上十分肮脏。跟这样的居民区排在一起，卡萨-格兰德简直就像是女皇。贝克大街上，离我姨妈家不远，就有一处"失落之城"，前后有半个街区那么大，是我们这一带最烂的居民区。你只要稍微穿好一点走进去，每个人准会盯着你看上大半天，他们对你的态度完全取决于你的穿着。外人都不敢进去，但我嫂子保拉一家人长期在那样的地方居住，因此我早就习惯了。

我姨妈附近那个"失落之城"里的女子帮派我全都认识，她们早没了处女之身，那里的男孩子连小女孩都敢欺负。我小的时候，那里有个小伙子名叫"大胆"，令周围的邻居们闻之色变。他算是个浪荡子，经常喝高度酒，动起刀子来特别快。他带着帮派成员去看电影的话，一帮人就站在楼厅里吸食大麻，气味弥漫了整座剧院。如果放的电影尺度较大，人们甚至听得见他那一帮人讲脏话。

我们这一带什么都有，妓女当然不例外。我们女孩子原来经常去墨槽大街，就为了打打望。满大街都是妓女，一走进去最先看见的是十五六岁的女孩子，再进去的妇女年龄稍大一些，但又肥又丑，乳房也已经下垂，她们要价三到五个比索，就这样子还有男人讨价还价。在我们原来住过的奥兰多大街上，女人的货色稍好一些，不过要价也更高。

罗萨里奥大街最烂贱，我有一次去卢裴塔家的时候路过那里，几个女子挤在一个个朝向大街的小店。店少人多，所以一般两三个妇女挤在一起。她们各自有一张床、一个抽屉、一面镜子，相互之间用帘子隔着，墙上贴着圣人、电影演员和裸体女人的图片。这些人坐在过道里，大腿叉得很开，衣服掀了起来。她们没穿衬裙，透过尼龙罩衣可以清清楚楚地看见里面的胸罩。做完一笔业务，女人们都要进行一番清洗（她们一般都在火炉上烧有一壶开水备用），然后把水盆里的水直接泼在大街上，溅得行人满身泥水。

一大清早，这帮女人收拾好房间来到市场上，跟其他的女人没什么区别。可到了下午，她们化了妆之后，我们一眼就能看出来。她们全都在一个老鸨手下做事，每天的收入都得按比例上交。如果定额没完成，人家给什么她们就收什么。

在这几条大街上，我们时常看见有男人在游荡、等待，或者纯粹津津有味地观看着。钱少的要找开价不高的。在那里，我遇到过结了婚的大男人，也有没结婚的小伙子，全都住在卡萨-格兰德大街，其他人我也认识……流浪汉、醉鬼、跛子，还有附近的小伙子。很多小伙子还不会那事儿，只得跑这里来学学。学会之后，他们就找别的女孩子一起做。

我只知道我们附近有两个女孩子在墨槽大街做事。卡萨-格兰德大街的女孩子要是靠那个为生的话，她会跑远一点，免得被大家看见。那两个女孩子之所以变坏，是因为她们先被男朋友带着离家出走，之后又被强迫去廉价夜总会做事。女孩子爱上那样的男人真是灵魂尽失。

我第二个男朋友名叫军人马里奥，后来跟我姐姐跑了。因为他走路的姿势像那么回事儿，大家便叫他军人。我第一次遇见他，是在卡萨-格兰德举行的一次舞会上。每个星期都有小伙子借来一台录音机，所以只要谁想跳舞，都可以到院子里跳上一阵子。我当时正在上学，头上扎着马尾辫，脚上带着踝环。舞会开始的时间一般在 7 点整，爸爸回家催我之前，我得抓紧时间跳上几曲。

我和几个朋友靠在墙壁上，一边等着别人的邀请，一边打赌看谁最受小伙子们的青睐。其中一个女孩子说了一句："军人马里奥过来了。"他穿一件红色汗衫，看上去不像其他小伙子那样粗野。我一下子就对他产生了好感。他走过来，带着我跳起舞来。之后，他就没让我脱过身。他只跟我跳舞，还想知道我的名字。舞会上我从来不说真名，于是我告诉他我叫艾丽西亚。他想约我第二天继续见面，我告诉他没门儿，可他说第二天会在街角处等我。然后，我们都早早地回了家。

第二天傍晚，我出门买面包，他果然在街角那儿等着我。我跟他见过几次面，但都没到一起外出、拥抱或亲吻的地步。过了好久，他才知道我的真实姓名。

跟我们同住一个居民区的阿尔维托·戈麦斯是我朋友琪塔的男朋友。这期间，他也开始找我说话，琪塔便说我抢了她男朋友。我跟阿尔维托跳舞的时候，他总想吻我。但这样的状况并没持续多久，因为就在他成为我男朋友之后不久，我又遇到了克里斯平。

我每天下午外出买牛奶时，身后总会跟着一大群朋友，因为我会趁此机会买几颗糖果。如果没给我零花钱，我就少买一点牛奶，再往里面掺一点水。这样，我用省出的钱买来足够的糖果招待每一个人。在同一条大街上有一家家具店，克里斯平负责给家具上光。有一天，我正好一个人，他便跑出来要我做他的女朋友。我们相互告诉了名字，当天就出去了。

我们一直散着步，他既没有亲我，也没有别的举动。可在往回走的路上，我们遇到了康素爱萝和她的男朋友佩德罗。她不但吼了我，还给了我一拳，把克里斯平也羞辱了一番。我担心她会向父亲告状。可克里斯平后来找她说了些什么，她便放他跟我走了。她说她不想看着我到处卖弄风情，可如果我答应跟他来真的，那就没问题。

十三岁的时候，我跟了克里斯平。从此以后，我就开始了害怕、恐惧、追逐、打骂的日子。我那两个哥哥，尤其是罗伯托一直看管着我。爸爸之前从没打过我，这下子也打了我三次，一次用鞭子，两次用皮带，就因为他撞见我在跟克里斯平说话。

克里斯平约我外出散步，但他从不敢靠近我家的大门。康素爱萝帮着不让父亲和两个哥哥知道我们之间的约会，她也同意我跟他一起去看电影。我嘴上说"我去做弥撒"，两个人便去了午场电影放映场。居民区的人对于女孩子带着男朋友一起看电影这样的事情早就习以为常，可如果让爸爸看见了，他还是会揍我。

克里斯平是第一个真正亲吻我、拥抱我的人，所以我很喜欢他。有一次，在看电影的过程中，他使劲地亲吻我，弄得我"耳热心跳"，我觉得自己的身体里有什么东西流了出来。那是我第一次想跟他在一起。他趁热打铁要我答应跟他去小旅馆。可出了电影院，我的自持力恢复了不少，于是告诉他，他得等，等我满了十五岁再说。他老试探我，我则不停地把他推开。

有一次，他请我去看电影，我说我去不了。又过了一会儿，曼努埃尔和保拉要去看电影，他们便带上了我。碰巧得很，我旁边坐的是一个男孩子，名叫米格尔，他曾经说过让我做他女朋友。我一直没答应，因为我已经做了克里斯平的女朋友。但看电影的过程中，我们都在不停地打量着对方。

一定是有人给克里斯平讲了这件事儿，因为一个星期之后，他找到了我，问我跟着哥哥去看电影的时候是否遇到过谁。我说没遇到谁，他便狠狠地扇了我一个耳光，还说我在骗他。那是我们之间第一次比较厉害的争吵，整整一个星期互不理睬。

在跳舞这件事情上，我们争吵不断。我喜欢跳舞，但他嫉妒心强，不让我单独出去跳舞。他学会了跳舞，我便没有理由再跟别的人一起跳舞。不过，只要哪儿有舞会，我都会跟别的女孩子悄悄赶过去。那一段时间，克里斯平就住在卡萨-格兰德的对面，他的店铺就在我做工那家冰淇淋店的隔壁，因此他要监视我非常容易。他还有朋友帮忙，只要有谁看见我在跳舞，他立马就会知道。接着，他会跑过去，拉上我就走。即便我跳舞的姿势很文雅，并没有像我那两个姐姐，也就是康素爱萝和安东尼娅那样摇头晃脑，他依然会怒火冲天。

我有两次遇见他跟别的女孩子在一起，可他说自己不会跟她们来真的，那不过是心血来潮的事情，还说我才是他唯一在乎的女孩子。

与此同时，我的朋友伊雷拉开始跟埃玛的哥哥，也就是我以前的男朋友多纳托约会了。伊雷拉的母亲是一个极度体面、非常谨慎的女人，只要看见某个女孩子跟哪个男孩子走在一起，肯定会辱骂一番。然而，她自己的女儿全都学坏了，几个儿子变成了有名的窃贼，伊雷拉也遇到了麻烦。

伊雷拉还没怀孕，但她不知怎么搞的就搬过去跟多纳托的母亲住在一块了。多纳托在一家烘焙店做工，挣到手的那点可怜薪水全用来给伊雷拉买鞋子和衣服了。伊雷拉长得漂亮，多纳托长得很丑，事实摆在那里，他们根本就没有夫妻相。她对他一点都不在意，根本不管他有没有吃有没有穿，所有的家务活全让她婆婆一个人做。多纳托属于那种人，喜欢叫一大帮朋友来家里玩，伊雷拉却不喜欢待在家里，所以经常跑到我这里一聊就是几个小时。我跟克里斯平正打得火热，正想尽可能多地了解男人们都喜欢做什么，趁机问了她不少的问题。

后来，多纳托逮着她跟别的男孩子一起去看电影。为了报复，他在当天晚上带着她去了他一个朋友的家里。就在这位朋友的家里，就在他家的地板上，两个大男人把她给"爆"了。再后来，他就把她给甩了。

她过起了一会跟这个一会跟那个的日子，因为她喜欢穿好看的衣服，看好看的电影。她很走运，跟了这么多小伙子都没有怀孕。后来，她爱上了一个流浪汉，名叫潘乔。有那么多人可供她挑选，可她偏偏挑了个最差的！她把多纳托这样的好小伙给弄丢了，偏偏找了个懒鬼、猪猡、灾星，不干活不说，还经常揍她。她就爱那个蛮人，以为打她是出于爱她。

她住婆婆家的一个角落，可没有半句怨言。我们都开玩笑说，潘乔比其他人瞄得准，她有过那么多经历都没怀孕，而他的子弹一下正中靶心，偏偏让她怀了孩子。

第二个中招的人是埃玛。她的母亲恩诺在一家医院做工，经常不在家，所以埃玛跟着男朋友去旅馆开房易如反掌。第二天，她往往会跑来向我吐露秘密，把头天发生的事情和盘托出。"想想看，"她说道。"他啥都不懂，笨手笨脚，离开旅馆的时候还在生气呢。"

听她这么说，我回答道："趁他没搞定你，赶紧跟他分了算了。继续下去有什么用？他既然已经在你身上试过了身手，下一次肯定会直奔主题。"

可她十分崇拜他，两天之后，她告诉我，最糟糕的事情终于发生了。她照常跟他出去，可这一次好运不再，一下子就怀孕了。接着，"崇拜"把她甩了，她又回到了自己的家里。

事情往往是这样的，一个人的朋友比他自己的父母，或者姐妹姨妈还要管用。不幸的是，墨西哥的母亲们没有教育自己的女儿，生活是怎么一回事，所以她们不得不承受理想破灭所带来的痛苦。即便母亲注意到了事情的发生过程，她往往没有过问的勇气，也找不到恰当的话语从自己的女儿那里问出真相。她只能听之任之，直至酿成祸害。就连女儿都怀孕，男孩子都已经抛弃她了，母亲也不愿意接受令人痛苦的事实，因为那毕竟是丢脸的事。

所以，女孩子都不会向自己的母亲吐露心事。如果哪个女孩子敢说自己交了男朋友，肯定会挨揍。如果希望父母允许一起去看电影，肯定会招来一顿臭骂，被骂成是荡妇、妓女、不要脸的贱人等等。这都是些伤人的话，所以只要有小伙子提出来，姑娘们肯定会接受。很多女孩子跟着男朋友出去，不是因为她们有多放荡，而是向父母、兄弟泄愤。一个个女孩子就像圣洗池，谁都可以染指，男人们不是为了这个事打她，就是为了那个事打她。墨西哥的女儿们在家里实实在在地遭到了虐待，所以才有那么多未婚妈妈。

现在，真正值价的女孩子少之又少，她们的脸蛋和身材都好看，可惜早就没了处女之身。对于真正爱她们的男人来说，这是一件令人伤心的事情，因为他丧失了在婚姻生活中品尝到真正幸福的机会。很多女孩子都知道怎么样骗男人，让他们对自己的处女之身信以为真，可不论早迟，她们的丈夫会发现真相。有的妻子甚至会把这事告诉自己的丈夫，因为她们对于接纳自己的男人不但没有感情，反而看不起受了骗上了当的男人们。

墨西哥的女儿们之所以受苦，是因为她们不信任自己的父母。她宁愿向自己的朋友吐露心事和秘密，如月经等。大多数女孩子都是离家在外的时候发现的……比如，我自己刚来的时候是十三岁，完全吓傻了。没有人提前为我做过准备。我从朋友们那里知道，跟男人第一次那个的时候会出血，我那一天也出血了，可我不知道原因。嫂子保拉当时跟我们住在一起，于是我问她："我怎么会出血呢？我没跟男孩子出去过，可你看，我照样出血了。"

她还会吓唬我，说那血一流就停不下来了。我任它流，甚至哭了起来。我以为会一直那样流下去。保拉见此只说了一句："去，自己把衣服换了。"

我担心衣服和拖鞋会沾上血印，于是在胯下垫了报纸。后来，伊雷拉才告诉我，需要用布条。我们那个时候还不知道卫生巾这回事儿。

克里斯平跟我处对象已经有一年半的时间了。我很喜欢他，我们在一起很快乐，可他对其他女孩子也兴趣不减。一天晚上，也就是我十五岁生日之前四个月的时候，我们打了一架。我之前看见他跟一个女孩子在一起，所以很生气，想跟他一刀两断。他说，如果我跟他分手，我必须对他发生的事情负责到底。我担心他自杀，或者做别的傻事，这样我就会挨打。他不停地求我跟他去旅馆，还说："如果你爱我，那你就得跟我走。"

我一直幻想着自己一身白色装扮，在教堂里举行婚礼，然后拥有自己的家。我一直希望自己抚养小孩，不需要婆婆或者其他亲戚来打扰我。我知道，如果真要私奔的话，常常事与愿违。再说了，父母会难过，其他人会说闲话。可当我把自己的梦想讲给朋友们听的时候，她们全都哈哈大笑："看，她竟然想着要结婚！"她们大都不举行婚礼，自由结合住在了一起。

既然我有那样的想法，总该有个人给我提个醒，尤其是我时常跟小伙子们一起混，可从来没有人明白无误地跟我说过其中的危险和诱惑。所以，当克里斯平告诉我，他会说服我父亲同意我嫁给他，但要把我跟他睡觉作为先决条件的时候，这事儿就合情合理了。我觉得自己很软弱，但我更担心如果自己不答应，会因此永远地失去他。结果呢，就在那天晚上，为了继续恋爱关系，我们结束了男女朋友关系。

我先得回家拿一件汗衫。父亲不在家，因为他当时不住在家里，正住在安东尼娅母亲的家里照看生病的安东尼娅。我走进屋的时候，只有康素爱萝。为了帮我脱身，埃玛跟了过去。她在臂弯里搭了一件夹克衫，我把汗衫塞到了下面，姐姐根本就没看见。我对她说，我要去一个朋友家里借几本漫画书，毫不麻烦地走出了家门。我跟克里斯平见面之后，就连埃玛都不知道我们去了什么地方。

他把我带到了靠近收容所的一家临时旅馆。我见过那么多旅馆，那是最差劲的一家。那个晚上过得也不咋样。他一点也没有不好意思就脱了衣服，但我从没在男人面前脱过衣服，感觉非常难为情。我根本没睡好，因为一想到父亲我就害怕不已。我一直担心他，甚至可以想见他此刻正在到处找我的情形。只要听到救护车警报，我就以为是警察找上门来了。

第二天早上 5 点钟，克里斯平带着我去了他母亲那儿。他先让我在外面等着。我感到很不好意思，觉得每个人都在看着我，似乎都知道我干了什么事儿。我很担心，生怕克里斯平不跟我结婚。我在屋外等了一个小时，心想他可能就要抛弃我了，就在这时他走了出来。他跟他父母说了我的事，可他们不同意我住在那儿，于是他又送我回了家。

罗伯托在院子里遇到我们的时候，大闹了起来。罗伯托拿着刀子威胁克里斯平，还把他骂了个狗血淋头，直至克里斯平保证会让他父母亲自前来向我父亲提亲。

家人得知真相后，也跟着闹翻了。每个人都想揍我几拳。康素爱萝打了我两下，我则把她的胳膊抓流血了。曼努埃尔对我扬起了手，幸好保拉介入了进来。保拉是我唯一倾诉过心声的人，她此时哭了起来，仿佛我是她的亲妹妹或者亲女儿，还说我的行为确实很傻。我和保拉一直不太亲近……她有些拘谨、古板、脾气不好……但我永远也不会忘记，就连我的亲姐姐也没像她那样为我而哭过。

爸爸下班回家的时候，我站在外面的院子里等着他，我不敢正眼看他，可他一句话也没说，也没有打我。我已经"失足"，他对我好像已经没有了兴趣。曼努埃尔告诉他，克里斯平的父母要过来，他却说不想听见我的任何事情，还说我的事情由我自己做主。克里斯平的父母来了之后，曼努埃尔陪着他们说话。他提醒他们，我对家务事一窍不通，我十三岁才第一次领受圣餐，我地位低下，因为我没有了母亲。他们说那都没有问题，他们会一点一点地教我做事情。爸爸让曼努埃尔告诉他们，至少得等上两年，因为我还小。

父亲整整一个月没有和我说话，对我的态度也很差。我觉得十分沮丧，不敢正眼看他。他最宠爱我，也不可能打我。我郁闷之极，竟在一天晚上大哭了起来。我一直哭啊哭啊，直到爸爸同我说起话来。我求他原谅我，他说："别傻了，我是你父亲，永远都不会抛下你不管。"这样，我才感觉好受了些。

克里斯平每天都来我家，或者带着我上他家去，或者带着我去公园玩。我们间或也会偷偷跑去旅馆开房。我十五岁生日那天，一帮朋友拎着录音机来到我家，给我开了个生日派对。爸爸本来计划好，在我十五岁生日的时候举办一个大型的生日派对，还打算给我买新衣服，结果因为我不是处女，也就没有了太大的价值，他只给我买了一双鞋。

一个星期之后，我来到克里斯平母亲的家里，跟他过起了日子。他再不跟我提结婚的事情，我却很担心怀上孩子，因为我仍旧住在家里没搬出去。可怜的爸爸依旧到处找我，因为我不敢告诉他，我到底住在什么地方。

第二部

曼努埃尔

　　我没法给老婆买房子，也买不起家具。我所拥有的，只是一点薪水，于是带着保拉住进了瓜达卢佩姨妈的家里。她和姨夫伊格纳西奥独自居住在贝克大街上的一套小房子里，当我告诉她我们就要搬去跟她一起居住的时候，她是这么说的："什么意思？你们要搬过来住？你这混小子！"她又问保拉："你是怎么想的？你爱他吗？"

　　保拉羞红了脸，低下了头，于是我回答道："好了好了，你到底让不让我们住？"

　　"当然啦，孩子，"她回答道。"我非常乐意。你什么时候来，我都欢迎。这是毯子，铺在箱子上吧，别弄脏了就行。"当时，我姨妈家里没有床，于是我们全都睡地板上。就这样，我和保拉靠着睡地板度过了蜜月。

　　姨妈和姨夫睡觉的时候也点着供烛，我们俩只好等着，等到他们睡熟了才脱衣上床。那天晚上的时间可真难熬，因为我们都担心被他们听见。保拉说："小点声。"我回应说："别说话了，全部声音都是你弄出来的，就算难堪也是你整出来的。"我们闹了一个晚上的别扭。

　　我们的婚姻生活就这样开始了。我们不用付房租，可我每天都得给老婆五个比索买吃的。姨妈人很好，可穷得不行，比我爸妈穷多了。她要给别人做工，洗衣服、在餐馆帮工，姨夫卖报纸，可他们俩赚的钱连吃一顿饭都不够。如果想多吃，那就只有豆荚和辣椒。可他们从不怨穷，对自己的生活很是满足。伊格纳西奥身为报童联盟的成员，这让他颇感得意，所以他从没考虑过要干别的什么事情。他并不缺知识，可他不知道该怎么好好地改善自己的状况。更重要的一点，因为他俩都喜欢喝酒，所以老是那副穷样。

我和保拉都担心，她的母亲和哥哥找到我们之后会说些什么。他们早就对我失去了信心，我猜想他们肯定会小题大做大闹一场。可我想错了。从一开始，我岳母就非常通情达理。保拉跟了我几天之后，我在上班的路上碰到她。"老天啊！"我在心里这样想着。"该来的躲不过呀！"

"早上好，曼努埃尔！"她首先跟我打招呼。

"早上好，库基塔。"

"保拉还好吗？"

"哦，她很好，库基塔。"

"那就好！这么说，你想要的都到手了，对吧？"

我很不好意思，一直低着头。"原谅我，我说不清楚自己都做了些什么，但就那样吧。不过，你放心，我会养她，跟她像别的夫妻那样过日子。"

"那好！今晚你们回来一趟吧。"

"我们一定回来，库基塔。"

我还得对付父亲那一头，因为我刚走出家门的时候没有跟任何人说一声。那天，我前脚刚进岳母的家门，父亲仿佛猜透了我的心思似的，立马差遣罗伯托过来叫我："爸爸要你带着你老婆过去一趟。"

"老天！"我心想。"还是被他猜到了。"

到了家门口，保拉不想进屋。我正在推她的时候，父亲打开了房门。"进来吧，"他说道。他的脸上带着判官一样的表情，就连我自己都觉得仿佛站到了陪审团的跟前。老天啊！我心里感到非常忐忑，因为我对父亲一向敬重不已。

他坐在桌子的一边，我们坐在另一边。"这么说，你算是结婚了，对吧？小王八蛋。"

"哦，是的，爸爸。"

"那你现在能挣多少钱？"

"五十六比索，爸爸。"

"五十六比索？你白痴呀，以为那点钱就够养老婆？只够买鸟食吧？你才多大年纪，就给自己挑了这么重的担子！你可真会给自己找麻烦。"他这番话是当着我老婆的面说出来的。我父亲有时是太直了点，对吧？

然后，他又问保拉："姑娘，你多大了？"她一直拉着我的手，可怜的她竟怕得发抖。父亲的表情非常严肃，尽管他身材不高，可声音够大。

"哦，我十六岁，先生。"她把自己说小了三岁。

"那又怎么样呢？你住在哪里？这个小混球对你怎么样？"说完，爸爸又对我说道："好吧，你得做事，你得像个人样，你得照顾她，承担起责任。"

最恼火的一关终于过了。我都记不起当时家里是谁在做饭，反正父亲说了一句："让他们吃了饭再走，他们可能一天都没吃饭吧。"于是我们留下来一起吃饭，可保拉感到很不自在，因为我父亲从一开始就不喜欢她。

我们在姨妈那里住了一年多。我藉此了解了我母亲的两个兄弟，即何塞和面包师阿尔弗雷多，因为他们差不多每天晚上都要过来一趟。我曾经跟着阿尔弗雷多舅舅一起干过活儿，但对另一个舅舅知之甚少。我偶尔在街上碰到他，他会给我一点周末闲钱好让我请客吃饭。来到瓜达卢佩姨妈家之后，他们会坐下来连喝带聊数小时，我跟他们在一起打发了不少的时间。

何塞舅舅给了我很多有趣的建议。他说："孩子，既然你都结婚了，我得教你点东西，你一辈子都要给我记好了。是这样的，孩子，女人要做的第一件事是跪在你的膝下。很好，你可以批准她起身了。第二件事，要她与你的腰身齐平。此时，你可以尽情地摆弄她，因为等她跟你完全平起平坐的时候，你就一辈子也甩不掉她了。"

舅舅当时老抱怨说他老婆对他下蛊，害得他求助于江湖郎中帮他斗鬼。他说："她就是个娼妇，竟然爬起来跟我平起平坐了。我只要一回家，她就拿那些草药四处挥洒，同时捣鼓她那些可恶的巫术。她迷住了我，我摆脱不掉了。"他老说她在对他施巫术，可事实是，我这位舅舅——愿他的灵魂安息吧——时常把他那可怜的老婆揍得鼻青脸肿。

遇到何塞舅舅打他老婆的时候，我会维护舅妈，因为我不喜欢看女人被打。有一次，我发现瓜达卢佩姨妈身上有伤，就对姨夫说："我姨妈眼眶怎么黑了？看看你那矬子样，你要再敢打我姨妈，看我不找你算账。"那以后，我想他再也没有动过我姨妈半个手指头。

不过，何塞舅舅的建议倒是挺好的。老婆就应该被看管着。对墨西哥女人，如果你不拿出个样子来，她就会信马由缰，四处乱跑。我曾经听见女人们说过："我老公对我很好，我要什么他就给什么，可我还是觉得他应该主宰我，而不是让我去主宰他。"所以，我一直掌握着主动权，为的就是让我自己，同时也让她感觉到男人的味道。

随着时间推移，我跟伊格纳西奥姨夫产生了小摩擦。一天晚上，他喝得有点醉，问我老婆什么时候把钱给他。保拉没听明白，回答说她没欠过他的钱。他却叫她不要装了，因为她是在明知故问。下班回家之后，保拉跟我讲了事情的原委，于是我跟舅舅大吵了一架。我本想揍他一顿，可碍着姨妈的面子，我们当晚就搬出来，住进了岳母家。

我岳母和她丈夫住彼达大街三十号，仅有一个房间附带一个厨房。当时跟她住一起的，还有她的四个孩子，以及他们各自的家人：德利拉和她的孩子、福斯蒂诺和他的老婆、索克丽托和她的丈夫以及三个孩子、保拉和我。房间不大，地上铺着粗糙的木板，很不平整，到处是小洞，我们就睡在这样的地板上。四壁布满了手印，以及臭虫被打死后留下的印子。她家的臭虫数量之多，让我很不习惯……这全靠我的父亲，对吧？他是个很爱干净的人，我们家里基本上没有什么小虫虫之类的东西。这里呢，外面才有公用厕所，卫生状况不堪入目。

房间里只有一张床，归福斯蒂诺和他老婆使用，其他人要么睡板条箱，要么在地板上铺一张床单或者破布了事。家里唯一的家具是一个破旧不堪、没有门的衣橱。到了晚间，就连饭桌都要搬到厨房去，因为要腾出地方给大家睡觉。索克丽托跟她丈夫、几个孩子挤在床和墙壁之间一处不算宽敞的地板上，我和保拉把睡觉的地方选在了床头，小姨子德利拉和她的儿子跟保拉并排而卧，岳母和她的丈夫则睡在靠近厨房的角落里，餐桌白天就摆在那个位置上。就这样，我们五个家庭、一共十三个人在那间狭小的房间里安顿了下来。

那么多人挤在一个房间里，大家的自由自然而然都会受到约束，对吧？作为男孩子，我在父亲的家里完全没有注意到这一点，除非我需要跟朋友们摆谈摆谈，或者要看看黄色图片。可作为一个已婚男人，我的经历却要心酸得多。居住在那样的环境下，和谐根本说不上，艰难倒是随时存在。就拿我小舅子来说吧，他只要离家出门，一定得取下电灯泡，因为电费是他出的。

我觉得那样的环境苦不堪言。活了一辈子，我都喜欢晚睡晚起。这下好了，大家都起了床，我一个人四仰八叉睡在那里，听着他们一会跑，一会跳，一会大吼大叫，简直令我不堪其扰。随时那么吵闹，我每次睡醒都感到头痛得要命。

那么多人挤一个房间，性生活自然也受到了影响。一家大小都躺在那里，谁也没法尽情享受那片刻的欢娱，因为那么多眼睛盯着呢，对吧？只要有独处的机会，大家肯定会尽情享受一下，可总有人突然敲门，弄得人家只好半途中止。这样的话，谁都会有被愚弄和泼冷水的感觉。

不仅尴尬，而且好笑。潘乔盯了我一个晚上，我则整夜都睁一只眼闭一只眼，巴不得他和他老婆早点睡着。就这样，我们大家都在熬夜，等待着时机，却又都担心被别人听见。

有时候，还会发生挺搞笑的事情。潘乔刚从外地回来，自然会有欲望，对吧？我们大家都上了床，他以为每个人都睡着了，于是跟他老婆亲了起来。就在他们俩进入状态的时候，索克丽托悄悄地爬起来，蹑手蹑脚走过去，把电灯泡轻轻地拧松了一点点，以为这样就无法拉开电灯。她回到床上，两个人继续说着甜言蜜语，继续亲着嘴。潘乔刚刚爬到她的身上，该死的灯泡出人意料地自行亮了起来，于是他马上翻了下来。他俩忍不住笑出声来，我则强忍着没有笑出声来。

有一次，我跟小姨子德利拉闹了点小矛盾。一天晚上，我加班加到很晚才回家，很累很疲倦，于是立马挨着保拉睡了下来。恍恍惚惚中，我听见德利拉的儿子赫奥弗雷多正在夜哭，那架势好像要背过气的样子，于是我伸过手去推了推德利拉。第二天，她向岳母和我老婆告状，说我抓了她的奶子。就这样，我和保拉吵了一架。

我一直在做工，不过后来跟老板打了一架，随即辞了那份工，我当时以为很快又能找到新的工作。我前前后后在灯具厂、皮具厂、面包店做过工，甚至还会粉刷屋子。我们有这样的理念，一个人什么都会一点，好歹总不会饿死。然而，我却到哪里都找不到事情做。真的，我们有好长一段时间日子过得很艰难。即便我干了一段时间的临时工，日子依然过得紧巴巴，因为我挣的那点薪水少得可怜，而且往往要等上一个星期才能拿到手。

我可怜的老婆从不怨这怨那，她从没问我要过什么东西，也没说过"你为什么要那样对我？怎么会是这个样子"之类的话。因为生活窘迫，我甚至很过分地对她说过这样的话："哎，老婆，我真想跟你分开过。你有权利过你的好日子，我却一无是处，什么也给不了你。我根本配不上你。"

可保拉仍旧爱我——那甚至不再是爱——可以说是崇拜我，她一辈子都在崇拜我。我当然也爱她。每天出门上班前，我都会对她说："哦，这里是三个比索，你自己买点东西吃吧，我只有这么点钱了。"

"你呢，你不吃早饭吗？"她问我。

"要吃，老婆，市场上摆摊那位老太太会赊给我吃。"我跟她这么说，是因为我知道三个比索根本不够两个人吃。我当时想的是，去找我朋友阿尔维托给我弄点咖啡或者别的什么东西。他身上一般都揣着点零钱，我可以藉此渡过难关。

因为我经常找不到事情做，岳母看我的眼光越来越冷漠，小舅子福斯蒂诺对我的态度也日渐苛刻。从前，也就是我跟保拉恋爱的时候，我经常带着福斯蒂诺、潘乔和阿尔维托在外面玩。我们原来经常光顾舞场，时不时挑选几个小"骚猫"、陪侍女去旅馆找乐子，或者带上各自的女人去看电影、玩扑克。自从我没了工作，福斯蒂诺和潘乔对我就没了热火劲儿。

我对天发誓，我那段时间全力以赴地找工作。我有个朋友名叫胡安，他是个大块头，养了几辆大卡车，专门运输建筑材料。极度绝望之下，我找到他，跟他这么说："嘿，胡安，好哥们儿，帮帮忙行不，我求你给我找点事干，不管是什么，也不管薪水有多少，只要给我找个事情做就行。我已经几天没给过老婆一分钱了，我们吃住都在岳母家，很没面子的。"

"行，"他说道。"我早上5点钟过来叫你。"

说话算话，他真在佩德雷加尔给我找了份劈石的活儿。他们交给我一把锤子和一把錾子，答应一车石头付我四比索。我心想："好吧，我要是劈够两车，就有八个比索的收入。"可我彻底灰心了。从早晨5点半干到晚上6点钟，我只勉强劈出了半车石块。锤子的把手把我双手磨出了水泡，水泡竟然又破了。整整一天，我他妈勉强挣到了两个比索。

保拉看着我的手，伤心得哭了起来。看见她那伤心的样子，我也跟着哭了起来。我心里觉得十分感动，对她说道："好了，别哭了，老婆，你这样真让我受不了。去买点浓咖啡和豆荚回来，我猜你还没吃东西吧。"她很清高，有时候一连数天不吃不喝，也不想从她妈妈那里伸手要东西。

第二天，胡安过来找我。我因为头一天的工作正在发烧，但我还是起床跟着他走了。到了卡车上，胡安说道："曼努埃尔，你已经感觉到了，你干这个活儿肯定很辛苦。所以我还是带着你跟我跑卡车送货吧。"按照送货的趟数，他付我五个、八个、十个比索不等，我真的很感激他。

哎，时间过得真快，我和保拉住在一起已经有三年时间了，可一直没有孩子，我有些不高兴，于是说道："我怎么感觉跟我过日子的不像个女人，而是个男人。我们什么时候才有自己的孩子？"我当时根本不知道养孩子的代价，或者说不知道无法满足孩子的吃喝时心情会有多么的沉重。这些事情，我统统没想过。

我老跟保拉打架。我对她有点信不过，因为我第一次跟她上床的时候，她已经不是处女了。她骗了我，我很生气，不过我后来是这样想的，反正那些在我之前跟她睡觉的人已经无关紧要了。我无法忍受的，是在我后面跟她睡觉的人。但我还是无法完全相信她，所以当她老怀不上孩子的时候，我就想她是不是服过什么药。我老说她，她则不停地祈祷上苍，希望赐给她一个孩子。现在我才明白，那是我自己的过错，我当时太小，精液太稀，哪里生得出孩子。

一天，老婆跟我说我就要当爸爸了。"老天，"我说道。"真的吗？你没骗我吧，老婆？"

"没骗你，是真的。"她说道。

"谢天谢地！"我对她说。"就看这下能不能时来运转了。走吧，老婆，我们去看电影。"我身上只有八个比索。"没关系，我们可以拿两个比索来看电影，好歹也算庆祝一下，走吧，孩子他妈。"

就这样，我带着她高高兴兴地去了电影院。比起平时，我对她更多了几份柔情。我叫她既不要弯腰，也不要提重物。

我继续跟着胡安到处跑。后来，他的活儿越来越少。我心想："哎，我就是个坏蛋，走霉运，只要跟谁扯上关系，谁就跟着倒霉。"

有一次，我们一整天粒米未沾，于是去父亲那里看能不能有所帮助。我进屋的时候，他狠狠地瞪了我一眼。我当时那个瘦啊，完全是皮包骨头。我老婆自打跟了我之后，也消瘦了不少，尽管她仍旧非常丰满。

"看上去状况不佳啊，这段时间都在做什么呢？"

"哦，干活儿啊，爸爸。"

"你看你那样子，鞋子破了，裤子补过。我记得你以前可不是这副样子啊。"

"没有啊，爸爸，我好着呢。"

"不用你小子说，我也看得出来。现在你知道出去累死累活，自己找饭吃不是那么回事儿了吧？"

"你说得对，爸爸。"

"我看你是得了肺结核吧。你到底怎么了，没吃饭，还是身体有病？"

"哦，没事儿，爸爸，我吃过饭了，你怎么希望我饭都吃不上呢？"可实际上我骗不了他。

"行了，坐下来吃饭吧。"我真的饿慌了，感觉胃里好像有个大窟窿似的。餐桌上摆着炸香蕉……那么多好东西，我早就想吃了。所以，我饱餐了一顿。吃完饭后，我怎么也无法向父亲开口借五个比索。也就五个比索，可我开不了口！但他早就看穿了我的心思。

"来，给你十个比索，拿去用就是了。"

我真想大哭一场，因为我自己连生存都无法保证，真不是个合格的男子汉。那一刻，因为自己的无能，我不禁憎恨起人性这个东西来。我在心里想："我跟别人一样努力干活儿，竟然入不敷出。我还算是个人吗。"从父亲家里往外走的时候，我就是这么想的。

我差不多飞一样回家见到了老婆。我已经好久没有给过她十个比索这么大一笔钱。走进家门，我第一眼看见的，就是她因为饥渴而干裂的双唇。我觉得自己卑鄙至极，真想大哭一场。我自己吃了个够，肚子饱饱的……我自己像个无业游民，吃了个饱，老婆却饿得眼冒金星。我根本不该吃那顿饭，所以我哭了。

"曼努埃尔，你怎么哭了？"

"没事儿，你自己出去买点东西吃吧。"

我把十个比索全都给了她，同时对她说："给我买五分钱的香烟，另外给我留足明天早晨的车费，我要出去找点事情做。"我每天早晨都是这么做的。

保拉怀孕五个月的时候，劳尔·阿尔瓦雷斯叫我去他的灯具店做工。他揽了一笔一万八千盏灯的订单，答应人家两个星期供一次货。我的工作就是把普通玻璃板切割成各种形状，再做成灯具。我起早贪黑地给他完成了订单。

第一个星期，我拿到了两百比索。

"伟大的圣母啊！"我自言自语道。"令我赞美的主啊。"我回到家里，对老婆说："孩子他妈，你看，这是我挣来的。我只需要二十五个比索给自己买双鞋就够了。你现在需要的东西比我多。你自己去买点补品吧，吃点对孩子有益的东西。我们都不想他一生下来就先天不良吧。"

我在那家店干了一个月。就在这时，在我没有活儿干时视我如草芥的小舅子福斯蒂诺生病了，腰部以下失去了知觉。他跟我说："朋友（我还是他两个孩子的受洗教父呢），行行好，你去小餐厅代代我，行吗？如果我不去，这工作就丢了。你去帮我做上两三天吧，我好了就自己去。"

"你这个人啊，"我说道。"你自己也看见了，我刚有点起色，在劳尔先生那儿找到了事干，怎么好意思跟他开口请两三天的假呢。"

"唉，你就行行好吧，"他忧伤地看着我，我的心软了下来。

"好吧，我去就是，但只有两三天啊，希望你快点好起来吧。"

我于是又去餐馆做起了工。可福斯蒂诺恢复得很慢，从两天拖到一周，又拖到了两周。我每天只能挣十五个比索，我只拿了其中的五个比索交给老婆，其余的全都给了我那位所谓的朋友看医生、买药、付房租、填肚子。我当时是这样想的："行，这点钱就算我借给他的，就当我在存钱吧。他到时候会如数还我一大笔钱的，到时候我不就有钱支付老婆的住院账单了吗。"

嘿，结果根本不是那么回事儿。有一次，我那个朋友还没好，他的儿子，也就是我的教子丹尼尔却又跟着生病了，害得我晚上每隔两个小时就要找个女的给他打一针青霉素。紧接着，我的一个哥们欧菲米亚也病了。这样一来，我同时照料三个人，钱也全部由我来出。可我仍旧是这么想的，就算我在存钱。我真以为自己在存钱。这种状况一拖就是一个半月，我在劳尔先生那里的活儿终于弄丢了。

接下来的一天早上，我来到餐馆之后，老板拦住我说的一番话让我惊愕不已："你不用来了，因为福斯蒂诺已经回来了。"他已经回来上班，却不跟我说一声！三天之后，在餐馆做工的福斯蒂诺被严重烫伤，只好辞职了事。即便如此，他还是没跟我讲，要不然我还可以接着干啊。他明明知道，我没有工作，而保拉的预产期也即将临近。我一家店一家店地挨着去找活儿干，有时候人家也会给我点零活做一做。我甚至做过小买卖，赚个十比索、五比索，都没有超过这个数儿。

我老婆的大哥阿维林诺经常喝酒，也搬回来跟他母亲一起住。他瘦得不成人形，不到两个星期就死了。我们凑钱葬了他，我岳母把手表当了，我们几个也是东拼西凑才凑齐了钱。两天过后，我老婆产前发作。就在那间房子里，大舅哥星期六才去世，我的孩子紧接着就出生了。我很担心，因为别人说屋子里停过死人，我老婆保拉可能会染上恶病什么的。

星期六一大早，我就出去找接生婆。她让我买了棉花、纱布、脐带线和盆子。我们把保拉从地上移到床上，在她生产的过程中还喂她喝了几口稀饭，因为大家都觉得那玩意含钙量高。孩子降生的时候，我没在屋子里，因为刚好在那一周，老天好像特别眷顾我似的，我竟然找到了一份划玻璃的活儿，报酬是每天十二个比索。

我找老板请假，让他把工钱付给我，以便回家陪陪老婆，可他却说："回家有个球用？你能帮她推还是拉呀？生孩子的是她，又不是你。事情多得很，快去做事。"唉，我急于挣够请接生婆的钱，只好留了下来。

那仿佛是我一生中最长的一天，对吧？我们得把整个店铺都打扫一遍，所以我走出店门的时候简直脏透了。工作本身就把人弄得跟烧炭工一个样。我去市场上给孩子买了几件衣裳。穿行在一个个摊位之间的时候，我碰到了弟弟，他大声叫道："不用跑，她已经生了。"

"生了个啥？"我一边跑，一边问道。

"生了个女儿，"他回答道。

"哦，好啊，生儿生女都行。"接着，我就回到了家，岳母、索克丽托、潘乔在场，一个个都看着我，想看看我有什么样的反应。我像个傻瓜一样站着，只知道一个劲地说："老婆，我回来了。"刚生完孩子，她看上去疲惫不堪。我吻了吻她的额头，她给我看了看孩子。"这是我的孩子吗？"

"是呀，你难道不喜欢？"

"喜欢喜欢，你看长得多漂亮啊。"我一定是做了什么怪相，要不就是脸红到了耳根，因为每个人都被逗得哈哈大笑。潘乔说："妹夫，你做什么怪相嘛！这是你头一次生女儿，所以才跑得那么快。等你多生几个之后，我再来问问你有什么感受。"

就这样，我的大女儿玛丽基塔来到了人世间。我尤其高兴的是，父亲之前未曾踏进我的家门半步，这下子也来看望他的孙女了。康索爱萝和玛塔一次都没来过，但罗伯托来过两三次。

孩子长到三个月的时候，我们带着她去看了父亲。我在街上碰到过他，他对我说："你们什么时候回来？什么时候才把孩子带过来？你那样做，好像家里没我这个父亲似的。我真不明白，你这王八蛋怎么这副德行。"于是，我们去他那里吃了一顿晚饭。吃过饭，我说道："爸爸，我们走了，晚安。"

"就要走了吗？去哪里？要走你自己走，把孩子留下。"

"爸爸，你什么意思，要我把孩子留下？"

"没啥意思，"他说道。"就是把孩子留在我这里养。来，保拉，你把床上收拾收拾，就挨着女孩子们睡。还有你，自己在地上铺个铺，小王八蛋，还不快睡。"

"爸爸，你是说让我们跟你住吗？"

"对呀，你们都住我这里，别指望我会让自己的孩子离开。"就这样，我们跟父亲住在了一起。

对父亲的这个决定，我感到半是高兴半是生气。说高兴，是因为父亲的房子很不错很干净，我认为老婆住在这里会感觉舒服很多。住岳母家里真让我烦透了。只要一想起那副景象，我的心就一阵阵缩紧。我从那里把东西一点一点地搬了出来，为的就是不至于伤害到库基塔。

可因为一件事，我很生父亲的气。从一开始，他就让我跟我老婆分开睡，她跟我的两个妹妹一起睡床，我只能在厨房的地板上睡麻布袋。因为父亲让我单独睡，我的日子仿佛又回到了从前！现在我有了自己的孩子，只要上天允许我看着他们结婚成家，我就让他们跟各自的老婆一起睡觉，这难道不是天经地义的事情吗？这才像个人样子，对不？

我的记性很差，都想不起当时还有谁住在卡萨-格兰德大街了。当时有一个用人，不过我记不起那是谁了。我记得罗伯托当时已经当了兵，因为我记得他往家里拍过一封电报，说他遇到麻烦了。当时家里只有康素爱萝和玛塔，爸爸也许跟卢裴塔住在一起。

为了贴补家用，我一开始每周交给父亲五十个比索，一直维持了好几个星期。后来有一个星期，老板不给我钱了，所以我什么也没交给父亲。家里也没有人说什么。第二周、第三周依旧如此。老板隔三差五给我五比索十比索，可我还没捂热就花完了。就这样，我把在家里应该承担的责任慢慢地抛到了九霄云外。

我甚至这样想过，反正爸爸有的是钱，房租历来是他在支付，家里的饭菜大多也是他在买。于是我产生了这样的想法，管他呢，保拉待在家里抹屋扫地，帮父亲洗衣做饭，所以他管饭就如同拿钱请用人。于是，我也不给保拉钱了。我当时的确没有另找女人，但我早已经忽视她了。

我又跟卡萨-格兰德那帮老伙计混在了一起。阿尔维托跟我在同一家店里做工，我们俩经常待在一起。一定程度上，他是在学我的样，因为我结婚六个月之后，他也娶了胡安妮塔做老婆，并在一起过日子。可她对于阿尔维托老跟我混，不在家里陪她这一点嫉恨不已。她容不了我，经常跟他灌输一些想法。后来，就因为她的缘故，我们慢慢地分开了，尽管我们之间依然开诚布公。

阿尔维托只有一点不好（因为尽管他识字不多，但非常聪明），那就是他喜欢喝酒。每个星期，他铁定要喝醉一次。他总是说："嘿，来吧，伙计，跟我一起喝一盅。"我从来不喜欢喝酒。我醉过两次，难受死了。这就是我跟他之间最大的区别。

我跟他之间还有一点不同，他满足于做一个工人，我则不然。即便在当时，我也不喜欢有人管着我，可阿尔维托毫不介意，只要做工的时候能够偷偷摸摸搞到东西就行。他说过："要是老板靠着我们的劳动成果发了财，他就应该从身上分一点给我们，这样才公平吧。"在阿尔维托看来，让他偷不到东西的老板就不是好老板。

阿尔维托辞掉玻璃店的工作，开起了公共汽车。公交司机的薪水不多，他于是靠截留票款来加以补偿。离开了他这个老伙计，我在玻璃店做起工来也没有劲头。所以，当我女儿的教父桑托斯提出建议，让我自己开一家鞋店时，我立马答应了。桑托斯说："只要两百比索，你就能开店做鞋，每双利润五个比索总有吧。"我心想："就算我一个星期做六十双鞋子……六十双鞋子……我也能赚三百比索啊。太好了！"

我找桑托斯借了几个鞋楦头和一架缝线机，又找父亲借了两百比索。我跟他讲了我的利润有多大，爸爸十分佩服。我听到他跟另一个人说："想想看，有这么好的生意，干吗还浪费时间帮别人做工。你听听曼努埃尔怎么说的，我竟然在拉-格罗里亚餐馆牛马一般做了这么多年！也许他就要时来运转，出人头地了。"

我就这样做起了生意。桑托斯陪着我买回了皮革，我们就开始做起鞋子来。可我对做鞋、做生意一窍不通，只能凭运气碰手气。我从不做预算，也就无从知道成本有多少，也从没算过我的资产是增加了还是减少了。我甚至从不听劝，算一算一块皮子应该下多少双鞋子。桑托斯也没替我干好事，因为他叫我使用二手材料，导致人家取消了几笔订单。他让我买轮胎来做鞋底，但却没提醒我要买压平的轮胎，这样做出来的鞋子才拿得出手。

我的开销可不少，既要在卡萨-格兰德租一家不大的店面，又要请一个工人操作机器，还要请三个工人做成品。这一行有个规矩，每天在工资之外另向制鞋工支付十个比索。在我们这里，制鞋工们周五会做一整天的活儿。一到星期五，我就让保拉做好饭给大家送过来。

父亲多次问我为什么不拿点钱出来贴补家用，我只好拿些钱给他。拿了四五次之后，我对他说道："爸爸，是这样的，我现在不想把钱从店铺里抽出来，我想把生意做大，你行行好吧。"他认可了我的说法，有好长一段时间没再问我要过钱。

我现在想不起来，到底那是怎么一回事儿……其中一个成品工，他名叫丘乔，每晚都喝得酩酊大醉，这样的状况一直持续了两三个星期。那真是个可怜的家伙，后来醉得人事不省，死在了大街上。但我很同情他，因为我觉得工人们拼死拼活地干，到手的工钱却少得可怜，于是每双鞋给成品工涨了两毛钱的工钱，给机械手也涨了一毛钱。我那样做是想让别人明白，老板就应该那样对待他的工人们，我不想像别人剥削我那样去剥削别的人。这样一来，他们全都十分高兴，再也没有人说过我这个老板半句怪话。他们倒是高兴了，不幸得很，我却彻底垮掉了。

我一分钱也没赚到，只是我不知道而已，实际上我做的每一双鞋都亏了本。接下来，我派一个人去送货，派的是谁我想不起来了，他送的货一共有二十五双鞋子，可他拿了货款跑掉了。长话短说吧，我的生意就这样破了产，只剩下大约两百比索的原材料，我六十比索卖给了桑托斯。做生意我不是第一个亏本的人，只不过我亏得相当惨。

做生意栽了跟头，我便不再对人生有什么规划，对自己那一丁点信心也丧失殆尽，只能像动物那样活一天算一天。我真的没脸再做什么规划，因为，唉，我没有实现规划的意志力。我既没有坚守，也没有追求。我对别人的了解超过对我自己的了解，甚至敢于给朋友们提建议，改变他们的人生。我也帮助过别人，但就是无法分析自己的问题所在。一说到自己，我就觉得一无是处，空虚飘渺。

在我看来，有一只神秘的手在操控着所有人的命运，这只手能够搬动一切。只有精英们才能随心所愿，像我们这种天生吃玉米面团的人，老天安排给我们的就只有玉米面团。我们算来算去，可根本摆脱不掉。就像有一次，我想存点钱，于是对保拉说："老婆啊，把这点小钱存起来吧，说不定哪天我们就会有了一大堆钱呢。"我们好不容易存够了九十比索，嗨，父亲一下病倒了，我只得全部拿出来给他请医生买药品。我只帮过他那一次，也只存过那一次。我后来跟保拉说："就这样吧，存钱干吗，反正遇到有人生病了，我们还不得全部花掉！"我有时候甚至这样想，存钱会生病！所以，我坚信，我们这种人天生只有穷命，不管你多努力多拼命，到头来也还是老样子。上帝就是要让我们吃糠咽菜勉强度日，对吧？

唉，做生意亏本之后，我对做鞋完全失去兴趣，只好又找起了工作。我又干起了灯具装配，下了班就跟朋友们一起玩牌、看电影、打棒球、踢足球。我基本上不着家。我家老二阿拉内斯出生的时候，接生婆和其他的费用全都是父亲给的。

同父异母的妹妹安东尼娅回到卡萨-格兰德，跟我们住在了一起。她跟保拉关系很近，比我那两个亲妹妹还要亲。怎么说呢，安东尼娅甚至私下对我老婆说，我看起来真像个男人，连她都会动心。她说难就难在我是她哥哥，因为她实在太喜欢我！后来保拉告诉我，安东尼娅还带了个拖油瓶，因为她肚子里怀上了。我没法找孩子的父亲算账，因为保拉压根儿不跟我说那个人的名字。

后来，安东尼娅服了些草药，想把孩子打下来，结果一病不起。她疯了，真的疯了。她诬陷我，只要一看见我，就会变得变本加厉地大声说道："就是他！就是他！"这样一来，父亲看我的眼神充满了怀疑，这令我伤心不已，因为我对安东尼娅从来没动过任何歪脑筋。她之所以那样说，纯粹是因为我和她深爱的那个男人长得相像而已。

结果，医生们把安东尼娅送到一家精神病医院，她才一点点地好了起来。医生对父亲说，安东尼娅属于没有男人脑子就正常不起来的那种女人，所以她后来跟弗朗西斯科生了几个孩子，我们谁都没说什么。

安东尼娅的脑子一定有问题，因为她老是想方设法对我父亲施巫术。玛塔首次领受圣餐时的教父的老婆胡莉娅提醒过我们，安东尼娅一直在观察着父亲，一直在测算他的各种尺寸。我们这里的老年人，也都是些平头百姓，都相信这个东西，以为可以通过施巫术，或者祈求某位圣灵，或者用皮尺测量某人的尺寸，或者在屋子里撒盐撒灰来控制某人体内的鬼怪或精灵，从而把人弄死。

我不相信真有巫术存在，但当我住在姨妈家里的时候，确实见过一个女人把一个男人的白内障治好了。她取了自家母鸡下的一枚新鲜鸡蛋，在他眼睛上滚来滚去，然后敲破了鸡蛋。鸡蛋里面变黑了，于是她对那男人说，他的眼疾是被别人施了巫术，施巫术的人就是他老婆！她相当于给他解了咒。

我猜想父亲也相信这样的迷信说法，因为谁在吃饭的过程中撒翻了盐都会被他责怪一通。我有次拿回家一条蛇皮做的皮带，也让他非常生气，他要我在家人没出事之前把那玩意赶快扔掉。他在知道安东尼娅有了麻烦之后，也去看过巫师。那巫师给了他一些水，要他洒在屋子里，这样鬼怪就无从下手了。

不过，安东尼娅仍旧是父亲的宠儿，她想要什么父亲就给她买什么，不管她说什么做什么，他都会说："行，没问题。"我一直很奇怪，父亲对别人如此亲切，对我们怎么就如此刻薄。作为安东尼娅来说，他是在想法弥补他对她和卢装塔那么多年来的亏欠。还有，她是家里的帮手。玛塔和康素爱萝没有母亲的教导，在家务方面完全帮不上忙。

有一件事儿一直困扰着我，那就是家里面没有人拿我当哥哥看。例如，当我发现玛塔老跟克里斯平混在一起的时候，对她有所制止既是我的责任，也是我的权力。我当时真想跟那个小伙子推心置腹地谈一谈，可又担心得不到玛塔和父亲的支持，从而把自己置于非常尴尬的境地。有一次，我让玛塔帮我抱一下我的女儿玛丽基塔，克里斯平却不让她抱，好像她只能服侍他还是怎么的。我气疯了，便说了出来。

"听着，克里斯平，你为什么不让我妹妹帮我抱孩子？你要明白，我早就知道你不止一次冲玛塔动过手。你给我记着，下次你要再动她一根手指头，我让你永远见不到她。"

这时玛塔应该支持她自己的哥哥，这是再符合逻辑不过的事情，对吧？呵，她却反其道而行之。她说道："你搅和我的事情干吗呢？"她竟说出那样的话来。

"玛塔，你给我听好了，"我对她说道。"从今以后，我再也不会掺和你的事情，就算你被他按到地上，就算你死在我面前我都不管。"

后来，她跟着克里斯平私奔了，父亲却把责任归咎到我和罗伯托的头上。他早先根本不让我插手她的事情，现在又来怪我们。康素爱萝的情况也是这样。从一开始我就知道她跟的人是什么类型，我怎么知道，我不就是那样的人吗？

我跟弟弟打过两次架，每次都是为了要他懂得尊重长者。第一次打架是因为他无缘无故地骂我"猪头"。"小杂种，你说什么。你是暗示你把我当傻子，还跟我老婆上过床么。你不光侮辱了她，也冒犯了我，简直是个王八蛋。"我正说着，他"啪"的一拳打在我脸上。他长得很壮实，但我还是把他打趴在地。地点啊，就在院子里咯。

第二架是康素爱萝哭着跑回家那一次，因为他把她打了。他说她跳舞的过程中一直在抛媚眼，活像个小狐狸精。我对他说："罗伯托，她干什么关你什么事。你给过她什么吗？再说，她都已经开始工作了……"还是我在说话的当头，他给了我一拳。我把他按到地上，狠揍了一顿，他只好大声叫喊其他人把我拉开。那一次，我甚至打到了他的鼻子。旁人想搅和进来，我站起身来说道："这小子要吃点教训，才知道该怎样尊重我。"我觉得，他的确明白了，因为他跟其他人说过：
"嘿，我哥哥个头不高，揍起人来却够狠。在他面前你们都给我提防
着点。"

罗伯托时常监视着两个妹妹。跟父亲的想法一样，他也不赞成正派
女子出去跳舞。罗伯托乱七八糟的事情做了那么多，总算在这一点上遵
守了父亲的道德观。也就是说，在罗伯托看来，一个女人……嗯，他对
于女子的贞洁观狭隘而抽象，觉得一个女人应该百分之百的纯洁。可这
样的人现在好难找啊。

现在，如果你邀请年轻姑娘一起看电影，举止却像绅士一般彬彬有
礼，过后她会说你是个傻蛋。可如果男人们一上来就动手动脚……不管
她反不反抗，因为只要是女人都会说"不要这样"……嘿，她反而觉得
那才算男子汉气概。弟弟太隐忍，我都不知道他是否能讨到老婆。

罗伯托一直很纠结。就女人而言，他内心有很多想法。这并不是说
他没有本事找不到女人，或者说没办法把她们弄上床。实际上他跟其他
人一样有这方面的本事。我之所以知道这一点，是曾经跟过他的一个女
子向我透露过这方面的信息。罗伯托觉得自己其貌不扬，又黑又丑，所
以他觉得哪个女人跟他结了婚都会想方设法欺骗他。他心里很清楚，只
要有人把他当傻子，他肯定会失去自控的理智，而这样的后果会非常
严重。

罗伯托的问题在于他很暴力，他随时随地都可以揪住某个小伙子给
他放点血，要么把人家的肋骨打折，要么白刀子进红刀子出。他也算不
上罪犯……就是脾气很暴躁。怒火平静下来之后，他往往会想起把别人
弄成了什么样子，并后悔得直哭，祈求人家的谅解。弟弟真够可怜，成
天就为这样的矛盾纠结不已。

实话实说，罗伯托很讲绅士风度，是我们家里最有绅士风度的人。
如果他周围的人都有文化，又明事理，他肯定会非常快乐。他真的很喜
欢美好的事物。他喜欢跟那些读书比他多的人交谈，他随时都很敏锐，
会学习新词新语，恰当地表达自己的思想。如果跟他接触的都是些上流

社会的人，他肯定会成为正人君子。他真不喜欢我们所生活的那个圈子……成天都在跟人摩擦不断。

我把这种糟糕的状况归结为我们所持有的错误观念，也就是天不怕地不怕的自尊或自傲。罗伯托根本不知道惧怕为何物，犯了事也不知道赶紧跑。别人拔刀子，他也照样拔刀子。他喝了酒更让人恼火。我曾经跟他说过："我真不明白你是怎么想的，喝醉了你就不能注意点形象，像别人那样闭上眼睛睡一会儿吗？那会要你的命吗？你倒好，偏要出门找人打上一架！你心里真要有怒火的话，干吗不让我把你练成拳击手？"

他本可以成为很好的拳击手，可他不想。他说过，他讨厌打架。他很喜欢体育运动……要是有体育俱乐部的支持，他可能早就成为游泳冠军或自行车冠军了。他完全可以做个真正的名人。不过这样一来，出去跟人打架、偷东西的营生就做不了了。他哪天要是杀了人，受害者的家人找谁啊？当然是找我了！可他从来没考虑过这样的行为会产生什么样的后果。他就像一匹脱缰的野马，谁也拦不住，毒打、规劝、责骂、蹲监狱……统统不管用。跟我一样，一般的情感满足不了他，不过他更多地需要用行为表达，需要找个口子把内心的怒火释放出来。

就内心而言，我认为他还是有所畏惧的。也许我判断得不对，作怪的是他的潜意识，面对种种未知的因素，他总想让自己有所防备。也许是因为他太缺乏爱吧。他的人生真的很惨，比我和两个妹妹要惨得多，因为他从来不知道什么是真爱。

这段时间里，我一直在打听格瑞塞拉的消息，后来便开始去她做工的小餐馆周围游荡。她跟一个名叫莱昂的人结过婚，可不到三个月就离开了他，因为那人是个小偷，还贩卖大麻。那人糟糕透顶，是个真正的凶手，全身布满大大小小的伤疤，看上去就像一幅地图。我偶尔在大街上碰到格瑞塞拉，每一次我的内心都会产生一股冲动。我大女儿出生的时候，她刚好也生了个儿子。

我开鞋店的时候，那些知道我爱她的朋友问我："知道吗，格瑞塞拉就在古巴街干活儿，"或者"我看见格瑞塞拉又在康斯坦丁诺大街干活儿了"。

有一次，我去给别人送鞋子，身上带了两百比索，好大一卷钞票，对吧？从康斯坦丁诺大街经过的时候，我正好看见格瑞塞拉坐在餐桌边上等着客人的光临。我心想："我要过去让她看一看，我现在也是有钱人了。"

过了好一会儿，我们才开始说起话来。我们都很客套，她一边给我上菜一边跟我说话。我瞅准时机拿出一大沓比索，看得出来，她怔了一下。我想知道她是否还在意我，所以我后来又去过那家小餐馆两三次。后来呢，她不见了，我也不知道她又去了哪里做工。我心想："算了吧，也许这样的结局更好。"我跟保拉在一起已经有五年的时间，这期间没跟别的任何女人有过瓜葛。

有一天，我跟几个朋友正要去佛罗里达电影院看电影，经过那家小餐馆的时候，正好看见格瑞塞拉又在那里做工。于是我又在心里想："好哇！终于又找到你了。"

那之后，我就正儿八经地追起她来。我每天都去那里吃饭，几乎把那里当成了自己的窝。我开始设法接近她，假装要跟她恢复旧时友情。慢慢地，她对我又产生了感情。我呢，则一直在心里不断地发酵，直至对她旧情萌动。我打算跟她发生点什么，可这费了我不少工夫。

一天晚上，她终于答应跟我和另外几个人一起出去玩。我们来到一家夜总会，喝了不少啤酒。我们一起跳舞的时候，彼此对视着。我们亲吻的时候，她先是眼神变得迷离起来，接着深情地说道："亲亲我，亲亲我。"我明白好戏已经开始，于是对她说道："格瑞塞拉，格瑞塞拉，我什么时候才能拥有你？"

"哪天都行，明天，或者后天……哪天都行，"她说道。第二天，我来到小餐馆，提醒她不要忘了头一天说过的话。"既然明天就行，干吗现在不行呢？"

"你真相信吗？"她问道。"我不过随口说说，你不要当真。再说，你已经结了婚，还有两个孩子，我跟你老婆也是熟人。所以，我们怎么可以做那种事？"

我在小餐馆一直等到打烊，然后请她出去吃玉米卷。

"好吧，"她说道。"反正我也饿了，再说我也不想吃馆子里这些玩意。"为了把事情做得巧妙一些，我带着她顺奥雷冈诺大街一直朝前走，走到科隆比亚大街时转了个弯，因为那条街上就有一家旅馆。好吧，她心领神会，走到离旅馆还有十几米的地方就不走了。

"格瑞塞拉，继续走啊。"

"不走了，"她说道。"我知道你想干什么，算了吧。"

"不会的，你要相信我，我不会要求你做什么的。"不过，我还是跟她摊了牌。"好吧，格瑞塞拉，我确实今天晚上想要你。"不行不行不行，我们在旅馆门前争论了整整三个小时。我东说西说，可她就是坚决不跟我进旅馆。

我气疯了，紧紧地拉着她的手臂，踢开旅馆的大门，把她拉了进去。我要了一个房间。旅馆经理走前面，给我们开了房间的门，我一把将她推了进去。我去脱她的衣服，可她死活不松手。实际上，她内心也愿意，可她的理智不允许她这样做。"放过我，曼努埃尔，求求你放我走吧。以你心爱者的名义，我求你放过我，因为我要是跟你做了这件事，我就没脸活下去了。你结了婚，还有了孩子，你就可怜可怜我，放我走吧。"

可我昏了头，一门心思想要占有她。

嗨，我尿胀了，因为外面才有厕所，所以只得走了出去。她反锁了房门，任我怎么敲，她就是不开。我只好又去找经理："请你给我开一下房门，我老婆可能睡着了。"

"行，没问题。"他用钥匙给我打开了房门。她躺在床上，于是我走了进去。

又是一阵拉拉扯扯，时间已是凌晨 4 点半。我好说歹说，说了一个半小时之后，她终于让步了。好不容易到了这个节骨眼上，可能因为我耗费体力太多，也或者因为我不知道的其他什么原因，我竟然不行了……

老天爷，我都急出了汗！那个狼狈呀！我在心里默念："老天爷，我怎么会摊上这等事？不会的，不会的。"嗨，我感到又毛躁又羞愧。她已经摆好了架势，我只有一个劲地说："伟大的圣母，我该怎么办才好？"我又说道："我的爱人，我知道你现在愿意了，可我只能委屈你了。我要像你折磨我一样折磨折磨你。"明知不行，我只好躺了下来。我点了一支香烟，挨个祈祷起圣灵们来："求求你，圣·彼得、圣·保罗、圣·加夫列尔，恢复我的雄风，让我就来这一次吧。"哟呵，过了一阵，我竟然有劲了。我在心里琢磨着，趁她还没改变想法，趁我还有劲，我得赶快啊。

是的，我觉得那是我一生中最美妙的一夜。我们无拘无束，仿佛彼此的爱意溢出，冲破河堤，再次溢出。她跟我一样不嫌次数多，一次、两次、三次、四次、五次、六次、七次，我们总共做了七次，一直缠绵到拂晓时分。

天亮之后，我们都得起来去上班。她担心她母亲会怎么想，我则安慰她："这有什么好担心的，你早已长大成人。如果你是个小女孩，没结过婚，那可以另当别论。"走出旅馆的大门，我们觉得眼前的一切——汽车、房屋、男人、女人——都变成了黄色，我俩脸色惨白，满脸倦容。她要去两个街区之外的地方上班，我也要去上班。就这样，我来到店里，可干着干着，我就像送奶工的马儿一样睡着了。

我们俩继续缠绵着，时常会去找旅馆。我深夜两三点才回家，老婆并没觉得有什么异常，因为那是我多年的老样子了。时至今日，我也不知道她是否察觉到我跟格瑞塞拉在外面过夜的事情。反正我们从来没在这上面发生过不愉快。我弟弟和两个妹妹对此也毫不知情。只有阿尔维托对整件事情一清二楚，因为我遇到什么问题都会告诉他。

我意识到，无论从哪个方面来看，我跟格瑞塞拉的情事都具有危害性。要是老婆知道了，她有可能抛下我一走了之，我可不想发生这样的事情，因为我还爱着她。我依然十分爱她，只不过那是另一种类型的爱。保拉缺乏主动性，我怎么做都没问题，可她迎合的情绪不高。那也许是她的天性，她有她自己的感情表达方式。但她确实没法激起我的欲望。格瑞塞拉的配合方式既满足了我的欲望，也满足了我的虚荣。她对我非常崇拜。跟格瑞塞拉在一起的时候，我每次只要一碰她，她的反应都像是第一次，就好像换了个人似的。我全心全意爱着她，疯了一般爱着她，我都不敢想，要是没了她我该怎么办。我根本不担心她会怀孕，因为她早已生不了孩子。

我仿佛生活在人间地狱，因为我无法想象，没了她们俩我还能怎么办。她们两个我都想要，同时也不希望她们觉得有什么不妥。我时常一边想着格瑞塞拉，一边想着自己的老婆。我夜不能寐，整夜翻来覆去，备受折磨。我根本没法好好休息。有一次，我甚至对格瑞塞拉说："唉，离了你我该怎么办。我们离开你的母亲，自己到别处找个地方住吧。我们肯定能过下去，反正我就想跟你在一起。"

回到家里，看着跟孩子睡一起的老婆，我心生愧疚。我恨死了自己。我对自己说："你怎么是这样的孬种？你必须离开那个女人。这才是你可怜的老婆，这才是你的孩子。你怎么可以这样对他们。"

有时候，我真希望老婆找个借口离开我算了。我对她越来越没有耐心，有一次还狠狠地打了她一顿。你看，我已经习惯了她的逆来顺受，根本不用拳头逼她，只需冲她吼几声即可。一天早晨，阿尔维托来看我，我让矮妹给我拿个什么东西，具体是什么我忘了。她当时正在厨房，就顶了我一句："我正忙着呢！你少来烦我。"

之前，她从没这样跟我顶过嘴。"阿尔维托在这里，你看你跟我说的什么话呢！是你自己去给我拿来，还是我逼你去？"

"没门儿，小子！"她回答道。"你老支来使去，又能把我怎么样啊？自己去拿。"我站起身来，可早已没了怒火，对她说道："你给我听着……矮妹……"啪！她竟给了我一个耳光，而且还当着阿尔维托的面！

不知何故，我一下子怒火中烧，气昏了头，只觉得眼前蒙了一条红布带。我竟然当着朋友的面遭到如此羞辱，立马追过去逮着她一顿狠揍。事后，阿尔维托对我说："你小子也太狠了点！哥们儿，你生气时可真够劲！"因为我只一拳就把她打飞了起来，她在我手里完全成了一只布娃娃。他想要拉住我，可我哪里住得了手。她母亲也在场，当时正在洗衣服。她一开始并没有干涉，可她看着我不停地踢打保拉，终于开了口："别踢了，你没看见她肚子里又怀上孩子了吗？"

我还揍过矮妹一次，那是因为她把玛丽基塔全身上下打得伤痕累累。矮妹脾气很暴躁，很倔强……她的动作很快……打起孩子来心狠手辣。那一天，我气疯了，对她说道："你给我听着，再也不要这样打孩子了！你别以为我会让你对我的女儿为所欲为。如果你以为你是孩子的妈妈就可以那样打她，那只能说明你太没人性了。你狗屁不如，从今往后，你要是再敢动她一下，我就跟你没完。我会把孩子带走，让你永远也见不到她。就算你要教训她，也只能打屁股，打其他地方就不行！"

我就是这样跟她说的，听见没？她完全不知道教育孩子还可以有别的法子，因为她母亲就曾经那样教训她和她的姐妹们。

因为我第三个孩子多明戈的缘故，我跟格瑞塞拉产生了矛盾。我之前跟她说过，我跟老婆关系不好，早就没在一起睡觉了。为了让她继续跟我交往，我只得这样搪塞她。可格瑞塞拉在大街上碰到保拉，发现她又怀孕了。

"你不是说没跟她一起睡觉了吗，对吧？我刚见到她，发现她又怀上了。"

"哦，是吗？"我说道。"你都看见了？那你要我怎么办？我只碰过她一次，那么准啊。"

实际上，我跟老婆差不多每天都来一次。我之所以这么做，是因为觉得内疚。我心想："我不应该冷落自己的老婆到如此地步，我如果不让她得到满足，谁还有这个义务？"有好多次我都不想，纯粹是在尽义务。我没法天天跟格瑞塞拉见面，每隔三四天才见一次面，有时候甚至一周才在一起睡一次。我尽量跟她讲道理，她好像也觉得无可厚非，我跟老婆继续维持那样的关系实属无奈。

在保拉面前，我越来越像个贱人。罗伯托被关进科多巴监狱的时候，父亲派我去看望他。我没有一个人去，而是带上了格瑞塞拉。我的口袋里只有一百五十比索……根本没办法带着她住旅馆，或者上好一点的餐馆……于是，我带着她找到堂哥戴维家，在姨妈那里蹭吃蹭喝。在介绍格瑞塞拉的时候，我说她是跟我一起做工的朋友，可我姨妈哪有那么好糊弄。她对我很反感，有一次我爬上格瑞塞拉的吊床被她撞见之后，她安排我跟戴维睡到了地板上。整整一周，我跟格瑞塞拉想要圆房也只能找一块甘蔗地。

回到墨西哥城之后，我每天晚上都去小餐馆，基本上没在家里吃过饭。除了那家小餐馆，我在别的地方吃什么都不香。有一次，我正坐在餐馆里，岳母急匆匆地走了进来。"曼努埃尔，曼努埃尔，"她说道。"保拉在找你。"格瑞塞拉也正在边上站着。

"她找我干什么？"

"快点，"她说道。"她快不行了。"我像松开的弹簧一样一跃而起，跑回了家里。保拉正在大出血，满屋子都是斑斑的血迹。我吓傻了，赶忙出门去请医生。按照医生的吩咐，我去买了些东西，还买了点药。那一次，老婆有些怪我，她最需要我的时候我竟不在场。

忙完保拉的事情，我又回到了小餐馆。我明白，自己那样做就说明我已经无可救药。我努力说服自己不要那样做，赶紧离开格瑞塞拉，可我做不到，真的做不到。于是，我又回到了小餐馆。第二天，保拉又大出血了，医生对我说："要是她再大出血，那就别浪费钱买药了，留着买棺材吧。"

"万能的圣母，"我说道。"老天爷，这怎么可能。"我不知道是什么原因引起的，也许是怒火所致。孩子在肚子里怀了七个月，已经长得差不多了。后来，老婆康复了，儿子多明戈也顺利降生了。

有一次，保拉对我说："我想去打胎。"

我说道："开什么玩笑？打什么胎？你不想给我生孩子了？我可不想看着自己的老婆变成杀人凶手。你没有权力弄死一个毫无防卫之力的生灵，这样的行为比冷血地杀死一个具有防卫之力的成人罪过还大，还要卑鄙。"所以，我们的孩子一个也没夭折。

我对于女人和生孩子的知识全来自那些结过婚的朋友们。我老婆也知之甚少。无论是她的母亲，还是我的父亲，都从来没跟我们说过这方面的事情。每个孩子保拉都只带了一年的样子，或者带到她又怀上孩子。玛丽基塔、阿拉内斯和多明戈之间均相差两岁，但多明戈和老幺孔琪塔①之间只有一岁的差距。我们的夫妻生活一直维持到孩子出生的时候，生完孩子，停歇的时间也只有一个月左右，根本没有达到规定的四十天。

多明戈出生后快一年的样子，康素爱萝出了点小岔子，导致我们从父亲的家里搬了出来。康素爱萝一直不喜欢我老婆，为了表示她的鄙夷，她会把口水吐到保拉刚刚擦干净的地板上。这让我老婆感到很不舒服，我能够做的也就是照着康素爱萝的手臂打上几拳。当时，玛塔抓起秤锤想要朝我砸过来，于是我抓住她俩的头发一起按到床上，让她们动弹不得，知道吧？

可康素爱萝的想象力很丰富，知道吗？她和玛塔不当演员真是可惜了。她们可真会吹牛。康素爱萝说我打了她的胸部，还拿鞭子把她当马一样抽打。这样一来，我和保拉不得不从家里搬了出来，我的两个儿子都出生在那间屋子里呀。

我在马塔莫罗斯那一带租了个房间，给老婆买了一张床，父亲给了我一个衣柜、一张饭桌和一只煤油炉。后来，德利拉和我岳母都问，我们既然是一大家人，可不可以在人家的私宅里租一间房一起居住。我岳母丈夫的姐姐安娜有一栋小房子，她愿意租给我们。那栋房子很简陋，

---

① 孔查的昵称。——译者

但那是我第一次住私宅，还带了一个小院子，因此感到很满意。

当我看见其他人怎么过日子的时候……电影里、杂志上、富人区那些好房子，那么奢华，我就感觉到……唉，像我这样过日子真是自惭形秽。我自认为命不好，可同时也应该产生点动力，对不对？所以我经常说："我一定要……我肯定会达到那样的水平。"因为，实话实说，没有像样的房子，老是跟人家挤着住，总是件丢人的事，让我感到伤心不已。

我这辈子唯一真正感到快乐的，就是住在安娜家里这一段时间。我跟保拉和孩子们，德利拉和她儿子，我岳母和她丈夫全都住在一起，相处非常和谐。可以这么说，只有那一次我觉得自己是个真正的男子汉，完完全全担起了家里的责任。不止一个星期天，我都呆在家里粉刷桌子板凳，我发现老婆也感到很满足的样子。

阿拉内斯患上了耳疾，睡不着觉，我按照母亲给我治疗耳疾的方法把他治好了。我先用纸做了一个漏斗，再把尖的一头塞进他的耳朵眼。接着，我用火柴点燃纸漏斗，一直让它燃烧，直到他受不了为止。我好像做了两三次，直到他耳朵里的空气完全排除，他又能睡觉了。

那段时间的星期天，我把一直想做的事情都做了，先是带着老婆和孩子去市场买上一些玉米饼、奶酪、鳄梨和熟猪肉，然后去公园里享用我们的玉米卷。我又找了份活儿，每个星期可以给老婆六十比索的零用钱。不过，我实际挣到手的有一百五十比索，其余的我拿来花在格瑞塞拉身上了。我的日子好过极了。我一边享受着老婆和格瑞塞拉的感情，一边确保她们两个人都过得舒心。

安娜的房子远离市中心，位于一个侨民区。当时那里住的人不多，我在凌晨两三点回家的时候都害怕得很。袭击和抢劫事件层出不穷，天一亮，人们往往会在河里或者地里发现死尸。不管怕不怕，我照旧很晚回家。

一年之后，安娜要我们搬出来，给她的一个亲戚腾地方。德利拉和她母亲找了个地方，保拉和我又单独居住了。因为房租低廉，保拉找的房子还是在那一带，外面有一扇大门。我的薪水不多，吃得也不好。我们搬进去没多久，第四个孩子孔琪塔出生了。

格瑞塞拉找了份活儿干，我给的钱和物品她从来不要。她说，我把几个孩子急需的钱用在她身上，这会让她的良心感到不安。我们一起上餐馆吃饭的时候，她不像其他女子那样点一桌好菜，而是只点一杯咖啡或牛奶。一想到这我就心痛，可她却说："没事儿，我不饿。"我想给她买条裙子或别的什么小东西，她总说用不着。怎么说呢，我给她儿子买过两条裤子，可费了好大劲才说服她收下来。

有一天，格瑞塞拉对我说，有一个名叫鲁道夫的先生经常去她家，她母亲想让她跟了这个男人。"曼努埃尔，我该怎么办？"

"亲爱的，你让我怎么说呢？我又能说什么呢？没办法，你自己看着办吧。"之后，她有三天的时间没来小餐馆做工。跟以往一样，我照常去那里。等到第四天的时候，她又回来了。我很生气，却装出一副很平静的样子。

整个晚上，她都在忙其他的小事情，没有陪我坐一下。我确信，她一定有什么地方不对劲。餐馆关门之后，我问她："你有什么事情瞒着我，这下可以跟我说清楚了吧。"我拉着她去了一家小旅馆。

进了房间，我对她说道："亲爱的，你听着，我希望你能完全明白我对你的爱。在我眼里，你就是上帝，因此你有义务向我坦白交代。告诉我，我们之间有什么问题。我对你的爱胜过一切，我也相信你。我知道你不想干傻事。你可以跟我说，只要实话实说就行。"嗨，我就这样跟她苦口婆心说了好一阵子。

格瑞塞拉一直坐在床沿上，她抬起头来对我说道："我要嫁人了。"

我仿佛遭了雷击，只觉得眼前一片黑暗。她放声大哭起来。"在这个世界上，孩子是我最神圣的东西，我就以他们的生命向你发誓，我只爱你一个人。我知道自己不会有好日子过，但我求你让我给孩子们找个好的出路。你有老婆，没办法，你有老婆了。放过我吧，曼努埃尔，别拦着我。"

我的内心感到非常悲伤。我明白，她说得一点都没错。她又说道："答应我，你说点什么吧，你打我揍我都行，但请不要一言不发。"她跪下来，用手抱住我的膝盖，号啕大哭起来。

"格瑞塞拉，既然你什么都懂，那你就走吧……趁我还有勇气看着你离开，赶紧走。我发誓，你要是再不走，待会儿你就别想走了。你说的一点都没错，你有权利追求幸福，跟着我只能吃苦受罪。你在家里受气，在外面跟着我这个一无是处的家伙又被人瞧不起。你快走吧，格瑞塞拉。"

"不，曼努埃尔，不要赶我走。看在上帝的分上，我不想就这样离开你。你给我听着，曼努埃尔，即便这是我们这辈子待在一起的最后一个晚上，我也想以一种特殊的方式跟你告别。"

她不想走，所以那天晚上我们又住在了一起。天亮的时候她说道："我不想嫁人了，谁都不嫁。我当初答应嫁人是为了母亲，因为我不想让她难过。但我现在管不了母亲，什么也管不了，我只爱你一个人，我不会跟任何人结婚。"事情就这样搁了下来。

那之后，我去拜访了格瑞塞拉的母亲。我向来有说服人的本事，至少能把这个阶层的人说服，所以他们都叫我"铁嘴"。这话不假，因为我把格瑞塞拉的母亲说服了，让她接受了我。我对她这样说："听着，索利达德，我什么都控制得了，唯独我对你女儿的感情控制不了。我巴心巴肠地爱她，她是我生命中最美丽的部分。我很穷，给不了她什么，但请你不要阻止我们在一起。虽然，我们这种情况有点不清不楚，但我发誓，你女儿现在是，今后仍将是我一生的最爱。"老太太很伤感，竟让我说哭了。就这样，我说服她站到了我这一边。

也就在那段时间，老婆说她感觉不舒服。她的体重一点没有减轻，所以我根本不相信她的病情会有多么严重。我让她去公共卫生中心看一下，看医生怎么说。那天晚上，她说医生希望她住院治疗，因为他们也不知道她到底得了什么病。可她不想住院，因为她对医院有恐惧感。再说，她还要带孔琪塔，她走了就没有人照看孩子。

我没怎么在意。我一心想的是我跟这两个女人之间的问题，我有点困惑，甚至有点不可思议。我没注意到，保拉正在逐渐消瘦，尿频口渴。她从来没跟我讲过，她的身体糟到了如此地步。

一天，父亲来看我们。他很喜欢保拉，视她为亲生女儿，他对她的喜欢甚至超过了我。他早就看出，她是个肯奉献的人，既勤劳又爱干净，而且从不怨天尤人。这次，他一看到她就问："孩子，你跟我说，你到底怎么了？"为了方便看医生，他坚持要她搬回他那里住。

我不但眼瞎，而且愚蠢透顶，不闻不问，完全没注意到她已经病成了那个样子。我早先想得比较简单，以为不过是感冒而已。我对她说："老婆，你快点好起来吧，你一定要好起来。今年我一定带你去查尔玛。"

"会的，"她说。"我会好起来的。"她许了个愿，等她好了之后，一定双腿跪着爬到那里去。可当着岳母的面她却说："妈妈，我知道，如果我搬去公公的家里住，恐怕一躺下就起不来了。拜托你一定要帮我照看好这几个孩子。"

为了减轻我的痛苦，她跟我说她很快就会好起来。她已经预感到自己将不久于人世，却想方设法瞒着我，我就是个一事无成的混蛋，不值得任何人担心。

她搬到我父亲家里的那天晚上，我把家具搬到了岳母那里。次日一早我去看望她的时候对她说："亲爱的，我过来看看你，可我马上就要走，我得去找活儿干。"

"好吧，"她说道。"但愿上帝保佑你。"

晚上下班回家的时候，父亲在门口遇到了我。"进来吧，好你个一事无成的浑小子，你看你都干了些啥好事，王八蛋，这是要承担责任的。如果她真死了，全都怪你。"我不明就里，但我有一种预感，他说的话一点都没错。他说那番话的时候，我都没敢看着他。

他那一通训斥，保拉都听见了。她满眼爱恋地看着我……而他竟当着她的面如此说我！我还能说什么？一句话也说不出来。我好想大声地说，他冤枉我了，可跟平时一样，话到嘴边又咽了下去，因为他是我父亲，对吧？可那次跟平时不一样，我更觉得无地自容。

我在床边跪了下来。"我回来了，老婆。"她伸出手摸了摸我。我现在仿佛还能感觉到她的指尖在我身上滑过。她抱着我的头，拉了拉我的耳朵。她对我笑了一下，然后就躺下了，仿佛睡着了一般。

孩子哭了起来，吵得我很心烦，因为她也吵醒了保拉，保拉不得不安抚她一阵。那段时间，一看到老婆病成那个样子，我就对那个孩子充满了厌恶。我感觉她在衔着她妈妈的奶头玩耍，在吮吸着保拉的生命。她在晚上的哭声吵到了保拉，令我非常生气。有好一阵子，我很烦这个老幺。

第二天，保拉的病情加重了，我下班回家的时候，父亲一见面就对我说："死小子，你看看吧，你从来没让她吃过饱饭。你啥都不管，还结什么婚啊？现在可好，要是你这老婆死了，我看你那几个孩子谁管。"我生平第一次好想捂住耳朵对他说："闭嘴！"

我记得好像是德利拉叫了个神父来给保拉做临终祈祷。我见他在场，竟一时懵了，对他说道："神父啊，我想跟她举行婚礼。"他转过头来看了看我。

"唔，她现在都要入土了，你想起跟她举行婚礼，这么多年你都干吗去了？"他真没给我们完婚！我本想给他钱的……他们来之前一般都会问你有没有钱……可我没给，因为他不给我和矮妹完婚。他怒气冲冲地夺门而出。我也非常生气。他身为上帝的仆人，如果上帝眼看自己的孩子……不管什么样的孩子……受苦受难，他一定不会一走了之，甚至像那位神父一样令我们雪上加霜。

接着，父亲叫我快去把医生找来，因为保拉就快不行了。"好的，爸爸。"说完，我就跑了出去，连车费都忘了拿。当时已是半夜时分，我急匆匆地朝着罗萨里奥大街的方向走去。拉蒙医生跟卢裴塔同住一屋，安东尼娅告诉我说医生喝醉了。她上楼去看了看他，因为我实在走累了。她一会儿就拿了张处方下来。

"他说得赶快给她打一针。"

我还得走回卡萨-格兰德。我已经在店里站了一天，现在只觉得双腿僵硬。我刚一到家，父亲又给了我一些钱让我去买药。我只好又出门去到处找药店，看哪一家还开着。然后，我又回到了卡萨-格兰德大街，挨家敲门找人来打针。当时已是凌晨4点半，没有人愿意开门。

5点钟的时候，保拉陷入了昏迷状态，绝望之下，我只好又出去试了一遍。这次，一个女人答应替我打上一针。恨就恨在她起床了，恨就恨在她打了那一针！我一直诅咒那个时刻的到来，可现在终于明白，老婆的大限已到……也许该轮到她走了，因为没过多久……也就几分钟的样子……刚打完那一针，安东尼娅大呼小叫地跑了进来："打不得，打不得！打了会死人的！"

老婆的胳膊胡乱地扒拉着，心脏剧烈地跳动着。紧接着，医生也跑了进来。"针打了吗？"他说，那种药得先兑点血，不然会引起心脏不适。说完，他就从我弟弟身上抽了些血（他是万能血型），然后又给她打了一针。她先是动了一下，然后慢慢地睁开了眼睛。然后，她就死了。她就那样死去了。

"爸爸，她死了，我老婆她死了！"绝望和愤怒之下，我十分焦急地喊道。他跑进屋来，抱着她哭了起来。我用头在墙壁上撞击着，巴不得把自己的头撞破算了。我大声吼叫道："这怎么可能！不是还有上帝吗，上帝都到哪儿去了！"我的心里一阵阵疼痛，可我也就亵渎了这么几句。我早先还信心百倍，以为她会好起来！我根本没想过她会死。我记得上帝说过，只要心诚，万事皆可成。可她就那么死了，所以我说了几句过头的话。

我敢肯定，那个狗屁不懂、一文不值的医生害了她。那个混蛋醉得人事不省，连病人都没看见就开了药。几天之前，他分析过她的尿液，说她得了糖尿病。我们又去看了另一个要价更高的巴尔德斯医生，他说那根本就不是糖尿病。可等他发现她的病情已经很严重时，竟然甩手不管了。他后来告诉我，我老婆要么酗过酒，要么患有胃结核。我父亲抓住这一点，说是我害了她，是我把她饿死的。

说我没抽时间陪老婆和孩子，这话一点不假。我本来应该每天早点回家的。是的，是我忽略了她，但我可以发誓，没给她留足饭钱的情况绝对绝对没有过。我本来也可以多给她一点，可她只拿够吃饭的钱。真正害死她的，是那一针药。

康素爱萝说我不爱保拉，还说我对她没有任何感情。其实，我是跟父亲学的，因为他即便跟艾莱娜在一起过得非常惬意，也从不当我们的面表露出对她的感情。我对矮妹也是这么一回事儿。我对她的爱只表露在床上，表露在黑夜里。在父亲面前，在弟弟和妹妹们面前，我对她总是做出一凶二恶的样子。我自己说话的方式也很刻薄，不过，她肯定也感受到了我对她的感情，因为这么多年来她一直都爱着我。

父亲总说是我的错……说我不像个男人……说我对她不管不问……说我没及早带她去看医生。他甚至把我降格成了杀人犯。我真想大吼一声："我受的苦还不够吗？我的挚爱没有了，我的心都要碎了！你那些说法都不对。"可他说起这件事情时依旧愤愤然的样子。不管对错，他总是我的父亲，拼死拼活把我养大了，而且还假惺惺地爱过我。所以，我不能顶撞他，尽管我明白他说的话一句也不靠谱。他毕竟是我的父亲。在我看来，父亲可以对我为所欲为，只要他愿意。哪怕他杀了我，我也不会挡一下。

老婆的尸体在家里停放了两天……还是一天半……我都记不得了。看着她坚硬的尸体冷冰冰地躺在那里，我真想跟着她一起死了算了。我甚至抓了一把刀想要给自己做个了结，可就在这时，儿子跑进屋来问我要五分钱。我放声大哭，同时在心里对自己说："我怎么可以自杀？我不是还有几个孩子吗？"我完全崩溃了，连葬礼花了多少钱都不知道。所有事情都是我的朋友阿尔维托和父亲帮着料理的。葬礼上来了很多人……保拉曾经做工的那家小餐馆来了人，我经常吃饭的那家小餐馆来了人，有的人住在市场里，有的人就住在居民区。我真想让他们统统消失，留下我一个人陪着那具尸体就够了。

她被葬在多罗雷斯墓地，跟我母亲和表兄们葬在了一起。七年之后，他们移走尸骨，又在同一个位置葬下了另外的人。对于葬礼，我感到非常恐惧。有人说过，棺木放下去的时候，死尸会起鸡皮疙瘩，因为它感觉到自己就要被埋进土里了。棺木越来越沉，是因为死尸不愿意被埋进土里。保拉的棺木就是这样，尽管她早已消瘦，只剩下皮包骨头。

等我自己蹬了腿，轮到下葬的时候，我希望人们把我放到山顶上，放到空旷的地方去，或者像捆法老那样把我捆成木乃伊，或者至少找个医生把我的脑髓取出来，免得我在墓地里还要遭罪。不知何故，我就是害怕自己被埋进土堆里。我宁愿自己被放到山顶上让野狼撕成碎片，那毕竟胜过埋在土堆里与蛆虫为伴。是的，我害怕蛆虫，比野兽还怕。

我一直没去过墓地。之所以没去，是因为我觉得去了之后，老婆不但不会感觉到平静，反而会受折磨。即使躺在墓地里，她也会觉得惴惴不安，因为她曾经如此的爱过我。看到我去了，她也许想爬起来跟我说话，拥抱我，可又做不到。

我认为，对着死人掉眼泪完全是瞎扯淡。保拉死后，我也哭过无数次，可那只能说明她活着的时候我应该给她更多的爱。让人想哭的不是爱，而是愧疚。所以，我告诉自己，永远也不去她的墓地，除非等到我自己下葬的那一天。

安葬老婆那天，我极度绝望而又悲伤地安慰自己："我还有格瑞塞拉。"一想到这，我犹如溺水的人抱紧了筏子。可当格瑞塞拉听说了保拉的死讯之后，带着巨大的悲伤和各种复杂的感情，做了一件她自己最不想做的事情。就在我安葬矮妹那天，格瑞塞拉跟着鲁道夫先生——也就是她母亲一直想办法撮合他们一起过日子的那个人——离家出走了。她全心全意地爱我崇拜我，对吧？可她就是想惩罚自己，所以她的第一反应是带着自己根本不爱的人离家出走。

我一下子失去了两样东西，一是我孩子的母亲，二是我的生命之爱。哪怕只为了安慰安慰我，格瑞塞拉也应该等等再走。我们本可以互相帮衬一把，因为我们毕竟都有错。

那之后，我满大街溜达。到处都有人，我却感觉到非常孤独。没有人在意我，也没有人关注我的忧伤。我觉得只有自己一个人在遭受折磨，随着时间的推移，一连几天，我好想不再去考虑老婆去世之后家里留下的空白。可越不想越糟糕。老婆去世后，我好像愈发爱她了，就像父亲在我母亲去世后愈发深爱她一样。我认为，我的人生就是父亲的重演，只不过他养育了四个孩子，而我没有做到这一点。

在格瑞塞拉原来住过的那条大街上，我在街角守了整整三天三夜，就等着她出来。我不吃不喝，也不睡觉，什么都不干，就在那里站着。我真希望她出来让我一刀捅了她，因为她背叛了我们之间最神圣的东西。

阿尔维托见我陷入那样的境地，便对我说道："哥们儿，你给我听着，我觉得我们最好离开这个地方算了，因为你的情况越来越糟。我们最好去美国打短工，只要越过国境线就行了。"他不停地劝，直到把我说服。

我只简单地回了一趟家，一来求父亲的吉言，二来多带一套衣服，顺便带上我那件新买的夹克衫。一开始，父亲不想让我去，可他最终还是给了我几句祝福的话。去跟我妹夫道别的时候，福斯蒂诺的第一反应就是跟我们一同前往。我说："好吧，我们三个人一起去。"

朝着加利福尼亚的方向出发的时候，我身上只有八个比索。

罗伯托

　　我之所以参军，是因为我一直喜欢玩枪，渴望冒险，或者至少可以去几个没去过的地方看一看，对吧？所以，在 1947 年 3 月 3 日，也就是杜鲁门来这里跟墨西哥总统见面的那一天，我见到了这位大人物。如果我没记错的话，那应该是美国总统第一次来我国进行访问。所以，很多人都去机场迎接他，我也去了。

　　我站在最前排，正对着检阅台。检阅台就设在空军总部边上，当时挂着一块大标语："欢迎加入空军部队。"仅凭着喜欢，我二话没说便报了名。

　　我当时还只是个孩子，最多十六岁，个子也不高，因此长官问我的第一个问题就是"孩子，你得回去征求你父亲的意见"。

　　"没问题，我已经征求过了。"我随口扯了个谎，因为我事先根本没想到要来应征，对不对？嘿，不管三七二十一，我通过了所有的测试，跟墨西哥军队签署了一份三年的服役合同。

　　回到家里，我这样对曼努埃尔说："哥哥，你知道吗，我参军了，我现在是个军人了。"

　　"那有啥意思？我看你是得了羊癫疯吧。"

　　"我是说真的，老大，我已经入伍了，我很快就要穿军装了，你就等着嫉妒吧。"嗨，他死活就是不信，因为我从来没做过这么轰轰烈烈的大事情。

　　拿到军装之后，我才告诉了父亲。那天我正往家里走，就快要穿过卡萨-格兰德那扇大门的时候，一帮小子嚷开了："哟，哟，哟，哟，看黑娃穿了件什么玩意啊！"

"哥们，觉得怎么样啊？"

"怎么混进去的？是空军吗？你要开飞机吗？是当学员还是咋的？"

"什么都不是，就是空军。"因为我说不出更多的东西来，这让他们更着急。我的好朋友丹尼尔·拉米雷斯看见我穿上军装之后，也想去应征。我并没有激他，因为他那几个哥哥都很野蛮，我怕他们会怪罪我，不过我答应，走的时候一定带上他。

那天晚上，我根本不用对父亲说什么，因为他已经看见了我的军装。

"你都干了啥好事？"

"啥也没干，爸爸，我就是报名参军了。"

"何时何地何人批准你了？"

"嗨，这都几天前的事儿了。"

他站在那里看了我一阵，接着又说道："行，我们走着瞧，看最终的结局会怎样。做个好人，做个老实人，而且要努力工作。只要做到这几点，你就算是在走正路。"他一向这样规劝我。

我们每天都进行训练，一晃过去了三个月。我在家里睡觉，每天早晨6点钟去空军基地报到，然后一直训练到傍晚5点，之后我们就自由了。一天早晨，起床号刚吹过，我们正在列队，马德罗上尉对我们说道："有没有想去瓜达拉哈拉的志愿者，请出列。"

一听到要出远门去瓜达拉哈拉，五六十个刚招募来的新兵一下子全都站出了队列。可等到上尉说清楚到底是怎么一回事之后，只有六个人仍旧站在队列外面，其中就有我和我的好朋友丹尼尔。

我们被安排在傍晚6点30出发，于是我回去跟家里人道别。我走进屋子的时候，父亲正在看报。我站了一会儿，对他说道："爸爸，我要走了。"他没搭理我，可我仍旧站着，他终于抬起眼皮看了看我。

"那么，什么时候走？"

"哦，我要去瓜达拉哈拉。"

"瓜达拉哈拉是什么玩意？"他这才拿正眼把我好好打量了一番，知道吧？他听了这个消息之后，真是吃惊不已。

我对他说："是的，他们要送我们去瓜达拉哈拉，我该走了。"这话不实，因为我是自愿申请要去的。就这样，父亲哭着跟我拥抱了一下，他很少有这样的举动，嘿，我觉得自己仿佛置身天堂。我不知道天堂到底怎样，可那就是我的感觉。父亲不但以那种口吻跟我说了话，还拥抱了我，我有一种哽咽的感觉，双眼满含热泪。父亲甚至给了我五十个比索。

他说道："来，拿着，路上自己买点东西。"

"好的，爸爸，谢谢。那么，我走了。祝福我吧。"于是，父亲给了我几句祝福的话，我也跟哥哥和妹妹们道了别。

那天晚上，我跟一个名叫艾尔维拉的姑娘见了一面，我早就暗示过她，要她做我的女朋友。我知道她会答应我的要求，因为撮合整件事情的人就是后来成为丹尼尔老婆、但当时还是他女朋友的罗拉。我之前根本没见过艾尔维拉，知道吧？她来了之后，我并没有特别在意她，但我觉得非让她做我女朋友不可。当着丹尼尔和罗拉的面，我们当即亲吻了一下。接着，我们坐了下来，我把头枕在了她的腿上。我一心想趁热打铁，也想让她明白我知道该怎么做。我的确可能长得丑了一点，但不是笨蛋！就这样，我们连夜朝着瓜达拉哈拉出发了。

就在当天，我们已经拿到了钱，所以每个人都买好了一路上需要的物品。一个家伙买了一瓶巴卡第酒，还有个小伙子买了些龙舌兰酒。小伙子们大都喜欢喝上一口。我呢，多少还算是个孩子，而且懵懂无知，所以买了一罐雀巢牛奶、一条宾堡面包和几个桃子。我一路上都在喝牛奶，直喝到饱嗝连连，还分给小伙子们一起喝。他们也拿了些东西给我，可我说："算了，哥们儿，我的肠胃不好，再说，我也不能喝酒。"到达瓜达拉哈拉时，小伙子们多数已经酩酊大醉。

从瓜达拉哈拉前往目的地，也就是飞机场的时候，一个负责的上尉犯了迷糊，安排我们上错了车，这样一来，我们不得不沿着一条土路步行了十二公里。走到目的地的时候，大家全都疲惫不堪，浑身沾满了泥土。上尉和一帮农场主好好招待了我们一番，因为兵营全都建在农场里。我们休整一个星期之后便各就各位了，有的守机库，有的守机场，有的看果园。

我被分配去看守农田，以防农场主们偷庄稼。少校对我们这些在园子里劳动的人相当小气，不让我们偷吃树上的果子，只有掉到地上的东西才可以吃。所以我得了痢疾。气候那么温和，根本没有人会想到这么回事，可我还是赶上了，因为我从地上捡食了几个橘子，那玩意掉到地上被阳光炙烤了好几天，明白不？这样的水果我们吃了不少，吃完水果还要喝点水。

在兵营的头一个星期，我很有些闷闷不乐，非常想念安东尼娅。我吃不好睡不好，非常机械地执着勤。我多想借来一匹马，只身穿越崇山峻岭啊……我什么也不想，只想我的同父异母妹妹。慢慢地，我挺了过来。

来到瓜达拉哈拉之后，我第一次醉得人事不省。为了庆祝建军节，我和一位下士奉命前往哈利斯科购买龙舌兰酒。到了酒厂，做工的小伙子们把我叫了过去。

"喂，当兵的，过来。难道你不想来一小角？"

"什么是一小角？"

"嗨，就是山羊的羊角啊，来一角龙舌兰酒？"

"算了，现在肯定不行。我有公务在身，不能喝酒。"

"亏你是个大男人，一小角不会有事的。"

就这样，在他们的一再坚持下，我坐下喝起酒来。刚酿制出来的龙舌兰酒还带着余温，味道十分甘甜。我一共喝了三小角。下士买好酒之后，对我喊道："列兵罗伯托，咱们回去。"

站起来的时候，我只觉得头晕脑涨，差一点摔倒了。走到屋外，新鲜的空气迎面扑来。想想吧，那是我生平头一次喝酒，可他们竟然出损招，拿温热的龙舌兰酒给我喝！下士对我说道："年轻人，你看你都干了啥好事。"

"对不起，下士。事情是这样的，他们硬要拿三小角东西给我喝，可我根本不知道那是什么东西。"

话是这么说，可我出尽了洋相，因为酒精在我身上的作用越来越厉害。公共汽车驾驶员甚至不让我们坐他的车。不知那个地方的人是喜欢当兵的，还是讨厌当兵的，反正我知道他们对军人的尊敬非同一般。在下士的一再坚持下，驾驶员允许我上了公共汽车，但不让我坐车厢，我只能爬到车顶，坐在行李架上，这让我的头脑清醒了不少。坐在车顶上，我仿佛变成了一个浑身酒气的行李包。为了照料我，下士也坐了上来。我的酒劲上来了，嘴里胡乱地哼唱着："哈利斯科万岁。"我把自己当成了本地人。

下了公共汽车，我们得步行回到飞机场。嗨，我那次真的踢起了很多尘土，因为我完全是东倒西歪，跟跄而行。我算是醉了个痛痛快快。回到目的地，我对自己说："今后一滴酒也不沾了。"嗯，我一生中说话还没有这么不靠谱过。

等我们回到飞机场，庆典活动早就热热闹闹地开场了。农场主们烤了小公牛、小牛犊、仔猪和火鸡。那真是一场盛大的晚会，参加的不光有士兵，村子里也来了很多人，大家搞起了赛马和马术表演等等。我们到达现场的时候，大家一起喊道："下士，来坐下，还有你，罗伯托。"说完，他们就给我们斟上了酒。好嘛，我又就着一大堆瓶瓶罐罐喝起了龙舌兰酒。他们管这叫鸡尾酒，实际就是龙舌兰酒兑上苏打水，口味任你挑，还可以加冰加新鲜柠檬汁，那玩意儿的劲头可真大。

那是我第一次感觉到有生命危险。当时有个家伙名叫劳尔，是个上等兵，可我们都叫他大猩猩。他和另外一个名叫卡斯柯斯的家伙也喝醉了，在那里又唱又跳，玩得十分高兴。我现在都搞不明白当时到底是怎么一回事儿，反正就是大猩猩看我很不顺眼，他以这样的口吻对我叫喊道："过来，列兵罗伯托。"

"好的，下士。"因为他是个上等兵，所以就有了下士的派头，而大家又会把下士当中士看待，就这样一直上靠一级。

我问他："下士，有何吩咐？"

他说道："吩咐啥？我操你妈。"

在墨西哥，说这几个字往往会引起一场争斗，可我只问了一句："怎么了，下士？莫不是你喝的酒这么快就上头了吧？"

"我没喝酒，"他说道。"我清醒得很。"

我心想："这可不好。"于是我又说道："好吧，既然你都这么说了，我就算知道了，咱们到此为止吧。"

"噢，你想到此为止？行，那你再冲我说点什么吧，因为我想好好揍你一顿。我很讨厌你，就因为这个，咱们来打上一架吧。"

"哦，我不能跟你打，你是我的上级。"我话音刚落，他已经从枪上抽出刺刀——他之前已经把那玩意儿打磨得十分尖利——向我刺了过来。就在这时，少尉走过来用枪托给他重重的一击，才让他平息了下来。那之后，我跟那个家伙之间的摩擦一直没有了结过。

吸食大麻后，大猩猩的性情温和下来，给大家讲起了哲学、文学和神学。唉，他说的那些玩意儿我一窍不通，根本不明白他在说些什么。不过，我还是要坐下来听他讲，怎么说呢，因为少尉和少校都坐在那里听他讲呗。当然啦，少校是个文化人，大猩猩提出来的问题他统统知道答案。他们定期来上这么一回，嗨，那可让我眼界大开啊。当兵期间，那是我感到快乐的时光之一。

后来，他、卡斯柯斯，还有我成了好朋友，但可恶的大猩猩仍旧时不时地找我的岔子。他让我在果园里种植大麻，因为他和卡斯柯斯都喜欢吸食。就为了服从大猩猩的命令，我真的播下了大麻种子。当然，这是不允许的，可军队并没有派人来监视我们这些家伙。

他们把大麻种在了果园里人们看不见的地方，离军营大概五百米远。大麻种子是跟着装运大麻的包裹一起被带进来的，那东西生长和扩散的速度真是神奇之极。他们向我传授了配制技术，我得不断地去地里锄草浇水。我精心侍弄着果园，直到收获季节的到来。

那帮小子好多次要给我大麻吸食，我一次都没有接受。他们非常清楚，我连旱烟都不抽。可有一次我问他们要烟抽的时候，他们还是糊弄了我，在我喜欢的牌子里混入了大麻。我抽了三口就觉得头晕眼花，脑子一片空白。我狐疑地把每个人打量了一眼。我起身要走，可觉得脚下踩着的仿佛不是大地，而是某种软绵绵的东西，我的身体飘了起来，大脑完全失去了控制。

我感到内急，于是跑到了一株仙人掌后面。我挣扎着想要站起来，却一个趔趄往后倒下去，浑身扎满了刺。一想到自己被搞成那副样子，我就忍不住想笑出声来。我想吐一口唾沫，可嘴里连个唾沫星子都没有。那帮小子看着我哈哈大笑……我多想找他们出出气啊，可我浑身无力，全身只觉得轻飘飘的。接着，我就睡着了，连去飞机库执勤的事情都错过了。那一支烟给我的影响如此巨大，竟让我去医院住了一阵子。我猜测，我就是因为这个而得了疟疾。从此，我再也没有吸食过大麻。

我差一点上了军事法庭，因为那块大麻地的事儿，卡斯柯斯、大猩猩和我都被逮捕了。你知道是怎么回事儿吗？我一点都不担心，因为我自认为那不是我的错，公理自会见分晓。我本来也应该跟那两个小子一起被送上军事法庭，可卡斯柯斯救了我。那是我第一次，也是唯一的一次公平买卖。

墨西哥爆发口蹄疫的时候，我又遇到了一件事，那也许是我一生中最重要的一件事。疾病来势汹汹，以致瓜达拉哈拉周围全被隔离了，鸡和蛋都不能运进运出，我们还得执行捕杀病牛的任务。只要有十分之二或三的牛犊染了病，我们就得杀掉整个牛群以阻止疫情扩散。就因为这个原因，农民们对我们恨之入骨。

农民们的牛犊被捕杀之后，政府会对他们进行赔偿，可他们拿到手的钱与市场价相比差了很多。假定一群牛价值两千比索，农民们连一千五百比索都拿不到。农民们对此异常愤怒，于是拿我们这些当兵的进行报复，因为我们是直接杀死牲畜的人。可我们也只是奉命行事，对不对？

有一次，我和丹尼尔·拉米雷斯，弗朗西斯科，还有一个名叫克里斯平的——他姓什么我忘记了——骑着马出发了，我们一共有四人或者五人。我们请了假，还找人借了马匹，要去萨波潘买苏打水和龙舌兰酒，而且要在6点钟点名之前赶回来。

好吧，因为天色渐晚，所以我们一路策马狂奔来到了一个叫做恶魔沟的地方。就在我们穿越这条沟谷的时候，突然间枪炮齐鸣，那个密集程度啊——是我一生中头一次遇到。向我们射击的是30－30来复枪和七毫米毛瑟步枪。还好，我们逃出了他们的射程范围，但有两个小伙子中弹倒地了。他们在我身上浪费了一颗子弹，只把我大腿擦破了一点皮。我们没看清是什么人在打枪，只看见枪弹摇曳，明白吗？我们都想逃命呀。

我和丹尼尔跑回去寻找被击中的那两个人，其中一个已经死了。拿韦拉克鲁斯那儿的话说，那小子皮肤可真好。回到总部之后，我们做了报告，少尉命令道："持枪，列队。"我尽管受了伤，还是向少尉申请要求一同行动，可他说道："不行，你好好养伤。"

"不，少尉，你听我说，我没事儿。我要跟大家一起行动。我只要绑上止血带就没事儿了。"他答应了，于是我跟他们一起又出发了。等我们赶到那里，偷袭者早跑了，我们在四周稍作了些调查。四个月之后，我们终于逮着了那帮人。

有些牧场主养的牛多达几百头，知道吗？只要某几头牛染了病，这些牧场主就趁着黑夜把他们的牛群从地里赶出来，再把它们放到山里去以免遭受宰杀之祸。有一次，碰上我晚上执勤，从深夜12点一直执到早晨6点。执勤的过程中，我得在整个机场内走动，确保没有牛在跑道上溜达。那个机场长约四公里，宽约三公里，我一点都没有夸大其词。

我走到一个控制点的时候，突然听到了一阵声响，很像是牛群的鸣叫声和牛蹄子的奔跑声。我跑去向下士报告，可他出去吃饭了。我打开大大的探照灯，顿时发现四周尘埃四起。我朝着尘埃一边快速奔跑，一边高声叫喊："站住！谁？"

"当兵的，是我，别开枪。"

"快把牛群拦下来！"

"拦不住，整个牛群都跑出来了。"的确有一大群牲畜正在四散奔跑。

"行，那么。"我说道。"牛我抓不住，可我能逮住你，跟我走吧。"

"嘿，当兵的，这可不行。"

"那你说，你要把这些牛带到哪里去？这些牛是偷来的，还是你自己的，还是另有隐情？"他说那些牛是他自己的，可我不敢相信，因为如果那些牛是他自己的，他不可能在这个时候赶着它们跑。

他解释道："不，是真的。你看，这些牛都是我自己的，可有几头生病了，病牛我当然会杀掉，可其他牛都好好的，我肯定不想杀它们，因为政府给我们的赔偿差得太远。"

于是，我们在那里争论来争论去。最终，他提出给我一百比索。

"不行，先生，我一分钱都不能要。可如果你实在想拿一百比索出来，可以当成罚款来交，这样也许可以免去你的牢狱之灾。"

"不行的话，我给你三百。"

"先生，还是不行。"就这样，他加到了五百。那是我一生中头一次见到这么大一笔钱。呵呵，这事儿就了结了，牛群过去了，牧场主也走了，我回到了执勤的岗位上。

紧接着，下士带着一个三等兵过来了。

"有情况吗？"

"啊，下士，一切正常。"

"哦，是吗？你刚才是不是来找过我？"

"啊，是的，我本来打算向您报告一群牛的情况，我当时想把牛群拦下来，可不知什么人把它们全都惊跑了。"

"别瞎扯，过来。"

231

嗨，下士可不是傻子，对吧？他在军队里混了那么多年，什么事情不知道，我哪里骗得了他呀？他把我叫到一边，然后问我："告诉我，怎么回事儿？"这样一来，我也明白了，再对他撒谎不会有任何意义。

"啊，下士，情况是这样的：有个人正带着他的牛群逃跑，被我放走了。"

"你说放走了，这到底是怎么一回事儿呢？难道你不知道自己的职责是什么吗？"

我回答道："下士，我当然知道，可他是个聪明人，给了我一百比索。"

"别哄我了，"他说道。"区区一百比索？你可能有些傻，但绝不会冒着被送上军事法庭的风险收下区区一百比索吧。"

于是我又回答道："是的，你说对了。实话告诉你，他给了我两百比索。"这样一来，他开始半信半疑了，可还是不停地拷问我呵斥我，因为我毕竟失了职。末了，他对我说道："行吧，给我一百比索，给他五十比索，我们共同替你保守这个秘密。"

之所以说这件事是我一生中最重要的事情，是因为如果我没放过那位牧场主，没收他的钱，我就不会变成现在这样的坏蛋。类似的事情还发生过好几次。第三次的时候，我得到了两千比索。可我根本不知道怎么用这些钱。那本来就不是正道来的钱，所以用出去的时候本来应该小心点收敛点，或者动点脑筋投个资什么的。可我全都挥霍了，不是招待朋友，就是玩女人，或者用来喝酒了。就这样，我养成了挥金如土的习惯。

我喜欢在军队里的日子。我后来升到了下士军衔，但没能熬出头。不知怎么的，我总跟别人有摩擦，也许是因为我肤色较黑，或者因为我血统不好。反正呢，那位下士跟我过不去，而且总能得手。有五六次，他无缘无故就想把我关押起来。我立马向少校提出了申诉。于是，我们都被带到了少校面前，我和那位下士从各自的角度进行了陈述。少校一看吃亏的人是我，于是把告知书撕成了碎片。"再详述一遍，"他对我命令道。那位下士虽然没成功，但一直跟我过不去。

嘿，我们要进行近身对抗练习，我运气不好，跟那位下士成了搭档。我们是模拟性对抗练习，可那小子根本不模拟。他大喊道："防卫！"我立马做好了防卫姿势，端起来复枪，准备挡开他的刺杀，他只需要有刺杀这个动作即可，知道吧？

可根本不是那么回事。他先是做了两三个模拟性刺杀动作，随即对着我来了一个真的刺杀动作。呵呵，幸亏我们之前进行过刺刀训练，我用来复枪往左一别化解了他的刺杀。就因为我那一挡，他的肩部跟我的胸部顶在了一起。

我问他："到底怎么了，下士？你太过分了吧。"

"小杂种，是你自己没看好！赶快滚，要不老子杀了你。"嘿，我一听他骂得那么难听，当即把来复枪掉过头来，用枪托照着他下巴狠狠地砸了过去。我真恨不得就在那时那地杀了他。我那一下实在太用力，一下子把他砸了个仰八叉。我真想用刺刀捅进他的后背，可看在老天的面上，我收住了手。我立马清醒过来，如果我把刺刀捅进那位下士的身体，那可能就像钉死一只蝴蝶。可我只在他的背上轻轻地戳了一下。

少尉见此情形，当即吹响了口哨。意思是要终止训练，明白吗？大家全都停了下来，丝毫不能乱动。少尉走过来问道："傻瓜，你想干什么？"

"你都看见了，少尉，是他逼我的。如果我不弄他，他就要弄我，他弄我的话恐怕更严重。"

他说道："闭嘴！看来你还不知道自己惹了多大的麻烦，反正啊，惹麻烦了。卸装备！"我解下皮带，脱掉帽盔，连同来复枪一起放到了地上。我心想："黑娃，这下好了，你不蹲大牢才怪。"

他们对下士的伤情着实大惊小怪了一番！先是叫来医疗队，接着又给他的伤口缠了纱布。可他实际上伤得一点都不严重，只是小小的擦伤而已。

我跟着少尉走了。他对我说道："听着，小子。如果我现在把你抓起来送上法庭，因为你不服从上级，以及刚才的所作所为，至少要坐上十年八年。"

我对他说道："是的，少尉，不管怎么样的惩罚都是我咎由自取，可我也希望你能听我把话说完。"

"不管你想说什么，你终归是违抗了上级的命令。你赶紧离开这里吧。"接着，他从衣袋里掏出二十比索递给了我。"赶快走，但愿上帝保佑你，我无心……"根据军队条例，他应该立即把我抓起来。只有老天知道他为什么不那么做。这件事对我来说太重要了，我对他永远感激不尽，要不然我现在还在蹲监狱。

就这样，我离开了部队，没有任何证明文件，而且还差五个月才到三年的服役期。在部队服役可不能随遇而安，你既然签了合同，就得把三年干满才能离开。可我没有权利这么做。我犯了罪，成了逃兵。以这种方式离开军队，我感到非常难受，知道吗？因为我很想体体面面地离开部队。

在瓜达拉哈拉，我找了个女朋友，她非常爱我。我离开的时候，去跟她道了别。我真不该去跟她道这个别，因为她坚持要我带她走。过什么样的日子她都无所谓，她一心想的就是要跟着我。一开始，我跟她说我要调往墨西哥城，可在她的一再追问之下，我只好告诉她自己被解职了，而且没办法给她一个可靠的未来。尽管如此，她仍旧对我说："我不在乎，我就想跟你在一起。"可我还是得离开她。我的爱情一直不如意，她是个例外，因为她是真心爱我的。

我回来的时候，曼努埃尔和他老婆保拉——愿她的在天之灵安息吧，还有我的两个妹妹一起住在卡萨-格兰德。我父亲那段时间居住在卢裴塔那里，因为安东尼娅的身体还是不太好。我去看过她几次，可爸爸后来叫我少去打搅她。他想知道我到底为什么老去那里，围着她家到处转悠让自己丢人现眼。我发现，卢裴塔早就怪我看她女儿的眼神有些不同寻常。我的自尊受了伤害，从那以后就很少去她家了。

有时候，我会借来一辆自行车，骑到卢裴塔家附近的一家小酒馆。我一边呷着啤酒，一边从门缝里窥视着安东尼娅是否出来买面包或者玉米饼。我知道她一般在什么时间出门，只要能够看见她我就觉得很欣慰。有一次，我骑着自行车，刚好遇到她走出居民区买火柴。我身上本来带了香烟和两盒火柴，可除了跟着她走进同一家商店假装买香烟，我实在想不出还有更好的方式可以接近她。

我在一条单行道上骑错了方向。我追到她前面，突然打转方向，来了个急停。她正好从商店里走出来，不停地拿余光看我。我看了她一眼，径直走进了商店。然后，我在她的眼皮底下回到酒馆，要了啤酒坐等着。

她给我惹下了麻烦，在父亲面前撒谎告了我的状，说我想用自行车碾她，还说我在周围晃荡是为了监视她。那之后，我便没怎么看见她，直到她搬回到卡萨-格兰德。

与此同时，我跟嫂子保拉的关系越来越好。哥哥把她带回来见父亲的时候，我才第一次看见她。父亲当时警告过保拉，说我哥哥是个贱骨头、浪荡子、没有胆量……他关于曼努埃尔那些话非常刻薄，我听了都觉得无地自容。保拉感觉很不舒服，觉得父亲的性格过于强硬。可等到生了玛丽基塔之后，他们开始说起了笑话。

听说自己就要当叔叔，我真是高兴不已。玛丽基塔生下来的时候，皮肤白白的，眼睛蓝蓝的，我那高兴劲真是别提了！我心想："我们家终于有人眼睛是蓝色的了！"爸爸开玩笑说："听着，保拉，这事儿你可开不得玩笑哦！"不得不承认，我也揶揄过嫂子，说在我们家生出蓝眼睛的孩子肯定要走私才行。可怜的保拉呀！她的脸一阵红、一阵绿、一阵黄。不过，玛丽基塔的眼睛没过多久也变得跟曼努埃尔差不多了。

就这样，我父亲承担起了责任，照顾着保拉和一个接一个出生的孩子。我哥哥做生意亏了本，没法给他老婆零花钱。我有钱的时候，会给保拉一点，让她拿去给孩子买药或者买鞋。我每个周末都要给她零用钱，根本没觉得有什么不妥。我哥哥老打扑克牌和多米诺牌，越来越不负责任。我也赌博（不过我从不跟曼努埃尔一起打，因为我觉得我们一直都在较劲），可我当时不用供养任何人。

我一直不明白，哥哥怎么会同时拥有两个女人。我曾经看见过他和他的挚爱格瑞塞拉在一起，于是问是不是他的情人。"嗯，"他回答道。"不是，她只是我的朋友。"

"什么意思，难道只是朋友吗？保拉多可怜啊！你怎么可以欺骗她呢？"我不知道保拉是否知道这件事儿，但我相信她应该是知道的，因为总归有人向老婆告状，说她的老公在外面胡来。

我接受阑尾手术那会儿，曼努埃尔动手揍了保拉。唉，我真心痛……我一边哭，一边一拐一瘸地想要拉住他，可他甚至对我动起手来。保拉真是好样的！知道我会拿着刀枪跟他拼命，知道自己只能被他用石头砸用双脚踢的时候，她还是替我掉了眼泪。她一直告诫我，说我只要不再浪荡，一定会有美好的前途。她要我向她发誓不再打架，可在我们那一带根本做不到。

我仍旧穿着军装，可那身军装令我声名狼藉，老惹我跟别人打架。大家都知道，军中有瑕疵，所以没有谁会喜欢当兵的。回到家里的第二天，我和康素爱萝去买面包的时候跟人打了一架。跟往常没有任何差别，一个自以为聪明的小子对我妹妹说了些不三不四的话。我一点都不介意他们说几句恭维话，如："再见，长得真好看。""长得跟洋娃娃似的。""身材可真好啊。"或者只要是无伤大雅的话都行，知道吧？可他们如果说的是"再见了，小骚妹，小样长得真乖。"或者甚至冲我说"怎么样，小舅子？"之类的话，我就没法坐视不管。

于是我狠狠地瞪了他一眼，骂了他几句，跟他打了起来。只需这一瞪眼，你要说的话就如同瓦斯特克人教他们的鹦鹉发毒誓一般，足以让我跟别人打上一架。我在军队服役时练过拳击，回到家里之后，他们都以为我受过专业训练。我的出拳很快，大家都管我叫匈奴王阿蒂拉①。接着，我掏出刀子，划伤了其中好几个家伙。如果是冲我来的，我根本不会跟他们打架，可在这些龟孙子面前，我一定要好好收拾他们。

我总是为妹妹们的事儿惹麻烦。跟以往一样，我在家里的时候要负责照看她们。我有两次在街上碰到玛塔跟克里斯平这小子在一起，顺便教训了她。她当时还很小，我也觉得那小子并不怎么样。他年纪偏大，非常世故，我一看就知道他是怎样的人。康素爱萝也令我非常头疼，因为她跳舞的时候老跟别人眉来眼去。

一天晚上，玛塔没有回家，我到处找她，忐忑不安地向周围人打听是否见过她。我一心以为她遇到了什么意外，所以心情非常绝望，可我突然想到她是不是跟谁跑了。我当时觉得责任在我，没把她看好，于是我上上下下找了她一个晚上。那天晚上，我完全是痛彻心扉。

第二天早上，我碰到了克里斯平。我一看见死小子那张玩世不恭的脸就气得发疯。我现在也想不明白，当时竟没把他怎么样就放他走了。可我把妹妹揍了一顿，因为我知道她已经不再是处女了。我告诉她，既然做了女人，就一定得结婚，而且要对丈夫忠心耿耿。她答应我说他们会结婚，可后来一直没履行结婚手续。

他简直是个恶棍！他老吃醋，时常找我妹妹的茬。他甚至吃我的醋！怎么说呢，有一次，他们住在自己的房子里，我去看望玛塔，恰好他的妹妹也在。我和玛塔坐在床沿上，刚好我的运动衫从裤子里松脱了出来。我不知道那婊子是怎么跟克里斯平说的，可她一定添油加醋了一番，说了一大堆令人身败名裂的话。我一生中倒也做过很多烂事，可她完全把我说成了禽兽不如。

再次见到她的时候，我对她说："娘们儿，你给我听着，幸亏我是在我妹妹的家里，而且你还是个女人。如果你再这样乱嚼舌根，我不把

---

① 阿蒂拉（Attila, 406—453），古代匈奴王国的领袖和皇帝，史学家称之为"上帝之鞭"，曾多次率领大军入侵东罗马帝国和西罗马帝国。——译者

你弄痛才怪。"

克里斯平厉声喝道:"请你不要用那样的口吻跟我妹妹讲话!"

"操你妈!你要敢在玛塔身上报复,动她一根头发,看我不把你变成废人,让你的日子倒着数。"我是这样说的,内心也是这样想的。

我真无法容忍那小子,因为他老欺骗我妹妹。看着她的种种遭遇,真让我心痛。要是落在我的手心,我一定会像暴怒的野兽那样大声叫喊,轻而易举地弄死他,因为他根本就不是人。也许是接生婆接生的时候弄错了,把他说成了人。

安东尼娅搬到卡萨-格兰德居住之后,我更加感到头痛。我那段时间做的是装饰工,7点整上班,10点钟有半个小时的休息时间,我们可以回家吃点东西。这样的作息制度我觉得很满意,因为我可以借此机会看看安东尼娅到底在干什么。有一天,我回家后,小心翼翼地向恩诺打听安东尼娅去了什么地方,她回答说我妹妹早就打扮妥帖出门了。我听了之后非常生气,同时预感到肯定有什么事情要发生。

几天前,我说服安东尼娅去照相馆照了一张相。所以,我以为她这会儿可能取照片去了,于是决定跟过去一看究竟。我拿了一把刀子藏在皮带里,因为照相馆所在的大街是黑社会的地盘。

果不其然,安东尼娅正跟奥顿手挽手地散步。我之前就看见安东尼娅和奥顿这小子一起散过步,这会儿又看见她跟她男朋友在一起,我的脸一下子阴下来,只觉得双眼发憷,气血下沉,全身发凉。我的心情糟糕透了,可仍旧不由自主地往前挪动脚步,直至追上他们。安东尼娅一把推开奥顿,奥顿一看是我,顿时傻了眼。我上次已经警告过他,不要再来接近我妹妹。

我头一次是这样对他说的:"你给我听着,我知道你是个大骗子。你跟我一样,甚至比我还要坏,所以我不允许你跟她交往。她要找的人应该比你强。我这一次好好跟你说,可没有下一次,知道吗?"我跟他说的可没有半句假话,因为我知道,她永远不可能跟我在一起,所以我希望她找个好一点的人。我说的一点都没错,因为奥顿现在已经成了头号瘾君子。

安东尼娅也是个急性子，冲我大发雷霆："我的事要你管？"可她终究是个明白人，我让她回家她就乖乖地回家了。紧接着，我问奥顿是否带了东西，因为我带了刀子，所以我觉得应该提醒他有所防备。可他不想跟我打架。

"等一等，算了，罗伯托。你平静一下，听我说……你妹妹和我在谈朋友。我说什么她都听。"

"少装蒜，奥顿，"我说道。"你逮着谁就……你不老浪荡吗，所以我要你从她身边滚开。来吧。"我敞开夹克，把刀子亮给他看了一下。

"听着，我也带了打架的东西，可我们不应该为一个女人打架，不值。"

听他这么一说，我照着他的脸上就是一拳。他竟然说我替妹妹惹麻烦不值，气得我简直要发疯。为了她，我不仅要惹麻烦！我还想跟那小子上一架，可他不想跟我打，我只好回了家。

我把妹妹责怪了一番，说奥顿非常差劲……吸大麻和吗啡，抢过东西，是个浪荡子，非常奸猾。那些话在当时有夸张的成分，可我，唉，也不过是想打消她的念头。说完这些，我又说了几句肺腑之言："你说得对，东尼娅，不关我的事。我也总算想清楚了，我对你的想法根本连门儿都没有。"

她肯定也明白了我的感伤，因为她说了一句："那么，你明白就好。"

"是啊，我也看穿了，我连门儿都没有。"我要了她一张签名照，还叫她不要把我说过的那些话放在心上。我把她的那张照片放进了钱包。

那天晚上，我的心情绝望至极，真想一死了之。我以为安东尼娅会向父亲告状，所以我想给自己来一个了断。我把烈性药放进水杯子，打算一口喝下去。我并不怕死，可上帝让我灵光一闪，幡然悔悟。我吐出药片，砸碎了玻璃杯。第二天，我头昏脑涨地到处闲逛，连阳光也温暖不了我的心。

对安东尼娅的爱恋走进了死胡同——我就是这么认为的，我打算让鲁菲莉娅做我女朋友。她知道我对安东尼娅的心思，因为妹妹搬回罗萨里奥大街那一天，我哭得很伤心。鲁菲莉娅进屋的时候，我正号啕大哭，因为安东尼娅已经搬走了。她理解我的心情，叫我不要再哭，因为那毕竟不是什么好事情。我向鲁菲莉娅做了坦白，说我过去有关安东尼娅的种种说法都是为了吸引她的注意力。鲁菲莉娅不知道该怎么看待这个问题，也不知道该怎么跟我说，并让我给她一点时间，容她考虑好了再答复我。

她一直拖着，终于答应在星期天给我答复。我正在卡萨-格兰德的大门口十分焦急地等她的时候，安东尼娅的前男友奥顿走上前来对我说："来吧，匈奴王阿蒂拉，咱们玩一会扑克牌。"嗨，为了显出大丈夫气概，同时也为了让他知道他会的玩意我都会，我立马坐下来跟他玩起了扑克牌。没想到被鲁菲莉娅撞见了，我觉得那对她的影响很大，她因此回绝了我的求爱。

她说，我是个穷小子，能带给她什么东西呢？她原来的男朋友担起过应有的责任，什么东西都买给她，可她看我那样子就知道我什么也给不起。她需要的不是爱情，是金钱，我就是这么认为的。碰巧得很，头一天我的钱包里还装着一千比索，那是我在赛马场附近从一位蓄着时髦发型的上流女士手里抢夺得来的。我很想把那一叠钞票拿出来在鲁菲莉娅面前显摆显摆，可转念一想，她这个人既然如此世故，肯定也不适合我。

鲁菲莉娅一家人搬来卡萨-格兰德居住的时候，跟其他人没什么两样。她家跟我们一样一贫如洗，我们全都成了好朋友。不止一次，鲁菲莉娅的母亲还找我家借过十个八个比索，我们同样也经常借钱。可后来呢，鲁菲莉娅的父亲想方设法学了点机械技术，由此辞掉驾驶助理的活儿，转而干起了修理冰箱的营生。她家的情况也从此一步步好起来。鲁菲莉娅的几个哥哥读到了高中，她父母亲已经在着手改善居住条件了。他们先是买了一台燃气炉，接着买了炊具、收音机、电视机，还搭了个露台供男孩子们睡觉……直至变成了整个院子的首富人家。

随着经济状况的好转，他们不再跟邻居讲话。我并不是说因为我曾经帮过他们的忙，他们就非得跟我说话不可，我只是不明白，他们怎么可以如此侮辱我，如此冒犯我，或者完全当我不存在。我弄不明白，为什么有的人变得那么快。好像我在他们的眼里已经不再是好人。怪不得鲁菲莉娅把我拒之门外。

也就在我追鲁菲莉娅那段时间，卡萨-格兰德发生了几桩怪事，责任全在我。不知是谁在鲁菲莉娅的门廊里撒了盐，后来又把盐撒在了安赫利卡·里维拉和其他几家人的门廊里。大家都说是我干的，目的是为了报复鲁菲莉娅，同时也为了搅乱居民区的和谐氛围。当然，这都是说说而已，因为我从来没干过这样的事情。

一天晚上，鲁菲莉娅和她母亲，还有一个屠夫的老婆撞见住九十三号的丘丽太太正在她家的门廊里捡拾食盐和大蒜，然后再涂到我家的大门上。他们还听见她一边涂抹一边念叨"好你个黑不溜秋的小杂种"、"你他妈的小杂种，老子巴不得你屁眼烂掉"之类的污言秽语。哦！我至今不明白她为什么要那么做。住九十三号那家人从来不跟任何人说话，从一开始我就注意到，丘丽太太看我很不顺眼。

我从不相信巫术，尽管那玩意儿在有些地方时至今日还存在着。我也从不使用春药，或者其他乱七八糟的玩意儿。在我们首都这里，男孩子们大谈特谈巫术和春药，不过都是说着玩的，至少在我们的帮派里没有人相信这些东西。

不过，我确实知道有些情况下，如果有人要加害某个人的话，这个人会得病。我爸爸就是个例子，我在科多巴认识的人也是个例子，这个人的老婆拿针刺他的照片，然后把这张照片埋在地里，结果他变成了傻子。他原本是个大块头，胸膛上还长着毛。我跟他为一件什么事打过一架，可后来他连吃喝都做不了，只能成天坐在门廊里。从此，他没离开过老婆半步，直到完全疯掉。

我还知道有个人被老婆施了法，她冲他大喊大叫，大打出手，人人都看得出来，她对他施了法术。除此之外，你怎么讲得通呢？我在恰帕斯的时候，有人就叫我千万要当心，因为那个地方的女人会给男人喝一种所谓的"椰奶"，从而加害于他。月经来潮的时候，她们用洗下身的水冲咖啡，男人一旦喝了这样的咖啡，就只能完全听任那个女人的摆布。

听说这件事情之后，我从不在居所附近吃东西或者喝咖啡，连碰都不碰一下，因为有个来自特宽特佩克的女孩当时正爱着我。当地人说，一旦特宽这个地方的女人想把男人弄到手，她会想方设法让这个人就范，哪怕他远在大洋彼岸的中国。实话实说，我完全相信他们这一套说辞，所以无论走到什么地方都会在身上带一块金属片当做护身符。

不做工的时候，我通常在 12 点钟回到家里吃饭。这个时候，恩诺正在家里洗衣服。我一直不喜欢仆人替我把饭递到手边，所以我自己盛了些米饭、豆荚和炖菜吃起来。我吃着饭，注意力却被恩诺洗衣时一上一下晃动的屁股吸引了过去。我悄悄地站起身来，站在她身后从她的衣领里看进去。被她发现了。"嗨！好你个黑娃。滚出去！要死呀！"她一边说着，一边不停地向我泼水。

"怎么啦，难道你不喜欢我这样的黑娃吗？我是长得不好看，可我的运气多过金钱啊！"

"去你的！"

随后，我躺在床上看她熨衣服。我们开始说起话来，我都不知道怎么就做上了，不过，她问我要二十个比索。我当时身上一分钱也没有，不过我还是答应给她十个比索，可她却说："行啊，照做。不过你不要跟别人说，听见了吗？"

"不会的，恩诺，你不用担心。"我很激动，因为她终于认可我了。她关了两扇门，做好了准备，可马上又反悔了，而且取笑起我来。

她说："说来你都不相信……不过，你跟你父亲一个样。他也老打我的主意！"

一听说父亲也在追她，我对她的欲望立刻变成了仇恨。她干吗不早跟我说清楚，而要一步步引我上钩？我真是羞死了……我纯属是作践自己，不过，我之前真不知道……那个臭婊子也没敢在我面前再提这件事儿。至于父亲嘛，他是长辈，轮不到我去评价。

有一次，我还在做工的时候，去了一趟查普尔特佩克公园。我身上只带了两毛钱。那不是我第一次身无分文，可如果有掳钱的机会却不好好把握的话，那只能怪我运气太背。

查普尔特佩克城堡的台地上刚好有个醉汉。那家伙走起路来东摇西晃，夹克衫的衣襟部位鼓了出来，连裤袋里的钞票都露了出来，外面看得一清二楚。我本可以放过他，继续走我的路。不过我想，要是换了别人还是会抢他的钱，那有什么两样啊，对吧？那种诱惑力实在太强，我完全控制不了自己。我想都没想，扯出那一叠钞票就走了。那可是整整五百比索啊，对于我这样一个身无分文的人来说，算是相当多了。

我不知道自己为什么会干这样的事情。这当然不是为了取乐，不过打小时候起，我就对别人的东西有一种欲望。我偷了钱既不买名牌也不搞囤积，全都拿来喝酒了。我就是为了图个兴奋劲，好有资本在那帮小子面前显摆显摆。

我刚偷到手的热钱没给过父亲一个子。在我的眼里，父亲是个圣人，那样的脏钱我肯定不会交给他。给他的钱都是我通过诚实劳动挣来的，尽管没有那么多。

我得公开声明一下，我第一次进收容所完全是自己的过错。我之前也惹过麻烦，但一直没有严重到这个地步。我当时做工的地方生产的是五颜六色的组合灯具。事情是这样的，我们当时正打算庆祝工头的圣徒节，于是我跟着同在那里做工的两个小伙子——一个是佩德罗·里奥斯，外号老虎，一个是埃米利奥——一起来到了老板的店铺。我们喝了不少啤酒和龙舌兰酒，离开的时候走路都有点站立不稳。

我们上了一辆公共汽车，车上只有两三个乘客，于是我们坐到了客车后部。我很想抽一口烟，我喝了酒之后都有这样的感觉。我的烟瘾很大，可以一支接一支地抽下去。于是，我问老虎和埃米利奥有没有烟。可他们俩都没有，于是我满不在乎地问车上的人能不能卖一支烟给我。第一个乘客说："我没有烟，我就是有烟也不会卖给你，我给你一支就是了。"

"谢谢，"我放过了他。事情就是这样，我走开了，既没说什么，更没理由要侮辱他。我回到两个朋友身边的时候，老虎说了一句："都他妈龟儿子。"我附和了一句："是的，就是有人死了，他们也不在意。就在这一站下，我要去买烟。"

就在我们乱说脏话的时候，一个乘客觉得受了侮辱，对着我说了一句："小杂种，你们在骂谁？像一帮瘪三样到处闲荡，还敢骂人！"

"不是的，先生，我谁都没骂。实际上，我跟朋友们随口说说而已，可如果你觉得我侮辱了你，那就算我侮辱了你吧。"

"你还说没有，小王八蛋？"就这样，他冲我走了过来。看着他走了过来，我本想站起身来，可他一拳就把我打在了座位上。他竟然打我的脸，我立即火冒三丈，跟他对打起来。埃米利奥和老虎试图把我们拉开，可那个人似乎变得越发倔强起来。于是，我一脚把他踢翻在地。他的眼镜掉到地上摔成了碎片，我好像打破了他的鼻梁。

于是，公共汽车停下来，其他乘客都下了车。驾驶员起身说道："行啊，你们那谁谁谁，竟然三个人合伙欺负人家一个！"驾驶员的儿子就坐在他的边上。他对他儿子说："打开工具箱，把里边的枪给我。"

打架的时候，只要有人提到武器这个词，我就会气得头晕脑涨，真的。于是我对他说："来呀，你个狗娘养的！你只要敢把那玩意儿拿出来，老子现在就剁了你。"我一边说，一边假装往外掏刀子。我身上并没有刀子，只是想看看他的反应。有些人就会吹牛，可你如果真的掏出一把刀或者枪来，他们自然就退了。

可驾驶员来真的，把我们几个带到了五号警察所，我们被关了起来。当时正是夜里 10 点或 11 点的样子。法官把我们逐一叫进去，要我们做一番陈述。有人记下了我们的口供，并把我和埃米利奥继续关了起来。我还有些高兴，毕竟他们把老虎给放了，不过我觉得奇怪的是他们只放了他一个人。我们叮嘱他一定要通知我们的老板来替我们付罚款，可他竟然回家睡大觉了。

第二天才有人来理会我们，拿着纸和铅笔，大呼小叫地问我们谁需要给家里人传字条。如果有人被抓，而又没有时间通知家里人，这帮人就派上了用场，不过他们来到人家的家里，趁此机会想要多少就要多少。等到老板赶到警察所的时候，我们就快要被送往埃尔-卡门了。他不可能马上拿得出赎金，所以我们还是被关进了收容所。

我还从来没蹲过监狱……甚至都没探过监。因为我把人家的鼻子打出了血，所以他们指控我犯了人身伤害罪，因为打破那个人的眼镜，我又得到了破坏财物的罪名。就这样，我和埃米利奥被处以三天的拘留。唉，监狱的日子真不好受，除非你是监狱常客，勇气够足，不被那个地方吓破胆。每个犯人都要留指纹，填写登记表。那是第一步。第二步是搜你身上有没有大麻、可卡因、刀子之类的东西。进了院子，他们会命令你脱掉全身的衣服。

刚被推进牢房，搜刮就来了，首当其冲的是那帮看守。他们上下打量你的时候，你都想不到他们的表情有多贪婪。刚一进入牢房，其中一个看守大喊一句："母狮下崽了！"意思是又来了一拨蠢蛋。不幸得很，我们当初去参加生日晚会的时候都穿上了最好的衣服。

看守要我们脱掉衣服，说一定要搜我们的身……说我们所在的地方是公正的法院……公正！就在我们脱衣服的时候，其中一个看守说道："让我看看这件衬衫。"随即又说："这件背心我喜欢，给我递过来。"

"不行啊，朋友。"

"递过来！"

245

就这样，不管我愿不愿意，他们拿走了我的衬衫和裤子，然后给了我几件破衣衫。

第三步是把我们关进候审区，所有被指控犯罪的人都要在此关押七十二小时，直至被判决一定的刑期，或者保释，或者立即释放。

牢房很狭小，三米长，两米宽，四壁是钢筋，水泥地板，开了一个小口的铁质牢门异常坚实。监牢里所有人，上至看守，下至刚入狱的新犯人，全都实行军事化管理。每一个人都有自己的等级。他们强化了军事制度，对军衔有自己的一套用法：少校级别最高，接下来是上尉，所有的军衔在这里都有对应的位置。有人会问："你要不要请杂工？"也就是要不要做卫生，因为有一帮人时刻不停地到处转悠，等着做卫生。或者"从门里过"，意思是要你马上付钱，如果你没有钱，他们又说："那我们就等有人来看你。"如果事后还不给钱，那你的日子就难过了。

如果从一开始你就不打算给钱，那你立马就得洗澡，他们要熏蒸你的衣服，往你头上浇凉水。做完这一切，你还要被关进蒸汽室。这一切我俩都经历过，但我们没请杂工，因为我们的家人后来替我们拿了十个比索。

第三天，我们被带上法庭，领到了一张卡片，这张卡片宣告我们变成了真正的犯人。埃米利奥试图翻栏自杀，我也很想翻栏，可始终没有勇气。我得随时留心他，因为如果我一不小心的话，他可能早就翻身下去了。

我俩都很害怕。我觉到自己完全没了主张。我不信教，但我相信上帝和瓜达卢佩圣女的荣光。我许过愿，等出去之后，我会从监狱一路赤脚步行到瓜达卢佩神殿。我还发誓，可以把鞋子送给某个犯人，以此作为我的奉献。我甚至许过愿，一定要去一趟查尔玛。

嘿，就在最后一刻，眼看我们就要被送入监区的时候，康素爱萝拿来几张材料要我们签名。我甚至都没有看一眼，明白吗？她当时在给一帮律师做事，于是委托他们负责我们的案子。6点钟，我们暂时获得了自由，当然交了保释金。我们得每个星期签到一次。

我脱下鞋子，赤脚走了出去。埃米利奥的家人在外面等着他。没有人来接我，可我觉得无所谓。我一直步行到瓜达卢佩神殿，把我乞讨来的施舍物交给了神父。乞讨到的物品不多，但我心满意足地悉数上交了。

踏入教堂那一刻，我觉得自己的良心上背负了沉重的担子。我一般会坐最后一排紧靠门边的位置，尽管坐满了祈祷者，我不住祈祷的内心却觉得非常孤独。我仿佛感觉到，教堂里只有我和上帝在一起。离开教堂的时候，我觉得非常轻松，仿佛衣服也变轻了似的。所以，我如果哪一周没去做弥撒的话，心里会感觉很不对劲儿。

回家之后，我不好意思在院子里溜达。整个居民区的人都知道这件事，可能有些人觉得我是个英雄，可大多数人觉得我干的事情很丢脸。一天晚上，我站在屋外呼吸新鲜空气，住在六十七号的屠夫特奥波多先生正好路过。他和其他屠夫，以及各自的老婆经常打架，我们大都躲得远远的。特奥波多的小舅子住在第三法院，那可真是个罪犯，在监狱里蹲过很长的时间。他只要朝谁看上一眼，谁就会吓得汗毛倒立。他甚至恐吓过我！

但我不怕特奥波多，尽管他自诩为打架的好手。他曾经用葡萄籽射过我和其他小伙子。他一喝酒就大出洋相，骂骂咧咧地乱踢人家的房门。只要谁胆敢瞪他一眼，谁就死定了。

那天晚上他从我身边走过的时候，也喝了酒。

"晚上好，黑娃。"他说道。

"晚上好，特奥波多先生。"

"你他妈又在干吗呢？"

"没干吗，就是吹吹风。"

"去你妈的！我知道你干的好事，不过老子警告你这小混蛋，要是你敢对我家里人怎么样，或者只要你敢踏进我家门半步，老子不让你好看才怪。"

"嘿，特奥波多先生，我一向敬重你们一家人，你对我们一家人也以礼相待。你肯定喝醉了，要不你也不会跟我说这么多废话。你赶快回去躺下来醒醒酒。你要羞辱我，也要等酒醒了再说，不过我也不会善罢甘休。"

"我怕你个球。在这个院子里，你也许算是老大，但老子就是想教训教训你。说不定你就是个孬种，你蹲过大牢，也许杀过两三个人，但老子不管那么多。在我的眼里，你就是个龟孙子，只配舔屁股。"

说着，他就拿出了刀子。太过分了，不光说了一番挑衅的话，还拔出了刀子，我一下子拔出碰巧带在身边的点三八自动手枪。要不是他老婆及时赶来的话，我想我不会让他就那么站着。她站在他身后不停地向我示意他喝醉了，于是我让她把他扶到了边上。

同住一个院子的所有邻居中，只有他一个人曾经向我挑衅，想跟我打架。我如果跟他打的话，其中一个必死无疑。他挑衅过我好几次，有一次甚至说我偷了他小舅子的母鸡，但我都尽量避免跟他冲突。

我没有忘记要去查尔玛还愿，于是做起了朝圣的准备。跟我同去的有曼努埃尔、保拉和她的两个孩子、德利拉和她的儿子、赫奥弗雷多、保拉的母亲库基塔、库基塔的丈夫、保拉的哥哥福斯蒂诺，还有谁我记不起来了。路上发生了一件怪事。我们和其他朝圣者一起连夜赶路，天很黑，只有走最前头的那个人提着一盏灯。我们大家都跟着他走，因为我们只看得见他一个人。我们循着"人的声音"，感觉该在什么地方转弯走哪条路，在什么地方要当心，等等。

转了一个弯，我们进入了一块豆荚地。"不对，这条路不对。"有人这样说了一句，于是大家停了下来。我们这才注意到，先前提灯的那个人早没了影子。他竟然不见了。于是，大家一边画着十字，一边说这是凶兆，先前那个人一定是女巫，想要误导我们，因为一路上都有朝圣的孩子。大人们吓坏了，赶紧围成一圈，妇女们带着孩子躲进圈子里面以求庇护。

我仍旧穿着军服，于是有人转而要我拿个主意。就这样，我和哥哥担起了领头的任务。我们吩咐每一个人，日出之前谁也不能走动，便于我们探明情况。事实上，我完全记不得该怎么去查尔玛了，因为自从母亲去世之后，我就再也没有去过查尔玛。她生前每年都要拉扯着我们走一趟，可我还是没记住路线。

天色微明，我和曼努埃尔找了些柴禾生了一堆火，因为妇女和孩子们都冻得快不行了。然后我注意到，我们前方五十米的地方有一道悬崖，如果我们摸黑前行的话，大家早就掉到山崖下面去了。大家这才醒悟过来，先前那个女巫原来是在给我们指路。

我还记得，有一次妈妈带我们去查尔玛的路上，有人真的抓到过一个女巫。抓住这个女巫之后，人们大声叫嚷着："烧死她！烧死她！"有人说，她吸过两个孩子的血，因为在河边正好发现了两个孩子的尸首。大家把那位女巫指责一番之后，就在查尔玛的一个大广场上用生柴禾把她给烧死了。我很想看看那一堆大火是什么样子，可他们不让我看。我听到了叫喊声，非常凄厉，别人说那是因为她是女巫。那个时候非常野蛮。也许她是无辜的，可人们正是以这样的方式来寻求正义。

路上还发生了一件很不好的事。我们走到查尔玛之后，找不到地方睡觉。到了那个地方，哪怕靠着墙根睡觉，你也得付出代价，因为毒蝎子实在太多了。我和哥哥用床单搭了个简易帐篷，一边靠着人家的墙壁，所有人都睡在里面。不知是怎么一回事儿，反正就是无缘无故地跑进来一只蝎子，把我哥哥咬了一口。我们都吓坏了，因为五分钟之内得不到及时治疗的话，人就会死去。曼努埃尔甚至已经咬紧牙关开始打冷战了。

怀有身孕的保拉在伤口上涂了些唾沫，据说孕妇的唾沫毒性超过蝎子，可以起到中和作用。可我仍旧一个劲地说："我该怎么办啊？上帝啊！"我真担心他会死在我的怀里。

有人说："让他起来，跑到磨坊那里去。"只有磨坊那里有治蝎毒的药。磨坊主配了些药，鬼知道他是用什么玩意儿做的。人们只管喝药、好转，就连问一问喝的是什么药的好奇心都没有。当然，我是不会让曼努埃尔自己跑的，因为那样的话蝎毒扩散得更快，于是我和福斯蒂诺把他抬到了磨坊。他说那药比胆汁还苦，不过喝了之后真的好了很多，只是头还有点昏昏沉沉。

他又开口说话之后，牙关也已松开，我们大家都高兴不已。死于蝎毒的人不少，只因为他们没有及时赶到磨坊那里。走到教堂的时候，我们的内心真是充满了太多需要感激的东西。

我从教堂的外门一直跪着走到了神坛。刚开始的时候，我感到疲惫不堪，有如负重前行。可一旦跪下来边走边用心祈祷，我就感到了极度的快慰。每做完一次祈祷，我都想放声大哭。来到神坛，跪倒在主的神坛脚下的时候，我俯下身去大哭了起来。我既不觉得累，也不觉得悲伤。我点燃一支蜡烛，在神坛上放下了一块银质鸡心坠和几毛钱的零钞。我觉得开心极了，我终于了了自己的心愿。我并不觉得上帝需要我留下的那一点点零钱，可我的内心还是获得了巨大的满足，因为有凡夫俗子比我更需要那几毛钱。

在返程的路上，我们遭遇了狂风暴雨。我们湿没湿？妇女、孩子、每个人……全都被浇了个透心凉。我们又冻又饿又困，回到墨西哥城之后，大家立刻上床睡觉了。

第二天，我的体力恢复了不少，对于出门也不再感到那么窘迫了。跟其他人说起坐牢经历的时候，我不再像以往那样无地自容。我那些朋友对于监狱有一种病态的好奇心，问了我不少的问题。不管愿不愿意，我怀着感化他们，让他们不再打架偷窃的用意，跟他们讲了很多很多。

我又跟那帮人混在了一起……随时都有事情发生。圣周节期间，我们在神圣星期六一起泼水找乐子。一起玩的有两三伙人，所以玩乐的人不是几个，而是在五十到一百个之间。那本是我们这里的传统项目，可当时那些人玩得太过分。除了泼水，不少人还捡起石头砸汽车和商店橱窗。有些人玩得十分疯狂，而这往往会引起斗殴，知道吗？

有一次，也是恰逢神圣星期六，矿工大街发生了一场大斗殴。几百人卷入争斗，三个警察开着一辆吉普车赶了过来，试图把人们压制下去。那几个警察想把其中一个人带走，可那群人非常顽固，根本不为恐吓所动。哗！一桶水从屋顶上倾泻而下，正好淋在吉普车上，知道吗？就这样，警察们的末日到来了，人们紧接着扔起了橘子、番茄和柠檬。不知是谁扔了一块石头，砸破了挡风玻璃。警察们都去追他，人们趁机掀翻了吉普车。紧接着，人群拦住了警察，那小子趁机跑掉了。

又来了四辆增援的吉普车。警察真他妈的大为光火，可一个个脸上装出一副无辜的样子，仿佛是头上戴着光环的圣人。因为没有人干坏事，他们也就没有抓人。

我喜欢的另一个节日是 6 月 24 日的施洗者圣约翰节，澡堂和浴室凌晨 2 点钟就开放了，不管天有多冷，前去洗澡的人总是多到不计其数。这实际上也是一种传统。我们都在 2 点钟下水，在水里一泡就是一整天。卡萨—格兰德的浴室给大家准备了玉米粥和玉米卷，还会往浴池里扔梨子和康乃馨。浴室里闹哄哄的，姑娘们的眼神充满了无限的魅惑。因为人太多，所以在游泳的时候，尽管你不是有意为之，也有可能触碰到某位女士的胸部。即便再大一点的浴池，也会发生这样的事情。还有些女人专门在那一天跑去让别人占便宜，说她们就喜欢这样的体育活动，哪怕一年之中的其他时间她们从来没有游过泳。可一到 6 月 24 日，她们偏偏就去了！

哦，对了，我最最喜欢做的事情就是体育活动。我一生中最快乐的就是游泳、骑车或打猎的时候，因为，啊，我该怎么说呢？我觉得自己仿佛变成了什么人，也就是好歹会了一点什么的人。我一直都有这样的想法，觉得自己一无是处，没有人在乎我。当然，这也是实情，我算老几啊？谁来在乎我啊？

在韦拉克鲁斯的时候，我跟着舅舅一起打猎的机会很多。我们打过美洲虎、野猪、鹿。有一次，我被一头野猪追着乱跑，多亏了几块大石头，否则我这个小黑娃现在可能正在圣彼得跟前诵经呢……当然，要是我运气足够好进得了天堂的话。

　　还有一次，一个朋友邀请我去普特拉抓短吻鳄。要在大山里走三天三夜才能到那个地方，沿途都没有人讲西班牙语，那儿的人全都讲波波洛卡语。那儿的人一丝不挂，只在裆部有一块遮羞布，但没有人往坏处想。虽是这么说，并不希望有人会相信，但我说的是事实。当地人根本不知道害怕为何物，他们一直都在抓短吻鳄，因为那些家伙对牲畜的危害很大。我在普特拉停留的时间不长，但好歹跟他们一起捕过短吻鳄，所以我还是觉得非常开心。

　　我每次出去历险的时候，都要及时赶回警察所签到。整整四个月，我准时签到……就在我准备继续签到的时候，又被关进了监狱。

　　我第二次蹲监狱的日子很难受，而这全都是因为身份弄错造成的。1951 年 9 月的一天正午，我正在查普尔特佩克公园用弹弓打鸟的时候，他们盯上了我。我当时射杀的是斑鸠，因为我就爱吃它们的肉。这一次，我的运气不好，被两个保安发现了。我不能说自己没做错事，因为公园内是不能打鸟的。我对他们这样说："别找我麻烦好吗，如果因为我使用了弹弓，我扔了还不行吗。"我身上正好有两个比索，所以我提出把那两个比索都给他们，可他们不要。

　　其中一个保安说道："喂，这小子好像是我们一直在查找的那个人呢。"我没把他的话太当一回事儿，因为我在部队里呆过，知道一点脱身的招数。他们命令我说："跟我们走一趟。"其中一个人用枪顶着我的后背，另一个人的手里拿着刺刀。这样的行为让我很生气……尤其他们竟然拿枪对付我……也许是因为害怕吧……我很想对他们大发雷霆，不过，我还是答应了："走就走，不过是我自愿的。"

　　要是早知道有那样的事情等着我，而且要付出那么大的代价，我肯定不会跟他们走。不过，当时我没觉得那是什么大不了的事情。我们来到管事的跟前，他说道："喂，朋友，我们又见面了。你不记得上次从我这儿逃脱的事儿了吗？"

　　我回答道："你肯定把我当成另外一个人了吧。"

"你真不记得了吗？"他又说道。"你可是跑得比鹿还快啊。把他给我捆起来。"一个保安拿来绳子，捆住了我的手腕。

"把他带到塔上去。"所谓的塔也在公园内的城堡里。他们把我绑在了旋转楼梯的栏杆上，先用绳子绑住我的上身，然后又捆住了我的双脚，这样我就根本走不动了。我气疯了，可那几个保安只管哈哈大笑……面对孤苦伶仃还被五花大绑的我，他们可真算得上勇气可嘉。

他们说我犯过多次抢劫案，还偷过消防水管、电线、路灯，以及其他杂七杂八的东西。他们希望我自行认罪，无数次地问我把偷来的那些东西放哪里了……我是怎么搞出来的，卖到了什么地方。面对他们无休无止的盘问，我只能回答说不知道。先前捆我的那个保安用绳子绕住我的脖子，靠在栏杆上使劲地拉紧。我挣扎着说："你他妈的……"接着就失去了知觉，不过并没有倒下去，只是头耷拉了下来。

到了晚上9点钟，还像个罪犯那样被捆着的我喋喋不休地把所有人都骂了个遍。其中一个保安对我说道："我说，伙计，他们这次都是来真的哦，即便是顽劣的罪犯，也不会加以这样特别的守卫。"我让他把捆住我双手的绳子稍微松一松。他说："唉，松一松没问题，但我不会那样做。"我想，那个保安也意识到了自己的莽撞。

他问我饿不饿，然后帮我买了饼子和咖啡。我心想："他们至少应该解开绳子，让我把饭吃完吧。"可根本不是这样，其中一个保安把东西喂到了我的嘴里。就这样，我胡乱吃了些饼子。

过了一阵，来了一个巡警。他们给我解开绳子，把我带到了办公室。我说道："喂，伙计，你总算来了。他们让我吃了不少苦头，而我都不知道究竟是为什么。"

"他在撒谎，"那位保安说道。

"他怎么可能撒谎？我不是刚才给他解开绳子吗，他的手腕上有印子，双手也麻木了啊。"巡警说道。

我坐上了一辆警车，警察把我带到了六号警所，在什么问题都没问的情况下，他们对我提出了指控，明白吗？他们只顾啪啪啪地敲着打字机，我根本不知道他们写了些什么玩意。写完之后，他们要我在一份文件上签字。他们说，那份文件是我的招供书，可我除了讲过个人信息，也就是我的姓名、出生地、父亲的名字等等之外，半个字都没有说过。

我说，他们总应该让我看看要签的是什么内容，可他们没答应。于是，我就不想签字，因为既然要我签字，我肯定应该要知道签的是什么内容。他们说："王八蛋，让你签你就签，要不然我们给你点滋味尝尝。"

"随便你们怎么做都行，但我总得先看看签的是什么内容吧。"那事儿就这样画上了句号，他们随即把我关进了单间。

所谓单间就是他们所说的牢房，四米宽六米长，外带一个厕所。当然，那根本不能叫做厕所，只配称作大便堆。一个囚犯走上前来，他是大家推选出来的头儿，极为傲慢，双拳要么紧握，要么拿刀，明白吗？反正就是最难对付的主儿。他走过来问道："你是犯什么事儿了，还是哪儿痒痒了？"我回答道："我什么事儿也没犯，他们说我偷东西。"他又说道："你给我听好了，少跟我装蒜，来到这里就得直话直说，可不要筛米。"

他在跟我讲黑话——也就是黑道上的专用语，知道吗？我很久以前学过一点黑话，为了不至于陷入不利境地，我也跟他讲起黑话来，因为只有这样做才行得通。幸好我没用一般的话回答他的问题，要不然我的日子会难受得多。就这样，他说道："来到这个地方，你只有做直肠子，当猛汉子，这样才不会受别人的欺负。"监狱是无辜者的家园，因为我们谁都没有做过错事，可又全都进去了。

"听着，老兄，我真没偷过东西。"

"是吗，那就算了吧。能不能拿点钱出来买根蜡烛？"

原来如此，于是我回答道："行，老兄，没问题。"

你看，这就是他们的规矩，只要被关进去，你就得花上一个比索或者几毛钱——花多花少看你的大方程度——买一支蜡烛奉献给圣女。有的囚犯属于死硬分子，有的则是第一次进去，他们一般都自己做一个神坛。监狱通常把特制牢房改成小教堂，里边有神坛，神坛上的蜡烛昼夜不熄。给大家做弥撒的牧师每周来一次。其中有囚犯专门负责看管供奉着圣女的神坛。

这样一来，领头的那个家伙对我说道："把钱包拿出来。"

"我只有两毛钱。"

"这么办吧，"他对中尉说。"给他过过秤。"意思是从上到下搜我的身。对此我很反感，而且提出了抗议，可抗议无效。那伙人把那两毛钱拿走之后，再也没来骚扰我。

六号警察所的饭菜难吃死了。我们喝的有咖啡以及一杯所谓的牛奶，可那牛奶不过是一杯有色的清水。没有人给我们分餐，大家都就着一个大杯子喝咖啡喝牛奶。头一位能喝到干净的咖啡，而最后一位只能喝大家的洗手水。他喝进去的全是脏东西，知道吗？因为没有分饮料的杯子，每个人都只能用几根手指抓着杯子往嘴里倒。

我在里边迫不得已只有跟别人打架，原因很简单，因为尽管大家都席地而睡，但总有一两个人有自己的专属地点，明白吗？也许是老天的眷顾，有人无需征求任何人的意见就能随便找个位置躺下，因为他们通常可以挑选最喜欢的，也就是远离便槽的位置。而有些人要想睡觉却只能在便槽的边上半蹲半卧。

我根本睡不着，因为牢房里的气味难闻至极，让人完全没法忍受。唉，你也可以忍受，只不过要遭多大的罪只有天知道。谁要是有报纸垫着，真是鸿运高照，尽享奢华；要是有纸板垫着，就算是超级奢华了。我进去之后，碰巧在某个最大的刺头的专属地点边上捡了个位置坐下来，他一边踢我，一边叫嚷道："嘿，你他妈个臭小子，滚远点。"

我顶了一句："你凭什么要我滚远点？"

"哟呵，不滚是吧？你要么滚远点，要么老子把你煮成烂肉汤。"就这样，我站起身跟他打了起来。所有人一起哄闹起来，之前要我出钱买蜡烛的那位特权囚犯大声吼道："住手，'筛子'，要不你们就吃我一记。"他的意思是说如果我们再不住手，他就要动手干涉了，而我们其中一位的脸会被他打个稀巴烂。嘿，接下来有人说了一句："就让他们打吧，公平决斗。好了好了，大家都给我闭嘴。"于是大家安静了下来，我们继续较量着。

长话短说吧，我说不上赢了还是输了，因为那位特权囚犯终止了我们之间的打斗，他是这样说的："听着，这小子是个直筒子，有种，谁如果想跟他过招，也必须跟我过过招。"这样一来，就再也没有人找我的麻烦了，知道吗？我在心里对自己说："行，完了就好，日子虽然不好过，可终归没有人再找我麻烦了。"

可我错了！还是有人找我的麻烦，不过这次找我麻烦的不是犯人，而是监狱的看守们。在墨西哥城，在联邦区的六号警察所，我被单独关押了整整六天。单凭"六号警察所"这几个字就能表示折磨，知道吗？那种非人的折磨没有几个人受得了。我被他们整整收拾了六天，每天三顿拷打，知道吗？早饭一顿，午饭和晚饭各一顿，午夜时分还有一顿拷打算是宵夜吧。

他们之所以如此对我，是想让我交代，我把他们指控我从查普尔特佩克城堡里偷来的那些东西卖到什么地方去了。一派胡言，知道吗？可我们这里的警察就是用这样的方法让大家承认自己有罪的。不是说我们真的有罪，而是他们要我们每个人承认自己有罪。因为他们真会施以暴打，知道吗？他们狠揍我的肚子，所以我相信我的肚子就从那个时候开始了胃虚的毛病。

头一次挨打的时候，牢门上有人敲得梆梆作响："罗伯托·桑切斯·贝雷斯，出列！"我时运不济，跟全城的头号囚犯们关在了一起，只要听到这样的点名方式，他们全都知道接下来会发生什么事儿。先是给你热热身，黑话就是这么说的，就连监狱的看守们也会这么说。换言之，你就等着挨揍吧。所以，每个人都一言不发，大家只是看着你，等着你鬼哭狼嚎那一刻的到来。

狱警们抓住了我。囚犯把他们分别称之为绵羊、刽子手和牧羊人。绵羊就是跟你说话的那个警察，他的嗓音低沉而友善，脸上笑颜如花，目的是为了让你轻易招供。而牧羊人呢，这么说吧，他在等待，在观望会发生什么样的事儿。至于刽子手嘛，听名字你就知道他们做什么营生了。

第一个警察，也就是所谓的绵羊，对我说道："哥们儿，听着，既然都进来了，你就不会有好果子吃，甚至，他们会打你个半死不活。不过，这都取决于你自己，看你要不要唱歌。喂，伙计，你就唱唱歌，吐几个圣人的名字出来吧。"所谓圣人，其实就是他们想要我交代自己所知道的其他抢劫案或者类似的事情，知道吗？你说对了，他们把我看成了最卑劣的犯人，问了一大堆我从未犯过的抢劫案子。唯一的事实，就是我用弹弓打鸟的时候被他们逮住了，我只能这么说。

他们眼见从我嘴里撬不出什么东西，刽子手一把揪住我说道："你他妈个龟孙子，少在我面前装傻。"说着，他照着我的肚脐就是一拳，我立刻用手捂住肚子弯下腰去。

"怎么，还想还手是不是，少来这一套。"他一边这么说，一边做出还要在我肚子上来一拳的样子，我放低双手做出防卫的架势，没想到他这一拳打在了我的面颊上。接下来，他总以这样的方式收拾我。

"哦，上帝呀，我要怎样才能离开这个鬼地方？"我在心里这样想着。"如果就这样下去，我恐怕再也受不了了。如果他们不再对我动手，就算招了也值。"我的脑子里就是这么想的，知道吗？不过，我依旧抱着这样一种信念，我有的是力气，这点惩罚还顶得住。我心想，也许他们明天再来那么一两下就够了。唉，根本不是这样，一直持续了六天的时间，每天三顿拷打，或者像我之前跟你说过的那样，是四顿。可他们始终没法让我承认他们想听到的内容。

热身大致就是这么个情况。先是点名，然后就是拷打和呵斥："走吧，伙计。里边太冷了，出去给你热热身。"知道有一顿好打正在等着，就连最死硬的囚犯也会被吓得直打哆嗦。那六天的时间里，每一个被他们拉出去的人都号啕大哭，其中不乏身板结实，看起来男子气十足的人。对这样的事情，人们始终抱一种病态的好奇心。不巧的是，每一间牢房都留了一扇朝向走廊的小窗，同伴受折磨的时候，我们全都会趴上去看个究竟。

他们还让我领教了一种叫做"水下憋气"的折磨——就是让你浸浸水。他们先是让你脱得一丝不挂，然后分散你的注意力。就在你丝毫没有防备的时候，他们照着你的胃或者肝脏部位就是一拳。还没等你喘过气来，他们抓住你的头发，把头朝下摁进了水桶里。他们会让你在水里浸上几秒钟的样子，可那几秒钟有如几个世纪那么漫长。紧接着，他们会问："这下子想唱唱歌了吧。"我连话都说不出来，更别说唱歌了，可他们根本不让你喘气，又把你摁进了水里。

我诅咒警察，我诅咒每一个人，我操他们祖宗八辈。他们把我折磨够了。有些人抗住了他们的拳头，但往往伤得更厉害。除了"浸水"，他们还有别的方式折磨人，如"小猴子"等。所谓"小猴子"，就是让囚犯把衣服脱光，然后把他绑在一根横着的柱子上，头朝下双腿跪地。接着，他们手拿一根电线，电击囚犯的睾丸。人们说，很多人扛不住这一关，就死去了。还有一种刑法，是让囚犯双手掌朝上撑在电烤炉上转圈。我跟你讲的这些事情一点都没有夸张，因为即便有人想夸大其词，事情的真相也会差之甚远。监狱里发生的那些事情根本没法用语言来描述。

之后，他们把我从六号警察所转到了收容所，于是我落入了法官之手。犯人一般会先被送到总部，然后再送到六号警察所做调查。他们的调查也就是一顿毒打，直至被拷打的人招认从未犯过的罪行。谢天谢地，他们在我身上一无所获，我以为他们再也不会像折磨其他倒霉蛋那样继续折磨我了。

那三个狱警的相貌早已深深地刻进了我的心灵深处。其中一个已经被人杀死，要是另外两个落到我的手里，我不会像他们对待我那样，我会给他们时间来招架我的进攻。但我痛恨所有的警察，不管他们穿不穿制服。我只知道他们代表所谓的正义，要是我有这个能力，我会把他们这些人从地图上连根抹去……对，就是连根抹去！

来到收容所的第二天，他们把我送上了法庭。他们安排我上的是联邦法庭，因为他们指控我抢劫的是国家财产，也就是说，我犯了联邦抢劫罪。于是，他们把我带上了警车，警车上有一个很大的笼子，他们把我和其他囚犯一起带到了位于古巴大街和巴西大街交界处的桑托-多明戈法庭。

我脚上鞋子都没穿，知道吗？裤子我倒是穿了一条，不过那裤子跟我的衬衫一样，早就被撕得支离破碎了，所以名义上只是穿了衣服而已。我自己的衣服呢，刚进监狱的时候就被一个性格暴烈的囚犯偷去卖了，他用所得的钱买了大麻。监狱里面出售大麻、可卡因、海洛因、鸦片之类的毒品。这可都是他们监督到位的杰作啊。你可以想象，守卫们自己都在走私毒品，他们的监控到底有多完美。

我依旧满怀希望，在心里对自己念叨："亲爱的上帝呀。"如果说我的心里还有一丝善良的话，那正是因为我对基督我主还存有盲目的信仰。我希望上帝把我的想法带给我的哥哥和妹妹们，或者带给某位朋友，让他们尽早来探望我。果不其然，我正倚靠在关押我那间牢房的门栏上，就在这时，我看见曼努埃尔沿着楼梯走了上来。

我冲着他又是叫喊又是吹口哨，他转头看了过来。他想走过来，可警察拦住了他。我跟看管我的警察头儿说道："长官，请允许我跟我哥哥说几句话。你看，都关押这么多天了。我在这儿没有熟人，他现在才来看我。"

"好吧，"他说道。"行，不过只有一分钟，多了不行。"

于是，我跟曼努埃尔说起话来。他给我带来了一袋子香蕉，还有一件汗衫。我立马来了精神，我是这样想的："行啊，至少他们知道我还活着。就算我死了，他们也会知道去哪里找我。"

曼努埃尔立马教训起我来："怎么样，这就是你浪荡的下场。游手好闲，父亲就是这样说你的。你呀，尽惹麻烦。"

"行了，哥哥，"我说道。"你就不能坐下来……至少听我说上两句。"于是我跟他讲了事情的来龙去脉，可时间终归有限。他问我什么时候可以出去，我回答说："我不知道怎么进来的，更不知道什么时候才出得去。"

然后，他们又把我送回了牢房。他们把我关在了 A 区，也就是跟重刑犯关在一起，知道吗？他们总以为我应该被归入下三滥之列，但实际上我可以骄傲地说，我是雁过沼泽而不脏羽毛。

我所在的牢房危险性更大，更容易跟别人打架，要么别人打死我，要么我打死别人。为了预防不测，我向少校交了几毛钱，然后搬到了更靠近大门的一间牢房。我非常幸运，因为牢房里只关了八个人。我们全都席地而卧，除了自己身上的衣服，没有任何东西可盖。

我的两个妹妹和父亲先后来看过我，父亲同时在忙活着想把我弄出去。他找了个律师，这家伙骗了我七个月。"我们马上就要出狱了，明天你就能出去了，小伙子。"下一次他又对我说："这次是真的，你今天下午就可以出去了。"或者"你今天半夜就可以出去了。你的家人来看过你，他们给你带来了衣服和鞋子，你穿上它们就可以去神殿感谢圣女了。"于是我焦急地等着那个时刻的到来。我又向查尔玛的圣灵许了个愿，只要他能够让他们知道我是无辜的，我会再去朝拜他一次。我日复一日地向他祈求……每一分钟，我的每一次心跳都代表着我对主的祈求。就这样，七个月的时间过去了。

有些人在监狱里依然操持旧业。有些人照抢不误。这些家伙没有人探监，知道吗？他们没有家人，或者即使有家人，亲朋好友也不会来探望他们，因为他们是罪犯。这样一来，这些家伙养成了一个习惯，专找探视时间去院子里溜达，看谁得到了他们喜欢的东西，然后找个时间从他手里抢过来。

有一次，康素爱萝、瓜达卢佩姨妈，以及阿尔弗雷多舅舅——愿他安息吧——来探望我，给了我五个比索。在监狱里边，五个比索是很大的一笔钱，瘾君子可以为了这么点钱而不惜杀人。等你探完监回来，牢房的门会打开着，一只手突然伸出来，或者某个人突然跳出来，一边喊一边骂。用监狱里的话来说，他们猛地一下把这小子"放倒在地"，把家人给你带来的钱、粮一掠而空。

　　我拿到五个比索之后，回到了空荡荡的牢房里。牢房的地板开裂破损，东一块西一块的水泥荡然无存，露出了下面的泥土。我把钱藏在了泥土里，然后再出去领取我的饭菜。我正拎着饭菜往前走，一个名叫奥雷略的家伙开始盯上了我。我知道会发生什么样的事情，因为像他这样的瘾君子天生就是吃大麻的。如果你撬开他的脑袋，里面的大麻还会腾腾冒烟。这位瘾君子已经吸毒多年了。我之所以知道这一点，是他亲口跟我讲过，当时我们还算不上真正的朋友，不过是难友而已，知道吗？

　　奥雷略说道："给点钱我买烟。"

　　"真不巧，你怎不早说，要不我就拿钱让你买烟了。你可以搜我的身，钱都给掉了，我跟几个小伙子分的，我刚下楼去商店买了根蜡烛，一分钱都不剩了。"

　　"不行，"他一边说着，一边抓住我的肩膀使劲摇晃。"不行，你别给我犟嘴啊。"

　　嗨，我也生气了，对他说道："你不敢搜我的身，那就休想拿钱去买烟，谅你也不敢有什么名堂。"

　　就这样，他掏出刀子朝我挥了过来。还好，他没拿刀尖刺我，而是拿刀刃划了过来，刺中我了吗？我们管这一招叫做平砍。我用手中的蜡烛拦了他一下。他没我个子高，但也没让刀子落到我的手里。这样一来，我更加气疯了。他又朝我刺了过来，我奋起防卫，谢天谢地，我终于占了上风。他从我身上什么东西都没捞到，可确实把我吓傻了，知道吗？这是第一次。

　　第二次我就惨了。探视时间一结束，我正往牢房里走回去，打算把家人带给我的零食放好。突然，一个人把我拉进了牢房。紧接着，一个家伙拿刀顶住我的喉咙，另一个家伙拿刀顶住了我的肋骨。他们一共有四个人。嗨，任何人只要稍微有点常识的话，这个时候都知道该怎么办，对吧？因此，我丝毫不敢动弹，他们叫我干什么我就干什么。

　　其中一个家伙说道："给我们点'烟钱'。"你要知道，这些家伙靠注射的方式服食吗啡。

"行，没问题，给我留点买蜡烛和面包的钱就是了。"

"你身上有多少零钱？"我想了一下，身上应该有四到五个比索。他们又说："给你留一个比索吧。"

你相信我好了，到了这个份上，这些家伙真的非常危险。尽管我真的很同情他们，因为他们没有毒品吸食的时候，那副样儿实在太惨了。那简直是遭罪……整个人在地板上打滚，身体扭曲，他们说全身上下痛得没法形容，知道吗？他们觉得身体里面有什么东西就要燃烧似的。你要知道，即使隔着很远的距离，你从他们的脸色就能看出谁是瘾君子。如果他不承认，只需要再看看他的手臂即可。

这件事儿到此就结束了，可我简直气得要发疯。不过，我也无可奈何。要是我因为跟他们拼命而掉了脑袋，岂不更糟。

这样的事情是不允许发生的，知道吗？不过，非常不幸的是，如果守卫们看见了这样的事情，他们只管把头撇向一边。每一条走廊都有岗哨，里面装有电话机，守卫们都拿着汤姆逊机关枪。可如果有人打架，这些守卫只会跟着观望，绝不制止。他完全可以给前台打个电话，叫人来把打架的人分开，因为即使打架的人只有两个囚犯，也会蔓延至整个牢房，从而造成更多的伤害。

每天早上6点钟的起床号拉开了监狱生活的大幕。警察分成四组，每组负责四排牢房，手里拿着警棍挨个敲击牢房大门以叫醒每一个犯人。守卫们大吼道："龟孙子们，起床了，赶快从火车上滚下来。排好队去吃稀饭吧。多好啊，叫你们这些人永远出不了狱。"你听，这些家伙说的什么话！依我看，就凭他们这几句话就能惹得监狱里的犯人们闹翻天。

接着，我们来到楼下排队点名。没过多久，我升到了下士，每天早晨的任务就是负责点名。我喊名字，他们回答姓氏。点名完毕，我们需要向少校进行报告。

然后，吃饭号吹响了，于是我们排着队领取早餐。我们吃的有稀饭、牛奶、面包卷、豆子和清水。吃完了饭，我们就下楼进行操练，时间长达三个小时。我不用参加军事训练，因为我很快就当上了"模范"，知道吗？实际情况是这样的，我每周给牢房里的少校一个比索，这样就不用出勤了。少校跟我们一样是囚犯，只不过他负责维持秩序、处理投诉等等。只需给他一个比索，你就不用每天早晨 6 点钟起床做早操了。我之所以做不了早操，是因为我的鞋子没了。

操练之后，只要大家喜欢，都可以回自己的牢房。或者，你也可以来到院子里，像笼中狮一般踱踱步，但只能来回踱步。我就是一头笼中狮。

中午时分又吹一次点名号。点完名，大家就可以领取午饭了，午饭通常有豆子、米饭、炖菜和面包。我觉得炖菜是用马肉做的，可他们说是用牛肉做的。总之呢，午餐稍微像样一点。然后，又吹响了干活的号角，要不又会搞上三个小时的操练。然后，大家回到了牢房。

傍晚 6 点，吹响了降旗的集合号。之后，又吹响了吃饭号。晚餐一般有面包加牛奶咖啡或者玉米粥。等大家吃完晚餐回到牢房之后，一根大门闩把所有的牢房关了个严严实实。

9 点钟一到，准时响起了脚步声，不过"石油工人"们早就忙活开了，尽管他们白天一整天也没闲着。"石油工人"其实是些毒品贩子，他们成天都在秘密游荡，仿佛他们向犯人们出售的是普通香烟或糖果。"买一个比索的烟吧。"也有可能是两个比索。卖家会叫上一声"喂！"仿佛在召唤普通的游动摊贩。"给我来一个吧。这是什么型的？"

"纯种山羊。"

"敢保证吗？"

"绝对保证，山羊的尾巴呢。"

即便大白天，囚犯们在排队的当儿也敢把玩大麻，也就是把大麻拿出来用纸卷成烟卷状，然后有如世间最正常不过的事情一般吸食起来。当然，他们也不敢太公开，多少掩饰一下，毕竟还有守卫嘛。

很糟糕，根本没办法描述。不管我多么努力，总觉得自己跟他们格格不入。你要么亲自尝试一下，要么亲自去看一看，这样你才知道那到底是一种什么样的状况。在我所见过的帮派之中，监狱内的帮派最为糟糕透顶，因为其成员根本不在乎身处狱内或是狱外，他们杀别人或是别人杀他们，知道吗？不管加入哪个帮派，你都得有两三样战利品。监狱内的帮派组织有序，即便出了狱，其成员照样纠合在一起，什么罪行都敢犯。

帮派的头领不会任何人都接纳，也没有人胆敢毛遂自荐。头领自己悄悄地物色着合适的人选，他会逐个找人谈话。囚犯们不敢报告警察，因为这会招来杀身之祸。每个人各自干过什么事情，他们之间完全可以开诚布公。就这样，对所有人的情况都了如指掌之后，头领会决定谁可以加入。你完全可以这么说，他才是整个监狱中最讲公道的人。

我所在的牢房没有帮派，但我找到了一个，因为我曾经做过帮工，也就是在监狱理发店里打过下手。后来，我又去了面包房。最厉害的角色才进得了面包房。我的上司曾经是最大的帮派头领，知道吗？不过，他从不找任何人的麻烦，帮派头领就是这样——头领就是头领，从不多说，除非他吸了毒，脑子有问题。如果这样的话，他就要干坏事了。

我曾经听见他们在谈论帮派的事情，知道吗？有一次，一个家伙对我的上司说："嘿，让这小子滚蛋吧。"

"不行，你自己跟他说吧，他够格。奥雷略对他动刀的时候，他拿捏得很好。"就在说这番话的同时，他们已经在考虑我的事情了，知道吗？于是，他们吩咐我说："就这样吧，小子，你今天听到的谈话内容可要给我守住秘密哟。"

"好的，没问题。"实际上，我并不认为自己听到了什么重要的事情。监狱里那帮家伙经常用密级很高的黑话进行交谈，我根本听不懂他们在说些什么，知道吗？那一次，他们讨论了越狱的计划，可这事儿一直没有实施。

大大小小的帮派不仅是囚犯们的主心骨，甚至也敢对监狱守卫和守卫头目发号施令。嗨，其中一帮甚至掌控了典狱官，这就太过分了，对吧？其中一个囚犯绰号叫做青蛙，实际上长得也像一只青蛙，这家伙一共杀过一百三十二或者一百三十四个人。我记得他在步兵部队干过，有一次发生了学生示威的事件，刚好碰到他执勤。其他人还没弄清到底是怎么一回事儿，他已经操起机关枪对着学生一阵猛扫起来。他枪杀学生的架势，就像你我拍死一只苍蝇。就这样，他用一挺机关枪扫平了游行的学生队伍。死在他手下的学生超过一百个，入狱后他又弄死了一个罪犯和一个守卫。

青蛙操控典狱官的事情可不是传闻，知道吗？他在监狱内部自由自在地到处溜达，如果遇到典狱官从旁经过，敢于再往前走的人准是青蛙。假如有什么东西青蛙不喜欢——比如说，他要是觉得应该替犯人们做点什么，就会这么说："把这个修一修。"那口气仿佛胸有成竹，思虑良久，这样典狱官才听得明白，好执行他的命令。

我跟青蛙打过多次交道。我在面包房做帮手期间，曾替他偷过面包。我也偷过猪油、刷子等等，当然，我没有偷过典狱官的老母亲，因为她根本没来过监狱，对吧？当然，我把东西偷来之后都要给他送过去，他也会多少给我点什么东西。我并不觉得有什么自豪可言，而是我必须那么做。要是我不那么做，他们会把我当成监狱里的头号傻瓜，知道吗？

所以，我偷来的东西都要交给青蛙，因为他在监狱里开了一家店铺，出售香烟以及其他物品。即便其他囚犯不敢跟典狱官有丝毫交情，而他只要有钱，却可以开个小商店，明白吗？尽管会被敲点竹杠，但终归能获得许可。其中两兄弟很有些钱，在监狱里开了一间胡安娜餐馆，大家都说那是全墨西哥最好的餐馆。

至于性的需求，我跟你说，完全乱了套，即便同性恋囚犯跟普通囚犯也都是分开关押的，同性恋囚犯关在监狱靠后的一个地方，知道吗？这些家伙，唉，我都不知道该怎么称呼他们，被关押在一片木棚子里，知道吗？即便在大白天，也总有一个家伙涂着口红，其他人要么洗漱、缝补、做饭、做玉米饼，要么眉来眼去。

不幸啊，很多囚犯都学坏了，堕落得不成样子，性欲上来之后，因为没有女人，他们只好向守卫行贿五毛或一个比索，获准进入"霍塔区"，也就是同性恋者关押区。进去之后，你可以想象会发生什么样的事情。他会挑选最合他心意的"女孩子"。尽管时不时会有检查，大家遇此都穿得像男人样，可平时每个人都是一副女人装扮。这就是他们的规矩，知道吗？

监狱里的同性性交易给我留下了非常深刻的印象。有一天，监狱的广播报告了一条消息，说该监狱向特雷斯-玛利亚斯监狱派出了一名囚犯，去强奸一名十八岁的小伙子。收容所原来关过女犯人，关在单独的一个区域，谁都没法进去。当然，我也不能说从来没有人进去过，因为监狱内的贿赂行为早已是家常便饭。只要你愿意花钱收买一两个守卫，你就进得去。不过，这至少还可以让人接受，因为跟你发生性关系的毕竟是女人，对吧？

我在监狱里从没找过任何女人，因为我一直没顺当过。再说，风险也比较大。一旦你收买守卫擅离监区的事情被逮着，他们会把你送到特雷斯-玛利亚斯监狱单独监禁。特雷斯-玛利亚斯监狱呈圆形，只有一层楼，所有牢房都呈三角形，只有半个屋顶。一有刮风下雨，你可以想象里面有多湿多冷，晚上更是如此。白天你还可以晒晒太阳，或者躲躲阴也可以，但你不能抽烟，也没有毯子之类的东西。

在监狱里关了几个月之后，我遇到了拉蒙·加林多。虽然拉蒙比我稍大，但我从小就认识他和他那几个兄弟。他们原来在园丁大街卖木炭，跟大家一样都是穷光蛋。后来，拉蒙搞到一辆自行车，干起了租赁行当。我不太清楚他采用了什么样的经营手法，只能胡乱揣测，不过他终究把买卖做大了。他修了一栋很有些气派的房子，放起了高利贷，借钱的月息是百分之二十。他后来买了车，过起了好日子。

后来我才知道，他跟黑道上的很多人打过交道，而这些人都是他在当地举办的沙龙聚会上结识的。他原来很喜欢喝酒，大家经常遇到他喝得醉醺醺地四仰八叉躺倒在大街上，可有一天他发了誓，说从此以后滴酒不沾。他说到做到，自此以后他的日子不断向好。他开始从信得过的朋友们手里收购刚到手的"热货"，一夜之间成了全居民区最富有的人家。

因为在街头打斗中杀死了一位出租车驾驶员，他被关进了监狱。我遇到他的时候，他已经当上了防身教练。我不清楚他是怎么走到那一步的，可他后来又当上了监狱员工的头目，最终跟特工部门的头头紧紧地拉在了一起。实际上，他出狱之后当上了特工，几个儿子现在也都当上了警察。我一点都没乱说，他现在仍旧收购盗窃物品。我很清楚这一点，因为我做过他的左膀右臂。

我在监狱里的头七个月就是这么过来的。那段时间，我学到了不少关于友情的东西。我没进监狱的时候，那些人看我有钱，就口口声声说是我的朋友，我走到哪儿他们就跟到哪儿，此时却懒得来看我，知道吗？时运不济的时候，我不记得有谁向我的家人问候过一声。我这才知道，这世上原来没有什么真正的朋友。

就在我最意想不到的时候，他们把我放了。我已经被警车送去过法庭好多次，后来终于让我跟公园那两个保安对了质。那天我是被当庭释放的，光着脚，身上穿的衣服简直令人感到耻辱，因为那身衣服完全被撕成了布条，让我活脱脱变成了斑马。父亲和玛塔也到场了。律师告诉我，我之所以被释放，是因为他们抓到了真正的罪犯。"请原谅我们，"法官大人这么说道。

我告诉他："先生，你以为'原谅'这两个字就能把我在监狱里这几个月所吃到的苦头一笔勾销吗？还有我家人在道德上遭受的折磨，以及我今后一生都要背负的印记呢？"

他又说道："哦，可别那么认为，因为如果你真这样认为的话，那你就走不出去了。"所以，我无可奈何，只有保持沉默。要是穷追不放，我不知要向当局抖出多少东西来。反正，我就那样被释放了，他们只用"原谅"两个字就打发我上路了。"请原谅我们，我们已经抓到真正的罪犯了。"

为了把我弄出来，可怜的父亲花费了一千二百比索。他等于是被抢了，因为我的案子很小，律师根本不应该收那么多钱。没有物证，两个证人的所谓证词也跟另外三个人的相互矛盾。我完全同意，一个人如果做了错事，就应该受到惩罚，可我遭受的指控完全子虚乌有。没受到这一次的不公平对待之前，我一直相信法律，可这之后，我什么也不信。如果这就是正义，那什么又是非正义呢！

他们从我人生里偷走了七个月的时间！并不是我愤世嫉俗，而是因为我憎恨所有代表法律的东西。警察和特工不过是持有合格证的强盗而已。为了芝麻大点的小事，他们就会把你揍上一顿。我无时无刻不在憎恨和责骂他们。因此，只要哪里有罢工和游行示威，我一定会加入。我甚至懒得问他们游行的目的是什么，就是为了找个机会把那帮警察揍上一顿。如果哪儿有警察被杀，我不只十分开心，而且觉得那是他咎由自取。

我们这里没有法律，只有拳头和金钱，这两样东西最管用。这就是丛林法则，这就是弱肉强食的法则。谁有钱谁就可以开怀大笑。即使他犯了最重的罪行，也会无罪开释，因为他有的是钱贿赂法官和警察。穷人呢，哪怕他犯的是很小很小的罪行，情况也会迥然不同。我本身的例子不及千分之一，而且还将继续上演下去。我真不知道正义是什么，因为我从来就没见过正义。

如果真存在地狱的话，那它就在收容所。就连仇敌我都不希望他进到那样的地方去。卡萨-格兰德有六个小子蹲过监狱，可真正称得上罪犯的只有一个。其他人跟我一样，因为打架或者运气不好而身陷囹圄。我并不是说我不应该尝到教训，因为就算他们指控我的那些事情我没有做过，其他坏事我终归是干过的。我就是个不够格的儿子和兄弟，我也酗酒……我相信，我应该受到惩罚，但我还是要说，他们把我关起来就是不公平。

墨西哥是我的祖国，对吧？我对我的祖国充满了特别的、深沉的爱，尤其对首都更是如此。我们拥有言论自由，更为重要的是，还拥有行事的自由，这两样东西我看其他地方是没有的。在这里，我一直能够较好地生存下去……就是卖点南瓜籽也能生存下去。可一说到墨西哥人啊，唉，我就没有什么好印象。我不知道是不是因为自己品行不端的原因，反正我觉得他们普遍缺乏善意。

我们这里是强者法则当道。谁跌倒都不会有人帮扶，相反，如果能对他人伤害得更多，他会毫不犹豫地加以伤害。如果有人落水，他会趁机推上一把。谁要是爬上去了，他们也会把他拉下来。我读书不多，但干起活来我一般都是出类拔萃……反正我比一起做工的人拿得多。他们察觉之后，就会在老板面前找我的麻烦，借此把我扫地出门。因此，总有人到处说谁抢劫了，谁杀人了，谁怎么怎么了，谁又变坏了等等。

难道是因为教育的缺失吗？确实有很多人连自己的名字都不会写！可有人却大谈什么宪政主义……话说得很好听，我就是弄不明白其中的意思。在我看来，我们就是靠强权过日子……杀人、偷盗、抢劫。我们一个个情绪急躁，随时都在提防着什么。

他们放我出来的时候大约是晚上 2 点半。我直接去神殿向圣女表达了谢意。我跟家里人说了我要去查尔玛还愿，可当时还不到庆贺天主的时候，所以他们谁也不愿意跟我一起去。瓜达卢佩姨妈说，我无论如何也应该去还愿，于是我独自去了一趟。这一次，我赤着脚从桑提亚哥走到查尔玛，一共走了三十到三十五公里路。一路上我没有停歇。路很难走，到处是泥浆，双脚一踩上去就陷了下去，里面的石头划得双脚生疼，那情形就像在嚼口香糖。

我不在乎这样的痛苦。我一心想着的就是不要违愿，也不要打退堂鼓。路越难走，我心里就越好受，因为身体上受的苦越多，心理上就越觉得满足。对我来说，那正是朝圣的目的——吃苦、牺牲。去的路上，我觉得非常郁闷非常绝望，回来的路上，我的内心感到非常轻松。

不久之后，我又被警察逮住了，因为我去蹲了七个月的大牢，没法为第一次的违法行为而按时签到。如果连续三次不去签到，担保公司就会通知特工部门，警察就要到处找人。我觉得这是违宪的，因为担保公司应该有自己的私人警察，而不应该使用司法警察。不过，我很快就被放出来了。游荡一段时间之后，我去了韦拉克鲁斯。

康素爱萝

　　玛塔没回家那天晚上，父亲将会怎样责备玛塔比玛塔失踪本身更令我担心。为了找到她，罗伯托把所有地方都找遍了，我和保拉只能待在家里等消息。我们终于听到父亲用钥匙开门的声音，我假装在做针线活儿，保拉和孩子早已经睡着了。父亲一进屋就问："玛塔在哪里？"他的声音很冷淡，充满了责怪的意思，我都不敢回答他。父亲进门的时候，罗伯托像平常一样一跃而起，回答着父亲的问题："她没回家。"我们都等着父亲急风暴雨一般的责骂，可他总有办法出乎我们的意料，只说了一句："那么，我们一起出去找她吧。"说完，他俩就出门了。

　　没过多久，我听见曼努埃尔的口哨声，便给他开了门。他从不过问家人的去向，这一次也不例外。我也没跟他说什么，只是在一旁看着他在地板上展开"床铺"。他刚一躺下，父亲就进门了。"到底怎么回事？她回来了吗？"曼努埃尔不明就里一下子爬起身来。

　　父亲转头看着他。"浑小子，还不快去找你妹妹！她家都没回，你还睡得下！走，咱们去找她。"曼努埃尔执行命令一向慢吞吞的，可这一次他的动作敏捷如羽翼。

　　他们三个很晚才回来。父亲的脸色很阴沉很严厉，罗伯托耷拉着脑袋，曼努埃尔看上去睡眼惺忪。父亲让我们大家赶紧睡，接着他就关了灯。我看见他矮小的身影站立在厨房里一动不动，仿佛在水泥地上生了根。他就着黑暗抽了一支烟，烟头上的红点忽明忽暗。我想不通妹妹这样的举动有什么意义，只知道父亲非常伤心，非常担心。等着等着我就睡着了。

　　父亲很早就叫醒两个哥哥，让他们出去寻找玛塔。他把餐馆的电话

271

号码给我之后就去上班了。下午3点钟，玛塔回来了。她梳着马尾辫，穿着短裤，看上去多年轻啊！可她似乎早料到会有一场打斗，于是我顺了她的心，认真其事地扮演起了大姐姐的角色。"昨晚你去哪儿了？"她转过头来带着嘲讽的神情看了我一眼，我顿时火冒三丈。接着，她开始骂我，我抓起平时挂在门背后的一条皮带，使劲揍起她来，她一边护着自己，一边对我又喊又抓。罗伯托走进家门，我们的打斗方才画上了句号。

我来到院子里的水槽边清洗胳膊上的血迹，才从伊雷拉嘴里知道了玛塔头天晚上一直跟克里斯平在一起，也就是后来娶她的那个小子。我一下子明白过来，立即伤心地哭了起来。克里斯平的父母过来找我的父亲交换意见，但我并不知道他们的谈话内容，因为他们把我支到了门外。

玛塔搬去跟克里斯平过起了日子，这令我非常生气。我一直希望她穿得整整齐齐地上学读书，甚至还戴那么一副眼镜。我幻想过给她举办十五岁生日宴会，继而给她举办婚礼，由父亲领着她走上婚礼的圣坛！现在，梦想变成了梦魇，我的小妹妹竟然通过自由结合的方式嫁了人，走在广场上的时候领着孩子、系着破围裙、头不梳脸不洗、趿拉着拖鞋。就这样，我的又一个幻想破灭了。

我第一次前去看望克里斯平为玛塔搭建的小屋子时印象很深，因为他们所需要的东西一应俱全，有一张床、一张餐桌、几把椅子、一个小煤油炉，以及锅碗瓢盆。可他们后来吵得很厉害，玛塔还跟我说克里斯平动手打她，这令我非常生气。在我看来，他就是个脾气暴躁、嫉妒心强的男人，根本不愿承担任何责任。为了维护自己的妹妹，我经常掺和进他们的争吵中去。不过，我后来从克里斯平这边了解了事情的原委，才意识到原来都是玛塔自己的错。跟婚前一样，她经常跟着罗伯托，以及她自己那一帮朋友外出玩耍。如果克里斯平不答应，她就威胁说要叫罗伯托来找他的麻烦。罗伯托在很多事情上都惯着玛塔，结果呢，克里斯平再也不希望我家的人去看望他们。我只要一批评玛塔在家里不做卫生或者不听丈夫的话，她就把矛头对准我，说我喜欢上了克里斯平。从那以后，我尽量远离他们的事情，不过我依旧觉得如果玛塔表现好一点的话，她和克里斯平的日子也许会好过得多。

保拉即将生下第二个孩子。父亲在房间中央挂起一道帘子把她睡觉的地方隔了起来，就在这道帘子后面，阿拉内斯出生了。一年之后，多明戈也来到了人世。一家人对我这几个侄儿侄女都关怀备至，但老大玛丽基塔一直比较得宠一些。她给全家人带来了生机，我也非常喜欢她。

我也慢慢地喜欢上了保拉，觉得她简直就是一个圣女。她为她的孩子而活，不过她有时候责备孩子们的方式令我非常生气。我那侄女玛丽基塔十一个月大的时候就已经饱尝了她妈妈的老拳。不知何故，明明是几个小男孩做的错事，保拉老让可怜的玛丽基塔当替罪羊。比如，尿床了、跌倒了、把谁绊倒了，等等，被揪头发、被打屁股的总是玛丽基塔。我一直不敢做声，只有狠狠地摔门而去。

不管曼努埃尔有多刻薄，保拉仍旧深爱着他。她把他的缺点都藏了起来，从不向我们或者我们的父亲告状。她成天都在做针线活，不是在补衣服就是在照看孩子。她基本上没看过电影，也没穿过什么好衣服。曼努埃尔老在外面晃荡，总在半夜三更或者天亮了才回家。保拉随时都在等着伺候他，先是给他把灯打开，然后把大家叫起来陪他一起吃饭。有时候，他会在凌晨三四点开灯看书，这令我大为光火，因为我要早起上班，可保拉对此从不说半个不字。

在我的记忆中，没看见过哥哥用感情对待他老婆。他跟她说话总是很粗野，或者根本不同她说话，只顾埋头看杂志。我并不觉得他真的爱她。他宁愿睡地板，也不愿意上床跟老婆孩子挤着睡。不过，他们的婚姻生活反正残缺不全，因为在家里根本没有隐私可言。他们偶尔会告诉我们，说要出去看电影，但我想他们实际上是去了小旅馆。

随着年龄增大，我逐渐认识到一家人挤住在一居室的小房子里，有很多不便需要加以克服。拿我来说，因为我耽于幻想，喜欢做白日梦，所以特别不希望被别人打扰。两个哥哥时常打断我的幻想："嗨，又怎

么了！看你那痴样。"要不就是父亲这样说："醒醒，孩子，别老想梦
见周公！走了，快点！"

既然回到现实，我就得抛开刚才幻想中的漂亮的家，转而用更加挑
剔的眼光打量现在的家。那个粗拙的衣橱如此狭小，不禁让我想起了棺
材，可它竟然装着五个人、七个人、九个人的衣服——具体多少就看同
时有多少人住在我家。那个梳妆镜呢，同样为全家人所用。穿脱衣服可
是一个大问题。晚上，我们只有熄了灯才敢脱衣服，要么就盖着毯子
脱，要么就和衣而睡。安东尼娅对穿脱衣服毫不在意，可我、保拉、还
有玛塔都比较保守。早上起床之后，罗伯托也是裹着毯子跑到厨房去换
衣服。我们女人只有等男人和孩子们都出了门才能把门关上，可总有人
想要进屋来，非常不耐烦地敲击房门，要我们加快动作。我们从不敢有
丝毫磨蹭。

要是我能够在镜子跟前转悠转悠，理理头发或者涂脂抹粉，不知是
怎样一种奢望，我一直都没有这样做过，因为同住一屋的那些人不是讥
讽就是挖苦。跟我同住在卡萨-格兰德的朋友们对家人有同样的抱怨。直
至今天，我照镜子都是匆匆一瞥，仿佛在做一件很不对的事情。每当想
唱歌的时候，想在什么地方舒舒服服躺一下的时候，或者做了任何家人
不赞同的事情的时候，我同样得忍受他们的闲言碎语。

生活在一居室的住房里，你必须跟家里的其他人同步，不管你愿不
愿意——除了遵从最强者的意愿，没有别的选择。父亲优先，接下来是
安东尼娅，然后才轮到拉查塔和两个哥哥。弱者要么同意，要么不同
意，要么怒气冲冲，要么鄙夷不屑，但没法表达自己的想法。比如，我
们所有人都必须同时上床睡觉，而时间完全由父亲决定。即便我们已经
长大成人，他还是这样说："上床睡觉！明天还要上班。"他说这话的
时候可能才八九点钟，我们根本没有睡意，但是父亲第二天要早起上
班，所以灯还是灭了。有好多次我都想趁晚上画点什么或者读点什么，
可还没等我开始做，就有人说"睡觉！关灯！"了，没画出来的东西，
没读完的故事都只能装在我的脑子里。

白天，给收音机调台的是安东尼娅，其他人只有听的份儿，而晚上调台的变成了父亲。我们尤其讨厌"聪明小脑袋"这个节目，因为父亲必定会说："人家只有八岁，可知道那么多东西……你们这些蠢驴竟然不想学习。将来你们要后悔的。"遇到父亲或者安东尼娅不在家的时候，我们简直会为了那台收音机打起来！

如果负责家务的是拉查塔，她也有一套法子约束我们。她会让我们在院子里等，直到她做完清洁卫生。有时候由于天冷的缘故，我必须得上厕所，而她偏不给我开门，急得我上蹿下跳，同时不停地大声吼叫，以致邻居都听见我说了些什么："嗨，拉查塔，让我进去，我实在忍不住了，就快要拉出来了。"这样一来，为了报复我，她会把前门大开，以至于过路的人也能从厕所下面的门缝里看见我的双脚。为了遮住双脚，我不得不请求她把前门关上，而她竟然这样说："哦，小孩子一个，有谁看。"

在只有半扇门的厕所里，我们几乎没有隐私可言。里面太狭窄，拉查塔只有侧着身子才进得去，即使蹲下来也只能让门半掩着。安东尼娅总会取笑正在蹲厕所的人："搞快点，难道要我给你递把剪刀进来吗？"如果蹲厕所的人是我，她会这么说："还在不在啊？你不会被冲到圣-拉扎罗去了吧。"圣-拉扎罗是墨西哥城的下水道出口，意思是我掉进下水道了。遇到其他人蹲厕所，我也会揶揄一番。如果上厕所的人是罗伯托，我会把房门大开着，取笑说气味太重。这令他非常生气，大声吼道："把门关上，要不看我怎么收拾你。"可还没等他出来，我已经跑到院子里去了。如果换成其他人上厕所，我会守在厕所门前，一边跳舞，一边嚷着我也要上厕所。我还记得，曼努埃尔上完厕所出来的时候，嘴里总叼着一本杂志或者漫画书，一边提裤子，一边狠狠地瞪着我。不管别人怎么说，安东尼娅总要上圆满了才出来。每当此时，我只有把屋子里的人都赶出去，然后就着痰盂解决问题。

这样的玩笑有时候近乎下流。安东尼娅便秘，时常遭受胀气之苦。她想忍，可她每次都笑着说："我干吗要忍，肚子都胀痛了。"可如果我们有人为了这个理由而进厕所的话，她会借机取笑一番："声音怎么有点沙哑……你咳嗽吗，伙计？"我们会说："晚上你自己打机关枪的时候，我们好像看见你盖的毯子都鼓起来了。"我们小的时候，如果谁放了个响屁，父亲会笑着说："谁呀？像老鼠似的。"可后来他会狠狠地批评我们，然后把放屁的人赶进厕所去。如果他不在，曼努埃尔和罗伯托会依次说对方是"笨蛋"或者"笨猪"，直到两个人都气得脸红脖子粗。如果没有谁说三道四，我们通常会三下五除二地穿戴妥帖，对一切都视而不见。

不过，跟当着其他人的面被斥责相比，这些不快简直无足轻重。我一直在想，如果父亲不当着其他人的面斥责我，我丝毫不会介意成这个样子。可他偏要把教训我的那些话让每一个人都听见，尽管其他人假装没有听见，可那让我感到更加羞愧更加伤心。其他的兄弟姐妹们也有同感。如果我们其中的一个受到责骂，其余的人同样会觉得是一种责罚。父亲的责骂一点点累积起来，直到把我们完全淹没，让我们陷入眼泪的汪洋。

于是，我开始尽可能地躲开这个家。父亲不跟我们一起生活的那段时间，我甚至逆着罗伯托的意愿，想去哪儿跳舞就去哪儿跳舞。曼努埃尔不太在乎我的所作所为，但罗伯托依旧像鹰一样盯着我。只要我跟同一个小伙子跳上两到三曲，他就会说："别再跟他跳了。我看不惯！"他会目不转睛地盯着那个小伙子，大家只需看他的脸色就知道他在监管我。要是我敢违拗，他会掰开我舞伴的双手，然后扯着我回家。只要有机会，我还会返回去，就是想让他知道，他命令不了我。可他会向父亲告状，我就会挨骂。即便我不停地哭，发誓再也不去跳舞，可只要一听到音乐声，我又控制不住了。我把咖啡往桌子上一放就跑去跳舞了。

父亲还没搬出去之前，罗伯托那位居住在卡萨-格兰德大街名叫佩德罗·里奥斯的朋友成了我的未婚夫。佩德罗人很好，无论我怎么作弄他，他都不会在意。让他最不高兴的就是我出去跳舞这件事，但我不管这么多，为的就是报复他酗酒这个毛病。他会监视我，而且会在跳舞的过程中把我拉到一边教训我。

"你以为我是傻子吧，"他说道。"明知我爱你，你仍旧这么做，如果你再这样下去的话，我真会揍你的。"

"你不让我跳舞，我就跟你分手。"我这样一说，事情就收了场。

那个时候，居民区的小伙子们这样说过："卡萨-格兰德的女孩子全部归我们。"事情果真如此。外面那些想来卡萨-格兰德找女孩的小伙子真可怜，因为卡萨-格兰德这帮小伙子不是欺负他们就是找他们的碴子。佩德罗和他那一伙人说过，我们女孩子不可以跟外人跳舞或者说话，但我不管这么多，只要我喜欢，照样跟陌生人跳舞。就这样，我又认识了迭戈·托罗尔。

迭戈是个白皮肤的小伙子，略显矜持，时不时也说说笑话。他穿戴也很得体。要跟迭戈成为情侣，我必须找个借口先跟佩德罗分手，可佩德罗偏偏不给我机会。因为迭戈让我喜欢得要命，我同时跟他们两个人做起了情侣。我一般趁着跳舞的机会跟迭戈碰面，可如果他跟佩德罗同时在场，我会扭头就走。有一天，迭戈约我在学校附近的一栋楼房见面，可我之前已经叫佩德罗同一时间在铁匠铺大街边上的拱廊等我。那栋楼房有两个出口，趁着佩德罗在其中一个口子上等我的间隙，我快步跑到另一端靠近园子的出口跟迭戈见了面。我的心怦怦直跳。"我只能跟你待几分钟，你知道我那帮兄弟伙的为人。"迭戈对我感到非常满意。

我又回到拱廊去跟佩德罗碰面。他坚持要往园子那边走，我却不乐意，因为担心迭戈可能还没走。不过，这样的事情我不知道该怎么解释，因为我不但不害怕，反而感到非常舒坦。我在心里暗自嘲笑他们两个人。

我跟迭戈相处的时间不长，可他竟然向我求婚了。当时，结婚这两个字对我来说没有任何意义，甚至显得有些缥缈不定。迭戈说："难道你不想住装饰堂皇的好房子吗？"

"装饰堂皇？"我连这几个字的含义都弄不明白。于是，他跟我讲了他所从事的工作，可他一边讲，我一边在心里这样想："你以为我会相信你呀？门儿都没有，扯谎鬼。你骗不了我！康素爱萝，别听他的，别信他那些鬼话。"听了那一番甜言蜜语，我对他说："太好了，我当然喜欢啦。"可我的心里着实想笑。我对他们谁都不信。原因我不知道。也许因为爱情从来就不是我的最高目标吧。

罗伯托的朋友也是我的朋友。不过一直以来，幸亏有他的影响，我自己也一直讨厌下流段子，所以他们全都对我敬畏有加。其他帮派都惧怕卡萨-格兰德的小伙子，因为他们都是些恃强凌弱尽惹麻烦的家伙。我经常听说卡萨-格兰德的帮派跟来自卡萨-贝尔德或者陶罐大街的帮派大打出手。卡萨-格兰德的小伙子们经常聚集在拱廊附近阻塞交通。他们或唱或玩、或讲笑话糊弄人。

天上如果有月亮或星星，按父亲的说法，那帮"游民"或者"懒鬼"会聚集在我家门前。如果我和佩德罗相处融洽，他们会齐唱爱情歌曲。遇到我们闹了龃龉，他们会吼几句蔑视或者绝望的歌词。例如，有一次我和佩德罗都非常生气，他们唱的是："伪君子啊伪君子，你无理取闹，你欺骗了我；你那一句句狠心的话，是我的毒药。如果你不爱我，我不如死去算了。"我正躺在床上，因为猜到佩德罗肯定跟他们在一起，所以听到他们优美的歌声，有如听到摇篮曲，感觉开心极了。我觉得他们的每一句歌声都是为我而唱。然而，隔壁邻舍的婆娘们却对着他们一阵臭骂："你们这一群懒鬼，真不害臊！你们难道就不能换个地方干嚎吗？"

过了些时候，有一家人搬进了五十三号房，他们家有一台录音机用于出租。5 月 10 日，也就是母亲节这天，他们放起了"亲爱的妈妈"这首歌（其实是一首生日歌）。他们还形成了习惯，凌晨四五点的时候播放"亲爱的妈妈"以颂扬瓜达卢佩圣女，这在每年也招来了牧师为圣女颂扬祈福。我们女孩子和隔壁邻舍的妇女们都会闻声从床上爬起来把自己裹得严严实实，因为那个时候天气还很凉。"亲爱的妈妈"响起之前，看门人已经放过了焰火。

令我大为光火的，是 6 月 24 日的圣约翰节。凌晨两点，公共浴室的喇叭声就响会起，简直达到震耳欲聋的地步，吵醒了每一个人。帮派的大小伙子们都会在那个时刻前去游泳，有的女孩子也会跟着去游，不过我从来都不去。玛塔曾经跟我说过，有人派发玉米粥、玉米饼、糖果和鲜花，还要举办游泳比赛。哥哥罗伯托就参加过这样的游泳比赛。游泳池的录音机一刻不停地放了一整天。他们跟我说，真的是纵情欢乐，但我不知道他们穿着泳装跳舞会是怎么个鬼样子。所以，我从来都不参加。

后来，又出现了一项新的习俗。复活节前那个星期六，人们会相互泼水，直到全身湿透。这个习俗也许是起源于焚烧犹大塑像吧。那一天，我会站在屋顶观望，看见有的小伙子用纸包着砖粉对着下面的人猛砸。陶罐大街那一帮人在街上围成一个大圈，不知是谁突然从楼上往他们泼下一桶水，其他人很快也取来了水桶和罐子。这个习俗就是这样开始的。

然而，泼水很有些失控，令我很反感。他们早把尊重抛到了九霄云外。在卡萨-格兰德，小伙子们甚至开始对着姑娘们泼水。男男女女提着水桶相互追逐。每个人都相当于被洗了个澡，尽管他们穿得周周正正地正要出门，但实际上那一天大家都放假休息。姑娘们算是出尽了洋相，水珠顺着头发往下流，衣服紧紧地贴在身体上，说她们裸身而出都没有问题。我要么站在房顶上，要么躲在门背后观望，一半是欣赏，一半是愤怒。

我比较喜欢而且会参加圣诞节的庆祝活动。圣诞前夜，我们把整个院子打扫干净，然后布置一番。我们还得提防着，别让其他院子的孩子碰倒我们的装饰物。有人从房顶上取来木头生火照明，人行道上的一小堆火就是一盏灯，就为了庆祝圣诞日的来临啊。

然而，一切准备就绪之后，父亲竟然不让我出门。一连几个晚上，我都在哭泣。到了半夜，浴室的号角声响起，小孩子们把电话亭的柱子踢得砰砰响（柱子是铁做的，发出的声音跟铃声很相似）。号角声经久不息，铃铛声响个不停，大家一边拥抱一边说着："圣诞快乐！"我也很想像其他人那样享受一番，可我家的灯早已熄灭，大家都上了床，父亲还在那儿监视着，谁都不许到外面去。

我一向喜欢跟宗教有关的东西，而且永不停息地怀着顺从愉悦的心情履行这方面的职责和义务。我的信念，我的希望，全都寄托在主的身上，无论做什么，我都要求得主的许可。不管是在学校、工厂，还是闲暇外出，我所经受的无论是伤痛还是快乐都是为了主。无论下午还是晚上，只要没有旁人，我都会向主奉献我的诚意，对他说话，向他许愿。我一直践行着第一条戒律——爱主胜过一切，至于第二条戒律——不要滥用圣主之名，我一直做得不太好。不幸的是，我发现了撒谎的必要。

第一次进教堂的时候，我觉得仿佛进入了神圣的领地。通过那扇白光照耀的大门，我仿佛来到了宁静的境地。我祈祷的内容通常是哥哥不要做坏人，圣主应该改变他们饶恕他们，赐给他们继续活下去的力量。我得帮助他们成长和学习，以增长才干。进了教堂，我觉得自己无以复加地渺小。站在圣坛跟前，我觉得圣主就代表了我所需要的一切。无论去教堂，还是去墓地，我总是一个人，而且总是发誓要保持谦逊，做个好人。我对自己的要求是"别让我爱慕虚荣"。我很想像阿西西的圣弗朗西斯那样做个谦逊的好人，可事实并非如此。

一连几年，我都请求父亲送我上修女学校学习。我求了他好长一段时间，甚至一直持续到我年满十八岁。可约兰达和她的丈夫阿尔弗雷多先生说，要当修女必须得有"嫁妆"，对我不啻当头一瓢冷水。他们还告诉我，那要吃很多的苦，不过这对我来说无关紧要。对我来说，睡硬板床才是一种值得敬佩的牺牲和奉献，这一点不假。不过，圣主为我们受了那么多苦难，我们敬奉他更是一种值得敬佩的牺牲和奉献。当时，我看了一部电影，里边讲的全是基督受难的故事，我边看边哭，好想大吼几声。我多么渴望自己有机会拥抱圣主、分担他的苦难啊！那样的记忆永远也不会磨灭。他受难的时候表现得如此谦逊！我对他的热爱愈发深沉。每当被哥哥弄哭，或者遭了父亲的责备，或者过得不开心的时候，我总会对自己说："圣主都受过苦难，何况我等凡夫俗子？跟圣主遭受的苦难相比，我们的苦难算得了什么？"这样一想，我就好受多了。

直到十七或者十八岁的时候，我才明白了做弥撒的意义。一天下午，我跟着同我一起做工的卢佩离开了办公室。当时我正在一家会计公司做工。卢佩接受的宗教训导比我多，而且经常参加弥撒活动。她问我是否也做过弥撒，我一开始说做过，因为她好像也是个挺单纯的人，于是我大着胆子问道："嗯，可是做弥撒到底是怎么一回事儿？"

"他们没跟你说吗？"

"从来没有人跟我说过。每次都是别人下跪，我跟着下跪，别人起身，我跟着起身，别人念叨什么，我跟着念叨什么。但我一直不太明白，为什么大家要随着铃声起身又下跪？"

"听着，铃声响起的时候——"这样，我才明白了弥撒的重要意义，但这样的醒悟完全出乎我的意料之外。

伊格纳西奥姨父带着姨妈参加报童联合会组织的朝觐活动时，我生平头一次跟了去。我们四人一排并肩而行。有人捧着鲜花。尽管都是穷人，却很讲秩序。有人哼唱哈利路亚祷词。我直勾勾地眼观前方，很快就到达了目的地。我感到开心极了。隔了较长时间，也就是从商贸学校毕业之后，我又参加了第二次朝觐。我们全都戴着帽子，披着袍子，前往神殿致谢。我会遇见圣主，这样的希望从来没有消失过，从来没有。

有一次，刚好是罗伯托的圣徒纪念日，克里斯平出钱租了一台录音机前来庆祝。玩了一会儿，克里斯平和玛塔突然把我坐着的凳子抽掉，害得我差一点摔倒。当然啦，在场的人很多，大家看着我坐了下去，哈哈大笑。我又窘又气，但一句话也没说，而是转身进了屋子。躲进屋子，我才能避开大家的笑声，因为父亲不允许让大门开着，他说放录音机已经很费电了。

几分钟后，我跟玛塔和克里斯平扯了个平手。他们正在跳舞的时候，我站在屋顶往他们身上淋了一大盆水。玛塔受不了我这个并无害处的玩笑，跑进去向父亲告状："爸爸，你看瘦猴都干了什么好事！你叫她别惹克里斯平。"

我从楼上顺着楼梯一边走下来，一边大笑着，可一看到父亲，我的笑声立马收敛了。当着那么多人的面，我被他打了一个耳光不说，还被狠狠地责骂了一通。"我辛辛苦苦养你们这么大，你们简直不配。"父亲深深地伤了我的心，我开始考虑第二天怎么离家出走的事情。我想到做到，先是收拾了几件衣服，然后去了桑迪托斯那里。

桑迪托斯在马丁内兹殖民区的小市场里做买卖，看管着用废弃木板和厚纸板箱搭成的一个小摊位。她经营的货品有蔬菜、糖果、草药等，这些货品她都摆在了一块板子上。在她那里，我可以吃到用陶土煎锅烘烤的、不加任何辅料的仙人掌叶子，可以睡在土质地板上，身下只垫一片草席，身上只盖几张床单，但我真是开心极了。殖民区位于城市的郊区，我们睡觉的时候，蟾蜍和青蛙的鸣叫声可以说是我们的摇篮曲。醒来的时候，背上满是跳蚤叮咬的红疙瘩。因为害怕老鼠，我睡觉的时候从头到脚都要裹得严严实实。

晚上，如果煤油用完，桑迪托斯会买来几支细蜡烛。就着微光，坐着低矮的凳子，桑迪托斯给我讲述宗教方面的事情直至昏昏欲睡。我用手撑着腮帮子，眯缝着双眼，细心聆听她那甜美而慈爱的声音。这不禁让我想起了自己一直在找寻的两样东西——家庭和母亲。

我跟她住了一周的时间，真是开心极了。我觉得自己就像她的女儿。我没有跟她吵过嘴，做什么事情都从容自如。她从不责怪我，也不让我感到自己有多可怜。要不是父亲前来找我，我会一直住在她那里。他一来就粗声大气地告诉我："赶快回家，要不然老子把你送到收容所关起来。"

"我不想回去，我在这里活得很开心。"我对父亲这样说。可这根本不管用。他自顾自地站在门廊里等着我。我哭着跟桑迪托斯道了别。她也哭了，可我终究跟父亲回了家。

又过了一段时间，我搬到罗萨里奥大街住进了卢裴塔的家里。住到那边之后，哥哥罗伯托便没法骚扰我，因为他不敢进入她的家门。我跟同父异母的妹妹安东尼娅和玛丽莲娜表面看起来很友好，但我猜她们根本没把我放在眼里。有好几次，东尼娅向她的朋友们介绍我的时候，都说我是她的熟人，她从来不说我是她姐姐。这令我很不高兴，但我不想为此跟她打一架，因为我也不想承认她是我的妹妹。我觉得她这个人很粗俗，她用的每一个词，开的每一句玩笑都让人脸红。父亲的小女儿玛丽莲娜喜怒无常，我一点都不在意她，因为她对我父亲很恶毒，经常跟他顶嘴，要么为琐事，要么太苛刻。

对我友善的人有卢裴塔，以及她的两个大女儿，艾莉达和伊莎贝尔。卢裴塔跟另一个男人生下这两个孩子，可她后来发现这个男人早已结过婚，便离开了他。我父亲也欺骗过她，隐瞒了自己已婚的事实，我想她可能一辈子都不会原谅父亲。不过，即便两个孩子还很小，实在需要帮衬的时候，她也从没向他索取过什么。你可以这么说，在安东尼娅长到八岁大以前，他实际上抛弃了她们母女俩，尽管他们同时在拉-格洛里亚餐馆做工。安东尼娅病重期间，渴望跟自己的父亲见上一面，我父亲才开始去看望她们，并给她们送去食品和礼物。因为他对安东尼娅确实很好，卢裴塔终于跟他重修旧好。不过，即便生下玛丽莲娜之后，卢裴塔也没向父亲提出过任何要求。

一开始，我对卢裴塔没有任何好感。她向我示好的时候，我以为她这个人很虚伪。在我看来，她是我父亲的"家外女人"，也是让我母亲心头不好受的人。可当我发现她对自己的两个女儿、我的哥哥和姐妹们都很好的时候，我便开始怀疑起来，她这样的人怎么可能有私心。还有，我发现她家比我家穷，住的房子比我家小，我便确信了一点，父亲还是偏爱我的母亲和我们几个兄妹。

父亲从未像关心其他几个老婆那样关心过卢裴塔，也许因为卢裴塔身材矮胖，年纪比他大吧。卢裴塔很看不起男人，说他们都是些只管风流不负责任的家伙。就我跟佩德罗·里奥斯结婚这件事向她讨主意的时候，我说佩德罗是个认真的人，她这样对我说："上帝不会让你结识认真的人，你自己不找小气鬼就是了。"在她看来，女人根本没法找到足够嫁出去的好男人。不过，她的尖酸和怀疑从不伤害其他人，因为她本人非常友好非常善良。她为自己的两个孩子牺牲了一切，从未对她们不管不顾。两个女儿就是她的世界。在我看来，她就是理想中的好母亲。

艾莉达和伊莎贝尔从不像我同父异母的妹妹那样惹我不开心。有一次，我向她俩诉苦说没有人管我，艾莉达安慰起我来，说："别这样想，康素爱萝，别在意这些事情。毕竟你还能跟你爸爸住在一起，你在这里还有个家。"我很感激她那一番安慰我的话，不过一想起我那同父异母的妹妹，以及父亲对我们的不公，我就沮丧不已。

有一天，我对于收入的安排也发生了变化。自从父亲把我的薪水扔还给我那一天起，我就再也没有给过他一分钱。那一天，我给了他五十个比索，自己一分钱都留下，我平时就是这么做的。晚上，我问他要点钱买袜子，可他竟不给我。第二天，我又问他要了一次，而且语气更坚决："爸爸，给点钱我去买袜子，我就这几双袜子，全都破了。给我九个比索就够了。"

我猜父亲心情不太好，因为他竟然拿着钱砸到了我的脸上。"拿去！这是你的钱！你们谁的钱我都不想要。我还有力气，还干得了活儿。"

跟往常一样，我什么也没说，而是跑到屋外靠在栏杆上哭了起来。卢裴塔赶了过来，叫我不要在意父亲的话。我没有理睬她，因为我早已泣不成声。不过我在心里想："我发誓，从现在起，我一分钱也不会给他。自己的钱自己用。"我说到做到。自己留着钱，想买什么就买什么，这让我感觉宽慰了许多。我再也没把钱交给父亲，他也没问我要过。我只斗胆问过一次，他用我之前给他那五十个比索买的小猪长得怎么样了，他说很快就会把猪卖掉，因为那头猪已经膘肥体壮。仅此而已。

我的天地在家外。起床后，我先是洗漱洗漱，或者洗个澡，然后喝点咖啡，接着收拾好物品出门去上班。一到工作地点，我就觉得高兴不已。我下午一般不做工。有很多人拿语言或者礼物恭维我，这有点难以置信，但"愣头青"或者"康素爱萝小姐"这样的话就是会令我精神大振。即使有人吩咐我，也都说得彬彬有礼。如果我出了差错（基本上我随时都会出差错），唯一的批评不过就是一句"愣头青"。

除了每周回去一次看望保拉和那几个孩子，我几乎没有回过卡萨-格兰德。曼努埃尔从父亲那里借钱开了一家不大的制鞋厂，一度干得豪情满怀。他全身心地投入到经营中，似乎很享受的样子。我还记得见过他几次，嘴里叼着烟，手里拿着一大把鞋底，在六十四号和他的店铺之间来回奔忙着。我总能猜到他的业务做得很不错，因为他走起路来脚步不但匆忙而且从容，仿佛要跟大地有更紧密的接触。坐下来吃饭的时候，他更是信心十足。那意味着他兜里有钱，如果那是一大叠钞票，他铁定会拿出来当我们的面挥舞不停。

有一天，曼努埃尔一个哥们儿同为制鞋老板的父亲在院子里拦住我说："你是曼努埃尔的妹妹，对吗？那么，你回去告诉你父亲，如果曼努埃尔不思悔改，他的营生注定要破产。你哥哥爱打牌，我儿子也如此，他们经常在所谓朋友这个小圈子里玩牌。如果再这样下去，他们两个人都不会有出息。他们把自己关在店铺里，已经玩了三天三夜的扑克牌了。"

我听归听，但没有转告父亲。哥哥一定输了很多钱，因为工人们都开始来我们家讨要工资了。曼努埃尔躲在门背后说道："跟他们说，我不在家。"又一次，我高声喊道："曼努埃尔，有人找你。"不管愿不愿意，他只好嘟囔着走了出来。"长舌妇！你不管闲事嘴巴会烂掉吗？"

接下来那个星期，哥哥的店铺空无一物……他把所有东西都卖了。他站在那里，双手插在口袋里，歪着脑袋，任凭父亲的训斥。他有话要说，可刚一开口，父亲就给他顶了回去。曼努埃尔不光生意做砸了，还失去了父亲对他的信任。

后来，安东尼娅眼见她的母亲如此善待我，于是跟我闹起了别扭，我则跟她大吵一架之后从位于罗萨里奥大街的这个家里搬了出去。先是罗伯托过来看望父亲，具体原因我不太清楚。安东尼娅在夜总会上班，那天早上回来的时候依然酒气未消。她一见到我哥哥就把他撵了出去。我只觉得热血上涌，再怎么说，罗伯托也是我的哥哥，看见他被糟践到如此地步，我感到非常心痛。

我乐于挑战安东尼娅，杀杀她的荒谬气焰。自从她生病之后，大家都怕她，因此她成了左右局势的人。她有一次对我说："我就是要利用生病这一点跟大家对着干，我一吼，他们就会收敛着。我乐得捡这个便宜。"事实的确如此，不过那天晚上我觉得应该揭穿她的这种把戏，我要证明给大家看，这个人已经到了应该管一管的地步。既然她的病好了，大家还有什么理由要相信她的鬼话呢？

安东尼娅发现我在愤愤地盯着她，于是骂起我来。她先后打了我三下。我准备还手，这可吓坏了卢裴塔和父亲。卢裴塔大声说道："可怜的孩子，快下楼去。快出去，快。要不她会把你撕成碎片。"接着，有人把我推出房门，叫我赶快回家。我一边走，一边诅咒自己运气不好。经常打架的人是我，可转身躲开的人也是我。

我回到卡萨-格兰德，把事情的原委告诉了罗伯托。我知道，他们对我的所作所为也令他感到伤心。我来到门外，在小院子的石阶上坐了下来。已经过了十点钟，黑夜笼罩着万物。约兰达对我说过的那些话一句都不假："喂，康素爱萝，你是个孤儿，所以每个人都会欺负你。我也是个孤儿。有人会像对待抹布一般对待你，如果听之任之，那对你没有任何好处。"

这位小姐给我的每一句忠告都变成了现实。父亲的爱被人彻底抢走了，所以他在卢裴塔家里的举止如此地不同往常。他会开玩笑，跟邻居们聊天，很晚才吃饭，让灯亮到晚上十一二点。吃午饭的时候，他会给每个人买一杯苏打水。出门的时候，我那同父异母的妹妹竟可以追着他，跟他要钱看电影。他给卢裴塔取了昵称。他对这一切似乎感到非常满意。

只要不开心，我就会仰望夜空，在夜空里寻找着，用我全部的爱热切地寻找着什么。有一颗星星尤其吸引我的视线，因为姨妈有一次对我说过，我的母亲每晚都会化作一颗星星，在天空中关注着我。尽管早已长成了大姑娘，我还是半信半疑，而且讲给了玛塔听。此时此刻，我对着那颗星星喃喃低语，祈求它赐予我力量，祈求它别再让我这样遭罪——如果那颗星星真是母亲的化身的话。她干吗不让父亲好好看看，他那样对待我们到底算什么？

过了一阵，父亲也回到了卡萨-格兰德，至于什么原因，我并不清楚。他是在一天下午回来的，肩上扛着他那个箱子。他把箱子放在床上之后，一言不发又走了出去。接着，安东尼娅也搬过来跟我们住在了一起。她很少生病，不过有些神经质。

1949 年 3 月，父亲对我和安东尼娅说："你们打算学什么呢？你们不可能一辈子就这样游手好闲吧？你们愿意学习什么课程，我都可以尽量成全你们。所以，打听打听看有什么学校，有没有你们要学习的课程。"这番话大大出乎我的意料，不过我听了非常开心，接着就辞了鞋厂的工作。

我考虑过要从事个正儿八经的职业。我迫不及待地想要上学。一天下午，邻居贝拉对我和安东尼娅说，她曾经在位于拉格的马利亚学院学习过商贸课程，那所学校很不错，收费也不贵。"商贸课程！"我觉得她学习的一定是非常重要的职业。安东尼娅抄着手一边听一边笑："哦，我去跟爸爸说，看他愿不愿意。"安东尼娅跟爸爸说过之后，他便同意了。

安东尼娅学了父亲也喜欢的课程：服装加工与服装设计。我是这么想的："成天像一架机器多乏味呀，而且老有人找麻烦——'这里的褶不对，还有那颗扣子也没钉好。'"我对父亲说："我更喜欢文学，更喜欢读书。"他也同意了，于是我学起了速记、打字、西班牙语、文秘、贸易文件、书籍整理、通信和数学等课程。

来到学校之后，我不再认为自己是个无足轻重的人，我在学校可以向同学们讲述我的梦想，丝毫不怕他们对我冷嘲热讽，或者拿我寻开心。第一年里，我学习非常努力。我们在课堂练习打字的时候，打印出来的箴言如"学贵有恒""走正道，终成器"常常让我感到伤心彷徨。

第二年，我就开始变了。我跟七八个女同学交上了朋友，大家经常一起逃学。我不再学习，一心只想玩乐。我们屡教不改，被老师扣了很多分。老师还警告过我，我倒是感激她对我的忠告，可不幸的是，那几个女孩子早把我带坏了。不过，我得承认，这是我一生中唯一真正无忧无虑的一段时光，我一点都不后悔。

上学期间，我忘记了一切烦恼，一心只想着就要有工作做、就要有衣服穿，既能进修学习，还能把自己的家收拾得漂漂亮亮，这些都是我一直以来的梦想。"我要让隔壁的邻居搬家，"我这样想过。"然后让父亲把那套房子买下来。我会让父亲把中间的隔墙打掉，隔壁那个房间可以作为客厅，安上一个壁炉和一套长沙发，地板要打蜡，墙壁要修葺。这样子，我们才有地方接待朋友。厨房也是这样——两个厨房合成一个厨房，再安上漂亮的炉子，摆上刀叉，挂上窗帘，长满绿色植物的大花瓶要一直摆到大门口。卧室临街的一面要开窗。小偷会爬进来？那好，我在那里装上铁栅栏。里面要摆上录音机，再装上几盏灯。爸爸请的帮工我付钱，其他钱也由我来付。"

我的理想就是看见我们一大家人团结一心、其乐融融。我渴望着帮哥哥和妹妹一把，我要慰劳慰劳他们，不让他们有我这样的看法。每当父亲把罗伯托吼得眼泪直流的时候，我的心里总有一个反叛的声音在大声地告诉自己："不！这不公平！"然而，我基本上不敢说出口。看着哥哥躲在厨房的角落里耷拉着脑袋，眼泪顺着面庞滑落的时候，我的心感到阵阵疼痛。事后，我会安慰他几句："别计较爸爸说的那些话，他不过是一时气愤。"或者，我会示意他们到外面的院子里去，免得老听见爸爸在那里唠叨。

　　谁听了父亲的话都会觉得受打击，不过罗伯托的感受尤为深刻。曼努埃尔宁愿选择无所谓的态度。他在父亲的责骂面前默不作声，过不了几分钟就会扬着头，一边吹口哨，一边去院子里玩耍。后来，他甚至对父亲的话充耳不闻，扭头就走。罗伯托只会站在原地，一个劲地掉眼泪。

　　我觉得，就因为这样一些原因，我才产生了帮助两个哥哥和妹妹的想法。我真想做一个能够指引他们、开导他们的人，你看我这不是做白日梦嘛！对曼努埃尔，我好希望他从事律师或者教师这样的职业。对罗伯托，我则希望他从事建筑师或者工程师这样的职业。这样的话，父亲就不用做那么多事儿了。我好希望买彩票中大奖啊，这样我就可以给他买个农场，他既可以养鸡，也可以买点像样的家具。晚上，他可以穿着袍子和拖鞋，坐在壁炉跟前的太师椅上读书看报，周围儿孙绕膝。他可以要么想问题，要么对我们说："这都是我的孩子，我的创造，我把他们教育成了人。"我一直希望这一切在某天会变成现实。

　　这么多年过去了，我的家庭却闹得四分五裂，我简直感到失望极了。我天天面对的父亲根本不会通融，古板得像一块大石头。我多想听到他自豪地说："这都是我的孩子！"然而，我经常听到的却是"不要脸的家伙，你就甘心这样啊。你一辈子都抬不起头来。"不过，我依旧希望某一天能够让自己的一大家人和谐共存。这是我的理想、梦想和幻想。后来，我变得喜欢跟父亲对着干，但仍旧渴望学点什么东西给他看看，我不是什么都学不会的人。我甚至不知道原因在哪里，但就是想证明给他看，我能够做事。

　　从马利亚学院毕业之后，我读六年级时遇到的事情又发生了。诚然，我需要买什么东西，父亲都给了钱，学费也是他给的。可他仍旧不来参加我的毕业典礼，也不跟我去天主堂做弥撒。在神殿，当我跟其他毕业生一起唱起舒伯特的"万福马利亚"时，那种感情你不知道有多深厚。我也说不清楚，自己的感情会有那么强烈，一开始是管风琴在演奏，随后我们跟着唱了起来，先是非常的柔和，继而音量升高，把我们的祈祷、信念和热爱通通献给了高高在上的圣女。

我们全都按照既定的颜色着装——黑色的袍子和学位帽、白色的鞋子、手套和披肩。黑色代表责任，白色代表纯洁。校长用一支麦克风跟我们讲了话，说我们即将毕业离校，我们要永葆健康高尚女孩儿的本色，直至某一天圣主把一个男人送到我们的身边，由他给我们带来欢乐。"你们即将离开这一片天地，进入另一片将要为之永远奋斗的天地。你们即将结识新面孔和新角色，但不要忘记，你们务必永葆正直、诚实和纯洁。"他这一席话我是竖着耳朵听的。我坐在了最后面。

终于，仪式结束，管风琴的声音慢慢消失，一切都安静了下来。我的毕业见证人，也就是同住在卡萨-格兰德大街的克里斯蒂娜太太和为父亲看病的拉蒙医生捧着鲜花在教堂外面迎接了我。我求过父亲，要他带着我的教父母一起来参加这个典礼，可他总是这几句话："我的工作扔不下，我来不了。"

我一直在想法读懂父亲。不知多少次，我看着他的背影，便想起他吃过那么多苦、心灵是那么的高尚、责任心是那么的强烈。他的背影给我一种被压垮和疲惫的感觉，是一个能够激发出爱和崇拜的父亲。然而，当我看到他那冷漠的双眼和无情的注视、听见他那冷冰冰的话语时，他在我眼里仿佛又是魔鬼，从不让你有机会读懂什么是友情和热爱。他这个人好像领受的是看管小动物的责任，只需给他们吃饱，让他们有衣服穿有地方住就行，从来不讲感情，更不知道动物也会思考、会有感情。如果不是那么倔强，他可真是个好父亲。

毕业之后一个月，也就是 1951 年 1 月，我给桑提亚哥·帕拉先生和他的夫人胡安娜做起了打字员。他们每个月给我的报酬是一百比索，对我非常好。我知道他们对我的评价很高，因为他们经常请我看电影，还请我去他们家吃饭。

我第一次去他们家的时候只有十六岁。我对他们家的印象非常深刻，对客厅的印象尤其深刻，不光因为我以前从没见过那样的地方，更因为那样的地方正是我梦寐以求都想拥有的。能够出现在那样的地方，自然会让我觉得自己非同小可，不过同时也令我感到非常不自在。不知怎么回事，我仿佛感觉到父亲在背后看着我，而且对我说："傻瓜！这样的地方根本不属于你，你怎么可以去呢！"我站在那里，汗涔涔的手心里紧紧地攥着钱包和文件夹，直到胡安娜招呼我落座。

帕拉先生见我如此紧张，于是问道："你想喝点什么？"

"我的妈呀！"我这样想着。"莫非他们要我喝酒？要是我回家的时候满嘴酒气，他们会说些什么呢？"我得承认自己一点都不了解，原来中产阶级家庭有个习俗，要在饭前喝点开胃酒。在我所居住的居民区，喝酒就意味着酩酊大醉。我有些惴惴不安，不过还是喝了他们给我斟上来的苦艾酒。那是我一生中第一次品尝到这样的美酒，在那栋比我自己的家好上不知多少倍的屋子里，我跟新朋友们举杯同饮，既感到满心欢喜又感到受宠若惊。

饭菜准备就绪，我们来到了饭厅。饭厅里那张餐桌非常精美，覆盖着桌布，摆放着刀叉。因为担心放错了地方，我的手心里依旧攥着钱包和文件夹。落座之后，我不禁担心起来，我该怎么使用那些刀叉呢。我们在家里吃饭用的是勺子或者筷子，而帕拉先生家里用的竟然是叉子。不过，我还是暗中想方设法吃到了鱼和米饭，尽管这两样东西老要从叉子上滑落下来。至于沙拉嘛，那可真是受罪！我从来没吃过那么难吃的饭菜。吃完之后，我已是满脸通红，汗流浃背。更加糟糕的是，胡安娜和她的丈夫一刻也没把视线从我身上移开过，好像他们就想看我是怎么出洋相似的。桑提亚哥先生拍了拍我的脑袋以示同情，可那令我感到更加窘迫。在我看来，那种关爱方式只有动物才有资格享受。于是，我把头缩了回来，同时在心里想："莫非他以为我是一只猫咪吗？"好不容易回到办公室，我才松了一口气。

桑提亚哥先生一开始对我彬彬有礼尊重有加，可没过多久，他竟然想跟我谈情说爱。他公然对我说，他打算先跟胡安娜分手，然后再娶我。我当然无法接受。我跟他讲得很清楚，我可不是什么廉价女孩。

　　不幸的是，我的哥哥罗伯托在这个时候被关进了监狱。第二天，我很早就去上了班，然后把自己关在办公室里哭了起来。怎么帮他？我根本想不出什么好办法。再说，需要的钱肯定不是个小数目。"哦，老天啊，帮帮我吧！"

　　我打开办公室的门，正好碰见了就在对面办公室上班的埃尔南德斯律师。他问我出了什么事儿。在那种情况下，尴不尴尬已经无足轻重，最要紧的是，我想好了要回报他，于是我开口求他帮帮忙。当埃尔南德斯律师跟我说"好吧，好吧，别愁了，咱们看能不能想个好办法"的时候，我感觉双脚重新落了地。

　　我向桑提亚哥先生请了一天的假，然后跟着律师去了收容所，那感觉就像无知少女跟了个发糖果的家伙。探视时间已过，不过我后来一个人前去见到了罗伯托和他的朋友埃米利奥。他们打着赤脚，全身上下衣衫褴褛。我竟被吓着了。哥哥不修边幅的样子我倒是见怪不怪，可没想到他们竟沦落到如此地步。他们挨过其他囚犯的打，东西也被抢走了。我很想大哭一场，但转念一想："要是我哭的话，他也会跟着哭的。"

　　罗伯托说道："妹妹，你听着。我发誓，从今往后我一定循规蹈矩。"罗伯托在我带去的几份文件上签了字，我就走了。他看上去倒是很平静，不过看见他跟那些浑身肮脏、目光冷漠的家伙待在一起，我感觉自己的心都要碎了。

　　我去不同的法庭调取了他的卷宗，律师也在同一天安排好了保释。随后，我回到家跟父亲说要多少钱才能把罗伯托弄出来，他的回答是："为那个龟儿子，我一毛钱都不舍得花。我不想听到你再提这件事儿。"

　　整整一个晚上，我挣扎在彷徨和眼泪的海洋里，一心想着怎样才能筹集到所需要的保释金。我可以把自己的衣服当掉，也可以借高利贷，无论多高的利息都行。我不想找老板借钱，因为那只会让他想法拴住我。保释的时限就要来临，而我仍旧没有筹集到足够的保释金，我不知哭了多少回。

桑提亚哥先生一直在关注我，后来还问了我到底是怎么一回事。我哭着跟他讲了事情的经过，他听了之后对我的爸爸生气不已。"你父亲是怎么了？管这件事儿的人应该是他，这不关你的事呀，你干吗要去跟那一群恶棍和罪犯为伍、跑上跑下自取其辱呢？我要跟你父亲好好谈一谈。"

"别去招惹我父亲，桑提亚哥先生。他知道自己在做什么。毕竟，我们已经长大成人，没有理由再去烦他。"桑提亚哥先生笑了笑，然后拿出两百比索交给了我。他说这笔钱从我的薪水里扣，可即便如此我还是犹豫不决。但一想到罗伯托，我别无选择，只好低着头接过了那笔钱。

交过保释金，罗伯托就获得了自由。可我付出了怎样的代价呀！走出收容所的时候，我的脸羞愧得阵阵发烫。回到居民区，不管见到谁转过头来打量我，我都只能垂下眼皮。每个人都知道这件事情，我只能避开他们。我以为罗伯托从此以后会真正地洗心革面，可我错了。他应该每星期去收容所签到一次，可他签了几次就不去了。如果我稍加催促，只会招来他的一记记耳光。

一年之后，哥哥又被抓进去了，因为他没有遵守保释规定，这一次把他弄出来的人还是我。这一次，跟我同在办公室上班的姑娘介绍我认识了马罗金律师，他帮了我的大忙。罗伯托在收容所关押了八个月，期间父亲一直不想听到他的任何消息，就连他的名字都不想听到，所以根本不想去看望他。罗伯托老是问起父亲的情况，他耷拉着脑袋说道："唉，这样的地方他不来也好，免得玷污了他。"

曼努埃尔只去看过罗伯托一次，不过玛塔、姨妈和我每个星期都会去看望，尽其所能地给他带点东西进去。我差不多每天都要去一次教堂，为他祈祷，为他点蜡烛。

哥哥获释之后，那位律师根本不收钱，也不收任何礼物，更没有暗示过其他不正当的东西。他在我面前一向举止适度，我因此对他感激不尽。罗伯托照样惹我生气。不过，现在他想动手打我的时候，我会威胁说让他再蹲蹲监狱，这样他就住手了。

桑提亚哥先生一到办公室就心情郁闷，拿文件砸我，遇到我出了差错，他还会狠狠地训斥我。有一次，他说了一番这样的话来羞辱我："我要等到你结婚那一天。到时候我就容易把你搞到手了——我要占有你的身体，我一直想要占有的就是你的身体。"我再去他家吃饭的时候，他会摩挲我的脚，或者趁他妻子进厨房的时候敲我的脑袋，甚至于要跟我亲嘴。我还欠他一笔保释金，后来又从他那里辞了职，但这一切我都没告诉他的妻子。我跟她维持了多年的友情，而桑提亚哥一直在等我，直到他终于厌倦为止。

之后，我开始为埃尔南德斯律师工作。到此我才知道，原来他帮助我是因为喜欢我。一天下午，他在口述文件的时候，对我说道："你的嘴巴像一颗杨梅，像一颗汁液饱满的杨梅，我真想咬上一口。你那双斜视的眼睛我真想让它们闭上。"我沉默了。一方面我觉得受宠若惊，可另一方面他的话又让我想起了小时候两个哥哥拿"茶叶"、"斜眼"、"眯缝眼"、"丝线眼"、"猫眼"之类的话语把我逗哭的事情。我讨厌这样的绰号，因为我曾经见过一个骨瘦如柴、长相丑陋的中国人，他的双眼完全眯成了一条线，仿佛遮住了两个眼球似的。还有，伊雷拉和她那位具有中国血统的表亲就因为别人叫他们这样的绰号而生过气。所以我想，那一定不是什么好东西。两周之后，我离开了埃尔南德斯律师，因为我生病了。

我后来又到会计师加西亚先生那里找了一份工作。他的办公室在一栋很高大的楼房里边，那是我第一次走进带电梯的大楼。同事只有一个人，名叫海梅·卡斯特罗，他是个身材矮小的年轻人，还不及我的耳朵那么高。他的眉毛很浓，双眼突出，嘴巴很小，嘴唇和鼻子的棱角都很分明。他的头发很黑，闪着润发油的光泽，他的手指非常粗短。他穿着紧身夹克衫，看上去颇像人们放在蛋糕上的小矮人。不过，他做起工作来却很顾及友情。

海梅是助理会计师，我只是个秘书，但不管什么样的忙他都会帮我。遇到不会做的事情、出了差错的时候，我总会找借口："我不知道，加西亚先生，是海梅让我这么做的。"海梅听到之后，只是转头对我一笑了之。每当此时，我总感觉如释重负。

他请我一起看电影、喝咖啡、看美式足球，还带我去查普尔特佩克公园玩、去参加 9 月 6 日的检阅游行。他每个星期都带我去一个不同的地方，这成了惯例。正是在他的带领下，我才了解了城里所有的公园、游泳池和斗牛场。他给我买过糖果、鲜花，以及一些小礼物，不过他做这一切都不求结果，除了让我知道他在想着我。

很快，他赢得了我的友情。他会跟我讲他在恋爱方面遇到的问题，我也会跟他讲同样的问题。当他邀请我去看电影的时候，我满以为他会跟我谈谈情，可他什么也没干，我由此觉得他跟其他人完全是两个样子。我感到很欣慰，因为我跟他想去哪儿就可以去哪儿，完全不必担心会不会跟他扯上什么瓜葛。我对他除了同情，再没有其他感觉。

我知道海梅因为恋爱不顺心而喝酒，喝酒是他唯一的缺点，不过当时跟我一点关系都没有。我试着劝过他。我是后来才爱上他的。他教我明白了活在这个世上的真正意义。

我们成了很好的朋友，但他从不请我去跳舞，这同样令我感到非常欣慰。我跳舞的时候，感觉如同在飞翔。我仿佛觉得自己没了双脚，所有的疲惫一扫而光。音乐的声音让我无法抗拒，丹松舞曲的每一个音符都深入到我的心灵深处。音符一个接一个地在我的身体里发挥作用，直至我感受到了它们的存在，此时我简直是一边跳舞一边飞翔。音乐如澡盆里的水一样馥郁地浸润着我。一群婆姨站在周围一边观望，一边不停地批评着跳舞的姿势。"切！简直不知羞耻。想想我们那个年代要是敢这样跳舞会怎样？"不过，这一切对我来说都显得无关紧要。我正是以跳舞这种方式逃避白天所发生的一桩桩事情。

海梅爱上我之后，他便不允许我跳舞了。他来看我的时候，我是不能外出跳舞的，除非等他走了以后。尽管我喜欢跳舞，家里纷争不断，海梅对我和我的家人都非常不错。一天之内，他会给我的侄儿侄女们先后买来玩具、蛋糕、布娃娃等。轮到星期天，他会在我家吃饭，但从不忘记把钱交到嫂子保拉的手里。保拉过圣徒节那天，他给她和我家里的每个人都买了鲜花和礼物。

他赢得了我们一家人的好感。父亲是个例外，还是不喜欢他，因为他要喝酒。他曾经对海梅说过："你永远都别想我会同意你们结婚，到死我都会拆散你们。"海梅想方设法找他聊天，或者送他礼物，可父亲除了是或不是，一个字也不多说，给他的礼物也不要。海梅想过引起他的关注，但没有奏效。

父亲过圣徒节那天，海梅给他买了个蛋糕，还拿钱给嫂子让她做点巧克力。然而，父亲非但不高兴，反而把蛋糕扔在一边，并且拒绝吃晚饭。我感到非常尴尬，因为我每次去海梅家的时候，他们对我总是十分友善。他的妈妈安排我坐桌子的上首位置，其他人还没上桌她就给我弄好了饭菜。父亲尽其所能地羞辱海梅，我真担心海梅不再喜欢我。不过，他总是相信我的种种解释，一边吻我的额头，一边对我说："嗨，亲爱的，我懂。"

有一次过圣诞节，父亲简直令我羞愧难当。我和海梅之前给过保拉钱，让她做一顿有传统风味的晚餐，也就是一个沙拉再加两个菜。海梅早就买来了几瓶苏打水，还买了几枝一品红，保拉把这些花摆在了桌子上，房间里顿时生色不少。然而，同样的事情还是发生了。父亲十点左右回到家里，进屋的时候甚至没打一声招呼。我心里有些害怕，但我还是微笑着迎接了他："爸爸，我们一直在等你回来吃晚饭呢。"

"我什么都不要，赶快上床睡觉！去，把那什么玩意拿远点。"说着，他猛地把门一关。他把桌布扔在床上，把那束花扔到了椅子上。

"至少先让我把桌子拿到厨房里吃晚饭。"

"你们谁也别想把东西从这里拿出去，不许你们把桌子搬出这个房间。全部都给我上床睡觉。把灯关了！"保拉带着孩子们上了床。

我跟着海梅来到了院子里。院子里正在举办舞会。我不知道该对他说些什么。他掏出一支烟抽了起来。"别多想了，瘦猴。也许有人惹了他，他才会这样子。"

我什么也没说。我靠着他的胸膛哭了起来。半个小时之后，海梅跟我道了再见。我让他走了，可自己的心里感到非常悲伤。"他不再爱我了。他对我不会再像从前那样了。"我这么想着。

我没想错，他真的责怪起父亲来，而且指使我做这做那。他要我听他的话，不听父亲的话，我当然做不到。海梅对待我的态度如同早已结婚，露出了他的本来面目。他比以往更喜欢喝酒，常常在喝得醉醺醺的时候来看望我。有时候，他会在凌晨三四点吹口哨叫醒我，如果我不出去，他会把大门敲得砰砰响。我对他越来越反感，想方设法让他不再喝酒。

有一天，我突然意识到跟他的这一场恋爱中，我自己太天真。我上班很久之后，办公室来了一个名叫阿德莱达的女孩子。办公室所有的人都知道我和海梅就要结婚，所以我不相信这个女孩子不知道这一点。一天下午，我吃完午饭早早就回到办公室，在加西亚先生专用办公室的扶手椅上坐了下来。我听见隔壁房间有动静，于是透过狭小的电话机孔看了过去。海梅正在一边亲吻阿德莱达，一边抚弄她的头发。他正要开口说话，突然看见了我。他顿时呆若木鸡。

我站在那里扪心自问："我看错了吗？莫非在我之前他们早就认识？"我感到非常心酸、一败涂地。我非常生气的是，自己竟然相信了他。"简直就是个大傻瓜！你难道看不出他早就在关注她了吗？你难道没看见她一丁点小事也要去找他？"我嫉恨得要死，对他充满了无比的仇恨。他想要跟我解释，可我的心都碎了。坐在公交车上，我一路哭着回到了家。

回到家里，我好想再大哭一场，然而一个稚嫩的嗓音，比海梅还要甜美的嗓音令我忍住了眼泪。小侄女玛丽基塔对我说："阿姨，阿姨，带我们去坐旋转木马吧。我这里有五分钱。"一看见她，我的酸楚顿时化作满心的甜蜜，因为我实在太爱这个小侄女了。"好的，小姐。穿上汗衫，然后给阿拉内斯也穿上。"

　　他们的快乐令我那天下午所受到的欺侮顿时烟消云散。来到又小又旧的展览会场，一看见小侄女小侄儿如此欢乐，我也跟着高兴了起来。旋转木马给人以舒服眩晕的感觉，我怀抱着小孩子随着木马一起一伏，禁不住开怀大笑。小侄女是我的至爱。我对她如同己出——海梅看见我们如此深爱对方，甚至会嫉妒不已。他问我对侄女的爱是不是超过了我对他的爱，我说是的，我更喜欢小侄女。

　　我再也不让海梅来我家里，可他嫉妒心强，对我丝毫不信任，时不时来我家附近转悠，看我是不是跟了别的什么人。因为我依然爱着他，所以没有拦着他。因为父亲老拿我的健康问题烦我，所以我确实需要他给我道义上的支持。

　　我已经非常消瘦，而且咳嗽。他一直很担心我会不会得肺结核，所以带我去一个朋友，也就是桑托约医生那里看了看。桑托约并不是真正的医生，但依靠某种法子可以给人治病。他同意我貌似有肺结核的说法，并给我开了处方，一天打两针，一针打静脉，一针肌肉注射。后来，他又给我加到了三针，皮下注射。他还给我开了糖浆、药丸、输液和输血浆。我的嘴里有了很重的碘味儿，身体因为打了那么多针疼痛不已。

　　有时候，我不想去打针，父亲会非常生气，狠心地责骂我。他威胁说要把我送到艾莱娜曾经去世的那家医院。"我把你扔在那里，你就知道了。你这个傻瓜！你又不是动物，难道不明白道理吗？要是去了那里，你就只有死路一条。"即便当着海梅的面，父亲也会狠狠地瞪我一眼，然后数落道："你看肺结核让你咳成这个样子，怕只有进太平间喽。"我低着头听他的数落，连嘴都不敢还。父亲太不给情面！他让桑托约医生那边给我安排住院的事情，后者说刚好找到了一张床位。我无助地哭了。

　　海梅的母亲听说了事情的原委，带我去看了她的医生。他给我照了X光片，说我一点都没有发病的迹象。我之前的雇主，也就是胡安娜和桑提亚哥先生也带我去看了一位专家，他对我做了一个下午的观察。我检查了痰液、血液、脉搏、肺部等等。越来越多的证据表明，桑托约医生弄错了。我鼓起勇气，给父亲看了所有的检查报告单。他们不但不相信我，反而勃然大怒，因为我竟然私自去看了另外的医生。对我的"治疗"依旧违心地进行着。

我弄不懂父亲的心思。事情不可能就这样拖下去。一天下午，我去拜访桑迪托斯，给她讲了我的遭遇。"为什么？为什么？为什么？父亲怎么可以这样做？"我问道。她耸耸肩，吸了一口烟，然后说道："一定是有人对他施了法，下了蛊。"

"喂，桑迪托斯，你真是这么想的吗？如果我知道那个人是谁就好了！"

于是，她带我去看了一位通灵人。他告诉我，父亲并没有被下蛊，而是天性如此，还叫我不要担心父亲的事。他没能帮我解决任何问题，可他从扑克牌上看出来的关于我的信息让我恐惧不已。他说我意志坚定，有可能成为不可小觑的人，或者如果我不小心，也可能跌得很深。他要我常去找他讨主意，因为他有法子让我不摔跟头。我给了他三个比索，跟着桑迪托斯回了家，感觉自己简直就是个笨蛋。我并不觉得他占的卦有多准，不过他说的那些关于我的话，过了这么多年我依然没有忘记。

家里的情形每况愈下。我的碗碟和勺子都分开使用，小孩子一律不许亲近我。每当嫂子揪着头发或者胳膊把他们从我身边拉开的时候，我简直说不出来自己是怎样一种感觉。因为玛丽基塔违背了这项刚定下的规矩，保拉狠狠地抽了她几个耳光。我不能掺和，因为曼努埃尔当初把他老婆领进家门的时候，父亲就说过："我要是哪天发现你们谁对保拉不够尊重，看我不扭断他的脖子。"她倒是从不惹我们，所以我觉得嫂子这个人非常好。

曼努埃尔那一次毫不手软地暴打保拉的时候，我和玛塔、保拉的母亲库基塔都掺和着想要维护她。玛塔带着孩子又搬了回来，这是她跟克里斯平闹的第三次分手。我当时在厨房，没看见架是怎么打起来的。保拉躺在卧室的地板上，不住地哭泣叫骂，而曼努埃尔正在猛踢她的肚子。他像发了疯似的，根本不管踢到了什么部位。我不顾一切地大声叫嚷，要他赶快住手。我首先把那几个孩子带到院子里任他们哭闹。玛塔和玛丽基塔猛扯曼努埃尔的衣服，可他只管对着保拉一顿猛打。她正怀着孩子，肚子已经隆了起来，而他踢打的部位正是她的子宫，她那可爱的子宫啊。

不知是谁从哥哥的手里夺下了刀子，才让他没有用上。我拼了命一般抱起一个陶土花瓶砸在他的头上，心里真害怕他会扭转身来对付我，可他根本没有注意我。我想起了电影里打人的动作，于是抡起拳头对着他的后颈使劲敲击，一下，两下，整整敲了四下！可那个屠夫依然没有住手，直到他累了为止。

我不止一次维护过嫂子，所以一直不明白保拉怎么会跟曼努埃尔胡说一通，让他跑来把我和玛塔揍上一顿。我只知道某天早晨，我突然醒了过来，听见曼努埃尔正在大喊大叫："你给我起来！你以为你请了仆人还是咋地？成天就知道躺着！"

我毫不在意地往地上吐了一口唾沫。半睡半醒之间，我突然觉得一只眼睛想要流泪。我揉了揉眼睛坐起身来，看见哥哥正坐在另一张床上不停地骂我。我和海梅之前为孩子买的纸板马儿已经掉到了地上，而他刚才正是用它打了我的眼睛。我什么也没说，又吐了一口唾沫。

曼努埃尔对着我吼叫起来："别再吐口水！这块地板可不是你清扫干净的。"可我也很倔强，偏偏又吐了一口唾沫。见此情景，曼努埃尔一下从床上跳起来逮住我就狠揍一通。

"你为什么要打我？你以为你算老几？傻瓜、白痴、蠢猪！"他没有收手。接着，妹妹玛塔跳起身来，揍起了曼努埃尔。

可我们两个弱女子怎么斗得过曾经是街头打架好手的犟小子？曼努埃尔把妹妹踢倒在地，我害怕极了。我想帮她，可使不上劲。我要是能够打到他一拳，可能早已挨了他三四拳。尽管穿着内衣，我还是不顾一切地跑了出去。我一边跑，一边呼喊着约兰达。我前脚刚踏进院子，他就狠狠地推了我一把，我一下滚进了隔壁房间。

曼努埃尔终于住了手，我和玛塔已经浑身青紫，她血流满面，我面部淤青，眼睛肿胀。不过，曼努埃尔也被抓了一下，被踢了几脚。玛塔哭得很伤心。我让她穿好衣服，还说我们要从这个家里搬出去，我马上就出去借钱。我有把握，海梅肯定不会袖手旁观。我给他打了电话，他坐着出租车立马赶了过来。他先带我们吃了早餐，然后去了卢裴塔家。他说我们应该留下来，等着曼努埃尔搬出去住。我坚决不同意，因为我觉得如果保拉搬出去住的话，遭罪的是那几个小孩子。我知道，哥哥是不会照顾那几个孩子的。他连孩子过圣诞节都不管，还是我给他们几个买了点玩具。

我们把事情告诉了父亲，他说要搬出去的应该是曼努埃尔。等我们回到家里的时候，保拉已经带着孩子搬走了。我和玛塔留了下来。不过，保拉把玛丽基塔打扮得漂漂亮亮的，每个星期过来看我们一次。实话实说，这招致了不少闲言碎语。有些人私底下嘀咕，说那个小女孩是我生的。事实上，我倒真觉得她是我身上掉下来的肉。

我干起了临时工，替一家巴卡迪朗姆酒公司填写信封。但我们的房子没人打理，因为玛塔又搬回去跟克里斯平住在了一起。住在家里的人只剩下我、父亲和罗伯托。一天下午，一个名叫克劳迪娅的女孩子前来找工作，她说她刚从萨卡特卡斯过来，身上一分钱都没有了。我觉得她很可怜，便给了她一份工作。那天晚上，我跟父亲讲了这件事，他却不想留下她，不过我说钱由我来付，所以尽管父亲不同意，她最终还是留了下来。

一晃几个月过去，父亲这时告诉我，他想把保拉接回来，因为她已经病得非常严重。我一下子警觉起来，可因为他们一向夸大其词，他说她已经形容枯槁之类的话我并没有太放在心上。她从家里搬出去的时候还很丰满。我事先提醒过克劳迪娅，家务事有可能要增加一些，不过我说我会帮着一起做。衣服全都拿到外面去洗，家里的事情她做不完也没有关系。首先是要把孩子照顾好。她认可了。

父亲把保拉接回家的时候，我简直惊呆了。父亲之前说的话千真万确，保拉瘦得皮包骨头，简直没有了人形。她还能够活着，只因为她太爱那几个孩子。我强打起精神微笑着跟她打了个招呼："保拉，进来躺着吧。"

她躺下之后，我跑进厨房哭了起来。我很喜欢保拉，对她的爱超过了我的妹妹。可她竟然生病了，我简直不敢相信生病的人是她。不过，那三个孩子和刚出生的婴儿就是明证啊。玛丽基塔看见了我，跑过来抱着我，阿拉内斯也跑了过来。保拉声音微弱地说道："倒点牛奶给小姑娘，她饿了。我的奶没有了。"我热好了牛奶，装在一个苏打水瓶子里递给了小姑娘。小姑娘长得很招人喜爱，长着一双大眼睛，跟其他三个孩子一样胖乎乎的。随着年龄增长，她已经体会到了生活的五颜六色。

我上班的时候，克劳迪娅负责照料孩子。诸事进展顺利，我对她比较满意。回家之后，我会做菜做饭。我每个星期打扫房间一次，把地板、餐桌、椅子、炉子这些东西都清洗一遍之后，我也累得差不多了。小宝宝只有七个月大，我一大清早就得给她热奶瓶、换尿布。

那段时间家里非常拥挤。保拉、小婴儿、曼努埃尔和另外三个孩子睡一张床。罗伯托睡厨房的地板，我睡床上。后来，曼努埃尔在衣橱跟前搭起了他原来用过的旧床，因为"那几个捣蛋鬼的缘故，老子没办法睡觉"。到了晚上，总有一个两个孩子会尿床，保拉会扯他的头发，或者把他揪哭。见此情形，我会把三个孩子都叫到我的床上来睡。我睡觉的时间不多，但从没埋怨过。

早上也不轻松，因为我得在一堆堆衣服、凳子和椅子中间的空当处下脚，同时还不能弄出一点声响来。趁其他人都没醒，我得赶快穿好衣服。曼努埃尔睡觉的地方刚好挡住了衣橱的门，我翻找衣服的时候肯定会碰到他。

这时，他会说："捣蛋鬼，你究竟在干啥？"要不就是："你要再把我吵醒，看我不打断你的鼻子。"

"亏你还是个男人！"我反唇相讥。"有你这样的好人，一分钱都不给家里人！"就这样，我和他你一言我一语地争执着，直至吵醒所有人，弄得几个孩子哇哇大哭。我的逃避方式就是摔门而出，脸上挂着冷笑，肚子里除了咖啡空无一物，然后踏上我的上班之路。

这样的情形并没有持续太久，因为保拉不久就死了。她去世的时候，我几乎也算死了一回。我倒宁愿死去的人是我。我强烈地怀着类似的愿望，大声哭喊着把她留下，把我的命拿走。我大声地哭喊着不许她死去。只有老天知道，为什么会这样。

她去世那天晚上，我们把几个孩子送到了隔壁房间，因为她已经为他们做过了祷告。保拉看上去形容枯槁，不过脸上依然带着一抹渴盼生机的红晕，我多么希望她能挺过来呀。拉蒙医生给她输了一袋血浆。照料她的还有巴尔德斯医生。可她还是死了。那是我一生中经受的最大的打击。仿佛一只蜡制的手突然按住了我的脑袋。阳光一片惨白，好似我之前在墓地里看到过的森森白骨。我现在都想不起来，她断气的时候我想了些什么事情。我只知道哭，不停地哭，哭得双眼生疼。

保拉下葬那天，我又经受了一次打击。大家从墓地回到家里之后，因为我想躺一躺，便让罗伯托替我铺一下床。我一点力气都没有，连话都不想说。哥哥还没上桌，克劳迪娅已经坐下来跟父亲、同父异母妹妹玛丽莲娜吃起了饭。我一直在注视着他们。令我大为光火的是，克劳迪娅竟然跟父亲坐在一起吃饭。我不禁怀疑他们之间是不是有事儿。令我无法忍受的是，父亲竟然冲着罗伯托大吼大叫："你这个懒鬼！拿着刀出去干活，然后把地板洗了。"

我不知怎么突然就有了勇气，对罗伯托说道："你干吗要去做？我记得这位姑娘是我们花钱请来的，擦洗地板是她的活儿吧。"

话还没说完，父亲已经给我劈头盖脸一个耳光，同时气得厉声咆哮："你算什么玩意儿？五分钱都不值！看看你那德行！"

那天晚上，他让我睡保拉死去的那张床。他也许认为那是对我的一种惩罚。灯一熄，我就哭了起来，不是因为身体的疼痛，而是心里一点都不好受。

这件事之后，我只好在克劳迪娅面前忍气吞声。干活的人不再是她，变成了我。只要我提醒她水还没挑，或者其他什么事情还没有做，她就会在父亲的面前告我的状，受辱受虐的人还是我。我什么事情都不敢叫克劳迪娅去做。我再一次感觉到自己在这个家庭无足轻重。

不过，我一如既往地照顾着四个孩子。父亲说，曼努埃尔负责孩子，我和罗伯托贴补家用开支。就在这时，我在巴卡迪那儿从事的工作画上了句号，不过我还没愁到付不起房租水电的地步。后来，曼努埃尔说他的收入根本不够开支，我又找起了工作，以补贴家用。

与此同时，几个侄儿侄女颇令我开心，我负责照顾他们，给他们洗澡，偶尔也会因为他们不守规矩而揍他们。他们越长越胖。我尽可能给他们好吃的——早晨吃盐拌番茄片，全天都有牛奶喝。我不光把他们收拾得干干净净，还把屋子也打扫得干干净净，我自己也长胖了不少。我不想让几个孩子遭罪。我对这个家庭的理想和梦想全都集中到了这几个孩子身上。

父亲对克劳迪娅表现出越来越多的偏爱，买东西要么给她现钱，要么让她赊账。她几乎每天都给我看她新买的衣服。她每次提前要工钱他都欣然答应，而我问他要一两个比索用来找工作他却死活不给。我看得出来，作为未婚大姑娘，我在家里的地位和权利正在一点点丧失。玛塔跟她的孩子和孩子他爸组成了一个家，安东尼娅和玛丽莲娜跟她们的母亲住在一起，我逐渐学会了打理家务，既然保拉已死，我愿意为这个家庭的主妇。然而，我发觉克劳迪娅越来越危险。

一天晚上，父亲告诉我他想娶她。我说只要他高兴，怎么做都行，不过他应该考虑一下我的权利，应该让我在家里有合适的地位。我一心想让父亲明白，我生气的不是他要娶她这件事儿，而是他对我的态度和方式。他十分藐视我，把我剋了一通，说我既自大又傲慢，一门心思想着摆脱自己所处的社会阶层。他让我滚蛋，因为是他在养活我。他的话越来越刺耳。有一天晚上，他对我这样说："你跟你妈妈那边的酒鬼同属一类，不光看起来傻了吧唧，的确也傻了吧唧。"

"爸爸，我妈妈早就死了，她难道还在伤害你吗？你随便怎么说我都行，但不要说她的坏话。"因为克劳迪娅在场，他那些话愈发令人伤心。我恨死了那个女人！

第二天，我去姨妈家跟她讲了父亲说过的那番话。我一边哭一边敲打着额头，怪自己运气不好。我又问起了那个问题："姨妈，你跟我说实话，我究竟是不是他的亲生女儿？"姨妈很生父亲的气，说她一定要把母亲的照片拿回来，那张照片是在我家墙上跟父亲的照片挂一起的。

"我的妹妹可不能受那个臭婊子的嘲弄！"她说道。于是我们一起回到家，打算把那张照片取下来。一见父亲的照片，我就说道："这张照片根本没必要挂在这个地方，他怎样对我，我就怎样对他。"说着，我把照片从先前以分期付款方式买来的相框里取出来摔到了地上，克劳迪娅和姨妈看得目瞪口呆。

我正在大吼大叫撕扯着照片，罗伯托走了进来。他火冒三丈，把我打了一顿。不过，让我哭得最厉害的还是父亲的圣人形象轰然倒塌。那天晚上，他惩罚我的方式也大大出乎我的意料。我回家很晚，只见他正坐着，膝盖上摆放着我们儿时的照片，一滴滴泪珠从面颊上滑落下来。他一反常态地抽着烟。他极尽温和地问我为什么要撕碎他的照片，我一时竟不知道该如何回答。我真说不出当时有多自责。我在他脚边跪了下来，哭着求他原谅。爸爸既没说话也没挪动，只是把那些照片抓在手里，任凭泪珠不断滴落。

然而，我依旧反叛。我告诉克劳迪娅，我们家里不再需要她。父亲回家找不着她，把我赶出了家门，吩咐罗伯托去把她找回来。"要是那个女孩不回来的话，我要你们两个好看，这房子是我租的，你们自己睡大街去。"克劳迪娅回来了，自然而然，她从此便可以为所欲为。我一直住在姨妈家，只趁父亲在家的时候才回去。

这时，我想到了德利拉，也就是保拉的姐姐。她早已跟她酗酒的丈夫分了手，急需为自己和儿子找个住处。"她跟这几个孩子有血缘关系，是他们的姨妈，怎么不能照顾他们呢？"我对父亲这样说道。我一再坚持，克劳迪娅干活儿不够格，没有照顾好这几个孩子。曼努埃尔早已不知跑到什么地方去了，一直没往家里拿过钱。父亲被我说动了，终于把德利拉接了过来，不过仍旧把克劳迪娅留了下来。

我曾经对父亲说过："让德利拉过来住吧，爸爸。"可我当时怎么知道自己后来竟然恨死了她！因为很少有机会跟她见面，我以为她是个长期受苦、心地甜美，且急需帮助的女孩儿。不过，我现在明白了，她以那样的姿态为掩护，暗中算计人家，然后向他发起攻击。这样一来，她占了上风，然后再毫无顾忌地利用这一点。她就像埋伏在草丛中的一条蛇，伺机向肥美的人发起攻击并置之于死地。她算得上精明狡猾，邪恶加身。

德利拉搬过来之后，一开始表现得很好。她把儿子赫奥弗雷多交给了她的母亲，这样他就碍不了她的事。我们一起聊天看电影。可情形一点点地发生了变化，或者说，她没什么变化，而是父亲对我越来越苛刻。我什么东西都不能碰。他责怪我把家里的东西都拿去送给了姨妈，简直把我当成了贼。我真不明白，父亲怎么会越来越讨厌我。

父亲对海梅也很讨厌，海梅反过来对我越来越难以容忍。他酗酒几乎毫无节制。一到晚上，罗伯托就要起床把他扶回家，或者送他上出租车，可半个小时后他又会折回来，把门敲得砰砰响。看见家里发生了这么多事，他不但不安慰我，反而怒气冲天，要么对我一顿臭骂，要么抓住我的肩膀使劲摇晃，说我看不惯他，是因为我另外有了人。有一次，他醉得不省人事，把我的照片在门框上摔坏了。还有一次，他想要割脉，把我吓着了。我没法跟他分手，因为他动辄拿命来说事儿。再说，他的母亲也哭着求我对他不要太残忍。

一天晚上，我觉得应该让他面对一些问题，因为父亲设定的时间就要到了。"三年，"我把海梅领进家门跟父亲介绍的时候，他说过这样的话。只要在一起的时间有那么长，我们就可以结婚。我跟他说，我在考虑时限就要到期的问题，他竟然说："瘦猴，你给我听着。我一直在存钱结婚，可因为你动辄发火，存的钱都给我和我的朋友们用光了。"

我感觉天似乎塌了下来。我一直抱着跟他结婚的幻想。他的妈妈也向我保证过，我们肯定会结婚。"你跟我儿子就在 8 月份结婚吧。我们给你们举办一个像模像样的仪式。我给你选一套有很多蕾丝和棉纱的婚纱吧。"她一直在说，自己感到多么自豪，我父亲有多么善解人意。

她说过的话让我做过无尽的玫瑰美梦，仿佛自己刚满十五周岁似的。带给父亲荣光一直是我的理想：挽着父亲的手臂，穿着白色的婚纱，跟着他踏上神坛，伴娘陪伴在四周，我一边跳着华尔兹，一边看着父亲满足的样子，他曾经最不善待、最为轻慢的女儿把荣光带给了他。婚礼过后，我会住在自己的家里，陈设一新，每个星期都邀请家人过来一起吃饭。我无意违拗丈夫，永远紧挨着他，高昂着头。跟海梅经历了那么多坎坷曲折，我依旧怀揣着这样的梦想。可如今钱没了，我的希望也破灭了。

然而，海梅并不是我唯一的麻烦。一天早上，德利拉在准备早餐，小侄儿阿拉内斯正坐在门廊里系鞋带。德利拉先是给了他一巴掌，然后叫他去商店买东西。小孩说道："姨妈，我马上就去，我正在系鞋带。"德利拉冲着他破口大骂，接着用一把勺子猛击他的头部。

"你为什么打他？"我问道。"别无理取闹。小孩子不可能同时做两件事情。"

就因为这一句话，德利拉转身对我反唇相讥："关你什么事？我在这里累得腰酸背痛，想对他怎么样就怎么样。我的事你少管。"

我盯着她看了一会，然后笑着说道："啊，不要脸的东西，还说累死累活。你别干了呀，要不你死了有人会怪我的。你确实可以想怎样就怎样，但不是在这里。你得先问问我同不同意。"

"你以为自己是谁，希巴女王①还是其他什么人？你在这个家里就不

---

① 希巴女王（the Queen of Sheba），《圣经》人物。传说中，她是一位阿拉伯半岛的女王，在与所罗门王见面后，慕其英明及刚毅，与之有过一场甜蜜的恋情，并孕有一子。传说中的希巴女王有两种形象，一是惊艳绝伦，一是丑陋无比。——译者

是个玩意儿——这是你父亲自己说的。"

我气疯了，厉声吼道："你这个白痴，你之所以住在这里，是因为我让父亲把你接过来的，并不是因为他想要你来我家。"

"我可不管，我之所以住在这里，就是因为你父亲需要我。我要把你赶出家门易如反掌，咱们走着瞧，是我先走还是你先滚蛋。"

"真是个人尽可夫的东西。"

她跳起来想要打我。我准备反击，结果几个孩子一起哇哇大哭，所以什么事情也没发生。我把几个孩子安抚了一番，毕竟不能吓着他们。

我觉得自己太拿那个臭婊子当回事儿了。我去了姨妈家。我在她家待了大半天，根本不想回家同父亲讲话，可德利拉早就跟他说过了。我进屋之后，父亲狠狠地关上了房门。他语调沉郁地问我："你怎么可以跟德利拉顶嘴？她把你怎么了？你怎么可以打她？"我刚要辩解，他却说道："胡说、胡说、胡说。骗子、人渣。跟其他臭婊子一个货色。像你这样发展下去，绝不会有什么出息。你跟你那可怜的母亲一路货色，全是酒鬼，全是……"

我再不能任他讲下去，冲着他站了起来。我奇迹般地擦干眼泪，对他说道："请你不要再提我母亲的名字！尤其不要当着这个臭婊子的面提她的名字。她还会要你什么东西吗？她早死了。不光是她，就连我那几个舅舅都没来敲过你家的门。他们可能是穷了一点，但从来没问你要过什么东西吧。"

接着，德利拉打断了我的话头："她之所以发火，是想让她姨妈来这里做事，这样好方便她把家里的东西拿出去。"

我冲过去对着她大声说道："姨妈要你家的东西，你家有什么好东西呀。"我边说边打算扇她两个耳光。父亲抓住我的手臂，把我推到了一边。我跑到一个朋友家里好好地大哭了一场。

德利拉说到做到。日子一天天过去，我觉得生活在那个家庭简直有如人间地狱。每天晚上，我回家睡觉的时候，发现我的衣服要么找不到，要么抽屉里的东西被翻得乱七八糟。小侄女告诉我，德利拉的儿子每天都要翻弄我的东西。有一次，我的钱不见了。我在父亲面前告了状。

"爸爸，你让那个女人管一管她的儿子。他总是乱翻我的东西。应该让他学会不要乱动人家的物品。"

父亲已经躺下睡觉，可他一个骨碌坐了起来，以他那惯有的粗大嗓门说道："如果你不想别人动你的东西，就把它们全都拿走好了。这样肯定没有人动你的任何东西。"他抓起一把椅子掼到一边，继续说道："滚蛋，你快给我滚蛋！"

我收拾好大衣，对他说道："好，滚就滚，谢谢你的款待。"说着我就走出了家门。

我来到姨妈家的时候，大家都已经睡了，屋子里弥漫着一股酒精的气味。姨妈和姨父睡在床上，几个客人睡在地板上。我强忍着眼泪，跟姨妈说我要在她家睡觉。她早已烂醉如泥，根本没听明白我的意思。我爬上那张并不宽大的床，自顾自地躺了下来，用自己的大衣盖在身上。

我思来想去，怎样才能逃离那个家庭。我喜欢心地善良的姨妈，但不喜欢她家污秽的环境。姨妈越来越孩子气，生活得像个快乐的小女孩，跟什么人都能交朋友，根本不分好和坏。她那矮小的个头、花白的头发、爽朗的笑声都让我想起用旧用坏的布娃娃。她生活的天地十分简单，以浆洗熨烫为生，以跟姨父和一大帮朋友喝酒为乐。她身上美德云集，喜欢聊天，可又喜欢搬弄是非、满嘴污言秽语，令我头晕目眩。

他们认识的人跟我熟识的那些人区别很大。他们待我确实尊敬有加，可到处是酒味、潮气、臭虫、逼仄，居民区住的这些人……一到雨季，因为姨妈家的小房子需要往下走几步台阶才进得去，她家里常常近乎于水乡泽国。外面的院子里才有水龙头，那个地方总是泥泞不堪。因为上班的缘故，我得穿戴整洁，所以没法住在那样的地方。住那样的地方我怎么生活？我不停地想，头都想痛了，还是想不出办法来。

雪上加霜的是，海梅在凌晨时分醉醺醺地跑过来大吼大叫："你要不出来，我就踢破这扇门。"

　　所有的邻居肯定都知道是怎么一回事儿，我别无选择，只好来到了门外。"海梅，你看你又喝醉了！你难道就不能可怜可怜我吗？别吵着大家睡觉。"他脚步踉跄，只顾着语无伦次地咕哝不停。他说他跟六七个男人对打都不在话下——不信就让他跟我父亲或者哥哥比试看。就在那天晚上，他已经跟好几个人打过架了，而且无一不胜，全是为了给我争面子。他这话一出口，我马上收住了哭声。可他接着说的内容让我恨死了他："你应该好好想一想，你跟贝丽卡相差无几，可她听我的话，我要她怎样她就怎样。在你看来，我不过就是个玩具、傀儡。而她呢——她是真心爱我！贝丽卡，贝丽卡。"

　　糟糕透顶的，莫过于我还一直指望他来可怜我，安慰我。我曾经在他身上看到过希望的曙光，以为他可以带我摆脱那些令我感到迷茫和沉闷的东西。可戴着眼镜的他不但没有关爱的话语，反而事不关己一般远远地打量着我。

　　我越是渴望安宁，哪怕只是一个晚上的安宁也行，可苦难越是降临。我的苦难来自两个方面。父亲那一边对我恶言相向，姨妈这一边环境脏乱、穷困潦倒、条件简陋、跟海梅藕断丝连、工作难找、肚子饿得咕咕叫。所有这一切刺激着我的神经，任何一点小事儿都会使我暗自垂泪。

　　我去找过牧师求开解。"除了自立，别无他途。如果你有别的亲戚，搬过去住一段时间。离开你的父亲。"姨妈也这么说过："搬过来住吧，我的孩子。你在这里会有饭吃，哪怕只有豆子和坚硬的玉米饼。我们有吃的，就不差你的，我们没吃的，就真的没有吃的了，那就该想办法了。别再折磨自己，从你父亲的家里搬出来吧。"

　　一天晚上，我和姨妈去卡萨-格兰德那边看人们跳舞。不知道父亲从哪里知道我过去了，于是让哥哥出来找我。我不想跟他走。"他找我回去干什么？又把我赶出门呀？"随后，父亲走出来，让罗伯托硬生生把我拽进了屋子。我跟父亲面对面站立着，做好了应对任何事情的准备。他说道："你这个傻瓜，还嫌丢人现眼不到家是不是？"他说我过的可真是好日子，天天有舞跳，今天扔了这个男人，明天又跟那个男人。
"难道你想在大街上浪荡一辈子吗？"

他这么一说，我顿时火冒三丈。以前，他说我什么，我总是低着脑袋，可自从他上次为了那个女人把我扫地出门之后，我不再这样低声下气。我攥紧了拳头，对他说道："就算我在街上浪荡，那也是因为你的过错。我的所作所为都是你教的。原来因为克劳迪娅，现在又因为这个女人，这样的女人满大街都是。"他扇了我一个耳光，可我竟没有感觉到疼痛。"我就是要说，你想打就打吧。我偏要说。"接着，罗伯托又给了我一个耳光。

我朝着他们大声吼道："来打吧，你们想打就打，可我的仇恨你们永远也打不掉。我是你的女儿，可你竟然这样烦她，再往后可能你连她是谁都记不得了。我提醒你，我要有什么事，也是因为你的错，全都是你的错。"我气昏了头，只觉得气血上涌，眼冒金星，以为脑袋要爆出来似的。可怜的父亲被吓傻了，想要抱住我，可我大声吼道："别碰我，我警告你，别碰我。滚开。"

"你把头低下来，"他说道。"别那样看我！"
"我只能那样看着你，因为我问心无愧。"

我走出屋子来到院子里，一边哭一边思绪起伏，但就是想不出法子来。我抬头看着那颗最亮的星星，祈求艾莱娜和我的母亲能够让我父亲明白事理。我在人行道上坐下来，手突然触到了一块刀片。这就是法子——对着手脚上的血管割下去。我想象着父亲第二天出门上班看见我躺在血泊中时，脸上会有怎样的表情。

"他会后悔的。"一想到海梅，我哭得更伤心了。他会发现，我可不是像他那样只会吓唬人而已。我朝着手腕上的动脉割了下去，痛死我了。"会感染吧。"我这么想着。随后，我笑了笑。"会感染的！"不知是因为皮肤太硬，或是因为刀片太钝，或者的确因为勇气不够，我只割出了一道小口子，钻心地痛。我扔掉刀片，去了姨妈家。

311

　　我一想到妹妹和两个哥哥，就非常心酸，因为他们既不愿帮我，也没法帮我。在他们三个人中间，曼努埃尔心肠最硬。哪里需要他，哪里偏找不到他，即便找到了他，也总是事不关己的样子。他这个人让我想起在暗处倒退着走路的人，脚步总是无法接触到坚实的地面。他一直走一直走，可一步也没迈出过，他移动双腿只是让别人以为他正在做事。他双眼只瞪着苍穹里闪烁的小星星，想方设法抓到一颗之后，就坐在旷野里把玩着，直至闪烁的星光消失殆尽。然后，他会扔掉死去的星星，任其在空中飘荡，再无可救药地继续追逐其他星星。

　　他既不看两边也不看下边，因为如果这样做的话，他就会发现身下的万丈深渊。他害怕下落，只要一沾地，他就会觉得那么多人早已走过的道路既不平坦又很坚硬。于是，他只能仰望星空，但不会去探究，如果坠到了地面，他会高声说着理由："我没看见……我不知道。"

　　也许他害怕被评判或者被打倒在地，也或者害怕发现自己无可救药。那也许就是他为什么同时具有两三重人格，具有不同面目的原因吧。他努力想要摆出一副战无不胜的样子，但那完全是瞎扯。他除了虚假就是玩世不恭。他身上偶尔也会闪现乐善好施和感恩戴德的影子，也许是因为他明白母亲和保拉是怎样地爱他吧，可他怎么就不能再多一点人性呢？他知道这么做危害很大，可不管三七二十一就是这么一句话："对，是我做的。"

　　跟人家打架的时候，他怒火冲天，可怎么一遇到问题就选择缩头而退呢？他嘴上说他很爱保拉。那为什么不跟她结婚呢？我们拉美人如果真抱定某种幻想的话，不管出于虚荣还是善变，首先想到的就应该是结婚。打扑克牌的时候，他想方设法都要赢，那么父亲给他机会办皮鞋厂的时候，他怎么就不成器呢？如果他琢磨过赌博，怎么就不能费费心琢磨一下钉子的价值呢？为什么？

　　还有，他怎么老是逃避责任呢？他什么事情都装聋作哑。要他团结、要他帮手，门儿都没有。每当我遇到麻烦的时候，他都这样对我说："哪天你有了麻烦，千万别打我的主意。假定哪天我在夜总会碰到你，你只管假装那不是你的哥哥，甚至根本就不认识我。"正是由于这种狂妄自大，他没法体会深层次的东西，就连做父亲这件事他都不想深入。他完全独来独往，无论遇到什么事情，首先要捍卫的是他自己的自由。就因为曼努埃尔的所作所为，自由竟成了一种令人讨厌的恶习。

我曾经想过把玛塔的家当成避难所。她因为有住处，竟然这么对我说："不行，你怎么可以住我家里？不行，不行。"因为她遭受虐待，我多次跟克里斯平和他的家里人吵架打架，可她竟这样跟我说话。看她没有鞋没有钱，我总是把自己的拿给她用。就是挨揍，我也要帮她。我也经常听她讲自己那些烦心事儿。就在我最需要她的帮助时，她竟然这样跟我说话。我强忍着眼泪对她说道："玛塔，你给我听着，你趁早求上帝保佑你的丈夫和家庭完好，求他保佑你不要像我一样居无定所。你趁早祈祷吧。"

玛塔一向被父亲和罗伯托视为掌上明珠，可她从来不会帮助人安慰人，只有曼努埃尔揍我们俩那天早上是个例外。那是我第一次看见她身上闪现出善解人意的火花。她一直不像个妹妹，在那两个哥哥跟前也是如此。她缺乏一种道义上的责任感，从来不懂得给予，只知道索取。在我看来，她做女人简直就是投错了胎。然而，我最不喜欢的，她身上让我最不能原谅的地方，却是她对几个孩子的未来不管不顾。

在他们三个之中，罗伯托最好。他总是说："妹妹，很抱歉。我是个男人，哪儿都可以去，你怎么办呢？"他很大度，有同情心，为人真诚，不过他没有钱，也没有真正意义上的家。他这个孩子呀！现在还脾气火爆，好动手。他以为自己是参孙，打得过很多人。跟曼努埃尔相比，他有感情多了，尽管他所徘徊的那个感情圈子很幼稚。

尽管罗伯托是个大男人，但行走在人生的高速公路上，他却很像一个八九岁的小男孩，穿着没膝短裤、短袖衬衫和厚重靴子。他是个受惊过度的孩子，早在那条崎岖不平的道路上被引入了歧途。他的人生之路充满变故，跌倒过无数次，全身上下伤痕累累。他一边走，一边伸出右手，想要抓住什么东西……一个女人模糊的身影在他面前飘然而过。他泪流满面，失声痛哭，希望那个东西停下来。然而，那个东西忽隐忽现，每当此时，罗伯托便愤愤地跌倒在地。

他踢打着石头，把它们扔得远远的，因为那些石头仿佛也在嘲笑他。他非常生气地说："它是什么玩意，竟敢取笑我！我要让它们知道我是谁！"他没有意识到，他跟石头相碰，受伤的却是他自己。气头过后，他会非常后悔把自己伤得那么严重。现在，他终于认识到："它们不过是在看着我。"

跟曼努埃尔不同，罗伯托有既定的目标……找到他所需要的安定。他好不容易找到自己所需要的安定之后，令人啜泣的愿望终于了结，他微笑着转过头，看着自己曾经走过的全部路程。要不了多久，他怀揣"愿望"，又踏上了新的道路。只要有人关注他的问题，倾听他的抱怨，分享他的快乐，建议他怎么着装，罗伯托就是个好孩子。无论如何，他对于感情善于驾驭、小心谨慎，而这正是曼努埃尔所不具备的。

罗伯托最艰难、最痛苦、最忧伤的时候莫过于蹲监狱的那段时间。我知道很多人出狱时变得冷酷残暴，心中充满仇恨。我哥哥不是这样。他的心中时时闪着希望之光，跟恶行从不沾边。他依旧记得自己的家庭，对其他人永远保留着热爱之情。如果有人需要，他会脱下自己的衣服给他盖上，嘴里不住地说："哦，真可怜，盖上吧。"可曼努埃尔！他只会这么想："这不关我的事，沦落到如此地步是他自讨苦吃。"

罗伯托对待事物充满感情，不停地寻找着自己的理想。在他看来，世界上没有人会犯罪。他的所见令他震惊，曼努埃尔可不这样，他要市侩得多。罗伯托觉得，很多东西都是神圣的。最好谁都别惹他心目中的圣人，因为那只会令他生气，从而变成恶魔。

如果真遇到这样的事情，或者谁不拿罗伯托当回事儿的话，他的不理智就犹如打开了闸门。有好多次，当他"站在角落里"大声忏悔，而又无人安抚时，他所有的痛苦都会转化成生气、怒火或者嫉妒。然后，他会绝望地自行离开，不计代价地寻求安慰。罗伯托需要有人指点，替他注入道义的力量，需要有人对他说"如果这样做，妖怪会找你；如果那样做，会招来女巫。"如果把他单独扔在一边，他肯定会干坏事。

　　对于两个哥哥和妹妹，最令我伤心的地方莫过于他们没有任何意愿摆脱目前的生活状态。有旧衣服穿、有架可打，他们就感到心满意足。在我看来，屋顶太低很不靠谱，因为撑着它的柱子随时都会倒塌。可他们不想明天的事情，全都活在当下。

　　即便他们想要有所改变，我也不相信他们改变得了。好像他们谁都不具备类似的品质，不过这也包括我，尽管我尝试过改变。比如，如果有人递给曼努埃尔一块普通的石头，他会拿在手里，急切地端详着。仅仅几秒钟过后，石头开始闪光，他便以为那是一块银石，接着又以为是一块金石，再又成了无价之宝，直至光芒消失殆尽。

　　罗伯托会把石头拿在手里喃喃自语："嗯，这个有什么用处呢？"可他永远也找不到答案。

　　玛塔会把它拿在手里握一会儿，然后不假思索地扔得远远的。

　　我，康素爱萝，会好奇地看着它。"这会是什么东西呢？会不会是我一直在寻找的那个玩意儿呢？会吗？"

　　然而，父亲把石头拿过去，埋在了地里。他又去找回一块，放在第一块上面，后来又一块接一块地找回来——不管时间有多久。终于，他修起了一栋房子。

　　尽管内心极度恐惧，我终于还是搬到了姨妈家居住。这是不得已而为之。结果呢，我在贝克大街一住就是大约六个月的时间。那个居民区完全属于贫困交加，人过的日子跟动物没什么两样。上天把生命赋予给了这些人，可他们赖以为生的除了面包，几乎别无他物，有时候连面包都吃不上。为了维持生计，女人和孩子都不得不干活，因为男人们只知道喝酒，根本不承担任何责任。年纪小一点的孩子赤身裸体在院子里玩耍，大一点的孩子靠打零工挣个一毛两毛。在学堂待过一两年的人寥寥无几。为了支付房租，或给一大家子人买食品，母亲们需要时不时地把收音机、电熨斗、床单（如果家里有这些玩意儿的话）、衣服、鞋子拿去当掉。

父亲们对老婆和孩子漠然置之，把钱都拿来浪费在了酒桌上或者情人身上，而他们的情人很可能就住在同一个居民区。如果哪个女人敢于抱怨，很可能被暴打一顿，或者被赶出家门，因为保护丈夫在情事方面免遭难堪是她们的义务。男人们把时间大都花在了沙龙聚会上，老婆们一到晚上可能不得不到处寻找自己的丈夫，然后半推半拉把他们弄回家。

跟居民区的其他人家一样，姨妈家每天只吃两顿饭。我早晨起床之后，首先收拾好铺在地板上的"床"，然后整理一下房间。接下来，我从院子里的水龙头打回来一盆水，在房间里洗洗脸。这个居民区没有门，也没有围墙，如果我像其他租户那样在外面洗脸，街上过路的人会看得一清二楚。我没有钱到公共浴室洗浴。我做这些事情的过程中，姨妈——我经常称她"我可爱的小老太太"——会去市场上买东西回来做第一顿饭。与此同时，姨父伊格纳西奥要么继续多睡一会儿，要么起床喝起了晨间龙舌兰酒。

我会坐在姨妈家仅有的一把大椅子上，喝着清咖啡或者茶、吃着头天剩下的米饭或者豆子，间或也可以吃到用奶酪和辣椒煎炸的玉米饼。姨妈坚持要我坐那把大椅子，以示她和姨父都乐于让我住在他们家。那把椅子她保管得很好，已经用了好多年。他们吃的东西跟我一样，不过他们喝的不是咖啡而是龙舌兰酒。他们除了吃烈性辣椒酱，还吃油炸洋葱青椒。他们说我也应该吃一点，因为那些东西可以生血，还能开胃。不过因为吃不惯，所以我根本不吃。姨父说我不像墨西哥人，还说我很快就要飞黄腾达。他老这样开玩笑。

吃过早饭，伊格纳西奥要用水润一润头发、洗一洗脸、理一理胡须。然后，他画着十字，向圣马丁骑士敬献苜蓿草，这样才有很多人向他买报纸——《新闻报》《最新新闻》《现在》——他卖完报纸才能给姨妈拿回来可怜的一点点收入。姨妈要么去帮别人洗衣服，要么在莫雷洛斯剧院对面那家叫做"莫雷洛斯午餐"的售卖点帮厨。遇到帮厨的时候，她早上八点出门，晚上八九点才回到家，顺便给我带回一点卖剩下的面包屑。如果遇到洗衣服，她会蹲在院子里的水槽跟前，从早上十一点一直洗到下午三四点，简单地休息一下之后，再一直洗到晚上七点钟。

姨父回家交给她几个比索，在她用这几个比索买回食物之前，几乎不吃不喝。如果他只交出两个比索，那么晚饭就只有面汤；如果他交得出四五个比索，她会给我买个小面包，再买点牛奶，不过我也会喝面汤。我每顿必喝的一般是清咖啡，他们必吃的是豆子，当然还有龙舌兰酒。他们可以不吃饭，但不能不喝龙舌兰酒。

姨父还有一个女人，姨妈为此经常跟他打架。他们稍微喝多了的时候，姨妈会对他说："矮哥，我这次不杀你，因为我怕你的尸体会吓着我！"头几次遇到他们发生争执的时候，我真是害怕极了。我几乎流着眼泪大声叫他们不要再吵，他们见我吓成那样，也就平静了下来。

后来，随着我对他们的了解不断深入，他们间的争执才令我忍俊不禁。尽管他们吃饭的时候都要喝龙舌兰酒，饭后还要喝药酒（用白酒、山楂果和其他植物混合炮制而成），而且很可能醉得一塌糊涂，但他们从不伤害对方。就这样夜复一夜，直至深夜十一点钟，他们才累倒了。每到这时，我才把床重新铺开，而他们也该上床睡觉了。

在父亲家，这样的事情根本不可能发生。我从来没见过父亲跟其他人喝酒。开饭非常准时，餐桌上的食物应有尽有——牛奶、面包、黄油、鸡蛋或者其他某个成员偏爱的菜肴、油炸鸡头、沙拉、奶酪末炸豆子或者玉米饼。跟姨妈家相比，我家富足安宁，至少在可恶的德利拉到来之前是这样的。

在"我可爱的小老太太"家，有很多朋友在我们吃晚饭的时候前来串门。他们要么坐在门廊里，要么就是哪里有空坐哪里，等着姨父给他们讲笑话或者他生活中遇到的逸闻趣事，姨妈同时会拿出玉米卷招待他们。我不明白他们之间是如何认识的，因为他们往往是这个人讲这件事情，那个人又讲的是另外一件事情。晚饭还没吃完，我就感到头昏脑涨，他们抽的香烟、喝的药酒或龙舌兰酒，以及聊天时的吵闹声让我感到恶心呕吐。

夜深了，我要把"床"铺好。我先是在水泥地上铺开纸板和席子，然后在上面铺一张床单或者旧棉被。稍好的是，他们会再给我一个枕头、一床棉被，我用姨妈的旧大衣盖在身上。后来，我睡到他们的床上，他们睡到了地板上，因为我体弱气虚，非常怕冷。我有时候感到很难为情，可他们非要让我睡床，似乎一点都不觉得有什么不妥。相反，他们好像真的非常爱我，把我当女儿对待。

有一次，姨父过圣徒日，姨妈让我磨辣椒做辣巧克力酱。我试了一下，可做不来。姨妈说道："唉，孩子，等你结了婚可怎么办呢？你找的丈夫要是像我第一任丈夫那样难伺候的话，你可怎么办哟？为了给他做早餐，我三点钟就起床，起码磨五六升玉米。我一开始也做不来，在挨过他的拳头之后才学会了。"

姨妈把姨父的生日当成了家里的头等大事。她没有邀请隔壁邻舍的妇女们，因为我一直在她耳边唠叨，不要邀请这些人。我好不容易才让她明白，她们可不是什么好邻居，因为她们缺乏食物或者需要接济的时候，姨妈都会帮她们渡过难关，而当我们需要帮忙的时候，她们总是一口回绝。她们借的东西从来不还。所以，那天一起吃饭的只有妹妹玛塔、哥哥罗伯托以及姨父的两个好朋友。为了这一餐不菲的饭菜，姨妈设法买回一箱啤酒，还买了点龙舌兰酒。

在姨妈家，我对宗教节日有了更多的了解。大斋期来临，黑色星期五这一天，姨妈就要在供奉悲伤圣女的桌子上先盖一块白布，然后再盖上一层紫色的圣经纸。她在画像的两边摆上三个花瓶，里面分别装着发芽的小麦、鲜花和尤显重要的蜡烛。夜幕降临，她会诚心实意地向圣女祈祷。姨父看管神坛，如果谁漫不经心地把铅笔之类的物品放在了神坛上，他会非常生气。

大斋期期间，如遇星期五和各个圣日，如神圣星期四、耶稣受难日的星期五、光荣星期六等，我们都要实行斋戒。星期三和星期四这两天，姨妈把屋子打扫得一干二净，并提前准备好各种特殊的食品。到了神圣星期四，如果姨父能够把配料买回来，她就能做出炖仙人掌果、小鱼、辣椒汁土豆和葫芦瓜。

星期五是耶稣受难日，我们什么事也不干。她甚至懒得生火，我们只好吃冷饭。那一天，我们早晨八点钟就去到教堂，等着目睹我主基督耶稣的"三次降临"。每当此时，姨妈就会说："孩子，你看，他们把我主受难的过程表现得多么好啊。你看，正因为圣主承受了一切苦难，我们才可以少受苦难。"她的言外之意，是我不应该生父亲的气，不应该跟父亲对着干。我也意识到了自己的过错，暗自发誓再也不会有那样的行为。

姨妈对查尔玛圣灵非常虔诚，喜欢跟我讲她每年都要去朝圣的事情。我们家只有我还从来没去过查尔玛。姨妈说："孩子，今年你要跟我们一起去，你去看看神殿建得有多漂亮。但你千万不要背对着它，否则圣主会发怒，会惩罚你。"她这么一说，我反而不太想去了，不过我想亲自去看看那些纪念品、丝带和小吃，因为她每年都要买一些回家。

5月份的母亲节即将来临，我找到了工作，给姨妈买了一份礼物。她呢，把我外祖母和母亲的照片摆在桌子上，再给她们各点一根蜡烛，还摆上了鲜花。我们本想在那天去墓地祭扫一下，可家里余钱不多，我只好去上班，所以就没去墓地。我早就注意到，在亡灵节这天，姨妈往往会给我死去的母亲供上一大堆食物。而在家里呢，父亲所供奉的祭品除了一根蜡烛和一杯清水就再没有别的什么了。

在6月15日父亲节这一天，姨妈劝我回家去看望一下父亲，也正因为她的劝告，我对那一天感到无比的失望。德利拉仍旧在家，父亲对我无话可讲。这令我非常生气，于是我便不辞而别了。我那段时间时不时地回去看望父亲，就是想让他知道，他毕竟还有我这么个女儿。姨妈倒是常常叫我别回去算了。"每次回家都为他掉眼泪，你这是何苦呢？"姨父很少说话，可他们对德利拉那个丑八怪和她的家人都很生气。

　　我找到工作之后，家里的情况好转了很多，不光有钱买食品，还付清了房租。不过，这期间我很难受，因为我实在不想再在他们家住下去了。如果我忘了做家务，姨父会责怪我，说我不过是个洋娃娃，光摆着好看而已（当然，他原话不是这么讲的）。姨妈在场的时候，他不会说这些话。如果姨妈听见了，她会说："别烦她，你这死老头子。如果你敢烦她，看我不跟你把账算清楚。"不过，毕竟是我自己的错，因为我确实不会做家务。

　　一天，姨父要姨妈安排我洗衣服。我以为她会打个哈哈就算了，可悲惨的是，她把肥皂、洗衣液、水桶和搓衣板递给了我，还对我说："懒鬼，快去把衣服洗了。正因为你不会洗，我才要你洗。"这样的吩咐令我很不高兴，不是因为我不喜欢干活儿，而是因为居民点的每一个人，以及外面大街上的过路人会把我看个仔仔细细。

　　我刚一蹲下来开始洗衣服，就意识到隔壁的女孩子们在嘲笑我。"哦，你都在洗衣服了！"莱诺娜跟另一个女孩子说道。"洗得正欢啊，妹妹！"另一个女孩子也说，"家里没有钱啊，父亲还把我撵出来了。"我一句话也没有说。我知道她们不会在意我，再说我已经觉得自己非常低贱，如果再去搭理她们，岂不意味着更加作践自己。

　　6月末，我生病了。我变得非常消瘦，精神越来越差。因为没有按照姨妈的吩咐请假而只顾在家休息，我丢了工作。一家人又吃起了斋，因为仅靠姨父那点收入是过不好日子的。有时候，我只吃一顿午饭，他们在晚间也只能喝几口龙舌兰酒或者药酒。我尝过他们的辣椒酱，可从来没尝过龙舌兰酒，尽管他们说那会强健我的肺部，还能够治愈我的胆汁病。情绪沮丧引起的我的肚子疼痛，姨妈会给我熬制苦艾茶或者菊花茶。

　　这种照料方式我很不适应，因而愈发觉得痛苦。跟父亲住一起的时候，他会把医生叫进家门，让我卧床休息，然后由医生看病开药。可在这里，人们不会把疾病看得太重。即便有人遇到事故受了重伤，人们也不会想到求医问药。每个人都只站在旁边观望闲聊，就连受伤者的家人也都如此。当天一过，谁都不会再记挂这样的小插曲。

　　我因为感冒发烧，引发了支气管肺炎，胸部觉得很痛，呼吸比较困难。姨妈不知道我究竟得的是什么病，不过她依然给我做了水浴和酒精擦身，还在我头顶放了两片所谓"不知羞的"树叶子。做水浴的时候，她先把热水倒进水盆，再加一点柴灰，然后让我把脚放进去，直至水盆里的水完全变凉。用酒精擦拭之后，她把我全身上下捂了起来，直至我热得出汗。姨妈说，通过这种方式，我们的身体就能够排除病痛。看起来似乎不可信，但我的体温真的降了下来，尽管咽喉依然疼痛。后来，我的朋友安赫利卡来到我家，她给我打了一针青霉素。这样，我的病情缓和了不少，终于能够起身亲自去看医生。姨妈当掉我的大衣才凑够了钱，而父亲压根儿就不知道这件事情。

　　我住在姨妈家那几个月，海梅老往那边跑。即便我求他们，他们也不敢把他赶出门。海梅知道怎样赢得他们的感情和信任，因而占了他们的便宜。他可以完全自由地出入他们的家门，不分时段，不管是什么样的状态，也不管带没带朋友，一切都凭他的意愿。有好多次，他醉得一塌糊涂，来到家里已是黎明时分，我只好盖着大衣躺在水泥地板上，把床腾给他醒酒。

　　实际上，姨妈对我越来越反感，因为我没有工作，也没有钱。我注意到她给我做早餐时的表情，酸楚而严肃，跟我刚刚搬来她家时迥然不同。不过，我依旧觉得肚子很饿，于是开始四处找工作。安赫利卡不光帮我出车费，还说了很多鼓励我的话。我想来想去，觉得最好离开墨西哥城，到别处找找看。可怎么离开？哪有钱？我既买不起车票，也买不起手提箱。

　　姨父训斥我的语气日渐刻薄，把之前没说过的话都说出来了。每天早晨，他一见我涂脂抹粉就说："你跟商店橱窗里摆的那些模特没什么两样，只知道涂着油彩站在那里。动起来，把钱挣回来，怎么去挣我不管。问题是我们急需用钱——真的很急。反正你得向家里交钱。"有时候他又会说："像你这样一事无成，等结婚了，你让你丈夫吃什么呀？他娶你难道仅仅为了让你陪着睡觉？动起来吧，一定要动起来。钱怎么到手无所谓——你都看见了，你姨妈急需用钱，她要用钱的地方多，我一个人帮不了。"

陪睡觉！他讲话的口吻俨然我已经走上了那条路。他的那一番话让我打定主意破罐破摔，从他家里搬出来。对我来说，破罐破摔莫过于只要遇到有钱的男人就跟。但我做不到——廉耻之心拦住了我，于是我哭着来到教堂寻求庇护。不幸的是，我把这一点廉耻之心也慢慢地搞丢了。

如果让姨妈知道了，她肯定不会饶恕他。不过，她依旧跟邻居们嘀咕，说我一点都帮不了她，说我一分钱都不给她，还说我把她那张床睡坏了。我洗衣服的时候，从邻居小孩那里得知，姨妈对我的抱怨可真不少。可我有什么办法呢？我一直在留意报纸上的用工广告，可等我赶过去的时候，空缺早填满了。要不就是那些男人见我一副失魂落魄样，便心怀不轨起来："只要你愿意，你根本不用做事。你还很年轻。那么，我就帮不了你咯，不过如果你愿意——"我有两次不禁甩门而出。回去继续替加西亚先生做工？没门儿！海梅也在那里做事情。

每次遇到海梅过来的时候，我心里觉得又气又羞，因为我坐在大凳子上吃饭的情境被他看见了，而他一向对他们家的住房引以为豪，全家人都是围着餐桌边吃边聊。他说过，他的家庭跟我的家庭不在一个层次上。我对姨妈和姨父颇为生气，他对我如此轻贱，而他们竟视而不见。

来到姨妈家，他仍旧以为自己比我强。一天晚上，他想证实这一点。晚上八点半的时候，他喝得醉醺醺的来到我的住处。我正坐在床上做针线活，他之前送给姨妈家那台小收音机播放着节目，姨妈正坐在连接小房间和厨房的门廊里。我抬眼一看，只见他双手扶着门框，步履跟跄，衬衣敞开着，领带被扯到一边，拴着浪荡少爷牌皮带的裤子滑落到了屁股上。哼，我竟然指望着他！

突然，他猛扯我的袖子，抓挠我的胳膊。我比想象中还要敏捷地直起身来推了他一把，他一下子跌坐在椅子上。我非常生气，不禁骂起他来："不要脸，你想干啥？你要以为我是你从窑子里带回来的女人，那你就给我滚蛋。"姨妈吓傻了，不停地说："闺女，别发火。海梅，你别闹了，快走吧。"

接着，我又对姨妈和姨父说："是你们的错，我跟你们说过多少次，别把这个醉鬼放进来。快叫他滚，否则我就报警。"海梅愤怒而又蔑视地看着我，还提起了那台收音机的事。我一把扯过收音机，朝地下狠狠地摔了下去。"滚你妈的蛋，别以为你用这个破玩意就能收买我。你赶快给我滚蛋。"眼看收音机就要掉到地上，姨妈竟然接住了。海梅哭了起来，可我不为他的眼泪所动，依旧站在一旁攥紧了拳头。姨父把他推出门外，他才离开了。

他走了之后，我浑身颤抖。我不会抽烟，可不管不顾地抓起了一根香烟。姨妈从没见我气成那副样子，吓得不敢出声。姨父笑嘻嘻地走进屋来："嘿，小矮哥好可怜，他今晚真是撞邪了，好哇。"姨妈对我说："唉，这算怎么回事嘛？我以前从来没听见过你讲脏话，今晚是第一次。你要把那收音机摔坏了，拿什么来赔他？"

"我才不管收音机不收音机呢。姨妈，还给他得了。我不想让他有任何借口跑到这里来。请你们别再让步了，别让他再进家门，好吗？"

一天晚上，我求职归来，一下车就看见海梅在等着我。

"亲爱的康素爱萝，请等一下，我不会占用你太多时间。我知道我在你眼里无关紧要。我的确算不上老几，可我爱你。求求你，给我几分钟的时间吧。"听他这么一说，覆盖在我心上的一层厚纸板仿佛荡然消失，我不禁旧情萌动，答应陪他走一走。

他一路聊着他的忏悔、他的母亲，以及他对我的爱，我方才发觉我们已经走了很远很远。我们来到了一片空地，周围没有光线，连路过的车辆的灯光都照不到我们。我跟他说我想回家。可他的脸色霎时一变，把我吓了一大跳。他紧接着抓住了我的胳膊。我心里非常害怕，但装着跟平时一样非常平静，底气十足地叫喊道："海梅，放开我。我要回家，你不用陪我，我自己走。"

可他不让我走。他慢条斯理地说起话来，但那一番话跟平日大不相同，听上去很空洞，很低沉。"你以为我会让你走吗？你太天真了。我把你带到这里来，就是要你拿定主意。你要么随了我，要么——"

海梅掏出一把短刀，抵住了我的肚子。只需他轻轻一推，短刀就会进入我的身体。我只觉得眼睛里一片模糊。有那么一阵子，我一句话也说不出来。我只是紧紧地握着钱包，在心底里不停地祈求母亲和瓜达卢佩圣女的保佑。糟糕透顶的，莫过于他此时头脑极为清醒，所以我不能跟他打架。刀尖抵在肚子上，我已经感觉到了阵阵寒意。

我站着一动不动，但在心里却颤抖不已。我多么希望有机会夺路而逃啊，于是对他说道："行啊！如果你想杀我，干吗不早点动手呢？你知道，你这样做实在是帮了我一个大忙。求求你把我杀了，就算我求你吧。你知道，没有人需要我，所以死在这里还是其他地方，对我来说无所谓。你把我杀了，其他人会对你感激不尽。你说过，我是个爱慕虚荣的女人，那么你就把我这个傲慢的女人、愤世嫉俗的女人、目无尊长的女人给杀了吧。我已经没有感情了，来，动手吧。"接着，是一阵沉默……我觉得自己仿佛要倒下去一般。

最终，海梅放下刀子哭了起来。我长舒了一口气。我听着他像个孩子一样不停地抽泣。他扔下刀子，拥抱着我。"原谅我，亲爱的。你都把我逼疯了，却又对我如此地冷漠。但是，我是爱你的，我爱你。"他的声音越来越大，后来几乎是在咆哮一般。"即使有人看见我哭，我也不在乎。我爱你，我爱你。"我趁此机会对他说："亲爱的，咱们走吧，别再多想了。不管怎么说，我也是爱你的。我们干吗给对方罪受呢？咱们走，黑哥。我保证，以后再也不对你凶。亲爱的，我爱你。"

我们朝姨妈家往回走。我感觉生不如死，双腿好似两根大橡皮，浑身颤抖直冒汗，肚子疼得要命。"你怎么了？"周围的人见状问道。当着这些人的面，我却什么也不能说。姨妈给我泡了些苦艾茶，这事儿总算解决了。两个星期之后，我再次见到了海梅。他喝得醉醺醺的，嘴里不停地叫嚷着蕾维卡、贝丽卡、埃斯特拉、阿德莱达等名字，其他没有说出来的名字不知还有多少呢。

这段时间里，我对马里奥有了进一步的认识。他目前是我的上级，曾经对我说过："我除了有一双手可以替你做事，没有别的东西可以给你。我没有专长，但我向你发誓，我会尽一切努力来保证我们什么都不会缺。哪怕只剩一碗豆子，我也会全部让给你吃。"马里奥就在姨妈家附近做工，已经向我求过两三次爱。但我依旧想着要离开这座城市，去过一种没有眼泪、没有羞辱的生活，不光可以自由自在地过日子，甚至还能学习。

我又到一家女修道院或者别的宗教团体试了一次。"我一生下来就不适合在外奔波。我需要平和，我需要安宁。"当时我只有这一个念头。"可是，钱呢，一千个比索，一千个啊——"他们告诉过我，加入女修道院必须得有一千个比索。我从来没去证实过，但我问过修女，怎样才能进入修道院。

"如果你父母同意……"

"我妈妈去世了。"

"那么，只要你父亲同意就可以了。"

"还需要别的什么吗？"

"婚生子。"

这对于我的愿望无异于一瓢冷水。父亲一直没和母亲履行过宗教或者世俗的结婚程序。

我找了一份工作，可只维持了很短的一段时间。被解雇的那一天，我去见了马里奥，他答应我先找他父亲谈谈，然后再给我找一份工作。被解雇的坏消息我不想告诉姨妈，同时，因为姨父确实不欢迎我，于是我决定跟桑迪托斯住上一段时间。姨妈有点后悔，同时也有点生气。

我搬到桑迪托斯家之后，在墨西哥工人联合会找到了一份工作。帮我找到这份工作的，是我以前一个名叫伊尔马的同班同学。我的心情越来越好，要不是由于晚上八点半或者九点钟才下班，我是不会再回到姨妈家的。下班之后，我先跟着伊尔马去一个舞厅跳上一个小时的舞，这样，我十点钟才能回到家里。桑迪托斯所居住的地段缺水缺电，人行道也没有铺设，那个时段让我尤其感到害怕。在靠近运河的地方，时常有人拦路抢劫。我一路上不停地向我知道的神灵们祈祷，心都提到了嗓子眼，双眼大睁才能看清道路，好不容易才回到家里。

联合会有一个女孩子辞了工，于是她的老板多给了我一点报酬。然而，厄运似乎跟定了我。伊尔马产生了嫉妒心，在我背后耍起了阴谋。我不想再惹麻烦，只好辞掉工作，又回到了姨妈家。

我开始盘算要不要住在马里奥家。太滑稽了！我之前发过誓，要做一个谦逊的圣人，以热切地希望修女要保持纯洁、神甫要保持虔诚的圣方济各①为榜样，现在却要和一个男人共享所谓的安宁。我一点一点地变了。发生了那么多事情，我的内心感到非常痛苦，只是从来没有表现出来。我尝试过冷眼相对。可那又有什么分别？我对一切视而不见，凡事都自己拿主意。毕竟，只要父亲不在意，别人肯定不会在意。

一天下午，我和马里奥看完电影回来，去了他的家里。他对我说："别走了吧。"尽管我自己曾经做过那么多决定，可他要是明白我的思绪在那一刻有多么混乱就好了。只要选择留下，就意味着我是他的人。不过，回家又有什么意思呢？让他们把我扫地出门？还是让父亲问我回家干什么？回到姨妈家我更无法忍受。我没有工作。我多么希望有人敞开大门迎接我啊，可他们全都不愿意。

"随主之愿吧！"那一刻，我什么都不考虑，唯一能打动我的，就是让我摆脱那个令人窒息的环境。我多想眼里不再有钉子，每天不再有屈辱啊。我多想不再挨饿，永远地摆脱海梅啊。

"好吧。"我说这话的时候，脑子里一片混乱。马里奥当然非常高兴，告诉了他的母亲。她倒是接受了我，但我看得出来，她并不喜欢我。那天晚上，她安排我和她一起睡，马里奥挨他父亲，也就是雷耶斯

---

① 圣方济各（St. Francis of Assisi, 1182—1226），又称亚西西的圣方济各或圣法兰西斯，天主教方济各会和方济女修会的创始人。——译者

先生一起睡。第二天，就连太阳都好像变了个样，大街漂亮了许多似的。他们家是一种怎样的平静啊。马里奥的母亲坚持要在附近给他租一套房子，我只需在他上班之后才过去做一做家务事。他母亲说，在我们结婚之前，她都要把我们分开。马里奥有些等不及，可我对这样的安排十分满意。

一天早上，我拿着面包走进屋子的时候，听见马里奥和他母亲正在吵嘴。她大声嚷嚷，说他竟然要她来供养他和她的女朋友。"别胡说，妈妈，我替她给过你钱。"他回答道。我假装没听见，可等他去上了班，他母亲也去了菜场之后，我把所有的衣服塞进一个纸袋子回到了姨妈家。我不怕再去找工作来养活自己，可回到姨妈家真是令我十分难受。

我正坐在椅子上喝着清咖啡，马里奥走了进来。他面色苍白，一看见我就哭了起来。他说起他母亲的种种不是，拥抱着我叫我千万别停止对他的爱（对此我不得不撒撒谎）。他拒绝回到家里住，而是搬到了姨妈隔壁的一家制鞋店。为了付房租买食品，他卖掉了所有的衣服和物品，只给自己留了一套衣服。

我一直对他说，我不喜欢周围的邻居，邻居们对我的伤害很大，我想搬到别的地方去住。我想说服他跟我一起离开墨西哥城。他这才实话告诉我，雷耶斯先生并不是他的亲生父亲。他的生父在通信部门工作，可以安排他到别的城市去居住。然而，当时我对一切都信不过。不过，他父亲真在蒙特瑞给他安排好了工作。

所有邻居立即知道了我要搬家的消息。那天下午，他们全跑到姨妈家来跟我们道别。姨妈对我说："乖女儿，给他们点东西吧，他们会记住你的。"我觉得这样的说法很奇怪，可还是遵从了。我给的不过是些廉价的小礼物，给这个人一只玻璃杯，给那个人一条花裙子，可他们全都满心欢喜地收下了。我给了四五件礼物之后，姨妈问道："你们收下这些礼物之后就不会忘记她了，对吧？"他们对我表示过谢意就离开了，走的时候还让我记得给他们写信。姨妈哭了。

可怜的马里奥！他自以为找到了真爱，于是带着我来到了蒙特瑞。他一心想寻找的是一种抽象的爱，无法触摸，也无法明白，更无法用语言来解释。他以为在我的身上能够找到这样的爱情。可爱情是一种男女双方都能感受得到的东西，是共同照耀着男女双方的一束美丽的阳光。这一束阳光只是照耀到了马里奥的身上，并没有照耀到我的身上。我依旧爱着海梅，心里根本容不下对马里奥的爱情。我只不过把他当成了生命中的一条绳子，靠着这条绳子摆脱了我曾经陷入其中的深井。我早就想好了，只要他把我带到蒙特瑞，我就一个人开始新的生活。

玛　塔

在克里斯平的家里，发号施令的人是我的婆婆。孩子们对我的公公全都满不在乎。克里斯平对他很刻薄，大有跟他平起平坐的架势。有一次，他责怪他父亲在外面喝醉了才回家，那架势仿佛他是父亲，而他父亲是儿子！

我婆婆很娇惯克里斯平，因为他是家里的老幺。他这个人喜欢随声附和，在争论问题的时候从不喜欢被别人超过。他经常跟他大哥安赫尔吵架，如果遇到他母亲出面干涉，他也会对她出言不逊。

大哥安赫尔与一个名叫娜塔莉亚的女子既履行过世俗婚姻程序，也履行过宗教婚姻程序。他们分分和和好几次，因为同为天主教徒，所以双方都在忍受着折磨。安赫尔在阿卡普尔科找到一份工作，便把她接了过去。他的工作需要经常离家在外，有一次，他回家提前了一些，结果撞见她跟另一个男人正躺在床上，而这个男人不过是个水果摊贩。安赫尔把他俩揍了一顿。不过在我看来，有错的人是他自己，谁让他把老婆一个人抛在家里呢。安赫尔被拘留了三天，随后带着娜塔莉亚又回到了墨西哥城。

我婆婆想让安赫尔把娜塔莉亚踢出去，可他偏偏留着她，他要报复她。每到晚上，我都听见她在哭泣，同时求他放她回家。紧接着，要么是一巴掌，要么是一拳头。这样的情形持续了十五天，天天晚上如此。克里斯平也不让她好过。他推崇性别平等，可只要听到哪个女人背叛了男人，就恨不得把她从地图上连根拔掉。

白天，娜塔莉亚不能独自外出，就连去浴室也不行。她每次去看她母亲的时候，他们都要派人陪着她。她就像一个犯人。我问过她，干吗不永远地离开算了，她说他们曾经威胁要夺走她唯一的儿子。她和安赫尔仍旧生活在一起，后来又生了两个孩子。

克里斯平的大哥巴伦廷跟他老婆也不和睦。他十六岁的时候，全家都还居住在普埃布拉，他跟一个比他大许多的女子结过婚。他们既履行过世俗婚姻程序也履行过宗教婚姻程序，还生了两个孩子，可这一切都显得无足轻重，因为来到墨西哥城之后，她跟另一个男人好上了。她最终抛下两个孩子和巴伦廷，跟那个男人跑了。这样的情形颇不寻常，因为如果女人跟着别的男人私奔，大多会把孩子留给自己的父母。所以，巴伦廷把两个孩子带到他岳母家，办理了离婚手续。

克里斯平的家人一直不喜欢我，因为我不会做事情。我很少给婆婆打帮手。她爱清洁到了夸张的地步，每八天就要清洗一次床单，因此她时刻都在擦擦洗洗。

我觉得克里斯平很难伺候。他对吃穿很讲究。我给他洗裤子洗得双手起泡，只好由婆婆接着给他洗完。不管怎么努力，我给他浆洗、熨烫的衬衫始终做不到她那个样子。怪不得她对我很不满意！不过，我一直在努力，绝不像她所说的那样，经常在大街上闲逛。

克里斯平想继续跟他母亲一起生活，这让我实在受不了。两个星期之后，我们自己找了个地方。我们在一个只有十五户居民的住宅区找到了一套带厨房的一居室。克里斯平买了一张床，他母亲给了我们一张桌子和两把椅子，以及一堆锅碗瓢盆。

一开始我很高兴。我得承认，我们的日子过得很没有秩序。我这才意识到，自己真没用，不适合做家庭妇女。我尽可能把房子收拾打理好，不算太完美，但至少不会太脏乱。

九个月之后，我终于怀了孕，克里斯平对我迟迟不孕非常恼火，他会跟踪我进入厕所，看我是不是做了生殖道灌洗。后来，他甚至带我去看过一位女医生，检查我是否服食过什么不要孩子的药物。那之后，他又开始怀疑那位医生会不会把我整绝育了。可就在那之后九个月，我怀上了孔塞普西翁。

　　整整三个月的时间，我觉得十分恶心，经常呕吐。除了流质，我什么都吃不下。一切都让我感到很烦——乳房、肚子、胎动……后来我才适应了这一切。我以为克里斯平会因此而高兴，没想到他此时在我面前露出了真面目。你知道他成了什么样的人吗？就是那种只要老婆孩子，却一点责任也不想承担的人！我怀孕期间，他开始带着别的女人外出，我还知道，有个女人给他生了一个孩子。

　　有了丈夫之后，我就产生了一种预感，我不应该相信自己的那些女性朋友。我注意到，伊雷拉和埃玛会向克里斯平讲述她们的烦恼，还向他讨主意。我等待埃玛出我的洋相，结果看走了眼，让我出洋相的人是伊雷拉。她是我最好的朋友，早已结了婚，我根本没想到她会把克里斯平哄得团团转。

　　克里斯平一直喜欢拈花惹草。他这个人很不讲道德。有一天，他先是邀请伊雷拉一起喝苏打水，接着又请她看电影，然后又去了集市。他自己在外面风流快活，我则被关在家中独自面对婆婆。其实，在认识伊雷拉之前，我已经察觉到他起了变化，女人对这些事情一向很敏感。他一回到家就要换衣服，要是我没给他备好干净的衬衫，他会当着他妈妈的面对我一通臭骂。我得随时替他备好干净衬衫。衬衫一脱下来，我就得倒上肥皂水把它洗干净。

　　他出门的时候，从来不跟我说话，只对他妈妈说："妈妈，我很快就回来。"他一般在半夜才回家，而且从不使用钥匙，要我爬起来给他开门。我真觉得他开始讨厌我了。他发疯似的说我没有能耐，只有他的父母懂得照顾他。他不喝酒，可为了鸡毛蒜皮的小事儿打起我来跟酒鬼没什么两样。我怎么做都不顺他的意。

　　克里斯平不允许我回家，可我宁死也要看望父亲，所以我几乎每天都偷偷往家里跑。我丈夫不喜欢爸爸拿钱拿食物接济我。克里斯平每周只给我二十五个比索，对一个刚开始打理家庭，却又不知道该在什么地方购买东西的女人来说，这点钱根本不够用。所以，爸爸会给我十五到三十个比索，再给我一些牛奶、糖和其他物品。克里斯平不管我够不够用，一心只希望我跟家人彻底断绝来往。

我有一次回到家里的时候，安东尼娅对我说克里斯平跟伊雷拉在一起鬼混。我不想相信她的话，可有一天，就在我从婆婆家出来购买煤油的时候，惊动了他们两个。我当时正从一条小巷子穿过，突然看见克里斯平向伊雷拉示意他什么时候去见她。伊雷拉突然发现了我，立刻意识到我看穿了他们的把戏。但我仍旧继续往前走。

第二天，克里斯平带我去看电影。回家的时候，我们看见伊雷拉和埃玛正在闲聊。她俩一见我们就哈哈大笑，克里斯平冷笑着问："她们是在跟着你笑，还是在取笑你？"他这么一问，我感到非常生气，我在心里对自己说："伊雷拉你这个臭婊子，这笔账我一定要找你算。"

我出去买面包，正好在卡萨-格兰德的出入口遇到了她。我对她说："伊雷拉，你给我听着，你跟克里斯平混在一起到底想怎么样？"

她既不像其他已婚女人那样默不作声，也不否认，而是有些紧张地回答道："这都是克里斯平的错，他非要带我去看电影，我只好跟他一起去，这样我丈夫回家的时候才不会撞见他。"

"你以为我会相信吗？"我问道。"那天你跟埃玛在笑什么？"

她大着胆子说道："是这样的，我觉得很搞笑，因为克里斯平先是要我跟他一起去看电影，我不去，结果他就叫上了你。"

我大吵大闹起来，根本顾不得有没有其他人听见。"伊雷拉，你给我小心点。你这是在勾引已婚男人。克里斯平跟其他婆娘鬼混我管不着，可我要警告你。你要是不离开他，会有你好看的。"

突然，我发现她的手上戴了个银色镯子。那是我哥哥给我的。克里斯平之前戴过它，可他说搞丢了。原来他把镯子这么处理了！我从她手上捋了下来，然后跑去找我那该死的丈夫。我让他一个人去跟伊雷拉过，给我和孩子留点清净。我也跟婆婆讲过，如果我们分了手，她可不要责怪我。然而，克里斯平对所有事情矢口否认，他的家人自然相信他说的话。那一次，我们没分成，又恢复了老样子。

姐姐安东尼娅第一次跟我说她看见克里斯平游手好闲的时候，就建议过我在半夜时分摆上克里斯平的照片和脂油蜡烛，同时向死亡圣神一连祈祷九个晚上。她信誓旦旦地说，要不了九个晚上，我丈夫保证会把其他女人忘记得一干二净。我从居民区一个出售类似物品的人那里买回来九天祈祷仪式的经文，并把它记在了心里。经文是这样的：

> 耶稣基督啊，上帝啊，你曾经胜在了十字架上！天父，我请你出面把克里斯平送回到我身边来，让我能够掌控他。以主之名，假如他狂暴如畜生，请你把他驯服成羔羊。让他充满迷迭香一样的柔情。他如果吃面包，须得给我一口，他如果喝凉水，也须得给我一口。主啊，我求你令他兑现给我的所有承诺。以你的无边威力，让他回到我身边，无论捆绑还是敲打，只要他兑现承诺。对主而言，万事皆有可能，我会一直向您祈求，祈求您答应我，我愿意用余生做您最忠实的追随者。

我背下了经文，可从未诵读过。如果他真的回到我身边，那必须是他想回来才行。我不想用强力逼迫他。

我所认识的妇女大多会在午饭时间在门背后点上供烛，摆上水杯向着胡安·米内罗的灵魂祈祷，每呼喊一声天父的英名就叩击门板三次。要说把丈夫或者情人拉回来，圣·安东尼奥也很管用。姨妈有个邻居名叫胡莉娅，她对这些事情懂得很多，她说这位圣人很喜欢自己的孩子，如果你用丝带盖在孩子的照片上，他很快就会遂你的心愿，因为这样他才会再看到这个孩子。如果你把不着家的人曾经穿过的衣物盖在圣像的身上，效果会更好。

圣·贝尼托也能令男人们收心，不过他会在男人们跟其他女人鬼混的时候敲打他们。我可不敢向这位圣人祈祷。结果呢，我的日子更难过，因为克里斯平每次回到家都满脸怒容。

我错就错在从未让丈夫吃过醋。我可不像其他女人，例如伊雷拉那样恬不知耻。我对父亲无比的崇敬之情仿佛一道高墙，使我这个正派女人跟红杏出墙毫不沾边。再说，在我所居住的社区也不可能遇到什么好男人。既有责任心，又全心全意对待老婆孩子的男人早已成了稀世珍宝。这样的男人既不成天站在街角闲荡，也不跳舞，更不酗酒。我除了生下更多的孩子，还能从他们身上指望什么吗？什么也别指望！

尽管我身材矮小，长得也不漂亮，但追我的男人一直没断过。我有没有丈夫对他们来说无关紧要。我跟克里斯平一起翻修第一套房子时，有一个名叫鲁佩尔托的邻居让我们从他家搭接了一根电线。他人很好，是吧？可他随后对我说，电费怎么收全都随他。我叫克里斯平别再从他家搭接电线……用蜡烛还好一些。

事实上，我对其他人根本没兴趣。如果我跟某个男人合不来，换个男人不更糟吗？然而，克里斯平老把朋友往家里带，其中总有那么一两个想揩我的油。

有一次，我们和克里斯平在木工店做工的几个朋友一起去参加施洗晚会，他们先是喝了些酒，然后其中一个朋友要我跟他跳一支舞。尽管克里斯平在跟另一个女孩子跳舞，但我并不想跟这个人跳舞。然而，我丈夫有个烂习惯，只要有人请他老婆跳舞，他从来不会拒绝，所以我只好跟这个人跳了起来。这个家伙把我抱得越来越近，几乎到了脸贴着脸的程度。他把我拉到一个阴暗的角落想要亲我，可我扔下他跑掉了，因为我婆婆就站在院子的边上看着。

接着，我小姑子的朋友想请我跳舞，他跟我一样高，长得比较英俊，蓄着卷发，眼珠很蓝，皮肤很白。他直勾勾地看着我，问我叫什么名字。我这个人一向比较冒失，就把名字告诉了他。

"玛塔！多好听的名字啊，"他说道。"你简直就是我的梦中情人。"他老婆也在晚会现场，可他觉得无所谓。他把我带到最昏暗的角落，跟我跳起了贴面舞。他说我是如何如何的好，还要我跟他另外约个地方见面。你看得出男人们是如何背叛自己的老婆了吧？他这个人属于典型的吃着碗里，看着锅里。

他一个劲地说："我喜欢你。我们干吗不在一起呢？我们肯定会相处得好。我最想找的就是你这种女人。"我尽量跟他打哈哈，可他真想跟我约一次会。我不禁觉得，只要我愿意，只要不被嫂子和婆婆等人发现，机会不知会有多少呢。不过，我转念一想，也不再跟他跳舞了。克里斯平就在场，可这个家伙整晚上都像狗一样跟在我身后不停地转悠！

克里斯平的家人和朋友一直都在监视我。他母亲说我从不着家，还说我交友过多。嫂子倒不说我懒，可她说我不讲卫生。不管我做过什么事情还是去过什么地方，克里斯平立马就会知道。他们给我找的麻烦可不少。

有一次，哥哥罗伯托过来看望我。我当时正在生病，当小姑子索菲娅进屋来问我的病情时，她正好看见哥哥也坐在了床上。她马上就出去了，罗伯托也紧随其后离开了。索菲娅一定跑去向克里斯平报告了这件事情，因为他怒火冲天地回到家里，口里还骂个不停："我侄子爬到床上去你都气得不行，怎么你哥哥可以在床上想躺就躺呢？"

你看你看！索菲娅跟他告状说我哥哥罗伯托吃睡都在床上，这完全是一派胡言。克里斯平大声嚷着说，这房子是给他的家人修的，不是给我的家人修的，还说他不可能供养我家的亲戚。

我非常生气，对他说道："如果这套房子是给你的家人修的，那你让他们搬进来住吧，我搬出去。"就为这事儿，他第一次狠狠地揍了我一顿。

消肿之后，我才回到父亲那里。之后，我哥哥差不多就没再来看过我。他一定明白其中的原因。我真怕克里斯平。只要看见他生气，我就会怕得发抖。要是我敢向他伸手，情况会更严重。我怀孕三个月的时候，想对他还手，结果还是被他揍了一顿。我再也无法忍受这样的生活，于是，有一天我跟他说我想去上厕所（厕所就在外面的院子里），但我其实回了自己的家。

克里斯平打发他妹妹索菲娅过来告诉我，只要我回去，他一定会改正。父亲一个劲地催我回家，还让我恳求丈夫的谅解。这样的情形令我很为难。我虽然回了家，可并没有道歉。我对他动了手倒不假，可那也

335

是为了保护我自己。那之后，他变得更凶。不是这样的借口，就是那样的借口，反正他不停地打我。他会把收音机的声音开得很大，这样就没有人听见他在打我。有一次，他踢在我的后腰上，痛得我差一点流产。那一次，我又离开他，去了罗萨里奥大街的卢裴塔家，当时正好遇到父亲和姐姐康素爱萝也住在那里。那段时间，只有曼努埃尔和保拉住在卡萨-格兰德。

我从不跟父亲和哥哥说克里斯平打我的事儿。他们肯定都注意到了，可对此无能为力，否则我的日子可能会更加难过。父亲只是说，我任何时候想回家都可以。我本可以不费吹灰之力就把这事儿讲出来，但我无法承担如此重大的责任，因为两个大男人一旦动起手来，任谁也拉不开。罗伯托和曼努埃尔打起架来非常疯狂，我常常对后果感到一阵阵后怕。如果只是理论几句，动几下拳头，我倒不担心，可如果他们动起刀子来，那又会怎么样呢？还有，何必呢！还不是老样子吗？

生下女儿的时候，我才十六岁。父亲在疗养院陪着我，我疼痛难忍的时候，只有死死地抱住他的大腿。所有的钱都是父亲支付的，克里斯平甚至不知道到底花了多少钱。他也没问过。克里斯平想要的是个男孩，不过我看得出来，女儿他也很喜欢。他一开始每天都往疗养院跑，接着又往卢裴塔家跑，后来又往卡萨-格兰德跑，前提当然是为了看女儿。不过，我仍旧对他没有任何感情。我恨他，因为抚养孩子的责任要我一个人独自承担。我常常为了很小很小的事情掐他，在父亲家里他不敢打我。

他每次来看我的时候，一分钱都不给。我的吃穿，以及孩子的开销，全都是父亲在拿钱。克里斯平会跟我父亲说话，也会向他道歉。父亲问他，我们生活在一起怎么就那么难，克里斯平便开始指责我的不是，说每次打架都是我的错，说我这个人很难相处，说我从来不懂得照顾他，还说我从来不着家。想想吧！有小姑子和那么多人监视着，我就算想乱来也不可能啊！

我婆婆最终来看望了孩子，并叫我搬回去跟他们一起住。我答应了，可只住了不到三个星期。原因出在克里斯平的侄女莉迪亚身上，这个小女孩是克里斯平死去的姐姐的女儿，他姐姐之前跟一个男人跑掉了，可这个男人后来抛弃了她。我不知道她是怎么死的，反正结果就是又多了一个没爹没妈的孩子。

有一天，我正在熨烫衣服，莉迪亚抱着孔塞普西翁以一种很过分的方式亲吻她。她把孩子抱得很紧，而那种过分亲昵的方式让我感到很生气。我不住地要她把孩子放下。对她说话等于对牛弹琴！我公公是个裁缝，当时正在家里做事，可他不想管事，还叫我不要过于敏感。他明明听见莉迪亚说"如果你不想让我抱这个孩子，那么她从哪儿出来你就把她从哪儿塞回去吧"，却并没有训斥她。

我顿时火冒三丈，收拾好东西就要往外走。公公拦住我说道："等我老婆买菜回来之后你再走也不迟。"

"你有什么资格命令我？"我一边反问，一边还添油加醋说了些难听的话。

"我是你父亲，你这女人太不讲道理了。你简直不要脸！"

另一个小姑子娜塔莉亚也在场，她对我说道："玛塔，快走，等她回来，你更不会有好果子吃。"

果然如此。婆婆回家之后，把我赶出了家门。我本来只收拾了几件衣服，可她让我把碗碟和床一起搬走。她说我不配给她儿子做老婆，甚至说孔塞普西翁不是他的孩子！我气得从她家里跑了出来。

那天晚上，克里斯平来瓜达卢佩姨妈家找我，他很生气，发了很大的火。他指责我咒骂他的母亲。我跟他讲了莉迪亚所说的话，可他不信，还打了我。他就是这样的人。之后，我整整一个月没见他，可他随后就开始在我家门外吹口哨。

我反复地说自己不喜欢克里斯平，父亲也就不再强迫我搬回去跟他住。然而，我丈夫可不是那么好甩掉的。不在他身边的时候，我生理上一点欲望也没有，可只要他不住地诱惑我，我的反应会非常强烈。我很勉强地跟他往小旅馆跑，可他对此并不满足，不住地抱怨说他没办法弄我，因为我的脸上不是愁容就是怒容，跟一块木头没什么区别。

他属于很骚的人，同样希望女人也很骚。如果我们在家里单独相处，哪怕只有一两分钟，他也想要；如果我们外出，那也是去小旅馆。他完全把我当成了发泄对象。我对他之所以有用，是因为我洁身自好，他没有任何染病的风险。但我无法满足他，因为他实在太过分。他不停地亲吻我拥抱我。他成天想的就是这档子事儿。他巴不得我也是个激情女人，宽衣解带颇有一套。他每晚要来两三次，但我受不了。他的欲望高涨，我有抵触情绪，我们当然凑不到一块儿。

孔塞普西翁一岁大时，我只好给她断了奶，因为我又怀上了比奥莱塔。我再次怀孕，但克里斯平显得若无其事，仿佛那是天经地义的事情。他也不管我父亲和其他人怎么说。他只管把他当成我的丈夫，随时都可以让我怀孕生子。他说，因为孩子和邻居的原因，我们应该生活在一起。我答应了，但不是因为我想，而是出于必须和方便。我跟哥哥和姐姐都产生了嫌隙……我想从家里搬出来住。

我哥哥罗伯托既酗酒又偷盗，让我感觉很不好受。我小的时候，很担心用他偷来的小镜盒或者耳环被人逮住，他做什么我从不干涉，也不敢向父亲揭发。后来，他从工厂往家里拿回来一些铜块、铁块、铝管以及其他东西，我担心他被人发现，因此告诉了父亲。可谁也拦不住罗伯托。他用锉刀把管子捯饬一番拿到特皮铎大街给卖了。有时候，他往家里拿回来几个轮胎、轮轴帽……逮着什么拿回什么。卡萨-格兰德有个女人告状，说她家屋顶上的一个气罐被盗了，另一个人说我哥哥偷了她家的火鸡。哥哥的名声很不好，为了维护他，我把自己搞得很累。

后来，他跟曼努埃尔打了一架。这事儿的起因是保拉和康素爱萝，她们俩一直不大合得来。我嫂子向曼努埃尔告了状，曼努埃尔抓起多明戈的玩具木马就朝康素爱萝扔过去打中了她的头，她顿时哇哇大哭。她对他出言不逊，他又把她揍了一通。我觉得自己应该帮姐姐的忙，于是动了手。

那真像是一场男人与男人的角斗，我对着他又踢又抓又打，康素爱萝吓怕了，让我俩赶紧住手，免得邻居把警察给叫过来。我把他按到床上，紧紧地捏住他的睾丸。他痛得动弹不得。他先是求我放手，然后又叫保拉把我拉开，可我就是不松手。于是，他首先投了降。

聚在我家门口观看打架的邻居们都指责他不应该欺负自己的妹妹。保拉开始收拾东西，因为她认为父亲回来之后，肯定会大发雷霆。她也知道，父亲一定会维护自己的两个女儿，而不会支持她这个儿媳妇。确实如此，爸爸回家之后，先是扇了曼努埃尔两个耳光，然后叫他滚蛋，因为他竟然无法跟自己的两个妹妹和睦相处。他和保拉搬到了她母亲和妹妹德利拉的家里。康素爱萝和罗伯托仍旧住在卡萨-格兰德，我也回到了丈夫的家里。

在木匠铺大街，克里斯平在他姐姐家隔壁搭起了我们的第二个家。等到比奥莱塔快要出生的时候，他把我送到了社会福利院的妇产科。生比奥莱塔比生孔塞普西翁更让我痛苦，因为社会福利院根本不使用麻醉药。他们让我受了一个人该受的所有苦难。

我像个未婚少女似的出了院，克里斯平则喝得醉醺醺的躺在他母亲家睡大觉。没有人记得，我住满五天就要出院，因此我既没有钱，也没穿大衣，抱着个婴儿就上了一辆公共汽车。还好，医院给了我一个篮子，里面盛满了给孩子过圣诞节的服装，这样我才有衣服给孩子穿戴一下。周围有电话的店铺都关门过节，我既没办法通知父亲，也没办法通知婆婆。我丈夫家的人不来接我出院，也许是因为我又生了个女孩。我住院之前他们就说过（尽管我觉得他们是在开玩笑），如果生的不是男孩，他们甚至懒得到医院看望孩子。克里斯平一直偏爱男孩，对他那几个侄儿比对自己的女儿还要好。

我和克里斯平又开始闹起了龃龉，既因为小姑子，也因为他又勾搭上了另外一个女人。在那套房子里，他倒不怎么打我，因为他知道这会被索菲娅听见。只有我们俩在家的时候，他才会打我，不过遇到这样的时候我也会还手，至于原因嘛，就为了我那两个女儿。我干吗要任他欺负？遭罪的是两个孩子。

我问他要钱给孩子们买衣服，他说我得等一等。我们就老是这样等下去，我后来告诉他，我只有出去做工才有钱给他们买东西。他跑去对他母亲说要离开我，他母亲却说："没问题，儿子，这儿就是你的家。"她不帮我说话，完全让我自生自灭。后来，她甚至跑到我父亲那儿，叫他也不要接纳我。

我告诉他们，我不会从家里搬出去，克里斯平于是跑来搬走了所有的东西。他只给我留了一张床和一个衣橱，这两样东西原本就不是我们置办的。他取走了电灯泡，就连电线也给剪走了，让我和两个孩子摸黑过日子。他就这样走了，甚至懒得关心他自己的两个孩子是否有什么糊口。

第二天，罗伯托陪着我来到警察所投诉克里斯平。克里斯平和他父亲被传唤过来之后，他们说克里斯平根本没错，因为他给我找好了房子，所以我理所应当搬出去住。这完全是一派胡言，可法官说他们也不能强制克里斯平，因为我们没有履行过结婚手续，就连法律也帮不了我。比奥莱塔当时只有三个月大，我只好搬回了父亲的家里。

嫂子保拉早死了，她妹妹德利拉搬过来照顾曼努埃尔那几个孩子。德利拉只比我大两岁，竟然怀上了我父亲的孩子！我之前就认识她，她那时跟她母亲库基塔，以及一大帮亲戚一起居住在彼达大街上的一处"失落之城"，跟特皮铎市场离得很近。保拉带着我回去过几次。他们家污秽不堪，人多嘈杂，灰尘满屋，床铺凌乱，垃圾遍地，小孩乱跑，吃饭的地方竟然还有尿壶。他们过的日子跟猪猡差不多！

保拉搬来卡萨-格兰德居住之后，我们家随时都有她家的亲戚来访。我和克里斯平有时候中午时分回到家里，他们一大帮人就在院子里大吃大喝。他们面前摆满了食物，可并不邀请我们一起吃。就算请我我也不会吃，因为库基塔的丈夫在屠宰场做工，经常把牛肚牛心拿回家来要保拉煮着吃。这玩意儿他们家经常吃。库基塔长相奇丑，谁要见过她那张老脸，保准不想往家里踏进半步。她把我们全都赶了出去，家里只剩她那张老脸！就这么一位所谓的圣女还经常在我和康素爱萝背后不给好脸色，骂我们是懒惰的臭婊子，因为她觉得我们把所有的家务事都留给了她的女儿保拉一个人来做。

我们还是小女孩的时候，就时常看见德利拉出入于各种舞会场所。她喜欢收拾打扮，甚至比我还喜欢跳舞。她太喜欢跳舞，以至于又开大腿怀上了孩子，只不过这孩子在出生的过程中夭折了。她跟孩子的父亲结了婚，宗教和世俗的结婚程序都履行过，然后搬到了她婆婆家附近的一所房子里。他们又有了一个孩子，取名赫奥弗雷多，可她丈夫这时开始不停地酗酒，然后跟着另一个女人跑掉了。原来，这人是一个强盗，在警察那里留有案底。他一分钱都不给她，她只好出去找事做。你相信吗？就在她上班的时候，他都会把其他女人带到她的床上去！她婆婆对此一清二楚。那个女人经常给他儿子拉皮条！我是从住在他们附近的一个朋友那里知道这件事情的。

有一天，德利拉回到家里发现所有的家具和物品都不见了。她的丈夫路易斯搬走了所有的东西，只给她留下四面墙壁。她去法院起诉了他，为此跟她婆婆大干了一架，她婆婆甚至拿出剪刀来对付她。德利拉可不是那种站在一旁任其宰割的人，她抓到什么扔什么。那可算是真正的打架呢！

接到我父亲要她过来卡萨－格兰德居住的时候，她正跟自己的母亲住在一起。她丈夫跟了过来，可她威胁说如果他胆敢继续骚扰她的话，她就要叫警察，因为在警察那里留有案底，所以他没敢轻举妄动。不过，我听说她跟他不时在市场碰面，所以我怀疑她跟我父亲是不是玩了暗度陈仓的把戏。卢裴塔对我说过，我父亲不会再有孩子……玛丽莲娜是他最后一个孩子。因此，我花了很大的精力想搞清楚，我爸爸到底能否再让德利拉怀上孩子，或者那个孩子是否就是路易斯的。然而，类似的传闻我根本不敢对父亲说，因为你知道，怀疑会比失望带来更重的伤害。

因此，我一回到家，就发现德利拉已经做了我父亲的情人，尽管她不愿意承认，可她的一言一行莫不如此。我爸爸依旧是自由身……不受任何法律的限制，只受自己的感情控制。要是换做别的人，他早就弃我们而去了。可他没有，仍旧照料着每一个人，包括康素爱萝、德利拉和她的儿子、曼努埃尔的四个孩子、我和我的两个孩子、安东尼娅和她的小女儿、卢裴塔和玛丽莲娜。

曼努埃尔去了美国，德利拉恨死他了，因为他把她的哥哥福斯蒂诺也带走了。据她讲，曼努埃尔和他的朋友阿尔维托半夜来到她家，说服福斯蒂诺跟他们走了。她说："我那可怜的哥哥啊！他们当时架着他走出家门，现在他只能在垃圾筒里翻点东西填饱肚子。"他们先是在墨西卡利过了一段苦日子，随后才越过边境进入了美国，确实有好几天找不到东西吃。

不过，他们一进入美国日子就好过了，甚至还往家里寄了钱。那边肯定相当不错！按我的想象，那一定是个非常讲究文明的国家，跟我们这儿的人大不相同。在我们这儿，要是没有好处，人家是不会帮你的。即便有人帮你，哪怕你根本不需要他帮你，他也会要求回报。我们这儿的人太自私。当然，也有好人，不过墨西哥没什么进步。我们的确享有做或不做的自由，也不会饿肚子，但就像一潭死水……没有出路，没有出头之日。根据我在电影和报纸上的所见所闻，北边肯定是另一回事。

我的梦想之一就是去美国生活，哪怕住简陋的小屋也行。但因为有几个孩子，所以我有些担心，因为我听说那边的青少年犯罪比较猖獗，还听说年轻人不太尊重长辈。大人不能吼孩子，反倒是孩子可以吼大人。还有，听说那边的妇女可以跟任何男人外出，丈夫不会觉得那有什么大不了。在我们这里，妇女可不能跟别的男人发展友谊，因为这会挨丈夫的揍。还有人说，外国佬想来统治我们，听说美国的法律比我们国家的要严。但我觉得小国吃大国有点没道理，儿子权力比老子大也没道理，是这样吗？

曼努埃尔和福斯蒂诺往家里寄钱之后，德利拉也就不再对我哥哥说三道四了。德利拉就是这样的人，跟她哥哥一个样，瞬时变，而且两面三刀。只要看某人不顺眼，她逢人便会讲他的不是。前一分钟她还跟你谈得火热，后一分钟嘛，你懂的，她可能对你冷眼相看，恨不得把你生吞活剥。

从一开始，德利拉就很不高兴父亲对我出手相帮。不管他给了自己的孩子或者卢裴塔什么东西，她都嫉妒得不行。康素爱萝提醒过我，德利拉有把我们扫地出门的念头。德利拉嘴上像个大圣人，说只要她本人还有一口气，就一定会照料她死去的姐姐那几个孩子，可在康素爱萝看来，她不过是在利用那几个孩子来实现自己的阴险目的。康素爱萝当时跟姨妈住在一起，至于罗伯托嘛，鬼才知道他去了什么地方。他们俩都见不得德利拉。

保拉去世的时候，我姐姐走错了一步棋，把一个名叫克劳迪娅的女孩儿带回来做家务。后来，康素爱萝想把她赶出去，因为父亲开始给她买礼物，大有把她当做情人的架势。德利拉搬过来的时候，克劳迪娅还住在我家，但因为康素爱萝和德利拉两个人的嫉妒让她实在有些受不了，那一个月做满之后她就搬出去了。

接着，康素爱萝和德利拉对掐了起来。德利拉怀了孩子，康素爱萝更加讨厌她。姐姐跟他们同住一屋，因此她知道每天关灯之后，父亲都要爬上去挨着德利拉睡觉。她心怀嫉妒和愤懑，行为非常失当。她上班回来只要看见德利拉在家，必然会把房门重重地关上，这样的行为大家都看得见。

她纯粹是在找麻烦，知道吗？而且把那些本该拐弯抹角地说的话说得非常直接。她会对曼努埃尔的大女儿玛丽基塔说："嗨，这些东西好脏啊！"或者"家里怎么老是没有东西吃。"她怀疑德利拉把家里的剩菜剩饭收给了她的母亲，为此抱怨说没给她留下吃的东西。假如某条裤子找不到了，她会若无其事地把德利拉的拿来穿在身上。她那么做，完全是在表明德利拉偷了她的衣物。

康素爱萝的种种恶行让父亲感到很难受，甚至为她掉过眼泪。他们告诉我，有一次她在院子里当着邻居们的面跟他对吵："哪有你这种父亲，经常跟女人扯不清！"

　　一天晚上，父亲正在吃晚饭，我姐姐进屋后先是把门甩得很响，紧接着就问他要钱买鞋子。他那天拿不出钱来给她，因为他的开支确实比较多。他说："你不是在上班吗？你自己挣的钱都花到哪里去了？"

　　她不但不回答他的问题，反而顶起嘴来："你没有钱给你的女儿花，却有钱花在其他女人身上。"

　　他听了非常生气，对她说道："我供我的女儿们读了那么多书，就是要让她们学会自食其力呀！"

　　接着，她冲他大吼大叫起来："你给德利拉那些东西不是每个女人都有份吧。你得搞清楚，在你跟那些垃圾货色勾搭之前，你的前妻还替你生了几个女儿。"

　　"住嘴，你这死闺女！你给我滚蛋，我不想再见到你！我不想再见到你！"

　　"行，滚就滚，"她说道。"但在滚之前，我还有一件事要做。"她要做的那件事情就是把父亲的照片取下来扔在地上，当着他的面一边随意踩踏，一边厉声咆哮："我自己该死，当初干吗拿钱做这个玩意！"

　　从那以后，父亲几乎没再看见过她。他们把她说的话转告给我之后，我对姐姐也非常恼怒。她哪有资格干涉父亲的事情呢？如果他跟某个女人在一起感到快乐，他的女儿有什么权利去评判他？后来，康素爱萝说她头疼，我根本不信。她无论做什么都处心积虑。她一向小心眼，发那么大的火说明她确实非常生气。

　　相比之下，我一直比较幸运，容易与人交朋结友，跟克劳迪娅和德利拉相处也很愉快。我想过，就算父亲上了德利拉的床，那也不是我能管的事，尽管耳闻他的私房事让我感到很尴尬。看肯定是看不见的，因为屋子里很昏暗，不过他们说话我还是听得见。有一次，我睡不着，忽然听见他说要给她另外找个地方住，因为在这个家里他没办法随心所欲。后来，我又听见他回到了自己铺在地板上的被窝里。

　　我和德利拉发生过争吵，不过那常常也是为了孩子们的事情。德利拉对她的儿子赫奥弗雷多十分溺爱，甚至让他为所欲为。她对曼努埃尔的孩子就比较苛刻了，只要他们惹她生了气，她可以对他们非打即骂。不过，她对他们依然非常宽容……纯粹是乱麻一团。有一次，曼努埃尔的大儿子，也就是我们称之为瘦猴那个小家伙，打了孔塞普西翁一下。德利拉和她母亲正在厨房吃饭，我叫他们把那个孩子管一管，可他们根本不当回事。

接着，瘦猴把我小女儿的辫子一通猛扯，把她扯哭了，我于是说道："小兔崽子，还不放手！"这下子德利拉当回事儿了，愤愤地说道："你难道不能叫他的名字吗！你要是觉得这儿不好，去叫你老公另外给你换个地方吧。干吗还待在这儿呢？"

我说道："因为这是我父亲的家，这不是你的家。你要以为你也可以教训我的话，那你就是傻瓜一个。孩子们需要你教训的时候，你怎么就不能教训教训他们，反倒教训起我来了！"我非常生气，继续说道："你要是关心我的话，那你去给我找个地方住吧。"

就这样，我收拾好枕头、床单和衣物，搬到了姨妈家。晚上，就在我铺床的时候，爸爸过来了。

"把你的东西收拾好，赶快回家。"他说道。"别听德利拉的，家里的事我说了才算。"

"好吧，爸爸。"我于是跟着他回去了。德利拉好长一段时间都没再跟我吵架，尽管父亲每给我一分钱都让她心痛不已。他给了我买食物的钱，可一到晚饭时间，爸爸常常会叫我坐下来跟他们一起吃，或者叫人去买我喜欢吃的玉米粒什锦或者奶酪。这会令德利拉更加生气。她会说："她怎么就不能跟其他人一样吃豆荚？"她有时候还会对我说："你父亲给了你买食物的钱，却还要我来给你做饭吃。"或是"你以为我们会相信孩子的父亲没给你零用钱吗？你太精了，对吧？"

尽管关系很僵，但我回到冰淇淋店上班之后，德利拉还是会替我看孩子。我每天从早晨九点做到晚上九点，薪水只有四个比索。之所以要做这份工作，是我想从家庭里摆脱出来。老板每天都派我去市场给她买肉做饭，我因此又一次遇上了肉贩子费利佩。

我做克里斯平的女朋友之前，已经认识费利佩。我们那一帮女孩子都会到肉铺周围转悠，因为费利佩长得非常英俊，为人也很和善。有一次，他把我跟他一起反锁在冷冻室里，我不让他吻我，他就不放我出来。他说会让他大哥来跟我父亲提我们的事情。尽管我很喜欢他，甚至超过我对克里斯平的喜欢，但我还是拦住了他，因为我还很年轻。

费利佩一下子就认出了我，我们聊了起来。之后的某一天，一个小伙子给我带来一张纸条，让我在某时某刻跟他打电话。我把电话打过去，他约我当天晚上八点至九点在山墙附近跟他见面。那天晚上，我费了不少的周折才从家里跑出来，因为我确实非常喜欢他。他很尊重我，丝毫没有提到上旅馆的事情。我们每个星期见两三次面，直到有一天晚上他没再出现为止。

我觉得他伤害了我，因此在电话上先是把他骂了一通，接着趁他没来得及开口解释就挂了电话。随后，我把电话打回去想跟他说声对不起，结果他又挂了我的电话。我十分想他，所以还是给他道了歉。后来，他给我讲了我孩子的父亲一直没我讲过的话：他不想让我做事，我和孩子都由他来供养；他有个理想，那就是跟我一起生活，然后替我修一套房子。他从不跟我提私奔的事情，也不带我出入小旅馆。他还觉得当着孩子们的面谈情说爱很不合适。他跟克里斯平完全不同。

费利佩有一辆小轿车，我们可以开到城市的另外一边，以免被别人看见。白天跟他外出的时候，我会把孩子们带在身边。我跟他说，如果他以为我会把几个孩子撇开不管，那他就错了，他却说压根儿就没想过这样的事情。

然而不知怎么回事，父亲还是发现我在跟人私会，于是我问他对此有什么看法。他说，我打算让别人来对那几个孩子负责任的想法是不对的，还说我不应该让其他人来当孩子们的父亲，因为那只会让他们受罪。

我很担心再次怀孕，应该说非常担心，但因为我真心喜欢费利佩，所以还是跟他去了小旅馆。我不确信，他不只是"恩宠于我"，还会让我独享"果实"。很多男人只是把女人当傻子，根本不计任何后果。因此才有那么多人对我父亲敬重有加。他这个人很有责任感，大家都说那是他从他父亲身上学来的。他们从来不对自己的孩子弃之不顾。

我很容易怀孕，因此朋友们经常说我做妓女都不够格。然而，我和费利佩只做过两次，我应该没什么担心的。第二次之后，费利佩开始每天给我七个比索的零花钱，这样我既不用上班也不用回到克里斯平的身边。我再也不想见到克里斯平。我喜欢费利佩的行事方式……雷厉风行，绝不拖泥带水……比克里斯平不知好过多少倍。如果克里斯平早一点离开我，而不是后来才离开我的话，我现在肯定跟费利佩生活在一起了。那一段时间，费利佩就是我的上帝！

这并不是因为费利佩给了我克里斯平给不了的东西，而是因为他让我有了继续幸福生活下去的想法。很长一段时间，我都感到十分沮丧，既不出门见朋友，也不注重自己的模样。一到晚上我就哭，呼唤自己的母亲……我全部的想法就是死。费利佩改变了这一切。他需要我，也让我找回了继续活下去的兴趣所在。

他被另一个女人欺骗过，所以厌倦了被人骗来骗去。他很想安定下来，做我那几个孩子的好父亲。然而，我仍旧信不过他，同时因为我自己的种种担心，事情弄巧成了拙。我不但没有跟克里斯平一刀两断，也没跟他如实相告，反而答应他每两个星期来卡萨-格兰德见我一次。

当然，这并不是说我还在乎克里斯平。我的确很恨他，因为要不是他的话，我可能早跟费利佩过上好日子了。不管我什么时候跟克里斯平在一起，我们都要打架。他的耳目告诉他，我在跟一个肉贩见面，但我对此矢口否认。我依旧高昂着头。我很有把握，没有人知道我到底见的是哪一个肉贩，因为我们一直非常小心。然而，我还是永远地失去了费利佩，因为我有一天跟克里斯平沿着陶罐大街像往常一样边走边扭打，我实在没想到费利佩当时就在肉铺里。等我们转过街角的时候，他就站在那里，我们从他身边径直走了过去。

我只觉得双腿发软，脸上那个羞啊，我知道从今以后自己再也不敢正眼看他。他肯定以为我是脚踏两只船的女人，而且把他给我的钱交给了我的丈夫。我知道，当一个男人发现被女人欺骗之后，他们会有怎样的反应。所以，我再也不敢跟他说话。我既没向他解释，也不想再见到他，我宁愿让他认为我是个坏女人。

他一直对我那么好，我竟以那样的方式报答他！我抬不起头来。既因为爱情，也因为羞愧，我选择了离开他。失去他是我一生中最痛苦的事情，也是我最后悔的事情……这一切都要怪克里斯平。

我怎么才能让克里斯平知道，我曾经对他的感情如今已变成了憎恨？他又开始纠缠我，不过我都避而不见。我在城郊的一家工厂找了份活儿，每个星期四十个比索，但因为我做不下去，所以另找了一份。康素爱萝当时在一家会计师事务所做工，有一次她让姨妈去跟事务所的人请假说她生病了。姨妈一直对我关爱有加，便向他们打听有没有我做的事情。就这样，我得到了一份每周五十个比索的工作——接电话。

我要去街角的肉铺那儿坐公共汽车，于是每天都得面对费利佩。我多想拥抱他，跟他说说话，可羞愧之心阻止了我。四目相对的时候，我看得出来他仍旧在关注我，可我只能踏上公共汽车。尽管我跟他在一起的时间只有短暂的两三个月，但我就是无法把他从我的心底里去除掉。

克里斯平一直跟在我身后。他只要朝我这边挪挪脚步，我就在心里向各路神灵祈求他不会碰我。

"你成天想的就是跟我上床。"我说道。

"你跟哪些不该上床的人上过床？"他反问道。

他不断地挑逗我，不过我一般都很克制。跟他进入小旅馆之后，他会在我身上粗野地四下乱摸，我则想象着跟我在一起的人是费利佩。如果跟他在一起，不管他让我摆什么样的姿势我都愿意，甚至让我把衣服全部脱掉都行！可跟克里斯平在一起我坚决不愿意，因为他让我感觉到自己像一只流浪猫。

克里斯平一直怀疑我跟老板有染。说到我上班的时候，他会说："只有你和那个会计清楚，你们在那些沙发上干过什么好事，"或者"天知道你和那个律师上过多少次床。"他还会说："你找工作真的一点都不难。我觉得你是想让我相信，你和米格尔先生没在储藏室找过乐子？"如果我是在店里做工，他会说："你怎么老不说桑托斯先生的好话？毕竟，他给你工钱可是有恩于你呀，对吧？"话说到这个份上，我只好辞了工作，因为他总把我往老板身上扯。实际上，我每找一份工作，都有老板或者雇员追求我。在我们这里，对上班的女性是没有尊重的。

我上起班来，才有钱给女儿和我自己买衣服，因此也才穿得像个人样子。我又用起唇膏，烫起了波浪头。我穿起毛衫或大衣，而不再围披肩，也没穿过破鞋子。与我跟克里斯平在一起那些日子的穿戴相比，我现在简直像个女王。我在市场上碰见婆婆，她看到我穿戴得如此整齐，惊诧不已。我看得出来，她心里想的是我又跟谁混在一起了。她和小姑子一直觉得我懒惰，从来不愿意跟我一起出门。然而，在那个时候，即便在我怀孕期间，我只有三件棉质衣物，穿拖鞋还得用绳子系一遍。克里斯平只希望我在性方面满足他，从来不给我买衣服和唇膏的钱。他就一句话，没钱。为了不弄脏衣服，爸爸送我过一条围裙，还送过几个空面粉袋给孩子当尿布。

克里斯平有时会在下班之后带着我一起回家。有一天，他没有如约而至，我于是一个人回了家。第二天，他把我吼了一通，说我前一天没有等他。他明知自己没来接我，反而坐着公共汽车一路责备我到家。我不敢说什么，因为怕他对我动手。不管他说什么，我都一言不发。

"我得跟你谈一谈，"他说道。我还是没说话。我们下车之后，他那架势好像要在大街上有什么名堂似的。我在心里对自己说："如果他对我动手，我一定要还击。"

我们走到卡萨-格兰德对面的学校时，他打了我一巴掌，我真的伸出了双手。我当时拎着午餐盒子，我把这连同钱包一把扔在了地上。我的大衣掉进了污泥中。我大声说道:"你这杂碎,还敢打我试试!"我对着他狠狠地又挖又抓,让他大吃一惊。连我自己都没料想到!

他对我动起了拳头,我一改往日的避让和哭闹,对着他又踢又打,把体内积蓄的全部东西都朝着他发泄了出来。我们边打边骂,围观的人越来越多。我既没感到羞耻,也没指望有我认识的人前来帮忙,只顾着跟他单打独斗。从那以后,他没再对我动过一根手指头。

令人深感痛苦的是,我又怀上了我们的第三个女儿特立达德。我告诉克里斯平之后,他说他会对我和孩子们负责,不再继续浪荡。那天打过一架之后,他告诉曼努埃尔,他不希望我继续出去工作,而是给我一笔费用,直到给我修一套房子。第一周,他每天都来看望我,并给了我二十五个比索,我于是辞掉了工作。第二周,他只给了我二十个比索,没到家里来看我。一直拖到第三周的星期二,他才来看我,只给了我十五个比索。我说我绝不接受任何施舍,还把钱扔在了地上。此时,他才对我说,他认为我肚子里的孩子不是他的!我不知道他的依据何在,不过他反正就是以此为借口不给我钱。康素爱萝替我在一家律师事务所找了份记录口信的活儿,我于是又开始了工作。

我这段时间一直居住在卡萨-格兰德,但因为跟德利拉吵了一架,我便搬到了瓜达卢佩姨妈家,并在此住到特立①即将出生。姨妈家又挤又穷,连转个身都很费劲。吃饭的时候,孔塞普西翁和比奥莱塔只能坐门口的台阶,我们三个人睡觉只能在地板上铺麻袋。姨妈要我上床跟她和姨父伊格纳西奥挤着睡,可床很窄,我怎么可能跟他们挤?

整个居民区到处是臭虫、老鼠和其他害虫,两个户外厕所脏得要命,但我过得很开心。我跟姨妈相处得很好,实际上是在帮她打理家务,因此我的日子很好过。不过,父亲不喜欢他们家,这令我感到很伤心。他每次来看我的时候,总是一进门就不停地怪这怪那,而且只待一

①　特立达德的昵称。——译者

会儿就要走。

令我心烦的主要还是姨妈家随时有访客。不是一帮朋友，就是几个干亲戚顺路进来就着玉米卷喝点啤酒或者药酒。那一张张醉眼蒙眬的脸我根本看不下去，有时候甚至觉得厌恶透顶。我之所以生气，是因为他们竟有人偷过我一块手表和一些零钱。

居民区经常丢东西，什么都不保险。所以，姨妈养了一条看门狗，家里从来不敢离人。只要谁家丢了东西，失主准会寻找目击者，查找是谁给拿走了，但我从来不去寻找目击者，因为那样只会导致争执和吵闹。

住那儿的每一个人都会讲污言秽语，就连我那和蔼敦厚的姨父也概莫能外。他如果回家发现姨妈喝醉了，没给他备好晚饭，准会把她老母亲辱骂一通，对她的称呼要么是"臭婊子"，要么是"死婆娘"。不过，他们确实非常恩爱，尤其在他停止探视他的另一个女人库卡之后更是如此。除了我姨妈，他还有六个女人，可他总是说，其他的都无所谓，不过嘴上说说而已，但掌管他家大门钥匙和钱袋子的人还是我姨妈。

姨父对我尊重有加，不光对我彬彬有礼，对我的几个女儿也都很好。他会跟我讲我母亲的故事，他经常跟她一起卖东西，瓜达卢佩姨妈对此非常嫉妒，因为别人总误以为他是我妈妈的丈夫。伊格纳西奥喝醉之后，总想借机揩我的油，不过我从不让他得手，而他也从不硬来。每遇到他抱怨我的孩子们吵闹，或者哥哥醉酒之后来到他家，姨妈都会维护我们。唯一跟姨父干过架的人是康素爱萝，因为她一来就想在家里称王。

尽管年纪并不算大，但伊格纳西奥和瓜达卢佩姨妈都身材矮小，头发花白，满脸皱纹。姨父经常说，青春跟年龄无关，跟受过的苦难有关。他总是说："你知道这些白头发长出来多久了吗？每一根白头发下面都有一个故事……这都是命，这都是结局。一次坎坷、一次失意、看见一个人死去，就会长出一根白头发。"他说我姨妈"未老先衰"，认为她为了家人做出太多牺牲，因此才有了老相。

　　姨妈过的苦日子难以想象。她十三岁的时候，被一个三十二岁的男人强奸了。因为她已是枯枝败叶，"没有了任何价值"，所以她父亲把她狠狠地揍了一顿，然后强迫她履行了宗教结婚程序。她不光不讨婆婆的喜欢，还经常遭受丈夫的毒打，被丈夫带着到这个姑姑家过几天，去那个姨妈家混几天，直至大儿子降生。

　　后来，她丈夫参了军，她自此再也没有看见过他。她和孩子没有栖身之所，饿得全身浮肿，差一点就死了。她一直步行回到了瓜纳华托，在跨越一条涨水的河流时差点被淹死。一个牧人揪着辫子把她拎了起来，要不她早活不到今天了。

　　回到瓜纳华托后，瓜达卢佩得知自己的哥哥巴勃罗在给一个朋友打帮手的时候被人杀死，而她亲爱的父亲由于愤怒和忧伤也跟着去世了。她母亲带着其他孩子来到墨西哥城，凭着在街头卖热咖啡勉强维生。瓜达卢佩的姨妈卡塔琳娜住在首都，是她劝她母亲过来的。就这样，我可怜的姨妈用围巾裹着孩子，一路乞讨着前来寻找他们。到达的时候，她看上去简直像个乞丐，连她的母亲都认不出来了。

　　瓜达卢佩的兄弟全都染上了斑疹伤寒，她也未能幸免。贝尔纳多死了，不过其他人都活了过来。何塞和阿尔弗雷多在一家烘焙厂做工，卢西奥在一家龙舌兰酒厂做工，姨妈和我妈妈在一个街角摆个小摊卖蛋糕和掺酒的咖啡。往咖啡里掺酒是违法行为，姨妈为此蹲过三次监狱，因为她的母亲交不起罚款。瓜达卢佩害怕再犯会被送往收容所，后来做起了服务员，再后来又到一家玉米饼店做起了玉米饼。

　　姨妈一直抱怨外祖母对我妈妈偏心，因为她是家里的幺女。她说："我挣钱供养我母亲，可她对我却非常苛刻，愿她的在天之灵安息吧！我和儿子饿得直哭，因为她不愿意往玉米饼店给我们送午饭。我们所有人她都可能忘得一干二净，唯独不会忘记给你妈妈伦诺买回一只玉米卷。我问卡塔琳娜姨妈：'阿姨，我莫非不是我妈亲生的吗？为什么她只喜欢伦诺一个人呢？'姨妈说，怪我自己命不好，一定要忍着点。"

瓜达卢佩的儿子长到五岁时，她婆婆前来把他领走了。她告诉瓜达卢佩，孩子的父亲在革命斗争中结局很惨……他被刺刀刺中，掉进了河里。我姨妈祈祷上帝饶恕她的丈夫，她甚至向瓜达卢佩圣女发誓绝不再嫁。她之所以让婆婆带走她的儿子，是因为她供他吃穿很困难。然而，他们唆使这个孩子跟她作对，甚至教他喝酒。他八岁的时候，已经学会喝龙舌兰酒，并形成了习惯。每次瓜达卢佩前来给他送蛋糕或者水果，他们都让她吃闭门羹。他年纪轻轻便醉酒而死，而她也就这样永远地失去了他。

就在他们想办法给她治疗疟疾的过程中，姨妈染上了喝酒的习惯。她去韦拉克鲁斯做服务员，结果一回来就病了。他们给她试过甘蔗秆、凉薯根，甚至在她的脖子上放老鼠来惊吓她。他们给她试过酒精、浓咖啡，以及加了旱柳树叶的龙舌兰酒。整整七个月时间，他们给她试这试那，总离不开酒精这玩意儿，结果呢，终究还是一个女人用仙人掌叶子、辣椒和蜂蜜治好了她的病。

接着，又一个男人"临幸"姨妈，但没等到儿子萨尔瓦多出生就离开了她。她遇到伊格纳西奥的时候，他很想娶她为妻，一并接纳那几个孩子。她虽然喜欢伊格纳西奥，但并不愿意跟他履行结婚手续。伊格纳西奥的父亲也希望他们能够履行宗教结婚仪式，因为他们那个时候对这事儿要严肃认真得多。现在的人们只需在门廊里碰个头，就觉得自己算是结婚了。姨父常说，管事的是圣父，而不是圣子。伊格纳西奥的父亲就是法律，他教育自己的儿子要有良心。伊格纳西奥从没对姨妈扬过手，因为他的父亲一直手持棍子护着她。

不过，姨妈也很倔强，拒不履行结婚程序。她说："我发过誓不再结婚，因为我做老婆受过不少的苦。如果伊格纳西奥愿意跟我这样生活下去，很好。上帝自会饶恕我的。"她这个人就这样。

伊格纳西奥从1922年起一直做报贩。在那之前，他在一家家具厂做油漆工，赚的钱很多，不过他说他"把肺扔在了那个地方"，随后遂上帝之愿换了一份工作。他和萨尔瓦多一起干起了卖报的行当，风雨无阻，赚钱不多，但全都交给了姨妈。姨父常说，他只要每天把报纸卖完，报贩这个行当他完全能够坚持下去。但报纸不能退，如果遇到下雨，他就会亏本，而这正是摊贩们的灾难。老天！他每天跑那么多路，就为了把那几个比索挣到手！可怜的姨父也许在街上走着走着就死了，手里还抱着一大摞报纸。

伊格纳西奥对萨尔瓦多很好，可我表哥喝起了酒，而且变得争强好胜。情况更糟的是，萨尔瓦多娶了个老婆，她竟跟另一个男人私奔了。萨尔瓦多酗酒愈甚，随时都醉得一塌糊涂。

表哥去世的时候，我只有五六岁的样子。跟往常一样，他正醉眼惺忪地站在铁匠铺大街的一家啤酒屋跟前，这时他老婆的情人卡洛斯走了过来。卡洛斯一看见他就说："你这龟儿子，老子正要找你呢！"他说着说着就拔出碎冰锥捅进了萨尔瓦多的肚子。

萨尔瓦多双手捂着伤口转身就逃。当时，他跟我姨妈和姨父居住的地方距离阿尔弗雷多舅舅的前妻普鲁登西亚只有半个街区远。可他不但不往那个方向跑，反而朝着方向相反的卡萨-格兰德跑了过去。卡洛斯一直在后面紧追不舍，追到大门口时，他才停下脚步扭头往回走了，表哥也趁机跑进了我们这个院子。

我们就快要吃完晚饭，突然听见他在外面大声呼喊："赫苏斯姨父，开门！"我爸爸倒是开了门，可他以为萨尔瓦多只是喝醉了。

"你又来了不是？我不早跟你说过，我家不欢迎酒疯子吗？你不要把几个妹妹带坏了。"

萨尔瓦多一进门廊就倒了下去，父亲这才看清他早已满身是血。他瘫倒在厨房的地板上，双脚还搭在门槛上。父亲解开他的裤子才发现了伤口。

我们全都吓傻了，我甚至哭了起来。爸爸派我去找罗伯托，因为他当时正在一个朋友的家里吃晚饭。罗伯托叫来了瓜达卢佩姨妈和姨父伊格纳西奥，跟他们一起跑来的还有普鲁登西亚和她的儿子。有人叫来了红十字会的救护车。伤口很深，表哥的肠子都掉了出来，爸爸说他没想到表哥还能挺那么长时间。

救护车把他拉走了。就在医生给他做手术的过程中，他死了。可怜的姨妈啊！她哭得呼天抢地，但最终没有疯掉，真是多亏了老天的功劳。她做工那家小餐馆的老板真是个老混蛋，竟然一天都不让她请假，她只好另外找人来看护她儿子的尸体。接着，一向小气而嫉妒心强的普鲁登西亚放出话来，丧事不能在她的家里举办，哪怕萨尔瓦多只熟悉她家的路也不行。可怜的姨妈对我说，普鲁登西亚一直不喜欢萨尔瓦多。实际上，谁都不喜欢萨尔瓦多，就连他自己的奶奶都会把他从家里赶出来。瓜达卢佩跑去她家求情，希望她能暂借他们家的一个屋角，得到的答复是："你们要住可以，但你儿子没门儿。"

他们还是搬了进去，但不得不忍受着普鲁登西亚的奚落和嘲讽。有时候，她甚至把自己和儿子的尸体关在屋子里，哪怕外面下着大雨也不开门。瓜达卢佩、伊格纳西奥和萨尔瓦多身上盖着报纸，挤在居民区的入口处，直到她放他们进去为止。所以，我姨妈说寄人篱下真是糟糕透顶，还说她出生的时候一定头上顶了颗丧门星，不然她不会受那么多苦。

萨尔瓦多被杀死之后，姨妈向普鲁登西亚求情，希望她同意在院子里摆放棺材和蜡烛。结果算是在户外举行了丧礼。数年之后，普鲁登西亚的儿子疯掉，被关进疯人院，我姨妈瓜达卢佩这才说道："好呀，我们这一辈子的账全都还清了。上帝有时候动作比较慢，可他什么都记得。"

在我所认识的女人中间，瓜达卢佩姨妈最令我敬佩。她心地善良，懂得吃苦！我希望自己能有她那样坚持下去的勇气，不向困难屈服，不管遇到什么事情，永不退缩。诚然，她对钱的怨言不少，总担心付不起房租，可她有的是点子，钱虽不多，但从没让大家饿过肚子。她会买回五毛钱的猪肉、两毛钱的烂番茄、几分钱的油、干洋葱和大蒜，然后给大家做一锅炖菜。

　　她说，从来没有人给过她什么，也没有人帮过她，所以她得自己开辟生活道路。她当然有母亲，可没有人教过她路该怎么走。也许，就因为这样，她一直没法在怎样做好母亲这方面给我提出有价值的建议。她在道德价值的判断方面极度苍白！

　　说到帮助她，只有曼努埃尔算得上从来没给她买过东西，也从来没有看望过她。罗伯托和康素爱萝经常去看望她，只要有活干，他们总会给她个一毛两毛的小钱。跟她一起生活期间，我都要给她伙食费，因为这样我的几个孩子才能够吃得好一点。每一天，我都会从政府开办的塞门萨商店买回一夸脱牛奶，直至他们订出新的规则，每购买一夸脱牛奶就得购买一个鸡蛋。这令我很为难，因为一连几天我可能只够买牛奶的钱，而没有买鸡蛋的钱。再说，买那么多鸡蛋有什么用？他们这样做简直就是烦人！

　　我跟居民区的每一个人——胡莉娅和她的丈夫吉列尔莫、马可罗维奥和他的老婆、约兰达和她的丈夫拉斐尔、看门人安娜、多恩·金特罗等——都很好相处。我还是小孩子的时候，他们很多人就已经跟我熟识。我和约兰达会在同一个水槽里洗衣服，然后一起去菜市场。我一直不明白她跟她丈夫拉斐尔是怎么度日的。他刚开始那几年为人很好，可他母亲去世之后，他不但开始酗酒，甚至不再拿钱给约兰达。她从他那里得到的，只有饥饿、打骂和一个接一个的孩子。她就像一个工厂，接二连三地生出孩子来。吃不饱穿不暖的孩子已经有了七个，第八个即将出生。

　　约兰达的母亲胡莉娅本想给她服用冰柠檬泡红葡萄酒，使其不再生育，但约兰达充耳不闻。我也对不停地生孩子感到厌恶不已，但当姨妈要我喝用金戒指和公牛角熬制的汤药时，我也拒而远之。谁知道我为什么不愿意喝药治病呢？

　　我也从没试过引产，尽管我知道很多引产的药……减脂叶花茶、醋、桂花茶、高锰酸洗液。我们这里的妇女因流产而饱受折磨，但对于子宫生命力顽强的女人而言，只有"清宫"才起作用。但清宫一次，接生婆要收一百五十比索，所以没有几个女人承受得了。医药和手术的费用十分昂贵，我们只能寄希望于草药和家庭偏方。

在姨妈居住的小区，流言飞语不绝于耳。谁家多，谁家少，尤其在吃和穿这两个问题上大家都一目了然。如果谁家买了点什么新东西，立马就有很多人心怀嫉妒，满腹疑虑。"我很想知道他是怎么搞到手的"这句话是邻居们的口头禅。在他们那里，任何人家里只要有一张床、一铺席子或者一个衣橱，就是大家眼中的"某某人"。我住在那里的时候，大家都觉得安娜高不可攀，因为她不但负责看守大门，两个女儿也都上班挣钱。她兼卖龙舌兰酒，还有几个外孙打帮手。目前，大家对胡莉娅和吉列尔莫又刮目相看，因为他家新买了电视机。

那个居民区的人本来应该非常悲戚，因为他们过的日子实在太寒酸。男人们要喝酒，女人们只能靠区区五个比索填饱一大家人的肚子。如果哪个女人买了件新衣服，有人来收分期付款的时候，她最好藏而不露。然而，人们依旧笑口常开，玩笑不断。人们的笑料正来自他人所遭遇的种种不幸。男人随时都在跟某个女人纠缠不清。如果不是这家的男人跟邻居的女人上了床，那就一定是谁家的老婆又跟邻居的男人私奔了。

还没来得及知道某个女人曾经上错过船，男人已经说要给她创造一片天地。在我们这里，人们做的第一件事情就是给你修一套房子，或者带你到其他地方过日子。残忍的幻想破灭让我吃够了苦头，我现在谁都信不过。他们只管把我带到某个地方，然后就把我扔在了半路上！在姨妈所住的居民区，曾经追过我的男人有拉斐尔、马可罗维奥、多恩·丘乔和多恩·金特罗，但我全都拒绝了。

在他们几个人中间，为人最好的莫过于多恩·金特罗，我跟他的友谊非常纯真无邪。他是个鞋匠，我去找他给我女儿补鞋的时候跟他结下了友谊。他好像四十二岁的样子，孩子都已长大成人，把我那几个女儿也称作女儿。他跟老婆早已分手，当时正独自过日子。自然而然，他跟我提过好多次，说要跟我一起过日子。他是这么说的："别傻了，矮妹。如果真跟丈夫合不来，你干吗还跟他在一起呢？"

我对多恩·金特罗动心，是因为他跟我说他早已阳痿，我们可以像兄妹一样同床而卧。我的确想找个不再需要我生孩子，不再想着利用我的男人。不过，我仍旧把他的话当成玩笑，没跟他产生任何瓜葛。

约兰达告诉我，她的朋友索利达德，也就是安娜的女儿，因为我同情多恩·金特罗而勃然大怒，原来她跟多恩·金特罗是情人关系。索利达德逢人就说我"水性杨花"、是"骚婆娘"，搞得人人都以为我要跟他上床。流言飞语无孔不入，竟然传到了克里斯平的耳朵里。他跑去找到多恩·金特罗，说他才是我肚子里的孩子的父亲。你想想吧！那个男人连做都做不了，他竟然以为人家是特立达德的父亲！我丈夫一直怀疑几个女儿不是他亲生的，哪怕我只跟他上床睡过觉。我现在还是只跟他一个人干过那样的事儿！

那一年，我第一次去了查尔玛。一直以来，我都想跟着去一次查尔玛，但父亲每次都不让，我每次都要大哭一场。他问我："你真要去？有啥用？傻帽一个！他们对上帝啥都不懂，不过是想去喝喝酒而已。说不定他们还会把你带到那边卖了呢。"结了婚，不让我去的人变成了克里斯平。

所以，当姨妈告诉我她要带着马蒂，也就是姨父的侄女一同前往时，我决定带着两个女儿跟他们一起去。我们几个人一共带了二十五比索、两条毯子、两床被子、孩子们的换洗衣物、一个陶罐、一点咖啡粉、食糖和其他食物。除了背着几个孩子，我们还得背着两个大包。

就在我们排队等候前往查尔玛的公共汽车的时候，天上下起了小雨。我花两个比索给孔塞普西翁买了个塑料雨披，她和比奥莱塔都在出麻疹，浑身长满了红疙瘩，所以我不能让她们淋雨。夜里，我们在桑提亚哥下了客车，天上仍旧在下着雨，姨妈带着我们来到了市政大楼前的大院子。这里早已躺满了来此过夜的一大帮子人，我们在地上铺好铺，还给姨妈坐晚班车追来的干女儿留了个位置。

这个大院子看上去就像个硕大的绵羊圈，到处是旅行包、旅行袋、来回走动的人群等。为了防止朝觐者被抢掠，专门派出了执勤的士兵，但即便如此，还是有好多人丢了钱。整整一个晚上，男男女女吵闹不止，有的人进来，有的人出去，有的人爬起来，有的人睡下去。睡觉之前，我们几个女人就着烈酒喝了点热咖啡。

半夜三点，姨妈叫醒我们又踏上了朝觐之路。"出发，"她这么一喊，我们全都起床打好了背包。跟着姨妈的干女儿卢斯同来的有她的丈夫和女儿，所以当我们再次出发时候，队伍壮大到了八个人。天空依旧漆黑一片，我们唯一能看见的光亮，就是沿途零零星星的小食摊儿那些煤油炉发出的点点微光。我们在一个小食摊儿前停下来喝了点咖啡，由此才知道我们摸黑走错了路，要走回正路一定得往回走。一行人在山峦之间忽而上忽而下，时而穿树林，时而跨巨石，我觉得非常高兴。我喜欢走路，乐于看见身材矮小的印第安妇女向络绎不绝的朝觐者们出售热咖啡、玉米卷、鹰嘴豆，以及黄油和奶酪。

我们从夜里一直走到第二天上午，一行人终于来到了奥奎拉。我再也走不动，于是以每人二毛五分钱的价格租了一个小棚子，一直休息到了第三天。我花三个比索雇了一头毛驴来驮运行李，因为走了这么远，几个孩子只想被大人背着走。我感到很累，便想往回走，可其他几个女人都说："千万别往回走，因为回去的路愈发难走，你恐怕根本走不到家。"我不知道那到底是事实，或者只是一种信念，对吧？不过我仍旧坚持朝前走，终于来到了蒙特苏玛丝柏树跟前。

因为我们是第一次经过那个地方，所以得找个教母，由她来给我们戴上花环，这样我们才能围着大树跳舞。我们一共给了两个印第安妇女一个比索，由她们替我们演奏吉他和小提琴。就在我们跳舞的时候，我感觉到全身的疲倦一扫而光……然后，我们把花环放在了十字架上。

姨妈告诉我，我应该把两个孩子放进泉水里沐浴一下，因为里面的水十分神奇，可以治愈多种疾病。两个女儿正在发高烧……连眼皮上都长满了疹子。我不敢把她们浸进水里，自言自语地说道："唉，这两个女孩怕是要死在我手上了。"她们一路不停地发烧出汗，可姨妈仍旧把他们丢进了泉水里。我以为她们俩行将马革裹尸，可谁知道那泉水对她们没有带来一点伤害。

从那里到查尔玛的路并不长，只需步行两个小时即可。我们从一块块魔法石边上依次走过，终于来到了查尔米塔，也就是姨妈的教母居住的地方。她对我们的到来热情欢迎，允许我们免费使用她家的厨具，随后我们往神殿的方向出发了。通往教堂的那段下坡路上摆满了各种小摊和商店，不管朝哪个方向看出去，映入我们眼帘的都是铁皮或者木板屋顶。一路上随处可见跳舞的人，他们边走边演奏民间乐器长笛小鼓，演奏出来的音乐仿佛充满了无尽的忧伤。忏悔者跪在地上，蒙着双眼，头上顶着用荆棘编成的圆环，也有的在前胸和后背都贴着仙人掌叶子，不停地发着誓言，随处可见乐师们组成的乐队在演奏着……看着这么多虔诚的人前来敬仰上帝，我不禁感情萌动，哭了起来。一说到朝觐或者教堂，我常常会情不自禁地放声大哭，来到查尔玛之后我才发现，几乎所有的人一跨进教堂的大门就开始泪流满面。

查尔玛的圣主既神奇，也折磨人。我替父亲和所有人都做了祈祷，希望得到神明的庇佑。我请求圣主赐予我工作，可他从来没践行过。我也祈求过，如果克里斯平天生与我无缘，请他看在我和几个女儿的分上，把他这个人从我身边永远地赶走。

往回走的旅程非常枯燥。孩子们不停地哭，一想到要回家，我既觉得疲惫，又觉得绝望。我们走到半路的时候卖掉了那只陶罐，因为我们再也没有足够的钱买食物。我记得当时只剩下五个比索。我不可能走着回家，于是花两个比索给我和姨妈在一辆从奥奎拉开往桑提亚哥的大卡车上找了两个位置，然后下车排队等起了客车。马蒂和其他的人要留在查尔玛喝龙舌兰酒，所以就没跟我们一起走。每个人的车费要三个比索，而我剩下的钱已经不够买车票，于是我只得卖掉了随身携带的另一双鞋子。想想吧，那双鞋子差不多算是新的啊，可他们只给了我四个比索。可我又有什么法子呢？我不可能把姨妈扔下不管，不是吗？于是，我买了两张车票，回到墨西哥城的时候身无分文。

我愿意每年至少去查尔玛走一次，因为当着牧师的面祈祷是一件很不错的事情，难道不是这样吗？尤其因为我几乎再也没有进入过教堂的大门。我不可能再像我当少女的时候那样去参加周日弥撒进行忏悔，因为我现在过的是有罪的日子。我自己在家里对着天父和万福马利亚进行祈祷，或者每当感到沮丧的时候，我会跑到神殿去向圣女求助。我生完孩子之后，就去向圣女求助过。

我可能不算是个天主教徒，但我也不是共济会会员，更不是自由思想者。我每周星期二都要把女儿送到卡萨-格兰德参加教义问答课，以为她们的第一次圣餐恳谈做准备。那之后，如果她们愿意依附于教会，那也是她们自己的事，而不是因为我的缘故。能够在自己的家里挂上瓜达卢佩圣女和圣心圣女的画像，并对着她们进行祈祷，我感到非常满足。很多人说，牧师会趁着女人忏悔的时候骚扰她们，这一点跟其他男人没什么两样。我十一岁大的时候，为自己从家里偷钱和找男朋友向牧师祈祷过，那位牧师给了我一大本苦修《玫瑰经》。第一次圣餐恳谈会之后，我就再也没有忏悔过。

我的祈祷大致相同：我向天父求情，如果克里斯平注定不是我的人，请他把这个人从我身边永远地赶走，或者如果他注定是我的人，则请他看在孩子的分上，让这个人变好，这样我们才能过上没有那么多坡坡坎坎的正常生活。不过，上天对我的祈求充耳不闻。

我还祈祷过，永远都不要把父亲从我们身边带走。如果他大限来临，我也不想再活下去。如果墙壁倒下，砖块肯定会跟着倒下。那么，我们谁也无法再站起来。如果父亲活着的时候我们都站不起来，那么今后我们更无法站起来。我哥哥罗伯托就是这样子，如果他现在都娶不到老婆，抬不起头来，那他今后怎么可能做得到呢？

一想到死亡离我们如此之近，只有上天知道谁第二天还能照常睁开眼睛，我就对自己说，干吗不能尽量让别人开心过日子？例如，姨妈在这个地球上已经不可能再活很长的时间，所以我总想替她做点什么事情。然而，良好的愿望总是背道而驰，因为一想到自己也可能随时从地球上消失，做什么事情我都没有了勇气。

　　随着孕期增加，我的双腿浮肿，牙齿疼痛。在我们这里，只要牙一痛，牙齿就会掉，所以我已经掉了两颗臼齿。我穿的衣服也不合身，因为没有钱，买不了大一点的衣服。我厚着脸皮问克里斯平要钱，可他就是不给，因为他说他对我肚子里的孩子没有任何责任。他的话很伤人："没门儿！你像个婊子一样四处晃荡，看见任何人都愿意叉开双腿迎接，我干吗还要给你钱？"

　　我勇气顿失。为了避开克里斯平和其他人，我下了班带着孩子们要么去看电影、逛市场或者逛商场。我出门总是带着孩子们。她们总是跟我寸步不离，否则我会感觉好像丢了什么。然而，她们的父亲从不带她们出门，哪怕她们只是转了一下头，也会招来一顿呵斥。他也从不给她们买东西。最让我感到悲哀的，莫过于我没法给女儿们买回橱窗里那些好东西，她们需要的鞋子、药品我同样没办法给她们买回来。每每想起这些，我就觉得非常心痛，就会生克里斯平的气，哪怕当着孩子们的面也会说他卑鄙无能。这样一来，孔塞普西翁就会学着瓜达卢佩姨妈的腔调说："但愿克里斯平挣来的每一分钱全都变成流水和盐粒。"她甚至没称他为爸爸！这令我感到非常伤心，因为再怎么说，他也是她的父亲。如果她现在对他就是这样的态度，那等她长大了会是什么样？

　　克里斯平时不时跑过来，对着我吹口哨。有时候，他会因为没给我钱而道歉，说他挣的钱本来就不多，如果只给我一点小钱，他担心那更会遭到我家人的反感。他劝我去医院生孩子（不过他并没有提出要给钱），这让我感到十分羞愧，因为我根本拿不出这笔钱。他能够享受社会保障，但不愿意给我提供入住妇产医院所需的证明文件。特立出生前两个月的时候，他消失了。等我再见到他的时候，孩子都快半岁了。

　　随着产期临近，父亲叫我辞掉工作，搬回到了卡萨-格兰德。德利拉已经不在那里居住，因为她又怀了孕，羞于见到邻居们，以及我的哥哥和姐姐。父亲在丢孩大街给她修了一套公寓，自此她完全赢得了他的信任，因此他也跟她住在了一起。这个地方成了他落脚的首选，不但在此吃睡，连衣服也在这里换洗。卢裴塔、安东尼娅和她的孩子，以及玛丽莲娜都居住在埃尔多拉多殖民区一处父亲为他们修建的房子里。他们负责替他照看那些畜生，而他每天都要给他们零用钱，所以他们没什么可抱怨。

父亲一向不太管我的事情，不过他还是想弄清楚，我生孩子的时候该由谁来打理。我本打算请个接生婆，但我跟他说，医生也可以帮人接生，希望他没有看出来我是在撒谎。我以为父亲对医生更有信心，因而不会坚持留下来看着所有的事情都搞定。我不想他留在我身边，因为他非常紧张不说，我当着他的面生孩子也会很不好意思。

父亲正在吃晚饭的时候，我的疼痛发作了。我坐在床沿上，什么也没有对他说，一心指望着他什么也没有看出来，赶紧回家算了。等到我疼痛难忍的时候，他终于离开了。住在对面的小姐妹安赫利卡·里维拉跑过来和罗伯托一起手忙脚乱地铺床、准备酒精、烧开水，一直忙碌到深夜。比奥莱塔睡醒过来哇哇大哭。我不敢抱她，于是她跑到我的身后抓住我的裙子，跟着我不停地踱步。大约凌晨六点钟，罗伯托叫来了我的接生婆。跟其他两个孩子相比，我生特立尤其艰难。接生婆给我打了一针，因为我已经非常虚弱。我把全部身心都倾注在了这个可怜的女儿身上，因为在她还没生下来之前，她的父亲就已经不认她了。就因为这样的原因，我对她的爱胜过另外两个孩子。

第三部

曼努埃尔

通往边境的路一点都不好走，跟我一起去的哥们儿买了开往瓜达拉哈拉的汽车票，然后再从那里搭车去到墨西卡利，因为我们身上的钱早就花光了。从车里下到公路上，阿尔维托说的第一句话就是："唉，哥们儿，我肚子早就饿瘪了。"

"我也是，哥们儿，可我们那点钱一定要尽量省着花，所以咱们暂时就忍忍吧，好吗？"我们搭起了短途货车，一路上不是帮人上货就是卸货。在旷野里行驶一段时间之后，我们只好下车步行穿过马萨特兰。极目四望，只见又陡又长的山脉延绵而去，形成深深的沟谷，一座房子也看不见。阳光非常火辣，路上的沥青被烤得丝丝冒烟。我们既没有饭吃，也找不到水喝。我们全都面目憔悴，福斯蒂诺更是如此。自从在餐厅被烫伤之后，福斯蒂诺就有点行走不便，几近瘫痪。再说，他那双鞋子的鞋底是用汽车轮胎做成的，把他的双脚磨得十分难受。我们每个人都感觉到眼冒金星。

我们坐在一辆推土机的挖齿上，搭起了慢车。然后，就在以为无望的时候，我们又拦下了一辆公共汽车，不过差不多掏出了身上所有的钞票。从那天到第二天，我们唯一吃过的东西就是西瓜。一路上到处都是朝着边境方向徒步而行的大男人和小伙子。我们在埃莫西约火车站的院子里睡了一夜，那里的人有好几百之多，横躺竖卧，蓬头垢面，空着肚子，跟我们的情形没什么两样。

我饿得感觉不到肚子的存在，所以把我那件风衣换了三个比索，另加一件破旧的棉大衣。我们每个人吃了一根香蕉和两个玉米卷，因为食品实在很昂贵。第二天一早，我们又买了几个面包，然后爬上了一列货

367

运列车。不幸的是，我们挑选的车厢装满了冰块。我们就像三个忏悔者，仿佛置身于一口冰冷的大棺材，还得战战兢兢地站立在冰块上。随后，我们才找准机会换到了另一节车厢。在这一节车厢，我们舒舒服服地躺下来睡着了，那感觉如同躺在卧铺车厢里。我们如此疲倦，竟然睡了一整夜，因此错过了本该下车的圣塔-安娜车站。

我们只好搭另外的火车回到圣塔-安娜车站，可那一列车开得太快，福斯蒂诺根本没法下车，就这样我们又坐过站来到了本杰明山。我们下车的时候正是夜里两三点钟，那个冷劲啊！我们请求守夜人同意我们在车站院子里睡上一晚，他指着一堆砖头，说我们可以睡在那后面。我们铺开报纸准备睡觉，但被冻得不住地发抖。我想了个主意，一个人躺下面，另外两个人躺他上面帮他取暖。我们轮番上阵抵御寒冷，可仍旧没法入睡。

来到外面的公路上，我们怎么也搭不到车。过了一阵，终于来了一辆装着山羊的卡车。"上车吧，小伙子们，可你们得一人站一个角，这样车厢板才不会塌陷。"车厢有两层，上层装小山羊，下层装大山羊。就这样，我们跟着那些讨厌的山羊们一起上路了。

高温炙烤着大地，山羊的膻味十分浓烈，我根本无法忍受。卡车只要一减速，山羊就会往后滑，我只得用双手把它们往前推。于是，我走到前部跟两个伙伴说起话来，我们三个人的重量加在一起，又由于路上有一个大包，支撑第二层车厢的横杆一下被折断，小山羊和大山羊混在了一起。

司机责怪我们，我担心他会赶我们下车，把我们扔在那酷热的红色沙漠里，这样的话我们必死无疑。所以，我们一言不发地把车厢板修好，卡车一边往前开，我们一边把那些讨厌的山羊推回到原位。一只大山羊死了，司机说："把他妈的扔在路边。"就这样，我们抓起那只山羊的尸体扔了下去。

"唉，伙计，"我说道。"把那么大一堆肉扔掉了，真可惜。可怜的山羊啊！你本来应该是我们的美餐呢！"

往前走了一阵，司机把车停在了一个水塘边。"来，小伙子们，把山羊赶下来喂喂水……你们可得给我盯紧点，知道吗？它们可是会从我们眼皮底下溜走的哦。"我们先自己洗了洗，然后才把山羊一只一只地从车上赶下来。山羊的肚子瘪塌，被热气炙烤得大汗长流，喘着粗气，因为没有东西吃……那一群可怜的山羊跟我们一样饿得不成形。

我们把一只长着弯角的大公羊赶下车来。它步履蹒跚，一摇三晃，好不容易才走到了水塘边。接着，它瞅准我们的空当，独自开步走了出去，我在它的身后紧追不舍。我想跑上去把它截回来，没想到它却小跑起来。那几个小伙子也跑过来追赶它，可它竟越跑越快。我紧赶几步想逮住它，可白白地溅了一身沙子。我们所有的人都在追赶那只可恶的山羊，司机也在我们身后大喊，叫我们千万别让它跑了。唉，我们还是让它跑掉了，因为天太黑，我们根本看不清东西，只有老天知道那只山羊跑哪里去了。

货主说："我就在这里等，直到你们把那只山羊给我找回来。那是我最好的一只山羊，我怎么可能丢下它不管呢？明天早上我们务必把它给找回来。"他让我们揉捏母羊的奶头让它们发出咩咩的叫唤声。我们听见那只公羊从远处传来了回应。"注意点，小伙子们，"货主说道。"因为那个龟儿子会趁着黑暗跑回来。"就这样，我们站在那里注意着公羊的动向。

我对阿尔维托说："我说，伙计，这看羊的任务倒是一点都不赖，不过你可以去周围走一走，看能不能搞点咖啡回来。"我们凑齐三个比索，然后就让他去哪里有房子或者商店。我们生好火之后，阿尔维托果然拎了一只陶罐和咖啡回来。

我们围坐在一起等着咖啡煮好，司机趁这会儿工夫跟我们讲起了美国的事……葡萄的收成最好……只有采摘第一轮番茄比较划算……如果采摘后两轮，你连伙食费都不够。喝过咖啡，我们全都倒头大睡。

天刚蒙蒙亮，司机把我们叫醒了："小伙子们，快点起床去把那只山羊给找回来吧。"嘿，整整一个上午，我们追着那只山羊满山乱转。

货主那个气呀，他宁愿把那畜生开枪打死，也不愿意让它自个待在山上。我们终于又上路了。快要走到里奥科罗拉多，也就是旅途终点的时候，我对几个同伴说道："小伙子们，咱们搞一只山羊怎么样？"我话音未落，他们几个已经朝着其中一只山羊扑了过去。阿尔维托抓住那只母羊的脖子死命地掐，福斯蒂诺朝着它的头死劲地砸，直到它一命呜呼。接着，我对卡车司机说，又死了一只山羊，我们可否在下车的时候把它给带走。就这样，我们在一个地方下了车，把那畜生给烤了。

阳光太毒辣，几个小伙子找来铁片切割羊肉的时候，我在灌木丛里找个树荫坐了下来。他们取出内脏生了一堆火。羊肉炙烤的气味、血腥味跟沙土味混合在一起，看着几个同伴对着羊肉生吞活剥，血水顺着腮帮子往下流淌，我感到十分恶心。由于羊肉的膻味很重，我一点东西也吃不下。

我身体虚弱，头晕目眩，根本站不起来。我躺在树荫下，不禁感觉到头昏脑涨，身心俱疲，只听见他们在很远的地方说着话。我的眼皮犹如铅块般沉重，一心所想就是睡上一觉。我听见一个人说道："别让他睡着，他只要一睡着，肯定会死的。"他们把我扶起来，继续朝前走。我的头脑感觉清醒了一点，大家于是朝着村庄走了过去。

我说道："阿尔维托，你听我说，你这个人很高傲，不愿意接受别人的施舍，可我们都快要饿死了。我们还剩下一个比索，你一定要去弄点吃的回来。"走到下一栋房子跟前，我问房主我们能否通过干活换一顿饭吃。房主太太把我们上下打量了几眼，然后走进了屋子。我以为我们这次又要空手而归，结果她端了一锅汤出来，还拿了几个玉米饼。我们狼吞虎咽那个劲头啊，双手不停地上下翻飞，就好像在玩扑克牌似的，把玉米饼一下接一下地塞进嘴里。我脸上的汗珠不断往外冒，头也不觉得晕了。

第二天，我们来到了位于边境线上的墨西卡利。我们身无分文，一个人也不认识，于是打算立刻偷越边境去找活干。我们学着赌徒和边境流浪汉的样，爬过下水道和铁栅栏，越过了边境线。我们盘算着，哪怕只劳动几个小时，然后被他们逮住送回到这边来都行。

我们一共走了两天时间，困了就在水沟里盖着杂草睡一会儿。我们唯一的食物就是树上青黄不接的一个个橘子。阿尔维托提议我们去爬火车，以进入美国的内陆地区。于是，我们跟着一列火车跑了起来，我和阿尔维托抓住梯子爬了上去。可怜的福斯蒂诺也想跟着火车奔跑，可他根本跑不动。阿尔维托看了看我，我也看了看他，然后，我俩又从火车上跳了下来。有什么办法呢？我们心情沮丧地返回到栖身之所，从一个破窗洞爬进去睡起了大觉。

半夜时分，福斯蒂诺不见了踪影。我们以为他一定去移民局自首了，因而对他嗤之以鼻，后悔当初不该把他带上。没过多久，他回来了，告诉我们他去教堂替我们做了一番祈祷。想不到吧！我们竟然一直把他往坏处说！一想起这事，我就情绪激动，想哭出来，你知道我是什么意思，对吧？

第二天，我们撞上了一辆车。移民官员从车里钻出来的时候，我简直惊呆了，立马想到了电影里的那些画面。"他马上就要掏枪了，我们马上就有的受了。"然而，他只是把我们赶上车，然后载着我们围捕了一大群搭乘货运列车的墨西哥人。监狱很拥挤，令人感到呼吸不畅，还不给我们东西吃。其中一个看守照着一个墨西哥人的屁股狠狠地踢了一脚，这令我非常害怕。没过多久，他们用一辆大客车把我们送回了墨西卡利。

我们又困又饿，于是到一家烘焙店看是否有活干。可哪里有活儿给我们干啊。我们几个蓬头垢面，老板拿出三个比索就把我们打发了。"来，小伙子们，这些钱给你们。为了我的身体健康，我请你们喝一杯咖啡吧。"我不禁感到十分惭愧，仿佛被人当成了要饭的乞丐。

"老板，"我说道。"我们是来找活儿干，而不是求施舍。我从心底里感谢你，但我不会接受你给我的施舍。"我猜他既听懂了我的话，也看出了我们的伤心，因为他说我们可以在他的店里一直干到第二天。

干完活儿，我们来到一家卫生状况不堪入目的餐馆，好不容易吃到了一点玉米卷。接着，一个面包师走过来，交给福斯蒂诺一项烤制法式面包的任务。只剩下我俩的时候，阿尔维托说："伙计，咱们去逛逛窑子，找个娘们玩一玩怎么样？"

"他妈的，你那算哪门子想法？我们都快要饿死了，你却想着去找娘们。真是狗吃屎——本性难移。"

"话虽如此，不过我们还是去看看能不能搞点什么吧。咱们去找个小骚货，要她把身上的钱全交给我们……我都快想疯了。"于是，我们去了一家夜总会，可人家要求最低消费，而且里面的女人都很难看。我们回到餐厅，问老板娘能否让我们一直坐到天亮，因为我们已经身无分文了。

"多可怜啊，孩子们，怎么不早说呢？"她于是从厨房里端出了几个玉米饼，还有一点豆子，也不要我们付钱。

我们冻得瑟瑟发抖，福斯蒂诺终于在七点半回来了。原来他在烘焙店睡着了，因为店里面既暖和又舒适。

很多像我们这样的人都暂住在废弃的海关大楼，我们也跟着去了那边。刚一到那边，我们就碰到了同样来自卡萨－格兰德的另一个小伙子华金，正赶上他和他那几个同伴打算在院子里搭建栖身之所。我找了个角落打盹，他们则四处寻找木头和空纸箱。他们把纸板钉在一个木头架子上，很快便做成了一间三面有墙的房子，上有房顶，下有地板，南面敞开，以便于睡觉的时候把脚伸到外面。我们去找了些破布回来垫在身下，几个人合盖着华金带来的那块布毯子。

他们搭好房子那天，我也终于在一家烘焙店找到了一份两班倒的活计，每上一次班可以挣到二十个比索。我回到家的时候非常开心，对他们说道："伙计们，你们再也不用担心了。我有钱了……我是家里的大丈夫，你们赶快做饭来伺候我。"他们早已找来几块砖头和一块铁板做了个灶台，还找了几个罐头盒烹制食物。从那以后，我们终于吃上了饱饭。

因为打理有方，我们的房子很快声名鹊起，大家都说我们是"会修房子的小伙子"。一到晚上，打工仔们心情十分忧伤，我便又唱又跳，讲讲笑话，以提振他们的精神。我真该去当演员，因为我就喜欢用笑话和故事逗人发笑。唉，我把他们逗得蹦蹦跳跳之后，自己反倒坐下来观察着他们。时间就这样慢慢地过去了。整整一个半月的时间，我们白天干着不同的活计，晚上讲着笑话寻乐子。用我们自己的话来说，就是听天由命。

与此同时，我们仍旧在想法子合法地进入美国。我们每天都去移民中心，终于填好了所有的表格。下一步就是把表格交到美国海关的手上了。我们在办公室门前排队等候着。

排队的人来自全国各地，衣衫褴褛，蓬头垢面，忍饥挨饿。很多人早已身体虚弱，墨西卡利毒辣的阳光烤得他们一个个走起来像醉汉。我亲眼看见过两个人倒地而死，真是可怜极了。的确，他们像一具具行尸走肉，看着都叫人伤心。每个人都急于通关，我明白他们那种绝望的心情，因为我自己也是这样。

突然，人群拥挤了起来。我对阿尔维托说："排好队……排好队。"福斯蒂诺和华金没跟我们在一起，因为他们抽到的号码靠后，还得等很久。在一定程度上，我对于甩掉福斯蒂诺不禁感到有些高兴。我们要替他做很多事情。他很长一段时间无法干活，因为他的脚上缠了绷带。我们得替他出钱，替他拿号，替他凑钱拍照片……什么都得替他。他自己什么都做不了。他做得了的时候呢，把钱全部寄给了家里人。这令我们感到很不舒服。不过，从另一个方面来说，他做的也许是对的，我们自己把孩子忘了个一干二净，有错的是我们。

队伍越来越拥挤。我的前后站着两个大个子，身材比我高得多。我被夹在中间，感觉那两个人就像两堵墙，我于是抓住他们的脖子撑了起来。那两个家伙叫我放开他们。"什么，要我下来？"我说道。"如果我放手的话，那岂不要了我的命？"随后，阿尔维托一不留神被挤出了队伍。因为人太多，我根本找不着他。

去移民办公室得爬一段楼梯。嗨，大伙顺着楼梯往上爬，我仍旧吊着那两个人的脖子，要不然我根本就爬不上去。就在我们缓慢往上移动的过程中，一个可怜的家伙发出一声惨叫，引得大家扭头去看。那个小伙子被挤压在栏杆上，碰断了肋骨。你看，人家马上就要越过边境，偏偏碰断了肋骨。

进入办公室之后，我不禁感到有些紧张。我们之前就知道，移民官一眼就能看出来，谁在撒谎谁在说实话，他也看得出来谁是被人带过来的。我突然意识到，我的手一点都不脏，连个老茧都没有……我忘了抹上泥土。我竭力地回想着，你们那边什么时候收玉米，什么时候播种等等，可我什么都回忆不起来。唉，所有的问题我一概摇头不知。简直是一场噩梦！

接着，"感谢上帝，感谢圣母！"我在心里这么想着。"我觉得他们会让我入境。"我从一根线缆边上走过，来到中心大厅进行体检。他们先给我做了 X 光检查。然后，我来到一间小房子里，坐着等人给我安排活计。

想想吧，我就要进入美国！非常激动……莫名的激动……我太激动了。我有这样的想法："感谢上帝，他们终于让我入境了。我至少无需灰头土脸地回到家，受那些朋友的嘲笑了。"

我不知道阿尔维托遇到了什么样的情况。那个浑蛋！我不想一个人去。我觉得应该等他回来之后再接受安排。他们允许我多待三天时间，于是我就等着他。大家都很友善，相互提建议，时间就这样过去了。

第二天一早，一阵铃声响过之后，大家又排起了队。我并不知道为什么排队，但我还是跟着排了起来。我的意思是，只要有人排队，我就跟着排。吃过早饭，有人开始安排工作。我四处寻找阿尔维托，一心盼着他能早点过来。果不其然，过来的第一辆车里就有他。呵，我心里又乐开了花。"快点，哥们儿，人家正在挑人呢。"

我们被选中了，跟其他六十个人一起前往位于加利福尼亚州加特林镇的一个农场。我们排着队，像士兵一样洋洋自得地往前行进。我们先取指纹，再取得验证码，然后便拿到了护照。一辆灰狗巴士载着我们出发了。

我们先是开了一个白天，然后又走了一个通宵，我禁不住想："哇，美国多漂亮啊！"我们在一家餐馆把车停下来，一大帮男男女女、老老少少的美国人全都用特别的眼神盯着我们看个不停，这让我感到很不自在。我们身上很脏，但那不是我们的错。我们一句英语也不会讲，所以径直去了一趟盥洗间，然后又坐上了巴士。

我们到达营地的时候，天已经很黑了。格林豪斯先生，也就是那儿的经理，正在等候着我们。他不大会说西班牙语，不过还是跟我们打了招呼："小伙子们，欢迎你们。这就是你们将要生活的地方，大家注意点就行了。"

我们被带到了睡觉的木板房，里边有几排靠墙的铺位。我抢到一个下铺，阿尔维托住的铺位在第三层，几乎挨到了天花板。房间很小，只有五米长三米宽，一共要住十六个人。里面又脏又热，晚上根本没法睡觉，因为蚊子和苍蝇太多。

我得承认，我一看到这样的地方就感到很失望。我早先想象，起码应该有像样的住房，即便没有什么家具，但也多少有点像个旅馆的样子……至少是砖房……应该有几张床。一个房间里不一定都得有这些东西，可就这样子肯定不行。

我们立马开始做清洁，还把其他小伙子也动员起来一起做。我们先用水龙头冲洗房间，然后剪除了房子周围的杂草。我们尽可能地让房间看起来比先前那个样子干净一点。

从第一天开始，我就感到很忧伤。在那之前，我没有过多的时间去考虑所遭遇的种种烦恼，以及我究竟为了什么事情才离家出走。可我现在把这些问题想了又想。我不相信深爱我的格瑞塞拉会如此残忍地伤害我。我既感到心酸，也觉得受伤。我思念我那几个孩子，于是给父亲写了一封信。我告诉他，我们每劳动一小时能够拿到九毛钱，而我从星期一到星期六每天要劳动八到十个小时。我也给阿尔维托家里写了一封信。

从第一天开始，牧师对我们就很好。他来营地只陪着我们说说话。"明天我会在教堂等你们。我会为你们专门做一场弥撒。"老天！听他这么一说，你顿时才觉得自己有了点人样子。至少我是这么理解的。不过到了星期天，几个小伙子却说："我不去。"其他人则玩起了扑克牌。

我开始给他们讲道理。"你们别太忘恩负义。这位牧师好心好意邀请你们去参加专场弥撒，你们却不买他的账。好人干不出这等事。如果有人请你们去喝酒，你们肯定跑得比子弹还快。各位，你们难道一个小时都抽不出来吗？即便你们对那个牧师的看法是对的，说他跟其他人没什么两样，有时候甚至更坏，那跟这件事也没多大关系呀。就当咱们不是去见牧师，而是去向上帝祷告。"

这样一来，只有一个人留下来没去，他之所以没去是因为他本身是福音传教士。我跟他这么说："听着，你这样做肯定不妥。在我看来，只要你敬重上帝，内心有信念，所有的宗教都大同小异。虽然我是个天主教徒，但我尊重每一个人的信仰。"

实际上，在那之前我已经看过《圣经》，正逐渐失去对圣像和天主教的信任。在墨西卡利，一个在美国干活的墨西哥劳工给过我一本"新约"。他在前往美国之前对我说："曼努埃尔，我知道你所信仰的宗教不让你看这本书，但也许哪一天你会想得通，所以我把这本《圣经》送给你吧。"

我一直对《圣经》这本书深感好奇，但从不敢翻看，因为我怕被开除教籍。我十四岁的时候阅读过"旧约"，因为当时我对历史的热情很高。我记不起是怎么得到那本书的，父亲决不允许家里面出现这样的书。一个朋友告诉过我，看看"旧约"完全没有问题，但无论如何也不能看"新约"。

在墨西卡利的一天下午，我无书可看，便翻起了《圣经》。对我这点文化水平来说，里面的术语和寓言非常晦涩，不过我尽量地感知它的本质，尽量地把它转化过来，明白吗？《圣经》中没有可这可那的东西，要么全善要么全恶。这可真难理解。

我一边阅读，一边感到恐惧不已，并不是因为它跟我之前接受的教育完全不同，而是因为我意识到，一旦读过这些经文和戒条，我俨然成了受过大学教育的律师，十分清楚犯了哪一条就该受哪一样处罚。如果能够面对总统直言，我根本没有必要再寄希望于什么律师和部长！这些中间人，也即是一张张圣像，不过都是人们用手创造出来的石像或者灰膏，我干吗要向他们祈祷？我意识到，正是由于那一张张圣像，我们才跟阿兹特克人一样崇敬各种各样的神，唯一的差异在于我们做出来的是现代化的塑像！在我看来，上帝只有一个，而上帝就是博爱。

嗨，我竟然搞起了分析，对吧？耶稣说："就像这棵无花果树，你们通过其果认识其树。"在墨西哥大大小小的收容所，百分之九十九的囚犯都是天主教徒！我那些做贼的朋友会在出门抢劫之前给家里的小圣像点一根蜡烛，妓女也会在他们的房间里放圣像，为了祈求多有客人而点圣烛。如果对天主教存在这样的曲解，那还算是真正的宗教吗？

再说说牧师吧。我对他们的幻想也早已经破灭，因为他们根本没有践行上帝的律法。我认识一个牧师，就算身处教堂他都可以喝酒玩扑克。不巧的是，牧师的房间里好像总有一个妹妹或者几个侄女似的。看了耶稣曾经过着那么简朴的生活，我不禁问道："教皇睡的是地板吗？他过的日子跟拿撒勒①人一样吗？祈求布施、空腹而行、风雨无阻、为某人的邻居而宣扬爱的主张？"

不，教皇富可敌国，日子极尽奢华，因为全世界的教堂都要把募集来的钱送到他的手上。怎么说呢，仅是我们瓜达卢佩的巴西利卡镇一个星期天募集到的钱就足够我和我一家人的生活！那么，教皇还会过穷日子吗？罗马本身就有那么多不幸的际遇，他的慈善又做到什么地方去了呢？

---

① 拿撒勒（Nazarene），以色列北部城市，传说耶稣在该城附近的萨福利亚村度过青少年时期，是基督教圣城之一。——译者

在墨西卡利的时候，两个来自加利福尼亚的传教士为墨西哥劳工们修建过布道所，邀请大家肚子饿的时候去那里吃饭……他们给我们的不光是食物……我注意过，他们给的是爱、热情和真挚。因为在特皮铎生活过，我看得出来哪些人在说谎，哪些人在伪善。我敢打赌，那两个人心地善良、豪爽大度，仿佛那不需要他们花费精力似的。

后来，我开始回想我所认识的福音传教士、基督再临论者和圣公会信徒。这么说吧，我从来没看见过他们酩酊大醉地躺在大街上，也没看见过他们带刀、抽烟、吸毒、讲脏话。他们的家里应有尽有，他们的孩子穿戴整洁，衣食无忧，他们对自己的妻子极尽人伦。他们的日子健康而平和。而天主教徒呢，唉，过的日子跟我差不多。

我并没有失去信仰……我还是个天主教徒，因为我意志不够坚定，没办法一一恪守圣经戒律，践行福音传教士那些严格的规矩。我再也不能随心所欲地抽烟、赌博、搞女人，唉，我过的日子绝不可能达得到上帝的律法。搞女人！那仿佛是世界上最美妙的事情，多亏了魔鬼！我觉得自己生来就不适合做殉道者。我的精神还远远没有得到提升。

星期一终于来临。我们一大清早就听见一辆卡车开了进来，随后就有人召集大家吃早饭。他们头两天给我们吃的早餐比后来的都要好。早餐有面包、麦片、鸡蛋、咖啡、盒装牛奶等。午餐有三个三明治，外加一点豆子。我们回来之后吃的晚餐有玉米卷、土豆炒猪肝，当然是墨西哥风味，还有汤。一开始……嗯，还不错。

吃过早餐走向卡车的时候，我正好从厨房的边上经过，看见里边堆放了一大堆碗碟。洗碗工托尼正在骂骂咧咧地发火。我对他说道："活儿是多了一点，对吧，大师傅？我当过洗碗工，所以我明白。确实你洗的碗碟堆起来有山那么高。"随即，我就跟着阿尔维托爬上卡车出去干活了。

在路上，一个来自米却肯的小伙子说："别干得太快。大家掌握好时间。否则，人家还以为我们很能干，要是哪天我们不想干了，进度慢了下来，他们不炒了我们的鱿鱼才怪。"来到目的地，我们抓起罐子就开始采摘青色的西红柿。

我干得真是生龙活虎。伸手，弯腰，嚓，嚓，一个个西红柿让我摘了下来。大家移动的速度差不多。干了一会，我停下来喘口气，随即又弯腰往前移动，尽量不拖后腿，因为有人正盯着我们。我边上那两个家伙简直像服用过兴奋剂，干起活儿来就像两架风车似的，摘的动作太快了。

嗯，你是得适应土里的活儿。那个滋味可不好受！哦，反正就是艰辛，艰辛，再艰辛。罐子装满之后，我们得把它扛在肩上，越过垄沟，倒进柳条箱。我的妈呀，你不知我的背有多疼！嗨，管他呢，至少我知道晚上可以好好休息一下。

那天晚上吃过晚饭，厨房的管事前来找我。"嘿，小伙子，愿不愿意来厨房做事儿？你真会洗碗碟？"

"头儿，那是必须的。洗碗碟谁还不会呀。"于是，他们把我安排进了厨房干活儿。我的工作就是准备送麦片和咖啡，准备盒饭。人家按照九个小时付工钱的活儿我不到三个小时就做完了。想想吧，就因为我那天早上跟托尼讲过那么几句话！阿尔维托说："何等的好运啊！天知道你到底拜过哪一路神仙呢。我嘛，只有去田里吃苦受累咯。你看看能不能把我也给弄进去？"

后来，我又想法子在两顿饭之间的空当干点别的活计。有个菲律宾人隔三差五跑过来，以每小时一美元的工钱请我们去他的田里干活。我们不可以接这样的活儿，但我们去那里可不是为了睡大觉。只要有机会，我们逮住外快就挣。

我们拿到第一张支票的时候，阿尔维托提议："走，咱们上舞厅。"

"不行，"我说道。"我不去，哥们儿。那是花钱的事儿，你去了肯定要说'我们来瓶啤酒吧'，你想想看，估计接下来不弄得我们分文不剩才怪。算了，我不去。"长话短说，我们上了托尼的小轿车。托尼本来是墨西哥人，但他出生在美国——是个美籍墨西哥人，既不全是美国人，也不全是墨西哥人。舞厅里的女子也全都是美籍墨西哥人。她们全穿着漂亮的衣服，我们都以为她们根本不会陪我们跳舞。

不过，托尼还是把我介绍给了他女朋友的一个伙伴伊内兹，她陪着我跳了一个晚上。她长得很漂亮，会讲西班牙语。奇怪得很，她立刻就跟我聊起话来，还愿意陪我跳舞。舞会结束之前，她对我说："明天你是否愿意来家里找我聊天？我想听你说说墨西哥的事儿。七点钟来吧。"

这样一来，当夜我就做起了美梦。我的开心劲又上来了。第二天上午，我干起活来劲头十足，给整个营地的劳工派发了盒饭。下午，那个菲律宾人又来找我们给他摘石榴。我干了五个小时，一共挣了六点二五美元。天一黑下来，我就去拜访伊内兹了。

进到她家之后，我感觉有点不太自在。跟她一起生活的有她的两个孩子，正在其中一间卧室里睡觉。她结过婚，但我不知道她丈夫遇到什么事情了。嗨，我反正就是进了她的家门，跟她一边聊天一边喝咖啡。接着，她放起音乐，我们跳起舞来。她不住地看我，我们便吻了起来。接着，呵呵，我们当夜就做爱了，进展神速吧。我心里在想："嗯，这还差不多。"我竟然给自己找了个女朋友。

第二天晚上，我在自己的铺位上睡得正香，突然听到有谁在敲击窗户。是伊内兹。她竟然来营地找我了。"我想听你唱歌。"她说。于是，我坐进她的小轿车，跟她一起走了。我已经在托尼那辆车上学会了开车。我带着她整夜兜风，一边唱歌一边接吻的感觉真是好极了。

有一天，她在营地引起了不小的骚动，因为就在所有人吃完饭走出饭堂的时候，她把车径直开进了营地的中心地带。大男人们看着她开车离去之后，便开始议论纷纷。"你觉得怎么样？看那小子啊！一个光脚的竟然找了个穿鞋的。"他们全都在取笑我。

的确，伊内兹长得很好看，不过我并没有爱上她。因为跟格瑞塞拉发生了那么多事情，我再也不愿意找一段感情来搅和自己的生活。在我看来，爱就是受罪。爱要过我的命，给我留下过伤痕。只要觉得自己对某个女孩子有所感觉的时候，我立马就会回想起我跟格瑞塞拉的感情生活中曾经遭受过什么样的挫折和伤害。不过，我并不后悔，因为那是我体会过的唯一的真爱，只有在这段感情中我才体会到了真正的爱情。在我早年的时候，格瑞塞拉帮助过我的生活，激起过我深沉的感情，我一辈子都会感激她！可我也付出了怎样的代价呀！

在美国的时候，我注意到他们的婚姻有所不同。我喜欢他们那种独立精神，以及丈夫和妻子对彼此充分的信任。我觉得之所以这样，是基于他们都有强烈的道德准绳。他们越善待对方，对方越注意言行。他们不喜欢说假话。如果他们说"不"，那就是"不"。哪怕你跪下来求他们，结果仍旧是"不"。

墨西哥就不是这样。我现在就敢说，丈夫根本没有对妻子的忠实。绝对没有。假定我有一百个朋友，一百个都对自己的妻子不忠。他们随时都在找寻新的感情，他们对女人永不觉得满足，你知道我是什么意思吗？妻子们要稍微忠实一点……我觉得百分之二十五的妻子绝对忠实。至于剩下的嘛，哦，可以一竿子打死。

因为伙食不好，营地里有好几个人开始生病了。他们向格林豪斯先生做了报告，可他说谁要是不愿意继续干的话，随时可以收拾行李终止合同。这样一来，大家立马被吓住，谁也不再吱声。随后，邻近的一个镇上发生了两百人食物中毒的事件，于是大家又开始提抗议。格林豪斯先生决定把我们这批人一个一个地全部赶走。

周围已经没剩下多少人，所以我也被派出去摘西红柿。因为这已经是第三轮采摘，而且是计件的活儿，所以我们根本挣不了多少钱。我不喜欢这一项活计，而且也不太划算。我的哥们儿阿尔维托因为急性胆囊炎入院做手术，所以我决定在他动手术的时候无论如何都要陪着他。我当时是这样想的："不要万一他们把他弄死了，而我竟然毫不知情。"

我感到腹侧有点悸动，而且有一丁点痛感，于是假装阑尾不舒服。

我跑去找到经理，他把我带到了医院。我打算在医院住两天的时间，因为那个时候阿尔维托的手术也该做完了。他们在我的腹部放了一块冰块，我说感觉好点之后，他们打电话让经理把我接回了营地。

不过，我仍旧想回到医院，于是假装又发病了。"哎哟，哎哟，我的阑尾疼。"他们把我送到了医院，可这次给我安排了病床，紧挨着一个美国人。我琢磨着他们会在我的腹部再放一块冰块，这样我第二天又可以回家了。我静静地躺在病床上，一边翻着英语手册，一边试着跟那位美国人聊聊天。他为人很和善，甚至邀请我在出院之后前去他的家里做客。他是第一个，也是唯一一个这么做的美国人，我真希望自己去拜访过他。

接着，我看见他们推了一张活动桌进来。他们叫我躺上去，然后把我推出了大厅。我一边声嘶力竭地大声嚷嚷，护士一边不停地说："真勇敢！真勇敢！"他们讲的是英语，我根本听不懂他们在说什么，也不知道他们要把我推到什么地方去。哎呀，他们把我推到手术室了。"躺到那一张手术台上去。"我心想他们可能是要给我做 X 光检查吧。这次不再是单纯的冰块疗法了。

一个戴着口罩的医生走了进来，随后进来了一个麻醉师和两个护士。而我呢，一点都不紧张。我以为他们不过给我做个检查而已。他们把我的手捆了起来。直到此时，我才开始有点担心起来。我心想："哦，哦，哦，到底要干什么呢？他们要对我做什么呀？"他们又捆住我的双脚，用一块布盖住了我的双眼。我开始大喊大叫："不，我不想做手术。我不痛了，不痛了。"

可在场的人根本听不懂西班牙语，而我又不会讲英语。他们拿了一块面罩蒙在我的脸上，开始喷洒乙醚。我不停地说道："求求你们，求求你们，我现在不痛了。我不想做手术，求求你们。"我感觉到自己就要透不过气来了。"我要死了……我的心，我的心……"我转念又想："他们肯定要把我搞死。"我的心怦怦地跳个不停。

我觉得任何恐怖都不及你无法呼吸还不能动弹来得厉害。我极度绝望地想挣脱开来，可根本做不到。自从他们把我如此收拾过之后，我就一直害怕被掩埋、被禁锢、动弹不得。现在我终于明白，地狱就是坟墓，我害怕被埋葬，我害怕无休无止，只要一想到那样的事情我就想大哭。

我敢肯定，他们一定想在医院里把我给干掉。可是为什么呢？"为钱？"我不停地想。"可钱对这些人算个什么呀？人家修得起这么豪华的医院，区区一千美元对他们来说算个啥呢？"然后我又想："怪你吧，干吗要落到人家的手里呢？你怎么就不能相信他们呢？你来这里是为什么呀？"我屏住呼吸，这样他们才不会想法让我睡过去。

我听到一阵嗡嗡声，随即感到自己一直不停地往下坠，下坠的速度极快。我看见了一点亮光，很像是急速驶过的车头灯，速度比超音速还快。接着，就在我急速下坠的那一口深井里，我看见老婆站在那里……也就是我死去的老婆，直勾勾地盯着我，双眼满含愤怒。我大叫道："保拉，等等我，等等我，老婆。"她转过头去，顺着无底洞不见了踪影。我想继续往下坠，可只能飘在半空中，双手和双脚向外伸展着。我的女儿玛丽基塔出现了……她不停地喊我："爸爸。"

"女儿，你也死了吗？"我问道。就在这时，我听见麻醉师在问："现在可以了吗，医生？"我回答道："不行，我还没睡着。别拿刀划我，求求你！"接下来，我就什么也不知道了。

我又一点一点地醒了过来。我想坐起身来，只听见阿尔维托说："别动，哥们儿。你会很痛的。"

"是你吗，阿尔维托？真的是你？听着，别让他们给你做手术。快跑，伙计！别管我，因为他们要整死你。"有什么东西让我感到发烫，于是我想把裤子脱下去。结果是绷带。我这才知道他们已经给我做过了手术。护士给我打了一针，我就睡过去了。

第二天，我仍旧一个劲地念叨："我的朋友呢。带我去找阿尔维托。"他已经做过了手术，正在病房里跟我说着同样的话："我要找到我的朋友曼努埃尔。"我想法弄到他的病房号码，然后就下了病床。我靠着墙壁，一点点地往前挪，终于来到了他所在的病房。

他的状况很不好。他不光被开了腹，还插着一根管子往外引流。我看了看引流孔，不禁问道："他们怎么不给封住啊？东西肯定进得去，这样你会死去的。"我的老天！我真以为他会因我而死。我该怎么对他的阿姨说呢……还有他那几个孩子呢？然而，阿尔维托一点都不担心。

"回去吧。我不会有事。"恰在此时，护士推着推车走了进来，大声怪我不该私自下床。

实际上，每个人对我们都非常友善。护士们教我学会了更多的英语单词，还不时地纠正我的发音。我床上床下四处蹦跳，仿佛什么事情也没发生过一样。然而，医生进来拆掉绷带，去掉缝线之后，我看了一眼他们给我留下的手术切口，便再也不想动弹了。那之后，我连走路都不敢了。

我在医院住了十七天。一切都由保险公司负责……舒适的病房，豪华的病床，头顶板嵌着收音机……房间里有电话……这一切在我们墨西哥根本就不会有。而我们一分钱都没出。

我真想做个加利福尼亚人！每个人对我都很好，不管是在医院还是在干活的时候。我喜欢在那里生活的日子，尽管形式很抽象、很机械，也就是说那里的人就像一台台精密仪器。他们每一天、每一个小时要做哪些事情，都做了明确的日程安排。这一定是个好方法，因为这样大家过得很舒心。不过，政府要收他们的食品税、鞋袜税，什么东西都收税。如果我们的政府也想这样搞税收的话，我相信人们肯定要闹革命。谁都不愿意到手的东西再被别人拿走。

我认识的那些劳工都认同一件事情，即美国是一个 toda madre，也就是说它是全世界最好的国家。时不时也有人抱怨……像阿尔维托就说过，得克萨斯人真他妈不像话，因为他们拿墨西哥人当狗一样看待。他们歧视黑人，这一点我们很看不起他们。我们原来一直以为美国的司法很严很公正……我们都以为金钱和关系起不了作用。可当他们把黑人绑在电椅上施行强奸，而且任由白人如此胡作非为时，我们终于意识到美国的司法同样具有弹性。

不过我们也注意到，工人们虽然不太富裕，但都有自己的小轿车和电冰箱。说到平等和生活水平，唉，他们可能因为我这样的说法而对我施以绞刑，不过我相信美国实际上具有共产性质……也就是说它是帝国主义阵营中的共产主义。至少在加利福尼亚是这样的情形，因为我曾听见过工人吼他的老板，而老板只能默不作声。他们那里的工人受到多方面的保护。而在我们墨西哥呢，老板简直就是暴君。

一想到墨西哥的生活制度，我就感到非常失望。只有在美国生活的时候，我才看见人们为了朋友的前进而感到高兴，你知道我的意思吗？"伙计，祝贺你！你能做得这么好，实在太棒了！"如果某人买了一辆新车、一套新房子，或者别的什么东西，每个人都会祝贺他。而在我们墨西哥呢，如果我的朋友通过舍弃、勤劳和节衣缩食，好不容易买了一辆全新的送货车，会怎样呢？他把车停在家门口，可等他出来一看，车身上的油漆全被人刮掉了。如果这都不是彻头彻尾的嫉妒，那又是什么呢？

我们这里的座右铭不是提升人们的道德，而是"如果我是一条虫，我一定要让别的人觉得他自己就是个寄生虫。"是的，在我们这里，你得时时觉得自己高人一等。我就有这样的感觉，所以我才这样跟你说。我觉得自己是个墨西哥人，对吧。哪怕你生活在社会的最底层，你都得让自己感觉到高高在上。我在拾荒者身上看出过这一点，就连蟊贼也有等级制度。他们一开始会这样说："你那个谁谁谁，尽偷些没用的烂鞋子回来。你看我，我要偷就偷好东西。"另一个人接过话头："就凭你！只配喝老白干。我再怎么也是喝六十九度的纯正白酒，比你不知好了多少倍。"你看，我们这里就这么个情形。

这并不是说我们憎恨别人比自己运气好。我对有钱人的憎恨，不会超过抽三口烟的时间。如果我过多地去想这个问题，对自己非常不好，因为那会使我觉得自己比现在的我还要渺小。我至少还愿意做现在的我。所以我不喜欢过分仔细地分析问题。这也许是一种逃避，或者不愿意正视自己所处的境地。反正，如果我这个阶层的人憎恨另一个人的话，常常是因为感情的原因。我不记得他们出于经济原因憎恨过别人。不管你什么时候对这个世界心怀不满，实际上总是因为某个女人对你做过什么事儿，或者某个朋友背叛了你。女人最为憎恨有钱人，或许是因为他们比男人更觉得匮乏，你同意吗？

事实是，我们这里没有平等。一切事物都不均衡。富人很富有，穷人穷得叮当响。有那么多女人一只手抱着孩子，一只手牵着孩子，走东家串西家地乞讨食物。也有很多人像我的姨父伊格纳西奥一样，每天只能给自己的老婆三个比索。而有些人吃了上顿还不知下顿在哪里，可从来没有谁想到过他们。如果富人愿意了解穷人靠什么为生，那简直是奇事一桩。

你看，只要富人一挥霍，比如洛马斯的百万富翁们举办的嘉年华会或者招待会，一个晚上的花费就能够解决整个孤儿院一个月的开支。如果他们能够走下台阶，看一看自己的同胞过的是什么日子，看一看他们的惨状，我相信他们愿意从口袋里掏出钱来安装电力、修建下水道，尽一切可能帮助他人。如果有钱，我会帮助穷人减轻痛苦，至少可以帮那些跟我走得最近的人，让他们买得起日用品。可谁知道呢？也许我有了钱之后只知道坐着游船出海，坐着飞机周游，根本想不起还有别人，对吧？穷人只有依靠穷人……他们知道自己的居所……而富人们呢，呵呵，住的是希尔顿酒店。如果我哪天够胆走进希尔顿酒店，我相信另一场革命一定为时不远。

我对政治这玩意一窍不通……上一次选举的时候，我第一次投了票……但我不认为那是什么希望。我们不可能为劳动阶级建立任何形式的社会福利，因为那只会让领导们肥了腰包。政府里的人一般都能变成富人，而穷人依旧是穷人。我从未参加过任何协会，但我那些朋友说他们如果得不到保障的话，随时都会被解雇，因为协会的领导和老板们早达成了协定。是的，我们还有很长一段路要走。我跟你讲，要取得进步可不是件容易的事情。

阿尔维托先出院。他一回到营地，格林豪斯先生就把他送到汽车站，打算送他回老家。阿尔维托想法骗过他，跑去跟他的女人雪莉住在了一起。我出院之后，从营地经理那里出来的时候遇到了一点点麻烦，不过我一直躲藏在一条水沟里，随后也搭车去了雪莉家。

格林豪斯向移民局报告了我们的情况，因此我们得在雪莉家待上几天才行。雪莉在地上给我收拾了一个铺位，阿尔维托跟她睡在一起。后来，我们到一个葡萄基地干起了活儿。动过手术二十天之后，我找到了一份清理沼泽的活儿，清理出来的东西需要装进柳条箱。这一份工作很辛苦，我又病倒了。我给父亲写了一封信，叫他给我寄点回家的路费。可他在回信里说，我寄回去那些钱他全都拿来买材料在埃尔多拉多殖民区建房子了。因此，他一分钱也没寄给我。

于是，我只得继续劳动，以便存够回家的路费。我采摘过棉花，但我认为我干那个活儿一点都快不起来。再说，我的双手都让棉秆挂得一片红肿，真是惨不忍睹。我终于对阿尔维托说："你看，我们一起坚持到了今天，可我看得出来，你爱上了那个女人，所以如果你不想走的话，一定要告诉我。我这就回去了。"

于是，他这么对我说："不行，伙计。我现在不能回去，因为我的衣服还在洗衣店。"

第二天，我乘坐公共汽车来到了墨西卡利。我出来了九个月之久，确实迫不及待地想见到我那几个孩子、父亲和朋友们。在墨西卡利，出城的火车或公共汽车我都坐不上。太拥挤了，连旅馆都没有空房间。当时情况非常危险，我身上揣着两千比索，而我竟背着自己的衣服一直沿街行走。满大街都是返回劳工们被抢被杀后留下的死尸，这一次我是真感到害怕了。

我决定坐飞机回到瓜达拉哈拉。机票很贵，对吧？我花了五百比索，但只有九个小时，如果坐公共汽车的话要五十二个小时，这给我省了不少时间。我一心只想着要回家。来到瓜达拉哈拉，我坐上一辆头等公共汽车回到了墨西哥城。

我到家的时候是早晨六点钟的样子，时间是十一月二十日，也就是墨西哥革命的纪念日。我之所以记得这么清楚，是因为那天举行过游行。我回到卡萨-格兰德的时候，大门早已打开，有几个女人正好出门买牛奶。我从西门进去的时候，看门人多恩·尼丘正在附近做清洁。

"情况如何，曼努埃尔？"他问道。"你这小杂种混到什么地方去了？"

"嗯，我去做了一趟劳工，尼丘先生。"

"哦！够疯的，你也发烧了？"

"对，我就是去看看到底是怎么一回事儿。"

我很高兴终于回到家了，对吧？我穿过院子，在自家门前停住了脚步，心怦怦直跳。我没有钥匙……家里只有父亲才有开门的钥匙……于是我像往常一样吹起了口哨。屋子里响起一阵脚步声，随即有人喊道："爸爸，是我的爸爸。"

父亲开了门……他还穿着内衣。我看得出他脸上闪过一丝高兴，可他一见是我便立刻把它藏了起来。他藏住自己的感情，重又变得严肃起来。

"你终于回来了。"

"是的，我回来了，爸爸。"

我以为他会拥抱我，我也有强烈的愿望想拥抱他一下，可他既然如此克制，我也就跟着……我们之间原来的隔阂依旧存在着，不是吗？

我一看见几个孩子，立马就哭了。他们围着我又唱又跳，这个抱我的腰，那个拉我的腿，不停地欢笑不停地大闹："你给我买什么了？你都买什么了？"

我只得无奈地告诉他们，我给他们买的玩具，以及我给德利拉买的一块手表，全都丢在了墨西卡利的海关大楼。我忘了拿掉礼物的标价签和包装盒，海关那些家伙因此想向我征收奢侈品税，而税费大大超过了物品本身的费用。我付不起这笔钱，其中一个家伙提出把我那些东西买下，可价钱相当于白送。我心里觉得很不舒服，当着海关官员们的面把那些物品砸了个稀巴烂。我可不想让那帮龟孙子白捡那些东西！我给孩子们解释过之后，给了他们每人一个比索。

出门找工作之前，父亲问我："儿子，身上有钱吗？"我掏出钱包，心想把钱给他一半差不多了，可他不住地说："都给我，都给我。"于是，我把钞票一张接一张地掏了出来。我一共给了他两百比索。

他出门之后，我才注意到父亲的床上拱出一包，而且在不停地动。这时，一直在地板上睡觉的岳母起床向我走了过来。

"那是你妹妹。"她说道。

"什么，我妹妹？"我的脑袋好像挨了别人一棒，顿时觉得有些眩晕不清。我像个傻瓜一样站在那里，喃喃自语道："蠢蛋，千万别是爸爸又在乱来吧。"我的头脑一片混沌，很难一下子得出结论来。

德利拉的一席话把我从混沌中拉了回来："所以你的弟弟和妹妹才对我如此生气。"

这么一说，我就明白了。老天！我爸爸竟然把她给占了！想想吧，搞定德利拉的竟然是一家之长！我对他的崇敬又增加了几分。我一直弄不明白他是怎么把她弄到手的，因为他的岁数足以做她的父亲。我并不认为她当时对他有什么爱情。现在嘛，有一点，因为她看得出来，她所需要的东西，他都能满足。他是个很容易被人爱上的男人，因为他一向中规中矩。她在那个时候一定是这么想的："唉，既然姐姐要我照看这几个孩子……毕竟，他们是我的亲侄子，如果我一直带着他们，那一定是很大的牺牲。与其白白照料他们，我还不如嫁给曼努埃尔的父亲。我这就是所谓的一石二鸟吧。"

我在内心深处感到有一点愤怒，不过还是克制住自己，对她说道："太好了！你做得对，小姨子。别管我弟弟和妹妹们怎么看，让那几个小浑蛋见鬼去吧……不关他们的事儿。你做得对，你们俩都做得对。"

下午，我便出门去找我那些朋友。回到自己的住地，走在大街上的感觉好极了。我一辈子都居住在这里，这里就是我的整个世界。每一条大街对我来说都有不同的意义：水暖工大街是我的出生之地，我现在仍旧怀念母亲温暖的怀抱；在贝克大街，我第一次得到属于自己的玩具，度过金色一般的童年；特诺奇蒂特兰大街总是让我回想起"失落的爱"这首歌谣，一个邻居碰巧唱起这首歌的时候，我母亲已经被放进了棺材；还有我的亲人们、朋友们、情人们居住过的每一条大街。这一条条大街就是我受苦受难的学堂，我在这里学习到哪里危险哪里安全，何时要真挚何时要虚假。

一旦远离自己的地盘，我就感觉到仿佛离开了墨西哥。我真有一种如在异乡之感，如洛马斯和波兰科之类的富人区尤其给我这样的感觉，那些地方的人看我的眼神总是充满怀疑。到了晚上，我简直不敢去那些地方走动，因为别人会根据穿着打扮把我看成小偷。有钱人最看不惯手头紧的人，他们只要一看到这样的人就以为那小子又出来偷摸了。哪里有钱哪里就有权有理，所以你只能尽量远离这样的地方。

是的，我对于回家感到很开心，不过去了一趟美国之后，我看什么东西都觉得贫穷肮脏。我也明白我们的窘境，每次去市场上看见那些人把橘子和西红柿堆放在地上的报纸上，我就觉得很伤心，真想立刻再回到美国去。这是事实，这绝不是什么玛琳切主义①或者外国人优先论，我真愿意自己出生在美国，或者其他某个国家，比如英国……但不要是意大利，尽管那里有浪漫主义，风景优美等等……不过这个国家的文明程度要高一点才行。

我回来的时候怀抱无数个幻想，因为我在美国的时候已经学会了热爱劳动。我愿意收拾屋子，看着孩子们好好吃饭，每天都有鸡蛋、牛奶……我在那边是个出了名的勤快人，回到这里的时候就想着要继续保持这样的名声。然而，我回家的第一天晚上幻想就破灭了，因为父亲竟然像往常一样，让我到厨房的地板睡麻袋。我预想过不一样的待遇，对

---

① 指对外国的一切表示亲近却贬低本国的一切的态度。——《西班牙语字典》（西班牙皇家语言学院第 22 版，2001 年）

吧？因为正如我所说，我回到家的时候已经变了个人。我以为他会这么对我说："不行，儿子，你不能睡地板。睡床上吧，就挨着你那几个孩子睡。"没有！我在地板上躺下的时候，他一句话也没有说。

我跟家人在一起住了一段时间。康素爱萝和罗伯托都因为德利拉的关系从家里搬了出去。没有人知道罗伯托去了什么地方，不过康素爱萝搬去跟瓜达卢佩姨妈住在了一起。我每次见到妹妹的时候，她都要把德利拉咒骂一番，把她贬得比蟑螂还下贱一等，她以为这样便能踩在人家的头上了。她从一开始就非常憎恨德利拉，因为德利拉一来就取代了她在家里的位置。尽管德利拉曾经向她伸出过和平的橄榄枝，可我妹妹当面给挡了回去，仿佛那上面有一米长的刺。

事实上，我妹妹非常自私。她随时关心的都是她自己。自从完成学业取得个什么玩意儿之后，她跟我们有了隔阂，仿佛再也没有了共同语言。就因为学了那么一丁点东西，她就在家里变得非常叛逆，再也不愿意向父权规则低头。她开门见山地说，我父亲没有权利把她赶出家门，因为从法律上讲，他得对她负责任。她以为那是在跟政府讨价还价，竟然在自己的父亲面前讲什么法律平等。她怎么可以这么做？他是我们的父亲，管我们是他的权力！

康素爱萝老爱说她喜欢我那几个孩子，可她从未给孩子洗过一次衣服，也没给孩子们煮过一顿饭。嘴上说爱他们是一回事，像德利拉那样用行动来证明又是另一回事。诚然，在我老婆去世之后，康素爱萝的出发点不错，也有勇气自降身份来照料那几个孩子，可她往往坚持不了两个星期。如果她真想做个好姑妈，干吗不为了几个孩子拿点钱给我父亲？她给孩子买过糖果和其他礼物，可如果买的是衣服之类的东西，事后她必定得找我把钱要回去。我的意思是，德利拉没有钱，也没有文化，可她每天都为了几个孩子不辞辛劳，这一点让我更加感动。

对于玛塔，我替她感到很惋惜，因为她实际上已经无足轻重，比我们几个还要可怜。她跟克里斯平又分手了，带着三个女儿搬回到了家里来居住。她不是那种对谁都敞开心扉的人，表面看起来很开心，因为她父亲毕竟还在，可我知道，在内心深处，她完全是在受煎熬。她认为这个世界早已没有了她的出路。她一定感觉到非常不幸，因为她得独自度过余生。她带着三个孩子，哪有男人还愿意要她。

实际上，我弟弟和两个妹妹的生活，尤其是父亲的生活，对我来说一直是个谜。我从来不明白父亲是如何维持的，说实话我也不想弄明白。他随时随地都有足够的东西给我们吃……他只有那么一点钱，却要维持那么多人的生活。我每每想起这样的事情就责备自己，并不是说我相信父亲做过什么错事……他绝对没使过什么手腕……不过因为他替餐馆采购所有的食品，也许每买一笔多要一点，一次下来也就五毛八毛，或者一个比索。也有可能因为在市场上做了这么多年的买卖，人家偶尔会给他一点水果、咖啡、肉或者其他什么东西，因为他的确是个好主顾。要不然，他怎么应付得了，他每天的薪水毕竟只有十一个比索。

即便父亲每天采购东西的时候积攒一两个比索，我也不会怪他。相反，我觉得有错的是我自己、我的弟弟和两个妹妹，因为他这么做都是为了我们几个人。日子每过去一天，我对父亲的崇敬就增加一分，并不是因为他帮我照料孩子，而是因为他确实有男人本色，能够把所有事情弄得那么熨帖。

与此同时，我又去玻璃店干起了活儿。有一个星期天，我晚到了一会儿，老板决定克扣我一个星期的薪水以示惩戒。"行，"我说道，"这划算。"我一边说一边起身离开了。为了打发时间，我来到了特皮托市场，也就是有名的小偷市场。

我遇到了华金，也就是在墨西卡利跟我们同住纸板房的那位朋友。他现在做起了小货郎，专营二手物品，肩上正搭着一条华达呢裤子。他说，我既然能够在市场上做买卖挣大钱，却仍旧凭力气挣小钱，实在是白痴一个。我觉得这个营生很冒风险，今天赚点钱，明天就可能空手而归，我可能干不好这一行。

事实上，自从母亲带着我来过市场之后，我就喜欢上了那里的氛围。市场错落有致而又色彩缤纷，很像农村的集市，买卖双方知根知底，既可以讲笑话，也可以做买卖，还可以讲价钱。它不像西尔斯、罗巴克和希路购物广场那么缺乏人情味，那里的店员根本不敢同顾客有什么交流，他们只能跟你说价格多少，机械地做事情，而笑料便是所有的价格都早已固定，不是吗？顾客没有机会还价，更不可能像在市场上那样，当你觉得某个价格不适合的时候，还能开口还个价。

对小贩们而言，市场总是显得非常慷慨大度。在以往，有名的小贩如"大熊""浑蛋""外国佬"以及"恶人"每天能挣五百到两千比索。现在嘛，他们已经修起了好房子，甚至还买了车。我对于市场里的活计略知一二，因为我曾经看见过母亲、舅舅或其他小贩在市场里吆喝叫卖。对于老式的买卖，我是清楚的。

所以，当华金提议他可以再多购进物品，让我按最低十五比索的价格把裤子卖掉时，我同意了。我发现街对面有个小伙子一直在盯着裤子看，于是一边想着"你莫不是喜欢这条裤子吧？"一边走到了街对面。

"嘿，伙计。"我说道。"我可以便宜点卖给你。"我一点也没感到尴尬。我立马就干起了买卖，根本不难嘛。

"哦，好吧，可我没带钱。我也在卖东西。"他掏出一块手表，竟然是非常豪华的海斯特牌。他要价一百二十五比索。

"多少钻？"

"我想应该有十五钻吧。"

我打开手表，发现其实有二十一钻。"不行，"我对他说。"确实是十五钻，可你要价太高了。"

就在这时，华金跟着另外三个家伙凑了过来——全都是些生意人——我讨价还价的过程中，他们一直把我们俩围在中间。他们只是看，别人砍价的时候谁也不许掺和。

"听着。"我对那个小伙子说道。"咱们来做个买卖吧。你喜欢这条裤子，刚好是你那个尺码，你穿着很合身。"我一边说一边把裤子提到他的腰部比划了一下。"我卖五十个比索。我把裤子给你，再加二十五个比索，你的手表归我。怎么样？"

"不行不行。我没有赚头。我这块手表不只那么点钱。"

"哎哟，兄弟，我不是在这里干活……我是自己用。"我对他这么说。"你看这里有哪个臭小子愿意比我出价更高。"

反正啊，长话短说吧，我给了他四十个比索外加一条裤子，所以那块手表相当于花了我五十五个比索。我把那条裤子的本钱十五个比索给了华金。

"不对，"他说道。"别耍滑，哥们！十五个比索你就做了笔大买卖。"随即他又笑着说道。"行，别多说了。在这里你是新手，新人手硬啊。"

嗨，其中一个生意人想买我这块手表。我心里盘算着，我得开价七十五比索，这样子我便可以有二十个比索的转手赚。可还没等我开口，华金抢先发了话："两百。"

"不行，"那个生意人说道。"龟儿子！别贪得无厌啊，这块臭手表你只花了五十五个比索……我给你一百，你还能赚四十五比索，干不干啊？"

我都打算出手了，可我那同伴华金又发话了："怎么了？白痴呀！攥紧点。"于是，我只好揣着那块手表继续等待了，知道吧？就这样，我们俩走开了。

他追上我们问道："少废话，我给你一百二十五，卖不卖？"我坚持要一百七十五。"别傻了，实话实说，我也是自己用，不想拿它当买卖。别这样行不行啊，龟儿子。"

就这样，他给了我一百七十。我赚了一百一十五比索。就一分钟的时间，就一眨眼的工夫，我在市场上的赚头比我在店铺里辛辛苦苦干一个星期的收入还多。"我干吗还要像个白痴一样去那样的地方干活儿呢？"我这样想着。就在那时那地，我决定放弃工作，全心全意来市场上做买卖。

我喜欢卖东西……我喜欢自由自在。时间都归我自己支配，没有人把我使来唤去。在那之前，我竟然瞎了眼，目光短浅。跟其他下力人一样，我只知道一件事儿：干活儿！即便入不敷出，工人们也没想过别的出路，也没琢磨过其他行当，而是继续着老本行。我父亲就是这样，直至他开始饲养畜禽……他就是这样冒在了别人的前头。我今后绝不再让我的儿子们干体力活儿。如果他们学不了专业，我也会让他们从事个什么营生。只有这样，他们才可以不听别人的使唤也能赚到钱。

几年间，我一直在特皮托大街和巴拉迪洛大街的市场上从事买卖，主要经营二手货，如衣服、鞋子、金银、手表、家具，逮着什么卖什么。一定程度上，这样的行当靠碰运气，不过我的运气一直还算行。最坏的时候，我一天也能挣到十二个比索，吃饭足够了。

唯一的失手，就是我买进誊印机①那一次。我甚至不知道那破玩意儿究竟是什么，不过，嗨，我确实对那个名字感兴趣，知道吗？"誊印机啊，"我心想。"光听这名字就肯定是一件值钱的货。"

卖这件东西的家伙把我当成了白痴。他戏耍了我，这样的事情发生过好多次。他当时对我说："看见过这台机器没？我只卖两百比索。"

"去你的吧！"我说道。"东西倒是值钱，可我没有那么多钱。我给你五十吧。"我们把其中的利弊争论了一番，我就打算离开了。我当时就有种预感："也许这破玩意儿啥也干不了，而我竟跟着他在那里天花乱坠。实际上我还不知道这一堆破铜烂铁到底有什么用处啊。"

"行，"那个家伙说道。"就五十吧。"

我那五十个比索就这样拿出去了。第一个顾客开价三十，第二个只愿意给二十五。就这样，十五天给拖过去了，我那台誊印机早已声名鹊起，可人家的开价已经降到了十个比索。我后来把它扔在了市场管理办公室。不过，我在市场上一般还是赚钱的……赚的比我做工多得多。

我是这样想的：如果现在重新去找活儿干，我去哪里找得到每天所必需的最低薪水十二比索，我恐怕永远也无法提高生活水平。十二个比索中，我至少得拿出六个比索来供养孩子，一个大男人可不能靠六个比

① 原文是 Mimeograph。——译者

索过日子。如果只有六个比索，我根本没办法付房租、一日三餐都在外面吃、买衣服等等。如果某个孩子生病了，我得花上一百个比索求医买药……好一点的药都要那个价……那我就只有去借钱，平均每天要还五毛钱。按照这样的速度，我得还上六个月的时间，而这期间别的人很可能又生病了。这就是恶性循环，普通劳动者根本没有出头之日。

我干这一行，需要的就是资本。只要有五百或一千比索，我就能取得巨大的进展，每天至少赚一百个比索。的确有很多素质低下、性格粗野的人混迹其间，但他们口袋里有的是钞票。

事实上，我对贫穷有一种恐惧感。只要口袋里装的没超过五分钱，我就会感到情绪低落。哦！我会神经崩溃！我感到贫穷，感到极度贫穷的时候就是这个样子。如果看见别人饿肚子，我会感觉非常难受。这给我一种想哭的感觉，让我回想起自己曾经的那些日子。因为没有钱拿给老婆和孩子吃饭、看医生，我自己也曾经放声大哭。我真的再也无法忍受那样的日子。只有口袋里揣上钱之后，我的内心才会感觉到安宁。所以，我要把几个孩子交给父亲照料，这样我才不用承担任何责任。

我是这样的想法，反正我都要死，所以应该趁活着的时候尽量对自己好一点，对吧？我怎么知道人到了另一个世界会遇到些什么情况呢？如果口袋里有十个比索，我想买糖果的话，直接买就是了，哪怕其他开销还没有着落。这样我才不会留下什么欲望没得到满足，对吧？如果连一点小东西都弄不到手，我会觉得很讨厌。

我经常问自己，一个人的生命即将结束之时，到底什么东西更有价值，是他一点一点积累的财富呢，还是他曾经获得过的种种满足？我相信，人类的体验更有价值，不是吗？尽管我一生都在劳累，可现在如果想去什么地方的话，我会乘出租车。我再也不会乘坐公共汽车。

如果进了餐馆，我不会点什么豆子，而是要吃鸡蛋或者炸牛排。想坐我就坐；早上如果不想起床，我就睡我的大觉。是的，我给孩子们留下的最大遗产就是教会他们如何生活。我不想把他们变成傻瓜……我以母亲的名义起誓，我再也不会让他们干普通体力活儿。

不过，在市场里混迹根本不容易。市场管理者有时候会要求经营者提供证明材料，或者逼迫咱们加入什么协会，知道吗？市场监管者跟他们是一丘之貉。你想想吧，不过就是在小偷大街卖两件二手衣服，可他们竟然要你出示社会福利卡、健康卡、会员卡、警察记录等等！我什么卡都没有，跟他们只有争执。我讨厌这一切，是它让我不听话，你明白我的意思吗？我把货品摊在地上，而保安走过来就想全部拿走，我当然要跟他们吵，知道吗？

就像有一次，我刚在星期六为争摊位打了一架，因为每天早上开门的时候，我们都得跑进去争抢最好的位置。对小贩来说没有固定的位置，谁先抢到谁先摆。就像牛仔电影一样，市场大门一开，我们全都像脱缰野马一样往前狂奔。我正在为摊位跟谁争得起劲的时候，一个保安走过来，蹲下去把我摆放货品的垫布给取走了。

"这个东西你得来办公室认领，"他说道。"你不属于任何组织，也拿不出任何卡片。"

"听着，就是你，把我的东西放下，要不我把你打个屁滚尿流。"我说道。"市场不是为你这种龟孙子修建的，也不是为什么组织而修建的。"

"你去找管理员说吧。"他对我说。

"不行，"我说。"他只知道替政府收钱。宪法上写得清清楚楚，任何人都不能剥夺他人诚实劳动的权利。他怎么敢比宪法还大？你要再敢碰我的东西，我发誓非把你肚子里的东西抖出来不可。"

我们在市场里都得说狠话。这样大家才听得懂彼此的意思，你知道我什么意思吗？谁叫嚷最厉害，大家就最怕谁。

有一次，我干了一件让自己感到很恶心的事儿。我把人家踢了几脚。在市场里，我们不但是劳工，而且全是些莽汉。不管我哪一次做买卖，一个名叫惠特尼的劳工总是走过来多管闲事，把我的货品抢到他手里。他想在我面前称王，我叫他少管闲事，可他竟然对我粗言秽语。我克制住自己，尽量不跟他起冲突。实际上，我一直在克制自己。终于有一天，我刚达成一笔交易，把货品拿到了手里，这个名叫惠特尼的家伙掏出钱来付给了对方。他说："这些货品我们要了。"

"你什么意思？做这一笔买卖的人是我。谁他妈让你来付钱了？给你？我给你个球！"

"你给我，还是我自己拿？"他问道。

"我倒要看看。"接着，嘭！我照着他的眉心就是一拳。他倒在了地上。他爬了起来，我把他按到墙壁上不停地揍。我一拳打掉了他的一撮眉毛。他想踢我，这让我更加冒火。他再次倒地之后，我狠狠地一脚踢过去，他的肋骨发出了一声脆响。

"可怜的家伙，"我在心里想着，不过市场上所有的人都跑过来围观，我只好饶了他。要不然，他们肯定以为我是个傻蛋，从而一起来对付我。尽管惹人讨厌，可我继续对他踢打着，当然尽量避免下狠手，而是照着他的侧面或者屁股踢打。我甚至没踢打他的面部，因为他的面部早已鲜血直流。他终于说道："够了，够了。"我并没有把钱退给他，而他自此再也没有惹过我。

自从我在特皮托市场干活以来，有人对我的看法就很差。他们以为所有的货品都是偷来的。不过这并不属实，是的，不属实。实际上，只有百分之五十的货品来路不正。不过，那都是些小东西……工人们从厂里面偷出来的一摞摞工具、口罩、橡胶靴子，或者某人匆忙偷来的自行车。如果有收音机出售，也属于快要散架那一类型。跟世界上其他地方一样，真正的"热"货，比如上好的收音机和机器，都要花大价钱去购买。来特皮托大街转悠的人不可能有那么多钱去买好东西。

只要知道某样东西是偷来的，我一般都不会购买。干我这一行，你得多少懂点心理学，也就是说你得知道你是在跟谁买东西。我通常一眼就能看出谁是骗子、警察、瘾君子、妓女或者一般人。

我在市场上交的朋友一般都是改邪归正的骗子。他们有自己的一套语言系统，也就是行话，我清楚得很。如果某个小偷想把东西卖给你，他会说："嘿，黑娃，想不想买这个玩意儿？哦，这玩意儿卖给你就很便宜啦，实际上相当于白送给你。"

"卖多少钱？"

"我赶时间，所以想尽快脱手，给一个苏拉吧。"

一个苏拉是二十五比索，一个里基是五十比索，一个卡维萨是一百比索，而一个格兰德①就是一千比索。现在，上层社会的一些年轻人也在学说他们的话。有点赶时髦的意思。

十年前，市场上的"热"货比较多，因为那个时候的警察很不积极。现在，他们把市场当成了风水宝地，坚持经常性地执勤。即使在休息日，他们也会来市场上转悠，看谁有油水可榨。对他们来说，这也是业务。他们非常清楚，只要把我们某个人往警车上一推，他们就能搞到二十、三十，甚至五十比索。警察要想弄钱，我们就有上交的义务。

在我看来，墨西哥的警察系统是全世界最有组织性的黑帮团伙。这既是灾难，也是耻辱。我完全有资格说，墨西哥的司法制度令我大倒胃口。怎么说呢？因为这里的司法都是向着有钱人的。如果哪个富人遇害，警察会让他的脚下寸草不生，因为四处都是钱嘛。然而，背部被刺、然后推进水沟里淹死，或者躺在背街小巷某条阴沟里的倒霉蛋一共有多少，警察却从来没有破获过案件，从来没有。还有些人在监狱里一关就是两三年，就因为没有人为他们撑腰，或者因为他们拿不出五十个比索的贿赂金。

警察大多一开始都想改造这个世界。他们一开始也想做个正派人，不收一分钱的贿赂。可手里一旦有了枪和盾牌，也就有了权力，他们就知道不管去什么地方，都有人给他们送钱……这样一来，他们就染上了那种流行病。革命中有一个将军曾经说过，路边只要放着五万比索，就没有哪个官员能挺直腰杆。数量大致就是这样子。他们只要第一次收了钱，就一定会有第二次，那之后就成了习惯和勾当。

假定你被抢了三万比索，于是你跑到了警察局。他们先是给你作登

---

① 苏拉、里基、卡维萨和格兰德的原文分别是 sura、niche、cabeza 和 grande。——译者

记，不过趁你还没离开警察局，有人就找你讨要数额不菲的小费，以"加速"调查案件。一旦付了钱，他们就积极了。

他们一开始是询问替罪羊，也就是他们的线人，看哪个买家可能持有偷来的钱或者物品。买家一般不在市场里活动，他们今天住这里，明天住那里。警察会上门寻找可能的买家，然后想法给压榨出来。如果不愿意主动交出来，他就会被带到警察所"热热身"。无论早晚，警察总能找到被偷的钱或者物品，可如果你前去询问，他们不会交还给你。他们要你缴纳更多的所谓"办案"费。你在警察局的大门不停地进进出出，可就是拿不回被盗的东西。

警察有自己的专人收购被盗物品，他们一找回被盗物品便立马卖掉。有些警察甚至亲自到市场上出售这样的"热"货。我就从他们手里买过这样的物品，因为安全嘛，因为他们代表所谓的司法嘛，不是吗？

我从骗子手里买过两三次"热"货。这很冒风险，但是如果我觉得某样货品很有价值，我就会仔细掂量可能惹到的麻烦，从而甘冒风险。不过，我买的大多数货品值不了几个钱。

即便在合法的前提下干事，我也并不是时时走运。有一次，我买了一个收音机的底架，虽能用，但没有套子。那是我花五十个比索从一个摊贩手里买下来的，因为双方都不使诈，所以我也就没有检查。我正要离开市场的时候，那个家伙，也就是警察，我们都叫他"鸟儿"，他逮住了我。他这个家伙非常坏，连做警察都不够格。他很肥胖，裤子上经常炫耀地挂着一副手铐。他的制服油光铮亮，你甚至能用刀子刮下一层油来。他当时穿的不是便服，因为他是个角儿，是个讨厌的虾爬。他本来从小在市场上长大，可自从当上警察之后，他那副派头要多大有多大。

"我看看你们的抵押证，"他说。

"啊，"我说。"没有什么抵押证，因为这不过是个底架而已。"

"上车，小杂种。"他说道。他的巡逻车上已经坐了三个骗人的家伙。

我想用几句话把自己开脱出来，可他根本不当回事。"你还讨价还价，这不是让我丢脸吗？"他这样说道。

"哪里，是你想勒索我，我根本就没有干坏事。"

车一边往前开，那几个骗子一边跟他讨价还价。头一个他要五百比索，第二个他要两百。车走走停停，以让骗子们下去凑钱。随后，他把那两个给放了。"鸟儿"对最后一个骗子说道："行啊，小子。你干这行也有很长时间了……这么长时间里，我不过在你的院子里摘了一朵花。咱们得与时俱进吧，你说呢？"

那个家伙说道："不行啊，老大，你看我一副破落相……真的是没钱啦……我好久没做过事了。"

"那倒是，"警察说道。"看你那副衰样，好，如果你他妈真的没钱，下去给我找二十五个比索来。"

我一直在听他们的交谈。这几笔业务做完之后，他把我拉到警区进入了地下室。"鸟儿"随即对我说道："行情你都知道吧？两百比索。"

"呸，你懂个球！"我回答道。"法制在进步！二十五个比索你就把那个真正的骗子给放了，对我这个老实本分、自立谋生的人，你却公然要收两百。随便怎么说，你这是在敲我的竹杠。不行，这样的钱我是不会交给你的。"

就这样，我们在那里说来说去，他说什么我都有话对付他。到最后，他说我如果实在交不起这笔钱，他只好把我列入嫌犯名单。我提出给他五十个比索，因为我身上只有这么多。

"好、好、好。就这样了，快滚蛋吧。"

警察曾经真的抓过我的现行，那可让我花了不少钱。我都搞不明白自己那一次犯了什么事。我有个同伴，名叫"公牛"，我们当时口袋里都揣着钞票。连同货品和钞票，我跟公牛加在一起总共有一万比索的买卖。有一天，我们正在一个街角卖旧衣服。我当时正在吆喝："旧衣服便宜卖呢……来挑来选啊……好东西买回家咯……走过路过，千万不要错过……"

　　我正在那里起劲地吆喝，看门人的儿子马卡里奥突然走了过来。他跟我是老朋友，跟卡萨-格兰德的一个女子结了婚，现在有一个儿子。他一副衰败样，衣服上缀满补丁，一文不名，因为他好久时间都没找到事情做。我们曾经一起在皮革厂做过事儿，所以我知道他一向都是个老实人。

　　"曼努埃尔，"他说道。"不好意思，能不能借我点饭钱？"他还带着另外两个朋友。"大哥，就借我五个比索，行不行？"

　　"没问题，马卡里奥。"我心想。"这么个可怜的家伙五个比索怎么够？五个比索，来得容易，花得也快……"

　　"听着，马卡里奥，我给你十个比索。看老天的分上，明天也许轮到你来帮我呢。"

　　"谢谢，大哥。"他说。"你真好，曼努埃尔，我去哪里找活儿干哦，皮革厂的工钱少得可怜。"他都要准备走了，突然又说道："曼努埃尔，你看我差点忘了来找你说的正事。看见戴红帽子那个家伙了吗？"

　　于是我转身看了看跟他一起的那个家伙。"怎么了？"

　　"是这样的，"他说道。"他的老婆跟另一个家伙的老婆本打算开一家服装厂，但因为这个家伙爱喝酒，曾经连续十五天天天烂醉，所以他的合伙人拿着机器和五千现大洋开溜了。结果只剩下一捆布，这捆布他们本来打算做围裙，可现在想把它处理了。"

　　我一听是要做买卖，顿时起了疑心。马卡里奥我倒是信得过，可你知道，要是万一呢，于是我按照程序问了他几个问题。

　　"绝对不会，曼努埃尔！你帮了我这么大的忙，我怎么可能拿'热'货来给你下套呢？这小子也是个老实人。他跟我同在皮革厂干事儿，我敢保证他是个老实人。"

　　我跟同伴商量之后，决定以一米一个比索的价格买下这一捆布。一共有一千八百米，于是我得去把它搬回来。

　　来到居民区之后，我才发现那个家伙又去喝酒了。他的母亲在家，年纪很大，头发花白，让人肃然起敬。布也摆在那里，新崭崭的，从上到下都裹着铁皮。我跟老太太闲聊了一会儿，然后说明了来意。

"夫人，我就直话直说吧。"我对她说道。"这玩意儿……是不是'热'货？如果有任何差错，警察都会找上门来敲诈勒索，那我们不就为那些龟孙子打工了吗。夫人，我告诉你，我是真不想惹麻烦。"

她先是脸红了一下，随即把我训了一通。"先生，如果你信不过，那最好别买。我们虽然穷，但都是正派人！我敢保证，当着任何人的面我都敢发这个誓。你们在市场上混的人才值得怀疑，别拿自己跟别人比呀。"她真把我说服了。

"行了，夫人，别生气。只要不是'热'货，我就把它买下了。不过你得跟我说，这玩意儿是从哪里弄来的，因为如果就是在这附近搞来的，我怎么卖得出去呢？我这么问，并不是因为我害怕。我什么都不怕。死人我都不怕。"我心想，如果她跟我说这就是"热"货，我肯定碰都不会碰。我只是想从她的口里套出实情。可她依旧把我训了一通，我由此相信这东西的来路确实很正，知道吗？于是我就买下了。

于是，我们又卖起了布匹。"来看来买啦，一块五一米了。卖布呢，便宜卖喽！"一个人走过来买了六百米。"哦，小乖乖，"我心想。"一下子净赚三百比索啊。不发才怪。"我又吆喝了起来："卖布呢，两个比索一米喽！"卖得很快。与此同时，我根本没给人家量够那么多尺寸。那天上午，我们卖掉了一千米！

下午，我们继续在地上摆上帆布摊子，稳打稳扎地卖出去了更多。马卡里奥也赶过来帮我们，可他有点怯懦的样子。

"吼起来呀，马卡里奥，怎么一副熊样？"我对他说道。"别害怕，我猜你是害羞……偷东西才害羞，卖东西哪里会害羞呢，哥们儿。我跟你说，做买卖有趣多了，比做工有趣吧。来，吆喝一下。"我就是跟他这么说的。当时正是市场的高峰期，女人全都来市场上买小辣椒、西红柿等。到六点钟的时候，我的口袋里已经装着一千八百比索了。

那一段时间，我在我朋友西尔维托和卡洛莱纳开的小餐馆吃饭。我刚一转过街角正要进入小餐馆，一个人突然抱住了我。"这下死定了！"我心想。我跟你讲，我闻得出他们的气味！我能闻出警察的气味来，我用鼻子就能把他们挑出来。我从来没看见过那位警察，可我当时就明白了。

对，他问了布匹的事情。他把我抓得紧紧的，朝着警车走了过去。几个警察在那家小餐馆等了我一天，而卡洛莱纳也没办法派人来通知我，因为有警察会跟踪。我当时并不认为那匹布是"热"货，到现在我也还是这样认为。可警察自有一套。

就这样，我们上了警车之后，这个家伙就不再抱着我了。他用皮带捆住了我。就警察而言，他还不算太坏的那一种。

他说道："好吧，如果我们找错了，请你原谅我们，不过我们警察办事情经常出错的。"

我感到很吃惊。警察一般都专横霸道，可他这龟孙子竟然如此的文质彬彬。"他要找的是什么东西啊？"我在心里琢磨着。他把我推上警车之后，我就一个劲地给他解释那一匹布的来龙去脉。

"嗨，可爱的曼努埃尔，"他说道——他竟然称我可爱的曼努埃尔。"问题是有点棘手，那匹布的失主要的是一匹布或者三千比索，我们嘛，也要两千比索。"

"哦，不行。"我说道。"不行，这不行，你们这是在敲诈我。"

"不，"他接过话头。"还不止这个价。你好好想想后果吧。你会留下案底……而你只需要拿出一点钱，就可以去别处再来。"

"可你们要的是五千比索啊！那么多！我他妈穷困潦倒一辈子，还从来没看见过五千比索呢。"就这样，我们来到了警察所。一路上，他们捎上了另外几个哥们，其中还有一个扒手。他们收到钱之后，就把那几个人放了。而警察朋友一直在开导我。

"想想后果吧。钱挣来就是花的，而花了还可以再找嘛，不过，唉，你真惹麻烦了呀。失主有钱有势，他就要那匹布。"

"听着，"我说道。"把我带去见那位失主，看我能不能说服他让我一点一点地还给他。我也会给你们一些好处。你们可不能白干。"

“我们怎能做这样的交易？”他说道。

突然，我想起了父亲在警察所工作的一位朋友阿夫拉姆。我于是向几位警察说起了他，看能不能对我有好处。我真是很害怕，因为我一辈子从来没蹲过监狱。他们告诉我，我可能怎么都得在里面待上一段时间。来到牢房，守卫问我身上是否带了钱。我的口袋里装着一千八百比索，但我不可能把它交给那一伙王八蛋。

“听着，”守卫说道。“进去之后，他们会把你抖个底朝天，你身上什么也别想留得住。”

“知道，知道，可我的确一个子儿也没有。”我其实穿得还算行，知道吗？我穿着一条华达呢裤子、一件上好的衬衫，还穿了件风衣。嗨，他们打开牢门，我就走了进去，可心里却怕得要死。里边有一帮眼神不善的家伙，是我看见过的最丑陋面孔的大杂烩。“老天，”我这么想着。“这些杂种我怎么搞得定？看来我得给他们留个好印象……”

我走进去的时候非常生气，真的非常生气。内心在颤抖，可我必须装出很不友善的样子，以让他们觉得我确实不好惹。我看见一个小子正坐在地板上，啪！照着他的屁股就是一脚。

“过去一点，小崽子！”

“嘿，你这狗娘养的……怎么啦……”

“闭嘴！”我又踢了他一脚。“还敢顶嘴，兔崽子。你难道没听见老子叫你……往那边靠一点吗？”他挪了挪位置，其他几个人跟着替我挪了挪位置。我心里在想：“都他妈胆小鬼！贱人！骗子！”啪！我一拳打在墙壁上，又对着墙壁踢了一脚，知道吗？我又过去对着门打了一拳。我装出一副怒不可遏的样子。

“嘿，谁得罪你了？”其中一个家伙问道。

“你发什么疯啊？我在问你呢？兔崽子！”

“冷静一下。也许我能帮帮你，给你来点忠告什么的，知道吗？我是这儿的常客，他们那一套我统统明白。”

我继续装出一副很生气的样子，先是掏出一支烟点了起来，随即我注意到有一个家伙看上去比我还要不友善。我想我该是烦着他了，于是对他说道："嘿，朋友，要不要抽一支烟？来一支吧。"我给他们每个人发了一支烟，坚冰才得以融化，我感到安全多了。

接着，一个看上去很有威望的家伙靠了过来，对我说道："喂，朋友，他们干吗把你弄进来了？"

"嗨，"我说道。我得一边动脑筋，一边想着怎么添油加醋，因为他们也有等级观念。"我收购过五十个缝纫机头，我收购过液化器、电视机、收音机，什么都做……可那个龟儿子，也就是卖给我东西那个人把我给出卖了。他们把这些东西统统收走了，大哥，我损失了整整十万比索。"我得给自己一个身份，因为这样他们才会更加尊重你。

我又注意到有个小伙子躺在那里，双腿叉开，仰面朝上，活像一个指南针。他的睾丸让警察给打得肿了起来。每过一小会儿他就会说一句："小伙子，请你给我翻个面。"十分钟之后，他又会说："请你把我翻过来。"不管仰着还是趴着，他都无法忍受。他的脸上皮开肉绽，明显有枪托敲击的痕迹。可怜的小伙子呀，我真替他难受。

随后，一个家伙说道："哥们，我告诉你，我都'落井'两个星期了。"那座监狱名叫埃尔帕兹图，是一座很小的监狱。你只需要对附近的扒手们喊上一声埃尔帕兹图，他们准保个个吓得屁滚尿流。你知道进了监狱会有什么样的下场吗？他们把你的双手反绑在身后，再把你的双脚给捆起来，随后开始拷问你："是不是你做的呀？"啪！一拳打在了你的肚子上，不过很重，直打得你喘不过气来。接下来，他们会把你扔进一个臭水井，里面装满了马尿，就在你快要淹个半死的时候，他们把你给拎起来，再扔进去。

这个所谓"落井"的家伙继续说道："他们把我关在这里，整整十天的时间，不给我吃不给我喝。那些王八蛋就连水都不给我喝！你知道为什么吗？我收购偷来的猪、牛，什么样的牲畜我都收。不过，我干吗要拿钱给那些兔崽子呢？他们已经从我身上敲诈了不少的钱。我干吗还要给？想要我说话，那得动动手才行。不过，我可不会交代。我肯定不会交代！我在这里关了十五天，每天晚上那帮王八蛋都要把我拖出去。”

我告诉你，我真的很佩服那个家伙。他真有种！他身上那种墨西哥人的勇气，我相信现在已经很难找到了。我在那儿待了不到十五分钟的时间，他们就来把他叫出去了。门刚一关上，我们就听见他被揍了。他被送回来的时候脸色蜡黄。“没事儿，伙计。”他说道。“他们可以把我打死在里面，但我什么也不会讲出来。”可怜的小伙子睾丸还肿胀着，可那帮人把他像狗一样拖了出去。想想吧，他都成了那个样子，可他们还要拖出去揍他。

这期间，我一直在猜想什么时候轮到我。听到他们叫我名字的时候，我真是怕极了。原来是阿夫拉姆这位朋友来找我谈话。我最终答应交给警察一千比索，他们便把我释放了，否则我还得花钱请律师。就这样，这事儿又摊到了他的头上，我算是给他出了难题。因为他如果不拿这一千比索的话，这笔钱还是会落到律师的手里。于是他说道：“好吧，就看在阿夫拉姆的面子上。走，咱们取钱去。”我的口袋里本来有钱，可我没让他们看出来，知道吗？

于是，他开着车跟我来到小餐馆，我向西尔维托提出要借五百比索。我故意把钱掉在柜台后面让西尔维托看见，他于是立马从口袋里掏出五百比索交给了警察。他第二天过来取走了剩下的部分。

“没事儿了，可爱的曼努埃尔，咱们走吧。”他这下变得真正友善了。他甚至带我到外面吃了几个玉米饼，然后才把我送回监狱。我在监狱里度过了那个晚上，一直听那几个扒手吹嘘自己的冒险经历。跟他们待在一起，我真的觉得很开心。

是的，我经常往西尔维托的餐馆里跑。那里实际上成了我的家。我一日三餐都在那里吃，有时甚至睡在地板上过夜。爸爸把德利拉和我那几个孩子搬到了丢孩大街上的一套房子里。与此同时，他又在城市的边上买了一块地，打算再修一套房子。有时候，连续一两个星期我都没去看过孩子，这让我感到很恼火，只是装着不知道而已。不知道为什么，不过我一旦没有每天看见他们，我对他们的爱就一点点地淡了下来，直至变得麻木起来。我只有尽量不去思考这件事儿。我曾经问过自己，为什么要这样对待自己的孩子，可事实上，我不敢把这件事往深处想。我没有勇气回答这个问题，因为一旦深究起来，我会痛恨我自己。

我没像应该的那样去照顾孩子，是因为我根本过不起自己想要过的那种生活。我像一头困兽，随时都在给自己寻找着出路。我觉得这是一种逃避。我晚上睡不好觉。我一坐下来吃饭就会想起自己那几个孩子，饭菜立马变得难以下咽。这是一件自相矛盾的事儿，不过我还是没有为了惩罚自己而去看望他们。有时候，父亲或者康素爱萝会跑到小餐馆来，当着朋友们的面对我大加羞辱，我反倒觉得这很公平。我觉得这样的羞辱是我那种行为应得的报应。

西尔维托和他老婆卡洛莱纳都是我的好朋友，他是个高级印刷工，也是某个协会的成员，负责打理餐馆的是他老婆。我曾经劝他来特皮铎市场干活儿，可他更愿意每天拿五十比索的薪水，外加社会福利和以后的退休金。

正是西尔维托介绍我知道了赛马和回力球，我就毁在这两样东西上。我甚至赌过拳击比赛和斗鸡。是的，赌博的恶习前所未有地牵住了我的鼻子。跟这些玩意儿相比，玩扑克牌完全是小菜一碟。我常常怀着夺得头奖的想法，奖金将会高达三千、四千甚至五千比索。我梦想着心满意足地对父亲说："看，爸爸，来，给你。把这一摞摞钞票全都拿去吧。"因为，我的主啊，我自己根本不想要这么多钱。我发誓，如果我夺得头奖，一定会把所有的钱都交给父亲和孩子们。我并不喜欢钱！

一天，西尔维托带着我去到赛马场，不幸的是，我买了一张十个比索的彩票。我这一把就赚到了七百八十六比索，于是立马说道："既然在这里能够大发横财，我何必再浪费时间做事儿呢？"从那一刻起，我爱上了赛马。我学着看赛马的各种表格，琢磨它们的体重、时间、出场、距离等。我懂得很多，甚至成了专家。也许那就是我的堕落。我本来应该像西尔维托那样坚持自己的预感和梦想。

我在赛马场亏了不少的钱。我本来在特皮托干得好好的，有时一天至少能挣到一百比索，可这全部，这一切都扔在了赛马场。有一次，我怀揣一千二百比索走进赛马场，可最后只剩下三毛钱坐公共汽车。那一天，我连饭都没吃……我宁愿赌马也不吃饭……晚上在小餐馆赊了一顿饭。我只赢过两次……加起来只有区区一千三百比索。简直难以置信，可我有时候一个月就要输掉一千比索啊，如果没有超过的话，那至少也是这个数。我本来应该用于市场投资的钱最后全被冲进了下水道，如果不是迷上赌博的话，我早就过上好日子了。

别以为我赌博只是为了好玩。那是一种营生，一种工作……也是能让我出人头地的最便捷的途径。我一直满怀希望。每次输光身上的钱，再也无法下注的时候，我觉得自己的身体都要瘫了。我会冒冷汗。我骂自己是个傻瓜……选错了号……没相信西尔维托的直觉……没正确理解头一晚做的梦……没有好运气。我不止一千次告诫自己要收手，可只要在买卖上赚了几个钱，我立马就会揣着它往赛马场跑。第二天，我身无分文地来到市场，看哪位朋友有钱跟我搭个伙度过那一天。

雪上加霜的是，一个合伙人揣着五千比索的货品跑掉，留下我独自偿还货主们的债务。就那一单生意，我现在还欠着一千二百比索。

阿尔维托这位伙计在美国待了一季，直至被移民局官员逮住并遭送出境。他回来之后，我去看过他几次，不过我们之间再也没有原来那么亲密。一开始，他像原来那样跟我说话聊天，可后来我发现他跟我越来越生疏。他说话的语气有一种明显的冷淡，知道吗？反正就是某种不对劲。这样的情形持续了三年时间。有一天，他喝得醉醺醺地带着他姨妈来到了西尔维托的小餐馆。

　　我那天上午正在替卡洛莱纳烤面包，因此不想跟他一起喝酒。我自顾自地忙活着，他坐下来之后，拿眼睛一直瞪着我。他忧伤地左右摇头，可眼睛始终没有从我身上移开。"谁把这个家伙惹到了？"我在琢磨着。他举起酒杯对他姨妈说："为了最好却又最背信弃义的朋友，干杯！"说完，他还是瞪着我，知道吗？

　　他又做了一次，这下子我不能再视而不见。我于是走过去问他："听着，伙计，你我之间从不废话。你为什么要那样说我？"

　　"听着，"他说道。"要不是为了我那几个孩子，我发誓现在就可以捅死你，伙计。"

　　"等一等，"我说道。"浑蛋，你究竟怎么了？你疯了吗？"

　　"你是不是讨好过我的女人？"

　　"你听谁说的？"我非常生气，觉得体内有火山即将喷发。

　　"我老婆胡安妮塔跟我说的。她在夜总会上班的时候，你是不是找过她，还把她上了？"

　　我终于明白到底是怎么一回事儿了。我从美国回来没多久，遇到一个朋友对我说："喂，奇诺，是谁的老婆在埃尔卡西诺做事，你的老婆还是阿尔维托的老婆？"

　　我不喜欢听到这样的说法，因为埃尔卡西诺是个廉价的社区夜总会，确实非常下贱。我于是对那个人说："哦，我的哥们是个情场猎手，他有很多个女人。谁知道你老兄说的到底是哪一个呢？"

　　"也许吧。"他又说道。"不过我告诉你，这个人说她认识你，还说她跟阿尔维托生过孩子。"

　　"接着说，你不会跟我说那是他老婆吧，他可是正儿八经结过婚的呀。不可能是胡安妮塔吧。"突然，我有一种预感，那个人就是胡安妮塔，不过我仍旧装作若无其事的样子，因为我不想让那位朋友看出我的尴尬。

　　那天晚上，我去了埃尔卡西诺，想一探究竟。那一带很黑，我一开始什么也看不见。我感觉尿胀了，就在上厕所的途中，我遇到一个女子跟一个男子紧紧地抱在一起。往外走的时候，我看清了那个女子的脸，确实就是阿尔维托的老婆。我觉得很难受，仿佛那是我自己的老婆。于是，我一把抓住她骂了起来。

"这是怎么回事儿？"我一边问，一边把她拉了过来，知道吗？"你他妈到底在这里做什么？臭婊子！"

她一边挣扎，一边说我没有权力管她，还说她什么也没干……

"什么也没干？臭不要脸！你好意思说我没权力！你马上离开这里，要不然我就把你拖出去。"

"孩子病了，阿尔维托又没给我寄钱回来。我难道让孩子去死吗？我只好……就是这么回事。"

"夫人，你红口白牙竟敢撒谎。五天前我才替阿尔维托给你开了一张五十五美元的支票，是我亲自给你送过去的。"

接着，她哭了起来，我也恢复了理智。再怎么说，她也不是我的老婆。

于是，我平静地对她说："我告诉你，夫人，你再也不要在这种地方上班了。如果你缺钱，如果阿尔维托给你寄的钱不够，我可以借给你，等他回来之后再还给我。我很快就有事情做。阿尔维托回家之后，他再还我不迟。"

为了放她走，我给了吧台管理员二十个比索，又给了看门的保安十个比索，然后把她送回了家，心里还觉得替自己的朋友做了件好事情。

所以，当阿尔维托就这件事情指责我的时候，我感到难受极了。

"听着，伙计。"我对他说道。"我不喜欢搬弄是非。咱们别在这里婆婆妈妈，起来，我跟你一起去你家。"

我们坐了辆出租车，很快就到了。阿尔维托和他老婆替一栋公寓楼看门，我们穿过院子就来到了他们位于楼房后面的家里。胡安妮塔一见到我就觉得很惊讶，眼神很不自在。随后，我们跟她挑明了来意。

"不是的。"她说道。"我不知道阿尔维托怎么会那样理解。我只是跟他说，你当初主动借钱接济过我，并没有说我跟你睡过觉。"

阿尔维托一直站在一边瞪着她。随即，他猛地揍了她两下。我没有阻拦，因为我觉得她是咎由自取，谁让她那么做呢。他差点杀了我，或者我杀了他……原因呢？于是，我任其揍她。不过，我看他揍起来不想收手，终于拦住了他。他像疯了一样……突然厉声喝道："臭婊子！臭婊子！"他一直就这么念叨着。我后来把他扶上了床。

他现在仍旧会过来看我，可我们之间再也不是那么回事了。我们从小一起长大，相互照应，当然，他肯定不应该怀疑我。这令我很受伤。我没有表现出来，可在内心深处，我有一种被欺骗的感觉。这件事儿甚至削弱了我对于宗教的信仰。

不过，我真的佩服这位朋友。他有钢铁一般的意志。他只要打定主意做什么事情，就一定会做。他现在开起了出租车，几个儿子即将上学，还买了一台小电视机……燃气炉……甚至在说修房子的事情。他的梦想就是驾驶大型观光巴士，我一点都不怀疑，他肯定能行。

他经常劝我安定下来，别再一时冲动。他说我比他有文化，应该能够更成功。我不知道他哪来的这种意志和恒心……也许因为他认不了几个字，头脑就不会受干扰。也许这有助于他集中精力关注现实的事情，对吧？

是的，我才二十多岁就成了鳏夫。我的确是个自由人。我睡到中午才起床，下午和晚上可以在市场、大街上、赛马场或者其他什么地方打发时间，只要能够赌博就行。我有很多朋友，不过还是感到很孤独，需要找个女人才行。我去过妓院三次，不过什么也没干就走了。那些女人我真受不了。

后来，我在小餐馆遇到了玛利亚，也就是卡洛莱纳的教女。我第一次见到她的时候，她还是个十七岁的女孩。她的母亲几年前死于她的继父之手，从此她跟她奶奶、三个弟弟和妹妹过着居无定所的日子。老市场没有拆迁的时候，他们就睡在其中的一个摊位上。我遇到她的时候，他们一家子在卡洛莱纳和西尔维托家的一个小阳台上挤着睡。

从一开始我就看出玛利亚身上有缺点。她这个人很懒散。不过，她长得很结实，又年轻漂亮。关键在于，我对她的感觉很强烈。我是这样想的："只要有耐心和温情，她肯定会改正。她虽然过过苦日子，但我可以一点一点地让她好起来。"

并不是我有多喜欢玛利亚，因为我根本不爱她。我对爱情的欲望已经被扼杀。我很清楚这一点，因为在街上偶尔遇到格瑞塞拉的时候，我竟然对她没有丝毫冲动。不，我追求玛利亚纯粹是图方便。

于是，我邀请玛利亚跟我和另一个朋友一起去查尔玛朝觐。我本打算实现老婆的意愿，替她从恕罪十字架一路跪行至供奉"小圣人"的神殿，可当他们允许玛利亚跟我们一起去之后，我完全忘记了老婆的誓言。

一路上我都在想法搞定她，你知道我的意思吗？在公共汽车上她已经让步了……她说她愿意。徒步之旅开始之后，我们当夜就睡在了一起。我们睡在地里的一块草垫上，结果搞得非常难堪。

想想吧，那个时刻终于来临……她有点反悔……我却无可奈何。我竟然没有任何反应。她只是略加推让，我却非常紧张，根本没法……根本没法。我非常紧张。为了掩饰，我只好假装对她不甚满意。我们在那片席子上一起躺了三个晚上，不过都仅止于此。

从那之后，我的全部感觉就是难堪。我一直都在想这档子事儿，但等到所有的事情都搞定之后，我却只能干瞪眼。我只觉得睾丸剧痛，整夜整夜地感觉到愤怒和失望。我一直精力充沛，可老婆去世之后，我就再也没法那样子。我觉得道义上的难堪在我头脑里日渐增加。

于是我这样想："唉，谁知道呢？也许上帝就是不想让我近她的身。"随后，另一个小子开始追求她，等我知道真相的时候，他们已经开始恋爱了。我肯定不会输在那个浑小子的手上。再怎么说，我跟她睡过觉。我熟悉她的身子，怎么能够让他得手？

于是，我提出要她嫁给我。我答应她努力干活儿，她要什么我都给。我还提醒她，我在她面前一直循规蹈矩。"知道吗，"我对她说道。"循规蹈矩的人理应有这样的回报，而你竟然拿它不当一回事儿。我本来可以睡了你，但我做了克制，因为我答应过要尊重你。"

你知道她这下子怎么说吗？

她说："你为什么要答应？是因为你不行！说白了，你就是个废物。"

我气得给了她一个耳光。"你竟然反复拿我的克制来说事儿？这就是老实人的下场吗？"我又扇了她一个耳光。很自然，出于男性的尊严，我肯定不会实话实说。

那之后，我们互不理睬。另一个女人开始打起我的主意。她跟一个男人住在一起，我根本不想要她，可她不住地追求我，直至我不得不举手投降，但我根本不想这样。

突然有一天，玛利亚跑来对我说："曼努埃尔，你不是一直要我嫁给你吗？好，咱们马上做一次。"我完全没有思想准备，不过还是趁她没改变主意之前，带着她去了一家小旅馆。事情原来是这样的，她对那个女人心生嫉妒，迫不及待地想证明她能把我搞定。

我一眼就看出来，玛利亚没有这方面的经历。她还是个处女，表现得非常被动。她完全任由我摆布。因为神情紧张，我铆足了劲，可还是完不成事。那之后，玛利亚又睡回阳台，我住在小餐馆。我们就这样一直生活了好几个月。

我希望玛利亚会有所改变。可她仍旧反应冷淡，每次都是一副绝望的样子。我不想说自己色迷心窍，不过根据经验判断，女人应该多少有点激动才对。于是，我试着……撩拨她，可她仍旧没有反应。有时候，我还在陪她说话，对她动手动脚，她竟然睡着了！这可真让人伤心，不是吗？

我为此很责怪她。"听着，玛利亚，为什么每次都只有我一个人主动？你就不能有点要求？这是婚姻生活中再正常不过的事情啊。你怎么从来就没想过呢？"唉，我真可怜！我想这都是她不爱我的缘故吧，可她一个劲地说，如果她不爱我，就不会跟我生活在一起。

不过，她并没有责怪我的无能。我并不是一向如此，再说我还可以掩饰，不过我真觉得那是一种折磨！有时候，我觉得是我的脑子有问题，因为我总是休息不好。即便我做起来之后，也完全不在状态。我的脑子老在思考问题，要不就在回味音乐。我能感觉到自己强烈的冲动和情感，有时候甚至想得脑子都要爆炸似的。有好多次，世界仿佛停止，我对一切事情都失去了欲望。街道、噪声、走动、人群……在我眼里全都一动不动……连花朵都没了颜色。

跟玛利亚在一起的时候，我稍稍忘记了自己的种种烦恼。我试着跟她交流生活中种种严肃的话题，可她听着就烦。我不太有文化，但至少会读书认字，多少有点修养。可你知道她的兴趣在哪吗？连环画、爱情故事、流言飞语……这些就是她经常跟别人说起的话题，可我一跟她讨论问题，她的反应只有"是"或者"不是"。

后来，她的慵懒让我很烦心。"玛利亚，拜托你把自己收拾一下。"我对她这么说道。"尽量把自己收拾干净点吧。你四处走动，就像个破落相，仿佛一点想法也没有。"她对于生活没有丝毫的兴趣。我怀疑她是不是哪里出了问题。

就在我打算分手的时候，玛利亚怀孕了。我没有抛弃她或者给她苦头吃的想法。她希望我们履行世俗婚姻的登记程序（她听别人说过，婚生子活得久，一辈子都能得到上帝的保佑）。但我并不想跟她结婚，因为对我先前的孩子和死去的老婆来说，那显得有点背信弃义。如果结了婚，我和她生下的孩子在法律面前可以享受所有的权利，而我自己早先的四个孩子会自动失去所有的权利。

大约就在这个时候，爸爸叫我去把几个孩子领回来。"我养够了，"他说。"我对你们这几个孩子早就厌倦了。你得把他们领走。我实在受不了他们。"

于是，我把他们领到了卡萨-格兰德，跟玛塔和她那几个孩子生活在一起。只要我给钱，玛塔倒是愿意照料他们。呵，头三天的傍晚，我过去给她钱的时候，才发现她根本没管那几个孩子，他们竟然一整天没吃到东西。我妹妹带着她自己的孩子跟一个男人跑了个无影无踪！她走的时候一句话都没留下，等我赶过去的时候，我那几个可怜的孩子活脱脱成了一群吃不饱肚子的孤儿。

于是，我带着玛利亚住到了卡萨-格兰德。我以为她就算什么也做不来，至少能够给孩子们煮煮饭。父亲说过，只要我愿意付房租，就可以在里面居住。当他弄清楚玛利亚是个什么样子之后，对我这样说道："等于说你又找了个负担。跟你早先那个差不多。"

我怀揣梦想，打算把这个家好好打理一下。没过多久，爸爸坚持把其中的家具送到了阿卡普尔科家，也就是玛塔跟着过日子的那个人。康素爱萝也跑过来取走了几样东西，跟着是德利拉。很快，我们的家里什么也没有了，只有四面墙壁和一帮子人。

康素爱萝顺路来访，发现我们竟用纸板铺在地板上睡觉，于是这样说道："哥哥，我留在卢裴塔家那张大床暂时用不着，只要给我五十个比索，你就可以拿过来使用。"

"可是，妹妹啊，"我回答道。"爸爸去看望卢裴塔的时候，不是睡那张床吗，我怎么好拿走？"

"我不管，"她说。"那张床是我的，再说，钱也是我付的，我宁愿给你那几个孩子使用。"

于是，我把钱给她，然后取回了那张床。那张床归我和玛利亚睡，我把席子铺在地上让孩子们睡。玛利亚生下小女儿洛丽塔之后，我们三个人一起在床上睡。康素爱萝看见这样的安排之后，不禁又大惊小怪起来。

"什么意思嘛？我是让孩子们睡床，不是……"

我立马生气了，因为她老暗示说我虐待自己的孩子。这有什么呀，我一辈子都睡地板！我和罗伯托小时候过的日子还要糟糕，因为我们根本不像现在的孩子那样还有什么席子和床单。

"康素爱萝，床不是你给我的，你是卖给我的。这个家里我说了算……是我……是我……不是你。别在这里指手画脚。只要有了钱，我

416

再买一张床就是了。"

嗨，她这个人老跟我纠缠床的事情。后来，我跟她这么说："听着，你别跟我大呼小叫。把那五十比索还给我，自己带着那张床滚蛋。"可她当时拿不出五十比索，于是我们之间争吵不断。有一次，她甚至在电影院外面等着我，专门等我出来吵架。

"你真蠢。"我一边说着，一边往外走，留下她一个人站在街角大呼小叫。我猜我的这一举动让她很生气，因为第二天她就来到我家里，把五十比索还给玛利亚之后，搬走了那张床。

没过多久，我在市场上大赚一笔，终于给家里买了一套床上寝具。

"多漂亮啊，"玛利亚说道。我以为那套寝具能激起她的活力，没想到她跟以往一样，还是了无兴趣，漠不关心。不管我的手指伸到哪里，都是灰尘、指印和污物。

"臭婆娘，看在上帝的分上，你成天究竟在干些什么呀？"我问她。"稍微找点油，把家具抹一抹不行吗？你就不能让家里看上去整洁一点？"

两个星期之后，衣橱的门破了。我气得七窍生烟，把她骂了个狗血淋头。她先是怪我的弟弟，接着又怪起了我的小儿子。我从她的嘴里无从得知真相，只得跟她不停地打口水仗。

"像你这样堕落潦倒，我买这些还有屁用？你喜欢生活在灰堆里，咱们也只能跟着住在屎堆里。那咱们就看看，谁先感到厌烦。我们家虽然东西不多，但至少你不用饿肚子。享受着这样的恩惠，你应该感谢上帝，感谢我才对。只要有男人可依靠，很多女人就觉得是福分，大家就会想着你，因为你有男人一起过日子。

"也许你觉得我太老，也许你觉得我骗了你，因为我没有醉到深更半夜才回家，还把你从床上拖起来。玛利亚，也许你觉得烦了，是吗？你到底想怎样？我可不想折磨你。我折磨过一个女人，她是在我手上死去的。我发誓，我宁愿放你走，也不会让你跟着我受罪。我不希望我的老婆唯唯诺诺，我需要的是伴侣。学点东西、找点活儿干、主动一点……"

她只是竖着耳朵听。遇到我发问，她还是只有"是"或者"不是"这样的答案。我不想把责任全都推给他，可她要是换个方式，我现在的日子肯定会大不相同。

后来，她的家人开始搬过来跟我一起住。那可真是！我自己的日子本已相当拮据，而老婆家人还搬来同住真让我吃惊不已。原来，她的姨妈和外祖母因为付不起房租被人赶了出来。她姨妈的一个儿子跑来求我们让他住一个晚上，他就这样留了下来。

一天，他的母亲艾尔皮迪娅又带了一个发着烧的孩子过来。外面一直在吹大风，这位太太不停地念叨："我该去哪儿住？想想吧，孩子病成这样，我还没有找到地方住。"唉，她用不着给我细说端详，于是我对她说，她干脆住在我家，等孩子好起来再说。

玛利亚有个表姐名叫路易莎，跟她第二任丈夫住在一起。她第一任丈夫的几个孩子也跟他们住在一起。这样的事情闻所未闻！继父侵犯了她只有十一岁的小女儿，并弄大了她的肚子。这位母亲装着对此事一无所知，但实际上一出事她就知道，而且继续跟他生活，住在一起。现在，不管我们的社会如何落后，但它也不会容忍类似的事情。继父竟然侵犯继女！肯定不行！

于是，路易莎领着状态十分不好的女儿住到了我家。这孩子看上去十分稚嫩，非常无辜，瘦得皮包骨头。我带着她去看了医生，医生说她情况很不好，不但营养不良，还患了支气管肺炎。他不知道，她实际上还怀着孩子。看着孩子病得这么厉害，我支付了医疗费，还答应他们在我家住了下来。

随后，奶奶带着玛利亚的几个哥哥跟了过来，说是来看生病的孩子，哇！他们竟也住了下来。就这样，我家里住了艾尔皮迪娅和她的两个儿子、路易莎和她的女儿、外祖母、我老婆的三个哥哥、我自己的四个孩子、玛利亚、洛丽塔和我。随后，老婆的一个妹妹、路易莎的另一个女儿也搬了过来。一套房子竟然挤住了十八个人！再后来，我弟弟罗伯托无处可去，也带着他的老婆搬了进来。

烦，烦，烦，这就是我每天回到自己家里的一种感受。他们在地板上横躺一个竖躺一个，完全不分白天黑夜。他们全都是些不爱干净不讲卫生的人，把整个房子弄得乌烟瘴气。外祖母稍微讲卫生一点，尽可能把自己收拾得干干净净，而最恶心的人要数艾尔皮迪娅姨妈。她会坐在厨房的角落里给孩子们捉虱子。据我的观察，她从来就没洗过手。她会把饭递到我手里，可我怎么吃得下？只要看见她那一双手，我就恶心得直反胃。

玛利亚的妹妹脸上经常挂着大鼻涕。卫生间恶臭难闻，他们上厕所的时候连门都懒得关上。一帮孩子老爱吵闹，尤其在早上我喜欢睡懒觉的时候更是如此。吵死了！糟糕透顶。吵得我脑子一阵阵发痛。

父亲一如既往地每天过来一趟。他从不多说什么，但我看得出来，他也不喜欢那么多人住在我家。我的第一反应是想把他们全都赶走，可另一个我不住地劝告自己："他们可怜到如此地步，竟无处可住。今天是他们，明天就轮到我自己。我怎么能够把他们赶走呢？"

我对玛利亚说："喂，老婆。我并不觉得他们是什么负担，不过所有的开支的确由我一个人负责，再说我的钱也快用光……就那点钱我还得用来做业务。拜托你去说一说，他们能不能自己找点事情做？"

"不行，"她说。"我怎么说得出口？你自己去跟他们说！"

"可那是你的家人。我不是让你把他们赶出去，而是让你叫他们找点门路。这事儿本来就不公平，尤其因为我目前在跟别人合伙，而我每天却要拿出三十个比索来负责这帮人的吃喝。"我在市场里的朋友们组织了联合体，以便大家都有钱做买卖。每一周，我们十个人分别购买五十个比索的入伙券，大家轮流使用这五百个比索的筹资款。我也加入了，每个星期拿出五十个比索，以维持大家的运转。

然而，玛利亚什么都不对她的家人说。实际上，她跟他们住在一起反而非常开心。她从没那么开心过。我越来越头疼，可我仍旧没对他们说过什么。我的钱全用光了。到了这个地步，我只得叫父亲把我那几个孩子领回去，因为有好长一段时间，玛利亚只顾着拿钱供养她的家人，我那几个孩子只能吃面包喝清咖啡。孩子们太可怜！玛利亚和她的家人很亏欠他们。

我已经穷得叮当响，只好卖掉那一套寝具，带着玛利亚和洛丽塔到小餐馆吃起了赊账。第一个搬走的人是玛利亚的外祖母，因为她最能体谅别人。她应该看得出来，我的状况很窘迫，所以她带着玛利亚的妹妹和几个哥哥搬了出去。其他人我同样没有驱赶，不过他们都一个个先后搬走了，因为我实在拿不出东西给他们吃了。姨妈终于走了，这才是真正的胜利！他们在我家住了两个月的时间，其间我不但花光了所有的钱，反而欠了一屁股的债。

我的一生一直交织着种种莫名其妙的感情。我觉得我像一个病态的人，喜欢折磨自己。我经常狠狠地诅咒自己。我明确告诉你，我夜里一个人住在小餐馆，曾经多次独自哭泣。我的一生太没意思、太没价值、太不开心，有时真希望就这样死了算了，我的天啊。我这样的人没有什么东西留给后人，甚至跟地上的蠕虫一样，连个痕迹都留不下。我没给过任何人一丁点好处，我就是个不听话的儿子、不够格的丈夫、不像话的父亲，什么事情都做不好。

回首一生，我觉得以上种种全都因为一次次阴差阳错。我对这样的阴差阳错曾经得过且过。我一直满足于无所事事，只求苟延保命，从没做出过努力，也没取得过成绩。我只知道等着时来运转……赢他个百万比索，指望着以此来帮衬自己的父亲，养育自己的孩子，接济我那些有需求的朋友们。我干不成大事，所以最终一事无成。

不过，我现在多少有了一点自信，也变得更加理性。今后我会自豪地修一栋像样的房子，送自己的孩子好好读书，再给自己存点钱。我要给他们留下点什么，这样在我去世之后，大家才会想念我。

这听起来可笑，不过要是能想到合适的字眼，我真想哪天写几首诗。哪怕曾经经历过那么多罪恶，但我一直想发现其中的美，这样我的种种幻想才不会被生活全部给毁灭掉。我一直想歌颂生活中的美……伟大的情感和崇高的爱情，为的就是能以最美好的方式表达哪怕最微不足道的感情。有人能够书写这样的事物，所以这个世界才如此美好宜人。他们把生活提升到了一个别样的水平。

我知道，只有战胜自己，我才能够达到如此积极的境地。当务之急，我一定要战胜自己。

罗伯托

　　1952 年 12 月的一天夜里，我被关进了韦拉克鲁斯监狱。你看，为了打发时间，我碰巧来到一家妓院找乐子。我经常犹如一匹孤狼，没有什么地方不敢去。我进去待的时间有点长，正跟一个小姐喝着酒。一起回到酒吧的时候，我看见那个名叫"小鸡"加尔文的家伙走了进来。那又怎么样呢？……在我看来，他不过是当地的一个小伙子而已。我后来才搞清楚，他是一位州级高官的儿子，经常带着全副武装的警察四处游荡，所以才摆出那么一副傲慢的样子。只要他愿意，可以欺侮和羞辱任何人。因为保镖随身，所以他经常口出狂言。

　　碰巧的是，他进入酒吧之后，站在了我的身后。我一边喝酒，一边转过了身体。他站在那里看了我一眼，我也看了他一眼，这都很正常，对吧？我没说什么，他也没说什么。我们就是看了对方一眼。

　　嗨，按我们墨西哥人的说法，我们的嫌隙由此而生。不过我一开始并没有看出端倪。丹松舞曲响起，刚好是我最喜欢的曲目，我于是邀请那位小姐跟我一起跳舞。"好哇，干吗不呢？"毕竟，她陪了我一个晚上，对吧？舞曲播放的过程中，这个小伙子走上前来对我说道："滚开，让我来跳。"

　　"没问题，可我正跳着呢，"我回答道。"等我把这一曲跳完再说吧。"

　　"什么意思，'等！'首先，你不应该用'你'这个词跟我说话。第二，我马上就要跳，因为我想马上就跳。"

　　"听着，我之所以用'你'，是因为你跟我说话也用了'你'这个词。第二，你不能跟她跳舞，尽管她是个妓女，但我不会让她那么做，事情就这么简单。"不管什么样的女人跟着我,我都会尊重她。不管她的社会地位怎么样,我也要保证她得到其他人的尊重。

于是,一场闹剧开始了。他用手中的特权不但戏耍了我,而且打垮了我,我每次一想起这事儿就伤心不已。这就是闹剧!我跟他争了起来,对吧?要说我有什么错的话,那就是我打起架来根本不知道逃跑。我站起身来,两三个警察立马围过来,想要把我给抓住。这小子早就形成套路,争执一旦发展到需要动拳头的时候,陪他一起来的警察就会横插一脚抓住他的对手,随后任他们给对方一顿好揍。不过,他这次却说道:"不用。放了他!这次我要亲手搞定这个王八蛋。"

几个警察退到了一边。于是,我们扭打成一团展开了激战。我曾经学过拳击,而他根本不懂什么拳击术。实话实说,我占了上风。突然,他掏出一把枪威胁起我来。我看见了他手里的家伙,但一点都没有害怕。不但没有害怕和退缩,我反而被他彻底激怒,打算把他揍成肉酱。

他叫嚷着:"龟儿子,今天你死定了。"

"走着瞧吧。枪谁不敢掏啊……易如反掌……可要扣动扳机……你得够胆才行。"

"那你就瞧着吧,"他说道。

随即,我掏出刀子划伤了他。我知道那不是什么致命伤,可我毕竟伤到了他。我刺中了三刀,两刀刺在他身体上,一刀刺在他手上。

于是,那帮警察小题大做,把我抓了起来。他们说:"现在咱们走着瞧吧。小王八蛋,这下子你死定了。"实话实说,这样的结局在我的意料之中。我敢肯定,他们会把我弄死。其他人要是胆敢在他们面前提高嗓门说话,早就给他们揍个半死了。而我呢,竟然把他刺伤了!事已至此,我只有豁出去了。我心想,这下子我不死才怪。

那帮警察说道:"你等着瞧吧,我操你妈,你就等着吧……这下子你死定了。"

"好,不过在我被弄死之前,你们得有人替我垫背。"他们全都掏出了枪,不过其中一个警察说的一番话救了我的命,我真要为此感谢上帝。他说："不行，咱们先把加尔文送到医院，然后再想想该怎么处置这小子……要不然，我们给弄个缺胳膊少腿的，可真不划算。"

"这么说，我还不值得你们动手了，狗杂种。"我嚷道。"试试看，我要让你们……"

就这样，他们把我带到了韦拉克鲁斯的市立监狱。我犹如一块掉到井里的石头，觉得自己相当卑微。我的家人根本不知道我已经进了监狱。给他们写信，那不知道要花费多大的代价，是吧？不过，我该怎样把这个坏消息带出去呢？几天时间过去了，我只觉得情绪低落、十分伤心……我完全绝望了。

我只有一个念头，那就是逃出去，不管代价有多大，也不管用什么方法。不过，我得想个最好的法子逃出去，一点都不能有闪失。只有上法庭，我才有走出监狱的机会。于是，我要求举行听证。他们答应了我，日期也定了下来。

为了购买食物，我已经卖掉了鞋子，因为他们给的那些东西我根本吃不下去。要是猪猡会讲话，猪猡也会把那些东西当面给顶回去，同时告诉他们还有哪些东西可以扔掉。这样一来，我脚上穿的是木板鞋，中间用一根宽橡皮筋系住。我一直在练习不弯腰也能把它给迅速脱下来，因为穿着这样的木板鞋是跑不动的。我一直不停地练，直至听证会的日期来临。我并没有完全琢磨清楚，不过还是打定了逃跑的主意。

两个武装警察押送着我往法庭的方向走去，我的一边是墙壁，另一边是警察。我们左拐进入了一条长廊，长廊的另一头一直通向外面的大街，那儿有两个士兵把守着。一个警察在问我问题，可我根本没听进去。我全神贯注的是外面那条大街、该走哪条路、周围会有多少人等等。那个警察说："别过于担心，你不久就会出去了。"听他这么一说，我像子弹一样夺路而逃，一边逃一边脱掉了木板鞋，这个动作我都记不起是怎么做到的。当那一刻来临的时候，我把之前练习的内容忘了个一干二净。

我赤着脚跑了起来，仿佛被恶鬼追逐一般。我一下子就把他们甩开了很远。接着，我听到身后响起了七毫米毛瑟步枪被扣动扳机的声音，这种声音对我来说很特别，因为我曾经在部队服过役。路人纷纷叫喊："抓住他。别傻了。打死他。射他的脚。"我没敢往回看，因为如果我转头看见他们正举枪瞄准我，我一定会被吓破胆。

我冒着生命危险也要跑掉，托上帝的福，我眼看就要成功。我像子弹一样飞跑着，那个警察和其他人在后面追赶着我。看见我一路跑来，周围的人纷纷避让。我跑到城郊之后，他们终于开枪射击了。霎时之间枪声大作，那架势活像九月十六日的革命庆典。我的老天！子弹打在我的周围……我的前面、脚边……跟电影上一模一样。追我的人越来越多，连市民也加入了进来，他们不过想趁机过过枪瘾。

我没有往山上跑，而是朝着离得更近的一个咖啡种植园跑了过去。不过，走这条路我先得跑过一大片房子，那里有各种各样的人把守着。我不知不觉落入了虎口。我已经筋疲力尽……实在走不动了。我已经跑了一公里远，早已累得上气不接下气，肺部和太阳穴像要爆炸似的，双眼好像也要爆裂出来。我再也没有力气往前跑。不过，即便如此，我还是一心想把他们甩掉。我已经把他们远远地甩在了后面。我肯定已经领先他们两三个街区的距离。

我接下来要跑过一栋私人住宅的天井坝，天井坝的四周围着树篱。然而，树篱的下面竟然暗藏电线，我一下子就冲了上去。我被绊倒在地，好半天也爬不起来。我硬撑着站起来跳进了另一个天井坝。几条狗窜出来，甚至追着我跑了起来。

我转个弯又跑到了大街上，跟坐在那里的一个家伙撞了个满怀。其实，我已经不是在跑，而是在大踏步往前奔走，不过我自己仍旧觉得在跑。

那个人大声嚷道："怎么回事？你跑什么？站住！"

"不关你的事，"我对他说道。"我既没惹你，也不欠你什么，对吧？快滚开。"哦，不行，他要我站住。他不光掏出了刀子，还一把抓住了我。

我对他说道："我在哪里惹你了吗？你快松手。要不你会吃子弹的。"

"没门儿。"他说道。"我就想知道你在跑什么。"不过，我们并没有停下来……我们仍旧在跑，只不过我的衣服让他给抓住了。我倒了下去，以为这样一定会让他松手。他跟着倒地，不过仍旧没有松手，我一下子爬起来，照着他的膝盖猛踢。他挥动刀子，我一个躲闪，刀子刺穿了我的衣服。

突然，砰！接着又响了几声。我想要跑，可那小子偏不让。不过，我那个时候已经是强弩之末……完蛋了……连说话的力气都没了。其他人追了上来——有那个警察、有如一群小丑的大小官员、市民等等，好大一帮人呢。有人立马抓住我的右手，另一个人顺势抓住我的左手。我一阵头晕目眩，他们扶我站了起来。那个警察手里拿着枪，朝我走过来的时候恨不得照着我的胸脯就是一枪。其他抓住我的人对他说道："行了，你这个废物。他已经落在我们手里。他现在已经成了这副样子，干吗还要揍他呢？我们已经把他逮着了，别再打他了。"

这样一说，那个警察当时便收了手。一辆出租车加入了追逐我的队伍，我们这会儿朝着它走了过去……实际上我是被他们拖着往前走，因为我早就走不动了。那个警察真是怒火中烧。这怪不得他，因为我要是逃跑成功的话，他就会步我的后尘，这你是知道的。这好像是他们的规矩。不管发生什么事情，警察对于被他羁押的人都要负责。

不过，他真没有理由打我。就在我们顺着台阶进入监狱大门的时候，他不停地拿枪砸我的尾椎骨，砸得我钻心地痛。他一边砸一边唠叨："不要脸，我让你跑。你要是跑掉了，我岂不早进监狱了？"每说一句，他就用枪砸我一下。我痛得实在受不了了。进了监狱之后，一个长官说道："呵呵，黑娃！你跑得倒比兔子还快嘛。你要是从我们手上跑掉了，我们可该怎么办哟？把他送回去。"

啪！有人照着我的屁股就是一脚，那个警察又开始了对我的折磨。他一下子砸在我的头上，起了个口子。现在还有伤疤。

"你他妈个王八蛋只配当孬种，"我说道。"我路都走不动了，却还要挨你的揍。有点良心好不好！"这样一来，每个人都知道他干的不是什么好事，于是纷纷说道："够了，饶了他吧。他反正都落在你手里了。"

回到监狱之后，其他囚犯开始向我问东问西："他们怎么抓到你的？你为什么不跑这条路……或者那条路？"对于到底该走哪条路，他们给了我各种各样的建议，可全都是马后炮。这下可好，那一帮难友对我的敬重又增加了一分，你知道我的意思吧？他们大都弄死过不止一个人，所以才被关了进去。有个名叫爱德华多的家伙手上有十八条命债，经常自吹自擂："嗨，那算个球！我杀过十八个人，可你看看，我害怕蹲监狱吗？我这是在休养。"没过几年，他被放了出来，当然是在拿了钱之后。

你根本想不到我在监狱里遇到过什么样的事情，我感受到了什么样的悔恨。从身体方面来说，我已经被弄死；从道义方面来说，我已经被埋葬。不过，我不想让自己成为悲剧。感谢上帝，我永远都能站起身来放声大笑。我干吗不大笑？生活是喜剧，社会是舞台，我们每个人都是演员。

我不明白家里人怎么知道了我的下落。我悄悄给玛塔写过一封信，说我在韦拉克鲁斯监狱当信使，叫他们别为我担心。我不可能跟她说我是个囚犯，对吧？我叫她别跟父亲说，不过在一月六号，也就是三王节那一天，他还是赶了过来。

我听到有人高声叫我的名字，以为是玛塔写来了回信。在监狱这地方，收信是大事，所以我感到非常开心。我根本不可能想象父亲会来看我，即便有人告诉了他，他的工作职责也不允许他前来探望。我是这样想的，要是父亲能来探视我，要么太阳不发光，要么月亮掉地上。我害怕被他知道，不过同时我也非常自责，我不停地祈祷："主啊，我知道自己确实是个头号浑蛋，落得现在这样的境地是我咎由自取。不过，我求你可怜可怜我，别再让我受那么多折磨，因为我一旦入狱就如同掉到井里的石块。"

可爱的上帝一定在天上听我的祈祷，因为如我所言，爸爸来看我了。哦！他来看我了！我感觉自己好像升上了天堂，不过，我当然也害怕这样的幸福感被监狱方面大打折扣。就这样，我们会面了——这一幕让我感到很痛心——我父亲哭了。有一会儿，他屏住呼吸，仰着头，仿佛要深吸一口气，随即声音哽咽地说起话来。我嘛，实话实说，也流泪了。我情不自禁。反正啊，这就是事情的经过。

我猜父亲是来看我是否还活着，或者能否替我把这事给搞定。我对他说："别为我担心。要不了一年，他们就会把我放出去。"作为身陷囹圄的儿子，还能给自己的父亲提什么建议呢？

接着，父亲教训起我来："这下可好，平时不听我的话，你看弄成什么样子了？你要是老不做正经事儿，不听上帝的安排，这样的事情还会发生，你这一辈子别想有好结果。"话虽简单，可句句真理啊。我无话可说，甚至不敢看父亲的脸。我从来就不敢看父亲的脸，在那个时候更加不敢。一般而言，父亲看我的时候，我只能看着地面。

他给我留下五十个比索，让我请一个律师，可我信不过什么律师，于是把那些钱拿来买了一张床……两个锯架和一块木板……全都在监狱里购买。我一直睡地板，身上没有任何东西可盖。一大间屋子挤住着一百多个家伙，大家上厕所的时候要么踩我的脸，要么踩我的脚。有了床，我就能够"鹤立鸡群"。那张床虽然坚硬如磐石，但他们再也踩不着我了。

父亲带着康素爱萝和同父异母妹妹玛丽莲娜又来看过我一次。后来，爸爸给我写过一封信，说他需要切掉阑尾，可医生不敢确定他能否挺得过来。他想让我知道，他原谅我做过的所有事情，我应该改过自新做个好人。那之后，我有两个月的时间没有收到任何只言片语，所以你可以想象，我的心情有多郁闷。

"主啊，请你赐我迹象，让我知道父亲的结果。如果您要找他问责，您尽管问，但您至少不要置我于不顾。我在内心深处向您祈求，把他给我留下，哪怕一年也行。我再求您……如果可能，请您不要带走我的父亲，让我去死吧，我才是最不配活在这个世界上的人。还有那么多人需要他，所以，我愿意替他去死。"整整两个月，我就是这样熬过来的。没有信件……没有任何只言片语。邮差每天都来，可我什么也没有。唉！实话说吧，我就是个活死人。我之前早已死过千次万次，可那次我是差一点就真的死了。

我每个星期都参加监狱里举行的弥撒。来到弥撒现场，我跪在神坛跟前比划着十字，感受着只有在教堂里才能感受到的心灵上的平和。我仿佛被带走，即便没被带到另一个世界，至少也摆脱了这个世界的种种邪恶和欺诈。跟上帝说话的时候，我能够感受到他正在聆听着我。我解释不了，不过我在其他地方从来没有过类似的感受。那是我在监狱里唯一的安慰。

监狱里有个囚犯是福音传教士，不仅胆敢侮辱牧师和修女，还想向我们传授教义。他一直在读《圣经》，懂的东西比我们都多。他对告解和弥撒嗤之以鼻，还问我们为什么要信奉天主教，我们竟然答不上来。我确实不太了解天主教，不过就算要了解其他的宗教，我也应该首先把自己的宗教弄明白，不是吗？

有一天，那位"大哥"，也就是我们所说的福音传教士，对我说道："过来，奥泰罗。"奥泰罗是他们给我取的外号。"你怎么看，奥泰罗？牧师是不是跟你我一样，同为罪人啊？修女毕竟是女人，他们也想挨着睡觉，不是吗？"

"我不知道，大哥。"我回答道。"不过，我要对你说，你他妈难道就不能别管我信教的事儿吗？"这下可好，那位福音传教士犹如好斗的公鸡，一听我提到他的母亲，立马掏出了刀子。我当时正在木工室做事，身上也带着尖刀。其他囚犯都是天主教徒，全站在我这一边。不过，典狱官及时干预，命令我去打扫天井，安排"大哥"清扫厕所。

我的心情一直不好，因为我老在盘算着越狱。要么我自己出去，要么让他们弄死！不过，我想在临死之前做一番告解，了无牵挂地离开人世。于是，我找到一位牧师，要他教我怎样做告解，因为我之前从来没有做过。我向他忏悔了所有的罪过，包括我曾经爱过自己的妹妹。我把自己所能记起的盗窃案都做了忏悔，然后他告诉我，我应该在出狱之后归还所有偷窃的物品，或者至少向人家坦白我之前的行为。与此同时，我得把"主祷文""信经"等经文诵读三遍，还要把"万福马利亚"诵读多遍。

我一边祷告一边痛哭，之后便感觉平静和满足了许多，竟再也不想越狱了。我等着举行听证和审判。他们告诉我，被我刺伤的那个小伙子状态很不好。后来我听说他死了……再后来，又听说他其实并没有死，还跟往常一样不可一世。

我在监狱里参加了第一次圣餐恳谈会，这时候我即将年满二十一岁。我们每个人领到一支蜡烛、一杯巧克力和一个面包，然后我就上床睡觉了。我不想被任何人打搅，只想一个人感受一下那份宁静。我内心感到极度的宁静，什么事情都不想做。

哥哥前来探视我，并把我教训了一番，我猜这就是我那次圣餐恳谈会的回报吧。曼努埃尔大老远地从墨西哥城赶过来，一见我就嚷嚷不止。"你听我说，哥哥。"我说道。"我知道，不管你说什么，我都是咎由自取，不过我求你想想我在这里所承受的种种责罚吧。你比我年长，我尊重你，可请你不要对我大吼大叫，好吗？"我说着说着哭了起来。哥哥比我高尚。实际上，我根本没资格说自己高尚，我就是一个浑蛋。坏就坏在我不但意识到了这一点，而且一直在以此折磨自己。

随后，曼努埃尔问道："你知道还有谁跟我来吗？"

"不知道。还有谁？"

"格瑞塞拉，我先前的女人。"

"那我倒要看一看！把她叫进来吧。"于是，他把她叫到了门口。她的眼睛很好看，还蓄着一头卷发。她的声音也很甜美。

"你好，罗伯托。你好吗？运气怎么那么差，啊？"

"哦,请别为我担心。"

说完他们就走了。

我跟着木匠帕罗做起了事儿。他在监狱里拥有全套工具,我帮他做事不取分文,但他会分给我一些食物。后来,大概是在七月份吧,我跟一个狱友玩牌输了,很晚才睡觉。当天晚上,我起床去上厕所,先是踩到了一个人,接着又踩到了另一个人。我正在尿尿的时候,突然看见尿槽的外壁靠近地面的部位有反光。站在边上的人是考克,全监狱就数他粗野,已经被关了十来年,剩余的时间还遥遥无期呢。

"打什么飞机?"我问道。

"闭嘴,小杂种,要不老子弄死你。"他一边说一边从身上把刀子掏了出来。

"别胡来,你可唬不住我。到底怎么回事?"

"闭嘴,奥泰罗!这是我们的出路。"

他们已经挖了很深的一个洞,一个人钻进去完全没有问题。我刚才看见的闪光就是他们用来照明的蜡烛。

"我们要从这个洞子爬过监狱的围墙。"

"就凭你们?"

"只要别让其他人知道,你就等着看我们如何跑出去吧。"他递给我一把刀子,随后又给他自己找了一把。一个名叫考威尔的家伙从洞里爬了出来。他是个同性恋者,也是最先想到挖洞的人。在挖洞的过程中,好多人帮过手……一个人挖,一个人装土,另一个人再运出来。我们把泥土做成席子和枕头,而且全都盖了起来,因此谁也没有发现。

牢房每个月打扫一次,床上用品要拿出去除虫虱。那地方确实有臭虫!"市长"拿着一根棍子走进牢房,在墙壁和地板上到处乱戳,看有没有地方被开挖过。轮到打扫我们的牢房那天,我们几个人四处闲逛,心都提到了嗓子眼。我们一直挖到清晨五点钟,因为七点钟有人来叫醒我们。至此,牢房里的囚犯大都已经知道了这件事情。

那天早晨七点钟以前,我们相互发过毒誓,只要看见谁同守卫讲话，我们一定把这个人弄死。那一天的日子可真难熬，每个人都东瞧瞧西望望。晚上一到，我们本该排队回到牢房，可不知是什么原因，我们被拦在了外面。我们以为肯定被他们发现了。我的心脏怦怦直跳，差一点让我疯掉，考克已经做好准备，打算把第一个靠近我们的守卫给干掉。不过，我们被拦在外面的原因却是有人要给我们的牢房换灯泡。

获准回到牢房之后，我们立刻又开始挖了起来。我们越过围墙下方，挖到了外面。考威尔第一个钻了过去。呵呵！我们高兴极了。考克说道："奥泰罗，你给我看着点，这帮家伙个个惊慌失措，谁都想第一个跑出去。可这样的事儿我们得慢慢来，大家才都出得去。"要让他们平静下来可不是件容易的事，因为谁都想第一个逃出去。

于是，我对他们说道："好了，出发。下一个，下一个。"接着我又对他们说道："不行，你们可不能把我一个人扔下，现在该我了。"我们头朝前，脸朝下钻了进去，只有胳膊朝前才能往前爬。我钻进通道没有问题，可因为胳膊撑在身体下面，我被卡了半道。被卡住之后，我使劲挣扎着，就在这时我感觉到自己的双脚被人抓住了。"哦，老天，竟然被他们发现了！"非也，原来是一个同伙在用他的头顶我的脚，我竟然通过了。我不知道顶我人是谁，可如果没有他这一顶，我根本不可能跑出来，当然，他也跑不出来。

钻出地道，我们遇到了一扇大门。我们捣鼓着门锁，还是一个开锁高手打开了门锁。大家早就达成过一致，我们应该像没事似的走出去。这样做的好处有很多。然而，大门一打开，他们全都像站在起跑线上听见了出发的口令似的，如一群野马般冲了出去，把我一个人远远地甩在了后面。他们可真吵闹，竟然吹起了口哨。突然，一颗子弹从我身边一掠而过。我大喊道："快跑，伙计们，要不我们就完蛋了。"

一个因犯高声叫道："噢，我中枪了。"说着他就倒了下去。我像个英雄似的，立刻折了回去。我根本没想着当英雄，可还是把他扶了起来。"不要，奥泰罗。快跑，别傻了！我已经走不动了。"那颗子弹打在他的背上，他靠在我的怀里闭上了眼睛。"哦，安息吧，对不起了。"说完，我起身往前跑去。跑在我前头那个囚犯又倒了下去。我转了个弯，囚犯理发师莫伊塞斯一把抓住我，用剪刀抵住我的喉咙。"住手，莫伊塞斯。"我一边说一边抓住他的手。

"喂，奥泰罗，你要再动一下，我就割断你的喉咙。我早就怀疑你是警察。"

"别胡说，伙计，快跑吧。"

我们跑了一整夜，越过铁道线，钻进了山林。山林成了我们的救星。我们沿着山势往上攀爬，到处都是警察、守卫和四处乱扫的探照灯。我们跑进一片荆棘林，哦，天啦，我们浑身被刺了个遍！我们手脚并用，用一根棍子才开出了一条通道。我们钻出荆棘林，跟后面的人拉开一段距离之后，才停下脚步一棵棵地往外拔荆棘。

我们一连跑了几天几夜，终于跑出了韦拉克鲁斯州的地盘。当时正是雨季，我们遇到了一场倾盆大雨。那样的雨在我们这里很少见，算得上真正的急风暴雨。我们把甘蔗叶捆起来当雨衣，可那根本起不到什么作用。尽管我们背靠背地挤在一起，可还是冷得瑟瑟发抖。

我们一路上吃水果来抵御饥饿。到处都是芒果树、香蕉树、番石榴树、橘子树、柠檬树等等。莫伊塞斯还有四五个比索的现钱，进入第一个城镇之后，我们买了一点饮料。然后，我们继续日夜兼程地赶路。

在通往一个小镇的路口，我们停下来找了块破车胎，打算做几双拖板鞋。我们的脚一片红肿，血肉模糊，成了全身上下最遭罪的部位。我背对着小镇，莫伊塞斯面向着小镇。这样，他能看见有谁要出城，我能看见有谁要进城。

我们正在削橡皮，莫伊塞斯突然大声说道："糟了，小子。别动，也不要回头，做好准备。"他先是将一把剪刀递到我手里，接着自己又握起一把剃刀做好了准备，知道吗？"我们可能被人发现了，警察已经追来了。"

我从眼角斜着看出去，发现有两个警察和两个拿家伙的百姓走了过来。从我们身边走过的时候，他们说道："下午好，先生们。"我们回了一句："下午好，先生们。""再见……再见。"转过一个弯，他们的身影消失了。几分钟之后，我听到了卡宾枪子弹上膛的声音。

"小心点。"我说道。"他们要包围我们。我们得赶紧跑。"我们刚一站起来，就听到了枪声。不过，那枪声并不是冲我们来的。那几个人原来是以树木为靶子在搞射击。唉，我们怎么知道呢？我的心落了下去，实话告诉你，我真的吓傻了。

我们一直走到了瓦哈卡，莫伊塞斯曾经替住在那里的一个朋友做过事。我们找到他的时候，他正在用机器给玉米脱皮。他给我们俩找了份活儿干……还给我们饭吃，这让我更加喜欢他那个人。我之前剥过玉米皮，不过我在他那儿还学会了种菠萝。没过多久，我每天就能种植八百到一千棵菠萝，每种一千棵就能拿到九个比索。

我本打算挣到足够的钱才回到墨西哥城，不过事情没按那样发展，因为天太热，蚊子太多。那些可恶的蚊子把我叮了个底朝天，我只有向他们投降。蚊子叮咬使我浑身长包，看上去就像大街上的鹅卵石。我只干了两个星期，然后对自己说："罗伯托，你现在可以回墨西哥城了。"

为了回到墨西哥城，我首先回到了韦拉克鲁斯。嗨，只要你坐下来喝酒，保准能碰到各色人等。即使面对最不应该交谈的人，你的舌头也会松弛下来。我跟一个并不认识的小伙子一边喝酒，一边策划着搞钱的勾当。因为我俩同属亡命之徒，又都没有钱，于是他邀请我帮他完成他早已谋划好的一桩小买卖。他之前到一栋房子踩过点，知道钱财放在什么位置，以及如何进屋等等。我要做的，就是听他的安排……他实施盗窃，我负责望风。

他偷到三万比索的现金，还有若干手表、戒指和一把手枪。我们在一个沙滩上分了赃……我分到一万四千七百……然后各奔东西。我后来听说他被抓了，而警察也在找我，因为他把我出卖了。我乘坐一列货运火车来到了危地马拉。

来到边境线上的切图马尔之后，我立即在一个咖啡种植园找到了活儿干。我白天干活儿，晚上则邀请我认识的每一个人去夜总会。整整一个月的样子，我都邀请众人去妓院和夜总会打发时间，既请他们喝酒，也请他们玩女人。尽管我去的是档次最低的夜总会，可每晚也要花费一千多比索。那些女人开价就是五十、一百、七十五比索，每个人的花费都由我来出。

我的钱就这样花出去了……不过，那不是我的钱，而是我从别人那里弄来的钱。我在那样的地方花了好几千个比索。在你面前，我觉得自己既是个男人也是个混蛋，一连几年的时间里我曾经扔出去了一万五千到两万比索。

花得只剩下五千个比索的时候，我乘船回到了韦拉克鲁斯。我一直对那艘船有点信不过，果不其然，它在不久之前沉没了，还死了不少人。从韦拉克鲁斯到墨西哥城最快捷的方式是火车。尽管我是个怀揣巨资的大亨，可我还是跟往常一样只花了五毛钱。

我一贯先买一张三毛钱的头等汽车票坐到火车站，然后花两毛钱买一张站台票爬上火车。我爬上火车混入了乘客之中。火车开动之后，我知道他们要查票，于是来到车门附近，顺着车厢的连接处爬上了车顶。

为了防冻，我顺着车顶来到机车车厢，找到了车厢顶上的热风出口。这个位置既安全又不受人打搅。你去问那些了解这个情况的人，好吗？不过，我有时候也钻到货车的底下去。那儿有很多桶子，大多用来装垃圾，你知道我的意思吧。只要用一块木板铺在这些桶子上，旅行起来一样的舒服。我那一次就是这样回来的。

我回到墨西哥城的时候大约是早上七点钟，在家里坐了一整天等着爸爸下班回家。曼努埃尔和两个妹妹不停地问东问西，可在父亲回来之前，我什么也没对他们说。他一脸严肃地走进屋来。

"我回来了，爸爸。"

"什么时候到的？"

"今天刚到。"

"你怎么出来的？"

"是这样的，他们做过调查，我没犯错。"我说了谎，知道吗？因为我从来就不会在父亲面前说老实话。"他们认为我没犯错，就把我放了。"

"那么，咱们来讨论一下你要不要马上找事情做。你已经长大成人，应该做点正经事儿，千万不能三天打鱼两天晒网。"

不幸得很，我一直以来正是如此。不管干什么活儿，我只要口袋里挣到两个钱之后，立马撒手不干。那一次，我甚至还没来得及找活儿干，已经跟一帮朋友花完了那五千个比索。之后，我又回到玻璃切割店，干起了加工五彩烛台的活儿。

我们全是手工劳作，先是切割水晶一样的玻璃，然后进行塑形和打磨。我的手艺很好，完全可以当师傅，可我什么都不想当，只想当个普通工人，既不想管人，也不想承担责任。我只想奉命行事，每个星期拿固定的薪水，如此而已。做个普通一员也有种种好处，你无需昧着良心，安心吃睡，无需为人为事而烦心，更无需为自己的行为而自责。还有，也许因为无足轻重，所以你无需怀揣什么抱负和贪念。只要有一天你通过诚实而高效的劳动实现了出人头地的愿望，那么你就会感到相当的满足。

我本可以好好做一番事业，改善自己的经济状况，可我刚这么正儿八经考虑的时候，烛台这个行当不光走起了下坡路，而且全转成了大规模生产。再者，我因为跟人打了一架，所以丢掉了那份工作。

我打架那一天正值新年元旦，所以喝了个酩酊大醉。我喝酒不太讲究，不管喝的是什么酒，我都不太喜欢，不过我还是坐下来举起了酒杯。你千万别问！我什么都喝过。还有，卡萨－格兰德的小伙子们和贝克大街的小伙子们自古以来就有积怨。那一场争斗刚拉开序幕，我就被三四个家伙围在了中间。我正跟他们纠缠，有人突然从后面捶了我一下，简直令我疼痛难忍。我倒在地上，任他们朝着我的肋骨和大腿一阵猛踢。任我使出浑身解数，也没法防住他们。

尤其令我发怒的是，我这边的一大帮子人眼看我倒在地上，竟然对我不理不睬。他们固然没有责任解救我，可我帮他们的次数难道少了吗？然而，那帮家伙竟无动于衷！当着整个居民区的男男女女，我被揍了个七荤八素，这样的屈辱我一直挥之不去。还有，我竟然败在一帮根本不会打架的人手里！

跟我作对的那一伙人担心死了，因为他们知道我一向会采取报复措施。怎么说呢，我曾经花了六个月的时间寻找一个家伙的下落，因为这个人趁我喝醉了酒无法还击的时候，把我给揍了一顿。他躲了起来，每次出门之前都要派出自己的老婆和岳母来打探我的行踪。他不止一天没敢出门上班，因为我一直在街角那儿守着他。就在快要把这个人忘掉的时候，我在一次圣徒节舞会上遇到了他。何塞一看见我，立马紧靠墙角躲了起来。后来，他对我说："嗨，黑娃，实话告诉你，那次看见你走过来的时候，我简直吓傻了。"

他向我赌咒发誓，他要早知道是我，给他一千个胆子也不敢动手。为了表达歉意，他把他老婆在他圣徒日这天送的一个强生牌打火机送给了我。随后，他的老婆和一家大小——这些人我从小就认识——也走过来跟我说了话。没过多久，我们一起手挽着手喝起了啤酒。

不过，我跟贝克大街那一伙人的账不可能这样了结。自从挨了他们的揍，我除了苏打水什么也不喝。为了恢复体力找他们算账，我在床上躺了一个星期。对了，我报复了他们，还有个家伙挨了我一刀。那纯属意外，因为根本没有严重到大动干戈的地步。那本来是点小擦伤，可那家伙小题大做。他们不光一家人找到我，还叫来了警察。

我一辈子从来没在敌人面前退缩过，不过因为已经跟警察打过那么多交道，所以我只得跑路。我是这么想的："跑也不算输。"那一次，我跑到得克萨斯躲藏了几个星期。

得知我曾经的挚爱安东尼娅现在跟着弗朗西斯科一起过日子，而且给他生了两个孩子，我一点也不介意。我对她的感情早已平复，不过偶尔在卡萨-格兰德看到她的时候，我还是感到非常高兴。弗朗西斯科是个一事无成的家伙，不光经常跟其他女人一起鬼混，而且一分零花钱都不给她。我妹妹应该过更好的日子。

不过，真正令我伤心的，是康素爱萝马失前蹄，已经离家出走了。我一共有四个妹妹，可一个也没披过白色婚纱，从而让我感受到快乐和骄傲。一点不假，是我父亲把康素爱萝赶出了家门，可我妹妹那么有文化，怎么也不应该以此为借口，跟着那个谁……我忘了他叫什么名字。父亲不止把她一个人赶出过家门，我也被他赶过，曼努埃尔更是被他赶过。可作为一个女人，她应该多一点忍耐，跟父亲说话的态度更好一点，让友情胜过父女情，我相信他会听她说话的。所以，她没有权利因为自己的遭遇而责怪他。

我又出门去找了起来……我到处寻找康素爱萝和马里奥的下落。我甚至去了一趟机场，因为有人说他在那里干活儿。幸好我没在那里找到他，要不然我会把他从机场直接拖回父亲的家里，给他的行为算总账。后来，风头过去，康素爱萝对我说，她并不爱他，而是因为绝望才跟他出走的。"唉，哥哥。"她说道。"我确实对可怜的小瘦子残忍了一点。我一直把自己的悲剧归咎于他，我现在才明白这对他很不公平。"

诚然，我妹妹很老实，自己承认了错误，尽管来得有点晚。想想吧！我对海梅这个醉鬼一无所知，而她竟跟他谈起了朋友。再后来，她才遇到了马里奥。在这两个人中间，马里奥还稍微好一点。他甚至为我妹妹放弃了很不错的工作，以及他的一切。我相信，如果他们继续好下去，肯定能成正果。

玛塔跟康素爱萝打了一架，跟一个名叫巴尔塔萨的男人私奔到了阿卡普尔科。你可以这么说，巴尔塔萨是我的新妹夫。我是回家后才知道这件事情的，因为她刚好给家里人写了一封信。父亲知道玛塔的地址后，立马派我带着她的一些物品去了一趟阿卡普尔科。那一次，我全程都买了车票，因为我身上带了一大筐碗碟和衣物。我坐的是晚班车，早晨就到达了目的地。

我用一辆手推车装着那只大筐，沿着山坡往妹妹的住处往上爬。她拎着赶集的篮子顺着山坡走下来。我正要吹一声口哨，突然屏住了呼吸，因为我发现她正挺着个大肚子。我顿时泄了气，呆站在那里。不过，能跟小妹再见面我感到非常开心，其他的都无足轻重。

"妹，你怎么样？"

"二哥！太神奇了！你是怎么过来的？"

打过招呼，她便带我回家去见巴尔塔萨。

实话实说，我觉得巴尔塔萨的样子很邋遢。他很像经常跟我打架那些人。不过，他看起来并不暴躁，只是有点咄咄逼人，随时准备应对我俩之间发生的种种龃龉。他打着赤脚，衬衫敞开着。他的一只耳垂上戴着一个不大的金耳环，这对于墨西哥男人来说肯定经常惹麻烦。他解释说，之所以戴这个金耳环，是因为他曾经向圣女许过一个愿。

巴尔塔萨家的棚屋是泥土地板，顶上是铁皮棚子，四壁稀稀疏疏地钉着几块木板。厨房还不及人家的卫生间宽敞，煤油炉子肮脏无比。一眼就能看出，这个家不是一般的穷。

随后，我要求巴尔塔萨说说整个事情的来龙去脉。他说他在墨西哥城一家烘焙店干活儿的时候就认识我妹妹，在他提出跟她一起来到阿卡普尔科的时候，他才知道她还有几个女儿。他早就让玛塔给父亲写一封信，可她一直拖了一个月，因为她担心我们，也就是她的两个哥哥会找巴尔塔萨动刀子。

"不会，"我告诉他。"你不用担心。我不是什么刀客，不过每个当哥哥的人对这样的事情都会感到生气，你懂吧？"

得知巴尔塔萨是个屠夫的时候，我在心里这样想："呵呵，你这龟儿子，幸好我身上带着刀子。"我来这里不是要找人打架，不过还是留了一手，准备跟他来个以牙还牙。他既然心平气和，我当然也就心平气和了。他跟我讲起了他的家庭……那是一个大家庭，有两个母亲，两个父亲，可他和他们都没有太多来往。他说："我不想去麻烦他们。毕竟，他们没给过我什么，我也没什么好给他们。"

我妹妹带着孩子跟巴尔塔萨生活在一起，看上去很平静很满足。尽管他爱喝酒，可玛塔每天都能够拿到零用钱，因为他会叫她替他收账，还能每天从屠宰场往家里拿回一点鲜肉。玛塔管钱，我倒是见识了一桩新鲜事，竟然有墨西哥人向自己的老婆要钱坐车，或者要几分钱来买烟买酒。与此同时，我觉得这是件好事情。

我首先得承认，巴尔塔萨表现得很有气度，接纳了玛塔和她那三个女儿，尽管我认为自己也能够做到这一点。如果像他那样过日子，我养个老婆和几个孩子绝对不会有问题。我并不惧怕女人或者婚姻，只是不想被束缚。

家里人经常跟我说，我应该找个人结婚，不过我知道自己是个头号责任逃避者，不可能给任何女人带来幸福。我还不算太坏，非要逼着某个女人跟我过日子，再说我也没有找到适合结婚的女人。我要是卑鄙下流的话，早占过两三个女人的便宜了，可我对他们什么也没做过，连我那几个女朋友我都没做过什么。我只找妓女，也找过两三个跟自己的丈夫分居的女人。她们完全能满足我的性欲。我从来没有过孩子，至少我从来没有听说过，因为我只找那些不能生孩子的女人。

我这个人很自私，可要说爱，我是个不折不扣的男子汉。拿我们这里的话来说，我一般都能把女人搞得乐翻天，尽管她们常常把我折磨得精疲力竭。我长得并不好看，但很受女人的青睐。我曾经惹得两三个女孩子很不开心，但我宁愿拿失望伤她们的心，也不想一辈子折磨她们。在这些问题上，我不想伤害任何人，因为如果受伤害的人换作是我，我也没法接受。

如果有什么事情让我感到讨厌的话，那就是情人之间的相互欺骗。你看看这其中的矛盾吧！我是个头号说谎者，要说干坏事，恐怕没有人超得过我。我从来就是个坏蛋，无可救药，从不干好事。不过，这并不完全准确，因为我要是个百分百坏蛋的话，那么，老天，他们不如一枪把我打死好了。那样的人完全不应该继续活在这个世界上。然而，说到爱情嘛，我根本无法容忍欺骗或者被欺骗。然而，恰是在爱情这个问题上，谎言和欺骗大行其道。

对了，我和巴尔塔萨相处得很好。他跟我说话的时候一律用尊称"您"，这一来我更觉得跟他相处很轻松。他诚心实意地带着我跑遍了阿卡普尔科。我跟他一起前往屠宰场、电影院，以及小酒馆。可以说，他去哪儿，我去哪儿。

一天晚上，我想喝啤酒。"咱们找个能跳舞或者能听交响曲的地方吧，我可不喜欢停尸房那样的地方。"

"好，"他说道。"那么咱们去我妹妹上班的'地方'吧。"

"你妹妹？你妹妹是干什么的？"既然称作"地方"，那说明那儿有妓女，我对此不禁心怀好奇。这怎么可能？

"走吧，你很快就会明白。别激动，我们就要到了。玛塔知道我有个妹妹在这里上班。路易莎是这里最好的婊子，不过我也并不常来看她。"

哦，我们终于到了，路易莎看上去跟那样的场所很相配。也就是说，她的身材还不算太走形，我们就这么说吧。她跟我们坐了下来，我们一起喝了很多啤酒。这一切都得我来付钱，甚至包括路易莎要上交给公司的小费。巴尔塔萨把她教训了一通，说她跟自己的哥哥和哥哥的小舅子喝酒还要收钱。她这样说道："不是的，哥哥，你应该知道，我们就是干这一行的……如果你不想我在这样的地方做事，你可以拿钱把我赎出去呀！"就这样，我付了钱，大家都散了。

我第一次在阿卡普尔科停留的时间没超过三天，因为我在他们家里吃喝，对此感到很不自在。再说，我当时还在家里的一家工厂上班，得及时赶回，否则工作就丢了。于是，我跟他们道过再见，回到了墨西哥城。

那是我干过的最好的一份工作，我非常喜欢。我每天劳动八个小时，能够拿到十二个比索，每一年有三天的休息时间。厂里一共有三百多工人，我们全都被逼着加入了墨西哥工人联合会。我从来没加入过什么协会，因此我得说，那可真是个天大的笑柄。我从未被邀请参加过一次会议，甚至不知道这个联合会的总部在什么地方。他们也懒得告诉我们，不过从不忘记每个月从我们的工资中间扣走五个比索。

政治也是一出大闹剧，因为其间流淌着无数的钱财……建这样的公共设施花费无数，建那样的公共设施花费无数，不过这都是表面现象，更多的资金由此落入了官僚们的口袋。我不懂政治，不过这样的运动，那样的选举竟能赢得墨西哥人的认可，其中的原因我真是搞不明白。在我们这里，没有什么自由的选举，因为大家早就知道，下一位总统是谁。

我不敢说自己对自由有多了解，除了我一生自由自在，一直干的是自己想干的事。不过，我在工厂上班期间，再也没有感受过自由，因为他们总是逼着你替执政党投票。投票是秘密的，不过他们会吓唬我们，只要不按他们的意思去投票，我们将面临三天的休假处罚。这违反宪法，不过早已见怪不怪。老实说，我并不关心哪一个候选人会最终入选，因为不管谁将入选，他都会掠夺百姓。

我在工厂上班那一年，只打过三次架。我们的生活环境逼着人打架。除非被人硬抬着，否则我不会离开这个地方。那也是英雄或者死尸离开这个地方的方式。

第一架发生在我和来自铁匠铺大街的三个小伙子一起玩扑克牌的过程中。我们几个人喝得有点半醉的样子，罗伯托更是如此，因为我那一次有点不胜酒力。那一架打得让我觉得自己很了不起。我把他们一个接一个地撂倒在地，直至他们全都住了手。我们四个人至今仍是好朋友。那个时候就是这么回事，不过这样的规则现在已经被破坏了。

打第二架的时候，我正跟一个名叫米格尔的朋友趁夜行走在市场附近，突然遭到了一群人的围殴。米格尔一溜烟逃掉了，把我一个人扔在那里任凭五个家伙的摧残。我之前喝过酒，根本没办法还手。我的脑袋被砍了一刀，眼睛肿得像一只大西红柿。我的嘴唇被砍得耷拉下来，后来缝了六针。那一架本不是我惹起的，但父亲和曼努埃尔还是把我好好地教训了一通。

　　第三架最为惨烈。这一架同样不是由我惹起，而是被逼无奈。我正在大街上跟一帮家伙友善地争论着一场拳击比赛，三个警察走上前来要我们赶紧滚蛋。

　　我对他们说道："为什么要赶我们走，难道人家不能在大街上聊聊天吗？这里可是讲求自由的地方。"

　　"不行，这里没有自由可言。"其中一个警察说道。"你们这帮小杂种赶紧滚蛋，可别对我恶言相向。"

　　"行行行，别推我，我自己会走。"

　　接着，他们趁机敲竹杠，要罚我二十五个比索。我当然不肯给他们，知道吗？我身上本来有二十九个比索，于是交给了一个朋友。

　　"来，拿着。"我对他说道。"这几位先生似乎想抢我的钱。"

　　"闭嘴！"砰！其中一个警察手起棍落，照着我就是一下。那种警棍用硬质橡胶做成，不会把你揍得流血，但可能会把你搞个半死。因为全都是内出血。我被气疯了，返身就给了他一下。这样一来，他们对着我又推又打，又打又推，把我像个皮球似的一顿推搡。他们当然踢了我，大家都以为把我打死了。他们先是伤到了我的肋骨和脑袋，接着踢伤了我的膝盖。再接下来，他们又踢断了我的一根腿骨。

　　这时，街坊邻居已经通知了我的家人，康素爱萝和曼努埃尔跑出来跟那帮警察争了起来。这期间，所有的邻居都在冲警察大吼大叫，叫他们饶我一命，不过他们谁也没有掺和进来，一个人也没有。这帮朋友们不止两次三次地令我大感失望。每次看见他们遭难，哪怕他们之前跟我作过对，我也会站出来助他们一臂之力。可他们呢，只知道袖手旁观。唉……

　　那帮警察并没有逮捕我，而是把我扔在地上扬长而去。我的哥哥和妹妹拦下一辆出租车，把我带到一个警察所投诉，可那帮警察后来屁事没有。所以，你明白我是怎么看待公平的吧。只有给他们钱，你才能得到公平。

　　我花了好长时间才恢复过来。他们打掉了我的气焰，从那以后我确实不再惹麻烦，也不再打架。很多人以一个人打架的架势来判断他。他们如果看见你掏出手枪或者刀子，会这样评价："啊！这才像个男子汉嘛，无论如何也不会退后半步。"我就不会那样判断一个人。真正的男子汉得全方位地面对生活，在现实面前毫不退缩。我凭一个人的行为去判断他。只要他能面对生活，承担责任，我就觉得他是个男子汉。一句话，像我父亲这样的人就是真正的男子汉。

根据我的看法，如果一个人只知道生孩子，却不愿意承担与之俱来的责任，那他根本不配活在这个世界上。龟儿子克里斯平就他妈的属于这一类人。他把自己那几个女儿忘了个一干二净，每年只送给她们一件礼物。他最好不要来我们这个家，因为他要是敢来的话，我真不知道谁能站着出门。

我这样说感到很惭愧，不过我哥哥在这方面也缺乏责任感，尽管他削尖脑袋也想出人头地，拼了命似的给自己的孩子提供最基本的生活必需品。我父亲给他树立了好榜样，所以我搞不明白他为什么对自己的孩子不管不顾。在我看来，哥哥的日子过得很可怜，甚至非常失败。他读的书比我多，甚至比康素爱萝还有文化。他是个出了名的讲故事好手……一场晚会没了他就没了乐趣……然而，尽管如此，他却荒废了那么多年头。我没对自己的家庭作出过什么贡献，不过我随时愿意为康素爱萝、玛塔、曼努埃尔、父亲、侄儿侄女们献出我的每一滴热血。

家人在我的心里至高无上。我一生最大的心愿就是通过诚实合法的手段改善他们的经济状况。我从没想过自己要过多好的日子，我想的都是为了他们。我们应该团结一心，这就是我最大的心愿。不过，母亲去世的时候，我们家这个城堡就已经基石坍塌，摇摇欲坠了。

曼努埃尔的老婆去世之后，德利拉来帮着他照顾孩子。我父亲对她似乎非常满意，我跟她的关系比我跟另一个后妈艾莱娜的关系也要好得多。德利拉尽力地照顾着我那几个侄儿侄女，我的心里永远为她竖着一块丰碑。这样的尽力我们没有谁做到过，就连孩子的父亲曼努埃尔也没有做到。为此，我对她充满着敬重和热爱，并对我们之间发生过的那些事情追悔不已。我当时并不想攻击她，完全是被她逼的。我相信，她这样做是有意而为。

一天晚上，我正在跟朋友丹尼尔一起喝啤酒，侄儿多明戈哭着跑了过来。"怎么了，孩子？"我问道。原来是德利拉的儿子赫奥弗雷多把他给推倒了。类似的事情发生过好几次，我尽管非常生气，但一直没有说过什么。我于是跑去找德利拉理论，随后这样劝解我的侄儿："别傻呀，孩子。我不是跟你说过，对任何人都不要退缩吗？"

"好哇，"德利拉说道。"继续劝吧，你劝他拿一把刀子捅死赫奥弗雷多算了。你老是教他打架，教他跟别的孩子对着干。"

不错，我是教过侄儿们要自卫，但只能用手用拳头，这是任何一个男子汉都应该学会的。那一次，我教多明戈不跟赫奥弗雷多说话，更不要跟他一起玩。这话让德利拉听到了，她竟然这么说："你老在这里东说西说，我真受不了你。我惹你了吗？咱们挑明了吧……是你跟我打呢，还是我跟你父亲打？"

"听着，德利拉，别扯那么远好吗？我们在说孩子的事情。"

她继续说道："好哇，如果你不喜欢我跟你父亲在一起，那么我跟你父亲做的那些事情你干吗不自己做呢？"这句话在我听来非常过分，于是这样警告她："你给我闭嘴，要不有你的好看！"

"有我的好看！你以为你是谁呀？在我看来，你不过就是个可怜虫。"

我一拳打过去，她朝着我扑了过来。她是个打架好手，只挨了我四五拳。我之所以有所保留，因为第一，她是个女人，第二，她是个孕妇，第三，她是我父亲的老婆。她照着我的脸和手一阵乱抓，我只好牢牢地控制着她。有一下子，她摔倒在地，拉扯着我也压到了她的身上。要不是我及时收手，又开双腿跪下去，真就压到她肚子了。几个孩子跑到小餐馆把曼努埃尔叫了回来。

他走进家门的时候，我已经平静了不少。然而，德利拉向他告状，说我回家之前吸食过大麻，还说我扯着她的头发把她拽进院子里给关了起来。这完全是一派胡言，因为我当时抓的是她的双手。曼努埃尔没听我半句解释的话，照着我就是一通辱骂。我觉得很冤枉，因为我本来是为了维护他那几个孩子，而他竟然如此不公平。

我没等父亲回家，而是找拉蒙借了些钱，然后去了阿卡普尔科。

玛塔和巴尔塔萨之前邀请过我去看望他们，尽管我觉得他们并没有预料到我会去得如此神速。跟上次一样，巴尔塔萨去哪儿，我就跟到哪儿。"来吧，出发。"他每次出门的时候都对我如此说道。我觉得这很正常，总是满怀信心地跟着他出发了。过了好久我才看出来，我这位妹夫对我心怀嫉妒，连我跟自己妹妹的关系都信不过。

这一次，我找了份活儿干。巴尔塔萨一会说他要跟这个人讲，一会又说要跟那个人讲，但我总觉得他跟谁都没讲过。要是有驾照的话，我说不定可以当卡车驾驶员。我至今没有驾照，因为我的履历不好。我如果要申请驾照，首先必须存够五百比索，把我的服刑记录买回来销毁掉。在我们这里，只要有钱什么事情都做得到。

我要是有驾照的话，肯定会笑对人生。只要能学习驾驶技术，我觉得自己对生活的期望值会高出许多。只要跟汽车有关的事情我都想做，比如汽车经销、停车场、专职司机等等。要是能进培训学校，我一定会努力学习，争取做一个头号汽车机械师。

我在阿卡普尔科期间，差点勾搭上一个女孩子。实际上，她结了婚，既有宗教婚姻手续也有世俗婚姻手续，有一个孩子，也有个丈夫。不过，她年纪并不大，人也很好看，所以我一下子就看上了她。她这个人十分友善，有一天我半开玩笑地问她愿不愿意跟我一起去墨西哥城。她说没问题，我随时都可以叫她，就这么干脆！不过，我们并没有发展成情人关系！尽管她大门洞开，但我没敢跟她谈情说爱，一来是在我妹妹的家门口，二来嘛，这个女孩子履行过宗教婚姻手续。假使她只履行过世俗婚姻手续，那会是另外一回事儿。

巴尔塔萨主动给我提过他的另一个妹妹。他是这样说的："她跟你一样肤色黝黑，不过人真的很漂亮。路易莎你是看见过的，对吧？这一位更年轻更漂亮。把驾照搞定之后，你就在阿卡普尔科定居算了。婚不一定要在这里结。如果你看不上我妹妹，我还可以给你介绍梅莱妮雅！"他说的这个女孩我一直没见过面。不过，我有时跟巴尔塔萨开玩笑，说他是我的妹夫兼小舅子。

我从来没把巴尔塔萨看成过坏人，不过因为他跟我的生活经历相差无几，同为资深投机者的两个人之间很难有真正的信任。我妹妹玛塔也是我俩之间一道难以逾越的高墙。他跟我说他先后找过三十个女人，其中还有几位给他生过孩子，你可以想想我会是什么样的看法。确确实实，我们有时候在街上都会碰到他原来的老婆。她会把他拦下来并告诉他："听着，小矬子，去给我买点新鲜的牛腩，怎么样？"我们一路上也会碰到他的孩子们到处玩耍。

他说玛塔不光知道这一切，而且认可了。不过从此之后我就不太喜欢巴尔塔萨这个人了。我信不过他。他对其他女人做得出那一切，自然也可以对玛塔做出同样的事情。我从没跟他和妹妹说起过这件事儿，因为我怕自己会在他们之间横插一杠。

我又住了几天，或许是几个星期，因为墨西哥城对我的吸引力太大，我还是想回到那个地方。我想念我所居住的小区，哪怕它早已沦落，早已衰败。不过那里还是有我喜欢的人，那里的人对我也充满了尊敬，这样的尊敬当然是我自己凭双拳打出来的。因为母亲死在那里，所以我对那个地方总有一种特别的感情。我有一天也会死在那个地方，也许就在明天，因为我从来没有忘记过那个地方。

过了一段时间，我告诉玛塔："妹妹，我跟你说，我觉得自己该回家了。"

"你还回去干啥？"她问道。"你既然跟德利拉打过架，就别指望爸爸会善待你。你应该知道他是个什么样的人。"

"这话不假，妹妹，从我的拳头打到她身上那一刻起我就后悔了。

不过，你觉得我应该怎么办呢？事已至此，无可挽回。我还是应该回去看一看。我以上帝的名义向你起誓，我一定快去快回。"

她不住地泄我的气，不过回家的念头一旦扎根心里，我也变得倔强不堪，谁也阻拦不住。玛塔知道我的性格，也了解我的孤注一掷，所以给了我一个比索。我藉此来到附近的公路，搭车回到了首都。

我到家的时候身无分文，于是又去了拉蒙家。若非潦倒不堪、绝望至极，我是不会向拉蒙借钱的，因为他根本不可能帮你，你得替他干活儿。那个人经常占我这样的人的便宜，谁叫我们替他偷过东西呢。他这个人报复心强，经常利用我们。他手上有几千个比索，有些还是我帮他挣来的，不过我要是开口向他借钱，他总说手头紧张。然而，我要是提出用劳动跟他换取……他总能给我们安排个轻松活儿，比如递送一杆刚偷来的"热"秤，或者取回一部"非正当手段得来的"收音机……或者替他的某个顾客偷回某一个物件。我一般找他借二十个比索，不过他索取的利息很可能让我银铛入狱！

我从阿卡普尔科回来那一次，拉蒙那位子承父业的儿子对我说道："听着，罗伯托，我有个顾客需要一批车载收音机天线。"

我想了想回答道："行，我得先拿到钱。那么，你要给我借一辆自行车，我去洛马斯那边看看能搞到多少。"这本来是个轻松活儿，不过我运气不好，我上了第一辆车，可怎么也卸不下来。那玩意儿纹丝不动，我对着它东拉西扯，手指上磨掉一块皮才把它取了下来。

"真他妈霉运！弄这么个玩意儿竟然流血了。"我对自己的身手很是不满。我快速骑回去递送完天线之后，轻轻松松拿到了十个比索。

我在大街上随便捡起一张报纸，把自己的手指包扎了一下，不过仍旧血流不止。我来到姨妈家，她先用热水和过氧化氢给我清洗伤口，然后缠上了纱布。我一直待在她家里，因为父亲还在生我的气，不让我踏进他的家门。他对我哥哥说过，我对德利拉的所作所为不可饶恕，他再也不想见到我。父亲就是我的天地，听他这么一说，我顿感自己的天地崩溃了。

第二天，也就是 1958 年 6 月 25 日，一个名叫安东尼娅（可不是我那个妹妹哟）的女孩子前来看望姨妈。我跟她已经认识多年。她跟她母亲和几个哥哥一直居住的"失落之城"离此不远，糟糕不堪。实际上，我过后才回想起来，我对这个女孩子的行为一直不太感冒。她这种人经常站在街角，大声而又随便地跟小伙子们谈天说地。我之前根本想不到，她这样的女孩子也会成为我的女人。

安东尼娅一大清早就过来了，披头散发，衣服肮脏。我一直不喜欢懒散的女人，不过她身上有一种东西吸引着我，只是我说不清楚这到底是什么。抛开身体上的欲望不说，我还喜欢她的体贴入微。姨妈给我们做过介绍之后，安东尼娅当即告诉我，她对于治疗伤痛很有一手，并且立马对着我的手指倒腾了起来。

她一边把我的手指抓在她的手里进行治疗，一边问我有没有老婆。接着，她又抱怨起了她的丈夫。"我跟他过的日子真是猪狗不如。"她这么说。

"为什么呢？"那是我第一次听到女人有如此的抱怨。

"唉，还不是因为我们跟婆婆住在一起，我做的每一样事情他都看不顺眼。他每天给我不过两三个比索，却要吃好菜好饭。我受够了。我觉得自己应该离开他。"

老天！她还在不停地抱怨着，我突然觉得自己或许可以做这个女孩子的拯救天使。我在心里对自己说："可怜的女孩啊！她跟那个谁谁谁和他的家人一起住，竟然吃了那么多苦头。"姨妈证实了她的说法。她虽说有点胖，但也不算太难看。那天下午，安东尼娅给我送来了她自己做的玉米卷……然后又问姨妈我喜欢吃什么样的汉堡包。果不其然，第二天下午我一回家就看到了汉堡包。

相信我好了，自此之后我对她的感受不再是私欲，而是一种感情。我对她的感情冠冕堂皇了许多，就是想帮助她。既然她已经离开她的丈夫，跟自己的母亲住在一起，我便打算向她提出由我来给她零花钱，以此换取她对我的照料……潜台词就是如果相处愉快的话，我们可以结

449

婚。主意一旦打定，我立马找到朋友们狂喝一通以示庆贺。

安东尼娅根本不介意我喝醉酒，甚至要我喝啤酒的时候把她也带上。跟她那帮朋友们坐在一起，我当着他们的面对她又亲又抱。第二天，她答应了跟我一起去看电影。

为了从拉蒙那里搞到钱用来约会看电影，我还得再替他帮一个小忙。不过我跟安东尼娅一会面，她就对我说道："不用了，我根本不喜欢看电影。咱们最好坐一辆公共汽车，随便找个什么地方下车都行。"尽管我料想到会发生什么事情，但还是一时没有反应过来。我明白了她的意图……她想好好伺候伺候我，对吗？

于是，我们来到了一家小旅馆。我在这里度过了有生以来最销魂的一个夜晚。我们刚一进门，她就把我压到了床上。"来吧，"她说道。我替她脱了衣裤。呵呵，我们享受了起来。

我带着她住到了瓜达卢佩姨妈家。我们在地上铺了张席子。我们的日子过得很惬意，因为我只管挣够我们两个人的饭钱。头几天，安东尼娅根本没出过门，不过我丢掉了厂里的工作，每天早晨都得赶到各家玻璃厂，看有没有杂活儿可干。以那样的方式我根本没法挣到足够的钱，只得到市场上帮曼努埃尔卖东西挣上个十至十五比索。不过，好些日子里我还是只能给安东尼娅两三个比索买食物。为了让她能够吃上饱饭，我只有跟她说自己吃过了，可我实际上根本没吃过什么东西。

带着安东尼娅一起走出房门的第一天上午，我们就遇到她的前夫坎迪多正在街对面跟他的一帮好朋友聊天。他一定早听说了自己的下场，我敢肯定他找人来帮忙花了他不少的钱，因为这帮人就住在姨妈那个小区的街对面，全都是些黑社会的精英分子，有些人我甚至在收容所亲眼看见过。我料定坎迪多特地来此寻衅，尤其在我看见他长满胸毛之后更加坚信这样的想法，因为毕竟我抢走了他的女人。我的裤带上一向插着刀子，喜欢把衬衫的下摆敞开着。如果坎迪多和他那一帮朋友对我群起而攻之的话，我可以迅速拿到武器。我头脑清醒，注意力高度集中。要做到这一点并不难，因为自从有了安东尼娅之后，我就再也没有了饮酒、偷盗或打架的欲望。我只想一个人待着好好过日子。

　　一见坎迪多在注视我们，我倒吸了一口凉气。我对自己说："看来有人要送命了。"不过，他那次只是看了我们一眼，然后继续跟他那帮人聊起了天。随后几天，我找人借了些钱，带着安东尼娅住进了附近一家旅馆。不过，一个房间一天就要七个比索，那可不是个小数目，于是我们又回到了姨妈家。

　　我们在那个居民区还遇到过其他烦心事儿。其中一位邻居是个母老虎，名字叫做胡莉娅，她见我一次骂我一次，起因是我有一次喝醉了酒，骑走了她丈夫的自行车，结果给弄丢了。她是这么嚷嚷的："大家来看啊，看这个骗子王八蛋啊！他厚着脸皮拿了吉列尔莫的自行车却还不起钱，真他妈的臭龟儿子！"她骂安东尼娅更难听："哦，臭不要脸的女人来了。这个婆娘叉开双腿谁都可以干啊。"

　　胡莉娅要不是个女流之辈，我当然早想办法让她闭嘴了。不过，她跟姨妈关系很好，一度还做过姨妈的弟媳，所以我和安东尼娅只管走自己的路，对她根本不予理会。后来，我悄悄告诉吉列尔莫，只要他什么时候需要，我一定给他另搞一辆自行车，比我弄丢的那一辆还要好。唯一的麻烦就是他务必改掉车号另做一套手续，这样看起来才合理合法。吉列尔莫跟我的关系相当不错，只是他老婆喜欢惹是生非，让我的日子很不好过。

　　坎迪多老在街对面转悠。他似乎不太够胆，既不敢跟我说话，也不敢跟我单独面对。他身边总陪着两三个偷盗"弱手"。有一次，我跟安东尼娅在铁轨附近手挽手地走路，他带着两个"弱手"走上前来，说他要跟安东尼娅说几句话。另外两个人我认识，喝了不少的酒。其中一个大声叫道："等等，黑娃，那个臭婆娘该怎么样就怎么样。她是个娼妇，是个不要脸的母狗。她骗了你，你就是个王八蛋。你也让我们收拾一下吧。"

　　我一听他们这么说，当即把他们辱骂了一顿："你们才是一帮王八蛋！排好队，让我挨个收拾你们吧。别群起而攻之啊，你们这样的人我见得多了。"

我做好了打架的准备，这时候安东尼娅插了进来，她不让我打架。过了一会儿，我让她去跟坎迪多最后说几句话，然后看他怎么说。她跟他走到一边，我站在街角等着。我背靠着墙，以防他们从后面或侧面攻击我。她一直不回来，我等得很不耐烦，便到市场上帮着曼努埃尔卖起了他从一家洗衣店搞来的一大堆旧衬衫。

那天晚上，安东尼娅没有回家，而是去了她母亲那里。我不想去找她，不是因为我害怕，而是因为我觉得她毕竟是个结过婚的人，我没有权力干涉她的生活。那是我们第一次分开过。我想着法子躲她，她却到处找我，甚至哭过很多次。见此，我一边说"好！"一边把她带了回来。我父亲和德利拉已经搬出卡萨-格兰德，家里只有曼努埃尔和他的新老婆玛利亚，我于是找到了父亲，他终于答应让我带着安东尼娅住了进去。

那段时间，尽管跟着老婆龃龉不断，但我仍旧感到非常开心。经历过那么多坎坎坷坷，我能再度享受到爱情，真是一件美妙而高兴的事情。一旦爱上某个人并且获得回报，老天！那简直是了不起的无上荣光。我对任何事情的看法都起了变化，哪怕是最微不足道的小事情，我看起来也会别有一番模样。爱情本身就是一种生活，也就是说，你会觉得自己仿佛领略到了生活的真谛。爱情是善良和理解的体现，也是上帝的明证。理解对方有益于你的身心。啊！这就是我自己的感受。不过，我当时还抱着幻想，安东尼娅对我的爱会一如我对她的爱，或者更多。

我干活儿的热情越来越高，朋友们对此大惑不解，因为我对他们请我喝酒的邀约一概回绝。我一回到家就不再出门。我整夜整夜地跟安东尼娅一起做着规划。首先，我要找一份稳定的工作。然后修一套属于我们自己的房子，先买床，再一点一点购买其他必需品。如果一切顺利，我们可以先履行世俗婚姻程序，然后再履行宗教婚姻程序。想想看！我都在想着让她穿婚纱了！

一开始，安东尼娅表现得很守规矩。她整天整天地待在家里，没有丝毫怨言。曼努埃尔和玛利亚在地板的这一头铺了张席子睡觉，我跟安东尼娅在另一头铺了几个麻布袋睡觉。曼努埃尔完全地接纳了我的老婆，尽管我觉得他并不真的了解她。安东尼娅和玛利亚非常友好，不管去哪里都在一起。这一点我并不喜欢。已婚女人出门的时候不应该再带什么伴侣。好坏姑且不说，我就是希望自己的老婆独来独往。

一天晚上，她果真一个人出门了，不但未经我的许可，而且待到深夜才回家。她跟玛利亚说过，她要去一个朋友家里参加舞会。我既感到生气，又感到没有面子，因为她之前根本没有跟我说过这件事情。我当即就把这件事儿想到了最坏。她回家之后，我不揍她都不行。我用皮带把她狠狠地教训了一通，然后叫她收拾好自己的东西赶紧滚蛋。

"我再也不想过这种日子了，"我吼叫道。"你想过你的自由生活。你想要有个丈夫，却不想待在家里，受他的管束。你不过把我当成了幌子。你一直在那么多人面前出我的丑，你滚吧。你收拾好自己的东西，赶紧滚蛋吧。"

她又哭又闹，说她再也不愿意跟我过下去，因为我嫉妒心太强。

"听着，安东尼娅，我是有些嫉妒心，可你干吗不帮我克服呢？相反，你却尽做一些惹我嫉妒的事情。即便跟我一起走在大街上，你的眼睛也是东瞧瞧西望望。你知道我有多难受吗？我对你的爱全心全意。我不仅爱你，甚至崇拜你。从来没有那个女人像你这样深入过我的内心。所以，我求求你，再也不要这样了。"

不过，她并不爱听，反而收拾好自己的东西拎着面粉袋子离开了。我很长时间没有看见她，又开始喝起了酒。我酩酊大醉之下来到岳母的家里，问他们有没有安东尼娅的消息，因为她早就没有了踪影。我不分日夜地到处找她。我逢人便打听，可没有人告诉我一丁点消息。

一天，我在她母亲小区的门口遇到她跟坎迪多在一起。我们一番争吵之后，我问她："安东尼娅，你告诉我实情，你是不是又跟这个王八蛋在一起？"

"是的，"她一面回答一面往他身边靠了靠。唉！想起这件事就叫人痛苦！她竟然回到了他那一边，这带给我的感受不是痛苦，而是解脱。我觉得，如果我继续为她跟别人打架的话，那只能说我蠢到了家，于是我走进屋去跟她母亲说了几句话，结果她反倒给了我一番安慰。我岳母一直站在我这一边。她是个好女人，安东尼娅对这一点认识不深，因此对她缺乏尊重。我觉得安东尼娅之所以走错路，主要是因为她母亲得外出做事，因而没能看管住她。

那之后，我每天傍晚都去看望岳母。如果安东尼娅在家，我们会因为那些老问题说着说着就争执起来。我已经把她当成我老婆，时不时地带着她去小旅馆打打牙祭。

此时，我妹妹康素爱萝已经拥有了属于她自己的小套房，厨房和浴室一应俱全。她陆续添置了衣橱和沙发，这让我觉得她一跃进入了高高在上的贵族行列。她一直劝我带着安东尼娅搬到她那里居住，因为她以为那样子我们便有可能重修旧好。安东尼娅倒是很愿意，但我并不看好这个主意。

"你听我说，妹妹，"我对她说道。"我是不会搬过来的。我非常清楚，以你的性格，这样做总有一天对你我都没有好处。你还是过你自己的清净日子吧。我呢，等有了这个能力的时候，我会给安东尼娅建一套属于我们自己的房子，这样子我才有个男人样啊。我需要的是自己能够做主、自己说了算话、自己吃饭也不怕别人听见的地方。"

尽管如此，康素爱萝还是一个劲地催我。"别傻了，哥哥。我这是在给你创造机会，你自己一定要把握好。你不要觉得这是我在养你，因为等你找到工作之后，你可以帮我付房租嘛。你好好想想吧。安东尼娅肯定会感到非常高兴，因为等你和我都出门上班之后，家里就剩下安东尼娅一个人了。"

一天晚上，我遇到安东尼娅正在绣一对枕套，她说那是给我绣的。其中一个枕套上绣着"我爱你"，另一个上面绣的是"给你，我的爱人"。

"哇！真是给我绣的吗？太好了。"

她说她跟坎迪多已经做了了断，愿意跟我重新在一起。

"是的，罗伯托，"她说道。"我仔细考虑过。我需要有个男人为我单独建一套房子，我在这套房子里想怎么说就怎么说，不受任何人的打搅。"

"可是，安东尼娅，这件事情我还要经过一番努力才能完成，所以请你给我个机会，等我找到工作之后你就会明白。这个家不一定有多么的富丽堂皇，但它属于你，我们的日子一定会过得非常愉快。"

至此，我才答应了康素爱萝搬过去跟她同住的请求。"哥哥，你当然应该这么做呀，"她这样说道。我们搬了进去，不过我还是想过，桑切斯家族在她身上的遗传特性总有一天会故态复萌，并让她对我们大伤脑筋。

一连几个月，诸事进展顺利。然而，我能够找到的活儿不多，所有的房租都由妹妹支付，她甚至还得借钱给我们解决日常开销。从一开始，我就希望安东尼娅和我睡地板，把床铺让给妹妹自己睡，可她根本不听我的建议。有时候，她一连几晚蜷在窄小的沙发上，把床让给我们。有时候，她实在觉得需要好好休息休息，我在沙发上睡了之后，她才上床挨着我老婆睡下来。

我不免责备起安东尼娅来，怪她不爱清洁，经常把脏衣服泡在浴盆里，时不时冲我的侄儿侄女们大呼小叫。于是，她在未经我许可的前提下再一次出门不归，只要我一揍她，妹妹就会——唉！我觉得天塌了一般！两个女人真有我受的。

第二天，我在一个仓库刚找到工作，等我干完活儿回家时，安东尼娅又出门了。这一次，我还是出门去到处找她。有时候，哪怕是夜里十点甚至十一点，我都会一遍又一遍地到处找她。不止一次，我在街角站到凌晨三点钟才接到她回家。我岳母同样不知道她去过些什么地方，她曾经找过一个算命先生，说要让她好好把心收一收。安东尼娅的母亲非常生气，曾经赌过咒，如果安东尼娅再不回到我身边，她就不再认这个女儿。

　　我差不多每晚都喝醉，两次被人结伙欺负过。我听说安东尼娅又跟坎迪多生活在了一起，于是满怀欣慰和愤怒之情，带着刀子到处找她的下落。我想碰到那个王八蛋，跟他来个一对一的决斗，做个一次性的了断。然而，他偏偏躲着我，让我无法找到他。

　　后来有一天，我刚下了公共汽车就发现他们俩走在一起。我看见她对他笑容可掬。我不知道自己当时是怎么想的，竟然放他们走了。"从现在起，对我来说再也没有安东尼娅这个人了。"我对自己这样说道。我喝了个酩酊大醉，现在只要一想起来就让我头昏脑涨。我已经挣到好几百比索，但挥霍得一干二净。我所承受的痛苦如此之巨，遇到什么事情都会让自己醉得人事不省。

　　我终于明白过来，安东尼娅这个人草芥不如。她没有感情，没有心肠，更没有一丝一毫的尊严可讲。在她看来，一切都无所谓，她自己更是如此。我从一开始就看出她是个什么样的人，但我没把这当一回事儿，因为我爱她。为了忘却这一次的伤害，我花了六个月的时间，找了好几个女孩子。

　　说到爱情，我对自己的种种行为莫名其妙。在爱情的王国，没有哪个人能够控制住自己的冲动。他可以在罪人的世界强加自己的意愿，对整个宇宙发号施令，却无法左右自己的感情。该来的总会来，因为凡事由天。凡事均已刻写在上天的某个地方，尽管有那么多先知和预言，但我认为无论他们还是凡人都不知道明天会发生什么事情。我们没法决定自己生于何时，死于何时。这一切都是命中注定。所以，我说过我是个信命的人。无论早晚，该来的终究会来。世界就是这个样子。

康素爱萝

在蒙特瑞，我把自己的身体和心灵都交给了马里奥，或者说只向他交出了身体，因为我并不爱他。你甚至可以说，我很恨他。我对他很刻薄，甚至视他为仇敌，尽管他对我极尽温柔。在火车上，一想到我们到站之后就要独处一室，远离自己的家人，周围没有一个熟人，即将委身于他，我就一直深感折磨。他早就跟我说过这方面的事情。那之后，我对他十分冷淡，只想着这一次自己再也没有了任何退路。

我们到达的当天就搬进了一处公寓楼房。我对于夜晚的到来感到非常恐惧，因为到了那个时刻我们不得不上床睡觉。那个时刻他已经等了好久好久。住他妈妈家里的时候，我们不可能做这件事儿，因为她当即就让我们分床而睡。至于我姨妈家嘛，这更不可能，因为他们家房间太狭小，他啥也不敢想。

头两个晚上，我想方设法拒绝了他。第三个晚上，他实在憋不住了。他一开始就充满了无限的柔情："哦，亲爱的，我们终于就要做夫妻了。"因为害怕，我感觉自己的肚子一阵阵发痛，于是对他叫道："哦，你能不能别烦我！"

然而，他没有住手。他抚弄着我的肩膀和头发。他一边亲吻我的脸庞，一边不停地对我说着甜言蜜语。一想到即将变成他的人，我就情不自禁地浑身冒汗。我真希望有人闯进屋来救救我。我一把推开他的手，叫他不要碰我。他提醒我，说经过了我的许可。我忍受着良心的煎熬一言不发，任由他对我胡乱地亲吻和拥抱。

我最终向他投了降，可那种感觉啊。我痛得一把推开他，照着他的胸部就是一脚。他痛得哼了一声，半天喘不过气来。随即，他又开始心平气和地跟我说起话来，就这样一点点地说服了我。我对于自己的处理方式感到非常自责，当即向他道了歉。他吻了吻我的额头，便转过了身。我一直看着年轻的他身着白衣的后背，以及那一头卷曲的头发。我以为那晚的战斗终于结束，便睡了过去。

天将放亮，他又抱住了我。我醒来之后感到极度绝望，情不自禁地跟他对抗起来，他又一次用甜言蜜语化解了我的抗拒心理。马里奥在动作上无可挑剔。他尽可能地不让我感觉到疼痛，但我还是忍受不了。我巴不得早点完事，享受点清净。终于，可怜的马里奥在一阵头昏脑涨和大汗淋漓的状态下完事了。我背对着他，哭了起来。

"唉，瘦猴，你以为婚姻是什么？别傻了。我爱你，康素爱萝，你就相信我吧。我永远也不会离开你。别哭了，好吗。"

我没听他在说些什么，一心想着："行了！我反正已经失了贞操，再也不是什么大小姐了，什么也不是了，而这一切都要怪德利拉那个……不过，父亲也有责任。就为了她，父亲竟然把我扫地出门……"你要是知道自己干过什么好事就好了，父亲！从今往后，不管我遇到什么，你都有责任！"我继续伤心地哭着。我想象着，爸爸看见我哭泣的样子肯定会跟着难受。他祈求着我的原谅。可现在说什么都晚了。马里奥不住地安慰我，可我总想把他一把推开。终于，我偎在他的臂弯里睡着了。

第二天，我还是不想看见他。下班回家之后，他先是拥抱了我，并没有提头天晚上发生的事情。我非常清楚他的用意，因而拒绝了他。那天晚上，他没有达到目的。我们的确只是偶尔有身体上的接触，就我和他。我总是拒绝他。每当他凑过来，要我摸摸他的头，或者对他说几句不那么冷冰冰的甜言蜜语，我就感到非常生气。我的大脑似乎要爆开一般。我会把他一把推开。我会看不起他。一开始，他总让着我，可到后来，我们为此动起了真格。

一天晚上，他的无望之情达到了极限，竟变得勃然大怒。他摔坏了能拿到的所有物品。他撕碎了自己的衣服和睡觉用的毯子。他端起一杯水泼在我的脸上。这全都因为我说我根本就不爱他。他咒骂自己竟然爱上了我，诅咒他见到我的那个时刻，这让我感到十分害怕。我们没装电灯，唯一的一盏煤油灯让马里奥一掌打到地上四处乱滚。趁着黑夜，我穿上衣服，摸索着躲到一个角落里，紧紧地靠着墙壁。马里奥还在破口大骂，我害怕到了极点，终于找到大门跑了出来，连鞋都没来得及穿。

我一路跌跌撞撞地从一道带倒刺的围栏下面钻了过去，不光伤到了背部，还挂破了衣服。我不停地颤抖，生怕马里奥会追上来揍我。这里的黑夜跟墨西哥城的黑夜大不相同，让我害怕得大气都不敢出。我在一栋房子的门廊里坐了下来，完全不知所措。既没有熟人，也没有换洗的衣物，我这个时候还能去什么地方呢？我抚了抚头发，挠了挠双脚，想把里面的刺拔出来。我止住哭声，听着自己粗重的呼吸声，突然觉得有什么东西把我的大腿挠得痒痒的。我以为是蝎子，吓得一下子跳了起来。我抖了抖，感觉有什么东西从身上掉了下来。我感到害怕极了。

我走到一扇窗子跟前，低声叫道："先生、太太，请你们行行好，放我进去好吗。我丈夫喝醉了，我怕他打我。"谢天谢地，我听到了一个女人的声音。原来是我们刚到那天就煮东西给我们吃，还让我们洗漱的那位太太。她让我在她家里睡了一晚。第二天，她问我要不要回去找马里奥，我说不想去找他，我想找活儿干。随即，布丽希达真地向我敞开了她的家门。马里奥出去上班之后，我回去取出了自己的衣服。

我身上一分钱也没有，只有一副耳环。我卖掉耳环，用换来的钱坐公共汽车，还买了一份报纸。我响应了一条招聘速记员的广告，帕切科先生的太太对我进行了面试。她对我进行测试之后，把这份活儿交给了我。我当天上午就开始了工作。那是一家办公用品商店，我的工作是处理来往的信件，并进行账务整理。我每个月的薪水只有一百二十五比索，但我还是接受了，直至找到更好的工作。

中午时分，负责修理打字机的机械师克莱门特和我都有时间外出吃饭。从头天晚上到现在，我粒米未进，早已饿得前胸贴后背。但我身上一文不名，只是顺路看了看橱窗便回到了办公室。办公室还没开门，我便站在门廊里，双手搭着饿得咕咕叫的肚子。第一个回到办公室的人就是克莱门特。他一定猜到我并没有吃饭，因为他坚持要请我跟他出去再喝点什么。

他把我带到了他朋友在附近经营的一家小餐馆。他先是对服务员说了些什么，普莱西莲娜随即给我端上了鱼汤和虾仁开胃菜。我虽然觉得很尴尬，但肚子饿得更厉害，所以根本没有拒绝如此美食的意志力。我吃饭的过程中不免感到十分担心，因为如果马里奥或者他的邮差朋友在此时从餐馆经过的话，对我可非常不利。

我以为克莱门特要讥讽我一番，谢天谢地，他没有这么做。从此，我们之间结下了诚挚的友谊。我相信自己今后再也不会遇见他这样的年轻人。他对我的帮助只是出于助人的念头，丝毫不求回报。

没过多久，一个中国人走进来，观察我干活的过程。第二天，他主动邀请我到他的餐馆做收银员。这份工作的日薪有十二个比索，外包一日三餐。我从早晨八点忙到晚上八点，中间没有休息时间——这跟在帕切科先生的公司上班大不相同。先前的工作很简单：将用过的商品记账，将所花的现金记账，同时负责预订登记。

餐馆的一个服务员对我说，我既然已经成了女人，就不能没有个丈夫。她说，即使某天我最不愿意，也会委身于别的男人，不是因为我爱这个男人，而是因为我的身体有这方面的渴望。她这一番话让我感到害怕不已。如果我非得做出选择，是委身于某个姓甚名谁都不知道的人，还是继续跟着马里奥过下去，我倒宁愿回到他的身边，那至少不再有什么危险。

马里奥要找到我并不困难，因为他干活的地方是邮局。他带我去见过邮局的主管以及其他同事，他们对我非常热情。所以，即便我想藏身，也完全没有可能，因为所有的邮差都认识我。我替帕切科干活期间，马里奥过来看过我三次。"康素爱萝，你一定要想清楚。你一定要回到我身边，因为你我在这里都举目无亲。你需要我，我也需要你。还有，你缺不缺东西？"

　　对了，那一次我显得非常高傲。我对他说道："我根本不需要你。我会照顾我自己。你别指望我还会回到你身边。"不过，他走了之后，我对他还是感到有一点点牵挂。一旦没有了他的影子，我反而觉得他越来越重要。

　　他每天晚上都到弗龙特拉餐馆来找我。我以五十个比索的月租金租了一间小木屋。里面一件家具也没有，我只能睡地板。屋里唯一的灯光来自住在我对面的布丽希达家。不过，自从在小餐馆干活以来，我就没再尝过饿肚子的滋味。再说，我还有布丽希达这个好朋友，我把她当成亲人看待，她就像我的一个姨妈。

　　每个人都说，我应该回到马里奥身边。我仍然固执己见，直到一天晚上，我干活干到比平时还晚，累得瘫在了我铺在地板上的"床"。我因为左肋的一阵剧痛醒了过来。我不禁失声痛哭。我想直起身来，可疼痛越来越厉害。我蜷成一团，顿时感到呼吸急促，左腿也失去了知觉。我想大声呼救，可根本说不出话来。我连一根蜡烛都没有。窗外月光皎洁，我一边看着窗外，一边思念着家里的父亲和妹妹，他们早已平静地进入梦乡，既没有忧愁，也不用饿肚子。

　　我忍受着痛苦哭了好一阵子。左腿一点一点恢复知觉之后，我不禁想起了马里奥。如果他此时就在身边，至少可以带我去看医生，或者替我泡一杯茶。至少，有了他的陪伴，我再也不会感到害怕。第二天，我找到马里奥，告诉他我愿意回到他身边。我辞去工作，找布丽希达借了一张小床和一条毯子，她答应我们可以用她家的炉子做饭。

　　确实很奇怪，但我真的一点点好了起来。现在，我的思想得到了充实，不过那并不是爱，因为我并不喜欢马里奥，我也并不真地需要他，我觉得那只是一种责任。对于丝毫没有感觉的爱，我很难假装有什么深情，所以我对他依旧不冷不热。马里奥说过，我现在对他的残忍早已改头换面，当他勃然大怒……也就是人们所说的"发作"的时候……我竟不采取任何措施来安慰他。他会把门锁上，不让我出去，绝望到把所有物品朝墙壁上摔打，一边撕扯自己的衣服，一边大喊大叫，几近疯癫状态。我像块石头一样站在那里一动不动，眼睛里既没有害怕也没有愤怒，只是瞪着房间里的某个点一眨不眨。

他说我喜欢看他发怒和绝望的样子，可我的内心只有恐惧和害怕，害怕他会把气撒到我身上。我想过逃跑，可我又像一只困兽，困在了自己的怯懦和害怕里。我想哭，想对他说上一句"对不起"之类的甜言蜜语，可我就像麻木了一般。

马里奥老是求我，要我在他发作的时候安慰安慰他。"只要一个拥抱，你就能平复我的情绪。康素爱萝，我求你了。下次你再看见我发怒，请你跟我说说话，如果你愿意，骂我打我也行。反正你别干站着就行。你难道没有一点良心吗？"

让我感到汗颜的是，我只会干看着他发火，直到他双手抱头，倒在床上抽泣不止。我们没有哪一天不争吵，我前前后后买回的东西没过多久也无一不被他摔打到了地板上。邻居们吓坏了，纷纷前来敲门，问"他有没有打你？"我只能走到外面平静地告诉他们："没有，他没有打我。是他自己发神经。"

事实上，发神经的人是我自己。我看不到丝毫出路。我对一切都觉得不满意。如果他说"咱们去中心广场吧，让你好好放松一下。"我的回答常常是"去中心广场？你舍得花时间陪我？"如果他对我说"咱们去看电影吧。"我会说"去看电影？我才不去。你知道我对电影不感兴趣。你跟你的朋友们一起去看吧。"他对此听之任之。我对他厌烦透顶，真后悔又跟了他。不过，每当他说只要我觉得不满意，他随时可以离我而去的时候，我总在心里发誓，再也不要对他漠然置之。

那段时间，我没有了结自己的生命，唯一的理由就是我不想让天父失望。不过，我热切地祈求过，希望天父带我而去！每天下午，马里奥下班回家之前，我都仰面朝天瘫在那张并不宽大的床上。那张所谓的床就是在一个架子上放些小弹簧，铺上纸板和旧衣物，再铺上一条毯子就算是席子。我自己做了个垫枕，算是完善了床上用品。房间里只点了一支蜡烛。仰望着天花板，我苦乐参半的眼泪从心灵深处一涌而出。我向天父求着情，祈祷他带我而去。

我的身体属于马里奥，可对于我那是怎样一种艰难啊！我一辈子从来没想过要从属于任何男人，一次也没想过。这样的问题我根本没想过！每次他下了班高高兴兴回到家里拥抱我的时候，我就像死过一次似的。我真是害怕极了。"人为什么要这么低贱？主啊，你带我走吧。我不想过这样的日子。我来到这个世上，可不是为了过这样的日子啊。"我不仅是口头说说而已。我全部的身心，我所有的感情，我整个的一切都在向天父祈祷，祈祷他赐予我这样的神迹。我一直在等待，等待着神迹的发生。所以，你完全可以说，我已经死了。

为了让我开心，为了让我满意，马里奥想尽了所有的法子。不会装模作样，是多么难受的事情啊！我整日浑浑噩噩，直到他走进家门那一刻："小瘦猴，你在哪里呀，亲爱的？你怎么了？你在哭什么呀？来，咱们去外面吃饭，或者去中心广场。别伤心了。"他如此疼爱我，竟没有注意到几分钟前我一直在祈求以死来逃离这样的生活。

我确实慢慢地爱上了他，就在这时他母亲写来一封信，劝他跟我分手算了。"那个女人对你没有任何好处。她比你年纪大，又很有心计。离开她吧。在那边另外找一个带回家来。我会把钱寄给你。"我觉得自己的心被人掏走了，每一个字都令我遍体鳞伤。我继续读着那封信："你儿子没有鞋穿了。寄钱过来我给他们买鞋子。别把钱浪费在那个女人身上。"我转过头来看着他。"原来你有个儿子。"我埋着头哭了起来。

实际上，我对马里奥一无所知。我对他刚建立起来的感情顷刻间坍塌了。他就孩子的事情向我作了解释。"听着，亲爱的，有些事情我的确没跟你讲过，因为我是男人，我需要尊严，不过卡米莉亚——"接着，他跟我讲述了他和那个女人曾经有过的日子。她发现怀上马里奥的孩子之后，马里奥的母亲逼迫着他们结了婚。然而，这一切都是那个女人的过错，因为是她追求的马里奥。他根本没喜欢过她，因为她这个人太早熟。他的母亲叫来警察，一帮人把穿着内衣的他强行拖到了法院。

离开法院，一帮人——那个警察、卡米莉亚的父母亲以及马里奥的母亲——又去教堂给两个人举行了结婚仪式。没过多久，也就是刚满十六岁的时候，他第一次尝到了被欺骗的滋味，因为他在舞厅撞见自己的老婆跟他的一个朋友在一起。第二次，他撞见她跟一个当兵的从自己的家里走出来。第三次，他发现她跟另一个男人从一家小旅馆走出来。之后嘛，他就离开了她。

我认可了他的解释，但唯一想到的事情便是我们再也没法结婚了。连一丝一毫的可能性都没有了。得知他有一个孩子的事情之后，我再也没法跟他亲近。我觉得自己像一个贼。我依然活着，但我做任何事情都没了乐趣。生命存在着，却没法好好过日子，真是一件糟糕透顶的事情。我一无用处，成了一个整日浑浑噩噩的人，四处游荡，什么事情都不想。

到了晚上更是恐怖至极，他会占有我，我只得违心地委身于他。还有什么事情比委身于人，沦落为人家的工具更糟糕吗？然而，马里奥在我耳边一个劲地说："别这样，亲爱的，我可不是仅仅为了满足自己的欲望。大把大把的女人比你更能满足我的欲望。不，亲爱的，千万别那样想。我之所以这样，是因为我想要个孩子，一个你给我生的孩子。你不愿意想象一下吗？一个像你一样的小女孩啊？要是你给我生孩子的话，我不知道会有多高兴呢！"

我最不想要的就是孩子。我心想："孩子？我生的孩子一定要用他父亲的姓氏。已经有孩子跟你姓了。我要是跟你生孩子，你先前的孩子就得退居其次，让我的孩子位居首先。"

他不住地劝说我，我给他生孩子才是头等大事。一天下午，我怒气冲冲地诅咒道，哪天要有了他的孩子，我就去死。他从来没打过我，可那一天他对我动了手。他不停地扇我的耳光。我甚至没有反抗，因为我知道他的话并没有说错。

真是祸不单行。一天早上，贡烛被打翻，引燃了房子，房子没全烧，只烧了一部分。不过，这把火烧得马里奥仅剩下两件衬衫和两条裤子，我只剩下三四件衣服。我呆呆地盯着那些被烧毁的物件。马里奥点燃香烟深吸一口，问道："你怎么不哭呢？"

"我为什么要哭？这一切都完蛋了。"就这样，我继续过着了无生趣的日子。

回想起有些事情真让我痛苦不已——这样的事情哪怕你从未提起过，可他们也会让你感觉非常难受。是的，我就要做母亲，哪怕我对此一无所知，因为我根本没发现任何迹象。直到一月份来临，我一直感觉正常。我既没感觉恶心，也没注意到停经现象。所以，当我告诉马里奥我感觉腹部疼痛的时候，他丝毫不相信我。

"我怀疑自己是不是有了孩子？"我说道。可他对我早已失去了信心。他冷冷地看着我，然后说道："你也想做母亲，除非邮局大楼倒塌。我敢说，你哪天怀孕，你哪天就会死翘翘。"我只有噘着嘴巴，事情就此了结。

不过，那天晚上跟平时没有两样，我还是不让马里奥挨着我睡。我要他去睡地板，因为他一向如此。我们打了一架，他顿时火冒三丈。他被气哭了，不停地辱骂我，拿我跟他的老婆相比，并说她样样比我好。

"是的，卡米莉亚就是比你好。她给我生了个儿子，你连这一点都做不到。你没用！"那一刻，我感觉到极度屈辱，极度蒙羞。我半裸着躺在他身边，只能受他的辱骂。我蒙住头不想听见他的大吼大叫："卡米莉亚，卡米莉亚！来吧，我需要你。只有你才能治好我的病！"

他一边大哭，一边拿杂志打我的脸。他好像被气昏了头。我看见他拿起了剃刀，以为他要用来对付我，没想到他伸出自己的胳膊，朝着血管割了下去。我拼尽全力才让他扔掉了刀片。我把他劝上了床。那一整夜，我的肚子疼得非常厉害。他根本不相信我，第二天一大早就去上班了。

听见有人大喊"康素爱萝，你家的衣服就要被风吹走了。"我才醒了过来。我昏昏欲睡地爬起来，想跑到晾衣绳那儿把衣服收下来。水泥地板很滑，我跌倒在地昏了过去。两天之后，我在妇产病房醒了过来，守在床边的马里奥正在抹眼泪。我一见他那副模样，对他顿生怜爱。他要我原谅他，他说他很鄙视自己，因为他先前竟没相信我的话。我笑了。他并没有抛弃我，他此刻就在我的身边，我感觉很开心。我住院的五天时间里，他每天都过来看望我。他不让我告诉父亲。不过我还是觉得痛，感觉很虚弱，所以高兴不起来。多亏了布丽希达，我终于给父亲拍了一封电报："爸爸，缺钱。住院。"

一天下午，一个新生婴儿的啼哭声吵醒了我。过了一会儿，一个刚生完孩子的妇女躺在担架上被抬了过来。直到此时，我才感觉到了伤心，因为自己的身边竟然没有孩子。要是我的身边也躺着个宝宝，那样的感觉不知会有多美妙。出院之后，我只要看见街头玩耍的孩子就会感到伤心不已。这样的状态持续了好长一段时间，每次我都会这样想："我的孩子现在该有六个月大了吧。"根据时间不同，也可能更大一点。随着时间的流逝，我对自己没有了信心，只想把这一切连根拔掉。

回家之后，我等起了父亲的回复。我不禁变得忧心忡忡，因为我没有收到任何回复。他不可能恨我到那个地步。一天下午，我正躺在用破布铺成的床上，整个房间的长宽都只有六英尺，墙壁和屋顶都用黑色压缩纸板搭建而成，起支撑作用的是用钉子和瓶盖连接起来的六根细柱子。支撑墙壁的是三根竖向柱子，其中一面墙壁供着圣像。壁上钉着钉子，上面挂着我的衣服。我的鞋子放在一个木盒子里。

我孤单地躺在这样一间小屋子里。马里奥去邮局上班了。我觉得全身都在痛。我的屁股和大腿好像被人用棍子抽打过一般。一只手没了知觉，面部浮肿，牙齿好像碎了似的。我的耳朵也听不见。两耳只听见一阵嗡嗡声。

过了一会儿，我没有了痛感。我的身体没有了束缚，仿佛自己在刹那之间被分成了两半。一部分飘浮起来，另一部分还躺在床上。"终于来了。"我一边嘀咕，一边笑了起来。我觉得身体很轻盈，这样的轻盈我之前从来没感受过。我看见了天父，他就附在天花板上。上面出现了一副闪着奇异绿光的十字架，中心部位正燃着一点小火苗。那架势好像要把我也融合进去。我的身体再也感受不到任何疼痛。我仿佛成了一块面纱，一点点地升到了半空中。

我觉得那一切太美妙了，根本找不到恰当的词语可以形容。我只能对你说，我飘飘悠悠地进入了某种虚无的境地。这正是我盼了一生一世的结局啊。我感到了无边无际的快乐，根本没法描述我是何等的开心。这样的场景持续了好几分钟。我恍惚之间听见邻居的孩子在叫我："康素爱萝，康素爱萝，有人找你。我猜他是你爸爸。"到此，那样的场景仍未消失。我多想永远身处那样的场景啊。我醒过来之后，感到腹部一阵剧痛。我拥抱了父亲。

我们俩都哭了。平静下来之后，他对我说道："你上学读书就为了这个？你学速记员就为了这个？你看看，你住的这叫什么房子！"

我顿时有些生气。在此之前，没有人对我自己的房子说过那样的话，我是家里的老大，任何东西我想搬就搬，无需害怕任何人，玛利亚或者布丽希达，或者其他女孩子可以自由自在地跟我说话，也没有人敢说我过的日子跟猪猡没有两样。我已经爱上了自己的小屋。"我住在这里很开心啊，爸爸。马里奥对我很好。他拿不出钱来，是因为他没有。但他对我真的很好。"

父亲想带我回墨西哥城，他还带了个医生过来，医生说我走得动。我仔细想了想。马里奥跟别人结婚，既履行过宗教婚姻仪式也履行过世俗婚姻仪式，所以他不可能离婚。他还有个儿子要抚养。再说，马里奥又开始辱骂我，老拿他老婆来压我。"你根本没法和她相比！她的皮肤很白，你的皮肤那么黑。她给我生过孩子。那才是女人！"只要我不顺从他，马里奥就会这样侮辱我。

所以，我答应跟着爸爸走。马里奥继续住在蒙特瑞。我对他说："你尽快弄好工作调动的事吧，我会一直等着你。我不会失信，你是知道的。"我坐公共汽车回到了墨西哥城。父亲想让我回到卡萨-格兰德，可那样就意味着我又要面对德利拉。我不想跟她再有任何瓜葛，所以他带着我来到了姨妈家。马里奥立马给我写来了信件。我现在还保存着这些信件以求慰藉——那可是充满温柔和爱恋的甜言蜜语啊。

十五天或者二十天之后，马里奥来到了姨妈家。我那时已经好了很多。父亲替我支付了所有的治疗费用，包括四次输血、输血清和打针等等。马里奥说他会负责所有开支，可我已经想着要跟他分手了。我再也不想委身于他。因为我不愿意跟他回到蒙特瑞，他便搬回了他母亲那里。

我知道，一旦拒绝了马里奥，我就再不可能有自己的住房和家庭。从一开始他对我就很好，会陪我说话，会维护我，会把所有的钱都交给我，什么事情都会征求我的意见。然而，因为该死的尊严和无知，我竟不懂得珍惜这一切。

回到姨妈家，战争又开始了，只是这一次闹得更不可开交，因为姨父责备我的时候，总是无可抑制地使用到污言秽语。邻居们都替我感到不平，但流言飞语也比以往更甚。我回到了家里，可还是输在了别人的手里。

我开始找工作。从几个朋友的嘴里，我得知海梅已经出人头地，而且至今未婚。他挣的薪水很丰厚，可那跟我没有丝毫关系。我找到了一份工作，在一个旧车市场替鲁伊斯先生做事儿。他对我很好，但我受不了几位维修工和经理在办公室聚众玩牌时的胡作非为和大声吵闹。在办公室工作的一整天时间里，我都得不停地争吵，让他们对我放尊重点。我之所以没有离职，是因为我还没找到更好的工作。干这份活儿的好处之一，是我藉此遇到了鲁伊斯先生的姨妈，在我后来需要帮助的时候，她给了我极大的友情支持。

与此同时，我家里也发生了一点变化。父亲在埃尔多拉多殖民区买了一块地，并建了一所小房子。他在国家彩票中得到了两千比索的大奖，因此才有了购买土地的钱。他又卖掉一批猪仔凑够了钱，于是开始建起了房子。那是我父亲的第一份财产，在朋友和亲戚中间只有他一个人取得了类似的成就。不过，那房子不是给我们修的。卢裴塔和我的两个同父异母妹妹，安东尼娅和玛丽莲娜住了进去，帮着父亲照料起了小动物。东尼娅有两个孩子，可她根本不跟孩子们的父亲，也就是弗朗西斯科一起过日子，因为他不愿意或者没有能力替她建房子。自从她成为弗朗西斯科法律意义上的老婆之后，一直是父亲在供养着她和她那两个孩子。

玛塔已经有了三个孩子，也彻底地离开了她的丈夫克里斯平。她搬回到卡萨-格兰德之后，我们家里变得拥挤不堪。曼努埃尔和他那四个孩子也住在那里，同时住在那里的还有罗伯托、我父亲、德利拉和她的儿子，以及玛塔和她的三个孩子。父亲打算跟德利拉一起搬到丢孩大街的一处房子里居住，并让玛塔负责打理卡萨-格兰德这一套房子。

玛塔非常消沉，我尽量地给她打气。我会对她说："别傻了，妹妹。你离开克里斯平一点都没错。要是他不愿意承担责任，你要他还有什么用呢？你听我说，你还年轻，有的是时间，可如果你继续生孩子，那你的一生就算完蛋了。学点东西吧，比如缝纫……只需要几个月的时间，你就可以在家里开业。这附近就有培训学校，你去看看要多少报名费，然后告诉我。我来给你付钱。你上学的时候，姨妈可以照看孩子。去吧，回来之后告诉我。时间还来得及。"

我坐在床上不停地劝解玛塔，可她一言不发。她坐在门边的一张凳子上，两眼瞧着地面，看上去模样动人。可她竟像一尊会呼吸的雕塑。我需要她的一个眼神、一个手势，或者别的什么东西让我知道，我的一番苦口婆心是否说到了点子上。我想看见她笑，看见她充满生活的热情，看见她年轻时跟着伙伴们一起玩耍的样子。我记得她那整齐而雪白的牙齿，她脸上一笑就有的小酒窝，以及她跟朋友们手挽着手走路的样子。可她现在对于我的关心竟然没有丝毫反应，看上去就像一尊会呼吸的东方雕塑。

我想方设法给她找工作，想让她摆脱那样的处境。我想让她知道，一定有这样的地方，她不但会受到体面的对待，而且可以找到有责任心的男人帮着她解决家庭上的难题，教育她那几个女儿。很长一段时间，我根本不相信，我妹妹文化水平低，只配生活在那样的环境里。

然而，她完全不明白我的良苦用心。她曲解了所有事情，更令我伤心的是，她把我当成了凡事都用身体说话的臭婊子或者疯婆娘。我后来才知道，我妹妹，也就是我的同胞姐妹，竟然把我当成了那样的人。上班的过程中，我会尽力注意自己的外貌，涂涂口红或者指甲，同时把头发梳理得中规中矩。只有保持整洁，我才能维护自己的地位，不被人看扁，不被人呼来唤去。我穿戴得体绝不是为了取悦男人！我妹妹不明白这个道理。在她看来……我现在想起来就要笑……我如此注重打扮，只能说明我是个水性杨花的女人。

我那个时候丝毫没想到过，她总喜欢用刻薄的话语来应对我善良的劝解，她喜欢用自己的邋遢来捍卫她那所谓的道德，用刻板的服饰来包裹她自己的想法，用不苟言笑来维护她那几个孩子的尊严。她所做的一切都是为了维护她对父亲的热爱和偏好。我揣摩过她，也想尽量弄懂她，可我做不到。后来，我只能这么说上一句："唉，可怜的人啊，有娘养，无娘教。"

玛塔对我的劝解充耳不闻，答应继续照看曼努埃尔那几个孩子，尽管我知道她其实并不喜欢他们。我搬过去帮她。父亲每天早上七点钟过来督促我们，然后给玛塔留下一天的零用钱。曼努埃尔、罗伯托和我都有事儿可干，家里面的日子好过了许多。可没过多久，曼努埃尔不再继续往家里拿钱，罗伯托也常常不归家。由于吃不惯妹妹在家里做的煎肉和用猪油煮的饭菜，同时为了避免跟她发生争吵，我经常在外面的廉价餐馆吃饭。那几乎用光了我挣来的所有薪水，所以，我也不再往家里拿钱。

玛塔并不需要我的帮助，尽管我什么也不给她的时候，她会非常生气。我注意到了这一点，是的，这一点让我感到很伤心，那就是父亲除了每天给她十个比索的零用钱，还给她买肥皂、糖、咖啡、大米、西红柿、油、巧克力等等。后来，他还给她钱，让她每周去看三四场电影；他还给她的孩子们买了鞋子和衣服，她想要什么他就买什么。她享受着父亲的宠爱，以及她自己的随心所欲。她每天都带着孩子们去附近的市场转悠，或者进城去逛商店。如果有额外的需求，她还会向罗伯托伸手要钱，因为他当时正在一家工厂做工。每到星期天，她会带着姨妈和姨父去神殿，或者某个公园大吃特吃玉米饼或者大喝特喝龙舌兰酒。偶尔，我还看见克里斯平在卡萨-格兰德附近转悠。所以，我不禁问自己，干吗要帮助她。她有父亲和哥哥的支持，她可以想去哪里就去哪里，根本没有任何顾虑。她还有自己的孩子。我除了工作就什么也没有……在家里也没怎么安乐过。

随着时间流逝，我和玛塔的差异日渐明显。她有个坏毛病，竟让最小的女儿特立达德光着屁股乱跑。这孩子自然而然地把大小便拉在地上，或者任何她喜欢的地方。我多次提醒玛塔，要她给特立穿上裤子，还要教会她上厕所。不幸的是，妹妹只会愈加生气，还说我自以为是上流人士，或者是模仿他人的"洋泾浜"。一天，特立把痰盂端到了玛塔正在做饭的炉子边上，我顿时没了好脾气。妹妹继续做她自己的事情，过了一会儿才抱起孩子在水槽里给她洗了起来。

我忍无可忍。"你难道就不能教教她蹲粪坑吗？你这是把她教坏了呀！"

"你也太大惊小怪了，滚吧！你一分钱不拿回来，还如此斤斤计较。你怎么不搬到洛马斯跟那些富豪一起居住呢？"

不管我说什么，妹妹始终那样回答我。我想方设法教她，要把垃圾桶和煮好的饭菜盖起来，免得老鼠乱窜，要把脏衣服装进篮子再放到床底下，而不是堆在水槽里，要把饭菜放到阳光晒不到的地方，还要远离炉子，这样才不会腐败变质，可她就是不愿意学。每当我给她讲述桑提亚哥先生或者我的朋友们家里是个什么样子的时候，她总是起而攻之，说我看不起穷人。她在她那些朋友面前取笑我，并且每天都向父亲告我的状，而父亲总是偏袒着她。

玛塔不想照顾那么多孩子，于是到一家裁纸厂找了份活儿。她之前没有告诉我她要外出干活儿。第一天，她七点钟就出了门，直到晚上七点钟才回到家里。我留在家里照顾着几个小孩子，同时为我那位妹妹担惊受怕，因为我不知道她去了什么地方。

我拒绝照顾那一帮小孩子。我继续上我的班，父亲于是请了一位已有两个小孩子的妇女来料理家务。这一下，家里比以往任何时候都吵闹和拥挤。每天晚上，我都要服用神经类药物。我坐在床沿，打量着昏暗的小屋。电线又被人剪断了，烛光勉强照亮了饭桌，几张苍白的小脸埋头喝着咖啡，我的妹妹头发凌乱，脏兮兮的围裙几乎掉到了地上，正在大声地呵斥孔塞普西翁，要她帮特立收拾烂摊子。"快点，你这个笨小孩，快给你妹妹洗一洗。要不有你的好看。"看着满眼哀伤的小侄女放下面包和咖啡，去清理地上那一摊拉肚子产生的污物，我真是快要疯掉了。

吃过晚饭，大家都该睡觉了。玛塔和她那几个女儿睡大床，玛丽基塔、孔琪塔和我睡小床，阿拉内斯、多明戈和罗伯托睡在地板上冷得瑟瑟发抖，现在呢，那位用人和她的孩子们也睡在地板上。夜复一夜，这一幕凄惨的场景总展现在我的眼前。我很想有所改善，可到了那个地步，我几乎不敢开口说话了。不光玛塔和父亲，连罗伯托也说是我把不和谐之音带到了这个家庭。他们想让我搬出去住，可我一直没放弃让他们过好日子的想法。再说，我害怕一个人居住。人们会对我东猜西想，把我揣测个一塌糊涂，还有男人趁机打我的主意。

雪上加霜的是，先是马里奥，后来海梅一如既往地醉得不省人事才来找我。一天晚上，我刚从姨妈家里出来就看见海梅往卡萨-格兰德的方向走了过来。我赶紧往院子里跑。他一看见我也跟着跑了起来。还好，谢天谢地，我先进了屋，然后把门落了锁。海梅日复一日地来到附近转悠，直到我跟他说话，答应跟他出去为止。他说他仍然爱着我，想跟我结婚。我并不相信他，但采取了积极措施来避免麻烦，尤其遇到他喝醉之后更是小心翼翼。实话实说，我厌倦了自己的家，饭也吃不好。他带我下馆子、看电影，还给我买各种礼物，结果呢，我省下不少的钱。

与此同时，哥哥罗伯托建议我用这笔钱买一个录音机，他说我可以通过向舞会或者狂欢节出租的方式连本带利挣回来。如果需要用钱，我还可以把它卖掉或者当掉。我喜欢音乐，一想到拥有自己的录音机就喜不自胜。有一天，我因为生病而躺在床上，罗伯托走进屋来对我说："妹妹，好好想想吧，我遇到一个家伙，想以四百比索的价格把一部好好的录音机给卖掉。"

"真的？"我得承认，我并不相信罗伯托，可他毕竟是我的哥哥，我也很爱他。我一直觉得我们失去母亲之后，他所遭受的苦难最多。我想让他知道，我对他还有信心，我相信他的善良，同时也让他知道至少还有人相信他。简而言之，我把钱给了他。他说他立马就会把录音机取回来。

就在我等候的过程中，姨妈来我家收取洗衣服的费用。我给她讲了刚发生的事情，她顿时非常生气，说我一分钱都不该给他，说我是在诱惑他，还说我真是个大傻瓜。

"可是，姨妈，他是我哥哥呀。他怎么会……"

后来，我当着她的面哭了，因为罗伯托并没有回来，姨妈和姨父更是把我责备了一番。我把这事告诉了我的一个朋友安赫利卡，她也这样说："哎呀，你怎么这么傻呢？你怎么会把钱给他呢？"

"可他是我哥哥呀！"我又哭了，不是为钱而哭，而是因为他辜负了我的信任。我发现他在卡萨-格兰德附近的一家小餐馆陪着朋友喝酒。我没有胆子问他要钱，因为那样可能令他难堪，也可能伤害他的感情，会惹他生气。

"怎么回事？"我这样问道。

"没什么。"他如此回答。

我觉得要把钱讨回来，最好叫上姨妈和姨父，于是我过去找他们。等我们回到小餐馆的时候，他已经离开了。他整整三天没有回家，在此期间我哭了好多次。我再次见到他的时候，根本没要他做出解释，而是直接告诉他："你得把钱还给我，一点一点地还都行。"的确，他每个星期还我十到十五个比索，直至还了一半。

他对自己的做法从没解释过半个字。他只是说那台录音机不太好，他打算把钱还给我……我在小餐馆碰到他的时候，他身上还揣着那笔钱……可他后来碰到几个朋友，便请他们一起出去喝酒。"妹妹，我会把钱还给你，你不用担心。"

我竟然指望自己的哥哥有所改变！我以为他只要有人规劝，有人支持，学点东西……要是他读完小学就好了！要是他愿意尝试就好了！看清事情的真相之后，我简直惊呆了。我完全没想到，他会永远是那个样子。

两天之后，瘦若牙签的我从病榻上爬起来，遭遇了更大的打击。我和玛塔正在睡觉，突然听到卡萨-格兰德大门口卖玉米卷的卢斯太太在使劲敲门，她说有几个警察正在暴打罗伯托。被这样的事情吵醒，可真是糟糕透顶！我们从床上一跃而起。玛塔穿着睡衣，我则穿了件陈旧的蓝色袍子，又惊又怕，因为我很清楚警察有什么样的能耐。我看到了毕生从未见过的恐怖场景，罗伯托仰面躺在地上，两个警察站在边上残忍地揍他。他们打得他吐了出来。他流着鼻血，却还在对两个警察骂骂咧咧，结果招致更猛烈的击打。

我大声叫道："不要，罗伯托。哥哥，不要再骂了，你这样做只会适得其反。"

"放过他吧，"玛塔对警察说道。"别那么斤斤计较，你们没看见他喝醉了吗？"

"行啊，叫这个小王八蛋赶快闭嘴，要不然……"接着，他们改用警棍。老天啊，我简直绝望了！我无助地转过身来，一边高声喊叫，一边寻求帮助。"警察打死人了！快管管他们啊！"

罗伯托的三个朋友想插手，围观的人群也大着胆子附和着，可警察掏出枪把他们全赶跑了。后来，他们发现我哥哥似乎再也没法动弹，便跑掉了。我和玛塔哇哇大哭。有人建议我们把罗伯托抬到警察所去告那两个警察，于是玛塔进屋带上了尚在吃奶的特立达德，我也回屋穿上了棉衣。我取出之前藏在某处的五十个比索，出门去拦出租车。一辆救护车开来，载着罗伯托和他的两个证人朋友一起来到了警察所。

我们赶到警察所的时候，罗伯托正在医务所，不停地哭诉脑部、肚子和腿部奇痛无比。他不住地叫骂着警察，使情势变得非常不妙。我用手捂住他的嘴……医生把他送到了医院。救护车快要开出的时候，曼努埃尔赶来了。他对这件事感到愤愤不平，陪着罗伯托去了医院，我和玛塔留下来设法伸张正义。正义！我们在警察所一直等到清晨五点，除了空耗时间，一事无成。

我感到非常绝望。我和玛塔的争吵没完没了，为罗伯托的事花光了本就不多的几个小钱，父亲带着孩子搬回了德利拉身边……如果再不避开他那苛责的目光和生硬的话语，以及口口声声要把我和罗伯托扫地出门的威胁性话语，我觉得自己可能也会病倒。我实在无法忍受，于是决定搬出去住。

我老板的姨妈安德烈娅夫人有一间空置的卧室，在向她讲述了我的遭遇——当然还是有所保留——之后，她愿意租给我住。她的住处差不多位于城市的另一边，所以我觉得自己能够摆脱那些烦恼。

然而，海梅还是找到了我。一开始，他表现得很好，我于是把他当成了依靠。接着，又来了致命一击！"我不想家里的任何人知道我来这里看你。就连我母亲都不会允许。要是被父亲发现了，肯定要大打一架。不过，如果你愿意，我可以给你弄一套房子。"海梅现在能够给我的不是婚姻，他要我做他的情妇。

类似的想法好几个男人都跟我提过，其中有几个人完全出乎我的意料。其中有个人跟我家很有交情，我一直把他看成我的叔叔。他对我说过："如果你愿意，你可以上班。如果你不愿意，你可以不用上班。我会给你弄一套房子。"那之后，又是我的表哥："如果你愿意，我可以在别处给你弄一套房子，在韦拉克鲁斯或者瓜达拉哈拉都行。"我也不再理睬他了。后来，我一直视为朋友的艾莉达的丈夫也向我提出要"照顾我"。

我的大脑一阵迷糊。"老天啊，"我问自己。"我只配做取乐的工具吗？"我想摆脱所有的罪恶，可他们像诅咒一样跟随着我。我开始害怕见到任何人。不久后的一天晚上，海梅喝得醉醺醺地跑过来大吼大叫，不光把我辱骂一通，而且猛踢安德烈娅太太家的大门。被吵醒之后，听着他在如此受人敬重的别人家里满口污言秽语，我惊吓得晕了过去。

那段时间，我吃不好饭，有时因为没钱，有时因为肚子不饿，或者急着赶坐公共汽车。每天上班期间的满腹怒气也摧残着我的身体。我骨瘦如柴，大家都叫我"肺痨鬼"。我的脾气越来越差。我动辄大哭，变得反应迟钝。我一开口说话，别人就觉得我像个白痴或者酒疯子。无需多说，我在工作中出过无数次差错。

我开始做起活灵活现的梦来。其中一个梦，或者噩梦之一，从我站在一片海滩上拉开序幕。我不停地游啊游啊，一直游到一个小岛上。我在岛上发现了一个山洞。为看清里面的情形，我走进了山洞。脚下的泥土突然动起来，我一下子掉进了一个漩涡。我奋力挣扎着想要浮上来，可漩涡中的水把我不断地往下吸。我以为自己就要被淹死了。我往下不停地沉啊沉啊。沉到底之后，那个漩涡把我弹进了类似房间的一所土屋子，这所土屋子被一个平台一分为二。平台的这一边有一架印第安人出售的那种木梯子，另一边有水，但流不到这一边来。我的衣服被扯成了碎片。我的头发虽然是干的，但又长又凌乱。我的双脚沾满泥土。神奇的是，支撑平台的一根横梁上挂着一只亮着的电灯泡。我顺着梯子往上爬。突然，出现了一个人。我看得见他穿的衣服，但看不清他的长相。他的打扮很像是海盗。他朝着一根缆绳拉了一下，数以吨计的白色沙子扑簌簌地掉到了我的身上。我继续往上爬着。让我大吃一惊的是，平台之上还有一个蓝色的湖泊。不过，还没弄明白自己是怎么来到这个地方的，我已经上了一艘帆船。船上的人救了我，可我一个劲地要他们放我走。他们偏不放我。

船翻了。我又掉进漩涡，再一次淹没在了海水和沙子之中。我努力挣扎着，终于又回到了那个山洞。漩涡里的水吞没了我，只剩脑袋还留在水面，脑袋上竟然戴了一顶油布帽。周围的水一片墨绿色。一块木板

476

忽悠忽悠地漂过来，我朝着它游了过去。我伸出手去，有人把我拉上了那块木板。我看不清那个人的脸，只看得见他伸出来搭救我的那只手。我疲惫不堪地躺在木板上，依然置身于漩涡之中。我再也没了游泳的力气，只能脸朝下趴在那块木板上，任由它在水中不停地转悠。

我的状况越来越糟糕。一天晚上，我在回家的途中突然晕厥，倒在了公路上。我不知道自己晕了多长时间，醒来之后继续往家里走。安德烈娅太太以为我喝过酒，还给了我不少的忠告。我终于上了车。我害怕黑暗，害怕所有的人，也害怕汽车的噪声。我再也没法上班了。

父亲把我带回了姨妈家。对头一两天的事情我完全不记得了。我只记得我见着一个人就跟他说话，说了些什么自己根本不知道。接着，我突然全都不认识他们了。所有东西变得十分庞大，似乎就要压上我的头顶。所有的声音听起来既奇怪又悠远。头部一阵阵剧痛，我丝毫得不到片刻的安宁。到了晚上，有人在我的头部擦拭酒精。一切看起来都离我很远，家具变得非常微小，同样离我很远。当他们哈哈大笑的时候，那一张张脸孔简直令我头晕目眩——我完全分辨不出那是些什么人。我知道卢裴塔在场，这都是我猜的，我冥冥之中知道她在帮助我。我稍好一点之后，说话仍旧不利索，还有一点口吃。

去看医生是我第一次单独出门，我只知道呆呆地站在大街上。我忘了要去什么地方。突然，一切都似乎变了个样。我浑身发抖，哭了起来。一个女人走上来问我，需不需要她把我送到什么地方。

"送我？送到哪儿？"我问道。

"当然是送你回家呀。"

"我的家？"我还是想不起来。过了一会儿，我清醒过来，来到拉蒙医生的办公室，跟他讲了事情的原委。他说我不应该单独出门。父亲把我领回了家。一进家门，我顿时觉得那张床十分狭小，仿佛根本容不下我。我从很高的地方俯视着那张床。我爬上去睡着了，但记不起究竟睡了多久。

在空灵的状态下，我试着解决自己的种种问题。我身边一个人也没有，我一边听着人们的嘲弄之语，一边试着爬起身来。我感觉到自己陷入并疾走于一连串的事件中间，不同的场景一闪而过，四周的景物一点都看不明白。我认为那些人充满了仇恨，喜欢抬杠，一心想伤害我，巴不得看我沉沦下去。我不明白事情何以至此，周围没有一个人帮助我。虽然不明就里，但我进行了总结，我的错误已经没法改正。我感觉到非常害怕，但又不知道害怕什么，只知道我害怕的并不是死亡，我一直期待的就是死亡啊。我一阵颤抖，手心沁出了汗，我也来到了大街上。只要看到人多，我就想逃跑。过街的时候，我以为撞上了汽车。我伤得十分厉害，仅凭着对天父的信念我才活了下来。还好，我得以逐渐康复。

一天晚上，我做了个彩色而奇异的梦。这个梦给我带来了勇气。我身处一栋漂亮的房子，那是供学生居住的房子。不过，一开始只是一间路边小餐馆，外面似乎是一条林荫道，有人正在徒步前往游泳池。在那间两层楼的小餐馆，我身边摆满了餐桌，房顶铺着稻草。从屋顶到我倚靠的栏杆之间编织着非常漂亮的心形小野草。我站在那里俯瞰着，泳池边沿镶嵌着小石头，不远处长着几棵树，池内的水清澈湛蓝。突然，不知从什么地方冒出几对情侣，正手拉手沿着长廊走向游泳池，小伙子们时不时转过头满怀爱意地看着自己的女朋友。我从高处看着他们，不禁笑了起来。有人走上前来，我一下子就离开了那道栏杆。

我下到游泳池所在的地方之后，游泳池消失了，取而代之的是一个红色柜台，紧挨着柜台的是一个靠在棕色墙壁上的书柜。所有的书籍都呈深棕色。紧靠书架的是那扇窗户。再往下一点就是我那张床，那张很小很小的床。再次出现了几个年轻男女——我不知道他们是从什么地方冒出来的。我双手捧着一本书，满脸惊骇地打量着他们。他们高声谈笑着。

我注意到了他们的衣着——红色裤子，黄色衬衫。小伙子们拉着女朋友的手，时不时转过头来看着她们。他们从我的床头一跃而过，钻出了窗户。其中一个小伙子，也就是走在最后的那一位，叫我跟他们一起跳出去。"来吧，出发咯。"他微笑着对我说道。他们全都兴高采烈。

我虽然疲惫不堪，同样感到非常高兴。他们全都出去之后，我的房间一片静默。我转过头看着墙壁，那是一种多么绚丽的色彩啊！淡黄的绿色、宝石样的红色、绚丽的黄色。我把书本放到了红色的柜台上。我发现自己的长发呈波浪形，穿上了红色宽松裤。

我走到窗子边，又看到了那几个年轻男女，同时看到了屋子的边上有一道墨绿色树篱。草坪呈淡绿色。那几个年轻男女满头金发，梳理得非常整洁。他们不住地东奔西跑，时而从树篱之上一跃而过。刚才走在最后面的小伙子坚持要我跟他们一起跳跃。"来吧，来吧，快呀！"可我仍旧站在窗边摇了摇头。

他们消失之后，我感到了一种不可抑制的欲望，学他们的样从窗户跳了出去。快要穿过林荫道的时候，我转头看了看这栋房子。那是一栋白色的房子，白得非常好看，我一时很有些后悔，竟然要离它而去。不过，我感受到一种暗示，千万不要往回走。于是，我不停地往前奔跑，想要追上那几个年轻男女。我看不见他们，只能听见他们的笑声。我想爬到树篱顶上，可我的速度仍旧很快。我终于醒了过来，脸朝下横躺在树篱之上，不停地打量着绿色的草坪和那栋红顶白屋。

渐渐地，我不再胆怯，逐渐恢复了体力。我在水中盘旋而上所形成的圆形波纹一点点平复下来，水面一片清澈，直至我慢慢地浮了上来。我觉得自己变成了全新的康素爱萝，再一次充满了活力。我觉得自己的身体一改以往的不完美，变得非常充实。我又感觉到了求学期间才有的那种力量。我知道自己又一次成为了全新的人，一个能够干事的人，一个比父亲常说的"落花生"更有价值的人。我逐渐领悟了生活的真谛。

我在内心深处依旧觉得饱受伤害，怒气冲冲，不过好在这一切都没有被激发出来，因为我完全可以对曾经伤害过我的那些人施以强烈的报复。我真的不想伤害任何人，尤其不想伤害我的父亲。我宁愿默默地承受深埋于自己心间的那些痛苦。承受了那么多痛苦，我又能够蔑视那些侮辱我或者藐视我的人了。我觉得自己有了主张，无需再理会那些给我带来伤害的人和事。承受了那么多痛苦，我可以毫无畏惧地面对这个世界了。

我一直渴望有所成就，这种成就是我未曾见到过的，只存在于我的生活圈子之外，甚至可能在我的能力之外。我不愿意固步自封，始终停留在我开始的那个地方，不管是我开启人生的地方，还是我开始工作的地方。我不喜欢只限于干一件事情、只学一门本事，或者只从事一种活动。我不愿意沿着前辈替我铺好的道路前进。我反对"命运"这个词，尽管到处都能听到它。"既生为壶，不可离厨。"我经常听到我父亲、姨妈、朋友和邻居们说这句话。不管是守夜之时，抑或事故之后，人们总喜欢这么说："这都是他的命啊！"说完大家就感到满意了。可我不这样。我可不敢把这样的话挂在嘴边，不然会遭到别人的嘲笑。他们会说我背离既定的生活轨道，连自己是谁都搞不清楚了。我的家人尤其会说我不但最瘦弱愚蠢，而且最不听话。他们不了解我，所以我一直没跟他们说过我的想法。但我会在内心深处认真思考所有的事情，尽可能地找到其中的原因。我这辈子根本不相信所谓的"命运"。

"没办法，"他们会这么说。"天意难违嘛。"我不认可这一点，甚至跟宗教和神的旨意进行过抗争。我从来没违背过天父的旨意，但我思考过他的个性特点。我对这个问题做过认真而全面的思考。我注意到有些人从不向命运低头，反而以一种坚不可摧的意志力进行抗争。我知道有一个西班牙人，开家具店起家，但没开几个月就关门了。他没有放弃，而是借钱从头再来。就这样，他一共反复了五次，最后终于实现了自己的愿望。我这才意识到，使他成功的不是命运，而是意志。

我们的邻居也有取得进步，跻身上层的。劳尔当上了会计，有一个人进入了电影行当，还有一个人做起了生意。他们这些人年轻的时候从不拉帮结伙，也不会衣冠不整地满大街瞎逛，更不会词不达意脏话连篇。他们都是些正人君子，知道穿衣服要有品位，而且敢于顶撞别人的批评之声。顶撞、回绝、不为多数人让步——那就是他们的秘诀。我不知道他们违抗的是什么，但他们好像一直都在违抗。他们会说："什么？应该是这样子啊！不会吧！"或者"不行，伙计！你要以为我会照你的想法行事，那你就是个大傻瓜！"

我要么坐在门外的凳子上，要么倚靠在墙上思考类似的问题。有人说我故作深沉，说我总是"云里雾里"，做着自己的白日梦。我只是在观察而已。我觉得一个人应该坚定些，应该敢于跟别人对着干。一个人应该对漂亮的脸蛋、好看的衣裤或者最受青睐的小伙子无动于衷。这样的小伙子如果降格看中了某个比他年纪小，且穿戴不如他的小姑娘，小姑娘会因被他看中而感到受宠若惊，甚至会以为那是一种胜利。在舞会上，如果这样"高高在上"的小伙子挑中了我，我会首先答应下来，然后趁着舞曲未停，把他一个人撂在舞池中央。对任何人而言，那都是很严重的惩罚。我这样做，就是要报复他的傲气。

我意识到，伤害他人万万不可。无数次面对妹妹那一帮朋友讲的笑话时，尽管根本听不明白，我都不得不放低身段哈哈大笑。我从来不是鲁菲莉娅那样的态度，比如怒气冲冲地说："我跟你不在一个档次，跟我开玩笑，那你就是个傻瓜。"当然，那样做只会引起大家对她的厌恶。在那样的环境下，很难找到恰如其分的方法跟别人对着干。我要是太认真，会招致别人的孤立；我要是太可亲，会被别人占便宜。

我的愿望跟我那个生活圈子里的其他人有所不同。我没学速记之前，一直想学习语言。为什么？谁知道呢？做打字员期间，我又渴望到航空公司当空中乘务员。我一事无成，但梦想一直没破灭过。我拥有金钱的欲望一直深藏于内心，无声地遭遇着绝望。我需要用金钱过另一种水平的生活、成为其他圈子的一员、过好一点的日子。

我为什么需要金钱，过好一点的日子呢？不是因为我沉迷于物质的东西，而是我觉得只有穿越了禁锢自己的围墙之后，我才能一点点地把侄儿侄女们带出去。有了钱，我可以请律师把我变成他们的监护人，使他们免受伤害，送他们上学，替他们营造我在妹妹和两个哥哥身上没能营造成功的那种家庭氛围。我不想历史重演，他们不应该成为下一个曼努埃尔、罗伯托、康素爱萝或者玛塔！我希望孩子们要什么我就能给什么，我希望看见他们好好地长大成人，有事可干，这样他们才能无羞无惧地面对生活，迈着坚定的步子往前走。我希望他们爱我。如果能够脱离现有的生活圈子，我还希望哥哥罗伯托能够摆脱束缚升到水面之上，自由地呼吸，无惧地行事。等我老了，有所成就之后，我便可以勇敢地面对世人，因为我知道自己一生没有虚度，我的家人也实现了价值。

以上动机使我摆脱了病魔和生活环境带给我的浑浑噩噩。我当时看得还不太清楚。我只是让双脚沿着自己喜欢的道路前进，仅仅因为我喜欢这条路，无需任何别的理由。我一直满怀希望，这条路能够使我自己有所成就，我甚至懒得前去打探这条路上有没有树枝可能掉下来把我砸晕过去。

稍有劲头之后，我终于在一家办公室找到了事儿干。薪水不多，工作的时间也长。我要么跟卢裴塔同住，要么居住在卡萨-格兰德，我无需付房租，也没有孩子和丈夫，更没有情人。我自由自在，想做什么就做什么。我本想趁夜去上初中，但我感到很累，可能要十年的时间才能念完。一连数月，我离家上班，下班回家，再也不干其他事情。我又一次觉得自己陷入了家庭矛盾的汪洋大海。"罗伯托又喝醉了，正在打架；""玛丽基塔的眼睛发炎了，曼努埃尔置之不理；""玛塔又在跟克里斯平见面；""瓜达卢佩姨妈需要三十个比索支付上个月的房租。"

我只好从家里搬出来，另找一套带家具的房子。两个星期之后，我才找到了自付得起房租的房子。单身女子到哪里都租不到房子，我只好说自己是来自另一个州的学生，这才以一百九十比索的价格在曼萨纳雷斯医生大街的一位太太家里租到了一间小房子。

这位太太还有其他房客，我跟其中的贝亚特里斯交上了朋友。她为人很好，我很喜欢她，尽管房东太太说她这个人脾气不好。贝亚特里斯早上会叫醒我，然后跟我一起在厨房用早餐。"我们俩都是独自一人，小妹。"她曾经说过。"所以，我们需要互相帮助。"有时候，我会和她坐在门外的凳子上晒太阳。邮差费利佩会停下脚步陪我们说说笑话，贝亚特里斯的男朋友亚历杭德罗也会加入我们的行列。房东太太对此非常反感，随即把我们辱骂一通："只有站街女才那样子坐在大门口，迎接客人上门。拜托你们从今以后待在自己的房间里吧。"然而，我们的房间又黑又冷，我们根本不管那个老巫婆的胡言乱语。

不过，一事连着一事，她开始找我们的麻烦，把我们没放对地方的食物或者其他东西统统扔掉。我们要吃饭，她却要用水冲洗厨房的地板，或者把垃圾撒得满地都是。她想涨我的房租，因为我一个星期洗了三次澡，房间里的灯亮过了晚上十点钟。她不允许我们热牛奶、烤肉或者炒豆子，因为这都要耗费很多燃气。她还会检查炉子上的罐子，看我们有没有遵照执行。

我受够了这位房东太太。我注意到她家的房子没有办理出租登记，墙上也没张贴税务发票。我估计她每个月的房租收入有一千比索上下。我欠了两个月的房租，请求她允许我缓一缓，因为我暂时没钱，她竟然非常生气。第二天，她又在用水冲洗厨房地板，漂了一屋的垃圾。

我很生气，于是跑过去敲了敲她的房门："太太，你他妈以为你自己是什么人？你别以为我没做声，就是我能够容忍你的这种恶性！"

"要是不喜欢的话，你可以搬走啊。"

"我高兴的时候自然会搬走，但我会先向政府举报你不办手续悄悄赚钱。我想你一定上过税了吧？那么你的发票在哪里呢？你把这个狗窝隔成小间高价租给我们，竟然有胆说我们是邋遢女人。大家都知道你是哪一路货色！据我所知，你还有蹲监狱的记录吧。"

那个女人呆呆地站在那里一言不发。我说的那些话也许是真的，反正她再也没有招惹过我们。我松了一口气，因为我并不想搬走，也不想离开贝亚特里斯，尽管我越来越不喜欢她的生活方式。亚历杭德罗是她的男朋友，替她付房租，还替她买了很多东西，她却把他当傻子，跟其他男人四处游荡。我厌倦了他们之间的吵闹。

我搬进去五个月之后，又听到了海梅那熟悉的口哨声。我不知道他从哪里搞到了我的住址（也许从姨妈那里吧）。有一次，已是半夜三点钟，他先是按遍了公寓楼里的每一只门铃，后来又爬进院子直呼我的名字，让每一个人都听见他在咒骂我。他开始从上班地点一直跟踪我回到家里，甚至开始监视我。他会一言不发地跟在我身后，这差一点把我逼疯了。我不禁形成了每次出门都往回看的习惯。我感到自己的神经越绷越紧，不得不又想到了搬家。

我回应了报纸上的一则广告，而且非常幸运地以两百比索的价格在一个古巴家庭所租住的套房里租到了一间很不错的屋子。我太喜欢那个地方了！房间很整洁，供应热水，浴室很舒服，还有一个客厅和一部电话。我很喜欢我的同屋南希、艾米塔和她的丈夫以及他们的孩子露西和劳尔，还有为了逃避巴蒂斯塔①来到墨西哥的一大帮古巴朋友和租客。在这里，我见识了真正的热情好客、举止文明、兴高采烈、聚会和友谊。他们不知疲倦地邀请我一起玩牌、说笑、打闹。男人们大胆地调情，想方设法谈情说爱，可只需几句厉声责骂即可让他们收手。我在那里过得很开心，真想永远住下去。

然而，这家人的经济状况越来越窘迫。古巴那边停止了汇钱，丈夫找不到工作，露西和她男朋友闹起了矛盾，有几个房客已经搬了出去。艾米塔打算把房子转租给其他人家，这家人愿意拿几千比索给她。南希搬去跟她哥哥同住，她哥哥是个律师，早已结婚。我一时找不到别的地方，只得跟后来这家人同住，不过我一点都不喜欢他们。找到房子后的一天，我回到那里却发现我的床铺和衣物都被搬到了客厅中央，原来是房东趁我没走就开始粉刷房间。我患了支气管炎，接下来的几天时间只得在客厅里打发。

我在索诺拉大街一栋很不错的房子里租到了一间房。租金高达二百五十比索，不过那是我住过的最好的社区。我的新房东胡安妮塔太太和

---

① 巴蒂斯塔（Batista）全名巴蒂斯塔·伊·萨尔迪瓦（1901—1973），曾于1940年至1944年和1954年至1958年担任古巴共和国总统。——译者

一个用人独自居住，我又是她唯一的房客，因此她同意我用她家的录音机和电视机（这时候，我自己已经买了一部小收音机），我还可以在星期天把玛丽基塔或任意一个侄儿侄女带过来同住。那一天，我除了洗发洗澡，就是休息。

在一定程度上，胡安妮塔是个很不错的房东太太，不过她有时候会吓唬我。她骂起用人来很严苛，笑起来没遮没拦，经常向我吹嘘她自己。她说自己出生官宦家庭，可她所讲过的污言秽语我闻所未闻。对她的私生活我一点都不感兴趣，可令我感到不爽的是，她说她丈夫是个医生，每周只回家两次。其余的时间，她家里要么有"叔叔"长住，要么有其他男性"亲戚"来访。

我对她的所作所为从不关心，可她总想影响我跟她走同样的路。她总想把我介绍给她的那些访客："来吧，康素爱萝，别傻了。你那么年轻，有谁会拦着你吗？我嫁过三个男人，所以我知道男人全都是骗子。你得学会如何利用他们。生活只属于那些懂得生活的人！来，告诉我，你为什么不愿意？"

"不是的，胡安妮塔，即便我愿意，我也做不到。我倒是愿意无牵无挂地做这样的事情，可我的良心老觉得不安啊。"

"良心！哪还有良心啊！教会的人大谈良心，是因为他们有这个资格，可到了现实中，哪还有良心哟？你告诉我，这个世界上有谁没干过坏事？趁你还年轻，好好享受生活吧。把你的良心暂时放在一边吧。除了愚弄自己，良心有什么用。那么多男人在家里找不到幸福，可他们一旦找到能够满足自己的女人，自然会对她出手大方。因为这是一种需求，是身体机能所定，所以，干吗不抓住这样的机会呢？"

"可是……"

"别可是了！别傻了。生活不是你想怎样就怎样的。老天！只要照我说的去做，你肯定早晚能找到愿意娶你，愿意给你好房子住的人。干吗不呢？"

胡安妮塔给我看了她的手表、手镯和项链。"看见这个钻石项链没？我一个情人送的。我如果缺钱用，随时可以当掉它。你看多漂亮啊。”

我对她多少感到有点羡慕和尊重。她显得很成熟，自信心十足。她应有尽有，有漂亮的房子，有用人，也不缺钱用。跟她在一起，我觉得很渺小。她说的也许没错。为了挣几个可怜的小钱，我让自己累死累活。不过，我还是看不起她，不想过她那种日子。我天生不会。我是这样考虑的："我要挺起胸脯做人。她有那么多东西不假，可她难道不觉得羞愧吗？不，如果想穿某件衣服，我自己会买。如果钱不够，我可以等等看。出卖肉体换来的东西我才不用呢。还有，要是让哥哥和孩子们知道了呢？不，绝不！胡安妮塔，你可能现在确实应有尽有，可总有一天你会感到后悔。"

跟我同一间办公室上班的一个女孩子名叫卡梅丽塔①，她的生活圈子跟胡安妮塔十分相似。她长得很漂亮，有一段时间我曾经喜欢过她。她跟我说话也非常坦诚。"别傻了！尽可能从男人身上搞钱啊。只需要做出一副悲伤的样子，他们立马就会送东西给你。以奥诺拉托为例吧，你以为我跟着他那样的肥佬是因为我喜欢他吗？才不是呢！我甩过的男人都比他好！"

"是吗？那你为什么还跟着他呢？"

"老天！你怎么这么不开窍啊？当然是为了他身上的钱呗。他一来就对我说：'嘿，老婆！'你以为我会让他白叫？别以为我一钱不值。我会对他说：'来吧，老公，你想怎样就怎样咯。'不过，羊毛出在羊身上。"

"可他已经结婚了啊。"

"是结过婚，可没阉过呀。他老婆都管不住他，谁又会让她知道呢？听着，我介绍莱昂给你认识。那个老色鬼有的是钞票。"

我对她的提议嗤之以鼻，但我会让她教我怎么使用化妆品。她的衣

---

① 卡梅拉的昵称。——译者

服很漂亮，尽管没有胡安妮塔的衣服那么值钱。我经常跟着卡梅拉外出，尽管我的老板和同事都警告过我。我喜欢她跟其他人，尤其是跟男人讲笑话，以及她哈哈大笑时的样子。我也很嫉妒她，因为她经常搭乘他们漂亮的小汽车。她要我跟她同行，但我一直没答应。事实上，我不但在她面前，在每个人面前都自惭形秽。只要一看见他们那些豪华的小汽车和好衣服，我就感到自愧不如。话虽如此，我身为女孩子，却不懂得如何从别人那里讨好处。我对品行不端、虚情假意、自作聪明一窍不通，我还需要学习。我想的是如何拨开生活中的迷雾。

与此同时，我不停地四处找工作。凭着艰苦的努力和无数的推荐信，我终于在政府部门找到了工作，每天从八点半工作到两点半，每个月的薪水是五百四十比索。为了如上司所说的"保持良好记录"，我不得不经常免费加班。我去夜校报了英语课程，开始学起了外语。此外，我还向政府房屋管理部门申请了公务员住房项目。我运气不错，租到了房子，因为我有个朋友的情人就在政府房屋管理部门工作，答应替我说好话。我离为自己开辟新生活的目标越来越近，如果老天愿意助我一臂之力，那样的新生活也是为了我的"孩子们"，也就是我的侄儿侄女们。

我主要的顾虑还是我的家人，不过以往曾有的感情和担忧已经减轻了不少。离开了他们，我才意识到他们形成了一个环环相扣的圈子或者网络并深陷其中。我是唯一挣脱这个圈子或者网络的人。走近他们只会让我愈加孤独。情况一直如此，只是我没有勇气面对它。我知道，自己不应该介入他们的生活，而应该单独打拼。

如果只为自己而活，我可能早就离家出走了。然而，我对家人的热爱——也就是墨西哥人那种独有的强烈的热爱——有如一根强力弹簧，不断把我往回往下牵拉。我想往前走，可根本做不到。他们不明白，我想为他们闯出一条路来。我的柔弱在于自己总是出于义务向他们伸出援手，而不是出于他们的祈求……完全不是！在应对日复一日的生活、饥饿、屈辱和虐待方面，他们都比我勇敢。他们能面对，而我做不到。我太胆怯。

我好想收拾行李一走了之啊！我梦想来到边境，进入加利福尼亚。也许我会嫁个外国佬，他们比墨西哥男人更理解女人。我太枯燥……我不够甜美，也不够温柔，在这里讨不到男人的欢心。大男子主义盛行的墨西哥男人自傲而虚荣，看不起女人，喜欢羞辱女人。只有他才是对的，只有他的想法才算数。与人争论的时候，他对真相不感兴趣，只想比谁嗓门大。一个人开的纳什车被别人的克莱斯勒超车之后，他会马上加速超过对方，纯粹只为了显示他比别人高出一筹。女人没法独身前行，除非某个强壮男人声言有"权"于她。我所知道的男人们——我的父亲、两个哥哥、先后几个男朋友，以及诸位男同事都认为，他们才有权发号施令，让别人遵从。

我永远没法跟独断专行、飞扬跋扈的男人相处。我不想打破权威，但也不愿意低人一等。就因为这样的想法，我曾经跟父亲顶过嘴。事情不是他说正确就正确的！男人在体力上（而不是道德上）是要强健一些，可他们的傲慢背后其实是武力！所以，我信不过拉丁美洲的男人们，永远永远地没办法跟他们相处。我想独立，想走自己的路，想找到合适的环境。

我做着大胆的梦，可一回到卡萨-格兰德看到哪里的环境，我就踌躇不前了。抛弃那四个死了母亲的孩子就是怯懦。德利拉跟父亲大吵一架，把孩子全送回了玛塔身边。同样，我每天晚上没去夜校学英语，而是来到卡萨-格兰德照料四个孩子的饮食和睡觉。

我永远都不会原谅父亲和他那个女人，因为他们利用这四个毫无防卫之力的孩子来实现自己的目的。第一，他们把孩子当成结婚的借口，第二，他们利用孩子相互威胁。的确，曼努埃尔不是个好爸爸，可父亲怎么就不趁早要求他照顾好自己的孩子呢？我爸爸只会一个劲地抱怨和责备："他这个王八蛋怎么这么懒惰？简直令人难以置信？他一觉睡到大中午，我却在拼死拼活地干活儿。我也不知道拿那个兔崽子怎么办。他连自己的事情都懒得做！"

一想到孩子们没法展望美好的明天，我就感到非常心痛。难道他们注定要失去家庭、忍受别人的欺侮、买不起衣服、玩具甚至床铺吗？曼努埃尔总是"忘了"给他们买食物的钱，令我非常气愤。他和玛利亚住在西尔维托的小餐馆，甚至懒得过来看孩子们一眼。我的抗议好似眼泪滴进沙漠里。我感到灼热的太阳正炙烤着我和那四棵小树苗。

我认为如果采用强制手段，曼努埃尔会更加认真地履行责任。一天晚上，我对父亲说，我会把这件事告诉马罗金先生，也就是把罗伯托从监狱里捞出来那位律师。父亲犹豫了一下，可最终答应了。在得到他的认可之前，我来到社会服务部门投诉哥哥不履行责任。他对头两次传召置之不理，但第三次我叫了警察到小餐馆找他。收到传召书时，曼努埃尔顿时吓白了脸，第二天便来到了社会服务部门的办公室。

尽管根本不确定曼努埃尔会不会来，我还是一早就带着四个孩子来到了社会服务部门。我在大门口进进出出地找寻他的身影。大约十点钟，我看到他出现在了楼梯口。我得承认，我害怕跟他见面，可因为他可能来了扭头就走，所以我走过去对他说道："爸爸在里面等着你。"

曼努埃尔以愤怒和仇恨相互交织的眼神看了我一眼。"你到底要怎么样？你老拿那几个小崽子烦我干什么？"他一边嘀咕，一边很不情愿地走进了办公室。我跟在他的身后，心都提到了嗓子眼。

看见自己的几个孩子也在场，他大为不解。

"他们来这里做什么？"

阿拉内斯躲在我的身后。玛丽基塔说道："别担心，爸爸。他们不会把你怎么样。姑姑只是希望你能拿钱给我们买鞋子和衣服，还给我们买食物。"我站在桌子的另一头，尽量跟哥哥离得远一些。社会服务部门的工作人员奥尔加小姐问道："你就是这几个孩子的父亲？"

"是的，小姐，乐意为你效劳。"

"年轻人，你的父亲投诉你不管自己的孩子。他们是你的亲骨肉，而你竟对他们不管不顾。怎么回事，你难道不爱他们吗？"她把他教训了好一阵子。整个过程中，曼努埃尔抱着手冷冷地听着，时不时地回答她的提问："是的，我爱他们。不，当然不……不，我不想他们遭遇不测……"

奥尔加小姐教训完之后，曼努埃尔说道："小姐，你看，我并没有不管自己的孩子呀，他们跟爷爷在一起过得很好呢。他们没挨过打，也没遭过虐待。我妹妹喜欢夸大其词。你稍稍碰一下小孩子，她就说你打他们。这纯粹是在撒谎！德利拉是个圣人。我真希望所有的女人都学学她。我的孩子什么都不缺。我妹妹是希望他们活得像美国人。我当然挣不了那么多钱。并不是我不想养自己的孩子，而是我的收入不稳定。"

听着他做出这样的辩解，我真是非常气愤。"真是没有教养！一天吃三顿饭就是美国人了吗？有床睡，有被子盖就是美国人了吗？你挣的钱都用在玩扑克、赌马、赌多米诺和赌拳击比赛上了。你要是把钱拿回家，孩子们就什么都有了。"

随即，曼努埃尔大错特错地伸出手问我要钱。他说道："来，给我钱。别给我提意见。我要的是用来买东西的钱。你要是看着他们没钱用，让你感到难受的话，那你就拿钱来。"

就在那时那地，他的手向我伸展着，社会服务部门的人指责他拒绝抚养自己的孩子，还说如果他每天不向社会服务部门上交十五个比索的话，他们就把他关进监狱，把孩子全送到孤儿院。我哥哥狠狠地咽了口气，只得在材料上签了字。我也签了字，答应每个星期来社会服务部门领取费用，然后转交给具体照料孩子的人。

我不知道曼努埃尔离开的时候有什么样的想法。他一定交织着愤怒和羞愧，肯定好想揍我一顿。我和孩子都不敢走出办公室，尽管他们已经在兴奋地谈论着自己想买些什么东西。后来的事实表明，我哥哥没有把钱交到办公室，而是把钱拿回了家，他或者玛利亚每天都会到卡萨-格兰德看望孩子们。

一个圣灰星期三的早晨，趁着几个孩子没上学我就赶了过去。孔琪塔，也就是曼努埃尔的小女儿走过来告诉我，玛塔刚刚给他们洗了冷水澡。那天很冷，这自然令我非常生气，但我害怕吵架，所以没有多说什么。我叫孔查别担心，只要记得穿上毛衣就行。玛塔正在厨房无所事事，竟然朝着我吼了起来。"关你什么事，真他妈的臭不要脸！"她骂我烂货、贱人，这样的话连我都说不出口。接着，她就想跟我动手，我不是什么圣人，自然要还击。我本不想打架，可她似乎昏了头，对着我又踢又抓，嘴里还不住地高声叫骂。我不明白妹妹为什么老是那样讨厌我。当着孩子的面，她说我每天晚上都要陪不同的男人睡觉。我忍无可忍，哭着跑到罗伯托所在的工厂告了状，又跑去姨妈、父亲那里告了状，他们把妹妹斥责了一通，并叫她把孩子送到德利拉那里，然后自己去找事儿干。玛塔非常愤怒，当天晚上就带着几个女儿消失了。我们都认为她一定又回到了孩子们的父亲克里斯平身边。

曼努埃尔和玛利亚又回到卡萨-格兰德来照顾几个孩子。这一阵子，一切都还好。后来，德利拉那个老巫婆搬进了父亲为她建的新房子。她从卡萨-格兰德搬走了所有的东西，给曼努埃尔只留下一把椅子、一套碗碟和一个炉子。她顺便还搬走了玛塔的物品，要是搬得动，她可能还会把地板也搬过去。不知何故，她撕毁了我的速记员资格证书和求学资料。眼见曼努埃尔一无所有，我又总是替孩子着想，于是叫他去卢裴塔家把我那张小床搬过来用。我在卢裴塔家还有一张大床，本想让他搬过来给几个孩子睡。我已经把席子卖给了同父异母的妹妹安东尼娅，所以他得花钱买一张席子。我当时急需用钱，因此提出以一百比索的价格把两张床卖给他。我就是这么想的。他妈的！他比我年长，还是个大男人，所以我觉得他应该给我钱。他倒好，只给了我五十五个比索，剩下的他早忘了个一干二净。一向如此……唉，他是我哥哥呀。

令我光火的是，他根本没给孩子们买床垫，而是在弹簧垫子上铺上脏兮兮的麻布口袋让几个孩子睡觉。他和他老婆睡小床，不但铺了席子，还盖了毯子。而那几个可怜的小家伙只有一床旧棉被可盖，整夜冻得瑟瑟发抖。只有我的哥哥如此没心没肺，根本看不见其中的不公平。

玛丽基塔患上支气管炎，声音沙哑了三个星期，直至我带她去了儿童医院。她的父亲甚至不愿意给她付医药费！一天晚上，我发现可怜的孔查躺在地板上的一堆破烂里，正发着高烧。玛利亚和曼努埃尔根本没注意到她生了病！玛利亚的亲戚已经搬来同住，家里非常吵闹。要是不去看看这些孩子又遭受了怎样的磨难，我觉得自己连一天都过不下去。我软说硬说也要曼努埃尔给孩子们的床上买一张席子。他叫我别管闲事，还说我既然那么喜欢他们，就应该把他接过来抚养。

"好，我可以养这几个孩子，但我先要把你送进监狱！"我回敬道。"你知道我说到做到。"

我于是把几个孩子带到了我在胡安妮塔家的租屋，一住就是四五天。我多想一直带着他们啊！我把他们当成了自己的孩子。我多么希望有自己的家啊，这样他们就可以自由自在地奔跑玩耍，只听见爱的语言，过孩子该过的日子。渐渐地，这种希望变成了一种需要。

与此同时，我们收到了玛塔从阿卡普尔科写来的信。她即将生下第四个孩子——我竟然一个都没有！爸爸去看了她，回来之后说她住的地方猪狗不如。谁知道他有没有夸大其词呢。不过实话实说，我并不想听见妹妹的消息。更令我感兴趣的，是替自己和那几个孩子——对了，也给我的哥哥罗伯托——找个住的地方。

罗伯托现在终于找了个女人安东尼娅。他没有住处，没有工作，也没有衣服穿，不过，是的，他有了个女人！他们就像两个小孩子，整天全靠睡觉度日。他带着那个可怜的女人先是住进姨妈家，随后又回到了卡萨-格兰德。不过，爸爸对罗伯托很生气，因为他对德利拉动过手，所以有一天他把哥哥赶了出去。"你休想住我这里！"他说道。"你自己劣迹斑斑，还想别人给你授奖牌！"

我们全都觉得十分尴尬生气，因为他竟然当着安东尼娅的面说了这一番话。安东尼娅听后也哭了起来。罗伯托对父亲一言不发，只是说了句："老婆，收拾好毯子，咱们这就走。"

我向父亲求情，希望让他们找到住处再搬出去。谢天谢地，他答应了。我那可怜的哥哥不得不开始考虑起自己修房子的事情，尽管他当时连工作都没有。既为他，当然也因为我想拥有自己的房子，所以我提出我们共同修一套房子。我一个人无法完成，可如果有了他们的帮助……我已经学会了量入制出，懂得了金钱的重要性。每两个星期，一到发薪日，我会先拿一半出来做租金，把我以前借来买衣服的钱还上十至十五个比索，留出二十个比索做车费、买零食，然后买够一个星期的食物。如果还有剩余，我会买点小东西，都是些很不起眼的小东西，送给姨妈或几个孩子。隔三差五，我的钱用不到发薪日，每天只能吃上一至两顿饭。

我得让罗伯托相信，我们住在一起有很多好处。"老天！这对你有好处。我认识几个人，他们能帮你在铁路上或者运送可口可乐的卡车上找到事情做，那么你只需要付一半的房租和日常开支。安东尼娅会做饭，可以替我们做家务，她住在自己的房子里会感到很高兴的。"他终于答应了，于是我们在离卡萨-格兰德不远的一处还算过得去的房子里租了一套两居室的房屋，有厨房也有浴室。

我对此欣喜若狂，罗伯托和安东尼娅则觉得那就是皇宫！墙上有窗户，一整天都有太阳照进来，浴室里有柴火烧的热水，有自来水，地板上还铺了砖。房间很小，一件家具也没有，不过这已经很不错了，我们连这样的房子都没有啊。每个月的租金是二百四十比索。我们交了八十五个比索作为定金，然后找起了担保人。我父亲很干脆地拒绝了，安东尼娅和罗伯托也不知道谁愿意做这样的事情，我只得找到我的办公室主管。我差遣安东尼娅又跑了两三次交上更多的钱作为定金，确保房东太太会把房子给我们留着。罗伯托对于迟迟搞不定很是烦心，并为此大惊小怪。"租一套破房子还他妈那么多麻烦。"他不住地说道。他不知道只需支付房租便拥有自己的房子有什么意义。我认为他已经没有了兴趣，或者被吓怕了。反正啊，他跟我说他不想租这套房子了，我可以自己租过来居住。我想把定金要回来，可门都没有，我就这样陷了进去。

我叫来一辆出租车搬走了自己的东西，也不过就是几件衣服，一部收音机和一块烫衣板。我警告过曼努埃尔，如果他不把那张床剩余的钱——至少也够买一张新床——交给我，我就搬走那张床。他毫不在意，等到搬家那一天，我径直来到卡萨-格兰德搬走了那张小床，只给他留下一铺席子。玛利亚和他自然非常生气，可我又怎么愿意睡地板呢？后来，没心没肺的曼努埃尔竟然自己睡起大床，安排几个孩子睡到了地上，完全没法抵御老鼠的袭扰。我在地板上发现了九个硕大的老鼠洞，哥哥竟然懒得把它们堵上！他买了一张好席子铺在床上，竟让几个孩子睡草垫子！

于是，我跟他争了起来，因为我把床卖给他的时候告诉过他，大床是给孩子们的。他说他既然付过钱，当然想怎么用就怎么用。即便我追得他满大街乱跑，他也懒得跟我说话。那就够了！我径直来到卡萨-格兰德，把钱还给玛利亚，叫一辆出租车拉走了那张大床。罗伯托想让我把床给他用，想得美！他对我做过那么多事情之后，除非给我钱，否则我才不会给他呢。我后来以一百比索的价格把那张床卖给了一个邻居。

我本来在胡安妮塔家过得很舒心，搬家之后很多便利都无法享受。我没有足够的钱把电接通，第一个月只好用蜡烛。我连装衣服的衣橱都没有，也没有炉子，更没法熨衣服。上班要花一个小时的时间，所以我根本没办法吃早餐。我还得把钱省出来做别的事情，所以一连几天我都只能以咖啡和面包勉强充饥。还好，每天上午十点半的时候，跟我同一间办公室的所有女孩子都要凑钱购买糖果、饼干和饮料。

为了挣钱维修房子，我只得加班加点地干，然而圣诞节来临，我的家里仍旧一件家具也没有。一天晚上，我前去找胡安妮塔还钱，便跟她倾诉了我的烦恼。我告诉她，如果把几个侄儿和侄女接过来长期跟我同住，确实一次性地需要一笔钱。"我恐怕只有借高利贷了。"

"唉，康素爱萝，你真是的！干吗不去参加电视台的'外行一小时'节目呢？你既会唱歌又会跳舞，如果赢了，你会得到一大笔钱，还会得到用工合同呢。"

我于是思忖起来。"我一定要弄到钱，我一定要弄到钱。"我的外表并不漂亮，但我最近掉了肉，皮肤也白了。我每隔几个星期就会得一次感冒或支气管炎，要不就是肚子闹毛病。不过，一想到赢钱，我就浑身有劲。一天，我来到了电视台的办公室。我通过了舞蹈和音乐测试，终于闯入了最后一关。其中一个评委觉得我跳舞比唱歌更有"料"，于是没让我上"外行一小时"，而是给了我到艺术学校学习舞蹈的奖学金。所有费用全由他们支付，六个月之后如果我表现良好，他们会安排我到戏院、电影院或者夜总会跳舞，以抵消培训费。我想都没想就全答应了下来，接着进行了更多的约会、电话和面谈。四月份，我来到了现代舞蹈学校。

我在政府部门的工作每天都要干到下午两点半，然后去舞蹈学校从四点钟一直学到晚上九点钟。我得到了奖学金，但还得自己借钱购买舞鞋和舞蹈服装，解决其他杂项开支。我做起训练、走起步子来如同疯了一般，只为了赶上班里其他人的进度。我投入了大量的精力，汗水流了不知有多少。之前几个月吃不下饭搞垮了我的身体。我仍旧一边走路一边吃饭……一连几天，在晚上十点钟的晚饭之前只能就着可乐吃点糖果。这一段时间，罗伯托和安东尼娅跟我住在一起，为了省钱，我就是等也要等到回家吃嫂子做好的饭菜。我一辈子从来没有这么劳累过！时间和金钱我都得省着花，每一分钟、每一分钱都至关重要。

这样过了两个月，我开始每天感到头疼了。我早上根本没法起床，一整天干起活来都觉得特别累。我的体重不断下降，精神和身体仿佛都即将耗尽似的。眼看就无法坚持学习舞蹈。我仿佛又要面临一场失败，希望又要破灭一次。我内心的希望刚刚被点燃，希望有所成就，希望不至于无为而死，但我该怎么办呢？

所以，当一起学习舞蹈的一个小伙子问我愿不愿意利用空闲时间充当临时演员拍电影时，我欣然答应了。通过他，我在楚鲁巴斯科电影厂找到了活儿干。我很开心，也有点担心，因为我就要跟电影明星和业界要人打交道。我从来没想过自己会面对摄影机进行表演，就这样，我来到了片场。我尽可能自然地表演着，大家似乎非常满意，因为我跟着他们拍摄了一个星期的时间。除了一日三餐，我在那七天激动人心的日子里挣到了一百九十比索。

　　我正在招聘办公室转悠，一心指望再接一单的时候，一个小角色走过来问我要不要坐他的车，因为他正要去拍片场。我相信了他，跟着他上了车。

　　"你想找什么样的活儿干呢？"

　　"我吗？哦，我喜欢唱歌。不过只有业余水平。"

　　"没关系，任何人都有不会的时候嘛，所以大家都得从基础往上爬。我说说我自己吧。不怕你笑话，我也是从零开始的，可你看我现在呢。你看过我刚拍的片子吗？"

　　"没有，我不大看电影。你刚才说你叫什么名字？"

　　我们说话的工夫，安赫尔·蒙特罗先生已经把他那辆宽大的小轿车驶离片场，来到了一条林荫蔽日的路段。他长得很帅气，穿得也很得体……还是个演员！他给我看了他的近照，还送了我一张签名照。他谈起了他演过的角色和他认识的大明星。他说他正在筹办一家演出公司，目前正在物色人才。他需要找个年轻女孩跟一个三人组合搭档。他叫我唱一首歌。我唱完之后，他做出一副很喜欢的样子。

　　"哦！我得承认，我根本没想到你会唱得这么棒！我觉得你一定行。现在你只需稍加辅导，注入感情即可。让我来找歌星萨利塔做你的老师。她跟我是好朋友，肯定不会拒绝我。我现在就带你去找她。"

　　"可是，对不起，安赫尔先生，我们不是要去片场吗？"

　　"傻妹子啊！你难道信不过我？我不知道其他人是怎么骗你的，但我肯定是个正人君子。"

　　"不不不！我不是那个意思……我很想见见萨利塔小姐。我只是很想知道……所以只是问问而已，没别的。"

　　"那就好。你看，实际上，我很喜欢你。你要是知道有那么多女人……我的机会可是一大把呢！不是我找她们，是她们追我。比如，你知道马媞塔这个演员吗？哦……"

　　我一边听他说，一边在盘算："当然了，既然认识那么多艺术家，他肯定不会找我的麻烦。"我们走了好一阵子。天开始下起雨来。他一直在谈论他自己和他那些女朋友的事儿。我不禁有些着急起来。

"萨利塔家住在什么地方呢？没想到竟然离得这么远。"

"哦，我跟你说过，就快到了。你还信不过我吗？你让我觉得自己像个莽夫似的。"

"对不起，安赫尔先生，我只是急着想见到她。"

他装着很生气的样子，我不禁觉得满脸羞愧。突然，他把车开进了一条道路，大雨滂沱之中，呈现在我眼前的是"汽车旅馆"这几个字。

"安赫尔先生，我不想跟你进去。你说要带我去片场，所以我才上了你的车。"

"嘘！别吵。我可不喜欢你那一套。我是要带你去片场，但我现在累了。"

他把车停在其中一间平房跟前，然后下去开了房门。我既感到紧张，又有些担忧。我如鲠在喉，既想大声喊叫，又因为害怕和害羞喊不出口。我坐着不下车。雨下得很大，他全身都淋湿了。在他的拖拽之下，我只好下了汽车，因为他把我的胳膊拽得阵阵发痛。

"我不进去。你放开我！"我觉得羞愧难当。

"我不会问你同不同意。别胡闹了。你怎么这么傻，不就几分钟的时间吗？好多女孩子想像你这样呢。她们只会感到荣幸！你怎么就不行？你以为你是女神？你应该感谢我！"

我在床边坐了下来。他玩世不恭地笑了笑，随即锁上房门，脱掉了自己的衬衫。

"亲我！"

"不，我不想亲你。你放开我！你难道想强迫我不成。放我走，你弄疼我了。"

"他妈的，闭嘴！你怎么老是扭来扭去的？难不成你还是处女？来吧，别那么较真。这不过人世间最自然的事情而已。你怕个什么呀？你是个迷人的小妖精，但我不想求你。要是能搞到萨利塔或者马媞塔，哪还轮得到你，知道不？"

　　四个月后，我怀孕了。我很有把握，因为我停经了。我再也没有见过安赫尔先生，我把电话打到电影厂和电视台，因为他之前就是在这两个地方现的身，可他们说他去了片场。我后来找到一个愿意做这种麻烦事情的医生，卖掉新买的衣橱支付了费用。接着，我的身体病得非常厉害，耽误了两个星期的工作。

　　这就是我第一次遭遇那个臭名昭著的、十恶不赦的墨西哥男人。在那么多墨西哥女人当中，我被卷入了那场残酷的游戏，最后的赢家依旧是起主导作用的大男人。"我应该把你打翻在地，还是应该还你自由？"这中间没有什么大度、尊严和价值，因为获得自由是要付出代价的。这是一种野蛮，既妄自尊大，又巧取豪夺，只不过被施以了劝慰之词。

　　生过这场病，我感到非常紧张，根本没法继续从事办公室工作。我欠了债，拖欠了三个月的房租。父亲不愿意帮我，我便没有了可以求助的对象。我极度缺钱。我又回到制片厂，以期充当永久性的临时演员。我遇到一个女孩，她凭着在一部电影里担任临时演员挣了三千比索。她说我首先必须成为企业联合会的成员，然后她才能带我去找联合会的官员皮萨罗先生寻求帮助。

　　他对我说："那么说，你曾经涉足过电影行业，现在想重操旧业，对吗？"

　　"是的，皮萨罗先生。因为我缺钱用。"

　　"哦？你还没有提交会员资料吧？你能够出城去拍片场？"

　　"是的，先生。"

　　"好！你结过婚吗？"

　　"嗯……哦……"我看了看他。

　　"嗨！我只是随便问问，看你能否抽得出身来。别担心。我来替你申请会员资格。你星期一再来这里吧。"

　　这一次，我明白了自己在做什么。皮萨罗先生长得不算难看。他能当官说明他自有其价值。他能够帮助我。要是他想从我身上得到什么，我愿意给……尤其是如果我们出城来到片场之后，或者我对他的了解逐渐加深之后。我修剪了指甲和头发，再从典当行赎回了几身最好的衣服。这都是罗伯托急需用钱的时候拿到典当行的。我穿得好看点不会伤着谁吧！

不过，我根本没料到，皮萨罗先生当天就把我带到汽车旅馆，也像安赫尔先生一样强行占有了我！莫非我看起来真是个容易得手的女人？可我用尽全力都想把他推开呀！我实在推不开，只好对他冷若冰霜。我难以置信地克制着自己，丝毫没有反应。他愈发疯狂，用膝盖把我压在他的身下。

"求求你，皮萨罗先生，别这样对我好吗？"

"那你想怎样？放你走，那你岂不笑话我？再怎么说，我是个男人，而你却一个劲地灭我的威风！你难道就不能履行履行作为一个女人的职责吗？别傻了！你帮我，我帮你！"

他得到了。可我问起片场的事情，他只是说："我去你就去。可我不知道他们会不会安排我去。明天打这个电话找我吧。"

我打过去，他不在。我去了联合会的办公室，可根本找不到他。后来，我不得不承认，自己又被骗了。我强迫自己不想这个问题，而是让自己的思想跟所有的感情隔绝开来。没过多久，我搬到来墨西哥度假的一个美国学生的公寓里居住，他介绍我认识了他的好多朋友。

老天！自那以后竟然发生了那么多事情。我都不知道自己的力量是从哪里来的！为了不再惩罚自己，我该怎么办呢？我一事无成是因为运气不好，还是缺乏信心？如果不冒出个卑劣的念头，再找到认可它的充足理由，我一天也过不下去。可现在呢，不管是道德标准，还是自己对家人的关爱，这对我全都不再重要。我现在尽量平息自己内心的种种痛苦和焦虑，对自己曾经深爱过的四个孩子漠不关心。我曾经拿出所有的道义和体力让他们过好日子，结果却落得个精疲力竭，这样的做法完全不对。

　　我丢掉了工作，这也成了非常充足的理由。现在，得知姨妈生病或者陷入窘境，我会对她说："我没了工作，帮不了你。"罗伯托需要请律师或者交罚款，我会对他说："我没有钱，你别来找我。"对自己曾经寄予过深厚期待的几个孩子，我同样如此。我必须挣脱曾经束缚我、伤害我的那条锁链，尽管我为此付出了五年时间的光阴和毕生的高贵情操。我会像其他人一样睁只眼闭只眼，这样才能适应现实社会。

　　尽管努力地不再掺和，我仍旧没法漠视家人的种种经历。哦，天父！他们完全是在一点点地自我毁灭。他们正在磨灭着自己，一点点地消失殆尽，就像我的舅舅们、我的母亲、外祖母、艾莱娜、保拉……他们全都走了，匆匆地离我而去了。现在，瓜达卢佩姨妈也好似神坛脚下的蜡烛，即将油尽灯灭。玛塔还不到二十四岁，可看上去已经三十好几。每一年，我都会以为罗伯托即将画上休止符，因为他无所畏惧的生命总是充满了骚动。在他看来，锋利的刀刃跟天鹅绒没有区别。曼努埃尔？是的，他还活着，但以谁为代价呢？他以不给孩子食物的方式验证他的爱，这还要发生多少次？一想到他要把那几个孩子抚养成人，我就感到毛骨悚然！保拉！你为什么偏偏死得那么早？明知会有那样的结局，你怎么舍得扔下你那几个天真活泼的孩子？

玛　塔

　　我回到克里斯平身边的原因……啊，那么，是怎么一回事呢？原因是那一阵子，他的母亲想看看我那几个女儿，也就是孔塞普西翁和比奥莱塔。特立只有一岁半，克里斯平从来没过问过她，或者单独替她过过生日。我于十二月带着两个大女儿去看望他们的祖母。我跟克里斯平说了点事情，尽管我们之间根本没有必要进行这样的讨论，因为他心里非常清楚，特立的事情他是有责任的。

　　嗨，我们有好久没说话了，就这样看着对方，你知道我什么意思吧？于是，他问道："行，那么，怎么回事呢？"

　　"啊，怎么回事？"我说道。"孔塞普西翁需要买鞋买衣服，比奥莱塔也一样。"我真的不想跟他再说其他事情。

　　"那我们星期六去买吧。"他说道。

　　"行，就这样吧。"

　　"你爸爸还跟德利拉一起，对吧？"

　　"我不知道。"我觉得自己的脸当时一定很红，因为他接着又说道："嗨，你不用不好意思。"

　　"我没有什么不好意思的。跟女人住在一起很可耻吗？"

　　"我不是这个意思。你别紧张。"

　　我们就说了这么多。他说他会在星期六到社会服务大楼等我，于是我带着女儿回了家。

　　星期六到了，我们去给孔塞普西翁买了一双鞋，给比奥莱塔也买了一双。他跟我唯一说过的其他事情就是我太傲。我告诉他，那不是傲，是耻辱，那些事情都是他做下的，他不应该再来跟我理论。

"我做什么了？"他问道，听他那口吻，我好像应该忘掉所有的事情，连特立的事情也不要提，就这样回到他身边。他那架势倒像是会认下特立这个女儿，仿佛她在那一刻才刚刚出生似的。想想吧，我怀孕七个月的时候他离我而去，此刻却拼了命似的想说明那不是他的女儿。哪个男人如果知道自己的老婆即将生下的孩子不是他的，他立马就会说："好哇，这孩子是谁的，因为我敢肯定这不是我的。"

然而，克里斯平根本没这么做。特立出生前两个月的时候他才离开我。那段时间，他跟我走在一起根本没觉得不好意思。如果真如他所说，他应该第一时间抛弃我，你说呢？我真不知道究竟是怎么回事。他深受他母亲和姐姐的影响，她们在他面前说，我经常跟其他男人在一起。我那段时间根本没跟其他人出去过。不管谁遇到我，我要么一个人，要么带着几个女儿，所以在那件事情上我根本没有任何责任。

买完东西，我跟他说过再见，就准备走了。

"你要走？就这样？"克里斯平问道。

"你想怎样？你想做什么？"我问道。随即，我变得非常生气。"难道你希望我报答你？你想我拿什么来报答你，我的身体？"自从跟他在大街上纠缠并互殴过一次之后，我跟他说话始终是这样的口吻。你可能会说那天不正是我摆脱他的机会吗。从那以后，我说话的语气总是很重。有好多次，我甚至很想告诉他，他应该为没有抚养过自己那几个小女儿感到羞耻，我之前没说过这样的话，是因为我担心这会把事情搞得很僵。

"别这样，玛塔。"他说道。

"为什么？你不是一直都有这样的想法吗？我知道你是怎么想的，我也知道你给女儿买了一点东西，所以想得到回报。"

"才不是，"他说道。"完全不是……我不知道该怎么说。"

"你既然受够了我，干吗还要旧事重提？"

"我从来没说过受够之类的话。"

"事实是，你话不说屁不放就走了。"

他没说话，我们就这样往前走着，不知不觉来到了一家旅馆的大门口。

"走吧。"他说道。

"不！"我回答道。

"别装怪了。"

"我想装就装，即便被你打破嘴我也还是这样。"过了一会儿，我突然说道："行，看来你是要有所回报，对吧？"说完，我起身走了进去。毕竟这么长时间没跟过男人，所以我跟着他走进了小旅馆。

我为什么要这么做呢？因为我喜欢？因为我有欲望？都不对。我身边有好几个男人，他们不光提出带我上小旅馆，有的还提出单独跟我找房子。然而，我都没答应，因为我非常清楚，特立已经长到了一岁，我如果跟了某个男人，肯定会再次怀孕。我几次怀孕都是女儿长到一岁的时候，所以就因为这个我得克制着自己。

不过，我完全不能说克里斯平逼着我走进了旅馆，根本不是这样。你可以这么说，就因为两双鞋我又怀上了孩子。他也知道，他给孩子们买了鞋，从我身上根本得不到其他的回报。我屈从了，我是这样对自己说的："这个人还是没有变。"

我们算是来到小旅馆私会。至于我有没有觉得是享受……唉，根本说不上，因为我的心里还在愤愤不平。我们第二次来到小旅馆……事情是这样的，我们又打算去给孔塞普西翁买衣服，可实际上什么也没买，因为我们径直去了旅馆。那一次，他被我惹急了，因为我竟然把他晾在了旅馆里。我有了被愚弄的想法；我一下子非常生气，因为我们又在老调重弹。我们上了床，他正要得手的时候，我突然怒气冲冲地下了床。

"你要去哪里？"

"我要走。"

"干吗要走？"

"我喜欢。"

"你走出去试试看。"

"你不敢把我怎么样。你不行，二十个你也别想拦着我。现在跟你打交道的不再是从前那个傻大妹。"

在旅馆，这样的事情发生过好几次，不过我一次也没能走出房门，因为他会逮着我一阵猛揍。他一定以为我这一次还是会惧怕他。趁他没起身，我夺门而出。我到了大街上依然胆战心惊，生怕他会追上来跟我在街上大打出手。

那是 12 月份的事情。到了一月份，我等着月经来临，可就是一直不来。我甚至来不及告诉克里斯平我又怀孕的事情，因为他在 1 月 6 日，也就是三王节这一天过来给孔塞普西翁和比奥莱塔送玩具。他依然在生我的气，连门都没有进。那天傍晚，我带着几个女儿去看望卢裴塔，在大街上碰到了他。一看见我们他就想穿过街道溜走，可孔塞普西翁大声喊道："看，那不是克里斯平吗？"于是他又折了回来。

"你们要去哪里？"他问我。

"去卢裴塔家。"

"哦，你要去那边跟情人私会咯。"

"什么情人？"我受够了他的疑心重重，于是改变话题说起了埃尔多拉多殖民区的马戏表演。他给了我五个比索，让我带孩子们去看看。

"还有我呢？"我问道，他于是又给了我五个比索。随后，他对孔塞普西翁说道："女儿，我星期天过来带你们买糖果。"

那个星期，我一次也没见着他。到了星期六早晨，我的朋友拉奎尔一进门就说道："你猜怎么着？克里斯平站在自家的大门口，那个欧斯塔基亚就在他面前不停地走来走去。"

"是吗？"我说道。"我倒想看看他们在一起会怎么样呢。"

"好，赶快走吧。"

这个欧斯塔基亚跟拉奎尔的男朋友纠缠不清，终于被搞大了肚子。随后，她找到克里斯平，说他才是孩子的父亲。就这样，我和拉奎尔两个人都对这个女孩恨之入骨。

我们来到克里斯平的住处，可什么事也没有，我们于是又在整个街区转悠了一圈。接着，我远远地看见了克里斯平，他正挽着另一个女人的手，这个人结果是他家原来的一个朋友。她结过婚，还有了孩子，我经常看见她出入于克里斯平的家。我一直觉得她这个人有点古里古怪，可怎么也想不到她竟然跟着克里斯平……我太天真，任何人都可以把我宰割一番。

"看看那个狐狸精。"我对拉奎尔说道。"我本想看见他跟张三在一起，没想到却发现他跟李四在一起。看看是谁，原来是阿梅利亚。"

克里斯平走进了社会服务大楼，阿梅利亚坐在门口的台阶上等着他。私心乍起，我走上前去很平静地挨着她坐了下来。我不知道她自诩为哪一路圣人，不过一看见有个熟人骑着车从边上走过，她立马走过去跟他聊了起来，仿佛根本不知道眼前还有这回事儿一般。

估摸着克里斯平就要走出来，我于是躲到了朋友尼查开的美容院的一角。尼查一见我就问道："你在嘀咕什么？你来这里做什么？"

"你等着看好戏吧，"我告诉她。"我的男人……也就是前夫正带着个婊子闲逛，我想逮他们的现行。"

"真的吗？你这就是厚脸皮找不要脸的咯？"

"谁说不是？我不知何年何月就没跟他了，所以我想来看看他的女人都有谁。不过，我不想强迫他，也不想责怪他。"

我看见克里斯平走了出来。阿梅利亚已经穿过街道，走过了美容院，而我就躲在窗帘的后面。他跟在她的身后。他们快要走到商店的时候，我推出孔塞普西翁去招呼了他。

"爸爸，给我五分钱！"

克里斯平非常惊讶地转过身来。我抱着特立也走了出来。他还在交代孔塞普西翁："星期六，我星期六过来接你们。"他真是感到很紧张，不住地往阿梅利亚那边张望，而她也在扭头看着这边。随后我说道："过来，女儿。你难道看不见自己不受欢迎吗？来，你干吗还要自取其辱？你打搅了爸爸的好事儿。"

他不但没问"你怎么可以这样说话？"因为那段时间我们正在打算

重修旧好，相反，他脱口而出的是："我跟你没有什么好讲的。"

眼见他如痴如醉地走向那个女人，我简直气昏了头。他一定在说："你自己等着看好戏吧！"

我说道："不错，我们是没有什么好讲的，所以别以为我会找你打架。你错就错在这一点上。女儿，走，咱们回家。"

我仍旧很平静。他一下子迸发了出来。

"你要是想我养着你，干吗还要出来鬼混？"

"听着，我不是出来鬼混。我那几个孩子不是在大街上怀上的。你应该很清楚，是谁把他们塞到我肚子里面的。"

我们站的地方是一家机器商店的门口，很多人围过来打听。我继续说着。

"你现在这条石榴裙好丑啊。你把我换掉也许不要紧，可也不能找这样的女人啊。你应该找一个结扎过的女人，这样你才不用承担责任啊。你就是个喜欢占便宜的男人。真男人做不出你这些事情来。"

"还好意思说，你自己不就到处乱来吗？"

"我没乱来，不过为了报复你，我会给自己找一个。"我骂他王八蛋，杂七杂八的污言秽语骂了一大堆。我是有点让他感到难受。"别再来烦我。我就这一点要求。别烦我就行。"

那是我们争吵最厉害的一次。我曾经提醒过他，我会紧随于他，除非我亲眼看见他有了别的女人。有人告诉过我，他跟其他女人有染，但我尽量不去相信他们那些话。不过，对于自己亲眼所见的东西，我是不会忘记的。"你给我小心点，别再让我撞见你。"我对他说过。"从现在起，要是再让我撞见，你可别怪我。"

我本该养成另外的性格，像其他女人那样对自己丈夫在外面的所作所为视而不见，尤其还因为我家那位当时正想跟我重归于好。然而，一看见他跟着那样的丑八怪一起糊弄我，我就克制不住自己。我宁愿再次一无所有，也不可能让他同时拥有我和另外一个女人。肯定不行！他最好离开我，或者我离开他，一劳永逸。就这样，我上了公共汽车。从那以后，我再也没有跟他说过话。

2月13日，我跟康素爱萝狠狠地干了一架。德利拉厌倦了照料曼努埃尔那几个孩子，所以我在自己的三个孩子之外，又肩负起了看管那四个孩子的职责。罗伯托在一家工厂上班，经常给我些钱贴补家用，可后来他不再给了。他不愿意就不愿意，谁也不能强求他。爸爸是唯一继续帮助我的人。他除了给我买咖啡、糖和油，还每天给我十个比索。孩子们回到卡萨-格兰德的时候，曼努埃尔答应每天给我十个比索的伙食费。他的新老婆玛利亚偶尔过来帮我照看一下孩子。

我提醒过曼努埃尔，只要他哪天不给我钱，我就没法给孩子们吃东西。我说这个话的时候一点没提高嗓音，可这丝毫不顶用。他有两天没给我钱，我只得打发几个孩子去西尔维托的小餐馆找他。我早早地让他们吃过早餐，然后吩咐老大玛丽基塔："去吧，去找你爸爸，就说你还没吃早餐，因为他没给我钱。"

我得非常勤勉，才能把几个孩子的肚子填饱，然后送他们上学。我得在十二点整把罗伯托的午饭给送到工厂，而孩子们必须在十二点半之前吃完饭回到学校。孩子们上学之前，我还得给他们洗澡，或者至少也要洗洗脸。

那一天，到了上学的时候，我对玛丽基塔说道："我来不及了。你得给他们洗澡。但我的乖女儿，别用冷水洗。"好吧，她全用冷水给他们洗澡……阿拉内斯、多明戈、孔琪塔和孔塞普西翁。我三下两下给比奥莱塔和特立洗完了澡，正准备吩咐几个大孩子上学的时候，康素爱萝走了进来。

嗨，康素爱萝一眼就看见孔塞普西翁拿着多明戈的铅笔和笔记本走了过来。于是，康素爱萝批评起她来："我说过，叫你别拿表弟的东西。"

康素爱萝和我的大女儿经常吵架，因为孔塞普西翁不愿意让阿拉内斯和多明戈玩她的玩具，说他们总爱毁坏东西。她对自己的东西总是十分仔细，自然而然地不想让玩具毁于男孩子之手。这令康素爱萝很无奈。她一直偏爱曼努埃尔那几个孩子，尤其是玛丽基塔。她很少给我那几个孩子买东西。

于是，我对她说道：“孔塞普西翁，你好像没听懂大姨的话哟，所以该受批评。”

“那么，从今往后，我对你表亲的玩具会像你对自己的玩具一样斤斤计较。”康素爱萝继续说道。她这一说，我顿时火冒三丈，抓过铅笔朝她扔了过去。

“这是你的臭铅笔。你无非就是在争这个玩意嘛！”

我们之前就时不时地发生龃龉，因为康素爱萝对于我的分内之事搅和太多。每天辛辛苦苦料理那几个孩子的人是我，她不过傍晚过来为他们做做晚饭，把大家支来使去而已。

所以，你想想吧。曼努埃尔一般头天晚上把伙食费给我，这样我第二天一早才有的用。孩子们吃的晚饭一般有牛奶咖啡、面包，以及中午的剩菜剩饭。据我所知，每个人的晚饭都是这样。可康素爱萝不这样认为！不，康素爱萝这个人一意孤行地要我给他们买鸡蛋，好像我很有钱似的。自从上了学，找到了工作，她就变得高高在上，完全看不起我们的生活方式。那个自负的家伙老说我们这种吃法要不得……她甚至买了一副刀叉……遇到出门买食物，她会买回玉米片、汤罐头和番茄汁。她会把所有的家用拿来购买完全用不上的东西。同样多的钱，我可以给每个孩子买一块肉，为什么非得买一罐豆子？我知道该怎样把钱省着用，以让每个人都吃好，可她完全不懂。

有好几次，她用得给我剩下不到两个比索。你想想，两个比索要应付一整天！她这样做过四次，但我什么也没说，我只管从爸爸手里把钱接过来，然后用这笔钱喂饱所有人的肚子，从没在他面前告过她的状。我跟姐姐没吵过架，但相处得并不愉快。

我把铅笔朝她扔过去之后，孔琪塔向我姐姐告状，说我用冷水给她洗了澡。这令康素爱萝怒不可遏。她转头对我说道：“你要有羞耻之心，就不应该如此抛头露面。"

"羞耻？我有什么可羞耻的？"

"当然有。尽管有爸爸的支持，尽管曼努埃尔帮你买食物买衣服，你却照看不好这几个孩子。显而易见，他们不是你亲生的。曼努埃尔拿了钱给你，你却这样对待他的孩子！"

"他帮助我？他才没有这么好心。他给孩子的都不够，更不可能给别人。"你信吗？她竟然那样说我，那天并不是孔琪塔一个人洗了冷水澡，而是几个孩子都洗了冷水澡。可姐姐就是不依不饶。

"你自己的孩子顺带也用了钱，没想到你却如此抠门。"

"是的，"我说道。"但你没养过我。我什么时候问你要过东西吗？"

"噢，"她说道。"那你把我原来给你的衣服还给我。"

"什么衣服？"衣服我倒是有几件，可那都是用爸爸给我买的布料做的呀，要不就是我自己花钱买来的。康素爱萝是给过我一件她穿不得的套衫和睡袍。她老板的太太给过她一大摞衣服，她全部转给了我，因为她觉得用处不大。她老说我那些衣服都是她给的，这完全是谎话连篇。即便她曾经给过我东西，那也是她穿不上身的旧玩意儿。

我走过去打开了衣橱："来，把你的衣服都挑出来。你要是觉得里面有你给我的衣服，你拿走就是了。"我顿时怒气上涌，因为她竟然说我浪荡成性，张开大腿跟谁都可以生孩子。"要说浪荡嘛，还不知谁说谁呢！我那几个孩子都有共同的父亲。到现在为止，你还没给我拉过皮条吧，不是吗？"

听她这样一说，我更是怒上加怒，因为她跟马里奥分手之后又跟海梅生活在了一起。是的，她是有些够傻，按我们这里的说法，失身之后又再回到海梅的身边。当然，这不要紧，因为他的所作所为不过是为了报复她对他无数次嗤之以鼻。我不知道她怎么就没有怀孕……她说自己不再让他近身，可我认为这怎么可能，因为他们毕竟睡的是一张床啊。她恼羞成怒，终于离开了海梅。然而，她随后再次化起妆来，穿上好衣服，涂上指甲油，天知道她这些东西是怎么来的。她的确在上班，可她把所有的钱都用来付房租、买食物，以及装修新房了。她的工资不够她的开销，这很正常。

我提醒她别忘了这些事情："就因为你没有孩子这一点，说明不了什么问题。谁知道你怎么拿掉他们的？"

我拿出那件套衫撕了起来。那件套衫原本偏大，我拿钱把它改过，所以我有权撕毁。

"来，这是你的衣服！"

"可怜啊！"那是她的口头禅。"可怜的傻瓜啊！别撕我的衣服了。别撕了！"眼见被我撕了个稀巴烂，她又走到衣橱跟前撕我的其他衣服。"好，你看着。"她大声吼道。

我于是走上前去跟她拉扯起来。我们实际上是在打架，照着对方的衣服一阵猛抓。我是随后才明白过来的。因为我当时气昏了头，什么东西也看不清。当时已经怀孕的玛利亚走进来把我俩隔开了。几个孩子看见了全过程，那一天谁也没去上学。我甚至没注意到康素爱萝是什么时候离开的。

爸爸三点半的样子赶了过来。我看了他一眼，对他说道："嗯……反正就是这么回事。炸弹说爆就爆了。"

"怎么回事儿？"他问道。"康素爱萝哭着跑去告诉我，说你把她骂得很难听，还撕了她的衣服。"

想想吧，姐姐竟然有精神跑去小餐馆讨饶父亲，还在他面前谎话连篇。我站在那里，听凭他的责骂，始终没有开口。父亲就是这样子，事情的原委都还没搞清，可他已经把你骂了个狗血淋头。

"你自己都有孩子了，还不知道该怎么做人。你一直不听。你们四个大的不像大的，小的不像小的。"

"可是，爸爸，我没错。我实在是忍无可忍，就因为我给孩子用冷水洗澡，她就发那么大的脾气。"我只说了这一句话，尽管全部责任都被推到我头上令我非常气愤。

康素爱萝挑起矛盾的时候，说我只会给别人生孩子。这个问题一直是姐姐的心头之患，她为此老是耿耿于怀。我不知道那是一种嫉妒还是别的什么……她一直心怀嫉妒或者怒火中烧，这一点很像我们的姨婆卡塔琳娜……可事情的根源在于她不愿意爸爸帮助我。我认为，这才是原因所在，她受不了，所以爆发了出来。

家里的其他人大同小异，我总是为此愤恨不已。曼努埃尔也喜欢评判我的生活方式。有一天，我们正在谈论玛利亚的时候，他说道："那个骚婆娘就喜欢逛街。我跟她说过，要是家里待烦了，她可以出去走一会儿。把老婆像只兔子似的关在山洞里，只让她生孩子，我可不是这样的人。我不会让她像你那样，只知道埋在四面墙壁之间，不会穿好衣服，不会去外面玩。"

"我不出门，是因为我有很多事情要做。我上街做什么？这样做我看也不会让我有什么进步嘛。"

我不知道他是不是存心说我是兔子或者别的什么，可他无意中确实如此，这令我非常生气。他是谁呀，口气这么大？我至少还在照看着自己生养的一大帮孩子！他根本不爱自己的孩子，从不亲近他们。养孩子的诀窍不在于把他们生下来，而在于给他们吃的，送他们上学，给他们必要的关心。如果养得像一群动物，那会有什么用？

他的老婆更糟糕。玛利亚对我的朋友埃尔琳达的女儿说过，我们如果想让她来照顾曼努埃尔那几个孩子，简直是痴心妄想。她容不下他们，也不想为他们而拼死拼活，那毕竟只是他的孩子，而不是她的孩子，所以他的事情她不会掺和。这很自然，如果他对那几个孩子都没有什么感情，我们又怎能对她有所指望呢？能够关心孩子的，只有他们的父母。曼努埃尔从来就不像个父亲，因为他没有尽到过责任。他很清楚，即便没有事情做，即便拿不出零用钱，他也可以到父亲的家里吃一顿睡一晚。要是父亲从小就要求我们做事儿，哪怕他只说一句"不做事，就饿死"，我们几兄妹可能会完全不一样。

总之，所有事情都是我挨骂，尤其在有些事情上不止我一个人有错，这让我伤透了神。爸爸待了一小会儿，只为了骂我一通。我于是起身在屋子里做起事情来。我首先得把那一堆脏衣服洗掉。我把自己的东西挑拣出来，剩下的全是侄儿侄女们的。父亲紧紧地盯着我。他一定满腹疑惑，因为他问了一句："你拿那一堆衣服怎么办？"

"我马上洗。"我回答道。

就在这时，他告诉我，他要把位于埃尔多拉多殖民区的地块分给我一半，然后给我修一套小房子，虽然是用木板搭建，但这样子哥哥姐姐就不会掺和我的事情了。他说办理证件和修房子之类的事情都由他负责，我很快就可以搬过去住。我没有说什么，他便走了。

他前脚刚走，我后脚就找了条面粉袋子，往里塞了一床毯子、一张床单、我和几个女儿的三件衣服，以及一堆用作特立尿片的破布头。我给几个孩子吃过晚饭，便吩咐玛丽基塔去把玛利亚叫过来。我又安排孔塞普西翁去问我的朋友埃尔琳蒂塔[①]愿不愿意以八个比索的价格接手我刚买的手表。

我很不想把手表卖掉，因为我刚买一个星期啊。前一个星期，我跟一帮邻居参加一个轮流集资活动，得到了四百比索。我用这笔钱给自己买了一块手表和一件外套。我带着几个女儿跟安赫利卡·里维拉一起去普埃布拉旅游了一趟，现在只剩下五十来个比索。

玛利亚进门之后，我跟她说我要走了。

"去哪里？"她问道。

"我也不知道去哪里，但我肯定要走。家里每个人对我做的事情总爱说三道四。我就像个圣水池，每个人都要用它来洗洗手。"

"可是，你能够做什么呢？最好别走吧。"她说道。

"不，我再也不会住在这里。"

罗伯托回家了，可他同样对我非常生气，甚至懒得问我去哪里。埃尔琳达钱不够，没法买我那块手表，我于是拉起孩子，拎着口袋，穿过

---

① 埃尔琳达的昵称。——译者

院子去跟我的好姐妹安赫利卡道个别。

"最好别走。"她说道。

"可我实在待不下去。这里的事情你都看见了。"

我们说着说着，瓜达卢佩姨妈正好走了过来。她本是来责备我的，可我早已厌烦透顶，于是对她说道："好了，别再来烦我。我受够了。"我之前从没这样跟她说过话。

她只是看着我："继续，说下去，要不我会觉得你果真如此。"

"听着，"我说道。"别再来烦我。你就当我是你的女儿，或者别的什么吧。"

我拎起口袋，坐公共汽车来到了中央车站。从那里，只有开往阿卡普尔科的夜班车还能载人，我于是买好车票，带着三个女儿上了汽车。

上车之后，我害怕极了。我那副样子一定像个抢劫犯。我的座位在十三号，可我坐到了后面一排。拿着十二号车票的男人在汽车快要开动的时候才上了车。

"这是我的位置。"他说道。

我感到极度紧张和沮丧，这个位置那个位置对我都一样。我刚一上车就看到有个小伙子，年龄肯定不到十六岁，隔着过道坐在我的前一排。他一见我就问我要去什么地方，还问我在阿卡普尔科有没有认识的人。

"没有。"

"我也是。"他说道。"我是从父亲家里跑出来的，我要去找我的教母。我父亲在政府部门工作。"

接着，他给了我一些糖果，跟我聊起了其他事情。我不想跟任何人说话。我只想一个人待着。

"如果你愿意，可以让一个孩子挨着我坐，这样你就不会那么拥挤了。"可那几个女孩都不愿意，于是我说道："谢谢，怎么都行。"

就在这时，巴尔塔萨上车了，我只得坐到了十三号位置。他坐在我

513

的后排，所以我根本看不清他的脸，也没办法跟他说话。过道对面那个小伙子还是不停地找我说话。

"我有个女朋友，她给了我一枚戒指。"随即，他给我看了几张当票。其中一张是戒指当票，价值一千五百比索。他说他有很多钱，可我没太在意他的话。汽车停了之后，他想请我喝咖啡。我没答应，仍旧坐在座位上，三个孩子则坐在我的膝盖上。因为那个小伙子，我后来和巴尔塔萨大吵了一架。他老说我跟他是情人关系，还说我是跟他一起上的车。他甚至以为那个小伙子是我孩子的父亲！

一路上，我和巴尔塔萨并没有过多地说话，他只说了一句："拿一个小孩挨我坐吧，检票员就要过来了，他肯定会要你再买一张票。"

"再买一张票！"我说道。"那不掏空我的口袋了吗！"于是，我让比奥莱塔挨着他坐完了剩下的路程。

另外两个孩子挨着我坐，几乎一路都在哭闹。我认为那是我最伤心的一天。要不是有孩子，我可能早就结束自己了。我不是第一次有这样的想法。实际上，我曾经买过鼠药，那是一包"最后的晚餐"，我都已经兑好了水，走上屋顶的父亲及时发现并制止了我。我当时很小，还在上学，他把我责备了一通，至于原因我都记不起了，我一下子觉得异常孤独，很想了结自己的生命。我把父亲吓坏了。要不是他发现我从床上爬起来上了屋顶，谁知道后来会发生什么事情？

后来，我跟了克里斯平，我审视过自己的处境，同样感到非常绝望。在前往阿卡普尔科的路上，我感到了同样的绝望。我觉得一切事情对我来说都已经了结。生活就是谎言，所有的大门都已关闭。想起来就心酸，自己的哥哥姐姐竟然如此对我说三道四，而且无缘无故地责怪我。我十分讨厌他们干涉我，干涉我的孩子，尤其是干涉我的孩子。只要一看见罗伯托和康素爱萝带着曼努埃尔那几个孩子四处溜达，并且为他们做这做那，我会像火箭被点燃了一般。他们把几个孩子分而待之，搞得孩子们很难堪。我从不允许自己的孩子这么做，所以哥哥姐姐老说我心眼小，不好说话。

一点不假，一家人数我的脾气最不好。我总是心怀怨恨，特别记仇，谁只要对我做过什么，我再也不同他说话。如果这个人有过错，我会愈加恨他。德利拉总说我和曼努埃尔最厉害，因为我们互不说话，扯了个平手。他们很快就能消解怒气，但我做不到。

我好想自己跟其他女人，如我的姨妈和后妈们一样，对自己的苦难逆来顺受。她们从来没有抱怨过自己的命运，也没想过要结束自己的生命。但总有人面临巨大的苦难时没法应对，所以我们总是做出疯狂的举动。例如，像我吧，我带上孩子就走了，根本不知道一路上会遇到什么事情。我上了车才想起来："怎么办？去哪儿？做什么？身上的钱也不多了……"

汽车就要到站的时候，巴尔塔萨探过头来问我在阿卡普尔科有没有亲戚。

"没有，我来这里找活儿干。"

接着，他说道："你要是有兴趣，我有个姨妈开了家餐馆。我可以立马在餐馆给你找个事情做。在那里做事，你不用担心孩子们吃饭的问题。"

我仔细想了想。我可以去餐馆做事，哪怕洗盘子都行。于是我说道："我想想吧，只要是活儿就行。"

终于，汽车到达阿卡普尔科，我们下了车。这时，那个小伙子对我说道："你看，那边有个小旅馆，如果你愿意，可以去那里住宿。"

巴尔塔萨也跟我们站在一起，他问道："你要不要跟我走？"

于是，我被夹在了他们两个人之间，思忖着该跟谁走。我琢磨那个小伙子身上应该带了很多钱，可不管去哪儿，人们始终会说我是他的情妇。那几张当票，还有那些钱也许是他偷来的，我会有责任的。巴尔塔萨看上去也不是善类。他身上穿的衬衫和棉布裤子又脏又皱（他后来告诉我，他整整喝了两天的酒），脚上穿的是最廉价的平底鞋。他衬衫上的扣子一颗都没扣，肥大的肚子一览无余。我很讨厌他右耳上佩戴的那一只金耳环。那只耳环加上一头卷发、几颗金牙，还有像青蛙一样鼓突的双眼，曼努埃尔说他的长相还真有点另类。但他的年纪比那个小伙子大，给了我更多的信任感。

"行，"我对巴尔塔萨说道。"咱们去看看你的表亲吧。"我不想伤害那个小伙子，同时为了让他明白我并没有任何偏好，我对他说道："走吧，咱们一起喝杯咖啡去，你觉得怎么样？"

那小伙子说道："好的。我会过来找你们的。我先去买包烟。"他就这样走了，我之后再也没有看见过他。

于是，巴尔塔萨带着我来到了他表亲的食品柜，点了咖啡。他自己也遇到了麻烦，所以那一次他是外出游玩。他讲述了自己的境遇。他在阿卡普尔科开大卡车，但居无定所。他睡在卡车上，吃在公路上。他一直在琢磨应该把我安顿到哪里。他并不是无家可归。他有母亲和一位继父、父亲和一位继母，同父异母、同母异父的兄弟姐妹、姑姑姨妈、叔伯舅舅、表兄弟姐妹、堂兄弟姐妹等一大堆，具体有多少人我也不知道。不过，他跟他们的关系都不大好，所以他不愿意找他们帮忙。

他的舅舅潘乔顺道来访，他们在一边嘀咕了几句。随后，巴尔塔萨说道："走吧，我们去舅舅家。他是个好人，你们住他家肯定会开心的。"我就跟着走了，颇有奶牛被屠夫牵在手里的感觉。

"行，"我心想。"要是发现有什么不对劲，我难道不会呼救吗？"

我们在潘乔的家里住了下来，巴尔塔萨带我们去海滩参观了海湾、堤岸和小飞轮。我后来才知道，他卖掉了自己的收音机，所换来的八十个比索全花在了我们的身上。我还是看不太清楚形势，也不知道巴尔塔萨是个什么样的人。我仍旧心情郁闷，没法平静下来，不过住下来之后，我有了笑声。我一遍一遍地对自己说："谢天谢地，我们终于过来了。"我只想了这么多。

到了晚上，我总是疑虑重重，因为巴尔塔萨说他的老板要他去阿克帕纳跑几天。他让我不用担心，说他舅舅绝不会骚扰我。临走之前，他给我买回了肉、油和做煎饼用的玉米面，还给了我二十个比索。

"把这个收好，等着我回来。如果需要什么东西，跟我舅舅讲。"

潘乔把床让给了我睡。我让孩子们睡地板，潘乔也睡在另一边的地板上。他是个很好的人，从来没打扰过我。我后来得知，他问过巴尔塔萨，能不能让我跟着他，但他被回绝了，因为巴尔塔萨正在考虑让我做他自己的女人。巴尔塔萨回来之后，同样挨着女儿们睡地板，并没有提及让我挨着他睡觉的事情。

我不断提醒自己，他总会想从我身上得到回报的。"既然孩子的父亲都要求从我这里得到回报，那么别的男人有这种要求更加合情合理。"夹在两个大男人之间，我每天晚上都感到惴惴不安。我思忖着，跳上床来的不是他，就是他。我根本睡不着。尽管十分燥热，但我仍旧和衣而卧。我躺在床上，大汗淋漓，稍有动静就想一跃而起，总担心其中一个人爬到我的床上来。

不过，巴尔塔萨跟其他人不一样。整整十八天，他只是给我钱，连碰都没碰我一下。我告诉他，我想找活儿干，不想成为他的包袱，如果让他养着我，我会感到更加难受。

"如果你愿意，"他说道。"我可以给你租个水果摊或者西红柿摊。以后嘛，如果你还是想走，随你的便。"

他出车回来，会带我们去游泳或者看电影。到了晚上，他会睡在床边的地上，始终跟我隔着一段距离。我们会在黑暗中说说话，我就这样给他讲述了我的家庭，了解了他的生活经历。

他出生在阿卡普尔科，但跟着父母搬到好多城镇居住过，因为他的父母也只能靠拼搏度日。不管搬到什么地方，他母亲总会到公园摆个小食摊，他则跟着父亲一起卖报纸。巴尔塔萨从记事起就开始做事儿，先是照顾年幼的弟弟妹妹，后来长到七岁大的时候就开始卖报纸、挑水、打鱼、做凉鞋等等之类他父母安排的事情。他们送他上过四次学，可他在学校每次待的时间不到一两个星期，总因为打架或者说脏话被赶了出来。

巴尔塔萨十三岁时，发现自己的父亲并不是亲生的。他在内心深处告诉自己，他永远都不会忘记这一点，因为他的继父十分小气，对他比对其他孩子要苛刻。巴尔塔萨会因为一点点小事被继父暴打一顿，比如因为玩耍而忘了干活儿、收入没上交、找东西吃……他早饭挨一顿打，午饭要挨一顿打，晚饭还要挨一顿打。

在波多-墨西哥，他们一边等车，一边向乘坐晚班列车的乘客出售报纸。继父去玩台球或者上酒馆，把巴尔塔萨一个人扔在门外，像狗一样睡人行道。他会被派到森林或者墓地的那一头去送报纸，小家伙要么怕猛兽，要么怕鬼怪，要么怕黑暗。有一次，他得步行五公里送一份报纸。就在过桥的时候，他看见桥的另一头站着一个没有脑袋的人。巴尔塔萨害怕极了，但他不敢往回走，因为继父更让他感到害怕。就这样，他一溜小跑从那个无头人身边跑了过去，送完报纸又一溜小跑回到了家里。

巴尔塔萨经常遭到打骂，连旁人都十分可怜他。有一次在库埃纳瓦卡，几个人给他买了一张车票，打算把他送回到阿卡普尔科找亲戚，可他一上车就被继父发现了，结果被拖下了车。那之后，他竟以不给饭吃的方式来惩罚巴尔塔萨。母亲只能偷偷给他拿一点玉米饼，他仿佛成了家里的外人。

长到九岁时，巴尔塔萨上午做屠夫的徒弟，晚上做烘焙师的徒弟，所以他同时学到了两门手艺。他得到的报酬是一块肉，再加一点面包，这样他才再也没有饿过肚子。后来，巴尔塔萨生病了，而他的父母要回到库埃纳瓦卡，他们于是把他扔给了孩子的姨妈，直至他恢复健康能够走路。从那一次开始，他对母亲没有了感情，因为是她把他扔在了姨妈家。他的姨妈是只想往自己兜里装钱，从不往外掏钱那种人。为了一己私利，她要巴尔塔萨留下来，帮她在屠宰场的儿子干活儿。他要劳作一整天，清洗晾干奶牛的肠子和牛肚，还要把一大堆垃圾运到垃圾场。而他能够吃到嘴里的只有一块玉米卷。他要是敢说肚子饿，或者哭着去找自己的母亲，都会挨他们的揍。母亲给他寄过买车票的钱，但全让姨妈装进了自己的腰包。

后来，巴尔塔萨跟继父打了一架。他母亲喝醉了，他继父竟然拿着一把斧头要砍她，她没有任何还手之力。就这样，他们把巴尔塔萨赶出了家门，从此他就开始了艰难的谋生之路。他当时只有十二岁，在一家屠宰场找到了活儿干，每天的收入只有五毛钱。屠宰场的人把牛肚也给了他，没有钱的时候，他把这玩意洗一洗晒一晒也能填肚子。他跟其他孩子一起睡过海滩以及旅馆的台阶。他们抓来几条鱼，就在岸边煮着吃掉，然后四仰八叉地睡一夜，身上盖的东西只有一张报纸。他自己洗衣服，在发烫的石头上晾干又穿上。等衣服晾干的过程中，他们会到大海里洗个澡。这样的生活真是凄惨啊。他觉得自己就像个孤儿，没有人煮饭，也没有人照看。

巴尔塔萨长到十六岁才见到自己的生父。他的生父是个渔民，住在别的村子里。他是个好人，对自己的儿子也很好，但巴尔塔萨一连几年都没再去看望过他和他那一大家人。巴尔塔萨先后有过好几个女人，但谁都不知道如何为他理家。他说她们不理解他……他对女人的全部要求就是她只能跟他，准时为他洗衣做饭，遇到他喝醉了回来，要替他脱掉鞋子，扶他上床，然后忘个一干二净。

我和巴尔塔萨第一次睡在一起的那个晚上，一切仿佛都是预先安排好的。那天晚上，他的舅舅没睡在那里，为什么，我不知道。我觉得巴尔塔萨已经忍了好久。到那时为止，我也有了想法。就这样，我睡小床，他睡地板。屋里很黑。

"玛塔，我想跟你说个事儿。"他说道。

"什么事儿？"

"没事儿，你挪过来一点吧。"

听他这么一说，我就思忖起来："嗯，他想的是这回事儿，等的也是这回事儿。"于是我说道："不用，我听得见。"我装着不明白。

"不是，"他说道。"你看，我东奔西跑也累了。你要愿意跟着我，我能够给你的不会很多，但至少你不会饿肚子。"

我说不行，我要走，我还得等等看……反正就是不行。我知道自己已经怀着孩子。我怎么好意思跟他说，除了已有的三个孩子，我肚子里又有了第四个孩子？坚决不行！

"给我个理由吧。是你丈夫要过来？"他以为我和克里斯平只是暂时分开。我一个劲地说不是不是不是。

"听着，"他说道。"留下来，你要是觉得我不合适，直接告诉我；我要是觉得你不合适，我也会告诉你。这对我来说也像是一场考试，因为我不知道如何跟女人相处。我身边好长时间没有女人了。"

"哦，这不早就在打我的主意了！"我心想。"好长时间没有女人，那他就更想了。"我正要跟他说我怀孕的事情，他又问我："怎么了？因为又有了孩子？"

"是的，正是这个原因。"我对他一向非常非常坦诚，一如我对克里斯平的从不坦诚。

"那么，好吧，你就住下来，等着把孩子生下来。他是无辜的……千万不能怪孩子。我自己也是这样。我的生父只知道让我母亲受孕，他对我一无所知……把我养大的是另一个男人，我想报答这一切，哪怕我报答的是另一个人。我不会在乎你的过去。过去的都不要紧，我觉得要紧的是未来。"

到此，我已经下了床，慢慢地朝他走了过去。

"小声点，要不你会吵醒小女儿。"我边说边钻进了他的被窝。"你跟其他人没两样，凡事总要回报。"

"不，别那样说我。我只是想跟你在一起。"

"即便不愿意，但我还是想报答你，可以吗？"

"不，千万别这样想。这根本不是那么回事儿。"

"我再也受不了了。"他抱着我的时候，我觉得自己就要疯掉了。我想推开他，可他说道："不，不管怎么样，该来的就让它来吧，就一次。"我长话短说吧，事情就那样发生了。

事后，我哭了起来。我说道："我没想到你是这样的人。我本想着总有一天会报答你的。我不会白要你帮我。我不想让你觉得我是为了那个原因……用身体来赚钱。现在我怀着孩子，我真担心孩子会混血。要是早知道会这样子，我还不如当天就离开你。"

可那之后，巴尔塔萨根本不让我走。他也不让我干活儿。这下子，他更有理由给我钱，给我买肉了。之后，我们开始另找住房。

我在阿卡普尔科的生活很平静。我遇见巴尔塔萨终归是一件机缘巧合的事情，尤其因为他那次差点就没赶上我们那一班车。慢慢地，我开始关心起他来。俗话说得好："丈夫和孩子因为行为而可爱。"巴尔塔萨既善良又大度，尽管有时会吵骂几个女儿，但他这样做都是为了让她们不至于养成坏习惯。他会点燃炉子，帮着做饭。遇到不出车，他会厚着脸皮提着篮子或者牵着孩子上市场。从一开始，他就把钱和需要开支的账目交给我保管。克里斯平从来没这样做过。在墨西哥城，我所认识的男人从来不会这样对待自己的女人，只是其中的原因我弄不明白。

跟巴尔塔萨在一起，我再也没有感到悲伤过。我有了更多的勇气，因为我觉得他比其他人至少更加尊重我。从前，我过的是单亲母亲那种讨人厌的日子，就连自己的哥哥姐姐都叫我臭婊子，随便见着男人都可以往我身上扯。巴尔塔萨呢，他不怎么纠缠我。他不像克里斯平，那个家伙每天都想，而且要采用不同的姿势。不，巴尔塔萨才不会瞎胡闹呢。他中规中矩。不过，遇到我不想的时候，他会说："你要是不愿意给我，我随便哪儿都能找个肥屁股哦。"有时我会拒绝他，不过一般情况下我都会答应他，不管自己愿不愿意。

我对巴尔塔萨的爱可能不如克里斯平，但我们相处得很好。那可能是因为我不再害怕……因为我知道如何维护自己。我有了更多的自由，只要我高兴，想怎么做、想怎么说、想要什么东西都可以。我可以把房子闹个底朝天，也没有人对我说三道四。

我在巴尔塔萨面前可以毫无畏惧地直话直说。我有这样的自信，有时竟会口出重话。我对他说："你都一把年纪了，还想怎么样？哪天你要是惹我了，我就离开你。"或者"你要是跟了别的人，我一定不会感到难过。"他跟我说，他第一眼看到我的时候就爱上了我，但我直截了当地告诉他，我对他的情形大不一样，我只对克里斯平一见钟情过。既然不喜欢巴尔塔萨，我怎么能说我爱他的话呢？我可不想跟他藏着掖着，所以他说我很冷酷，完全是铁石心肠。

一点不假，克里斯平第一次跟我说话的时候，我就爱上了他。他的外表和举止都给我留下了深刻的印象。他个儿不高，又长得瘦，五官很好看。他的双耳很小很精致，有如一双鼠耳，眼睛呈淡褐色。我一眼就看出，他不像居民区那些市井无赖。从他的谈吐，我就知道他不是个等闲之辈。他用词很丰富，在女孩子面前从不说脏话。他的工作服总是保持得很干净，即使在星期天，他身上穿的衬衫和华达呢裤子也精心熨烫过。他从不穿得花里胡哨，也不把头发留得比人猿泰山还长，他当时也不抽烟喝酒，更不跟大伙瞎混混。他有稳定的工作，总之是个很好的人。因为他喜欢我，我曾经为此感到很幸运。

巴尔塔萨完全相反。实际上，他这个人非常粗野。他只会讲粗话，哪怕在大街上或者汽车上也会高声谈论私密事儿，根本不管有没有人听见。我觉得很尴尬，所以我不喜欢跟他一起出门。还有他吃饭那个架势啊！他的嘴巴咂得震天响，尤其有其他人在场的时候，我都没法跟他坐一起。

我一直在纠正他："别说了，老头。""声音小点吧。""把衬衫扣上，你有点羞耻心吧。"可他会顶嘴："关别人什么事？我自在。"或者"不，玛塔，我老了，没法学了"。这也是他纠正孩子们吃饭嚼得很响时的一种说辞。"我改不了了，因为我行将入土。但我得教她们养成好习惯，因为她们的日子还长着呢。"

还有他那个惹眼的耳环！我们只要一上车，人们就会看着我们，然后窃窃私语起来。我很烦心，叫他把另一只也戴上，否则他看起来像在搞同性恋。他发誓也要戴这个玩意，但我可不想管那么多。看上去就像个小丑，发这样的誓有屁用？

巴尔塔萨一个劲地跟我说："给家里写封信吧，给家里写封信吧。

你父亲和哥哥会担心的。"可爸爸令我伤心了整整两个半月的时间,所以我没有给他写信。我回答说:"我写的信无处可寄。"可巴尔塔萨一个劲地烦我,我终于提起了笔。父亲很快就回信了。我寄出第二封信之后,他没有回信,而是直接赶了过来。

巴尔塔萨正在睡觉,因为他得在市场上从凌晨四点干到六点,到了晚上还得去屠宰场干活儿。我一听到敲门声就知道是爸爸。他是带着同父异母的妹妹玛丽莲娜一起来的。巴尔塔萨带他们去了市场和海滩,然后送他们坐晚班车走了。

我爸爸的工作一天也不能耽误,除非他病得走不了路。如果没有爸爸,小餐馆永远都无法按时开门。所以他的老板如此看重他,雇了他这么多年。不管是现金,还是别的什么,他对父亲十分信任,所以我早先一直以为爸爸是他们的经理。直到最近,我发现了他的会员证,才知道他原来只是个帮工。我原来经常在朋友面前吹嘘,说爸爸担任的是要职。

接着,罗伯托也来了,给我带来了很多东西。他一开始跟巴尔塔萨很严肃,追问他有什么意图等等。巴尔塔萨跟他说,他很爱我,也爱那几个女儿。他说:"我既然热爱大树,当然也应该热爱树根啊,不是吗?"

罗伯托对他的回答很满意,事情就到此为止了。不过,巴尔塔萨从一开始就不喜欢罗伯托走路的时候用手搭在我的肩膀上或者拉着我的手。我和哥哥有自己的暗语,我注意到巴尔塔萨对此非常反感。他叫我别这样,我说我们在墨西哥城的时候经常用暗语。"可是,"他说道。"你们这是在阿卡普尔科啊。在我们这里,哥哥和妹妹要是有这样的举止,人们会说闲话。我不喜欢。"

他说他曾经被一对兄妹的行为"伤害过"。他的一个女人曾经向他介绍过她的"哥哥",结果这个"哥哥"是她的情人。他非常清楚罗伯托是我的亲哥哥,因为我父亲来过,不是吗?可他一朝被蛇咬,永远忘不了。

　　想想吧，我生孩子的时候，竟然是巴尔塔萨帮着接的生。我生得太艰难。孩子的头眼看就要出来，可偏偏被卡住了，因为我用光了力气，怎么也生不下来。巴尔塔萨不知道该怎么办，照着我的锁骨靠近脖子的部位重重地打了下去。后来他说，他知道这样做会缓解我下身的肌肉，从而把孩子生下来。那重重的一击让我感到很痛，我大吼一声，孩子也就生下来了。有一阵子，巴尔塔萨非常生气，因为他觉得孩子长得像我的哥哥。

　　巴尔塔萨剪断脐带，洗净婴儿，埋掉了胎盘。他要做所有的事情，包括照料其他几个孩子。第二天，罗伯托和玛丽莲娜来了……父亲叫他们过来帮我……可他们只顾着到海滩上玩耍，到大海里游泳。巴尔塔萨很反感，希望他们赶紧回家得了。他们走之前，他告诉他们，他要在教堂跟我结婚。罗伯托很认真，叫他一定要想清楚。玛丽莲娜也是同样的想法，因为结婚是件很复杂的事情，大家得把宗教的规矩弄清楚。巴尔塔萨说，他连字都不认识，怎么弄得懂？"听着，玛丽莲娜。"他说道。"因为经常上教堂，所以我觉得自己算是个天主教徒。我经常向圣人托付自己的灵魂，可仅此而已。我连十字架都画不直呢。"

　　"嗯，这么说你是没法结婚了。"她说道。玛丽莲娜是我们家最笃信天主教的人，她对这些事情了如指掌。她这是在泼他的冷水，可他却说："上天自会告诉我们怎样才能结婚。同时，我还要跟她履行世俗婚姻手续，这样我才能收养那几个孩子，让他们合法继承我的财产。我就是想拿到'买卖凭证'，这样才不会让那个狗娘养的克里斯平抢回去。赫苏斯先生曾经提醒我们，克里斯平正在四处寻找孔塞普西翁，可怜的孩子听说之后，吓得当场就哭了。"

　　巴尔塔萨不在乎我的过去，也没有责怪过我，但他担心克里斯平会以看望孔塞普西翁为借口重新追求我。他说："我敢打赌，你还是更爱他，甚至想私会他，对不？我不明白你的心思。你说你没跟他生活过，可你给他生了四个孩子！他算什么，男妓？还是别的什么？他要是敢来这里，我会用刀子迎接他，把这个狗杂种劈成两半。还有，罗伯托为什么反对你嫁给我？他是要娶你，还是别的什么原因？我娶你关他什么事儿？"

我非常生气，说他简直是疯了。我们经常争吵，因为我不会任他把我推来搡去。不过，他一般情况下为人很和善。即便喝醉了，他回家的时候也会彬彬有礼。住在阿卡普尔科的时候，他只打过我两次。

一次是在生孩子之前，他那两个挨千刀的哥哥是导火索。他们时隔两年之后第一次过来看望他，我给他们热了饭菜，安排他们在房子外面的一张桌子上吃饭。他们相互闲聊着，聊的有陈年旧事、巴尔塔萨有过哪些女人等我不感兴趣的话题。他们既不招呼我，也不叫我坐下来，所以我觉得自己应该待在屋里忙事儿。他们走的时候，我躺在床上假装睡着了。我听见巴尔塔萨跟我说了几句道歉的话，可之后他一整夜都没跟我说话。

第二天，他喝得醉醺醺的一到家就发作了："你这个老骚货！哥哥来我家的时候，你应该好好招待他们。你却走开了，把我们像几条狗一样撂在一边。你父亲和哥哥来的时候，我这样款待过他们吗？"接着，他用皮带抽了我两下。我很生气，但因为他喝醉了，我担心他会愈发恼怒。我只是哭了一阵子，然后开始收拾自己的行李。

"你要以为我会容忍你这样对待我，那你就是个大傻瓜。"我说道。"既然因为遭受孩子他爸的殴打而离开他，我怎么会容忍你动手打我，你连我的丈夫都不是。"我把他骂了一通，不过事情就到此为止了。过了一会儿，他带我去看了一部电影，算是对我的安慰。

他第二次打我也是因为喝醉了。他买了一头猪，所有的手续都完备，人家同意等到他宰杀之后再付钱。但猪肉被法院没收了，因为巴尔塔萨拿不出屠宰证。他一进家门就说道："想想吧，他们拿走了肉，还要罚我的款。"

"哦，"我说道。"下次他们可能就要抓你了！"他这人就那样，对自己的行为没有责任感，只对别人对他的所作所为说三道四。因为有别的事儿，他便下山了，但迟迟不回来。时钟敲过了四点、五点、八点，他还是没有出现。

"他们一定把他连同那头猪给关起来了。肯定是这样。"

这事发生在我儿子赫苏斯托出生之后。我记得很清楚，因为我已经为他的洗礼做好了巧克力。那天晚上，小婴儿和特立都睡了。孔塞普西翁去墨西哥城看望她奶奶了。我于是对比奥莱塔说道："哎，女儿，巴尔塔萨可能被关起来了，而我们竟懵然不知。咱们下山去看一看吧。"

我们首先去的是游艺场，然后挨家挨户地找遍了小酒馆。我说道："女儿，往门缝里仔细看看，看你爸爸在不在里面。"我转过身来，看见巴尔塔萨从街对面一家小酒馆走了出来。一想起这事我就火冒三丈，我担心他被抓去蹲了大牢，他却在这里逍遥快活。他手里牵着个女孩。"好哇，我要让这个死鬼尝尝厉害。"我对比奥莱塔说道。我跟在他们的身后，直到那个女孩跟他分手为止。接着，巴尔塔萨从口袋里掏出钱给了他一个朋友。一辆轿车停下来，他们上了车便朝着红灯区的方向开走了。

"这个错上加错的家伙，我要让他瞧一瞧！"我径直回家，收拾起行李来。我积攒了一百比索，打算在他回来之前一走了之。"哼，除了喝酒，竟然还玩女人。这个王八蛋！"

他一进家门就嚷道："唉，老婆，我真的喝醉了。你给我听话点，把我的鞋子脱了，好不好？"

"王八蛋，你醉不醉关我屁事？"

"哦！老骚货还真动怒了，是不是？你几时敢跟我这样说话了！"

他爬起来就揍我。他注意到我已经收拾好了行李箱，于是拿刀子划了个稀巴烂。我以为他接下来就要用刀子划拉我，所以我尽量不做声。我们只生了一两天的气。那之后，他不知道该拿我怎么办。他先是带我去看电影，然后又给我买这买那，甚至不让我被风吹雨淋。他以为我的怒气会消解，但他也很不理智，竟然以为那样便可以收买我。那次争吵之后，我在他面前颜面尽失。在那之前，我从不在他面前说脏话，也不像现在这样讨厌他。仅凭言谈，他便以为我这个人不守规矩。可如果不把话说出来，这样的人就会被他人渐渐淡忘。保拉和曼努埃尔就是这样的人。当曼努埃尔勾搭上那个女人的时候，保拉怕把事情闹大，只能选择忍气吞声。曼努埃尔甚至都没注意到她的郁闷，不过他怎么会以为她真不知道事情的原委呢？不，如果某个男人令女人感到痛苦，她应该大声说出来，这样上天才会听见她的声音。如果我在巴尔塔萨面前表现得粗野的话，那也是他把我变成了这个样子。

我在阿卡普尔科过得很好，但爸爸希望我带着孩子回去，于是我一个劲地跟巴尔塔萨说我要回家。他不想离开阿卡普尔科，于是对我说道："我不熟悉那边的情况，我们在这里每天不光有玉米饼吃，还能吃上肉和面包。缺钱用的时候，我可以约上朋友一起去钓鱼，或者玩玩多米诺，也可以赢它个三四十比索。我们还有钱看电影。没钱我怎么能去首都过猪狗不如的日子呢？"

我很固执，唠叨个不停。我爸爸写信来说，我们可以住他位于埃尔多拉多殖民区那套房子，因为卢裴塔已经离开他，就要搬走了。那个跟疯子没两样的玛丽莲娜总说她母亲跟我父亲生活在一起是罪过，如果我父亲不跟她母亲履行结婚手续，她就应该跟我父亲分开居住，她说这是神父说的话。也许卢裴塔是为了这个原因搬走的，但我总认为是因为她没法容忍我父亲又赢得了德利拉的芳心。他几乎再没去看望过卢裴塔，即使有，也是过去照看他那一大群猪和鸽子。

于是，我爸爸说，只要卢裴塔一搬走，我们就可以住进去，他还要给我们一头猪用来起家，这样巴尔塔萨可以自己做屠夫，肉可以卖给邻居们。巴尔塔萨觉得这是千载难逢的好机会，便开始筹起了钱。他撒了几个谎，不过都是为了哄我开心。他有个朋友在卫生部门工作，他便去找他开了一封介绍信，说他得去墨西哥城进行疝气手术。他的确有疝气，因为他曾经做过阑尾手术，医生当时就这样说过。于是他带着介绍信找到了在屠宰场做工的朋友们，看大家能否给他凑点钱。巴尔塔萨当时只有一百比索，那点钱根本不够我们回家的路费，知道吗？

　　是的，他的朋友们替他筹集了一百五十比索。这还不够，巴尔塔萨又装着很痛很急的样子东奔西走。在卫生部门工作的那位朋友也赶到现场，说他的病情很严重，大家又拼凑了五十比索。他们还说，如果手术后需要钱，一定告诉他们，他们会把钱送过来。

　　我们走得很匆忙。巴尔塔萨想坐夜班车，这样我们一路上便不用花钱吃饭，但我们跟司机闹了一场误会，如果我们要带家具，得再交八十比索。我们在车站一直等着，直到有个司机答应只收七十比索。巴尔塔萨把床和衣橱放到车顶之后，再花四十六个比索买好了车票。一路上，孩子们的吃喝、给巴尔塔萨买的一件夹克衫、找卡车把所有东西搬运到卡萨-格兰德等等，花了更多的钱，所以这一趟走下来很不便宜，是吧？

　　卢裴塔还住在父亲的房子里，于是我们跟曼努埃尔和玛利亚搬进了卡萨-格兰德。罗伯托和他的安东尼娅那段时间也住在那儿，住在那儿的还有我的表亲戴维和他的母亲、老婆以及四个孩子。一到晚上，大家全在地上横七竖八地躺卧着，把那个地方弄得像个乱糟糟的兵营。他们总要在神坛上点一支蜡烛，巴尔塔萨开始向我抱怨，说在这样的环境下他根本没法抑制自己的欲望。在阿卡普尔科的时候，我们至少可以趁白天把几个孩子打发出门，然后好好享乐一番。他并不贪，时时注意着不要过于放纵。即便如此，他还是非常想念我的怀抱。谢天谢地，表亲一找到房子就带着一大家子人搬走了。后来，安东尼娅离开可怜的罗伯托，搬到了我那以上流自居的姐姐康素爱萝家里。他丢了工作，还老打架。酒瓶是他唯一的安慰。

　　于是，我们跟曼努埃尔、玛利亚和他们的小女儿洛丽塔合住在六十四号。曼努埃尔那四个孩子还跟着我爸爸和德利拉一起居住在位于伊斯米奎尔潘殖民区、且尚在修建中的一套小房子里。德利拉先前生了一个孩子，人们到现在还闲话不断，说那个孩子是别人的，根本不是我父亲的。对于谁是生父之类的怀疑非常有害，我有过切肤之痛。至于谁是孩子的父亲，有谁比孩子的母亲更清楚吗？依我看来，我宁愿相信母亲的话。

是的，我们当即产生了矛盾。我们本应该付一个月的房租，下个月的房租便由曼努埃尔支付。可我们搬进去之后，房东对我们说，曼努埃尔已经拖欠了五个月的房租，我们要是再不付清的话，这房子父亲就留不住了。为了跟曼努埃尔有个良好的开局，巴尔塔萨提出当掉他新买的收音机，提前支付五个月的房租，这样大家才有了个安身之所。于是，曼努埃尔拿走那部收音机，给了房东一百六十五个比索，也就是他以往所欠的三个月的房租，只有天知道他把剩余的钱怎么用掉了。他说只当到这么多钱，但巴尔塔萨根本不信，因为那部收音机花了他五百个比索。一开始，我维护着哥哥，可当曼努埃尔拿着当票把它卖掉的时候，我站到了巴尔塔萨这一边。

当时，曼努埃尔和巴尔塔萨已经是干亲关系，因为我早就想到要让哥哥做我儿子的教父，以保佑他健康成长。所以，巴尔塔萨一方面得在他面前尊敬有加，同时还不能丧失公平性。他说："干亲兄弟，我好话说尽，你就别再东拐西绕，赶快把收音机还给我吧。"可不管怎么说怎么做，他反正是再也没看见过那台收音机，也没见过那笔钱。曼努埃尔答应一点一点地把钱还上，可他一分钱都没还，反而认定那台收音机是偷来的，所以巴尔塔萨有什么好担心的呢。

巴尔塔萨前往屠宰场找事儿做，可他没有城里的执照，人家根本不要他。他想做烘焙师，可先得有钱到联合会买位置。我父亲在一家工厂给他找了份活儿，可巴尔塔萨不干，他说联合会就是那家工厂的老板，肯定会为难他。他病了三天，被扣了薪水，所以他每天只得到了十二个半比索。

来到其他工厂后，人家设定的条件太多了……家庭背景、来首都有多久、有没有小学毕业证、前一岗位离职说明书、介绍信等等。他解释说自己刚来首都，没有谁愿意开说明书，可人家不明白。人家告诉他："要么有说明书，要么有担保人。要么有说明书，要么有担保人。"

巴尔塔萨逐渐讨厌起墨西哥城的人来。他说这里的人猪狗不如，非常自私，还说阿卡普尔科的人只要遇到别人找工作都会给，因为如果不需要工作人家就不会来打听。他还说墨西哥城的人都是盗贼，即便阿卡普尔科有偷盗现象，干下坏事的人也往往来自首都墨西哥城。他已经想着要回到自己的家乡了。

我姨父伊格纳西奥希望他一起卖报纸，可如此微薄的收入怎么养得活我们一家人？最终，曼努埃尔主动提出在特皮铎市场教会巴尔塔萨做小商贩。巴尔塔萨以卖掉我那张餐桌为开端，然后用所得到的钱从一家洗衣店买来一大堆未经清洗的衬衫。他一边卖这堆衬衫，一边购进其他物品。因为有两个人做小商贩，我们的家里总是摆满了镜子、破玩具、二手服装、鞋子、工具等。每遇到他们没有东西可卖，我和玛利亚就得把衣服藏好，否则他们俩会为了当天的生活费而抓到什么卖什么。有一次，曼努埃尔从洛丽塔身上脱下小毛衣，当场卖掉了。

我们过了一阵好日子，因为巴尔塔萨每天都能给我十个比索的零用钱，所以大家总算能吃上饱饭。他甚至付清了在能源公司拖欠的电费，我家重又恢复了供电。不过，曼努埃尔接连两个月不愿支付电费，电力公司又停止了供电，巴尔塔萨也懒得再管这事儿。他说我们不如点蜡烛吧，这样曼努埃尔和玛利亚每次晚归就不会因为开灯而吵醒我们了。他们一直在西尔维托的小餐馆吃饭，每天都带着洛丽塔过了半夜才回家。

巴尔塔萨急需资金，所以当罗伯托提出借二十五个比索回一趟阿卡普尔科的时候，巴尔塔萨一下子就想起了他那帮屠宰场的朋友们。他简直疯了一般，竟要哥哥去屠宰场为他筹钱，可罗伯托竟然也去了，说是为了处理所谓的"急事"，也不要我们花费什么。此外，罗伯托还对巴尔塔萨说，如果那玩意儿能卖个好价钱，他会买一台收音机还给他。

我信不过自己的哥哥。我对他很气愤，因为他把安东尼娅从我手里借去的一枚戒指当掉了，而且无法赎回。我辛辛苦苦攒点钱才买了那么那只戒指，代价太惨了！如果想偷窃，他干吗不去偷富人，偏要打我们的主意呢？他竟然说："小妹，别难过。哪天有钱了，我给你买个新的。"

巴尔塔萨不听我的劝告，从我父亲那里借了二十五个比索，然后转借给了我哥哥。四天之后，罗伯托从阿卡普尔科回来，只给了他五十个比索。他说其余的钱他一路上吃饭、住宿、坐车全给用了。我们一直不知道那些屠夫总共凑了多少钱，但巴尔塔萨相信，哥哥私吞了一半以上。他恨透了罗伯托。

一天，他们在瓜达卢佩姨妈家参加聚会的过程中边喝酒边厮打了起来。他们越喝越醉，越醉心里话越多，相互之间的敌意就越增加。巴尔塔萨叫罗伯托别再来卡萨-格兰德，因为他一来就像个好球手似的把门推得咣咣响，仿佛他是这个家的主人。巴尔塔萨付过三个月的房租，因此觉得自己才是这个家的主人。他不让玛利亚的哥哥们再来这里睡觉，他是这样说的，如果那两个王八蛋之一碰了我那两个女儿，他是要负责任的。

罗伯托说房子是父亲的，作为我的哥哥，他有权进进出出，一切全凭他高兴。只要他愿意，他甚至在我家吃睡都行。

"这么说，我还得养着你了？"

"是的，"罗伯托说道。"我要你怎么样，你就得怎么样。"

"那么，你这是在拿你妹妹的感情跟我讨价还价。也就是说，你要把她卖给我。"

"是吗？你又算什么玩意儿呢？你不也在我家耀武扬威，要我父亲供养着你么？没有谁比你更精明，空手套白狼啊。我父亲替你做的事儿，比为他亲儿子做的事儿还要多。"

一言不合，纷争再起，他们说到后面竟骂起娘来，动起了刀子。我姨妈在试图隔开他们的过程中被划伤了手指。巴尔塔萨事后对我说，他想回自己的老家，因为他不想再依赖我的家人，至于我，跟或不跟他回去都行。我花了好长时间才让他冷静下来。他说："好吧，我留下来，可我要是被你哥哥弄死了，你得给我负责。"

那之后，我不再同罗伯托讲话，而且头一次要求他别再来我家，因为他一来就惹麻烦。实际上，大家都看不惯他。他大哭了一场，大醉了一场。谢天谢地，看在几个孩子的面上，他终于远离了我们一家。

后来，卢裴塔带着玛丽莲娜从父亲位于埃尔多拉多殖民区的家里搬了出来，我们便搬了进去。那个地方很一般，但有一道高墙，我们独用一个院子。家里很干净，也很安静，有两间卧室，一间真正的厨房，每个房间都带窗。每天有卡车送水，不过我们又用上了电。简而言之，那是我和巴尔塔萨住过的最好的房子。我开玩笑说，我们应该在屋顶竖一根天线，这样邻居们便以为我家有了电视机，算是个货真价实的高档家庭。

还有，我想让巴尔塔萨明白，一个家应该有温暖，应该充满感情。这些东西他从其他女人身上都没有得到过。那全是些娼妇，一顿好吃好喝便跟着别的男人离开了他和孩子们。他的生活经历使我很伤心，所以我一直跟随着他。他就像个孩子，他需要我。尽管从来不缺吃喝拉撒的地方，但我同样一直觉得自己没有过像样的家。我能时时见到自己的哥哥姐姐，但我们不团结。像其他人一样，我们可能一起做过事儿，也为自己温暖的家添过砖加过瓦，但我们总是各走各的路。我从来不羡慕有钱人，也就是那些在我之上的人，因为也有在我之下的人，但我的确羡慕那些房屋舒适、关系和谐的家庭。

我想让巴尔塔萨知道，我跟他原来那些女人不一样。当然，我们有过不大不小的吵闹，也责备过对方，但从来都仅限于此。我们最开始只为一件事吵闹，即我们称之为丘乔的小婴儿。我说巴尔塔萨太宠爱他，这对他很不好。如果丘乔因为尿床或尿湿裤子而挨了我的打，巴尔塔萨便会非常生气。之后，他不再让我给丘乔穿裤子。就这样，他会把只穿一件衬衫的丘乔扛在肩上逛市场、坐公交车，星期天还会带他去公园。如果丘乔尿到了他的肩上，他只会笑笑而已。如果孩子哭着要东西，巴尔塔萨都会给，即便有些是女孩子玩的东西。尽管丘乔只有一岁大，可他似乎知道，只要他爸爸在家，我就不敢对他说："不能做这个，不能碰那个。"巴尔塔萨警告过我，只要再看到我打孩子，他就会打我。出门之前，他会说："记住，孩子想干什么就让他干什么。"

我从来不这样惯自己的孩子。巴尔塔萨说我对孩子很苛刻。我认为，由于自己经历过那么多事情，再加上经常生气，我多少有些神经衰弱。我没有耐心回答孩子们的问题："妈妈，那是什么？妈妈，我们是从哪里来的？"我会立刻喝住他们。我正越来越变得像自己的爸爸。遇到读报或"每周故事"的时候，我不允许他们打扰我。几个可怜的女儿正变得像康素爱萝那样离群索居，因为我不再牵她们的手，也不再拥抱她们。

再次怀孕之后，我只好认了命。我觉得自己至少应该给巴尔塔萨生个孩子，尤其因为他在不知道我又怀有身孕的情况下去法院跟我履行了结婚手续。我的家人都以为丘乔是他的孩子，我也一直没说破，因为如果承认我又给克里斯平生了孩子，大家都会感到非常尴尬。所以，尽管父亲坚决反对，信不过继父，我还是嫁给了巴尔塔萨。我听说过有些继父对继女的所作所为，但只要我还活着，这样的事情就不会发生在我家。

我以为巴尔塔萨会因为有了自己的孩子而特别高兴，可他完全不是这么回事儿。他说新添的孩子只会争抢他对小丘乔的父爱，由此使丘乔因为没有足够的父爱而不能健康成长。丘乔没病，巴尔塔萨倒是病了。一到晚上，他就辗转反侧，说心脏很沉重，无法好好呼吸。瓜达卢佩姨妈想带他到灵光寺去看巫师，但巴尔塔萨宁愿出去跟朋友们喝酒。他就这样变坏了，跟一帮狐朋狗友混在一起，连零用钱都不再给我了。

他喝得醉醺醺的回到家里，一进门便跟我吵闹。我会说："要是在自己的家里找不到幸福，只能跟你市场上那帮可怜的朋友在一起才能找到幸福的话，那你离开我，去找他们得了。"

他怪我变了，说我从前至少会给他一个拥抱或者亲吻。我回应道："是的，实话告诉你吧，我对你越来越没有感情。可如果是我变了，那也是你自作自受。"

"行了，"他说道。"既然是那样，等哪天找到个肥屁股，我就不用再回这个家了。"

"不过等你找到妹子，掂量着萝卜好吃还是白菜好吃的时候，千万别来打扰我。你爱找谁找谁吧，我反正不想再听你的摆布。当初遇到你的时候，我可没像现在这样四处招摇，吃不好、穿不好，还要受虐待。另找个男人，让他给我提供这一切，我要付出多大的代价？最简单的事情，莫过于今天跟这个、明天跟那个，见谁跟谁，还过着舒心的日子。但我不会像你原来那几个女人一样自暴自弃。只要我父亲活一天，我就绝不会过这样的舒心日子。不会的，巴尔塔萨，你还是求上天保佑我父亲别死吧。"

我对他说过，即便孩子一大串，如果他要离开我，我也不会大哭大闹。为男人大哭大闹不值得，尤其不值得为一个酒疯子大哭大闹。像那样的男人不如死了算了，这样大家才会过得安宁。我宁愿去某家店铺找个缝缝补补的活儿，哪怕身体会拖垮，每天只能挣到可怜的八九个比索。我提醒过巴尔塔萨，如果选择留下来，他就一定要做事儿。"别以为我会让我爸爸来供养着你。你想成为他的第三个儿子吗？你如果离开，会好上不知多少倍。"

家里一分钱都没有了，巴尔塔萨也没有了用来开工的本钱，我们只得卖掉了父亲送给我们的猪仔。那猪仔还没长大呢，父亲要是知道了，肯定会生气，会说我们没有恒心，永远都不会有进步。我想拿其中的五十个比索跟着姨妈去一趟查尔玛，但又觉得这笔钱最好拿给巴尔塔萨作为开工的本钱，于是我们就没去查尔玛。毕竟，我的预产期临近，要是一分钱都没有，谁来替孩子接生呢？

于是，巴尔塔萨拿着那笔钱又开始了工作。不知怎么回事，他找了个名叫猪罗的合伙人，这个人领着他混迹于小酒馆，最终卷跑了他的钱。我在家里等啊等啊，因为我还要等着巴尔塔萨拿钱回来买药呢。不忍心看着我遭受那样的痛苦，父亲把我送到了拉蒙医生的诊所，他给我开了一张购买滋补品的处方。

巴尔塔萨最近回家要么总是很晚，要么根本不回。我提醒过他，一个人独自在外喝酒很危险，可他说这跟阿卡普尔科没区别。一天晚上，一帮小子……都是些无缘无故的叛逆之徒……一直追着他，他差一点就没跑得掉。我跟他说过，他要是有个三长两短，他那些亲戚肯定会怪我。他们不把我生吞活剥才怪，因为他那个族群天生如此。可他充耳不闻。他说我只知道责骂发火，还说我想把他拴在家里。

巴尔塔萨一连两天没有回家。他终于回到家里的时候，我把处方递给了他。"拿着，"我说道。"问猪猡把钱要回来买这些东西，医生说必须赶紧服用。"他惊诧于我没有冲他大吼大叫，于是想拥抱我。我只对他说了一句："别烦我，我跟几个女儿在一起过得很快活，你却一回家就骚扰我。谁让你回家的？你哪根筋不对了？你的家不是在大街上吗？"

"什么？难道我不能回自己的家？我回来晚了，是因为我去送了一趟货。"

他老是在送货，知道吗？突然，我发现他的衬衫上有口红印。至此，他一直在强调自己的胡闹仅限于男人，不涉及女人。我不是三岁小孩，所以根本不信他那一套，这不就是证据吗？

"所以你的衬衫上就有这个了？"我问道。

"哦，我不小心沾上的，因为我去的地方到处都是沾满红油漆的破布。"事后，他告诉跟我们住在一起的表亲戴维，他到墨槽大街找女人跳过舞，因为我不挨他睡，还老生他的气。可他竟骗我说那是红油漆！我不是吃醋。我知道男人不会满足于一个女人，只是我无法容忍被如此愚弄。

于是，我让他出门去买药，直到第二天早上他才回到家里。他并没有买回滋补品，甚至弄丢了处方签。他满身酒气，竟然有脸跟我说是猪猡又请他去墨槽大街了。"我说得很清楚，自己带的钱不多，于是我们四处打听了一下价格。"巴尔塔萨解释道。想想吧，猪猡竟然会帮他选商品！

"听着，"我非常生气地说道。"你不是我第一个男人，也不会是我的最后一个。这事儿错就错在你总把我当傻瓜打整。你不如直接告诉我，你不回家算了，这样我就不会等着你回来。"他知道，我会像在阿卡普尔科一样，绝不出去找他。如果冒着风险逮到他身边跟着个女人，我会觉得糟糕透顶。要是他跟那个女人合起伙来对付我呢？我简直脸都要丢尽！不，我绝不会出门去找他，因为我不想亲眼看见自己被他欺骗。

　　我每天都去默塞德市场跟父亲见上一面。如果事情不顺，他会满脸忧伤，我也会跟着不开心。目前，他过得很平静很满足，我也好受一些。毕竟，他一生劳累，不再像年轻人那样能顶能扛。谁也买不来生命，我不得不考虑他随时都会离我们而去。只要父亲在，我就不会掉眼泪。至于他死了嘛，是的，我的天空也就塌了。

　　一开始，我对巴尔塔萨的事情避而不谈，可现在都告诉了父亲。"谁想得到，"我说道。"巴尔塔萨竟然变成了这样的可怜虫？他连房租都不付，还指望你为他做别的什么吗？他就是不想承担责任。他知道你不会让我饿肚子，所以一分钱都不交给我。"

　　爸爸在房子上亏了钱，因为他本可以以二百五十比索的月租金租给某个人。所以，我告诉爸爸，我们应该把喂养鸽子那个房间整理出来租给表亲戴维，这样他也能挣两个小钱。他现在至少能收到一百比索的月租金用于贴补各项开支。我们谁都没给他钱，反而从他那本就不多的收入里面拿走一点。每次在市场上见到他，他都不会让我空手而归，总要给我五个比索十个比索，还给我那几个孩子一人一个比索。他会注意他们穿的鞋子和衣服，只要发现有需要，他第二天就会买好送过来。只要孩子有个头痛脑热，他就会责备我照顾孩子不细心，还会给钱让我去买药，仿佛那是他的一份责任。如果我不要，他会说他多供养三四个人并不困难，何况这还是他的外孙呢。他真是百里挑一啊！不过，我要他那么多东西终归不合适。我还找巴尔塔萨干什么用呢？

　　现在，预产期临近，我总是担心不已。我曾经对巴尔塔萨说过："听着，孩子就要出生，可兜里一分钱也没有，你说我要这个家还有什么用？我什么都没准备……没有毯子，没有毛衫，什么都没有。"

“快了，”他说道。“那个谁谁谁很快就来了，那个某某人就要给了……你等着就是。”

一看他那副没有自信、不急不慌的模样，我就急得要死。所谓的等待让我火冒三丈。我有什么好等的？完全是空等，我还等个屁！

我从没像这一次那样害怕生孩子。生特立的时候很艰难，要没有巴尔塔萨的帮助，我想我根本生不下丘乔这个孩子。现在，正如我跟巴尔塔萨讲过的那样，我觉得自己可能会死去，就像我母亲当初那样子。我不担心自己，只是担心那几个孩子。要不是为了他们，我可能早把自己从地图上抹掉了。不过，我非常清楚，他们需要我。没有了我，他们也会跟着完蛋，因为谁都不会像我那样爱他们。他们会被抱养出去，孔塞普西翁由克里斯平看管，比奥莱塔由一个人看管，特立又被送到其他人手里。没有了母亲，什么都完了。

巴尔塔萨说：“听着，我三十四岁，比你大，但我还不想死。”

“是的，”我说道。“因为你毕竟是个男人。你只管出门喝酒、寻欢作乐，便能忘掉烦恼。可我被拴在家里，被种种烦心事儿压得喘不过气来。”

到了晚上，我根本睡不着，于是开始了胡思乱想。我觉得自己最大的痛苦莫过于跟克里斯平搞散了那个家。最近，我甚至梦见过自己受到他母亲和姐妹们的善待。也许，我要是再等等的话，还能和克里斯平重修旧好。跟巴尔塔萨走到一起，既伤害了我，也伤害了孩子们。我习惯了一个人的日子，所以我也许应该维持那样的状态。我跟巴尔塔萨说过，如果他离开我，我一定不会痛不欲生。可谁知道呢？一旦我又独自一人……谁知道呢？

我们也许应该回到阿卡普尔科。巴尔塔萨可以到屠宰场做工，既有钱交给我，也有肉交给我。一旦回到那里，他就没法依赖我的父亲，他就会知道，如果他不给我钱，我们就没有东西吃。回到那里，他毕竟只有喝酒这一种恶习。他了解自己的族群，也熟悉自己的家乡，也许还会重拾信心。回到那里，我至少无需再看到我们家所受的苦难和无尽的争吵。这个问题令我感到头痛不已。也许，我不再有关于自己的噩梦，不再有女儿们被捉弄被分离的噩梦，不再有巴尔塔萨被枪杀的噩梦。在这里，一到晚上，只要一躺下来，我就会感觉到自己第二天再也爬不起来。要是能够顺利生下这个孩子，我们也许应该回到阿卡普尔科。我在那边的感觉要清净许多。

尾　声

赫苏斯·桑切斯

我是一个能够容忍怨恨的人，跟自己的三个孩子，也就是曼努埃尔、罗伯托和康素爱萝存在着嫌隙。因为经常生这几个孩子的气，我的身子已经半身不遂。我都不好意思说。一个父亲要是摊上这样的儿子可真够难受。因为环境不好，因为交友不好，他们慢慢学坏了。他们那一帮朋友对这两个小子一点好处也没有。简直是耻辱，我对此竟然无能为力。尽管我说破嘴皮，他们还是没走正道，而是走向了反面。

在这世界上，没有什么比得过诚实的劳动。我是个穷人，也活得很卑贱，但我一直力所能及把事情做好。他们不会说自己的父亲回到家的时候满嘴酒气，也不会说我对他们不闻不问。他们有个舅舅不久前才死于酗酒。他们对舅舅的传承似乎超过了我。我不明白怎么会这样。

我那两个儿子至今一事无成，因为他们不喜欢受人管束。一开始，他们想成为百万富翁，所以找了点事儿做。可你怎么能指望从高处做起？我们大家都得从基础做起，不是吗？可我那两个儿子完全是背道而驰。所以他们什么也干不成。

他们做事也没有恒心。他们缺乏常识。他们没有毅力，所以找不到事儿做，更不能做长久。诚实的劳动才能让你体体面面、满怀自信地走在大街上。我感到很高兴，我从自己的工作中获得了极大的满足感，要是他们也像我这样就好了。

有一天，我对康素爱萝说："我不希望你成为别人，忘记了自己所在的社会阶层。有些人稍稍读过点书，就变得傲慢起来，这样的人注定要摔跟头。你就以我为例吧。"我继续对她说："我原来是个朴素的劳动者，今后仍旧如此，没有人能够把我打倒在地。尽管你上过几年学，

541

但那并不意味着你可以认为自己已经跻身上流社会。你拿镜子照一照，然后告诉我，你属于哪一个阶层，你在这个社会里处于什么样的位置。"她要往上爬一点没有问题，但她不应该头脑冲动，看不起自己的人，看不起自己所属的阶层。有一天晚上，我告诉她："不管你喜不喜欢，我都是你的父亲。不管我穿什么衣服，也不管我有多贫穷，我都是你的父亲，你永远都不能否认这一点。"

我承认，自己也犯过错误。我说不上轻言细语体贴入微，但我一直在照料他们。很多男人娶了女人之后就不管自己的孩子。你知道自己的手上有一大帮没有母亲的孩子是什么滋味吗？大家看不起孤儿，谁都不想要他们。所以，我还能怎么办？我把所有的东西都给了他们，因为我愿意这么做。大家有目共睹，我干起活儿来像奴隶，今后还会继续奋斗，一往无前。很多时候，让自己的孩子过着饭来张口的日子是在伤害他们……他们无忧无虑，不会为自己着想。

我希望他们能进学堂学一门手艺。我没要求他们挣钱给我花，也没要求他们自己挣钱买衣服找饭吃。我照顾了他们二十多年，他们从来没缺过一碗汤或是一杯咖啡。可他们怎么变得如此不堪？我实在不明白。

伦诺去世几年之后，我遇到了同住一个居民区的艾莱娜。正如我原来说过，我的运气肯定很好，因为总有女人找上门来。一直如此。为什么？不知道。想想看！这个女人——这个女孩出现了，愿她安息吧，跟着她丈夫就住在我的隔壁。她丈夫即将成为牧师，可他不给她东西吃，她于是来到了我家，因为孩子的外祖母干的是卖蛋糕配料的营生，一天要卖一大筐，知道吗？就这样，她来我家买蛋糕，也就看到了我家是个什么样子，一下子就喜欢上了。这一切来得很快。她跟她丈夫吵了一架；他们没有履行过结婚手续。

你知道，她真是个漂亮女子，热情得像一只火炉。她的身材很好，长得很匀称，任何人只要兴奋起来，都会想要了她，不是吗？就这样，整件事情只需眨个眼睛就能搞定，她于是搬到我家住了下来，因为我那段时间都是独自一人照料着几个孩子。

她丈夫过来找到我的时候，我以为自己的末日就要来了。我从不带武器。我对他说道："哎，你看……你老婆在我家当用人。你要是愿意，你可以进来把她给领走。你要想进屋来找她，只要她愿意回去跟着你，我不会拦着，但我知道她并不愿意。"就那样，面对面。对，他没发疯，没像其他人那样对我破口大骂，甚至掏出枪把我当场干掉。不过，我冒了很大的风险。

他在大街上拦过我两次，都是在晚上。我当时想："该来的还得来啊。"因为这些来自哈利斯科的人都是出了名的杀人犯。就这样，她终于从他家取走了自己所有的东西，尽管她实际上一无所有。他是个小气鬼。节俭是好事，但也不能做得太过分。做什么事情太过分了都没有好处。反正啊，她就搬过来跟着我住了。你别以为她害怕，因为她的脾气可不小。她还很年轻，只有十五岁，可一旦决定要做什么事情，她就肯定要做。所以，她根本不怕他。

她像母亲一样照料着我那几个孩子。她很爱他们，遇到男孩子想欺负那几个女孩子，她会把她们保护起来。康素爱萝和罗伯托对自己母亲过世的感受比另外两个要强烈。曼努埃尔到院子里玩耍一通便忘了个一干二净。他也去上学，但似乎天资不行，他儿子阿拉内斯目前也是这样子。他不想读书，成绩也不好。罗伯托和玛塔更是不行。只有康素爱萝爱学习。她比较文静，也比较听话，不爱交朋友。直到最近之前，她从没给我惹过麻烦。但我那两个儿子看不惯艾莱娜，让她吃了不少苦头。

现在，玛利亚帮着照顾曼努埃尔的四个孩子，跟当初的情形一模一样。当然，我会要求那几个孩子好好听话，还要尊敬玛利亚。她不怎么管那几个孩子，但毕竟是在照顾他们。艾莱娜当初也是这样，所以大家应该感激她。我们没法报答她们。但怎么可以不喜欢、不尊敬她们这样的人呢？

艾莱娜跟着我生活了五年时间。我跟她没生过孩子。但有些事情我始终弄不明白。我遇到的这个人如此善良如此有用，对我的帮助如此之大，怎么会一生病就死去呢?

她是个虔诚的天主教徒，要我找个牧师给我们完成结婚手续，我答应了。我之所以答应，是因为她希望我答应，并不是因为我相信她的灵魂会进入炼狱受煎熬。不，我根本不相信。我说点别的吧。一个人身体健康的时候，根本不会想着做弥撒，可面临死亡的时候，他会对上帝和教堂充满怯懦之情。所以我们才要做忏悔、见牧师。那既是对未知世界的恐惧，也是对现世恶行的悔悟。

艾莱娜生病期间，我在餐馆做事所挣到的钱不够养活一家人，我于是开始卖掉鸟儿，养起猪仔来。我在市场上认识的一个女人在城郊的伊斯米奎尔潘有一个很大的畜栏，我让她出租了一部分给我使用。我买来木材，做了一个小猪栏。接着，我以二十五比索的价格买回一批小猪，后来卖出去的时候达到了一百比索。在伊斯米奎尔潘，猪卖得很便宜，不过我买的都是好品种，以此赚了不少钱。每宰杀一头猪，我可以赚到六至八百比索。有一头猪我甚至卖到了一千五百比索。其他人饲养的种猪每次收费十个比索，但我要收五十个比索，因为我饲养的是切斯特白猪和泽西猪的杂交种，毛色很白，体型很美。那头小猪也给我挣了不少钱，在伊斯米奎尔潘生下了好多猪仔。收五十个比索是有点多，但我买那头猪花了四百比索呢。我买来的时候，它只有四个月大，不过长得很好。我每天都要去给它洗澡喂食。猪栏边上有个水塘，里面的水清澈见底，我只需用桶把水提回来，淋到猪的身上即可。这就是我给它们洗的澡。数年来，我每天都要去猪栏那里，给它们洗澡喂食。

后来的一天，我买了几张彩票，赢了两千五百比索。我正坐在那里，卢裴塔的女儿走进来对我说:"爸爸，有个人从埃尔多拉多殖民区那边过来，他想卖掉他那套两居室的房屋，价格是两千五百比索。"

"有点贵，"我说道。"带我去看看。如果要做这桩买卖，咱们应该当机立断。"我去找到了那个人。我对他说道:"两千比索卖给我算了，我没有那么多钱。"我问他可不可以拿一头猪作为冲抵。

他说道:"行，可以，咱们先看看猪吧。"

接着，他问我多少钱愿意卖。那是一头切斯特白猪和泽西猪的杂交种猪，于是我回答道："一千二百比索吧。"

他说："不行，太贵了。我给你八百。"

"牵走吧。"我说道。我从彩票收益中拿出一千七百比索跟他达成了买卖，第二天我便来到了出售房屋的公司。我签过合同就算完事儿了，直截了当，清楚明了，合法有效。

几天之后，我又卖掉一头猪，买回建筑材料装修起了新房子。与此同时，我每天都穿过城区去猪栏里看一看。不管刮风下雨，累或不累，我都会坐上公共汽车。我几乎累得昏昏欲睡，车上也找不到座位，我只能一路站着，边走边打瞌睡。不过，你应该看看我修的房子。我应不应该说那几乎是一座宫殿？对，像我这样一无所有的人……

在我干这几件苦活累活的过程中，两个儿子从没帮过手。

又过了些日子，我把伊斯米奎尔潘那一块地买了过来，并着手建一所小房子，并最终建成一个养猪场。要是老天再帮我一把，让我再中一次彩票大奖就好了！房子是给我的孩子们修建的，我会把那块地一分为四。

是的，我打孩子下手很重，尤其是罗伯托，因为他竟然开始从家里往外偷东西。我辛辛苦苦买了张餐桌，可一回家它就没了踪影……这样的事情，谁不会惩罚？还有两次，我为了两个儿子从家里搬了出来。一次是因为他们在院子里溜冰太吵闹，还有一次是住在卡萨-格兰德的时候，他们弄破了水管子。罗伯托是个冒失鬼，跟他母亲一样喜欢用武力。

我让两个女儿监视他们两个男孩子，以防他们偷东西，或者把坏毛病往家里带。遇到他们的外祖母或者其他人洗衣服的时候，我要检查两个儿子的内裤。有一次，他们已经快要长大了，我在一个角落里发现了吸水棉。我让两个儿子脱下裤子，交给我好好检查。不过，他们从没染上性病什么的。这对他们来说很关键。作为他们的父亲，我一直没法跟他们直言相告，但我会留心着他们。

是的，我不了解自己的儿子。你看得出来，他们有个好好的家，他们完全可以有所长进，学点手艺，或者好好读书也行。可他们怎么就不这样做呢？我自己长进了不少。因为他们缺乏毅力，就这么简单。他们比较懒惰。你说，他们还要我怎么做？其他孩子要是有我这样的帮衬，不知会高兴成什么样子。我一辈子的操劳都是为了他们。我尽到了做父亲的责任。我从不逃避自己的责任，从来没有不管他们。不管发生什么事情，他们都可以依赖我，不管是半夜清晨找医生，还是拿钱买这买那或者是求医买药。

实话告诉你，我也不知道自己的想法来自何处，我就是要尽到自己的全部责任。我是个文盲，家里又穷，没读过书——在他们的母亲去世之后，我完全可以不管他们，对吧？可我没这样做。

我之前跟过卢裴塔，她自己有一个还是两个孩子。她当时居住在罗萨里奥大街，而我又不想把其他人带到家里来，免得老跟孩子们惹麻烦。我仔细想过这个问题。你看，家里总得有个人替你洗洗衣服，做点其他事情，给你端杯热咖啡什么的，这些东西我在家里都没法享受，因为家里没有人做得来呀。外祖母是帮过我很多，也把几个孩子打理得很好。可自从艾莱娜踏进我的家门那一天起，她就非常不高兴。她完全没有理由这样想，因为这个女孩在家里是为所有的人做事情，而不仅仅服侍我一个人。反正有一天，我的小舅子跟我说，外祖母搬走了，还说她感到非常抱歉，等等。我跟他们说："你们还要我怎么办？事情明摆着的，你们看得清清楚楚。你们自己承认是那几个孩子的亲舅舅，也很喜欢他们，可你们过来的时候，给自己的侄儿侄女买过一杯咖啡吗？我每天都要上班，而且一天都没耽误过，所以，我不可能上班的同时还去照顾那几个孩子。我找了个人，你们要是觉得不爽，那是你们的事儿，随你们吧。"我不想把他们送到卢裴塔家里去。同父异母或者同母异父的兄弟姐妹根本没法好好相处。

我喜欢两个儿子和康素爱萝，但没法再拿感情对他们。他们让我花了那么多钱却一事无成。罗伯托被关在收容所的时候，我花了一千二百比索。他参军之后，要我花钱把他调回到墨西哥城。我跟一个上尉说起过这件事，因为要花钱，所以我没采取任何措施。毕竟，罗伯托是自愿参的军。他不想干活儿，所以才参了军！我不知道他们给了他多少钱。谁也没有跟我说过这件事儿。他们从没跟我说过："爸爸，我赚了这么多钱，你拿一点去用吧。"没有！从来没有。我有两个儿子不假，但也好像一个都没有。尽管如此，尽管他们现在已经长大成人，我依然看管着他们。只要做错了事，我都会责骂他们，让他们知道自己的错误。我一直在想着他们，要是没看见他们，我也会打听他们的情况。

曼努埃尔是五个孩子的父亲，可他依然不愿意明白事理。哪怕让他为自己的孩子做一丁点小事儿，我也要花费很多精力，费很大一番口舌才行。我帮了他这么多年，他本该拥有属于自己的房子，或者为他那几个孩子再租一套房子。他跟市场里的一个人合过伙，但他说这个人卷款而去，给他造成了五千比索的债务。不过，他说的话我一个字也不相信。一个人老说谎话没什么好处。即便你说的是真话，也不再有人相信。他们总想让你信以为真，明天就是他们的翻身之日。可他们骗不了我。我是他们的父亲，当然了解他们。

康素爱萝让我很难受，因为她的性格太倔强。跟她的母亲一样，她也是个倔脾气。她很嫉妒安东尼娅。你知道，同父异母的兄弟姐妹很难相处，老是发生争吵。是的，我们家没打过架，因为我不偏不倚地站在中间立场上。我之所以把安东尼娅带到卡萨-格兰德来，是因为她母亲晚上要做事儿，所以她的日子确实不好过。安东尼娅从小一个人长大，很可能会慢慢地走上邪路。我得把她关在家里，以防她出门跳舞，或者光顾夜总会。我没给她东西，绝对没有，但她总能找到我，所以我自然而然会对她刮目相看。我确实给她买过几身衣服，以及其他一些小东西。不幸的是，这些东西让康素爱萝和其他几个孩子觉得很不舒服。

我跟康素爱萝说过很多次，也劝过她很多次，可她就是不听。她一分钱也没给过我。我自己不需要任何东西。我绝对不会要孩子们给我买东西。老天可以作证，是我在为每一个人不停地做事儿。我修的房子也是他们的。如果她给我过什么东西，我也都攒集起来给他们修房子了。

几年前，康素爱萝从蒙特瑞给我打来一个电话，你能想象那令我多为难吗？我当时一分钱也没有，硬生生东一百西一百地借到了七百个比索。我跑到她那里，花了七百个比索，而那笔钱我花的根本没有必要。七百比索不是一笔小钱。后来，我请了假，这是从来没有过的事情，哪怕遇到节假日我也没耽误过一天。

跟德利拉住在一起之后，我犯了个大错误，那就是没有远离他们。你知道，孩子们长大之后，他们会对自己父亲续弦再娶非常反感。我有一天读到过一个故事，说的是一位母亲因为再嫁被自己的两个儿子痛打一顿的故事。在墨西卡利，有一位父亲因为再娶被自己的几个儿子给活活打死了，不过在这个事例中，他们是为了争夺遗产。他们做出这种事情，一定是凶残至极，要不就是喝醉了酒！我应该感到万幸，尽管自己作为一个父亲从来没站到过一定的高度，但我那两个儿子从没跟我顶过嘴，也没有虐待过我。

克劳迪娅替我们做事儿的时候，康素爱萝对我说："爸爸，娶了她吧。"于是，我真的娶了她，事情立马就变了。她的反应非同一般。这令我很伤心。因为我那几个孩子认识不到这一点，那就是不管贫富贵贱，我们都需要别人的帮助。他们现在终于认识到生活是什么样子，独自一人什么事情也做不了。他们以为自己今天身强力壮，所以明天也不需要别人的帮助。可是两个人总比一个人要强啊！

这个克劳迪娅手脚麻利、长相甜美、身材丰满。她当时已有十五岁或者十八岁，所以我一直想娶了她。但德利拉那段时间跟我住在一起，她的想法比我还精。一个人要是打定主意想把什么东西弄到手，他只需要稍微动一动脑筋，便一定能弄到手。实话实说，我需要从两个方面考虑这个问题。我考虑的不仅是床第之事，而是要找一个看孩子的人。克劳迪娅倒是想跟我，可她发现德利拉已经怀上孩子之后，就回到了她那个圈子的人中间。

　　我干了一件很坏的事情，那就是把康素爱萝赶出了家门。她跟那个家伙出走的时候，纯粹是出于怒气，可她惩罚的不是我，受伤的还是她自己。我说过："可怜的女儿，你毁了自己的一生啊。"

　　我去那小伙子的家里跟他母亲说过这件事儿，他说他会先离婚，然后再娶她。他答应得天花乱坠，可后来全是空话一堆。他就是个懒虫，既不想做事情，也不想把钱拿回家。这样一来，再加上康素爱萝的性格……当然没好结果。现在，我的女儿只有靠她自己。

　　想想吧，玛塔有三个女儿！我对玛塔很是担心。你看她遇到的那叫什么运气。全都因为她缺乏经验，又听不进别人的劝告。我跟她说过，叫她回到克里斯平身边，因为她毕竟给他生了两个女儿。她一个劲地哭，但就是不听，这个是理由，那个也是理由。我不知道为什么。可作为她的父亲，我不能叫她带着孩子自己过，试试看会有怎样的结局，对吧？那完全是赌运气。也有点像买彩票，有时赢有时输。生活就是这个样子。像我这样的例子何止千千万万。

　　谢天谢地，正是由于巨大的恒心和毅力，以及我对外孙子女们博大的热爱，我才要不断地活下去。我一年只休息一天，那就是五月一日这一天。经济上的麻烦接二连三。东家的钱付了，又欠着西家的债。我希望自己死的时候，能给每个孩子都留下一套小房子。就目前的情况来看，我需要一大笔钱。怎么说呢，唉，要是再有五十或一百个比索，我就能买一车砖块河沙，一点点地把房子做完，这样每一个孩子都有安身之所。哪个父亲会像我那样，明知自己的儿子个个是懒虫，还要拼死拼活地给他们修房造屋？

　　我不是没有认识到自己的失误，因为孩子们的成长环境很不好，所以我才受了那么多苦难。我有什么可怪的：怪自己运气不好？怪自己生活经验不足？怪没人指点？不知道，但我不会停下脚步。我会像负重的骡子一样不断往前迈步。我付出那么多努力搞好了自己的家。为了让几个孩子有同样的成就，我还有什么不能给予的？要是能亲眼看到他们诚实劳动并自食其力，我肯定比百万富翁还要开心。

　　说到宗教，那么，你看，我是从自己的父母身上学来的。当然，一个会认字的人，一个读过书的人对于宗教问题肯定有他自己不一样的看法。根据我的观察，我会批评我的同胞，也就是墨西哥的天主教徒们，因为他们干的净是傻事。我对天主教的信仰是这样的——尽管从不去教堂，但我也是个天主教徒。我不喜欢抛头露面，为圣人们燃放烟火或者插花供奉，以让别人知道我是个天主教徒。我以自己的方式信仰着天主教，这对我来说很合适。至于其他教派，我觉得都不错，因为他们不会跑出去把自己灌醉之后，尽干一些打打杀杀的坏事。我的同胞们做出这种疯狂的事情，就是想让别人知道他们是天主教徒。我不这样做，也不喜欢这些做法。

　　正如前不久一位牧师做礼拜时所说，上帝不需要贡烛，别的东西他也统统不需要，他所需要的是积德行善。除此之外的东西都显得多余。我的同胞们正是如此。别把我算在内，我就是这么说的。

　　不，我并不认为我们的灵魂会在炼狱中受煎熬。谁去过那儿？谁回来跟我们说过？我们需要证据。我说这个杯子的形状是圆的，颜色是白的，因为它就摆在我们的面前。可有谁能够告诉我们他在炼狱中的遭遇？不，上帝不会让任何一个人从那里往回走。如果真有上帝，我死了就会知道了，而且我一定要去拜访拜访他。

　　人们说这个世上有巫术，但我从来没见识过，也许是从来没有女人在我身上下过盅。也可能是我一直比较幸运，因为人们说女人犯起嫉妒心来会无休无止。是的，她可以杀人，这样的事情经常发生。

　　我听别人说过，有些人的眼睛具有魔力。给我动手术那位医生的母亲曾经给我讲过一件很离奇的事情。有一个人居住在托卢卡，这个人有一只会唱歌的鸟儿，那是一只长得很好看的画眉。一个过路的女人说道："夫人，把你这只鸟儿卖给我怎么样？"她接着又说："我看这只鸟儿长得很不错呢。"那人回答道："夫人，我不卖这只鸟儿。"她又说了一句："这是别人送我的礼物。"路过的女人说道："你还是卖给我得了，因为我一走，这只鸟儿就要死掉。"于是，那位妇女就走了。

可她还没来得及迈步，那只鸟儿就掉到地上摔死了。所以，也许有些人的眼睛确实具有某种魔力吧。

我曾经去帕丘卡看过一个女人，因为有人说我被某人下了蛊。这些女人全都以卖鸟为生，其中一个知道解法，可她的所作所为不过是收钱而已，你懂吧。根本没有巫术这回事儿。只有傻瓜，没有巫术，只要愿意掏钱的都是傻瓜。

现在我的问题呢，就是无法勃起，知道吗？我跟艾莱娜在一起完全没有问题，但跟卢裴塔和伦诺的时候都有点问题。当然，什么东西滥用都不太好。如果你经常喝酒，肯定会走下坡路，而且一连几天力不从心，知道吗？是的，这事儿你得顺其自然，如果纵欲，肯定会越来越不行。何况我还做过两次疝气手术。医生说我身体里面的某些敏感部位被切除了，这当然会降低男性功能。我的医生桑托约跟我讲过，说有个男人很喜欢搞女人，他原来就住在我们这一带，因为年轻，所以很喜欢那一口。是的，医生说他给这个人，以及其他十五六岁便江河日下的小伙子们都打过针。这些人的日子一定不好过，运气不好啊，现在他们还能干个啥？拿我的话来说，我现在的状态还好得很。

有个同种疗法的医生曾经对我说，女人比男人的劲头更足一些。因此，当你遇到墨西哥女人——我对其他地方的女人不太了解——的时候，你伺候她越久，你给她的越多，她想要的就越多。你满足不了她们，这些人劲头足得很。有些女人每天都要换男人。

对，我说我去过帕丘卡，那位江湖郎中要我带去一只火鸡蛋以及其他类似的东西，然后她拿了些什么东西给我又是擦身，又是干别的。她每次收我十个或者十五个比索。我一共去了五六次。但起色不大。我的问题不是什么巫术，就是性功能不行。

我不知道自己怎么会想到问题出在巫术上。有些女人……对，你知道，我觉得就是在我工作的地方，以及我所在的居民区。是的，你知道，跟一个女人上了床之后，这样的阴招很令女人失望，也让自己难堪。很多人便逮住你，然后让你下不了台，甚至会揍你一顿。当然，我没挨过女人的打。怎么说呢，要是遇到这样的事情，我一定会离开墨西哥城！

我没再去帕丘卡，因为我觉得那没什么作用，我的状况还是老样子。你看，问题在于我需要的是我完全信得过的女人，她会亲吻我抚摸我。当然，这很伤身。我觉得很累，因为在我的一生中有过好几个女人。我不再是二十来岁的小伙子，所以我需要爱抚。只要有女人抱着，我肯定能行。我需要一种安全感，就像在这间屋子里一样。如果有人打搅，要是听到一点声音或是有人说话，那我就完了，什么也干不了。

跟德利拉在一起的时候，我们把席子搬到地上，而且确保孩子们都睡着了，因为这会给他们树立很不好的榜样。很不好。只要一想到他们可能会看个一清二楚，居住在这样的租屋里就算是糟糕透顶。有些女人月经期间会把换下的物品扔在屋子的一角。男孩女孩看得清清楚楚。他们会打破沙锅问到底，要不了多久就全都知道了，因为家里明摆着呢。

一般的人很难满足墨西哥女人。有人亲口对我说过："嘿，亲爱的，你就完事了，我还早着呢。"事情就是这样子，你能想象吗？"是呀，亲爱的，我完事了，你最好自己找根管子什么的吧。"这就是墨西哥女人。我听说有些女人婚姻生活很美满，在家里也非常守规矩。但她们三天两头往外面跑，小心翼翼地四处张望，为的就是给自己找个情人，因为她们的丈夫根本满足不了她们。我遇到过这样的情况。一个人根本伺候不了她们。

我会自慰。每周两次，用她们的脏话来说，就是你得搓揉她们一下。我仅此而已，因为我的性欲不是太强烈。哪怕年轻的时候，我也不会毫无节制，明白吗？最多一两次，我是说每个星期一两次，不是每天一两次。你看，我的身材有点矮小，或者说不算强壮吧，因为我小的时候吃的不太好，所以我认为这对自己现在的性生活多少有点影响。我实际上几年前就不再跟卢裴塔过性生活。不过，跟德利拉又是另一回事儿。尽管我上了年纪，她还是非常喜欢我，这一点不假。她很勤奋，对我的帮助很大，相信我好了。她是个正直而勤奋的女人。是的，卢裴塔也很正直，是的，她也很正直。你从来听不到她说一个脏字。也听不到她抱怨什么。有一次，她在听说了德利拉的事情之后非常生气，于是我非常严肃地告诉她，知道吗？"你完全没必要如此大惊小怪，"我说道。"首先，你有吃有喝，不是每个人都有这样的福气。我跟你生了两个女儿，是的，她们都能干活，也能自食其力了。所以，你要是继续在这件事情上跟我纠缠不休，你最好从这里滚出去，休想从我这里再拿到一分零用钱。你要是不想在这里继续住下去，我会把这个地方分给两个儿子居住。"她听了非常生气。她因为风湿病已经卧床了两三个星期。当然，男人做到这个份上多少也有些不对，不过，好吧，我问问你，我拿自己的四个孙子怎么办？要不是德利拉的话，他们肯定已经无人看管了。德利拉是他们的妈，是他们的第二个妈。

小孩子们现在都需要鞋子。我自己最小的那两个需要衣服，需要求医买药的钱。德利拉又有了身孕。要是有钱，我宁愿送她去做手术……给她做结扎……这样她就不会再怀上孩子。我有社会福利，但我们不能上医院享受医疗服务。我上医院要耽误很多时间，一次就得一半天。孩子也不能在医院生，因为我和德利拉没有结婚手续。为了送她上医院，我得去民政登记部门办一份手续。所以我才说最近我可能要迎娶德利拉……当然是奉子成婚。因为妇产医院照顾得比较周到。

我得把自己所在的联合会指定为受益人，这样我死了之后才有四千比索的利息。我在考虑要不要把玛塔的名字写上去。德利拉将会替孩子们接收位于伊斯米奎尔潘的房子和财产。所以我必须得办理好所有的手续。

要是没有德利拉，我究竟该怎么办？她过的日子很艰苦，比我还要苦，因为可怜的她一直受到她儿子的父亲，也就是何塞斯的毒打。这人是个酒鬼，什么事儿都不想干。可怜的女人啊！跟着我她才过了几天清净日子和好一点的日子，所以我希望事情不会有什么变化。她是个勤劳的女人，应该有人拉她一把。当时曼努埃尔那几个孩子都很小，是她照顾了他们。她中途离开过一两个月，因为她看不惯他们。实际上，这都是康素爱萝的原因，所以她非常生气。但人家德利拉终究还是回来了。

我经常考虑这些问题，我知道这会牵涉很多人，不过正如我之前跟你讲过的那样，有时候做这些事情仅仅是为了便于相处，既不为自己高兴，也不为满足性欲。我已经不再是二十来岁的小伙子。当然，我现在还没有完全废掉，但你得相信我，这样的情形跟那几个孩子不无关系。我要是不把德利拉带到这个家里来，我那几个孙子说不定早就饿死了——无人看管，浑身污垢。

我那个儿子曼努埃尔根本不配做父亲，他根本就不是个玩意儿，在我看来，他跟死了没有什么区别。所以，我只好挑起所有的担子，既为了他的孩子，也为了我的孩子。他去美国期间，只给我寄过一百五十美元。所有的开支我负责，所有的出路我来找，不管累不累，我都得出门把钱给孩子们找回来。其中一个生病了，你得叫医生。另一个生病了，你还得叫医生。所以，你说我该怎么办？把他们扔到大街上？不行，我做不到嘛。

我们墨西哥人最大的失误在于结婚太早，没有钱，没有积蓄，甚至没有稳定的工作。我们刚一结婚，还没明白是怎么回事儿，孩子已经生了一大堆。接下来，我们就被拴牢了，可能一辈子无法动弹。实话实说，我们墨西哥人对生活缺乏准备。

墨西哥经常发生抛弃孩子的事情。这样的事情随时都有。政府应该管起来，应该制止这样的事情。我希望墨西哥，也就是我的国家，有像你们国家那样的法律。我们不应该有那么多懒汉……实话实说，这样的堕落行径对孩子们不好，对全国人民不好，对整个国家都不好。这种自由对人们很有害。他们应该关掉百分之八十以上的酒馆，修建更多的学校，关掉百分之八十以上滋生罪恶的场所。对年轻人、青少年、富人和穷人都应该施以更多的管控。"好的，你跟我说，你有多少个孩子？""四个。""他们多大了？十五岁以上，对吧？孩子们都干些啥？谁养活他们？他们怎么打发自己的时间？都在什么样的地方干活儿？""哦，他们没有干活儿。""怎么没干活儿？你必须让他们干活儿，否则你得在监狱里待上至少一个星期。"没有贿赂，那就在监狱里待上一个星期；要是有了第二次，那会是一年。这样一来，只要我们有比较严格的法律，你不但会发现事情有序多了，而且墨西哥人会守规矩得多，因为我们国家现有的法律太松懈。墨西哥人会一日不如一日，因为他们不仅缺乏领袖人物，不太有信仰，而且腐败横行，这一点你都见识过。

我们要是拥有更强劲的政府，它应该让大家回想一下曾经的一位总统说过的话："你们都去中心广场，把你们从人民那里抢劫来的亿万财产堆起来吧。"唉，我估计多得再建一个首都都没有问题。

你应该来我家住一住，好好了解一下我们吃的是什么苦，也看看怎样才能解除我们的痛苦。从来没有人对这个问题做过详细的研究。那些统治我们的先生们坐着豪车，银行里放着不计其数的存款，却看不见底层的穷人过什么样的日子。为什么？他们懒得开车过来看啊。他们仅出入于城市的中心地段，两边开的全是时髦店铺，至于穷人居住的地方嘛……他们根本不知道我们过的生活有多么凄惨。他们对墨西哥目前这一重大而深沉的问题不闻不问。虽然身处首都，但依然有很多人每天只能吃上一至两餐，他们对此仍然不闻不问。

没有钱、没有工作，东西还贵得不得了。今天的物价又涨了。几天之内，生活费已经增加了不少。以一个八口、或者六口之家为例。一天十一个比索的收入，怎么养得活这一大家子人？确实，日平均最低工资标准提高了一个比索。要购买的东西都涨了三四倍，仅一个比索顶什么用？唉，生活就是这样子。我们需要换个统治者，他应该好好研究一下墨西哥的问题，为百姓、为工人、为农民做点事情才行，因为这些人目前最需要得到帮助。以首都的一个普通工人为例，如果发薪日能拿到两百比索，他会把其中的一百五十至一百八十比索扔在酒馆里，拿回家的只有二十来个比索。人们挣来了钱，却不知道该怎么使用。可怜的母亲们，以及衣不蔽体的孩子们！你看，五岁、十岁的孩子就得了肺结核。你觉得原因在哪里？家里缺乏父母的照顾，缺乏责任，缺钱。在外面胡乱的花费，远超过家里所必需的开支。很少有父亲想办法承担自己的职责。一个人只要稍微守点规矩，做好自己的分内事，哪怕东搞搞西试试，他肯定能够把生活费交给家里人。

我曾经做得很过分，跟别人说我们墨西哥需要一位美国式的总统。如此一来，我们就会看见墨西哥将会发生怎么样的变化，取得什么样的进步。他应该收容所有的懒虫和流浪汉。"你不喜欢干活儿吗？那你就到玛利亚斯群岛①度过余生吧。"这种人一分钱、一丁点东西都拿不出来，两手空空就回了家。不，先生，就让他们留在那个地方好了。他们是一群寄生虫。

是的，已经有了一点进步，也有些人得到了好处，这还得多亏各级政府替工人们进行了考虑。可他们从没帮助到我的头上来！我的境况比较好，是因为我养过猪，买彩票中过几个大奖。我买彩票的运气很好。我第一次的中奖号码是9878。赢了大奖的号码我一辈子都不会忘记。用那笔钱，我买了那部收音机。同样的号码又中了一次，我便买了那张床。最大的一笔奖金有五千比索，中奖号码是19228。我用一部分钱在埃尔多拉多修了一套房子。其余的钱我买了一只挂钟。钱不多，但因为精打细算，它还是帮我改善了不少。

不过，我在墨西哥城生活了三十年，穷人的生活真的是变化不大，少之又少。有人说变化巨大，例如，他们原来在卡列斯②时期只能挣到一个或者一个半比索，这当然很少了，对吧？可那个时候的糖和豆子都只卖一毛五分钱啊。就以现在的豆子为例吧，你每天挣十一个比索，而买豆子就要花去三到四个比索。这是事实！那么，进步体现在什么地方？还有，昨天买东西只要二十个比索，今天就涨到了三十五。那么，是的，不管原因何在，你手里的钱已经缩水了两个比索。所以，你只要稍

---

① 墨西哥中西部太平洋沿岸群岛，因缺淡水，岛上没有居民，曾作为犯人流放地。——译者

② 普鲁塔尔科·埃利亚斯·卡列斯（Plutarco Elias Calles，1877—1945），墨西哥将军，于1924年至1928年担任墨西哥总统。——译者

有不满，立马就有人告诉你："哦，不对，先生，如果昨天是三十五，现在是三十三，那我们的物价还降了。"降物价……是升了十三个比索！他们就是这样降低物价的。所以，普通百姓、工人和农民得到了什么好处？根本没有，我就是这样认为的。相反，每天都有人压榨我们。那又怎么样呢？

我们需要政府官员研究调查一下穷人们的家庭状况，实地了解一下他们的生活状况，以及他们几乎饿得半死的惨状。他们为什么不这样做？为什么成千上万的种植园劳动力要离开墨西哥？这就是证据，你可以看一看。因为这里没有保障，因为这里的工资低得出奇，低得根本养不活一家人。人们自然而然要四处打探，设法找个薪水多一点的工作，这样才能够有东西交给家里人。

玩政治那帮人是不会让好人跑掉的。我们这里有玩政治的人，跟其他地方没什么区别。阿莱曼①执政期间，我发现——你经常发现各种问题，是吗？——很多用于政治宣传的钱流向了毒品售卖者、公共汽车所有者和专营者。他们说："我们只要获胜了，就会同意你们涨五分钱的价。"他获胜了，物价也涨了。

行业协会的领导人也不愿意助人，但所有的钱财都流进了他的腰包。以我所在的联合会为例，其中一个人拥有一套还是两套房子，以及十六辆出租车。你别想指望他们。千万别，先生！我每个月要向联合会交五个比索的会费。可我们有那么多人，成千上万啊。如果有人死了，在五个比索的会费之外，我们每个人还得给死者的家属再拿出五个比索。我们有什么回报呢？没有！我们好几年都没开过大会了。我们的回报就是一大摞会费收据。他们在发薪日那一天扣缴。所以，如果你还欠着两张收据，那就是十个比索。如果有人死了，还得再扣五个比索。所以，我问那个人："这钱是给了死者，还是给了活人？"他回答道：

① 米格尔·阿莱曼·巴尔德斯（Miguel Aleman Valdes，1902—1983），墨西哥政治家，于1946年至1952年担任墨西哥总统。——译者

"当然是活人了，少开玩笑。"我又对他说："听着，我不知道你们把扣出来的钱用到哪里去了。我们的工资原本就少得可怜，物价又那么贵，所以那点钱根本不够用。这里的人眼看就要全死光了。"就是这么个状态。

我认为联合会对工人的帮助作用不大。我觉得辛迪加联合会就是个剥削工人大众的洞穴和陷阱。领导人靠着工人们的钱富得流油，我不禁扪心自问，政府怎么能容忍这样的事情。难道不能有利于工人大众？难道不能取消领导人？政府要是能够取消各种联合会，组建专门的部门负责处理劳资事务，那么他们每个月从工人身上收取的会费就可以拿来修建学校、医院，或者为工人们的孩子做点其他事情，而不是供领导者们买车买房。

我没读过书，但我看得出来，从前的工人受剥削，现在的工人变着法子受剥削，今后还要继续被剥削下去。墨西哥自然在进步，但做工人的将会继续做工人，继续受穷，直到他死去的那一天，因为他一旦增加五毛钱的工资，伙食费马上就会增加一个、两个，甚至五个比索。所以，涨工资对工人来说没什么好处，反而因为缺乏有效的监控，只会让他们更加痛苦。

所以，除了工作，我对自己一点都不担心。我对政治一窍不通。我偶尔在报纸上看一看，但从不拿它当回事儿。报纸上的新闻对我来说无关紧要。几天前，我看到有一篇谈论左派的文章。我不知道什么是左、什么是右，或者什么是共产主义。我只关心一件事情……挣够生活费，让家人的日子多多少少好过一点。工人们只应该关心家里人需要些什么，家里的食物够不够吃。政治这玩意儿很复杂，让那些命该如此的人去操持吧。如果有第三次世界大战，挑起这场战争的先生们将会和成千上万人一道走进坟墓。我对此不会太过担心。

我对共产主义这玩意儿也不太明白。共产主义暴动发端于俄国，对吗？他们打了一仗，杀死了沙皇，等等。列宁和另一个人托洛茨基杀了很多人。另一个人死了，或是被人抛弃了，还有一个人，叫什么名字？

斯大林。他们说自己再也无法忍受这个人，我觉得他被人弄死了，因为他正打算发动新一轮大屠杀，在军队进行新一轮大清洗。他这个家伙可真是个杀人狂。他们怎么能够杀这么多人，我问你呢？

我想去苏联旅游旅游，哪怕一个月也行，就是想到他们全国各地亲眼看看，工人们的生活状况如何，社会主义或者共产主义对他们到底有没有好处。据报纸上说，他们比我们墨西哥还要糟糕，所以我觉得共产主义对无产阶级没什么好处。但因为从没去过苏联，也没去过别的地方，我怎么知道实际情况呢？

从报纸上看，我认为他们也有一帮人统治着整个国家，是这样吗？我们这里的革命制度党什么都管，所以要是有其他候选人的话，他们会拿机关枪架到他的脸上。那么谁会获胜呢？对，当然是革命制度党的候选人。事情就这么简单。比如，现任总统是洛佩斯·马特奥斯①，革命制度党会东说西说，说他就是候选人，说他已经是总统。这是确定无疑的事情。

这样的事情在美国肯定会不一样。对，我们这里也许好一点，因为我们只有一个党派领导这个国家，因为他两只手都可以拿着枪。你没听说过这个笑话吗？说有两个人在玩扑克牌，其中一个人手里面有两张A，另一个人于是问他："你有什么牌？""两张A，你呢？""两把手枪。"于是这个人说道："那么，你赢了。"我们这里的革命制度党正是这样。他有枪，谁要是敢反对，好，他就开车从你身上压过去。

虽说全国人民的各项权利都有保障，但农民们长期只能用土陶罐煮点豆子吃，再在石板上捣碎点辣椒当成佐料，他们常年就吃这种玩意儿，一辈子几乎没穿过一件像样的衣服。他们没什么进步，没什么提高。即便我们的政府想要做得体面一些，掌控他的那帮人也不会让他有什么作为。任何时候都是这样，好人想为老百姓做点事情，总有其他人

---

① 阿道夫·洛佩斯·马特奥斯（Adolfo Lopez Mateos，1910—1969），墨西哥革命制度党领导人，于1958年至1964年担任墨西哥总统。——译者

出来阻拦着。

　　没有什么东西比政治更肮脏。它不光极度腐败，而且充满了血腥，谁知道它还有没有别的什么呢？为了一个人的掌权，有多少人丢了命？在我看来，一切都是暗箱操作，没有几本明白账。当然，人民没受过教育，每个人都懵懂无知，就像一群畜生，牧羊人去哪里，他们就跟着去哪里。他对大家说，你走这边，他走那边，于是有人往这边走，也有人往那边走。联合会开会的时候，你应该去看看都做了些什么事儿。他们对着大家东说西说。说的东西有人支持吗？大家都得投赞成票。他们连赞成的内容是什么都不知道。到了下个月，我们又会收到双份会费收据。怎么回事儿呢？对，你不是投过赞成票么？你明白这是怎么一回事儿了吗？人民大众只能听信前来游说的演说家，结果呢，事情不但没往好处发展，反而越来越糟糕。可如果你有时跟他们聊聊天，让他们明白事情的原委，跟他们讲讲道理，或者让他们知道他们所赞成的东西与他们的自身利益背道而驰，他们甚至不愿意听下去。

　　他们只听那些高高在上、或者围着会议桌而坐的人所说的话，哪怕这些人对他没有一丁点好处，明白吗？他们还会为这些人鼓掌喝彩。所以，问题怎么能够得到解决呢？你能有什么办法呢？

　　目前，除了以上问题，墨西哥人还普遍缺乏团结。他们根本不团结，你往这边拉，我往那边跑。人们只有团结起来，才会有力量，用他们的话来说，事情才会有进展。我知道，其他国家的人们要是不喜欢某一位总统，只需扔一颗小小的炸弹，总统就会大变样。我们这里不行。我们这里也应该做这样的事情，但人们偏不。一点点氰化物，或者一次心脏病突发，是的，我们的历任总统、州长、警察长就需要这么个玩意儿。对，这么说有点不仗义，因为这些人毕竟也是我们的同胞，对吧？他们也是墨西哥人，不过正如我之前跟你说过的那样，真相总有大白于天下的时候。

　　我不分白日黑夜地操劳，终于有了自己的房子，虽然你看到的房子很破旧，但我跟自己的孙子们过得很快乐。首先得感谢上帝，然后要感谢那几个孙子，我才没有躺下，并得以继续劳作。进城之后，我对穿梭的汽车总是非常小心。到了这把年纪，我要当心的不止我自己，还有那几个孩子。我没有太多的东西可以给他们，但他们至少现在还活着，而且正在长大成人。但愿上帝允许我陪着他们，直到他们能够自食其力。

我想给他们留一间房子，这就是我的心愿。修一套小房子，一个、两个，或者三个房间都行，这样每个孩子都有自己的房间，大家便可以居住在一起。可他们不愿意帮助我。我希望上帝赐予我力量，让我继续奋斗下去，不至于太早倒下，至少让我把小房子建好。房子虽简陋，但他们不会被人赶出来。我会围着房子再修一道栅栏，这样就不会有人打搅他们。这样，即便我倒地不起，他们也会有一定的保障。

后　记

　　1987 年 1 月 5 日，早晨六点，家住墨西哥城的赫苏斯·桑切斯乘坐地铁前往他干了六十一年的工作岗位。他三十多年前在一个破落地段购买的那一块贫瘠的盐碱地，如今已经被厂房和高楼大厦围在了中间，不远处就是一条宽阔的交通要道，路上的车辆十分拥挤。去车站的路上，赫苏斯所要穿过的马路原来根本没有红绿灯、人行横道，甚至没有中间分隔线。曼努埃尔一直苦劝他的父亲尽早退休，终于说服他每个星期只上两天的班。他说自己老要提醒父亲注意那条马路上来来往往的车辆。那天早晨，赫苏斯刚一跨下路沿，一辆汽车把他撞倒之后扬长而去。一位邻居发现了倒在人行道上的他，叫来了他的家人，拨打了急救电话。几个小时之后，一直没有恢复意识的赫苏斯死在了医院。他当时八十二岁，是十五个孩子的父亲，三十六个孩子的祖父或外祖父，至少四十三个孩子的曾祖父。

　　在他那长大成人的子嗣中，四个孩子为本书作出了贡献。曼努埃尔长期跟着他的妻子玛利亚，他们的孩子在卡萨-格兰德那套房子里一直居住到前一年。1985 年那一场地震形成持续性的结构性破坏，夺去了两万多人的性命，让一百多万人无家可归。之后，卡萨-格兰德作为遭受严重破坏的居民区，被政府列入了震后城市重建项目。卡萨-格兰德的居民们——其中就有曼努埃尔的家人——被安置在临时性的住房内，直至置换性的住房建设完工。

　　二十多年前，罗伯托跟安德烈娅结了婚，然后便从卡萨-格兰德搬出去，住进了自己的房子——就在中心城区的边上，有好几个房间，地块属于他的妻子和妻妹。数年来，他们通上了电，浇筑了地板，还做了一间时髦的浴室。因为政府征收部分财产用于拓宽街道，他们得到了一些补偿款，他们用这笔钱建了一套房子用于出租。

康素爱萝和玛塔两姐妹也早已搬离了卡萨－格兰德。玛塔去了阿卡普尔科。跟巴尔塔萨分手之后，她又找了个伴儿。她一直独自抚养着十一个孩子，所需的开支大多靠她上街摆摊，父亲的帮扶也不可小觑。年长的几个孩子陆陆续续工作之后，他们出钱帮玛塔修了一套房子。她已经笃信宗教，当上了福音派教徒。虽然没有什么个人的远大理想，但她一直为了孩子们的发展而辛勤劳动。刚从墨西哥城跟父亲和哥哥共度完圣诞节归来，她就接到了父亲的死讯。她马上坐上汽车，又回到了这座城市。

四个孩子中，康素爱萝居无定所。本书写完之后，她抽空担任刘易斯的田野调查助手，陪着他先后去过特坡兹特兰（她在此变成了安息日耶稣再临论者）和波多黎各。她于 1966 年结婚，生有两个儿子，后于 20 世纪 80 年代离婚。婚后，她大部分时间居住在新拉雷多，并在一家图书馆做临时工。她是唯一没有出席赫苏斯葬礼的孩子，因为葬礼在他去世一天之后举行，即便有心参加，估计她也来不及赶回墨西哥城。

这四个孩子长期与安东尼娅和玛丽莲娜——也就是赫苏斯和伦诺婚姻续存期间他跟卢装塔生下的两个女儿——保持着联系。玛丽莲娜做了修女，在葬礼上主持了祈祷和唱诗仪式。相反，赫苏斯最年长的四个孩子与他们的父亲和德利拉所生的八个孩子之间的关系一直不太密切。赫苏斯去世的时候，这八个孩子最年幼的一个仅有十一岁。据说两边的人都心怀不满：德利拉的孩子们嫉妒年长的孩子因为与本书的关系而频受关注，年长的孩子不满于德利拉想方设法把赫苏斯名下的所有财产都留给她和她自己的孩子们。赫苏斯实现了要在自己的房子四周给年长的孩子们加修房子的愿望，不过他也希望给年幼的孩子们提供一份保障。结果呢，尽管看法各异，他和德利拉在自由组合状态下生活了这么多年之后，终于正式履行了结婚手续。①

年长的四个孩子没有分到任何遗产，不过即使有遗产，他们说也不会接受。令他们感到难过的是，他们对自己父亲的葬礼没有一点发言权。德利拉坚持将赫苏斯安葬在她母亲的墓园，坚决反对将他跟几个年长孩子们的亲戚葬在一块，而这正是后者的主张。不过，赫苏斯本人从未弃长护幼过，他一直关注着他们的成长，担心着他们的未来。尽管几个孩子在本书中对他们的父亲充满了怨气和指责，但当这个看起来打不垮的人"倒地不起"的时候，他们的失落感仍然十分巨大。用玛塔的话来说，他一直以来既当爹又当妈。

十六年前，桑切斯一家人同样难以置信地收到了奥斯卡·刘易斯死于心脏病的消息。他当时还不到五十六岁。从第一次跟他们相识一直到死去，刘易斯一直与这家人保持着联系，一直与这家人的一个或几个成员共同研究着几个项目。他们的吊唁信明白无误地说明了他们之间的深厚关系：玛塔说她失去了一位"伟大的、远胜于父亲的挚友"。罗伯托称刘易斯是"我心灵的伴侣"，并誓言要去拜访奥斯卡位于纽约市的墓地。就连一直保持着距离的赫苏斯本人也致信露丝，说自己会随时给她寄来三言两语，以让她永远铭记着他。友谊保持到这个份上，不管是露丝·刘易斯本人，还是她那几个孩子——在墨西哥度过了一段成长岁月，并且是赫苏斯那几个孩子和孙子们的好朋友——都会永远铭记着他们。

露丝·刘易斯跟这家人一直保持着联系，并经常拜访他们。1986年12月，在准备好一项长长的问卷调查之后，她来到了墨西哥，打算对赫苏斯的孙辈和曾孙辈进行资料更新。赫苏斯表面依然神采奕奕，头发依然乌黑发亮，比她以往见到他的任何时候都更加幽默逗笑。然而，就在

① 就在去世前不久，何塞斯答应了德利拉的离婚诉求。他告诉露丝·刘易斯，他打算把自己的财产卖掉——当时的价值已经远大于他所欠的债务——并把收入的一半分配给自己的妻子。但还没来得及完成这一系列的事情，他就去世了。

她跟这家人做着交谈、互致节日问候、追忆一起度过的那些岁月的过程中，露丝的脑海里突然闪过一句话："我们的关系已经充满如此深厚、复杂的感情，我们如此了解他们，他们如此了解他们自己，也如此了解我们，我怎么也没有勇气仍旧当他们是我的调查对象，再问他们那些莽撞的问题。我厌倦了社会学领域的客观性。"①于是，她永远地放下了铅笔。一个多星期之后，她出席了赫苏斯的葬礼，站在绕棺材而立的家人的后面——她既不是他的家人，但也不再在纯粹的观察者。曼努埃尔走过来和她站在了一起。

露丝再没有回过墨西哥，但一直到 2008 年去世，她的书信和电话从未间断过。只有玛塔和康素爱萝的岁数超过了她。曼努埃尔和跟他一起生活了四十多年的妻子一直居住在卡萨-格兰德边上的一套新房子里，直到 2002 年去世，时年七十四岁。罗伯托和他的妻子结婚以来一直居住在那套房子里，直到 2001 年去世，时年七十一岁。他们唯一的孩子——也是刘易斯的教子——二十多岁的时候便去世了。现年七十八岁的康素爱萝与露丝·刘易斯于 20 世纪 80 年代中断了联系，并且始终跟自己的家人保持着距离。现在已经七十好几的玛塔至少要跟她那几个已经结婚成家、并在靠近阿库纳的加工厂工作的孩子们住上一段时间。

围绕着本书在墨西哥出版所引起的巨大争议，很多文章写到了刘易斯和桑切斯两个家庭之间的持久关系。在那十余年的意识形态斗争中，在议论的过程中用到帝国主义和剥削之类的字眼，并把刘易斯-桑切斯关系描述为支配和从属关系的现象并不奇怪。很难相信，仔细阅读过本书，并充分了解桑切斯一家人的读者会做出这样的论断。这位父亲只在他愿意的时候才参与到本项目中来，仅此而已。他有话想说的时候才会开口讲话。他这个人在自己的天地里表现得傲慢、自负、勤劳、有抱负，也就是说，他从不把目标定位在无法企及的水平。然而，他对于阻碍他的那种政治和经济制度深感愤怒，并毫无惧怕地大声表达出来。康

---

① 露丝·刘易斯的所有引言均来自苏珊·芮格登于 1987 年 1 月和 2 月的录音资料。

素爱萝和曼努埃尔都是名副其实的直肠子。刘易斯希望他针对生活、贫穷，以及阻碍他们实现抱负的种种障碍所做的观察直接来自桑切斯一家人，用他经常说的一句话来说，就是"让穷人为自己说话"。对于把哪些话写进书本里，刘易斯夫妇有最终的决定权，但不管在本书出版前还是出版后，他对于这一家人在其他任何方面对该项目的参与均不做任何干涉。

本书所涉及的每一个人都预想不到，这本书会在墨西哥产生这么大的影响。当记者们搜寻这一家人的时候，刘易斯非常希望他们继续隐匿自己的身份。不过，唯一继续隐匿身份的，并尽量不以和本书的关系而谋取自身好处的（尽管刘易斯不厌其烦，但很显然，这么做是他们的权利）只有玛塔一个人。赫苏斯和曼努埃尔还偶尔专门找过一些媒体。例如，在1970年，也就是刘易斯去世前几个月的时候，赫苏斯接受了《永远》杂志的专访，成功地阻止他为之劳作了四十五年的雇主在没有按他所想支付离职金的前提下逼迫其退休的作法。

对于参与刘易斯的作品所具有的功效，赫苏斯和曼努埃尔都直言不讳。实际上，曼努埃尔称其为他的"社会保险"，说他觉得自己的家人有功于世人，他自己因此不再是"从地面爬过的蠕虫"。另一个来自卡萨-格兰德的居民——大致出生于刘易斯在此开展本项目的时期——告诉《波士顿环球报》一位来此采访1986年居民区拆迁行动的记者说："我们曾经享誉世界，但不过仅此而已。"这正好呼应了曼努埃尔关于"《桑切斯的孩子们》把他们一家人印到了地图上"的说法。①墨西哥总统米格尔·德拉马德里②充分肯定卡萨-格兰德在墨西哥现代城市发展史上的重要地位，并参加了于原址修建综合住宅区的开工庆典仪式。

刘易斯夫妇也意识到了他们跟桑切斯一家人打交道的过程中所得到

---

① Philip Bennett, "Storied Symbol Of Poverty Is Gone," Boston Globe, August 20, 1986.
② 米格尔·德拉马德里·乌尔塔多（Miguel de la Madrid Hurtado, 1934—2012），革命制度党领导人，于1982年至1988年担任墨西哥总统。——译者

的巨大收获，这样的收获不仅仅是"激发起社会良知"时的满足感。露丝·刘易斯说，这本书让他们"对人有一种敬畏，敬畏他们的经验、处理问题的方式、遇到的麻烦，以及他们所具有的精神——伟大的精神。"

苏珊·M·芮格登

图书在版编目(CIP)数据

桑切斯的孩子们：一个墨西哥家庭的自传／(美)
刘易斯(Lewis, O.)著；李雪顺译.
—上海：上海译文出版社,2014.7(2023.6重印)
(大学译丛)
书名原文：The children of Sanchez
ISBN 978-7-5327-6334-4

I.①桑… Ⅱ.①刘… ②李… Ⅲ.①城市化—社会
调查—调查研究—墨西哥 Ⅳ.①C912.81

中国版本图书馆 CIP 数据核字(2013)第 178683 号

OSCAR LEWIS
THE CHILDREN OF SANCHEZ：AUTOBIOGRAPHY OF A MEXICAN FAMILY
(50TH ANNIVERSARY EDITION)
Copyright © 1961 BY OSCAR LEWIS, COPYRIGHT RENEWED 1989 BY RUTH LEWIS
This edition arranged with HAROLD OBER ASSOCIATES, INC
Through Big Apple Agency, Inc. , Labuan, Malaysia.
Simplified Chinese edition copyright
2013 SHANGHAI TRANSLATION PUBLISHING HOUSE(STPH)
All rights reserved

图字：09-2012-440 号

桑切斯的孩子们——一个墨西哥家庭的自传
[美]奥斯卡·刘易斯 著 李雪顺 译
责任编辑/张吉人 装帧设计/未氓设计工作室

上海译文出版社有限公司出版、发行
网址：www.yiwen.com.cn
201101 上海市闵行区号景路159弄B座
常熟市文化印刷有限公司印刷

开本 890×1240 1/32 印张 18.25 插页2 字数 420,000
2014 年 7 月第 1 版 2023 年 6 月第 4 次印刷
印数：7,001—8,000 册

ISBN 978-7-5327-6334-4/C·056
定价：88.00 元

大学译丛 书目